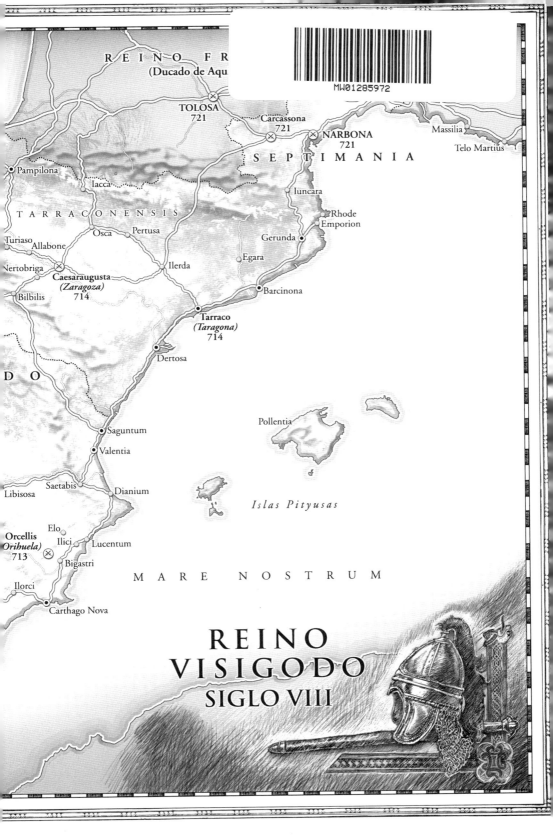

REINO FR...
(Ducado de Aqu...)

TOLOSA
721

Carcassona
721

NARBONA
721

Massilia

Telo Martius

SEPTIMANIA

Pampilona

Iacca

Iuncara

Rhode
Emporion

T A R R A C O N E N S I S

Osca   Pertusa

Gerunda

Turiaso
Allabone

Egara

Nertobriga

Ilerda

Caesaraugusta
(*Zaragoza*)
714

Barcinona

Bilbilis

Tarraco
(*Taragona*)
714

Dertosa

D O

Pollentia

Saguntum

Valentia

Islas Pityusas

Saetabis

Dianium

Libisosa

Elo
Orcellis
(*Orihuela*)
713

Ilici

Lucentum

Bigastri

Ilorci

M A R E   N O S T R U M

Carthago Nova

REINO
VISIGODO
SIGLO VIII

EL NOMBRE DE DIOS

EL NOMBRE DE DIOS

José Zoilo Hernández

Papel certificado por el Forest Stewardship Council®

MIXTO
Papel procedente de
fuentes responsables
FSC® C117695

Primera edición: septiembre de 2020

© 2020, José Zoilo Hernández
© 2020, Ricardo Sánchez, por los mapas de las guardas
© 2020, Penguin Random House Grupo Editorial, S. A. U.
Travessera de Gràcia, 47-49. 08021 Barcelona

Printed in Spain – Impreso en España

ISBN: 978-84-666-6845-3
Depósito legal: B-8.082-2020

Compuesto en Comptex & Ass., S. L.

Impreso en Rodesa
Villatuerta (Navarra)

BS 6 8 4 5 3

Penguin
Random House
Grupo Editorial

Gracias a las letras por todo lo que me han dado

ÍNDICE

¿Quién podrá, pues, narrar tan grandes peligros? ¿Quién podrá enumerar desastres tan lamentables? Pues aunque todos sus miembros se convirtiesen en lengua, no podría de ninguna manera la naturaleza humana referir la ruina de Hispania ni tantos ni tan grandes males como esta soportó.

Crónica mozárabe, 754

PRÓLOGO

Los cansados ojos de Sinderedo, obispo metropolitano de Toletum, recorrieron con avidez el texto de la misiva que acababan de entregarle. La había rubricado uno de sus informantes del sur, en la ciudad de Asidonia, apenas cinco días atrás. En solo cinco jornadas el mensajero, sin permitirse más descanso que el imprescindible para cambiar de montura en aquellos monasterios cercanos a la calzada, había cubierto una distancia tan grande como peligrosa.

Sinderedo había dispuesto que le ofrecieran agua fresca, comida caliente y un lugar donde reposar. El hombre, empapado en sudor y con unas prominentes bolsas oscuras bajo los ojos, apenas había agradecido su deferencia con un hosco cabeceo. El obispo contuvo su irritación por sus malos modales, achacándolos a su agotamiento; quizá, también, para un tipo como aquel resultara intimidante encontrarse frente al más importante ministro de la Iglesia que bendecía Hispania con su presencia, pensó. En cuanto lo hubo despedido, con ademán condescendiente, dejándolo a cargo de uno de sus sirvientes, alejó al hombre de sus pensamientos para concentrarse en la misiva.

Buscando la luz, se acercó a la única ventana que se abría en las paredes de su sobrio *scriptorium*. Los gruesos muros conservaban el frescor en la estancia incluso cuando los rayos de sol golpeaban, inclementes, la meseta; en días como aquel no era raro encontrar al obispo encerrado allí para huir del asfixiante calor. Aun así, cuando hubo terminado de leer las palabras, pulcramente consignadas, que le remitía su hombre de confianza, unas gruesas gotas de sudor le perlaban la frente. Se apoyó en el alféizar, pues sintió que las fuerzas lo abandonaban. El pliego le temblaba entre las manos.

Se obligó a releer el escueto mensaje. Sus líneas le informaban de que otro semejante a ese había sido enviado hacia el norte, hacia la tierra de los vascones, donde hacía algunas semanas que el rey Roderico había establecido su campamento, dispuesto a sofocar una nueva revuelta de aquellas gentes montañesas y levantiscas. Y su destinatario no era otro que el propio monarca.

Sinderedo se alejó de la ventana, respiró profundamente tratando de recobrar la calma y rebuscó entre sus pertenencias hasta dar con lo que precisaba: un pergamino en blanco, tinta y un cálamo. El momento tan largamente temido había llegado al fin. Extendió el lienzo sobre la madera, mojó el cálamo, escurrió el exceso de tinta con gesto mecánico en un trapo pintarrajeado que guardaba a tal efecto y sostuvo la pluma en alto mientras se esforzaba por encontrar las palabras adecuadas con las que expresar su angustia. Un millar de pensamientos se le agolpaban en la cabeza, entremezclándose hasta marearlo. Suspiró. Por un lado, se sentía preparado para afrontar sus responsabilidades; por otro, habría preferido no tener que ejercerlas durante el tiempo que le tocara vivir. Mas de nada servían tales elucubraciones ahora que el Altísimo había dispuesto ponerlos a prueba. Se forzó a comenzar, pues el tiempo corría en su contra. En contra de todos, puntualizó mentalmente. El susurro del cálamo al rasgar el pergamino lo ayudó a tranquilizarse.

A Bonifacio, hermano en estas horas de oscuridad.

Querido Bonifacio:

Hace largos años que nos conocemos. E incluso antes de conocernos, nuestra labor para la Santa Iglesia y el Señor Todopoderoso había unido ya nuestros caminos.

Parece que fue hace pocos meses cuando te aconsejaba continuar con tus investigaciones alejado de Toletum, por el bien de nuestra sagrada misión. Sin embargo, han pasado numerosos años hasta el día de hoy, en el que te reclamo nuevamente a mi lado, pues nuestro concurso se me antoja indispensable en las oscuras horas que temo que se avecinen. Solo espero que el tiempo del que hemos dispuesto con el fin de prepararnos para este momento y afrontar tan exigente prueba haya sido suficiente.

Hermano, el instante que tan largamente hemos temido parece haber llegado. Esta misma mañana he recibido noticias del desembarco de una tropa bereber en las orillas de la Betica. Desconozco tanto su tamaño como sus intenciones, pues el mensajero que me ha puesto sobre aviso partió a mi encuentro el mismo día en el que fue avistada en los alrededores de Carteia.

Aquella misma plaga que se abatió sobre las tierras sagradas de Nuestro Señor en Oriente se presenta hoy ante nuestras puertas. Y, a fuer de ser sincero, temo que Roderico, en su simpleza, no sea consciente del verdadero peligro que entraña. Somos un pueblo de pecadores y hemos permitido que la displicencia nos vuelva ignorantes, incluso a nuestros propios gobernantes. Hemos vivido de espaldas a lo que sucedía en otros lugares, hemos permitido que otros pueblos se engrandezcan, ensombreciendo con ello la gloria de Nuestro Señor. Y temo que hoy paguemos por nuestra falta.

Amigo, ha llegado el momento de que abandones tu encierro y retornes a los caminos, como hicieron los primeros apóstoles. Es más, como un ángel del Señor que se apresta a cumplir con su Palabra. Mas no debes, como ellos, hacerte anunciar por tambores o acompañar por cortejos. Las circunstancias aconsejan, por el contario, mantener la discreción; ya hemos tenido sobradas muestras, en el discurrir de los años, de cuán necios pueden mostrarse incluso aquellos que comparten nuestra fe.

Toma al portador de esta misiva a tu servicio. Es un muchacho fiel y temeroso de Dios, no como la mayoría de quienes nos rodean. Junto a este escrito, te entregará un estuche de cuero que no debes abrir hasta que estés completamente solo. En su interior he depositado una poderosa reliquia que conoces bien, una de las que forman parte del tesoro sagrado arrancado por Alarico de la ciudad de Pedro. Ha llegado el momento de que vuelva a ver la luz y revele el poder que alberga para oponerlo a nuestros enemigos. Es hora de que brille en la batalla, pues nuestra propia supervivencia está amenazada. No podemos dar muestras de debilidad o seremos devorados como lo fueron los imperiales en Oriente, impíos y blasfemos. Las huestes de ángeles del Cielo lucharán a nuestro lado siempre que las llamemos al combate.

En tu camino, hazte acompañar de unos pocos guerreros. No debes llamar la atención. Yo mismo redactaré una misiva para que el señor de las tierras en las que habitas te provea de una escolta con la que atravesar el reino hasta el lugar donde Roderico decida presentar batalla. No te demores. Es conveniente que llegues con tiempo suficiente para convencer a Roderico de que se encomiende a la protección divina que el sagrado objeto que portarás puede otorgarle. La trompa que el Señor envió a su pueblo durante su peregrinar resonará nuevamente, pero deberá hacerlo antes de que lo hagan las armas.

Debo confesarte que, en ocasiones, las dudas me asaltan y se me estremece el corazón. Temo que la piedad de nuestro gobernante no sea suficiente a ojos del Altísimo. Obramos bien al encumbrarlo, me digo; no obstante, cuando el sueño cierra mis párpados y mi conciencia vuela libre, oscuras pesadillas ensombrecen mi descanso, y tiñen de oscuridad en mi mente el momento de su coronación. Así, en este instante de angustia, dudo de todo en esta vida, salvo de ti y de Dios, Nuestro Señor. En ti confío para que entregues esta santa reliquia a Roderico y lo exhortes a que la exhiba en la batalla.

Yo quedaré aquí, en Toletum, aguardando tu regreso triunfal. Llegado ese momento, volveremos a ocultar la reliquia que te envío, de nuevo colocada junto a la mayor y más poderosa maravilla que hayan contemplado nuestros ojos, aquella a cuyo estudio y conocimiento has entregado toda tu vida. Espero, desde lo más profundo de mi alma, que nunca llegue a ser necesario liberar el poder que alberga.

Ve, amigo, y otorga la victoria a las huestes de Cristo.

Toletum, en el mes de julio del año de Nuestro Señor 711.

SINDEREDO, *episcopus*

LIBRO I

El rey maldito

I

El mes de julio había comenzado dejándose sentir con toda su crudeza en la campiña cercana a Astigi. Hacía varias noches que Matilda apenas lograba conciliar el sueño; el calor que acumulaba la estancia la agobiaba, y no podía más que dar vueltas y vueltas en su cómodo lecho hasta que los ojos se le cerraban de puro cansancio.

En la quietud de la noche, mientras observaba los contornos del rostro relajado de su esposo al dormir, los pensamientos se sucedían sin pausa. Los hechos cotidianos del día a día en la finca, la ternura con la que aquel hombre, Ademar, *comes* de Astigi, la trataba, y la preocupación que empañaba en parte su felicidad: tras seis años de matrimonio, aún no habían sido bendecidos con la dicha de un embarazo. Luna tras luna, el sangrado se presentaba puntual. Salvo en el último mes, pero todavía era demasiado pronto para hacerse ilusiones.

Ademar era bastante mayor que ella; hacía ya algunos años que había dejado atrás la treintena. Matilda, por su parte, apenas superaba los veinte. Había tiempo, se dijo, como tantas veces le había repetido él. «Tenemos todo el tiempo del mundo.» Ella sonreía con tristeza y se dejaba consolar, enterrando la nariz en su pecho y disfrutando del tacto cálido de sus brazos y el cosquilleo de su barba bien recortada. Habían disfrutado del privilegio de casarse por amor, y este, con el paso de los días, no había hecho más que engrandecerse.

Al abrir los ojos se encontró sola en el lecho. Habría jurado que casi acababa de cerrarlos, pero debía de haberse dejado vencer por el sueño cuando ya las primeras luces del día se filtraban por los ventanales. No se esforzó en atrapar los retazos de sueños que se le disolvían en la mente: aunque no los recordaba con exactitud, le parecía que no habían sido agradables. Se puso en pie, adecentó su aspecto, se cubrió con una estola ligera y salió de su alcoba. Sus pasos resonaron en los pasillos de piedra, que recorrió con premura. El aire, a esa hora temprana, conservaba cierto frescor; lo respiró con ansia, buscando despejarse. Al menos allí, en la campiña, el aire olía a limpio. Prefería pasar en la finca los meses del estío, pues en la ciudad la pestilencia propia de tantas personas hacinadas y de los desechos abandonados en cualquier lugar, sumada a los efluvios que emanaban de las curtidurías, lavanderías o tabernas, le resultaba insoportable.

Se apoyó en el murete que circundaba el patio central de la casa, donde se encontraba su esposo hablando con algunos de sus hombres. Rápidamente reconoció a Witerico, uno de los más fieles, un guerrero de risa fácil y tamaño descomunal al que hacía años que había aprendido a apreciar. Con aquella cabeza afeitada y reluciente, tan poco habitual entre los suyos, resultaba inconfundible. Le dedicó una sonrisa y él correspondió con un guiño antes de volver a adoptar el gesto grave con el que escuchaba a su señor. Reparó entonces en que los hombres portaban armaduras, además de sus espadas al cinto.

—Mi señor Ademar, ¿debéis partir ya? —preguntó, tratando de aparentar una tranquilidad que no sentía al advertir los avíos de guerra.

Él se giró, sonrió al verla, y palmeó a Witerico en el hombro antes de acercarse a la escalera por la que se accedía a sus aposentos.

Los caballos piafaban en el exterior. Los sirvientes, atareados, deambulaban de un lado a otro. Matilda sabía que Ademar tendría que partir en poco tiempo, pues había sido convocado por el rey Roderico con la orden de incorporarse a la hueste de señores de la Bética que se estaba reuniendo en el sur para hacer frente a una incursión mauri sobre la que llevaba algunas jornadas escuchando todo tipo de habladurías.

No obstante, no esperaba tener que despedirse tan pronto. No pudo evitar que la recorriese un escalofrío de preocupación. Sin perder de vista al hombre que acudía a su encuentro, apuró el paso para acercarse a él, trastabillando sin querer en uno de los escalones. Oyó a su marido llamarla, pero el cuerpo no le respondió: sus rodillas golpearon la dura piedra y se lastimaron, y se arañó las palmas de las manos al apoyarse en el siguiente escalón. La cabeza le daba vueltas, y una extraña congoja le atenazó la garganta.

Ademar llegó hasta ella de un ágil salto y la ayudó a incorporarse.

—¿Estás bien? ¿Has tropezado? —preguntó inquieto.

—Estoy bien. Es este maldito calor, que no me deja descansar de noche y me tiene la cabeza embotada —aseguró ella—. ¿Debéis partir ya? —repitió en un susurro.

—Es necesario. La leva de la ciudad se ha puesto en marcha, y yo debo ir al frente.

—¿No puede ocuparse Alberico esta vez? Muchos señores envían a sus subordinados —protestó ella. Le constaba cuál sería la respuesta de su esposo, y le avergonzaba comportarse como una niña caprichosa, pero sentía en el pecho una opresión intensa que no le permitía pensar con claridad.

Ademar se separó suavemente de ella, manteniendo asidas sus manos heridas.

—Sabes que yo nunca haría eso. Además, va contra el edicto real. —Se encogió de hombros.

—Las leyes del rey no te protegerán contra las armas enemigas. Algo extraño flota en el ambiente, ¿no lo percibes? Quizá este accidente sea un mal augurio —insistió ella, notando que una lágrima le corría por la mejilla.

Ademar la observó largamente. Tenía a su esposa por una mujer sensata, devota y poco dada a caer en supersticiones. No entendía a qué venía tanta desazón. Meneó la cabeza.

—Es todo por culpa de este calor insoportable. Los hombres no razonan y las bestias no trabajan. No debes preocuparte. Si lo deseas, puedes permanecer en la hacienda unos días. Eso sí, prométeme que regresarás a la ciudad si las cosas se complican. Allí estarás más segura.

Matilda asintió, esforzándose por enjugar las lágrimas que le corrían por las mejillas. Tenía que calmarse. Su esposo era un buen guerrero y ella, una mujer fuerte. Se encargaría de todo durante su ausencia, como siempre. Y quizá, cuando él regresara, podría recibirlo con una buena noticia, pensó, llevándose instintivamente la mano al vientre. Al hablar de nuevo, su voz había recuperado firmeza.

—Todo estará en orden cuando regreses. En unos días partiremos hacia la ciudad, y allí te esperaré. —Frunció levemente el ceño, recordando las palabras de su marido—. ¿Crees que llegaremos a correr peligro? —inquirió.

—Creo que esta maniobra no es más que una demostración de fuerza, y que estamos preparados para recibirlos. La sola presencia del rey y las levas del sur serán suficientes para que los extranjeros se den cuenta de que nada tienen que hacer aquí. Se conformarán con lo poco que hayan logrado rapiñar en este tiempo, embarcarán de nuevo en sus naves y se marcharán —afirmó Ademar con seguridad.

Tomó las manos de su mujer, acariciando las marcas que el suelo de piedra había impreso en ellas. Como siempre, dejaría a algunos de sus hombres en la villa con órdenes de trasladarla a la ciudad llegado el momento. Besó con delicadeza los arañazos de su piel.

—Estaré de vuelta antes de que finalice el mes de julio. Te lo prometo.

Hermigio había salido de su hogar cuando aún no había roto el alba. Con el calor que azotaba los campos cercanos a Toletum, era necesario sacar a los animales a pastar antes de que el día avanzara y las ovejas se negaran a caminar bajo aquellos rayos inclementes.

El muchacho cumpliría pronto los quince años, y llevaba ya algunos veranos ocupándose de pastorear los rebaños. Y si bien recordaba que el día en que su padre delegó en él esta responsabilidad se había sentido orgulloso de su confianza y se había esmerado en no defraudarla, a esas alturas cualquier ilusión se había desvanecido. Estaba, simplemente, harto. Gustoso dejaría que fueran los siervos los que se ocuparan solos de la labor; pero su padre insistía en que solo confiaba en él.

Así pues, Hermigio debía partir un amanecer tras otro con las ovejas para guiarlas cada vez un poquito más lejos, donde quedaran pastos frescos. Y el verano acababa de comenzar, quedaban los meses más duros. Aquel pensamiento no sirvió, precisamente, para alegrarle el día. Refunfuñando por lo bajo, apoyó la espalda en un árbol y contempló las ovejas triscando a su alrededor. Suspirando, cerró los ojos y se abandonó a su pasatiempo favorito: imaginar que era un gran guerrero, vencedor de muchas batallas. Casi podía oír como los balidos de los animales se convertían en los gritos de los hombres al luchar.

—¡Hermigio!

El muchacho dio un respingo, sobresaltado. Uno de los siervos, que debía de estar trabajando en los alrededores, se había acercado hasta él sin hacerse notar hasta llegar a su lado.

—¿Qué ocurre?

—Me temo que se acercan problemas. Deberíamos avisar a tu padre.

Hermigio tomó el pellejo de agua que el hombre le ofrecía y exprimió, agradecido, las pocas gotas que quedaban. Luego miró hacia donde su compañero señalaba. Por el camino que bajaba desde el cerro avanzaba una pequeña comitiva: seis hombres a caballo y otra media docena a pie. Era una partida pequeña, pero no era habitual ver desconocidos por la zona.

El muchacho se puso en pie, sacudió las briznas de hierba que se habían adherido a su calzón y corrió tras su compañero. Llegarían a la aldea adelantándose a aquellos hombres para avisar de su presencia en las cercanías. Al menos aquel no sería un día como todos los demás, se dijo.

La pequeña columna de jinetes descendía desde la tierra de los vascones en un viaje que todos preveían que los pondría al límite de sus fuerzas. El rey Roderico pretendía encontrarse en los alrededores de Corduba antes de que se hubiera cumplido la primera semana de julio, y para alcanzar esa fecha faltaban apenas seis jornadas. En ese tiempo debían, por tanto, atravesar la península, prácticamente de mar a mar.

Argimiro, muy a su pesar, formaba parte del apresurado grupo. Sus tierras se encontraban cercanas a las de los vascones; convocado por Roderico junto con otros nobles del norte, había acudido sin mucho entusiasmo para apuntarse a la tropa del soberano cuando este había decidido lanzarse a castigar la enésima incursión de aquellos montaraces, espoleados probablemente por el *dux* franco Eudes. Una vez enrolado en su hueste, apenas había tenido ocasión de participar en la campaña antes de que esta fuera suspendida: habían recibido intrigantes noticias del sur, que hablaban de la llegada de hombres desde el otro lado del mar, que amenazaban la Betica.

Roderico no podía hacer oídos sordos a las demandas de auxilio de los señores del sur. Él mismo era oriundo de Corduba, y habían sido sus vecinos sus principales valedores en el momento en el que se había decidido a reclamar la corona.

El hasta entonces *dux* de la Betica había alcanzado el trono el año anterior, después de que el rey Witiza muriera sin que sus herederos hubieran alcanzado la edad suficiente para gobernar. Aunque los hermanos del difunto rey se habían ofrecido como regentes, o quizá precisamente por eso, muchos nobles se habían opuesto a este arreglo.

En aquella disputa, trascendental para el reino, no solo habían competido por el trono la familia del difunto Witiza y Roderico. También Agila, *dux* de la Tarraconense y la Septimania, reclamó el trono para sí. Sin embargo, no tardó en cambiar de estrategia: escindió sus posesiones del reino, se autoproclamó rey de sus provincias y comenzó a acuñar monedas con su efigie. Roderico y los herederos de Witiza, ocupados en dirimir sus propias diferencias, no habían tomado represalias... por el momento.

Finalmente, Roderico, con el beneplácito del clero, y probablemente gracias a un hábil manejo del chantaje y la extorsión, había recabado apoyos suficientes para ocupar el trono vacante y tomar posesión de la capital del reino, Toletum.

A un pequeño noble como Argimiro, que apenas podía movilizar unas decenas de hombres, nadie le había pedido opinión. Y lo cierto era que poco le importaba el nombre del nuevo soberano. Sus preocupaciones derivaban de la situación de sus tierras, situadas cerca de la nueva frontera entre las posesiones de Roderico y las de Agila, y también de los vascones y los aquitanos. Por eso, cuando la campaña contra los vascones quedó en suspenso, había tratado, como tantos otros señores de la zona, de permanecer en las cercanías de Calagurris.

Habían defendido su postura explicando que Agila podría aprovechar la ausencia de los guerreros para lanzar una ofensiva y ampliar su territorio. Roderico los había escuchado y había decidido actuar con pragmatismo: había disuelto la leva, compuesta por siervos y campesinos de la zona, que iban a pie y habrían retrasado sin duda su avance, pero no había liberado de su compromiso a aquellos hombres capaces de costearse caballo y armadura propios. El rey les informó de que las familias de todos ellos serían alojadas en la fortaleza de Amaya, donde estarían a salvo de cualquier incursión, hasta que los guerreros de la frontera regresaran al norte. Es decir, por mucho que lo adornara con bonitas palabras, se convertirían en rehenes por una temporada.

Desde ese momento, cinco días atrás, habían comenzado a recorrer a marchas forzadas la calzada que los alejaba de Victoriacum, avanzando siempre hacia el sur. Todavía no habían alcanzado la ciudad de Toletum, situada a medio camino, y Roderico se proponía emplear apenas otras cinco jornadas en plantarse ante las murallas de Corduba. Tanto a hombres como a animales les quedaba un duro camino por delante.

Yussuf ibn Tabbit se sentía incapaz de apartar la mirada de lo que acontecía en la playa. Allí, las mismas naves que habían servido para llevarlos a aquella tierra alejada de sus hogares ardían varadas sobre la arena blanca, consumiéndose poco a poco. Las lenguas de fuego las habían devorado con avidez y ahora comenzaban a languidecer, pero todavía conservaban su poder hipnótico. La brisa hacía bailar las menudas pavesas, que se arremolinaban en torno a los restos ardientes, y traía el olor picante del humo hasta su posición.

Hijo de la tribu de Nafza, como muchos de aquellos hombres, había acudido hacía varias lunas a la llamada de su señor, Tariq ibn Ziyab. El bereber comandaba aquella expedición por orden del gobernador árabe de Ifriquiya, Musa ibn Nusayr. Los hombres habían respondido a su llamamiento: soñaban con hacerse ricos más allá del mar, con amasar en aquellas tierras feraces una fortuna suficiente para vivir con holgura una vez regresaran a su hogar. Sin embargo, ahora muchos miraban las naves arder con una mezcla de desconcierto y esperanza en el rostro. Tariq había demostrado con este gesto que su intención, más allá del saqueo, era la de hacerse con cuanto territorio fueran capaces de ocupar. Destruidas las naves, la única opción que les quedaba era la de avanzar, venciendo cualquier oposición que se encontraran. La suerte estaba echada.

La mayoría de los hombres habían considerado un honor que el gobernador Musa confiara en ellos como avanzadilla. En cambio, Tariq, a quien Yussuf tenía en gran estima, no era de la misma opinión. Si la expedición resultaba malhadada, serían ellos los que perecerían, sus bereberes, no los árabes de Musa, de los que tan solo había en la expedición unas pocas decenas. Quizá había sido su orgullo, espoleado por estos pensamientos, lo que lo había llevado a destruir los barcos. El propio Tariq ibn Ziyab se encontraba muy cerca de los restos incendiados; el único ojo que conservaba en el duro rostro reflejaba el fulgor anaranjado de los rescoldos. No había marcha atrás, había asegurado con voz estentórea en la arenga que acababa de dedicar a los doce mil bereberes que habían compartido con él la penosa travesía: tomarían aquella tierra o morirían en el intento.

Yussuf había sentido su pecho enardecerse durante la proclama. Cuando la voz de Tariq se apagó, se extendió entre sus guerreros un silencio sepulcral, solo roto por el crepitar de la madera. Luego, poco a poco, habían comenzado los vítores: miles de gargantas se hicieron eco de su determinación. Nadie los vencería. No darían a Musa ibn Nusayr la oportunidad de saberlos derrotados en tierra extranjera. Seguirían a Tariq hasta el final; su destino estaba sellado.

A medida que se fueron apagando las hogueras, interminables filas de guerreros envueltos en amplios ropajes se pusieron en marcha hacia el norte, hacia la ciudad a la que los pastores que habían capturado en los alrededores llamaban Carteia. Allí establecerían su base de operaciones, desde la que se moverían por aquel territorio desconocido.

Con el ejército ya en marcha, Yussuf dio las órdenes precisas para que los jinetes a su cargo siguieran a la infantería. Luego aguardó a Tariq junto al mar. El cabecilla de la expedición hacía gala de aquella expresión indescifrable que Yussuf tan bien conocía. Una vez que el último de sus hombres hubo abandonado la ensenada, hizo una seña a su subordinado y ambos, a caballo, cerraron la comitiva.

Cuando la playa quedó al fin desierta, las oscuras y densas nubes de humo que se habían elevado desde los botes se habían convertido ya en tenues jirones.

II

Había llegado el día. Ademar, señor de Astigi, oteaba la llanura que se abría ante él en espera de que el ejército enemigo hiciera su aparición. Hacía largo rato que había terminado de rezar sus oraciones, una costumbre que siempre observaba antes de entrar en combate, y ahora mantenía la mente en blanco, abandonando sus sentidos al tranquilizador tacto del pomo de su espada, revestido de suave cuero.

A su alrededor, varias centenas de los suyos. En las cercanías, sus guerreros de confianza; un poco más allá, la leva: campesinos y siervos atemorizados y mal armados arrancados de sus hogares pocas semanas atrás. Muy a su pesar, componían la mayor parte de sus fuerzas. Confiaba más en su voluntad que en su valía, pero tendrían que bastar.

Hacía varios días que los dos ejércitos contendientes se estudiaban, tanteándose y escaramuceando paralelos al margen del río. Al fin, sin embargo, parecía haber llegado el momento de entregarse al combate.

Ademar paseó la mirada sobre sus tropas. Aquí y allá se alzaban los estandartes de aquellos señores que habían acudido a la llamada del rey Roderico. Recordó la insistencia de su padre, cuando él no era más que un muchacho, en que debía reconocer cada enseña. En su juventud, Ademar estaba más interesado en intercambiar mandobles con cualquiera que se prestara a practicar que en las cuestiones diplomáticas, y su padre solía divertirse a su costa cuando confundía la historia, los nombres o los símbolos de los distintos señores. En aquel momento, por el contrario, casi cada uno de los estandartes que se desplegaban en el campo de batalla le resultaba familiar. «Por desgracia», pensó; ojalá ondearan a la leve brisa multitud de enseñas desconocidas, las de los señores del norte, de Cantabria o de Gallaecia, y quizá incluso las de aquellos que guardaban la frontera del Iber del levantisco Agila. Lejos de eso, únicamente identificó en aquella extensa llanura los estandartes de decenas de señores de la Betica y la Lusitania. Incluido el de su odiado medio hermano.

Una densa nube de polvo hizo su aparición desde el sur, avisando de la llegada de los invasores del otro lado del mar. No merecía la pena forzar la vista para estudiar las enseñas enemigas; era la primera vez que debía medir sus armas con los salvajes guerreros del desierto, ya que no era habitual que estos se adentraran más allá de la costa.

A medida que la columna de polvo se extendía por el horizonte, los nervios comenzaron a atenazar a los siervos y campesinos situados a la espalda del *comes*. Ademar hizo un gesto para llamar a su lado a sus guerreros de confianza.

—Witerico, trata de calmar a la tropa. Ofrece a los muchachos lo que nos queda de vino y procura que se olviden de lo que se nos viene encima —ordenó.

El guerrero se apresuró a obedecer, y reservó solo uno de los pellejos para ofrecerlo al propio *comes*.

El vino, en la batalla, viene a ocupar el lugar de la valentía en el corazón de los hombres, y les otorga agallas suficientes para arrojarse a un combate que probablemente acabe con sus vidas. Por eso, aunque hacía días que las vituallas escaseaban, poco importaba ese dispendio, con la lucha por fin asegurada.

—Esperaba que el bastardo de Oppas se complaciera en hacer gala de su poderío acudiendo con varios miles de hombres al campo de batalla —siseó entre dientes Alberico, uno de los más veteranos.

—Pues yo no habría apostado ni siquiera por que viniera —repuso Ademar, enarcando las cejas—. Pero aquí está con sus sobrinos, como también su hermano Sisberto.

Oppas, hermano del difunto rey Witiza, era uno de los señores más importantes de la Betica. Poseía extensas propiedades en Hispalis y era un viejo conocido de Ademar, que llevaba años teniendo que enfrentarse a él para poder mantener los escasos derechos que le reportaba ser el señor de Astigi. Tanto él como su hermano Sisberto ocupaban las alas del ejército godo, al mando de la caballería. Los mejores guerreros del reino formaban junto a ellos, y en su buen desempeño residían las esperanzas de victoria del ejército.

Ademar se pasó la mano por la frente, perlada de gotas de sudor. Reinaba un calor bochornoso y la humedad le pegaba los cabellos al preocupado rostro. El cielo, de un gris plomizo, amenazaba con descargar una tromba de agua que no terminaba de llegar. Los hombres, sedientos tras varias jornadas de aguantar un calor que los atormentaba, enseguida agradecieron la generosidad de su señor al entregarles los pellejos de vino, que corrieron con premura entre ellos. El acoso al que había sometido la caballería rival —escasa pero dotada de una gran movilidad— a las partidas de abastecimiento, complicando sobremanera su labor, los había convertido en un bien de lujo.

Ademar, sin embargo, se conformó con un sorbo de agua tras rechazar el odre que le entregaba Witerico. El enorme guerrero, encogiéndose de hombros, apuró el contenido con avidez. Las últimas gotas de vino corrían por su poblada barba cuando las trompas comenzaron a sonar exhortando a los hombres para que formaran en cuadro frente al enemigo.

El ejército contrario se desplegaba con lentitud ante sus ojos. Ademar y los suyos estudiaron las facciones exóticas, los ropajes amplios. La caballería ligera tomó posiciones; para su tranquilidad, no parecía haber más jinetes que los que llevaban jornadas molestando a los exploradores y a los encargados de avituallar al ejército. Hacer cruzar el estrecho a las bestias que debían montar sus caballeros no era una tarea sencilla, y menos si no se disponía del dominio del mar. Y esta circunstancia, a ojos de Ademar, se convertiría en su principal debilidad.

La moral de los guerreros, espoleada por el vino ingerido y por la escasa presencia de jinetes entre sus adversarios, comenzó a elevarse. Incluso Ademar se permitió esbozar una leve sonrisa. Aunque no estaba dispuesto a reconocerlo, sentía una opresión en el pecho desde el día de su partida, a raíz de la reticencia de su esposa a despedirse de él y el accidente que la muchacha había sufrido en la escalera. Aunque como buen cristiano luchaba por no dejarse vencer por la superstición, algo en su interior se rebelaba, como si una vocecita impertinente se obcecara en repetir junto a su oído que Roderico estaba maldito. Él mismo había aparejado su suerte a la del monarca, y el caso era que, ciertamente, desde su nombramiento nada había salido bien. Rezaba por que aquella campaña no se sumara a la lista de desgracias que parecían perseguir al soberano desde su ascenso a un trono que, según algunos, había alcanzado gracias a la perfidia.

Hermigio ya había perdido la cuenta de los días de marcha que llevaban desde que abandonaran la aldea. Al menos esta vez no lo acompañaban sus ovejas: la compañía era, *a priori*, bastante más interesante, y la misión que se les había encomendado, infinitamente más trascendental. El muchacho sintió el pecho henchido de orgullo, aunque pronto se desinfló con un suspiro de agotamiento.

Cuando la visión de aquellos desconocidos lo llevó a correr con todas sus fuerzas hacia su aldea, nada hacía presagiar que terminaría acompañándolos. Su insaciable curiosidad lo había impulsado a abordarlos aprovechando que se habían detenido a por agua y comida, y a interesarse por la misión que los había conducido a cruzar por aquel camino. Y, para su sorpresa, Adalberto, hijo de Adalwulfo, señor de aquellas tierras, había terminado disponiendo que los acompañara.

Su padre, tan sorprendido como reticente, había tenido que cerrar la boca cuando pasaron por delante de sus narices el pliego en el que se recogía la potestad de aquellos hombres para reclamar entre quienes encontraran en aquellas tierras tantos acompañantes como necesitaran hasta completar la veintena. Y, así, Hermigio había terminado preparando apresuradamente un saco en el que cargar sus escasas pertenencias, sin olvidar la espada corta que había pertenecido a su abuelo y que siempre soñó con blandir. Sabía que su padre no le daría permiso para llevársela, de modo que la envolvió entre las ropas de su hatillo. Quizá no había sido la decisión más sensata, pero después de encarar la perspectiva de caminar bajo el sol rodeado de ovejas día tras día, la emoción que lo embargaba ante la posibilidad de recorrer caminos desconocidos en compañía de aquellos hombres, algunos de los cuales eran claramente guerreros, apenas le permitía pensar con claridad. Aún resonaban en sus oídos las palabras de despedida de su progenitor: «Intenta que no te maten, pequeño estúpido».

Por lo pronto, habían conseguido llegar sin contratiempos a aquella llanura. Contra el horizonte oscuro se recortaban, en un negro aún más profundo, los contornos de los hombres. El color ceniciento del cielo parecía acrecentar la sensación de bochorno que los acompañaba en su caminar. Las recias mulas sudaban a mares, y los hombres resoplaban cada pocos pasos. Hermigio levantó la cara, deseoso de sentir alguna gota de lluvia que aliviara aquella mareante sensación mientras no hallaran un alma caritativa que les acercase un pellejo de agua del que beber.

El muchacho jamás había visto tantas personas reunidas en un solo lugar. Podía hacerse a la idea de lo complicado que debía de ser avituallar un ejército como aquel: proveer de agua a varios miles de bocas sedientas y a varios cientos de pesadas monturas de guerra no parecía tarea fácil. La guerra era un arte caro, costoso tanto en vidas humanas y oro como en agua y víveres. Si faltaban estos últimos, ningún ejército podía alzarse victorioso. Aun así, Roderico, que lo sabía, prefería arriesgarse a matar a sus hombres de sed antes que aceptar que sus nobles de la desembocadura del Taggus y de la Carthaginense lo habían dejado solo en el campo de batalla. Por eso reservaba celosamente las vituallas necesarias para ellos, aunque no hubieran aparecido, regateándoselas en cambio a los que sí habían respondido a tiempo a su llamamiento.

Los ejércitos estaban a punto de abalanzarse uno sobre el otro. Desde las dos millas escasas a las que se encontraban, Hermigio pudo escuchar las notas que emitían las trompas de caballería llamando a sus jinetes a formar para lanzarse a la carga. Los infantes se arracimaban alrededor de los estandartes, mustios por la falta de viento. Los densos nubarrones ocultaban el sol, así que ningún destello fulguraba en armaduras, armas, cotas o yelmos. Lo cierto es que la imagen real desmerecía con respecto a las brillantes fantasías que poblaban la cabeza de Hermigio, repletas de música, héroes y aceros bruñidos relampagueando a la luz. Siempre había visto el ejército como un sueño lejano, ajeno a la vida que le había tocado vivir, unas mieles que nunca degustaría, pues su destino sería el mismo que el que había tenido su padre: cuidar de las reses y de los campesinos de una aldea miserable para que los monjes de la abadía y el señor de la comarca, que poseían el usufructo de sus tierras, pudieran continuar disfrutando de la vida, al margen de las penalidades cotidianas. Entonces, el día en el que la pequeña comitiva se había presentado en su aldea, su vida había dado un giro inesperado: pocas disputas entre siervos dirimiría, y pocos terneros más ayudaría a traer al mundo. A cambio, la guerra se mostraba ante él por primera vez.

Hasta ese momento le había impresionado la oscuridad, pero dentro de pocas horas se desplegaría ante sus ojos con toda su crudeza. Y aprendería que la batalla, antes que gloriosa, resulta nauseabunda, dolorosa, atroz. Los hombres se despedazan como bestias, gritando, llorando, sangrando, defecando. Reinan el dolor, el agotamiento, el miedo, el desconcierto. Los sentidos se embotan y todo apesta. Incluso cuando se resulta vencedor, la lengua arde como si estuviera hecha de rugoso esparto y el contenido del estómago pugna por salir. Y en cuanto a los vencidos... En cada conflicto, además de los cadáveres, se sepultan las esperanzas de un gran número de hombres, mientras que las de muchos otros comienzan a medrar, como plantas diabólicas alimentadas con sangre. No hay inocencia que sobreviva a esta experiencia.

Quizá, entre los más de diez mil hombres que aquel día conformaban las filas reales, compuestas en su mayoría por las levas de los señores de la Betica y la mesnada real llegada desde el norte, solo Hermigio y su señor, Adalberto hijo de Adalwulfo, que actuaba como comandante de la reducida escolta del padre Bonifacio, mostraron una nerviosa sonrisa de emoción al llegar a aquella polvorienta llanura. Y quizá fuera el sacerdote el único en pensar que el desarrollo del combate podría resultar determinante para el destino del reino. Un destino que, por otra parte, había muchos a los que les traía sin cuidado.

Bonifacio había sobrepasado, por poco, la cincuentena de años, aunque su aspecto lo hacía parecer más avejentado de lo que correspondía a su edad. Pequeño, enjuto, encorvado y de gesto perpetuamente circunspecto, había perdido todo rastro del cabello que otrora adornara su cabeza, y sus ojos acuosos amarilleaban a causa de alguna enfermedad.

Sin embargo, toda la luz que le faltaba a su mirada habitaba, poderosa, en su interior. Su determinación, y también su fe en Jesucristo, eran férreas. Eran estas las que le habían hecho recorrer tanta distancia en tan poco tiempo. Había llegado a su destino, pero aún le quedaba algo por hacer: el rey Roderico debía hacer sonar aquella trompa sagrada que escondía en sus alforjas antes de que comenzara el combate. Los minutos corrían en su contra, conque sería necesario prescindir de cualquier ceremonia.

Tal y como le había aconsejado el metropolitano de Toletum, se había hecho acompañar hasta allí por unos pocos hombres. Adalwulfo, señor de la comarca en la que habitaba desde hacía nueve años, había atendido su solicitud, si bien a regañadientes. El sello de Sinderedo había obrado el efecto esperado, así que, como gesto de deferencia, había asignado a su propio hijo, Adalberto, el mando de la partida. Igualmente había dispuesto que lo acompañaran un puñado de buenos guerreros; pese a que su misión principal sería la de proteger al bisoño Adalberto, servirían al propósito del cura. El resto de la partida se había completado con unos cuantos aldeanos escogidos casi al azar entre aquellos que se habían cruzado en el camino de la comitiva; de perecer en aquellas tierras lejanas, poco quebranto causarían a Adalwulfo.

Echó un vistazo a Hermigio, uno de aquellos muchachos. Le había parecido un chaval decidido, aunque ignorante. Habían cruzado algunas palabras durante el trayecto y le había resultado entretenido escucharlo hablar sobre su aldea: una buena tierra, fértil para el pasto, los cereales y las sabrosas manzanas que medraban en los huertos; generosa en manantiales y cursos de agua. Un lugar donde vivir era sencillo, si uno no se topaba con alguno de los pendencieros veteranos de Adalwulfo, siempre sedientos de vino, plata y mujeres, y no enojaba a los clérigos. Los problemas con los primeros podían saldarse con algún hueso roto o unas cuantas reses muertas; en cambio, quien contrariara a los monjes ya podía despedirse de su vida, aunque solo hubiera robado un mísero velón de sus almacenes. Bonifacio había sonreído, aprobador. Que los aldeanos observaran un adecuado temor a los religiosos le parecía perfecto. Sin duda, el muchacho lo trataba con la deferencia conveniente.

Solo una pequeña ondulación del terreno los separaba de la retaguardia, formada por los menos avezados, los peor armados o los más cobardes. Las filas delanteras, donde se produciría el primer encontronazo entre ambas fuerzas, se reservaban para los guerreros más bravos, los más borrachos o los más fanáticos. Allí el metal y el cuero endurecido revestían a los luchadores para protegerlos de los lances del combate.

Ese día, cuatro mil hombres de armas a pie, guerreros probados, godos en su totalidad, ocupaban la vanguardia. Tras ellos lucharían otros tantos infantes, en este caso siervos y campesinos, la mayoría hispanos, como el propio Hermigio.

La caballería representaba la principal fortaleza de aquel ejército: más de dos millares de godos de origen noble, capaces de costearse un caballo, un escudero o palafrenero y toda la panoplia necesaria. La mayor parte se encontraban distribuidos en las alas, y el resto conformaban la escolta personal de Roderico, sus *fideles*.

—Ya se prepara la carga de caballería —exclamó Adalberto, ufano, a su espalda.

El joven señor, para desespero del sacerdote, había insistido en vestir su armadura de batalla. Mientras Bonifacio ardía de impaciencia, habían tenido que detener la comitiva para tal menester y luego avanzar con mayor lentitud de la que el clérigo hubiera deseado. La pesada cota de malla, compuesta por infinidad de anillas de hierro entrelazadas, le quedaba grande al muchacho y destacaba aún más su aspecto desgarbado. Debía de haber pertenecido a su padre y este se la habría cedido cuando los años y la vida sedentaria ensancharon su figura; así Adalberto podría proclamar con ella su origen ilustre.

Como hijo de noble, su única preocupación hasta ese entonces había sido la de prepararse para la guerra, mientras los campesinos se rompían la espalda para que ni a él ni a su familia les faltara de nada. A cambio, los veteranos de Adalwulfo mantenían la región a salvo de ladrones y malhechores, aunque no era raro escuchar entre aquellas gentes humildes que la huida de estos se debía más bien a que sabían que, con los soldados campando a sus anchas, nada de valor quedaría en la zona. En definitiva, interpretar lo que estaba sucediendo ante sus ojos debería haber sido más sencillo para Adalberto que para los demás. Sin embargo, el sacerdote depositaba mayor confianza en su propio criterio que en el de aquel mocoso. Aun así, debía reconocer que la densa multitud de hombres que se desplazaba en la lejanía parecía deambular lenta y trabajosamente sin un destino claro. Se frotó las manos, nervioso, sin saber muy bien cómo debía proceder llegado a ese punto. Sus esperanzas de disponer del tiempo indispensable para abordar a Roderico antes de que comenzara la batalla se habían desvanecido. ¿Sería suficiente con la presencia de la reliquia sagrada en sus alforjas para enaltecer el corazón de los cristianos y privar de fuerza a los brazos de los guerreros del desierto? ¿Bastaría con que él mismo la hiciera sonar o debía hacerlo Roderico, como había indicado Sinderedo? ¿O era preciso mostrar la reliquia, recorriendo el campo de batalla con ella en alto, para que su poder hiciera mella en los que la observaran?

Hermigio se había ido adelantando poco a poco hasta colocarse casi a su vera, junto a su secretario, un joven taciturno y enjuto que siempre lo acompañaba como una sombra. El muchacho contemplaba los instantes previos a la batalla con los ojos muy abiertos. Berinhardo, uno de los guardaespaldas de Adalberto, lo apartó de un manotazo para ocupar su posición y ver mejor lo que estaba sucediendo. Fruela, otro de los veteranos, terminó de alejarlo de un empellón despreocupado que casi le hizo dar con sus huesos en el suelo. El chico se retiró hacia donde esperaban el resto de los siervos sin dejar de mirar atrás por encima del hombro.

—Aquella es la enseña de Oppas, y en el ala derecha ondea la de su hermano Sisberto. A esos extranjeros les van a llegar los talones al culo en cuanto nuestros caballeros lancen sus monturas al galope —pregonó Berinhardo, dándose la vuelta para que Bonifacio lo oyera y reparase en lo familiarizado que estaba con los nobles más importantes del reino.

El sacerdote se mantuvo impertérrito, poco dispuesto a dirigirse directamente al veterano. Habló, en cambio, al señor de aquel sin demasiados miramientos.

—Adalberto, aún no hemos llegado al campo de batalla, donde está nuestro lugar. Así que haced el favor de apurar el paso; ya hemos perdido demasiado tiempo con vuestra estúpida exigencia de vestir esa armadura.

El joven se ruborizó, entre indignado y avergonzado. Hizo

una seña a Berinhardo para que tomara el control de la columna y él, con un suspiro, se acercó al anciano clérigo con la intención de limar asperezas. No deseaba entrar en liza sin estar seguro de contar con el apoyo de Dios.

—¡Moveos, joder! Respetad las filas y apretad el culo, ¡ya casi estamos! —gritó el veterano. En el último momento, cuando su señor apartaba a Bonifacio para hablar a solas con él, añadió entre dientes—: Menudo mentecato...

Hermigio no pude evitar sonreírse, y el malcarado guerrero, al percatarse de que este lo había oído, puso los ojos en blanco e hizo un gesto con el pulgar, como si se cercenara el cuello. El joven no supo si iba dirigido al clérigo o a él, pero por si acaso agachó la cabeza y salió a la carrera.

Situado entre una turbamulta de jinetes en el flanco izquierdo del ejército real, el caballo de Ragnarico piafaba nervioso bajo sus piernas. No era el único que sufría la excitación previa a la batalla: el jinete que lo montaba notaba como sus entrañas se revolvían. Siempre le sucedía igual, desde aquella primera campaña quince años atrás contra los vascones. Aunque en esta ocasión, si lo analizaba con frialdad, no le parecía que su nerviosismo tuviera los mismos motivos que el de otrora.

Ragnarico formaba junto a los guerreros de Oppas, secundado por otra veintena de caballeros provenientes de sus tierras cercanas a Hispalis; sus desheredados, le gustaba llamarlos. Desheredados de Astigi, la ciudad de la que habían sido expulsados todos ellos años atrás. A partir de entonces habían tenido que labrarse su futuro. Ahora bien, no renunciarían a recuperar lo que les correspondía por derecho.

Su señor los había convocado pocos días atrás; a regañadientes había acudido con unos cuantos jinetes escogidos. La llamada de Oppas lo había sorprendido: en su opinión, el hermano del difunto Witiza debería haber aprovechado la ocasión para dejar que aquel perro bastardo de Roderico muriera en el campo de batalla mientras él se regocijaba en su palacete de la vieja Hispalis, preparándose para cuando su familia volviera a tomar las riendas del reino. Unas riendas que nunca debió llevar el oportunista de Roderico. En cuanto eso sucediera, Ragnarico sería de los primeros en postrarse ante el nuevo soberano y pedir su favor, algo que llevaba tiempo demandando.

Una vez que el ejército enemigo hubo tomado posiciones frente a ellos, entre las tropas de a pie que formaban a su lado cundió el optimismo al confirmarse la escasez de jinetes mauri: apenas medio millar. Ragnarico y los suyos les dedicaron miradas altivas, mascullando por lo bajo el desprecio que les inspiraban los siervos, artesanos y campesinos que completaban el ejército real. Si por él hubiera sido, ninguno de aquellos debería haber salido de sus talleres o soltado sus azadas.

Ese fue el instante que tanto tiempo había esperado el portaestandarte de Oppas. Rápidamente, las órdenes que solo los oficiales de cada partida conocían comenzaron a propagarse entre los jinetes, y estos, a desfilar según los designios de su señor.

La partida de Adalberto avanzaba con brío renovado tras la arenga del sacerdote. Concentrados en poner un pie delante del otro, solo los acompañaba el suave murmullo que emitían las armas de los guerreros al chocar contra sus piernas. El mismo Hermigio se había decidido a desempaquetar su espada corta, lo que le había valido un bufido despectivo de Berinhardo, que la había menospreciado diciendo que se trataba de un vulgar cuchillo de trinchar pollos. Avergonzado, Hermigio bajó la cabeza. Al menos tenía espada, no como el resto de los siervos, que blandían azadones y hachas de leñador.

Cuando dejaron atrás la suave colina, Berinhardo se detuvo de improviso, lo que hizo que los que seguían sus pasos de cerca chocaran contra él.

—Algo va mal —masculló—. ¿Dónde demonios están? —preguntó para sí.

Hermigio observó con atención al ejército desplegado, tratando de entender a qué se refería el veterano. Distinguió la masa de infantes dispuesta en una única columna, pero no fue capaz de ver a los caballeros que hasta ese momento los flanqueaban. ¿Había empezado ya el combate?

—¡Maldita sea! ¿Es que no sabéis comandar a vuestros hombres? —gritó Bonifacio fuera de sí, exasperado por el inesperado alto.

Adalberto salió corriendo desde el final de la columna para llegar hasta donde su hombre de armas, boquiabierto, contemplaba la llanura.

—Por el amor de Dios, patán, vas a hacer que este jodido cura proteste ante mi padre por nuestro proceder, y ten por seguro que quien recibirá los azotes serás tú...

—Podéis estar tranquilo, joven señor. Si eso es lo que os preocupa, empezad a haceros a la idea de que no volveremos a ver a vuestro padre.

Adalberto lo miró, anonadado, y entonces el guerrero extendió el índice hacia un lugar distante, entre las dos formaciones que se amenazaban.

—¿Veis aquellas turmas de caballería? Son las nuestras.

—¿Ya están atacando? ¡Pero si la infantería aún no se ha puesto en marcha!

—Eso es porque no cargarán contra el enemigo, sino contra nuestros hombres. Los muy hijos de puta han traicionado al rey.

III

Si pocos instantes atrás había reinado la confianza entre los guerreros que conformaban las apretadas líneas de infantería, ahora el miedo se extendía con la rapidez del fuego en la hierba seca. La caballería los había traicionado: a una señal de sus comandantes, había abandonado el campo de batalla y dejado a los infantes a su suerte.

Ademar observaba, atónito, cómo la nube de polvo que levantaban los cascos de los caballos se iba desvaneciendo lentamente junto con la que había representado hasta entonces la mejor baza con la que contaban para vencer en la batalla.

—Parece que se te ha desencajado la mandíbula —gruñó Witerico a su lado.

Ademar, con la quijada abierta, ni siquiera lo oyó; estaba demasiado concentrado en maldecir el nombre de Oppas, el de Sisnendo, el del difunto Witiza y el de todos aquellos bufones que los seguían, sin olvidar el de Ragnarico, su medio hermano. Este lo maldijo especialmente.

Hacía ya diez años que sus caminos se habían separado. Ragnarico, frustrado por no ser él quien rigiera los destinos de Astigi, como pensaba merecer, había abandonado la ciudad rumbo a la populosa Hispalis para ponerse al servicio del difunto Witiza y su hermano, el obispo Oppas. Ademar, en un principio, confió en que la intención de su medio hermano fuera la de labrarse su propia fortuna; pero a lo largo de los años le había quedado claro que lo que pretendía más bien era recabar la influencia suficiente entre los más poderosos para que le permitieran sustituirlo en su puesto. Desde niño había soñado con arrebatarle su posición, y no parecía dispuesto a cejar en su empeño.

—Ese buitre traicionero de Ragnarico espera que todos nosotros nos dejemos aquí la vida, señor. No podemos darle esa satisfacción. No quiero a los míos bajo su maldita bota —masculló Witerico entre dientes, dándole una palmada en el hombro.

La disputa con su medio hermano venía de lejos. Ademar había venido al mundo en el vientre de una hispana, con quien su padre se había desposado a pesar de que esta unión no era bien vista en el obispado hispalense. El amor es tan fuerte que vence las adversidades si uno tiene agallas para luchar por él, solía decirle su padre de niño. Y esa era una lección que a Ademar se le había grabado a fuego. Sin embargo, era todavía muy pequeño cuando tuvo que aprender otra dura enseñanza: a veces es la muerte la que se erige, prematuramente, en vencedora. Su madre murió tratando de dar a luz a un bebé que tampoco sobrevivió al parto. Y, tras algún tiempo de guardar duelo, su padre terminó tomando por esposa a una joven goda de buena posición afincada en Hispalis, la que más tarde sería la madre de Ragnarico.

A partir de entonces, ella se volcó en el propósito de encumbrar a su cachorro por encima del medio hermano, al que despreciaba por su origen mestizo, algo que su padre no consentía. Cuando aquel falleció, sus intentos se intensificaron, sin escatimar en traiciones, mentiras y sobornos con los que pretendía socavar la recién adquirida autoridad de Ademar, apoyada en la influencia de su familia entre los nobles godos de Hispalis. Sin embargo, no solo su buen hacer como gobernante, sino también la proverbial desconfianza de la que hacían gala los habitantes de Astigi ante sus poderosos vecinos de Hispalis —sobre todo cuando estos trataban de imponerles algo— habían jugado en favor de Ademar.

Por el momento, Ademar y su medio hermano solo habían llegado a las armas en una ocasión, cuando Ragnarico se había atrevido a acudir hasta una de sus fincas rústicas con una partida de hombres. Ademar había conseguido desarmar a su medio hermano en la lucha y le había permitido huir indemne tras arrancarle la promesa de cesar en sus hostilidades. Desde aquel día, Ragnarico se había contentado con acosarlo en el terreno político, en connivencia con el obispo Oppas. Repentinamente, a Ademar le habían empezado a surgir toda clase de pleitos con la Iglesia hispalense, que se habían saldado con una merma considerable en sus arcas.

Solo la inesperada muerte de Witiza y el posterior ascenso de Roderico habían conseguido virar las tornas: gracias a la intervención de Roderico (a cambio del apoyo de Ademar a su causa) había conseguido que Ragnarico retirase sus quejas ante los tribunales de Hispalis, y se había quitado de encima las onerosas demandas de Oppas. Mientras el antiguo señor de Corduba se mantuviera en el trono, solo debería preocuparse, al fin, de menesteres como alimentar a su pueblo, impartir justicia y proteger los caminos. Bastante tenía ya encima.

Ese día, cuando había vislumbrado la enseña de Ragnarico entre las de los hombres de Oppas, había elevado una plegaria en silencio para que alguna de las espadas que blandían los mauri le hiciera un favor segando la vida de su medio hermano y pusiera fin de una vez para siempre a un conflicto en el que nunca quiso verse implicado. En cambio, parecía que aquel hijo de perra, como tantas otras veces, escaparía indemne.

Ademar hizo un esfuerzo por volver al presente. Los guerreros, tras él, clamaban contra los traidores. Algunas voces se elevaban pidiendo dar la espalda a los invasores y regresar a Hispalis para ponerle cerco y tomarse cumplida venganza; sin embargo, primero había que vencer a aquellos hombres del desierto. Y eso, a cada instante que pasaba, se le antojaba una misión más complicada.

Tratando de sacudirse la desazón que lo embargaba, optó por concentrarse en lo que se les venía encima. No había sobrevivido hasta sobrepasar con creces la treintena para dejarse llevar por el miedo en una situación como aquella. Su voz comenzó a ser repetida por sus guerreros, y enseguida estos se dispusieron a formar, a golpes cuando resultó necesario, a la leva en cuadro ofreciendo un muro de escudos que miraba tanto hacia el frente como a su espalda. Si los traidores regresaban a la batalla, más les valía tratar de resistir cuanto pudieran antes de romper filas y convertirse en asustados conejos huyendo ante despiadados zorros. Aun así, Ademar estaba convencido de que en el caso de que los traidores atacaran, la batalla estaría decidida casi antes de empezar, y con ella, el reinado de Roderico, su propia vida y la de los suyos.

Witerico y Alberico, escudos en alto, balanceaban sus espadas de izquierda a derecha, poniendo orden. Ademar apretó los dientes al pensar en sus familias, y en su propia esposa, que los esperaban en Astigi sin imaginar la difícil situación en la que estaban inmersos. Habían partido de sus hogares creyendo que en aquella batalla solo sería necesaria una pequeña demostración de poder para convencer a los mauri de que en aquella incursión ya habían reunido un botín suficiente para regresar a su tierra satisfechos. En cambio, tras la traición de la caballería, los guerreros del desierto tenían a su alcance el dar un golpe de efecto para el que nadie estaba preparado. Y él apenas se atrevía a prever las posibles consecuencias.

Ademar introdujo la mano en la pequeña faltriquera que pendía a un lado de su cinturón y tomó entre sus dedos la punta de una flecha mauri que había conservado tras extraérsela del muslo a uno de sus hombres, al que los jinetes ligeros enemigos habían atacado mientras se aprovisionaba de agua. Nunca hasta entonces había visto flechas así: el astil era bastante simple, largo y muy ligero, y la punta, extremadamente fina, poseía dos lengüetas, una a cada lado. Parecían ideadas para hincarse profundamente en la carne, de donde no podían ser extraídas sin cortar alrededor. Ademar apretó aquella punta extraña hasta que las yemas de sus dedos perdieron color, con la sensación de que se le había clavado en el centro del corazón. Astigi, su hogar, los suyos...; si ellos caían allí, quedarían indefensos. Tenía que sobrevivir y regresar a la ciudad antes de que fuera Ragnarico a reclamar sus tierras y vengarse de sus habitantes. Debía lograrlo, pasara lo que pasara. Aunque tuviera que acabar con todos aquellos extranjeros por su mano.

Haciendo caso omiso del sentido común, que los llamaba a huir de aquel lugar como almas que llevara el diablo, Bonifacio, terco como una mula, instó a los hombres a seguirlo hacia el campo de batalla.

—Tenemos con nosotros lo único que puede dar la victoria al ejército de Dios, ¡no podemos negarles la esperanza! —arengó, enfervorizado, a los siervos, que pugnaban por retirarse hacia la cola de la columna.

Adalberto dudaba, sin saber bien qué debía hacer. Gruesas gotas de sudor le bajaban por la frente. ¿Qué esperaría su padre de él en una situación como aquella? ¿Cómo debía actuar para ganarse su estima?

—Señor, con el debido respeto, deberíamos largarnos de aquí cagando leches —sentenció Fruela con urgencia.

—¿Qué dices, malnacido? —replicó Bonifacio, alterado, al oírlo—. Cumpliremos nuestra misión y llevaremos la victoria a nuestro ejército. Cualquiera que no se aplique con el debido celo será denunciado por su impiedad ante el metropolitano de Toletum. ¿Me habéis escuchado bien?

Hermigio miraba a unos y otros, angustiado. El cura parecía haber perdido la razón. Sin embargo, la seguridad irracional con que daba por hecho que aquel pequeño grupo podía desempeñar un papel fundamental en la batalla invitaba a seguirlo. Porque... ¿y si tuviera razón?

Nadie sabía con certeza en qué se basaban las esperanzas del clérigo. Por descontado, aquella ridícula partida de apenas veinte hombres, de los cuales solo a tres cabía llamar guerreros, no podía aspirar a tener ninguna relevancia en el plano meramente bélico. Pero Hermigio, siempre curioso, había captado unas misteriosas referencias, murmuradas en voz baja entre el cura y su secretario, a la presencia de un objeto sagrado, una poderosa reliquia que Bonifacio guardaba entre sus pertenencias. ¿Qué ocurriría si lograban llegar con ella hasta el campo de batalla? ¿Serviría para alterar el resultado del combate si fuera necesario?

Al ver que Adalberto no se decidía, Bonifacio, exasperado, tironeó de su brazo para hacerlo reaccionar.

—El tiempo se agota, Adalberto, ¿a qué esperáis para avanzar, maldita sea? ¡Os llevaré ante los más altos tribunales! ¡Dios os ha elegido para proteger a sus fieles! ¡Si lo conseguimos, os cubrirán de alabanzas! ¡De oro! —Fuera de sí, el clérigo mezclaba promesas con amenazas, buscando las palabras que hicieran reaccionar al joven.

Sin saber bien cuáles de ellas lo empujaban, Adalberto, a pesar de que tanto su propia razón como la experiencia de sus guerreros le advertían que nada bueno lo esperaba en aquella oscura llanura, hizo un leve gesto con la mano para que siguieran adelante. Paso a paso, primero con lentitud y luego casi a la carrera, avanzaron para unirse a aquel ejército condenado a la derrota.

Después de los primeros instantes de desconcierto, la batalla había comenzado. Desamparadas las alas a merced de la caballería enemiga, los desgraciados infantes sufrieron sus cargas una y otra vez. Los mauri atacaron como un torrente desatado, ululando cual demonios surgidos del averno, lanzando un venablo tras otro, socavando las filas y el ánimo de los guerreros, que, rodilla en tierra, se protegían como podían de aquella lluvia mortal. Los momentos de pausa duraban poco mientras los jinetes ligeros se retiraban para regresar enseguida con las alforjas nuevamente repletas de venablos que arrojar.

Roderico había elegido aquella llanura precisamente para favorecer el despliegue de sus poderosos corceles de guerra, el arma llamada a desequilibrar la balanza en un duelo en el que la igualdad imperaba en el número de guerreros presentes en ambos bandos. De no ser por ese factor, el ejército se habría retirado hacia el norte en busca de un terreno montañoso fácilmente defendible por la infantería, donde habrían podido además esperar refuerzos procedentes de las levas o las mesnadas de los señores norteños. Pero ese día nada resultó como Roderico y los suyos habían esperado. El antiguo *dux* de la Betica estaba condenado, y no pocos godos se alegraron de ello, pues habían estado el último año, a la sazón todo el tiempo que Roderico llevaba reinando, esperando el momento adecuado para desbancarlo de su sitial.

El frente godo, aun con todo en contra, resistió gran parte del día, ya que entre quienes allí se encontraban figuraban muchos de los grandes guerreros del reino. Los que procedían de la Betica, cuyos hogares estaban cercanos, no dieron un paso atrás, conscientes de que si huían sus posesiones y sus seres queridos quedarían a merced de los invasores. Otros, en cambio, dueños de tierras en Toletum, Emerita o aún más al norte, se marcharon sin mirar atrás en cuanto les fue posible, dando por seguro que en sus dominios nadie llegaría a pagar las consecuencias de aquella incursión.

Roderico, el rey traicionado, escapó de la masacre, o eso al menos aseguraron los pocos supervivientes de las tropas que lucharon a su lado; no obstante, nunca más se supo de él. Puede que muriese atravesado por las armas de algún oscuro bereber durante su huida, o que refugiase su vergüenza en el anonimato a partir de entonces.

Sus *fideles* aseguraron que resistió junto a ellos hasta que su espada, golpe tras golpe, fue perdiendo tanto filo que al final se asemejaba más a un basto trozo de metal que al privilegiado acero de un rey. Sus hombres de confianza fueron cayendo todos ante el empuje enemigo, aunque vendieron caras sus vidas.

Sin duda, no es un trago agradable comprobar que los propios súbditos de uno lo traicionan, pero quizá Roderico había contemplado tal posibilidad, ya que debía su corona precisamente a eso, a la intriga. Algunos ganaron con el cambio, otros no tanto, pero eso es ley de vida.

La partida de Adalberto, por mucho que Bonifacio se hubiera empeñado en lo contrario, tuvo un papel irrisorio en la macabra obra que se representó en el sur de Hispania mientras el resto del reino permanecía ajeno a lo que sucedía, sin concebir que aquello pudiera representar algún cambio para él.

Adalberto y los suyos llegaron a la retaguardia del ejército godo cuando ya las alas de aquel soportaban la presión de decenas de ágiles jinetes del desierto, que mermaban las tropas sembrando el miedo y la muerte entre los hombres, y las primeras filas del frente recibían el embate de la infantería enemiga. La ridícula imagen de Bonifacio haciendo resonar una trompa dorada como si fuera lo único importante mientras centenares de hombres agonizaban no sirvió, precisamente, para mejorar el concepto que del religioso tenía el joven señor.

Si desde la distancia le había sorprendido la oscuridad, al acercarse a la batalla lo que impactó a Hermigio fue el ruido. Los gritos se sucedían, mezclados con el entrechocar de las armas, tan ensordecedor que los combatientes apenas eran capaces de oír a quienes luchaban justo a su lado.

Aturdido y agobiado por aquel caos, el muchacho se esforzaba por atender a las voces de los guerreros, a los que asistía llevándoles agua, armas o lo que pidieran, siguiendo a otros tantos siervos y escuderos que acudían a la llamada de sus señores. Si perdía de vista a los suyos, se limitaba a obedecer con premura a cualquiera que lo solicitara. Apenas era consciente del transcurrir del tiempo, solo sabía que estaba cansado, agotado. Cuando el sol empezó a esconderse tras el horizonte, las piernas casi no lo sostenían mientras él se obstinaba en proseguir, tratando de ignorar el alivio que le producía no haber tenido que blandir su corta espada ni haber derramado una gota de su sangre en aquel terreno cada vez más resbaladizo.

A la caída del sol, tras horas de feroz combate, con solo la tercera parte de los efectivos aún en disposición de empuñar un arma, con el rey ya desaparecido y el signo de la batalla decidido, el enemigo dio por fin tregua retirándose para descansar. Los jinetes ligeros tomaron posiciones alrededor del derrotado ejército godo, y los caballeros traidores —los cuales, al menos, no habían tomado parte en la batalla— fueron enviados a cubrir la retaguardia para evitar la huida de los supervivientes durante la noche. Quizá compadecidos de sus compatriotas, no se aplicaron con celo a su misión, pues fueron muchos los guerreros que lograron regresar a sus hogares. Lamentablemente, fueron muchos más los que quedaron sobre la enfangada tierra, entre ellos Adalberto y Fruela.

Los soldados, extenuados, cubiertos de barro y con la derrota escrita en las facciones, se dejaron caer al suelo. Cuando se hizo el silencio, este resultó casi más aterrador que la algarabía que lo había precedido. Bonifacio, con los ojos cerrados, rezaba en voz baja junto al cadáver de Adalberto, que Berinhardo había cargado hasta la retaguardia para depositarlo en la tierra con mimo. Después, el guerrero había partido de nuevo hacia lo más crudo del combate, donde había visto caer también a su compañero Fruela y de donde no había regresado hasta que el cielo comenzó a teñirse de añil.

Amparado en la oscuridad, con el único guerrero de su partida vivo agachado junto a su señor y Bonifacio en pie al lado de aquel, Hermigio asistió atónito a aquel improvisado oficio. Milagrosamente seguía en este mundo, lleno de mierda desde los pies hasta el pelo. Mierda, más que mugre, porque de eso precisamente se trataba. Tenía la boca reseca, pero no se le ocurrió beber del odre que cargaba, que era demandado con avidez por los soldados que descansaban tendidos sobre el hediondo terreno.

Ademar estaba sentado en el suelo, entre los cadáveres de dos guerreros árabes, fácilmente distinguibles por las exóticas y caras armaduras que vestían. Hacía rato que se había aburrido de examinar sus extraños rasgos. El tono aceitunado que mostraban en la tez le causó a la vez repulsa y fascinación. Aquel fue el primer día que vio a un bereber, y qué decir de un árabe, como los que yacían sin vida a su lado. Mauri, o bereberes, como había sabido que los llamaban, los hubo sin cuento entre la tropa enemiga, y había tenido ocasión de enviar al infierno a un buen puñado de ellos. Los pocos árabes con los que cruzó su acero se habían concentrado en acosar a los hombres que formaban el muro de escudos tras el que luchaba Roderico, y no habían cejado en su empeño hasta que el soberano había tenido que huir. Allí los había encontrado Ademar, al que el devenir de la lucha había terminado por llevar hasta donde los últimos gardingos del rey resistieron esa tarde, reagrupados en lo que había sido la retaguardia del ejército y que ahora estaba formada por los supervivientes de aquella desgraciada jornada.

Sediento, echó una ojeada alrededor hasta reparar en un muchacho sucio que cargaba un odre de agua y que se había detenido a escrutar con horrorizada fascinación los cadáveres de los árabes que lo flanqueaban.

—Agua —le pidió, haciéndole una seña para que se acercara.

Hermigio pareció despertar al oír su voz y se acercó cuan rápido pudo. Sus pies chapoteaban de forma desagradable al avanzar por el terreno enfangado. Sin mirar al hombre a los ojos le tendió el odre con manos temblorosas.

El guerrero lo tomó de un tirón brusco que hizo trastabillar a Hermigio, quien, aturdido, no había soltado el recipiente a tiempo. Musitó una disculpa, avergonzado. Ademar hizo un gesto con la mano, restándole importancia al incidente. Se desprendió del casco, emitiendo un gruñido quedo al soltar sus greñas empapadas, y lo depositó a su lado con parsimonia, evitando que se manchara en el cenagal que se había formado con el barro y la sangre de los caídos.

—Muchacho, vas a necesitar una buena espada —dijo, señalando el lugar donde varios escuderos y siervos rebuscaban entre los muertos armas con las que sustituir las propias o las de sus señores. De acero abandonado y cuerpos desjarretados andaba bien provisto aquel suelo.

—No soy un guerrero, señor —repuso Hermigio, encogiéndose de hombros.

No hacía tanto soñaba con serlo. Ahora habría dado cualquier cosa por estar lejos de allí. Acarició el pomo de su espada corta, de la que Berinhardo se había mofado. Usarla para trinchar pollos ya no le parecía tan malo.

Una sonrisa triste asomó al rostro cansado de Ademar. En la oscuridad reinante apenas se distinguían sus facciones, pues nadie había osado encender una fogata por temor a atraer al enemigo antes de tiempo, pero Hermigio intuyó el gesto a causa del brillo de sus ojos claros.

—Has sobrevivido a la jornada de hoy, ¿verdad? Y este ejército no anda precisamente sobrado de hombres. Por mí, no mereces morir desarmado, aunque tu señor no te haya dado permiso para luchar. Dime, ¿ha muerto? Si es así, puedes decidir tú mismo.

El muchacho bajó la mirada, avergonzado.

—Mi señor cayó. Estoy con el cura —aclaró, señalando a Bonifacio, que continuaba orando como en trance, acariciando entre los dedos aquella trompa que hiciera sonar una y otra vez desde su llegada a la retaguardia del ejército.

—Comprendo. Si lo prefieres, puedes unirte a mi partida —ofreció.

Le agradaba el muchacho; pese a lo atemorizado que estaba, se había mantenido fiel a su deber en el campo de batalla. Muchos hombres mejores no podían presumir de lo mismo.

—Yo... Sería un honor, señor, pero debo proteger al sacerdote. —Se encogió de hombros, halagado a su pesar.

Ademar disimuló una sonrisa. Si las esperanzas del anciano pasaban por aquel chico delgado y desgarbado, con apenas una pelusa desordenada adornándole la barbilla, no llegarían muy lejos.

—Quizá podamos ayudarte en eso. Tampoco creas que te estoy ofreciendo un futuro brillante, repleto de mujeres y riquezas; como a tantos otros de los que nos rodean, no te auguro nada mejor que una muerte cierta. Ahora bien, puedes morir con una espada en la mano; no seré yo quien te niegue ese honor. ¿Cómo te llamas?

—Hermigio, señor.

El guerrero asintió, se puso en pie y recogió una espada del suelo.

—Yo soy Ademar, señor de Astigi —se presentó, tendiéndole el acero.

Hermigio lo tomó con torpeza.

—Será un honor serviros, señor. Siempre que el sacerdote me dé permiso —musitó.

—Me parece justo. En fin, acuchilla con tu *gladius* y corta con la espada que te acabo de entregar, ¿entendido? —recomendó.

Hermigio lo miró sorprendido.

—¿Esto? ¿Cómo lo habéis llamado? —inquirió.

—*Gladius.* Ese tipo de espadas cortas las utilizaban los mismos hombres que construyeron las calzadas por las que transitamos. Y si en algo eran más hábiles que con el pico y la pala, era con ellas —explicó sonriendo.

Hermigio respondió con otra sonrisa, súbitamente encantado. Buscó con la mirada a Berinhardo. «Ese ignorante no supo reconocer una espada tan buena. Cuchillo para pollos, ¡ja!», pensó ufano. Sopesó la espada que Ademar le había entregado; en manos del guerrero no parecía pesar un ápice, pero él apenas podía sostenerla con sus cansados brazos. Bajó la cabeza, prometiéndose que se esforzaría por ser merecedor de la confianza del guerrero. Al fin y al cabo, este solo esperaba de él que muriese con dignidad.

—Gracias, mi señor. Yo...

Un súbito graznido de Bonifacio, que se había puesto en marcha, lo sobresaltó y el joven se interrumpió.

—Hermigio, ¿qué haces? ¡Rápido, bergante! Hemos de buscar al rey.

El gesto de Ademar se tornó sarcástico.

—Llegáis tarde, anciano. Roderico ha huido del campo de batalla.

—¿Quién sois? ¿Cómo osáis hablar así del rey legítimo? ¡Este ejército no ha dicho aún su última palabra!

Un murmullo se elevó entre los guerreros que lo habían escuchado, la mayoría heridos y todos conscientes de la derrota.

—Soy uno de sus señores. Más concretamente, uno de los pocos que todavía se tiene en pie y le sirven fielmente. Así que dudo que encontréis por aquí a alguien más indicado para informaros que yo mismo.

El cura se acercó con paso inseguro, reprimiendo el asco que le daba tener que pisar aquel cenagal. Al llegar junto a Hermigio, se apoyó en su hombro.

—Eso lo decidiré yo. ¿Cuál es vuestro nombre? —insistió, testarudo.

—Ademar, señor de Astigi —volvió a presentarse este, sin levantarse ni ofrecer ceremonia alguna.

El clérigo lo estudió con detenimiento, como tratando de sondear el interior de Ademar, que sostuvo su mirada, impertérrito.

La irrupción de otro hombre puso fin a aquella tensa conversación. Sin armadura ni casco, rápido y silencioso, estaba ya casi al lado de Hermigio y Bonifacio cuando su voz los alertó de su presencia.

—Mi señor, todos los exploradores están de regreso. Hay una arboleda cercana al río donde no han apostado centinelas. Es nuestra mejor oportunidad de regresar a casa.

Ademar se incorporó pesadamente, como si moverse le supusiera un gran esfuerzo. Su estatura destacaba entre la de los demás, incluyendo a Berinhardo, que se había acercado hasta donde estaba el cura. Apretó los dientes cuando una punzada de dolor le atravesó el brazo izquierdo. Sus súplicas habían sido escuchadas: tendrían una oportunidad de volver a su hogar. Dios quisiera que no fuese demasiado tarde.

—¿Abandonaréis acaso el campo de batalla? —tronó Bonifacio con un deje de desprecio.

—Y vos deberíais hacer lo mismo —afirmó Ademar secamente, ignorando la provocación—. Di a los hombres que se preparen —ordenó al explorador que acababa de traerle las noticias.

—¿Y cómo sabéis que el rey no ha partido en busca de refuerzos con los que dar la vuelta a esta situación? ¿Vais a dejarlo desamparado ahora, cuando más os necesita? ¡El propio Altísimo os reclama! —insistió Bonifacio, desesperado.

Ademar palmeó el hombro del cura con la mano enguantada y pegajosa. Bonifacio lo miró horrorizado. Parecía nadar entre la indignación, la incredulidad y el desaliento.

—Roderico se ha largado, padre. Yo mismo regué este maldito lugar con mi sangre para hacerlo posible. —Enfatizó sus palabras mostrando la herida que recorría la carne del brazo del escudo desde la muñeca hasta el antebrazo, donde la cota había detenido el filo—. Y, creedme, vosotros deberíais imitarlo mientras la oscuridad lo permita, pues no creo que os gustara comprobar lo que se siente en los mercados de esclavos de Africa. Apuesto a que Nuestro Señor, el Altísimo, lo entenderá.

Ademar, sin esperar su respuesta, dio la espalda al cura y echó a andar. No había tiempo que perder en discusiones absurdas, cada minuto que pasaba daba opción a los jinetes enemigos a terminar de cerrar el cerco alrededor de los supervivientes. El resto de sus guerreros partieron tras él.

Bonifacio, con el rostro congestionado por la ira, parecía haberse quedado petrificado, con los ojos clavados en los hombres que se perdían en la penumbra tras su señor. Berinhardo, a su lado, se frotaba las manos con nerviosismo, lanzando miradas inquisitivas a su alrededor.

Hermigio, por su parte, sudaba copiosamente, presa de la duda. Se pasó la mano por la frente y reparó en que, en realidad, no era sudor lo que la empapaba, sino la llovizna ligera que por fin había comenzado a caer. Las gotas impactaban en los turbios charcos, donde dibujaban ondas que se extendían por su superficie. A Hermigio la humedad se le colaba bajo la ropa y la angustia le atenazaba la garganta. Las pocas esperanzas que tenía de escapar de allí con vida se perdían en la distancia. Ciertamente, deseaba partir en pos de Ademar y los suyos, pero aquello supondría dejar atrás su vida para siempre y faltar a su compromiso con Bonifacio. Que estaba loco era verdad; que hacía pocas semanas que lo conocía, lo mismo. Aun así, las gentes de bien, había escuchado en boca de su padre, no iban por ahí rompiendo su palabra, y menos si hacerlo ofendía a un hombre que cumplía órdenes del metropolitano de Toletum...

Un golpe seco interrumpió su línea de pensamiento. Ante su sorpresa, Berinhardo había descargado una de sus manazas sobre la cabeza del sacerdote y lo había dejado sin sentido. Lo sostuvo para evitar que cayera al hediondo limo. Hermigio se quedó con los ojos como platos, y el secretario de Bonifacio, que se había mantenido a la sombra del cura, exhaló un gemido preocupado.

—Y tú, maldita rata de escritorio, demuestra tener más sentido común que tu patrón y no te pasará nada —le instó el guerrero con cara de pocos amigos—. Respecto a ti, gañán, haz lo que mejor te parezca —dijo, mirando hacia Hermigio.

Berinhardo se hizo con una de las mulas que vagaban por el lugar, arrojó el cuerpo del cura sobre su lomo y lo afianzó atándolo con el mismo cordón del hábito del religioso. Aunque estaba de espaldas, a Hermigio le pareció oír que mascullaba entre dientes:

—Que Dios me perdone.

IV

Argimiro llevaba largo rato contemplando las estrellas que empezaban a destacarse en los claros que las nubes iban abriendo en el cielo. Titilaban con luz potente, límpida, clara. Justo lo contrario a como se encontraba su conciencia en ese momento.

Igual que otros muchos guerreros de la caballería goda, no había querido presenciar el combate que había terminado con la derrota sin paliativos del ejército en el que formara al inicio de la jornada. Sentía lástima por los centenares de hombres anónimos que se habían dejado la vida y las esperanzas en la batalla. Algunos lo merecían, como el maldito Roderico, pero no podía dejar de pensar en que también habrían muerto muchos inocentes en aquel nuevo lance del juego de poder en el que se encontraba inmerso el reino.

Dos habían sido los ganadores en aquella jornada: Oppas y, en menor medida, Agila. Que lo fuera este último le disgustaba; solo cabía esperar que Agila no se sintiera tan fortalecido tras un lance en el que ni siquiera había participado que le diera por expandir su territorio a costa de las propias posesiones de Argimiro.

Los que, a su entender, no tenían relevancia alguna eran los ejecutores de la victoria: aquellos bereberes volverían a sus tierras de más allá del mar en cuanto su codicia se hubiera saciado y solo quedarían en Hispania los actores principales, que los habían utilizado como marionetas a su merced. Oppas tomaría de nuevo el poder, salvo en la Tarraconense y la Septimania, en las que Agila continuaría con su reinado. Poco importaba lo que opinara aquel lunático tuerto que comandaba las hordas llegadas desde África, que al parecer inspiraba a los suyos un temor reverencial: ya tenía sus alforjas repletas de botín, y su papel en esta macabra función llegaría pronto a su final. Lo cierto era que prefería verlo alejarse cuanto antes; llevaba apenas tres horas escuchándolo ladrar órdenes en el campamento, pero había sido tiempo más que suficiente para decidir que lo mejor sería poner tierra de por medio cuanto antes entre él y ese individuo.

Argimiro y sus jinetes tenían órdenes de patrullar los alrededores del campo de batalla para evitar la huida de los fugitivos. Sin embargo, se habían limitado a rondar por aquí y por allá sin levantar sus espadas contra ninguno de los que trataban de ponerse a salvo. Ya tenía bastante sobre su conciencia para que le costase dormir durante las próximas noches. No obstante, también estaba seguro de que en poco tiempo todo aquello quedaría solo en un mal recuerdo. Pensó que la vida estaba llena de ellos; o quizá, simplemente, estos perduraban más en la memoria que los agradables.

La campaña de los bereberes no tardaría en terminar. En cuanto así fuera y Oppas los enviara de vuelta al otro lado del mar interior, el territorio quedaría nuevamente pacificado y él podría regresar a su hogar, a Calagurris. Antes, por descontado, se dirigiría a reunirse con su familia, que para ese entonces debía de continuar resguardada en la fortaleza de Pedro de Cantabria. El obispo Oppas les había asegurado que aquel asunto estaba bajo control y que no correrían ningún peligro aunque los cabezas de familia se unieran a su causa; solo tras su solemne promesa habían empezado a pensar en seguirlo. Las palabras que habían acabado de convencerlos fueron las siguientes: si Pedro fuera un hombre de Roderico, estaría allí con ellos. Todos habían asentido y se había consumado la traición.

La oscuridad y el miedo parecían envolverlo todo, a ojos de Hermigio. El muchacho caminaba a toda prisa siguiendo los pasos de Berinhardo, de la mula con su inerte carga y de los pocos guerreros que se internaban en la penumbra junto a ellos. Habría preferido estar cerca de Ademar, pero, retrasados por el lento caminar de la mula, hacía tiempo que habían perdido de vista al astigitano y los suyos.

Sin más ayuda que la escasa luz de la luna creciente, recorrieron el sinuoso cauce del río procurando no hacer ruido. Cuando se escuchaba el chasquido de una rama al partirse o el inesperado chapoteo de unos pies torpes en el agua de la orilla, inmediatamente le seguía una sarta de maldiciones mascaulladas por Berinhardo. Deambularon por aquella ribera poblada de vegetación menuda lo que le pareció una eternidad, siguiendo el curso del agua siempre a contracorriente. Concentrado en dar un paso después de otro a pesar del agotamiento, rodeado apenas por los sonidos de los animales nocturnos y el gorgoteo del agua, Hermigio tenía la engañosa sensación de que estaban solos en la oscuridad. Sin embargo, cuando ya faltaba poco para que comenzase a clarear fue cuando empezó la verdadera pesadilla.

Repentinamente, un murmullo quedo que fue aumentando de volumen se apoderó de la noche. Pronto reconocieron el golpeteo de las estilizadas patas de las monturas hollando la tierra, y poco después, sus nerviosos relinchos. Enseguida les llegaron las voces de aquellos hombres llamando para localizarse unos a otros en la negrura, y por último comenzó un peculiar ulular que habría helado la sangre al mismísimo demonio. Los mauri y sus señores oscuros buscaban a los guerreros godos entre la maleza como si se tratara de una siniestra partida de caza.

Aterrado, Hermigio se lanzó al suelo sin pensar y enterró la cara en el cieno por el que instantes antes caminaba con dificultad. Los latidos de su corazón, acelerados de golpe, le resonaban en las sienes. Mantuvo la boca firmemente cerrada y se esforzó por evitar que el agua, que cuando estaba de pie le cubría apenas los tobillos, se le metiera en los orificios de la nariz. «Me voy a ahogar en un jodido palmo de agua», pensó con rabia. Un grito de terror emitido en algún lugar cercano, seguido de un golpe seco y un chapoteo, le recordó que la alternativa era incluso peor. Se estremeció, apretándose cuanto pudo contra el limo maloliente hasta que, a su pesar, saboreó la terrosa arena mojada. El sonido de los cascos se adueñó de la noche; aquello hizo crecer su angustia y lo empujó a arrastrarse en silencio buscando meterse de lleno en el lecho del río. Como tantas veces había hecho de pequeño en el arroyuelo cercano a su aldea, arrancó un tallo hueco y se lo acercó a los labios temblorosos para aspirar a través de él un hilillo de aire que le permitiera esconderse entero bajo el agua. Se dejó mecer por la tranquila corriente, respirando pausadamente, con la esperanza de relajarse y procurando no hacer ruido. Sentía el frío en los miembros entumecidos; los movió con lentitud, dejando flotar el cuerpo, tratando de acercarse hasta unos sauces que, supuso, le procurarían un mejor abrigo frente a sus perseguidores. Chocó contra la orilla y consiguió anclarse sin mayor esfuerzo entre la espesa masa que conformaban aquellos árboles achaparrados. Se incorporó con cuidado, con la intención de otear los alrededores en busca de alguna señal que lo ayudara a comprender qué estaba sucediendo, pero la misma vegetación que lo ocultaba le impedía ver más allá. Sentía la cabeza embotada y los oídos le zumbaban, llenos de agua. De pronto lo invadió la absurda sensación de que en aquella ribera verde donde los nudosos árboles parecían observar el caos, impasibles, se encontraba a salvo. Sacó por completo la cabeza del agua, solo para recibir de repente el golpe de algo enorme que venía hacia él flotando en la corriente. Reprimió un grito de sorpresa y volvió a sumergirse mientras aquella masa a la que apenas pudo reconocer como un cadáver se quedaba haciéndole compañía, trabada en la vegetación. Lloriqueó, agobiado, deseando morir allí mismo, dejar de respirar, perder la consciencia y dejar atrás el miedo. Que todo acabara por fin, de una manera o de otra. También quería correr, huir en cualquier dirección, alejarse del agua, del muerto, de los relinchos de los caballos que empezaban a sobreponerse al murmullo de la corriente junto con las voces que le confirmaron que su soledad en aquel paraje había sido ilusoria. Pero los miembros, petrificados, no le respondían.

Sus lágrimas se mezclaban con el agua dulce. Rezó cuanto sabía, que no era demasiado, pues nunca había prestado gran atención a lo que decían los escasos curas que se aventuraban por sus tierras. Su incapacidad para hilvanar más de dos frases seguidas con sentido le hizo darse cuenta de lo impío que había sido. Se concentró entonces en inventar una oración sincera con la que ofrecer el resto de sus días al Altísimo si lo libraba de aquel trance.

Justo cuando terminaba su plegaria, una mano enguantada agarró al muchacho por la cabellera y lo sacó del río arrastrándolo con pocos miramientos. Hermigio se revolvió, aterrado y empapado, para lanzarse a los pies de su captor, al que suplicó de rodillas. Por toda respuesta, la misma mano que lo había sacado del agua se posó con firmeza sobre su boca para impedir que siguiera hablando. El muchacho permaneció postrado, a punto de desmayarse, hasta que el hombre se dirigió a él en un susurro.

—Más vale que guardes silencio, hijo, si no quieres que acabemos como ese desgraciado —dijo, señalando al cadáver enredado entre la vegetación.

Hermigio lo miró con los ojos muy abiertos y los ecos de su oración todavía resonándole en la cabeza. Sorprendido, comprobó que el cuerpo pertenecía a Berinhardo; atorado en la orilla, con la piel de un tono extrañamente verdoso, sus ojos desorbitados miraban hacia el infinito, hacia la nada que tan solo los muertos parecen capaces de descifrar. Y comprobó también que la mano que lo había rescatado y la voz que le había hablado eran de Ademar de Astigi.

Apenas habían transcurrido una decena de jornadas desde la partida de Ademar, pero para Matilda el tiempo parecía haberse dilatado sin medida hasta convertir los días en largos meses. No habían recibido noticia alguna sobre la batalla, ni allí, en la villa, ni en la ciudad. Suspirando agobiada, como cada atardecer, se encaminó al promontorio desde donde podía contemplar el horizonte a placer, con la esperanza de distinguir alguna señal del regreso de su esposo. Su vista se perdió en los campos de cereal, que se mecían como un mar dorado, encrespado por la brisa de la tarde.

Se llevó la mano al vientre, perforado repentinamente por un dolor agudo, y otro suspiro escapó de sus labios. Si acaso su esperanza de albergar una vida en su interior había sido real en algún momento, ahora se había desvanecido. Sabía que algo no iba bien. Ojalá Ademar estuviera a su lado para consolarla como otras tantas veces.

De repente, a lo lejos, algo le llamó la atención: una tenue columna de polvo ascendía hacia el cielo. ¿Habrían sido sus plegarias escuchadas por fin? Cuando abandonó la loma a toda prisa, sin importarle las miradas sorprendidas que le dedicaron los siervos con los que se cruzó, ya era fácilmente visible el grupo de jinetes que se acercaba cabalgando a buen ritmo.

Frente a la casa principal encontró a Wilderico, el veterano que Ademar había dejado a cargo de la villa. El hombre, que trataba de organizar a los jornaleros que transportaban el grano recién trillado hacia los silos donde se almacenaría, se acercó a ella al verla correr.

—¡Wilderico! Se acercan jinetes, ¡el señor Ademar regresa!

Continuó sin aguardar a que aquel despachara a los siervos, arremangándose la falda para no trastabillar. Disminuyó el ritmo cuando ya se había alejado mucho de la casa y el aire comenzaba a faltarle. Entornó los ojos tratando de contar los jinetes que se acercaban; eran apenas una veintena. Dedujo que la leva ya habría sido enviada a la ciudad y que Ademar regresaba acompañado tan solo por los hombres de la villa. Bastante más cerca de ella que los jinetes, dos hombres a pie corrían por el sendero: dos jornaleros que se dirigían a toda prisa hacia la casa principal para informar del regreso de su señor. Lo cierto es que ella lo había visto antes, pensó satisfecha. Ademar podría estar orgulloso de cómo había manejado todo en su ausencia. Sonrió y los saludó con la mano en alto para que se dieran cuenta de que podían relajar su paso apresurado. Sin embargo, ante su sorpresa, ellos apretaron el ritmo aún más, con una expresión de alarma en el rostro que la inquietó.

Sin entender todavía qué estaba pasando pero alertada por los aspavientos que los jornaleros le dedicaban, Matilda se dio la vuelta y echó a correr en dirección contraria.

Cinco veces más se alzó y declinó el sol antes de que Ademar pudiera pisar el historiado suelo que orlaba el peristilo de la *domus* de su finca Y gustoso habría dado su vida por no tener que ver lo que allí le esperaba.

Permaneció largo rato acuclillado, con las manos sucias cubriéndole el rostro. Su pesada cota de malla emitía desagradables chirridos con cada uno de sus movimientos a causa de la cantidad de agua que la había empapado durante la huida por el río. Hermigio, a diez pasos de él, lo contemplaba desolado, luchando por contener las náuseas y el llanto. Bonifacio había tratado, en primera instancia, de consolar al *comes*, pero un recio empujón de Witerico había cortado de golpe su verborrea.

—Dejad de hablar de Dios, buen hombre, pues es el mismísimo demonio el que debe de haber profanado estos muros —le había espetado con sequedad.

Cuando Ademar apartó por fin las manos del rostro, sus ojos estaban secos. Tenía el alma destrozada; aun así, se negaba a reaccionar tal y como Ragnarico habría deseado. No lloraría, y no se quitaría la vida sobre aquel suelo, como le pedía el corazón. Conservaría su vida hasta tener la oportunidad de segar la de aquel maldito malnacido. Luego podría descansar en paz: cerraría los ojos, asiría con fuerza el mango de su espada y recorrería el camino que lo llevaría a reunirse con su esposa.

Su hogar estaba maldito, como él mismo. Venciendo su dolor, se dirigió al *impluvium*, donde descansaba el cadáver de Matilda. Extrajo su puñal del cinto, cortó las cuerdas que la habían mantenido hundida y la alzó en brazos. Su cuerpo, que recordaba tan liviano, le pesó una barbaridad ahora que la vida lo había abandonado. Quizá también se habían desvanecido sus propias fuerzas. Se la cargó al hombro y se alejó, dejando un rastro de agua y tristeza a su paso.

A su llegada a la villa habían sido recibidos por cadáveres en los campos quemados y más cadáveres entre los edificios, pero allí dentro solo estaba el de Matilda. Ademar la depositó en el suelo con ternura, dudando de si retirarle el empapado cabello del rostro para contemplarla por última vez. Se obligó a hacerlo; aunque deseaba negar a la muerte la posibilidad de mancillar sus recuerdos, sabía que enfrentarse a sus huellas le daría la fuerza que necesitaría para buscar a Ragnarico dondequiera que este estuviera y acabar con él.

Reparó en Hermigio, que temblaba apoyado en una de las columnas. Parecía a punto de desplomarse. Alzó la voz, que sonó inesperadamente ronca y sobresaltó al muchacho y al resto de los que aguardaban en el patio, y empezó a impartir órdenes.

—Witerico, descuelga a Wilderico. Reunid a los muertos y cavad tumbas para todos. Partiremos hacia Astigi en cuanto les hayamos dado sepultura. Vos, cura, oficiaréis el funeral. Y ahora marchad. Necesito estar a solas.

Witerico asintió y se apresuró a cumplir los mandatos de Ademar. Había mucho trabajo por delante, pues debían enterrar más de una veintena de cuerpos. De los atacantes no había quedado resto, pero no hacía falta para saber quién era el culpable de la masacre: Ragnarico. Él y sus hombres se habían empleado cruelmente en acabar con todo lo que él amaba, persiguiendo el solo objetivo de hacerle daño. Se frotó los ojos; aunque siempre había sabido que la oscuridad dominaba el alma de su medio hermano, nunca pensó que llegara tan lejos. Acarició la piel fría y húmeda de la espalda de su mujer. Burdamente dibujado con el filo de una daga, resaltaba en ella un remedo del estandarte de aquel infame traidor. Su pecho se inflamó de odio y ya no pudo contener las lágrimas durante un instante más. El zumbido incesante de las moscas, atraídas por los efluvios de la muerte, fue el único sonido que acompañó sus sollozos.

Tres jornadas después, de nuevo el ambiente propio de los prolegómenos de una batalla se extendía sobre las feraces llanuras de la Betica. El viento transportaba el olor de los humores de miles de hombres acampados en un mismo lugar, aguardando el instante en el que se lanzarían al combate.

La partida de Ademar se había dirigido a Astigi con el fin de organizar la evacuación de la ciudad y reclutar a cuantos hombres quedaran en ella. Por fortuna para ellos, un buen número de supervivientes de la batalla anterior había dirigido sus pasos hacia allí, atraídos por el renombre del *comes*, con la esperanza de detener el avance de las tropas enemigas.

Ademar habría deseado comenzar de inmediato la persecución de Ragnarico, bien para entregarlo a las autoridades, bien para acabar con él personalmente, cosa que le parecía mejor aún. Para su desgracia, la noticia de que el ejército bereber se adentraba en sus tierras lo obligó a retrasar sus planes de venganza. En un primer momento había esperado poder tener nuevas suyas; sin embargo, ningún explorador hablaba de guerreros godos entre las filas enemigas, por lo que tuvo que asumir que su medio hermano debía de hallarse ya muy lejos de allí.

Nadie había previsto la situación en la que se encontraban. Aquella hueste de saqueadores debería haber regresado a la costa con el botín de sus correrías, rapiñando si acaso alguna ciudad desprotegida de camino, pero nunca adentrarse en el interior del territorio. Ademar creía que aquellos malnacidos eran, en parte, culpables de su desgracia, y además ahora le negaban su venganza. El recuerdo de su esposa mancillada le hizo bullir la sangre en las venas. Evitó sostener la mirada de ninguno de los que lo acompañaban, temeroso de que el llanto lo volviera a dominar. Crispó los puños. Mataría a Ragnarico con sus propias manos: dejaría que su vida escapara lentamente entre sus dedos, estrangulándolo sin piedad. Quemaría sus posesiones y acabaría con sus seres queridos; nunca se había tenido por un guerrero sanguinario y no disfrutaba con la matanza de inocentes, pero por una vez aquel pensamiento se le antojaba hermoso en su imaginación.

—Señor, si no os relajáis, no podré colocaros los protectores de los antebrazos —dijo Hermigio, interrumpiendo sus cavilaciones.

El muchacho había terminado por convertirse en su improvisado escudero. El anterior, hijo de uno de sus feudatarios de Astigi, había encontrado la muerte en el mismo campo de batalla donde habían rescatado al grupo proveniente de los alrededores de Toletum.

El chico estaba en lo cierto: debía relajarse para permitirle que terminara de pertrecharlo para la inminente batalla. Junto a ellos, Witerico supervisaba de reojo su labor, dedicándole al muchacho, novel en esas lides, un leve asentimiento cada vez que procedía con tino. El veterano guerrero había sido el encargado de explicarle qué esperaba de él su señor.

—Lo intentaré, Hermigio —convino Ademar, obligándose a relajar los músculos—. Afianza el coselete de nuevo; quizá haya quedado demasiado suelto.

Ademar se concentró en estudiar lo que había a su alrededor, tanto dentro de la ciudad como más allá de la muralla. Lo que quedaba del ejército de Roderico, el rey maldito, junto con sus propios hombres, se preparaban para el choque.

Todavía no se distinguían las siluetas de los enemigos en el horizonte, veían tan solo las familiares ondulaciones de la campiña astigitana, dominadas por una quietud engañosa. Cerró los ojos para paladear el instante de calma, pues tenía la certeza de que duraría poco.

Si en la batalla anterior habían sido derrotados por un ejército de similares dimensiones, en esta, con unos números que de entrada les eran poco favorables, sus intereses peligraban. Pero, como poco, esperaba que todos y cada uno de los hombres con los que contaba fueran fieles a sus compañeros. En total, el bando godo estaba formado por menos de cuatro millares de guerreros; en todo caso tenían un muro de piedra y escombros que se interponía entre los contendientes. Cuatro mil hombres debían bastar para defender la muralla, entre otras cosas porque no había más. Ojalá fueran diez mil y almacenaran comida suficiente; de ser así, se habría jugado el cuello a que estarían en disposición de rechazar el ataque de cualquiera de los ejércitos que había conocido hasta entonces. En cambio, debía admitir que aquel planteamiento tenía al menos dos cabos sueltos. El primero, que solo era la segunda ocasión que cruzaban armas con aquellos moradores del desierto, de los que desconocían prácticamente todo. Y el segundo, que de los escasos cuatro mil hombres con los que contaba, apenas unos dos mil sabían manejar un arma.

Su ejército. Suspiró. Ningún otro comandante estaba en disposición de dirigirlo. La mayoría de los nobles, o bien habían perecido con Roderico, o bien se habían pasado al enemigo. Cerca de la mitad de los hombres que lo componían eran infantes pesados, dotados de armadura, escudos redondos, espadas y lanzas, y curtidos en las luchas que llevaban años azotando las múltiples fronteras del reino, incluidas las del interior. Los demás eran hombres arrancados de sus hogares a punta de lanza, que apenas habrían manejado como armas una horca o un azadón. Ciudadanos, siervos y esclavos que se agazaparían tras los veteranos e irían rellenando los huecos que el combate iría dejando entre estos. Si aquellos salvajes lograban sobrepasar las defensas y quemaban y saqueaban sus casas, nada volvería a ser igual. Más les valía encomendarse a los santos... y al muro de piedra que los protegía.

Un carraspeo devolvió al *comes* a la realidad.

—Ya está listo, señor.

Repasó su estampa en busca de alguna falta, y no la encontró. Si el pobre muchacho dispusiera de tiempo, podría llegar a resultar un buen escudero, pensó; sin duda aprendía con premura. Lástima que precisamente de tiempo fuera de lo que menos disponían.

Flexionó ligeramente las rodillas, comprobando cómo el cuero de sus botas cedía ante el movimiento. Las canilleras que llevaba chocaron enseguida con las protecciones de hierro del interior del calzado, contra las que se pretendía que resbalaran los embates de las armas enemigas. La cota de malla le llegaba justo por encima de aquellas. Hermigio había pasado gran parte de la noche limpiándola, pues el barro de la ribera y el cieno de la matanza habían dejado las anillas impregnadas de inmundicia, y si aquel día iba a morir, lo haría como un gran guerrero. Que aquellos bastardos supieran quién era el señor de Astigi, aquel que, vencido su rey, se atrevía a defender su tierra. El chico había hecho un buen trabajo; no hubiera apostado por ello pocas horas atrás. Witerico lo había provisto de vinagre en cantidad y, antes de que anocheciera, le había mostrado cómo frotar el metal para desprender la mugre. Lo demás era mérito suyo.

—Vete a descansar, Hermigio; por ahora tu concurso no será necesario. Duerme y bebe algo. Y no comas mucho, pues el estómago sufre en cuanto comienza el combate.

Contempló cómo el joven se alejaba con paso titubeante, visiblemente agotado, hasta que se perdió entre el bosque de guerreros que se encontraban en los aledaños de la pared de piedra.

—Parece un buen muchacho —comentó Witerico mientras aparecía a su lado.

Su viejo camarada se encontraba, al igual que él, preparado para entrar en combate, aunque ambos esperaban que, de celebrarse aquella jornada, el enfrentamiento se retrasaría aún algunas horas. Se habían vestido pronto para dar confianza a los hombres que los rodeaban, provenientes de Astigi y sus alrededores. Querían creer que la presencia entre ellos de guerreros bien pertrechados les haría sentir algo menos atemorizados: como mínimo podían estar seguros de que su señor compartiría su suerte. Dios quisiera que no vieran al ejército enemigo hasta que fuera demasiado tarde para huir o dejarse llevar por el pánico. Habían convencido a la leva de que solo sería necesario resistir el embate una única vez, en la que debían dar el todo por el todo. La mayor parte de los civiles habían mandado a su familia fuera de la ciudad, a buscar refugio en la cercana Corduba, aunque los más testarudos —o los más inconscientes— habían preferido que sus allegados permanecieran a su lado. Ademar organizó la marcha de los niños, mujeres y ancianos que habían abandonado la ciudad, agradeciendo cada boca menos a la que deberían proveer de alimento en las siguientes jornadas, y rehusó consumir sus energías discutiendo con los que optaban por quedarse. Al fin y al cabo, ya no se atrevía a apostar por que alguna de las opciones que tenían fuera realmente segura.

Sus hombres se habían dedicado a propagar diferentes versiones —por no decir directamente embustes— de lo acaecido en las jornadas anteriores, asegurando a quien quisiera oírlos que los bereberes habían caído sobre el ejército godo por sorpresa, cuando aún las distintas huestes no se habían reunido, y que este había sido el motivo de la derrota. Los más dados a adornar sus palabras lo habían llamado, incluso, repliegue.

Ademar estaba convencido de que si los defensores de Astigi lograban repeler a aquella horda, o si al menos conseguían infligir un número elevado de bajas entre los guerreros del desierto, aquellos darían media vuelta para regresar hacia la costa y embarcar nuevamente hacia sus tierras para disfrutar de su botín. Lo que por fin lo liberaría para salir en busca de Ragnarico. Solo que para ello debería conseguir con muchos menos hombres de los que comandaba Roderico lo que este no había logrado contando con algunos millares más bajo su estandarte.

—Pero yo no estoy maldito. Aún no —masculló, tratando de convencerse. Se restregó los ojos con rabia para borrar la imagen torturadora de su finca arrasada.

—*Comes...*, los hombres hablan —dijo Witerico—. No resultará sencillo mantener oculta la verdad durante mucho más tiempo.

—Hablad con los cabecillas de los que vayan acudiendo y que cierren sus jodidas bocas. Llegado el caso, que tus hombres nieguen sus palabras. Con unas pocas horas más debe bastar.

Llevaba pensando en eso desde que recibieran a los primeros guerreros huidos del desastre anterior. Por un lado, cada centena, incluso cada decena de hombres de armas era bienvenida, pero, por el otro, temía que estos desbarataran su labor, digamos diplomática, previa, y que sus relatos acabaran con la escasa moral que habían logrado insuflar a la leva a fuerza de maquillar la realidad. En fin, pronto las puertas de la urbe estarían cerradas y ya sería difícil que un gran número de hombres consiguieran darse a la fuga. Roderico había sucumbido en un ataque en campo abierto; él no pensaba cometer el mismo error.

Había estudiado hasta el último detalle, teniendo en cuenta la fatiga y las escasas horas de las que había dispuesto para trazar un plan. Su ciudad, Astigi, era un enclave privilegiado dentro de la Betica. La antigua calzada romana la conectaba con Hispalis y con Corduba, las dos grandes urbes de la provincia, así que la mejor manera de llegar a ellas, viniendo del sur, era pasar por allí. Por tal motivo, desde su fundación, en los albores del imperio de Roma, la ciudad había dispuesto de fuertes murallas, aunque estas no habían quedado indemnes ante el paso del tiempo y las múltiples batallas que habían sacudido la región desde entonces. Su vida dependía de ellas y de quienes las guarnecían, pero ¿qué le importaba a él su propia vida? No valía un sucio tremís, pues únicamente ansiaba cobrar su venganza. Por más que se esforzara, el resto de su existencia le traía sin cuidado.

Los defensores que tenía bajo su mando se congregaban en el interior de la ciudad; habían considerado conveniente sacrificar los campos circundantes, dejados a merced de los invasores. Dado que centraban sus esperanzas en las vetustas murallas, se habían castigado las espaldas y despellejado las yemas de los dedos acarreando y vaciando cestos repletos de cascotes de piedra y restos de madera para rellenar los huecos que las salpicaban como caries en la dentadura de un labriego. No había tiempo para preparar una defensa mejor, y de nada valía lamentarse por haber descuidado los lienzos de piedra en favor de otras necesidades de la comunidad durante los años de paz. En su descargo, trataba de convencerse de que nadie podría haber previsto tal situación. Hacía generaciones que la guerra no se detenía en la ciudad, y los vecinos habían llegado a olvidarse de los rigores que acarreaba. Solo entonces reparó en lo feliz que podría haberse considerado hasta ese instante, y un largo suspiro le desgarró el pecho.

Sus ojos detectaron un movimiento repentino al final de la calle: uno de los exploradores regresaba a la carrera, ascendiendo por la calle al galope, ahuyentando a los hombres que encontraba a su paso. Dejó la montura al pie de la escalera y trató de apartar a los guerreros que descansaban a la sombra que proporcionaba el parapeto. El recién llegado, al contrario que los demás, ataviados con sus armaduras, vestía una simple camisola y un pantalón de montar. La velocidad a lomos del caballo lo era todo para ese tipo de hombres.

—¡Señor! ¡Señor! —gritó cuando al aproximarse vio que Ademar se incorporaba para recibirlo.

Los guerreros que ocupaban los primeros escalones se hicieron a un lado para dejarlo pasar. Sus ojos lo seguían con un desprecio más o menos disimulado; los viejos hombres de armas a menudo consideraban a los exploradores unos cobardes y bromeaban sobre su hombría, tildándolos de oportunistas que huían del conflicto en cuanto su hedor les rozaba las narices. Husmeaboñigas, solía llamarlos Witerico sin un atisbo de respeto. Sin embargo, Ademar era consciente del valor que tenía para ellos su labor.

—¿Qué nuevas traes, muchacho?

—Señor, el enemigo se encuentra a tres millas de la ciudad. Se disponen a montar campamento.

Si estaba en lo cierto, eso significaba que ese día no habría lucha. Un ejército que se detiene a levantar un campamento no espera entrar en batalla de inmediato. Estaban abocados a un asedio; solo les quedaba rezar para que las viejas murallas y quienes las defendían fueran capaces de oponerse al empuje de aquellos malditos extranjeros.

—Descansa, te lo has ganado —le instó Ademar, arrojándole un pellejo de vino que el explorador cogió al vuelo. Sin embargo, el joven no se movió.

—Hay algo más, señor. —Tragó saliva, incómodo.

—¿Y bien?

El tipo terminó de subir los empinados peldaños hasta llegar junto a Ademar.

—¿Qué más sucede, explorador? —preguntó el *comes*, intrigado.

—Vuestro medio hermano, señor. Se encuentra allí, con el enemigo. Llegó con los primeros guerreros, con la avanzadilla encargada de levantar el campamento.

La respuesta pareció congelarse en la garganta de Ademar. Este carraspeó en repetidas ocasiones hasta que al fin su voz resultó audible.

—¿Estás seguro de eso?

—Sí, mi señor. Me acerqué todo lo que pude en cuanto reparé en la presencia de jinetes godos. Era él. Lo juro por el escroto del niño Jesús.

—¿De cuántos guerreros disponen ahora mismo?

—Unas cuantas centenas, señor Ademar, probablemente un millar, pero las tropas de a pie tardarán unas cuantas horas en sumarse a ellas. Calculo que el ejército se habrá terminado de reunir al anochecer, no antes.

Ademar apretó los dientes. Notaba como castañeteaban, con lo que le provocaban un dolor lacerante que le recorría la mandíbula cerrada. Le resultaba extrañamente reconfortante. Últimamente solo el dolor le recordaba que estaba vivo.

Entrecerró los ojos para estudiar la posición del sol, que aún no había alcanzado su cenit. Seis horas. Si el explorador estaba en lo cierto, faltaban más de seis horas para que el ejército enemigo se reuniese. Y, mientras tanto, Ragnarico estaba allí, a un corto paseo desde su posición.

El tiempo parecía haberse detenido. Los guerreros acariciaban el pomo de sus espadas, inquietos, expectantes. Ninguno habló, aunque el rostro de Witerico revelaba que le estaba costando un mundo contenerse.

A Ademar la cabeza le daba vueltas. Notó como se le revolvía el estómago; la sangre, que se le había helado en el primer instante, amenazaba ahora con incendiarse como una marea de lava ardiente. Su medio hermano, aquel rastrero asesino, se encontraba allí, dispuesto a arrebatarle lo poco que le quedaba. Una sonrisa amarga asomó a sus labios. Como si eso pudiera importarle: el mal ya estaba hecho. En un rincón de su mente, una vocecilla apenas audible pugnaba por recordarle su deber para con sus hombres y los habitantes de la ciudad, pero el bullir de su sangre la acalló y barrió cualquier otro pensamiento. La venganza estaba al alcance de su mano, tenía que tomarla o perecer.

—Witerico, mi caballo —ordenó tajante.

La tez del guerrero parecía haber perdido todo su color. Witerico meneó la cabeza y colocó la mano sobre el hombro de su señor, tratando de calmarlo.

—Aguardemos aquí, señor. Dentro de poco veremos como la cabeza de ese malnacido se parte al chocar contra nuestra muralla. ¡La ciudad te necesita, estos hombres te necesitan! No puedes estar pensando en serio ir tú solo a por ese maldito bastardo. Tenemos que ser listos y templar los ánimos, señor, y esperar nuestra oportunidad.

Ademar lo miró. Aquel hombre era su amigo, y un gran guerrero. Lo conocía desde que tenía uso de razón. Era grande y voluminoso desde joven. Ancho de hombros y de piernas poderosas, hacía años su cabellera se había ido perdiendo hasta quedar únicamente un conjunto irregular de mechones grises; poco después había decidido rasurársela, al contrario que la barba, que lucía larga y rebelde. Con la nariz partida, signo de una vida dedicada al combate, su rostro no resultaba precisamente agraciado. Sin embargo, era el de un hombre leal.

Witerico, mientras su señor lo escrutaba, temió haberse excedido en sus palabras. En el rostro de Ademar, en cambio, no había disgusto, solo anhelo.

—No me necesitan a mí, amigo. Necesitan un milagro y que estas murallas resistan, lo que no sé si eleva el número de milagros a dos.

—Tres milagros. El tercero es que logres acallar la tristeza que quema tu pecho y que cumplas tu deber como su señor.

Witerico dio por sentado que esa vez sí que había llegado demasiado lejos. El caso era que no quería perder a Ademar aquel día.

—Un cuarto milagro allanaría el camino a los otros tres. Acompáñame a saldar mi deuda primero y luego tomaré el mando en las murallas. Vayamos, atrapémoslo por sorpresa y regresemos antes de que llegue el grueso del ejército enemigo.

Witerico no podía desviar la mirada de los ojos de su señor. Aquellos iris azules que tan bien conocía mostraban una firmeza que ya hubieran querido para sí las murallas de Astigi. Entendió que sería imposible hacerlo cambiar de idea, así que se dio por vencido.

—¡Por santa Eulalia que tendrás tu cuarto milagro! Pero serás tú quien deba ofrecernos los otros tres. ¡Haroldo, Sarus! Requisad todos los caballos de la ciudad y escoged voluntarios para realizar una salida. No aceptéis civiles, tan solo hombres de armas. Daremos un paseo antes de encerrarnos por una temporada.

V

En lo alto de una loma cercana a la ciudad de Astigi, varios centenares de bereberes trabajaban a destajo para despejar la zona donde asentarían su campamento. Las armas se apilaban formando un gran montón, reemplazadas por hoces y machetes con los que acabar con la maleza. En pocas horas llegaría el resto de la tropa, con su comandante, Tariq ibn Ziyab, al frente, y era necesario que todo estuviera dispuesto para ese momento. Todos pertenecían a la misma tribu que Tariq, y, durante los años que habían convivido con él, si algo les había quedado claro era que no se trataba de un hombre al que se le pudiera fallar cuando esperaba algo de su gente.

Un grupo de jinetes se había destacado y observaban la cercana ciudad. Habían sido los primeros en llegar, y señalaron aquella suave colina como lugar idóneo donde desarrollar los planes de su señor. Además de ofrecer unas vistas magníficas de la urbe, una fuente que manaba en los alrededores les permitiría proveerse de agua fresca. Yussuf ibn Tabbit, el oficial que comandaba aquella tropa de caballería, estaba satisfecho con el sitio que habían encontrado tras una noche y un día de reconocer el terreno con la molesta compañía de los godos traidores.

Las escasas horas en las que los había tratado habían sido suficientes para darse cuenta de que detestaba a aquellos tipos, sobre todo al cabecilla, un extranjero altanero de mirada sucia, palabras bruscas y gesto de disgusto permanente, al que si por él fuera degollaría como a un perro y dejaría tirado en cualquier barranco. Era de ese tipo de personas respecto a las que su intuición le decía que el mundo sería un lugar un poco mejor si desaparecieran. Ahora bien, de acabar con él, pudiera ser que Tariq se enfureciera, así que le tocaría aguantarlo algún tiempo más.

Yussuf se esforzaba en mantener la impasibilidad de su rostro, por más sorprendido que estuviera al contemplar el paisaje que los rodeaba. Todo le resultaba nuevo: los colores, las texturas. Nuevo y deliciosamente rico. Árboles frutales enraizados en las suaves ondulaciones del terreno, urbes populosas, agua en abundancia. Aquel paraíso hacía justicia a lo que había imaginado: un vergel en el que obtener riquezas sin cuento.

Su señor, Tariq ibn Ziyab, había cruzado el mar cumpliendo órdenes del gobernador de Ifriquiya, el gran Musa ibn Nusayr, en lo que el guerrero esperaba que se tratara de una simple incursión de saqueo. Con todo, para ese entonces ya no tenía tan claro que así fuera: se encontraban a muchas millas de la costa, en el interior del debilitado reino godo, dispuestos a tomar cuantas ciudades pudieran aprovechando el desconcierto creado por la muerte de su estúpido rey, pues solo un idiota podía rodearse de traidores como aquel que lo flanqueaba: Ragnarico.

—Que tus hombres trabajen más rápido —le espetó el godo de improviso—. En pocas horas nos alcanzará la infantería, así que ya pueden sudar como perros para que todo esté perfecto antes de que eso suceda.

El bereber le dedicó una mirada de soslayo. ¿Quién se creía aquel advenedizo para tratarlo de esa manera? ¿Qué derecho tenía aquel imbécil a darle órdenes?

Haciendo un esfuerzo por contenerse, Yussuf se obligó a conservar la calma y no responderle como le hubiera gustado. Tariq lo había elegido para aquella misión por dos razones: la primera, porque la escasa caballería de la que disponía el ejército estaba a su cargo, y la segunda, porque era uno de los pocos oficiales que chapurreaba la lengua propia de los traidores que lo acompañaban. En cambio, de sus virtudes, la que más falta le estaba haciendo era su templanza para lidiar con aquellos estúpidos que se comportaban como si fueran los dueños de todo lo que los rodeaba. Respondió esforzándose en aparentar un sosiego que estaba lejos de sentir.

—No creo que debamos temer nada de tus compatriotas por el momento. Podemos proceder con tranquilidad. Lo importante es haber dado ya con el lugar adecuado.

—Habríamos llegado antes si me hubieras escuchado desde el principio, en lugar de empeñarte en dar aquel rodeo absurdo que nos llevó gran parte de la noche —gruñó Ragnarico—. Conozco la zona, ya te lo he dicho.

Si las miradas pudieran matar, la de Yussuf hubiera segado la vida de Ragnarico en un abrir y cerrar de ojos. El bereber entornó los párpados, pidiendo paciencia a Alá.

Ragnarico no estaba de mejor humor. Oppas se había largado a Hispalis a poner orden en sus posesiones y había dejado unas pocas centenas de godos con los recién llegados. Ragnarico lamentaba encontrarse en aquella partida avanzada: para él, los bereberes no dejaban de ser una caterva de salvajes a los que solo soportaría mientras sirvieran a los planes de su señor y a sus propios intereses. Llevaba muchos años intentando ocupar el lugar de su detestado medio hermano, de tomar posesión de lo que sentía suyo por derecho, no del hijo de una ramera hispana cualquiera. De paso se vengaría de todos aquellos que parecían adorar la imagen de su hermano; él les enseñaría cómo se respetaba a un noble de verdad. Las cosas iban a cambiar mucho por Astigi, aunque tuviera que hacer tal purga entre sus habitantes que después fuera necesario repoblar la ciudad con siervos traídos desde Hispalis. Sin duda, ese sería un inicio prometedor. Usaría a aquellos salvajes como arma contra Ademar, pondría las cosas en su sitio y luego vería a aquella escoria alejarse de regreso a sus hediondas cuevas, ahítos de botín, para proseguir con sus miserables existencias.

—¡Ragnarico! ¡Señor! Se acercan jinetes desde la ciudad.

El interpelado se giró en la silla de montar para recibir a quien así le gritaba. Era uno de los suyos, Favila. Inmediatamente, Yussuf se colocó a su lado para otear el horizonte.

—¿Vienen acaso los vuestros a rendirse a vos, señor? —preguntó el bereber con sorna, sabedor de que Ragnarico había sido elegido para acompañarlo porque era oriundo de aquella comarca, aunque la ciudad parecía haberse levantado en armas al conocer su llegada.

Ragnarico, furibundo, consciente de que el extranjero estaba burlándose de él, lo ignoró.

—Favila, ¿quién los comanda? ¿Has visto las enseñas?

El guerrero esbozó una sonrisa torcida, mostrando unos dientes sucios y mal colocados.

—Es la de vuestro hermano, señor.

Ragnarico dio un respingo, y sus ojos brillaron con un destello de rabia. Recordó a la mujer de su hermano, a aquella jovencita hispana que hasta entonces lo había despreciado como hacía todo el mundo en aquella maldita ciudad. Ella había recibido ya su merecido, y su esposo tardaría muy poco en recibir igual trato. Entonces él sería el señor de aquel lugar, aunque únicamente quedaran cenizas y cadáveres sobre los que gobernar. Casi lo deseaba así.

Envalentonado por sus propios pensamientos, se volvió hacia Yussuf.

—No solo eso, vienen a ofrecerme sus cabezas ¡A las armas!

Ademar había abandonado la ciudad con cinco centenares de jinetes, cuantos había podido reunir. La gran mayoría de ellos eran infantes, pero resultaba impensable tratar de asestar aquel golpe al enemigo con tropas de a pie. El tiempo corría en su contra y él lo sabía, pues en breve el ejército enemigo al completo se les echaría encima, así que habían requisado la totalidad de los caballos que se encontraban dentro de las murallas y habían reclutado voluntarios hasta conseguir uno por cada caballo. Era preciso acabar con la vida de su hermano con rapidez, o al menos capturarlo para ajustar cuentas con tranquilidad tras las murallas.

Sin detenerse, inició el ascenso de la colina. Había una fuente a sus pies, y las tropas enemigas ocupaban la cima. Una creciente fila de infantes se apresuraba a tomar posesiones en el altozano. Los jinetes llegados desde la ciudad tenían en contra la pendiente, pero, a favor, el hecho de que el enemigo contaba apenas con un centenar de hombres montados que oponerles, y que la avanzadilla de infantería estaría agotada tras las horas que llevaban afanándose en montar el campamento.

Los hombres de Ademar hincaron los talones en las monturas para no perder la estela del caballo del *comes*, que, contagiado de la urgencia de su dueño, parecía volar sobre el terreno. Antes de que consiguieran alcanzar la cima, empezaron a vérselas con grupos de jinetes bereberes que se desgajaban de los extremos de la formación para lanzarse ladera abajo, arrojar sus afilados venablos y retirarse de nuevo a la seguridad de la retaguardia. Aquella maniobra, aunque no se cobró muchas bajas, consiguió que los atacantes aflojaran el paso y modificaran su trayectoria para esquivarlos, lo cual entorpeció y ralentizó su marcha.

Ignorando a los jinetes enemigos y sus mortales proyectiles, Ademar se concentró en los guerreros de a pie, que formaban a menos de un centenar de pasos de donde se encontraba. Trataban de componer un frente erizado de lanzas cortas, de no más de cinco pies, insuficientes para detener un ataque coordinado de caballería, pues sus escudos eran menos resistentes y grandes que los que portaban los infantes godos, acostumbrados a luchar contra jinetes. Aun así, la pendiente y la escasa velocidad de quienes lo seguían ponían en peligro el éxito de su carga. Consciente de la situación, Ademar gritó cuanto pudo para hacerse oír por encima del estruendo de los cascos de sus caballos contra la tierra, tratando de que los hombres de sus flancos se concentraran en la caballería, mientras los del centro formaban una cuña con la que golpear el corazón de la infantería bereber.

Yussuf ibn Tabbit había pasado del asombro inicial al más tremendo estupor. Se encontraba detrás de las escasas cuatro filas de infantes que se aprestaban a recibir la carga de los caballeros godos. Hubiera deseado hallarse entre sus jinetes, que se batían en las alas hostigando a sus oponentes, pero sabía que no podía exponerse a perder la vida en ese lance, pues ningún otro de los suyos conocía la lengua de sus aliados. Por suerte o por desgracia, él era el único que podía entender las sandeces que salían de la boca de aquel engreído de Ragnarico.

Observó la carga de sus jinetes del desierto, que se abalanzaron colina abajo para caer sobre los atacantes, seguro de que estos perderían ímpetu y terminarían por desorganizarse y retroceder. Entonces sería el momento de que la infantería los derrotara. Sin embargo, aunque los flancos, efectivamente, se ralentizaron, en el centro de la formación había terminado por generarse una cuña que amenazaba a menos de una veintena de pasos a aquel muro de carne y metal que se interponía entre los cristianos y su persona.

El cabecilla bereber observó, alarmado, cómo los jinetes aullaban a lomos de sus caballos, cuyas potentes patas levantaban terrones de suelo por doquier al avanzar. Los guerreros enemigos iban revestidos de metal desde las rodillas hasta el yelmo, y parecían acudir al combate sin asomo de terror en el rostro; antes al contrario, buscaban el choque con las armas de los suyos como quien alarga la mano para tomar un preciado regalo. En nada recordaban a aquellos hombres derrotados y temerosos a los que habían destrozado junto al río pocos días atrás. En ese instante, el jinete godo que ocupaba la cabeza de la formación estampó su corcel de batalla contra los desventurados infantes de la primera fila, mientras su larga espada levantaba un reguero de sangre que cruzó el aire como una lluvia carmesí.

Aunque los guerreros bereberes procuraban por todos los medios afianzar las piernas en la tierra para resistir el embate de la caballería, la primera fila de hombres, golpeada por aquel torbellino de acero y músculos de caballo al galope, quedó reducida en un instante a una pulpa sanguinolenta en la que quedaron pocos supervivientes. Donde golpearon los hombres de Ademar se desató un verdadero caos. Las largas espadas cortaban, acuchillaban y segaban los miembros de aquellos desgraciados, mientras los corceles, entrenados para entrar en combate, se encabritaban después del impacto y golpeaban con los cascos a los desventurados infantes que encontraban en su camino.

Witerico flanqueaba a su señor, que iba repartiendo mandobles a lo largo y ancho de la formación enemiga. Los guerreros de la segunda fila habían dado un paso adelante, tratando de recomponer su frente, a la vez que lanzaban estocadas a los cuerpos de los caballos, ignorando a sus jinetes, intentando así desmontarlos. Algunos lo conseguían, pero el caballo de Ademar golpeó a los que lo intentaron hasta con la quijada; un círculo de muerte se dibujó alrededor de ambos. Enfrascado en la trifulca, Witerico ignoraba lo que sucedía en otros lugares, pero confiaba en que ya todos los hombres llegados desde la ciudad hubieran entablado combate. Aún no había oído que las trompas que debían avisarlos en caso de retirada emitieran nota alguna, y esperaba no hacerlo durante el combate. Solo tendrían una oportunidad y debían aprovecharla al máximo: si sus flancos conseguían resistir hasta que ellos quebraran la línea formada por los infantes bereberes, podrían dividir el ejército en dos y llegar a destruirlo con comodidad.

Y en esas se encontraban. Su brazo repetía el mismo movimiento una vez tras otra; parecía que segara la cosecha, como los siervos de las fincas de Ademar. Los cuerpos de los guerreros bereberes se amontonaban a su paso, pues caían como el cereal ya maduro y listo para recoger. Todo marchaba a pedir de boca. Los pocos jinetes enemigos que se habían encontrado tras la línea de infantes habían tenido que apoyar a aquellos últimos, como arcilla nueva moldeada para contener las fugas de una vieja ánfora. Aquellos individuos no estaban acostumbrados a luchar contra caballeros, por lo que renegó contra el nombre de Oppas y de los suyos: si no hubieran traicionado al rey maldito, los guerreros del desierto no habrían tenido ninguna posibilidad de vencerlos. Entonces, su joven señora no hubiera muerto de tan cruel manera y Ademar, su señor, su amigo, no tendría el corazón desgarrado y el alma rota.

Los guerreros extranjeros seguían cayendo, alanceados sin piedad. Sus hombres lo seguían, y los extremos de la formación bereber eran obligados a replegarse para apoyar el centro, que estaba siendo barrido por Ademar y los suyos. Witerico se sentía eufórico, como en toda batalla, hasta que se dio cuenta de algo: pese a la matanza que estaban sufriendo, los bereberes no huían, que habría sido lo esperado.

Cuando el combate se hubo generalizado y ya todos los hombres situados en lo alto de la colina luchaban entre sí, Ragnarico y su grupo de renegados tomaron posiciones en el flanco izquierdo de la formación extranjera. Jinetes e infantes se las veían contra los hombres de Astigi, secundados por algunos pequeños señores godos, seguramente supervivientes de la gran batalla. El combate era encarnizado, y Ragnarico y sus hombres aprovechaban el desconcierto de los atacantes al encontrarse con otros guerreros godos para entregarse a su pasatiempo favorito: la matanza.

Ragnarico distinguió la enseña de su hermano en el centro de la infantería bereber. Se retiró un instante mientras pensaba qué hacer: tenía que llegar allí y matar a aquel miserable antes de que alguno de los salvajes acabara con él y lo privara del placer de hacerlo con sus propias manos. Así que, ante la perplejidad de sus aliados extranjeros, espoleó a su montura y abandonó el combate para buscarlo.

Tariq ibn Ziyab acababa de llegar al lugar donde esperaba descansar tras haber recorrido muchas millas desde su reciente victoria. Meses atrás no hubiera creído posible encontrarse en aquella situación, adentrándose en el reino godo sin mayor oposición que la que ofrecía una insignificante ciudad. Su dios, cuyo credo habían adoptado sus padres cuando él era apenas un mocoso, parecía señalarle así cuán acertada había sido la decisión de sus progenitores.

Lo que se encontró en aquel lugar, no obstante, distaba mucho de ser un confortable campamento donde descansar y comer algo caliente al anochecer mientras aguardaba a que sus guerreros comenzaran el asedio sobre la ciudad que dominaba aquel cruce de caminos.

A sus pies, centenares de hombres se debatían en un combate feroz, en el que los suyos se estaban llevando la peor parte. Con ojo experto, evaluó rápidamente la situación: los godos se encontraban a punto de desbaratar a su infantería, que en breve saldría huyendo por piernas. Resopló furioso. ¿Es que acaso no había nadie en quien pudiera confiar? Estaba claro que cuando uno quería que las cosas salieran bien, debía asegurarse de hacerlas por sí mismo. No podía permitirse ningún descanso, ni siquiera tomar un trago de agua: era preciso llevar a su escolta al combate antes de que la derrota se abatiera sobre su avanzadilla.

—Assis, Argimiro, preparad a los hombres. Hemos de apoyar a la infantería sin dilación.

Assis, uno de sus hombres de confianza, marchó enseguida, dispuesto a cumplir con presteza la orden de su señor. Argimiro, el godo que había cambiado de bando en el transcurso de la batalla precedente, en cambio, continuó allí un instante, oteando el lugar donde los hombres luchaban frente a ellos.

—¿Conocéis las enseñas? ¿Quién comanda este ataque? —preguntó Tariq, con ese acento que se hacía tan extraño a oídos del godo.

De todos los orgullosos godos que se habían pasado a sus filas, Argimiro era el único que no le disgustaba, así que lo había incorporado —a él y a la docena de guerreros que lo seguían— a su escolta personal, para que le sirviera de guía en aquella tierra extraña.

Argimiro carraspeó. Era una de las pocas ocasiones en las que Tariq se había dirigido a él desde que abandonaran al grueso de la tropa.

—Puedo equivocarme, pues nos encontramos aún lejos, pero podría tratarse de Ademar, señor de Astigi.

Tariq se revolvió sobre la silla de su caballo, tratando de buscar acomodo. Aquellos guerreros de tez blanca eran un misterio para él. Examinó a Argimiro, que, incómodo a su vez, intentaba apaciguar a su caballo. Era un hombre ya maduro, aunque todavía vigoroso. Ligeramente más alto que él, conservaba el porte del guerrero que debió de ser en su juventud. Un guerrero que, como los demás caballeros del norte, acostumbraba a llevar una pesada armadura y un voluminoso escudo al combate. Como todos sus nobles, o al menos los que había conocido hasta entonces, dejaba que su cabello cayera suelto asomando bajo el casco. Aquella melena castaña sin rastro de hebras grises, en contraposición con sus ojos, de mirada profunda y reflexiva, rodeados de un entramado de pequeñas arrugas que marcaban su piel, hacía dudar a Tariq sobre la edad de su acompañante.

—¿Lo conocéis? —preguntó Tariq, afanándose por imaginar si el talante de ese Ademar que se le enfrentaba se parecería más al de Argimiro o al de Ragnarico.

—Poco; hemos coincidido en algunas ocasiones. En hechos de armas, únicamente en una, hace ya muchos años. Tiene fama de ser un hombre moderado y apreciado por los suyos.

—¿Y por qué no se encuentra a nuestro lado hoy?

Argimiro dudó. Le hubiera gustado decirle que el motivo era que Oppas no tenía ascendencia sobre todos y cada uno de los jefezuelos del reino, pero se contuvo. La maniobra había llegado demasiado lejos: nunca hubiera esperado que aquellos extranjeros se plantaran frente a las puertas de Astigi, y qué decir de Hispalis o de Corduba, que, según había oído decir, eran los siguientes objetivos de Tariq. Comenzaba a encontrarse a disgusto con la situación. Su hogar estaba en Calagurris, muy al norte; nadie suponía que los invasores tornaran los ojos al norte teniendo ante sí las riquezas de la Betica, pero por ahora las ansias de poder de Tariq no parecían haber alcanzado su límite.

—Sus hombres no se encontraban entre la caballería en batalla. —Hizo una pausa—. Y no es un hombre del agrado de Oppas.

Tariq rio. Una risa desagradable a oídos de Argimiro.

—Eso sí que es una novedad. ¿Hablamos del mismo Oppas que me asegura que todos en esta tierra besarían el suelo por donde pisa?

—El obispo Oppas es un gran señor que cuenta con el respeto de muchos. Pero ni siquiera él tiene el poder de agradar a todo el mundo —repuso Argimiro con seriedad.

—Eso es tan cierto como que el sol sale cada día. Lo siento por ese Ademar, entonces, pues se ha equivocado al escoger su bando.

Ragnarico cayó de bruces al suelo. Tardó un instante en recuperar el sentido, justo cuando sentía que la tierra se le metía entre los labios. Venciendo el agarrotamiento de sus miembros, trató de ponerse en pie con mucho esfuerzo. A su espalda, Ademar desenvainaba su *scramasax*, pues había perdido la *spatha* cuando uno de los hombres de su medio hermano había acudido en ayuda de aquel y él había tenido que dejarla clavada en su vientre.

Ademar tuvo un instante de temor al perder de vista el cuerpo de su medio hermano. Había logrado desmontarlo con un golpe de su escudo en la cabeza y se disponía a poner pie en tierra para rematarlo cuando había irrumpido el otro guerrero en escena, haciéndole perder un tiempo precioso: había tardado en despacharlo más de lo que le hubiera gustado, pues los hombres de su hermano eran luchadores duros, supervivientes de múltiples combates.

Por fortuna para él, pronto localizó a su medio hermano, tumbado de bruces pero ya luchando por incorporarse. «Mejor, así sufrirá más», pensó Ademar, eufórico por tener tan cerca la posibilidad de ajusticiarlo por fin.

El tumulto de hombres en que se había convertido el frente de batalla comenzaba a despejarse. Muchos eran los caídos en ambos bandos, sobre todo entre los bereberes, que habían comenzado a replegarse, enviando hombres desde los flancos para hacer frente al feroz ataque de Ademar.

El *comes* desmontó junto a un aturdido Ragnarico.

—Has llegado demasiado lejos, incluso tratándose de ti —dijo, escupiendo las palabras.

Aquel se giró, echando mano de su espada. El escudo lo había perdido en la aparatosa caída del caballo. El cabello se le pegaba a la frente encharcada, y cualquier roce le provocaba dolorosos latidos allí donde le había alcanzado el broquel de Ademar. Procurando mantener a raya las arcadas que afluían desde la boca del estómago, impregnó sus palabras de bilis.

—Has sido tú quien ha llegado demasiado lejos para ser un vulgar mestizo. Si te hubieras conformado desde el principio con ocupar el lugar que te correspondía, nada de esto habría sucedido.

Ademar rio incrédulo.

—Maldito estúpido, ¿querías mi posición? ¿La envidiabas? ¿Solo eso? ¿Acaso crees que he sido un príncipe? He tenido que ayudar a quienes quería, pero también a quienes detestaba, pues esa era mi responsabilidad. He combatido donde me han ordenado, entregando las vidas de los míos por la gloria de alguien a quien no le han importado sus muertes; ni tampoco la mía, si hubiera acaecido. He trabajado, he luchado, he sufrido, he llorado y maldecido. ¿Era eso lo que querías para ti?

Ademar casi se atragantó al omitir conscientemente las palabras que acudían a su boca directamente desde su corazón: «He amado, también he amado». Sabía que aquellas representarían una victoria para Ragnarico, el asesino de su esposa, y no pensaba darle esa satisfacción.

—Siempre has sido un estúpido sentimental. Todo eso que tanto te enorgullece, tu entrega, tu dedicación, no es más que basura en la que has perdido el tiempo. ¿Qué has obtenido a cambio que merezca la pena? Un señor debe luchar y adquirir riquezas con las que engatusar a sus guerreros mientras sus siervos dedican sus vidas miserables a proporcionarle alimentos y plata. Eso es lo que tenías que haber hecho, mestizo.

—Estás maldito, Ragnarico, cegado por la codicia y la locura, pero eso no servirá para que te perdone la vida, pues nadie puede perdonar tus crímenes, ni tan siquiera Dios. Hoy llevaré a cabo algo que debería haber hecho hace mucho tiempo.

Ragnarico, dolorido y en clara desventaja, sabía que su única oportunidad consistía en enfurecer tanto a Ademar que este cometiera algún error que le permitiera a él salvar su vida. En todo caso, si tenía que morir, había unas cuantas cosas que deseaba decir antes.

—Nunca has tenido valor. Eres débil y patético, ya no te queda nada. No puedes ganarme, mestizo; con el tiempo lo verás.

—Lamentablemente para ti, no es de tiempo de lo que dispones.

Ademar se abalanzó sobre Ragnarico. Cegado por la furia, no era capaz de ver nada más. Le golpeó la mandíbula con el canto del escudo, lo que hizo que se le saltaran varios dientes, e hincó la espada... en el suelo, donde hacía solo un segundo estaba su medio hermano, que había rodado sobre sí mismo con sorprendente rapidez para esquivar el golpe de gracia. Quería terminar ya, acallar su voz para siempre, como quien mata a una serpiente antes de que tenga tiempo para esparcir su ponzoña.

Desprovisto de la protección que le hubiera otorgado el escudo, Ragnarico trataba de eludir el enfrentamiento directo, amparado en su mayor agilidad. Apurado, buscó con la mirada algún broquel que lo ayudara a protegerse de las acometidas de su hermano, hasta que vio un pequeño escudo de los que utilizaban los guerreros con turbante. Sorteó otro mandoble y dio un rápido paso hacia su izquierda para intentar alcanzarlo, pero Ademar había intuido el movimiento y lanzó un tajo que le dio en el yelmo con tal fuerza que venció la resistencia del metal y mordió la carne, desgarrándola y cercenando un buen trozo de su oreja. A Ragnarico el cabello claro se le tiñó de carmesí, aunque apenas sentía dolor, salvo el que le provocaba un calor ardiente. Postrado de rodillas, se obligó a mirar a su hermano como lo haría un animal acorralado. Sin embargo, la súplica que asomaba a sus labios murió al oír que el estruendo de la batalla se multiplicaba a su alrededor. Mientras, Ademar parecía ajeno a aquel clamor, concentrado solo en propinar el golpe final. Aun así, este no llegó.

Ragnarico levantó la mirada y vio como varios jinetes se acercaban velozmente hacia donde se encontraba. Rezó para que fueran algunos de sus hombres, si es que aún le quedaban, y entonces distinguió las holgadas vestimentas de los bereberes. No sabía de dónde salían, pero se dirigían directamente hacia su odiado medio hermano.

Ademar, con la espada en alto, reparó de repente en que el ulular de los guerreros bereberes cargando se extendía por la loma y advirtió demasiado tarde el grito de advertencia de Witerico. Un golpe le retumbó en la cabeza y todo se volvió negro mientras se desvanecía y caía junto al cuerpo de su derrotado medio hermano.

VI

Un dolor lacerante en la parte de detrás de la cabeza le recordó a Ademar que no había muerto. Casi lo agradeció mientras apretaba los dientes para alejarlo. Había fracasado. Los había defraudado a todos, pero aún no había muerto. Así que todavía podía luchar por tener otra oportunidad de matar a Ragnarico antes de abandonar su propia vida.

Entreabrió los ojos, para descubrir que era noche cerrada, aunque la campiña frente a Astigi se encontraba salpicada de teas que rompían la oscuridad por doquier. El ejército invasor había tomado posiciones, dispuesto a asediar la ciudad. Y él estaba al otro lado de las murallas.

Escuchó la voz de Witerico llamándolo por su nombre. Pese a que se alegró de saber que continuaba con vida, no se sintió con fuerzas para responderle. Gruñó y se arrebujó nuevamente contra el suelo, refugiándose en aquella cálida semiinconsciencia. Ni siquiera se movió al sentir la mano del guerrero apretándole el brazo. Un torbellino de angustia y culpabilidad sacudió su interior: había vuelto a fallar, como le había fallado a Matilda. Ahora había traicionado la confianza de sus guerreros y disminuido notablemente las posibilidades de la ciudad de resistir el asedio. Puede que el rey Roderico hubiera estado maldito, pero él no lo estaba menos. Quizá la maldición que había torcido los pasos del soberano se hubiera extendido a los que permanecieron fieles a su causa. O quizá compartir la misma lacra fuera lo que en su momento lo había impulsado a seguirlo.

Witerico dejó de insistir, y se dio finalmente por vencido.

Se recostó cerca de su señor, convencido de que el movimiento de Ademar era producto de un mal sueño causado por la herida de la cabeza. El vendaje que le había aplicado, a costa de reducir a jirones su propia camisola, parecía resistir.

Ademar notó que las lágrimas pugnaban por aflorar en sus ojos. Unos ojos que habían visto en poco tiempo la caída de su rey y el asesinato de su esposa, y que poco tardarían en presenciar la destrucción de su ciudad. Abatido, lloró en silencio.

Yussuf ibn Tabbit penetró en la cerca donde se hacinaban los prisioneros capturados durante el combate. Se abrió paso a patadas entre los cristianos supervivientes de la batalla, la mayoría acostados en el suelo. Iba seguido por media docena de los suyos, todos ellos portando teas encendidas y afiladas armas con las que mantener a los cautivos a raya, tras recibir órdenes de dar con el hombre que había comandado el ataque y llevarlo a la presencia de Tariq ibn Ziyab.

Aquel tipo grande y rubio de mirada decidida le había hecho temer por su propia vida cuando redujo a papilla a casi todos los suyos delante de sus mismos ojos. Si Tariq ibn Ziyab, gracias a su sabiduría, no hubiera apretado el paso y llegado a la fuente en ese mismo momento, los godos habrían acabado con todos ellos, dejando el campo abonado con sus huesos. Habían estado muy cerca de sufrir su primera derrota desde que cruzaran el mar.

A pesar de la llegada de Tariq, no menos de seis centenares de bereberes habían muerto durante el ataque godo, una cifra muy elevada para el escaso número de enemigos que los había atacado. De los jinetes que habían ganado la colina al galope, habían recogido casi dos centenares de cuerpos sin vida. Otro centenar de godos se encontraban en ese momento prisioneros, buena parte heridos. Quizá unos doscientos habían logrado hacer virar sus monturas en el instante en el que Tariq apareció en escena y regresar a la seguridad de las murallas. Solo aquel tipo, el comandante al que buscaba, había continuado luchando junto a los soldados que formaban su escolta, pese a que la suerte del combate hubiera cambiado. Los veinte guerreros revestidos de metal habían conseguido matar a un gran número de los hombres de Tariq antes de que estos consiguieran reducirlos. Había sido sobrecogedor ver desde la distancia como aquel grupo de jinetes protegía el cuerpo de su señor mientras centenares de enemigos los acosaban. Ahora apenas la mitad de ellos se encontraban entre los prisioneros, casi todos heridos. Los demás habían dejado la vida durante el combate. Habían luchado bien, muy bien. Si Roderico hubiera dispuesto de un millar de hombres como aquellos pocas jornadas antes, quizá sus pies nunca habrían hollado aquella tierra situada tan al norte, tan distinta a la suya.

Yussuf llegó al lugar donde había dejado el cuerpo del comandante enemigo horas atrás. Allí estaba, enroscado sobre sí mismo, mientras otro tipo enorme parecía velar por su sueño. Era el salvaje luchador que también lo había protegido en medio de la batalla. Había visto como el tipo, con el cráneo rapado, acababa sin apenas esfuerzo con cuatro de los hombres de confianza de Tariq, uno de ellos, Assis, al que Yussuf había llamado amigo.

—Vosotros, levantadlo —ordenó a dos de los suyos, que se apresuraron a obedecer.

Al verlos acercarse, el enorme guerrero que llevaba un rato escrutándolos con desconfianza se puso en pie frente a ellos con relativa agilidad a pesar de los golpes recibidos y las manos atadas, interponiéndose en su camino para que no pudieran alcanzar a su comandante caído. Rápidamente, otros dos de sus acompañantes se adelantaron y propinaron al godo una buena paliza, dándole con el extremo romo de sus lanzas, hasta que finalmente vencieron su resistencia. Yussuf no pudo evitar admirarse del tiempo que logró resistir en pie; aquel tipo parecía hecho de piedra, pero incluso las rocas más firmes terminaban siendo erosionadas por el viento y la arena del desierto. Cuando cayó como un fardo, inconsciente, uno de los bereberes, ofuscado por la enconada resistencia que había ofrecido, sacó el puñal que guardaba en el cinto dispuesto a degollarlo.

—¡No! —gritó el cabecilla—. Dejadlo y tomad al otro; es a él a quien hemos venido a buscar.

El guerrero bereber, obediente, escondió el puñal en su vaina tan rápido como lo había desenfundado. Viendo que sus compañeros apenas podían cargar con el comandante inconsciente, se acercó a ayudarlos, maldiciendo por lo bajo lo mucho que pesaba el godo. Renunciaron a izarlo por completo y se lo llevaron tirando de él, de modo que sus pies se arrastraban y dejaban un rastro continuo en el suelo del cercado plagado de mierda y hombres derrotados que debían atravesar.

Tariq ibn Ziyab exhaló un suspiro, permitiéndose relajarse por primera vez en la jornada. No había esperado que resultara tan intensa: había estado a punto de sufrir la primera derrota en aquella tierra extranjera; con todo, había sido capaz de dar la vuelta a la situación y tornarla favorable a sus intereses. Había habido pérdidas, eso sí; pensó en Assis, caído en el combate. No sería fácil reemplazar a un guerrero tan leal y diestro como él. Aun así, el balance seguía siendo positivo.

Escrutó las murallas de la ciudad que rompía el horizonte en la distancia. Aquel bastión era cuanto se interponía en su camino para llevar a cabo el ambicioso plan que había trazado en su cabeza, una vez que había comprobado lo sencillo que resultaba vencer a aquellos hombres y tomar sus tierras. Cuando Astigi estuviera en su poder, desde allí podría recorrer las vías de piedra que atravesaban el territorio hasta llegar a las ciudades más ricas del lugar: Hispalis, Corduba, Toletum. En ellas sin duda obtendría un botín digno de un califa, riquezas suficientes para sacudirse el yugo que el arrogante Musa ibn Nusayr le imponía. Lo había enviado como mero explorador mientras él permanecía cómodamente en Ifriquiya, pero él había demostrado ser un gran señor de la guerra, no un simple criado que prepara el camino que su superior hollará después. Y, como tal, reclamaría su botín.

Ensimismado como estaba en contemplar los resplandores que iluminaban sus ensoñaciones, así como aquella urbe que era el único obstáculo que le impedía rozarlas con los dedos, apenas se habría percatado de la llegada de Yussuf y sus hombres si no hubieran arrojado al prisionero a sus pies.

El comandante godo cayó con estrépito al suelo, y permaneció inmóvil hasta que uno de los guerreros tomó su lanza para golpear sus costillas con saña. Un quejido y el reflejo de encogerse para evitar otro golpe le indicaron a Tariq que seguía con vida.

La voz del estúpido godo pagado de sí mismo que acompañaba a su ejército desde la batalla contra Roderico terminó de evaporar sus sueños. Aquella hiena sin honor ni educación osaba interpelarlo. Sabía que se trataba de uno de los hombres de confianza del obispo Oppas, pero su paciencia no era infinita.

—Deberíais matarlo ya, señor. Merece un castigo ejemplar por enfrentarse a vos. Una muerte lenta y dolorosa. Si me lo permitís, me ofrezco voluntario para infligírsela. Os prometo que cuando vean el estado de sus restos, sus hombres se rendirán sin más oposición.

—Callaos —chistó Tariq, haciendo que quienes se encontraban en su presencia se revolvieran, incómodos. Todos ellos, menos el godo, sabían cuán peligroso resultaba enojarlo.

Con el sonido de la voz de Ragnarico, el recién llegado pareció despertar de su letargo. Poco a poco, haciendo un gran esfuerzo, consiguió enderezarse y ponerse de rodillas, aún con los brazos fuertemente ligados a sus costados.

Tariq lo examinó con interés. Parecía fuerte, e incluso en la penosa situación en la que se encontraba se las arreglaba para mantener una suerte de dignidad en la mirada. Recordaba haberlo visto luchar en ambas batallas. En la orilla del río, sus hombres habían causado las bajas más significativas. Es más, sin pretenderlo le había hecho a Tariq un favor inestimable al acabar con un grupo de árabes que Musa había enviado para controlarlo: aunque no lo supiera, había arrancado la lengua y los ojos del gobernador en Hispania. En cierto modo podía considerarse en deuda con él.

—Matadlo y Oppas os recompensará —insistió Ragnarico en tono melifluo, como si tratara de engatusarlo.

Nuevamente, aquella voz pareció insuflar ánimos en el prisionero, que reaccionó poniéndose en pie y dando dos pasos hacia el frente. Si no dio más, se debió a que uno de los miembros de la escolta de Tariq lo golpeó en la espalda con la contera de su lanza y lo hizo postrarse de rodillas. El rostro del cautivo destilaba rabia, más que miedo o dolor, componiendo una mueca más propia de un loco que de un cuerdo. Tariq lo miró con atención, intrigado.

—¿Quién sois? —inquirió.

Esta vez el hombre no reaccionó, como si no tuviera ojos y oídos más que para Ragnarico, en quien seguía clavando su mirada con fijeza. A pesar de encontrarse en clara ventaja ante aquel despojo golpeado, ensangrentado y humillado, el godo traidor pareció encogerse, llevándose la mano al vendaje que cubría su maltrecha oreja izquierda y colocándose a la espalda de los guardias, de modo que estos se interpusieran entre el prisionero y él.

Tariq se plantó frente al hombre y le elevó la barbilla para obligarlo a mirarlo. Yussuf cambiaba el peso de su cuerpo de una pierna a la otra, observando la escena con asombro. Ignorar al bereber debería haber supuesto para el cautivo la decapitación inmediata. Sin embargo, Tariq mantenía la templanza, buscando satisfacer la curiosidad que le suscitaba la actitud del hombre que tenía ante sus ojos.

—Os hablo a vos. ¿Quién sois?

El guerrero lo miró por fin y se humedeció los labios cuarteados antes de responder con voz quebrada:

—Soy Ademar, hijo de Salla.

—Y de una zorra, no lo olvides —apostilló Ragnarico, que había vuelto a adelantarse y lo escrutaba con odio—. Es Ademar, un maldito bastardo indigno de llamarse *comes*.

—Callaos, no lo repetiré otra vez —estalló Tariq—. Una palabra más y pasaréis a ocupar un lugar entre los vuestros al otro lado de la cerca.

Ragnarico lo miró con rabia y cerró la boca a regañadientes. Empezaba a pensar que había llegado el momento de que aquellos salvajes regresaran al desierto donde tenían su hogar. Con Oppas dirigiendo al fin los destinos del reino podría consumar su venganza. Ademar no tardaría en seguir los pasos de su mujer hacia la tumba, y él se aseguraría de que sufriera en el proceso al menos tanto como ella. Un escalofrío de placer le recorrió la espalda al recordar los últimos instantes de la vida de Matilda.

—Habéis combatido bien, Ademar, hijo de Salla. Y os diré que sois el primer hombre del norte al que hago semejante cumplido.

Ademar agradeció sus palabras apenas con un cabeceo distraído; solo parecía interesado en Ragnarico, y sus ojos evaluaban las armas que portaban los que protegían a Tariq, como calculando sus posibilidades de intentar acabar con él allí mismo. El comandante bereber esbozó una media sonrisa: incluso en tan precaria situación, el odio parecía darle fuerzas al prisionero.

—Soy un enemigo honorable, Ademar, hijo de Salla. Tariq ibn Ziyab sabe reconocer el valor allí donde lo encuentra, aunque provenga de un infiel. Por eso os ofrezco uniros a mí, como ya han hecho tantos de los vuestros.

—¿Estáis loco? —intervino Ragnarico escandalizado—. ¡Oppas montará en cólera si se entera de esto! ¡Debéis matarlo de inmediato! —Mientras hablaba, fuera de sí, buscó a tientas su espada, pero el acero había quedado a la entrada de la tienda. Tariq solo permitía que estuvieran armados en su presencia sus seguidores más fieles.

Ademar, sorprendido, soltó una carcajada desquiciada.

—¿Estáis seguro de querer a vuestro lado a alguien que está maldito como lo estoy yo? Si es así, os juraré fidelidad con una condición: que me permitáis matar al hombre que os acompaña. —Señaló a Ragnarico—. Lo que suceda con mi vida a partir de entonces me trae sin cuidado.

Tariq miró a su lado y rio, lo que hizo estremecerse a Ragnarico. Por un momento, Tariq se sintió tentado de pedir a los suyos que desataran al prisionero y entregaran a ambos godos sendas espadas. Hubiera resultado un buen divertimiento, y más porque su intuición le decía que Ademar, incluso herido, terminaría por alzarse vencedor. Sin embargo, no podía; no podía permitirse contrariar a hombres como Oppas. Aún no había llegado el momento adecuado para ello.

—No me es posible concederos ese favor, pero reitero mi oferta. Los hombres como vos pueden medrar en mi ejército. Uníos a mí.

Ragnarico emitió un leve suspiro, aliviado. En cambio, Ademar bufó como lo haría un animal salvaje enjaulado.

—Matadme, o dejad que sea yo quien mate tanto al perro como al amo.

Tariq asintió, mientras examinaba nuevamente el rostro de su prisionero. Sin duda era un guerrero valiente, aunque también temerario en exceso. Lo que quiera que animara su voluntad parecía ser tan importante para él que no le permitía evaluar los riesgos con sensatez.

—Vuestro compañero asegura que sois el señor de esta ciudad, de Astigi.

—Un bastardo que ha usurpado mi puesto, no os equivoquéis —puntualizó Ragnarico.

Tariq le dirigió una mirada de soslayo. Estaba visto que tampoco aquel otro godo sabía valorar el peligro que suponía no mantener la boca cerrada en su presencia. En este caso, lo achacaba tanto a la soberbia como a la estupidez.

—No soy el señor de nada. Solo soy un prisionero, un maldito prisionero —replicó Ademar con amargura.

—Y el resto de los prisioneros son vuestros hombres. Solo por eso les ofreceré venir conmigo también. Necesito de guerreros como vos, gente que sepa por dónde moverse en esta tierra.

Solo entonces la mirada de Ademar pareció detenerse en Tariq. El bereber, por su parte, examinó aquel rostro curtido, aquella barba parda salpicada de sangre y barro, y aquellos ojos claros que parecían refulgir incluso en la noche.

—No más lucha. Respetad también a quienes se encuentran en la ciudad y pensaré en aceptar vuestro trato —propuso Ademar, buscando enmendar su error al lanzarse a por Ragnarico en lugar de resguardarse con los suyos tras las murallas.

—No lo escuchéis, ¡son todos unos traidores, como él! —gritó Ragnarico.

—Y como vos —apostilló Tariq sonriendo.

—¿Lo haréis? —preguntó Ademar, esperanzado.

Ragnarico estalló hecho una furia.

—Por todos los demonios, están solos y muertos de miedo. ¡Tomad la jodida ciudad cuanto antes y acabad con ellos! Mientras no lo hagáis, no habréis cumplido vuestra palabra con Oppas. Hasta que no eliminéis a los seguidores de Roderico, el usurpador, no habréis culminado vuestro cometido.

Tariq miró a ambos hombres. Primero posó los ojos en Ragnarico; a pesar de lo agradable que le resultaba la idea de hacerlo callar para siempre, eso habría supuesto enfrentarse abiertamente a Oppas, un riesgo que de momento no podía permitirse. Luego desvió la mirada hacia su oponente, Ademar. Lo más sensato sería matarlo, y cuanto antes. En cambio, no podía quitarse de la cabeza la idea de que con un hombre como aquel a su lado le sería más sencillo pacificar las ciudades por las que pasara. Se acomodó en su sitial con actitud relajada, mientras los visigodos se mantenían en vilo, aguardando su decisión.

—Entregadme a la víbora que se esconde tras vos, mostrad vuestra magnanimidad con los habitantes de Astigi y contaréis con mi lealtad eterna —ofreció Ademar.

—¡Me aseguraré de que Oppas se entere de que negociáis con sus enemigos! —gritó Ragnarico, que parecía debatirse entre el temor y la furia.

Tariq sonrió al observar el gesto asustado del traidor, disfrutando del improvisado espectáculo que se desplegaba ante él. Luego se dirigió a su oponente.

—Ademar, hijo de Salla, lo que me pedís no está a mi alcance. Ahora mismo, este hombre se encuentra bajo mi protección. Y vuestra ciudad se ha alzado en armas contra mí, por tanto debe ser castigada. Olvidaos de cuanto habéis dicho y yo también lo haré. Juradme lealtad, servidme bien y no tardará en llegar el momento en que pueda recompensaros con nuevas tierras donde prosperar.

—Si este maldito monstruo es vuestro protegido, no quiero nada de vos, salvo una muerte digna y rápida.

Tariq se puso en pie de golpe, hastiado por el empecinamiento del prisionero.

—Está bien. Si esa es vuestra decisión, tendré que acatarla. —Hizo una seña a sus hombres y comenzó a rugir órdenes, furioso—. Matad a todos los guerreros que no estén en condiciones de retomar la marcha dentro de tres jornadas. El resto nos seguirá en cuanto hayamos tomado la ciudad. Alertad a la tropa. El ataque comenzará antes de que rompa el alba.

—¡No! —Un grito desesperado escapó de la garganta de Ademar, lo que provocó que una sonrisa macabra asomara a los labios de su hermano.

—Con respecto a vos mismo, me temo que tampoco complaceré vuestra petición. —La sonrisa de Ragnarico se amplió, imaginando el sinfín de torturas que aguardaban a aquel imbécil que había osado contrariar al bereber—. No os quitaré la vida. Vendréis conmigo, por si pudierais llegar a serme de utilidad más adelante.

El gesto de felicidad de Ragnarico se enturbió al escucharlo.

—¡Os equivocáis, señor! Debéis matarlo, ¡acabad con él! —gritó enrabietado.

—¡Silencio! —ordenó Tariq tajante.

Hizo una seña para que se llevaran al prisionero de su presencia e hicieran salir también a un iracundo Ragnarico. Luego se concentró en la próxima batalla. Si todo salía según lo esperado, Astigi caería al alba y las extensas calzadas romanas que lo llevarían hacia el corazón de aquella tierra se abrirían ante él. Pronto estaría en disposición de propinar a Oppas y a los demás jefezuelos un golpe del que difícilmente se podrían recuperar.

Pese al mazazo que supuso no poder contar con la presencia de su señor para comandar la defensa, los guerreros apostados en Astigi ofrecieron una férrea resistencia a los hombres llegados desde el otro lado del mar. No fue hasta el anochecer del día siguiente cuando las tropas de Tariq se hicieron dueñas de la situación en las calles. Más de un millar de guerreros bereberes y otros tantos cristianos perecieron en la contienda.

Cuando la última defensa fue superada quedó patente que muchos de los hombres habían aprovechado la caída de la tarde y su mejor conocimiento del terreno para huir, buscando replegarse hacia alguna otra fortaleza. La caballería ligera recorrió los alrededores tratando de encontrarlos y eliminarlos, pero no lograron llevar a término su misión y pronto regresaron junto al resto del ejército. Unos pocos centenares de guerreros derrotados, perdidos en campo abierto, no supondrían una gran amenaza. Lo primordial era reorganizarse y avanzar cuanto antes, con el humo de los recientes incendios todavía dispersándose en el aire.

Siguiendo los dictados de su intuición, Tariq dividió sus tropas en cuatro grupos. El primero de ellos partiría hacia el oeste, hacia la ciudad de Hispalis. Allí su emisario se reuniría con Oppas para transmitirle las buenas nuevas y recordarle que lo más inteligente por su parte sería limitarse a continuar al frente de su iglesia mientras Tariq terminaba de pacificar la región, dando buena cuenta de los últimos seguidores de Roderico.

Otro grupo, con Mugith al-Rumi al frente, seguiría la calzada hacia el este, hasta la importante ciudad de Corduba, con órdenes de tomarla o, en el peor de los casos, ponerle sitio. A su vez, Tariq ascendería hacia el norte, acompañado por el grueso de los hombres, dispuesto a plantarse frente a los muros de Toletum para asestar un golpe mortal a la monarquía visigoda. El último grupo estaría compuesto por la caravana del bagaje, en la que irían los prisioneros capturados, y se pondría en marcha tras él, siguiendo sus pasos a una menor velocidad.

Nunca pensó que aquella incursión resultara tan sencilla. Había atravesado el mar con poco más de diez mil hombres y ningún ejército les había hecho frente durante el tiempo que pasaron aprovisionándose y saqueando las tierras del sur. Quien finalmente había osado interponerse había sido traicionado por los suyos y se escondía como un gamo entre la floresta, si es que acaso no estaba muerto ya. Desaparecido Roderico, las ganas de luchar de los hispanos parecían haberse desvanecido con él. Podría haberse limitado a quedarse en el sur, cerca del estrecho que los separaba de su tierra, entretenido en rapiñar y saquear cuanto encontrara, fiel al plan inicial de su señor. Sin embargo, sabía que no volvería a encontrarse ante una situación tan propicia jamás, en toda la vida que le quedara, y simplemente no podía desaprovecharla.

Además, tras la toma de la ciudad, un nuevo golpe de fortuna había venido a respaldar su instinto. Entre los prisioneros capturados detrás de los muros había un hombre en particular, un religioso, que resultó que escondía entre sus ropajes la clave para acceder a un tesoro inesperado.

Por primera vez había pensado que era una suerte contar con Ragnarico a su lado, pues había sido el godo el que lo había reconocido como amigo personal del mayor representante de la jerarquía religiosa del territorio y había insistido en desnudarlo para registrarlo detenidamente. A continuación, también había sido él quien había leído e interpretado los documentos que guardaba el cura entre su vestimenta, cosidos a la basta tela. La tortura a la que había sido sometido después aquel desgraciado, y en la que casi perdió la vida, había logrado revelar el resto: en su confesión había hablado del escondite donde se guardaba el gran tesoro de Roderico, rico en joyas, metales preciosos y costosas telas, localizado en los alrededores de Toletum.

Pero no era aquello lo más interesante que había brotado de sus labios cuarteados mientras los hierros candentes le desollaban la espalda con un desagradable olor a carne chamuscada. Una última revelación había salido a la luz justo antes de que el tipo perdiera la consciencia. Porque si había rastro de verdad en sus palabras, aquel tesoro escondía algo más importante que cuantas posesiones terrenales pudiera desear un caudillo. El antiguo objeto sagrado sobre el que versaban la mayoría de los documentos que le habían sustraído: la mesa del rey Salomón, el soberano que había llevado al pueblo de Israel a su máximo esplendor casi dos mil años atrás.

Aquella pieza, cuajada de jades, esmeraldas, oro y plata, habría valido de por sí el rescate de un califa, pero el secreto que escondía multiplicaba ese valor, pues albergaba una magia antigua y poderosa. Según los escritos, su dueño obtendría además el poder absoluto sobre la tierra y sus gentes y, como el hijo de David, podría convertir en próspero cualquier estado insignificante, obligando a sus poderosos vecinos a inclinarse ante él. Los documentos narraban que trescientos años antes, durante el saqueo al que las tropas visigodas habían sometido a la ciudad de Roma, los guerreros se habían hecho con ella para añadirla al tesoro del rey Alarico. A partir de entonces, el pueblo de Alarico se había alzado vencedor en cada una de las contiendas en las que había participado, imponiéndose a sus enemigos.

Tariq ibn Ziyab sintió un agradable escalofrío recorrer su pecho: percibía su buena estrella brillando en lo alto, iluminando ante él su destino. Había afrontado el encargo de su señor, Musa ibn Nusayr, de acudir a aquella tierra del norte para allanar su camino, regándola con la sangre de los que perecieran en la campaña, mientras él pasaba los días entre banquete y banquete en su capital, esperando el momento adecuado para cruzar el mar. Luego, una vez allí, Tariq había sabido vencer cuantas adversidades se le habían presentado. Y ahora entendía que, como servidor de Alá, pese a no poseer sangre árabe corriendo por sus venas, había sido llamado a crear su propia estirpe en aquella tierra. Una estirpe que reinaría por encima de caudillos, reyes y califas; por encima de cualquiera, hasta la eternidad.

Para ello, sin embargo, primero debía encontrar aquella reliquia, poner sus manos sobre ella y utilizarla en su favor. Ahí entrarían en juego las notas arrebatadas al religioso, de las que no se separaba un instante. Como precaución adicional, había mantenido a aquel despojo con vida por si precisaba interrogarlo de nuevo. De momento, el clérigo recorrería los caminos junto con el tren de bagaje, pues no pensaba que estuviera en condiciones de resistir el ritmo de la rápida marcha que él mismo pensaba emprender hacia Toletum. Allí, con la mesa en sus manos, volvería a contar con él para ayudarlo a exprimir hasta el último de los secretos de su poder. Y llegado ese momento, Musa ibn Nusayr sabría quién era Tariq ibn Ziyab.

VII

Argimiro, situado sobre una pequeña loma a resguardo de quienes pudieran recorrer la llanura, observaba las tres columnas de guerreros que se adentraban en el territorio como cuchillos afilados desgarrando la carne de un animal recién abatido.

Pocas horas antes imaginaba que tanto él como los suyos formarían parte de aquellas. Sin embargo, no había sucedido así, y todavía se preguntaba si había actuado bien o no.

La misma noche en que las tropas bereberes penetraron en Astigi, sus hombres habían participado en las patrullas encargadas de detener a los fugitivos que trataban de abandonar la ciudad al amparo de la noche. Los guerreros del desierto ululaban a su alrededor a la vez que repartían mandobles. Y entonces había sucedido: un grupo de jinetes godos había emergido de uno de los bosquecillos cercanos, el cabecilla bereber había gritado sus órdenes en su lengua ininteligible, y los suyos se habían alzado sobre los estribos para lanzarse contra los recién llegados. Walamer, su hombre de confianza, le había dirigido una mirada interrogativa que se lo había dicho todo: el lugar en el que estaban no era donde debían estar, su sitio era otro. Empezaba a hartarse de ser cómplice de aquella carnicería, de sembrar la muerte entre gente inocente. Roderico había sido un bastardo y no lamentaba su caída, pero la de aquellos guerreros que habían plantado cara al ejército de Tariq sí le removía las entrañas. Hizo un gesto de asentimiento a Walamer, cuya sonrisa brilló en la oscuridad, y comenzaron a avanzar, al trote primero, para luego ganar velocidad a medida que atravesaban el llano que los separaba del linde del bosque.

La caballería ligera bereber se encontraba a medio centenar de pasos por delante, lanzando sus venablos, que caían como ráfagas de granizo mortal sobre los guerreros visigodos. Aunque la mayoría acertaron a anteponer sus escudos, uno de ellos fue alcanzado de lleno en el cuello y otro pereció aplastado por su montura, que cayó con el pecho atravesado por uno de los afilados proyectiles. Tras aquella maniobra, los jinetes del desierto tiraron de las riendas para girar en redondo y volver hacia su grupo. Esperaban que, como habían hecho tantas veces en las ocasiones en las que habían peleado juntos, los visigodos que los acompañaban abrieran su formación y los dejaran penetrar entre ella para ponerse a salvo hasta que estuviesen listos para volver a lanzarse al ataque. Pero esa vez no ocurrió así: los hombres de Argimiro se limitaron a aprestar sus lanzas, manteniendo el frente compacto, y luego, ante el asombro de sus hasta entonces aliados, arremetieron contra ellos.

La mayoría de los jinetes bereberes cayeron en el primer embate, mientras los restantes se debatían en un desigual combate cuerpo a cuerpo. Aunque seguían siendo superiores en número, sus protecciones ligeras estaban pensadas para favorecer la movilidad y la rapidez, no para resistir frente a enemigos revestidos con cotas de malla y armados con pesadas espadas. Recuperándose rápidamente de la sorpresa, los guerreros visigodos que instantes antes habían temido por sus vidas espolearon entonces a sus monturas para terminar de cerrar la tenaza sobre los aturdidos hombres de Tariq. El combate había durado apenas unos minutos, y ninguno de los extranjeros sobrevivió para llevar el mensaje de la traición de Argimiro a su señor.

Un hombre de mediana edad, llamado Alberico, se presentó como comandante de aquella escasa veintena de guerreros supervivientes de la toma de Astigi a la que Argimiro había decidido unir su suerte y la de sus hombres. Se declaró servidor de Ademar, al que imaginaba muerto tras su fallida carga. Después de la caída de la ciudad, Alberico había logrado poner a salvo a numerosas familias: ancianos, mujeres y niños que aguardaban escondidos entre los árboles, rezando todo lo que sabían. Se proponía escoltarlos en busca de algún lugar seguro en cuanto se relajara la búsqueda de supervivientes, pero cuando Argimiro lo informó de que su señor no estaba muerto, sino prisionero, no quiso abandonar la zona sin haber intentado al menos rescatarlo.

La primera intención de Argimiro había sido la de continuar a caballo hacia el norte, hacia sus tierras vecinas de Calagurris, tan alejadas de aquella Betica y de cuanto había representado Roderico. Luego cambió de idea y accedió a ayudar a Alberico en su empresa antes de partir, si es que aún no era demasiado tarde. Y ese era el motivo por el que en aquel momento ocupaban aquella loma.

Antes de comprobar la dirección en la que se desplazaban las distintas columnas, Argimiro estaba convencido de que los extranjeros jamás llegarían al norte y de que sus tierras nunca conocerían a aquellos jinetes embozados en amplios ropajes. Pensaba que, una vez allí, podría retomar su vida en el mismo punto en la que la había dejado, sin que le molestara el recuerdo de la llegada de Roderico exigiendo su concurso en la lucha frente a los vascones y sin tener que temer las consecuencias de su decisión de abandonar a Tariq y a los suyos. En cambio, la mañana siguiente a su deserción le desconcertó saber que una de las columnas había emprendido camino hacia el norte, rumbo a Toletum, mientras las otras dos parecían dirigirse a Hispalis y a Corduba. Al siguiente amanecer se había puesto en marcha una cuarta columna, mucho más reducida y lenta, que siguió el mismo camino que había tomado antes la primera.

Era a esta última columna, una larga caravana en la que Tariq había dejado a los heridos, los cautivos, las vituallas y los frutos del pillaje, a la que escrutaban.

—Se encuentran en el último tercio —susurró Alberico, situándose a su lado.

—¿Los habéis reconocido desde esta distancia?

—La figura de Witerico es inconfundible, incluso desde aquí.

—Señaló hacia la comitiva de hombres que se tambaleaban en la calzada—. Ademar debe de estar a su lado.

Argimiro forzó la vista y pronto comprendió las palabras de su acompañante. Una figura destacaba sobre todas las demás: un tipo enorme, de hombros anchos y cabeza rapada que destellaba al sol.

—Creo que vuestro propósito es más que complicado. Al menos dos centenares de hombres armados custodian la caravana; espero que tengáis un buen plan.

—Aguardaremos a que caiga la noche. Entonces atacaremos y nos dispersaremos al amparo de la oscuridad.

Argimiro se encogió de hombros.

—Un plan sencillo...

—Que confío en que resulte —terminó la frase Alberico—. Son muchos, pero están demasiado confiados.

El otro asintió. Desde allí quedaba patente la escasa disciplina de la que hacían gala. ¿Quién podía culparlos? Habían resultado victoriosos en todos los envites en los que se habían visto, y su gran valedor en la región era el mismo Oppas. A nadie extrañaba que caminasen como si fueran los amos de aquellas tierras. Mas ellos les darían un buen disgusto; pese a que no sería sencillo, si los acompañaba la suerte podrían hacerlo. Luego Argimiro reuniría a los suyos y regresaría al norte, a su hogar, el que Roderico le había obligado a abandonar. Y el mal sueño habría terminado.

—Joder, vaya si se han cebado con el cura —exclamó Witerico al observar el cuerpo magullado de Bonifacio, que deliraba tumbado junto a ellos.

Los prisioneros trataban de descansar cuanto pudieran antes del alba, cuando llegaría nuevamente el momento de ponerse en marcha. Sin embargo, las condiciones en que se hallaban no lo facilitaban: maniatados, colocados de cualquier manera entre varias de las carretas y rodeados de guardias bereberes, que ni siquiera se habían dignado a concederles una buena lumbre junto a la que calentarse.

Ademar lo miró con lástima. Por otra parte, no había rastro de Hermigio, y el cura no parecía en condiciones de aportar información alguna sobre el paradero del muchacho. Por más que le preguntaron, no salía de su cantinela sobre el fin de los días, el bendito nombre de Dios, la oscuridad eterna y cierta reliquia sagrada que traería desgracias sin cuento a los creyentes.

—No suelen cebarse así con los prisioneros —comentó Sarus, otro de los suyos—. Al menos, no tanto como con este.

—Pues el viejo tiene que haberlos cabreado a base de bien.

El cura abrió los ojos de repente y emitió un alarido que desgarró la tranquilidad de la noche, lo que provocó que varios de los guardias se asomaran a ver lo que ocurría en el improvisado cercado de carretas.

—Tranquilo, todo está bien —trató de calmarlo Ademar, lo que hizo que a Witerico se le escapara una risilla sarcástica.

Bonifacio, desnudo y frágil, temblaba envuelto en la manta que sus captores le habían proporcionado como único abrigo. Tenía la piel cubierta de costras sanguinolentas y apenas le quedaba en el cuerpo alguna superficie libre de crueles hematomas.

Ante la sorpresa de todos, aquel pobre despojo humano intentó levantarse, sin reparar siquiera en que se encontraba atado de pies y manos.

—Tengo que partir, tengo que partir —balbuceó, debatiéndose inútilmente contra las ataduras y su propia debilidad.

—Guardad silencio y tratad de descansar. Es cuanto podemos hacer en este momento —aconsejó Ademar con suavidad mientras los ojos de Bonifacio parecían mirar al infinito a través del guerrero.

El que fuera *comes* de Astigi se encontraba inusualmente sereno. La toma de su ciudad había resultado durísima para él, pero la enconada resistencia de los suyos y el trato misericorde que Tariq había dispensado a los supervivientes parecían haber reportado cierta paz a su alma atribulada. Sin embargo, aquella paz engañosa ocultaba una firme resolución. Ademar se había rendido a la evidencia de que nada valía la pena, de que no le quedaba nada que perder. Así que en su mente se había asentado la idea de que debía sobrevivir hasta el día en que pudiera volver a cruzarse con su hermano. Entonces lo mataría. Y él podría morir en paz.

—Debéis ayudarme. —La voz de Bonifacio, similar a un graznido, lo sobresaltó.

—No está en mi mano hacerlo —respondió Ademar, clavando su mirada en los ojos extrañamente dilatados del religioso.

—¿Habéis perdido acaso la fe?

—Mi fe siempre ha residido en mi espada, y hoy, como podéis ver, esta no se encuentra a mi lado.

—Hay algo más poderoso que el metal. Algo mucho más poderoso.

—El cura está peor de lo que pensaba. —Witerico meneó la cabeza tristemente—. Han debido de golpearlo a conciencia en la crisma.

—No le hagáis caso a este patán —continuó Bonifacio—. Vos albergáis en vuestro interior un profundo deseo, lo veo con claridad. Si me ayudáis, estaréis en disposición de cumplirlo.

Ademar le dedicó una mirada cansada. A aquel tipo no le quedaba ni un ápice de cordura. Allí estaba, apaleado, enloquecido y ofreciéndole redención.

—Descansad, buen hombre. Mañana veréis el mundo con otros ojos.

—¡No! —gritó el cura, fuera de sí—. ¿Es que no lo entendéis? ¡No hay tiempo que perder!

Los guardias volvieron a asomarse con cara de pocos amigos. Witerico maldijo por centésima vez sus ataduras, que le impedían llegar hasta el religioso y asestarle un buen mamporro en la cabeza, a ver si descansaba de una vez y de paso permitía hacerlo a los demás también.

Ademar lo miró con pena antes de darle la espalda para tumbarse y tratar de dormitar hasta el amanecer.

Argimiro ahogó un reniego, sobresaltado por el grito que acababa de rasgar la noche; habían llegado muy cerca, pero tras aquel alarido todo hacía presagiar que su suerte se había terminado y que pronto tendrían serios problemas. Su plan se había desarrollado bien hasta entonces; incluso demasiado bien. Habían tomado los ropajes del grupo de bereberes aniquilado en el bosque, se habían envuelto cuidadosamente en aquellas incómodas telas y se habían aproximado a la columna aprovechando la oscuridad y la apatía de los guardias que la custodiaban.

El grito había resonado cuando les quedaban apenas una veintena de pasos para llegar a la primera de las carretas y tomarlos por sorpresa. Ahora estarían más alerta; por lo pronto, acababan de asomarse al círculo de carromatos.

La figura, también embozada, que se recortaba a su izquierda, y en la que le pareció reconocer a Alberico, reaccionó con presteza, y recorrió a la carrera la distancia que lo separaba del primero de los vehículos para lanzarse bajo él. Súbitamente consciente de que aquel grito podía convertirse incluso en una ventaja si sabían aprovechar la circunstancia, Argimiro se apresuró a imitar a su compañero y aterrizó de golpe en la tierra y las piedras, a la sombra del carromato más cercano. Se arrastró despacio; desde allí alcanzaban a ver a los prisioneros tumbados en el suelo. O, si no lo eran, eran fardos de los que acarreaba el ejército. A su lado, en el rostro de Alberico creyó ver reflejarse el destello de una sonrisa: se le antojaba más convencido que nunca de que lograrían ejecutar con éxito su descabellado propósito.

Ademar sintió que un escalofrío le recorría la espalda, presa de una sensación extraña. Bonifacio lo escrutaba con mal disimulada irritación, pero no era su mirada la que lo incomodaba. Su padre solía decir que la oscuridad no es una buena aliada para el hombre de armas, y él podía dar fe de ello en aquel momento, mientras sus ojos recorrían nerviosamente una de las carretas cercanas, donde le había parecido escuchar un ruido tras el grito del religioso. Por ese motivo no había vuelto a dormirse. Un guerrero no llega a viejo si no tiene cierta habilidad para anticiparse a los peligros, tanto en el campo de batalla como en una taberna o en una alcoba.

El silencio se extendió nuevamente sobre la noche. El bereber que se había acercado a los prisioneros se retiró tras comprobar que nada sucedía entre aquellos desgraciados que eran conducidos como ganado hacia el norte, y un instante después fueron dos nuevas figuras las que sobresaltaron a Ademar y a los suyos. Witerico trató de ponerse en pie para hacerles frente, pero sus ataduras no se lo permitieron; ahogó un reniego: no veía de quiénes se trataba, y el lugar tan inesperado desde el que habían surgido le hacía intuir dificultades. Más aún.

Una de las figuras embozadas se dirigió hacia él, y el acero de un puñal destelló en su mano.

—No hagáis ruido —susurró Alberico, cortando las ataduras que inmovilizaban al enorme guerrero; luego fue a hacer lo propio con las de Ademar.

Un murmullo nervioso se extendió inevitablemente entre los hombres, mientras los recién llegados los liberaban uno a uno con rapidez y eficacia. Por lo pronto, ninguno parecía capaz de ponerse en pie, tan solo acertaban a frotarse las muñecas laceradas por el roce de las ligaduras y las piernas entumecidas.

La satisfacción por haber conseguido liberar a su señor se hacía patente en el rostro orgulloso de Alberico, pero Argimiro todavía no se atrevía a compartir aquel sentimiento con él: aún tenían que salir de allí con vida.

En un primer momento se habían planteado intentar hacerse con el control de la columna, acabando con cuantos guerreros bereberes pudieran encontrar dormidos para equilibrar las fuerzas en la medida de lo posible antes de que comenzara la verdadera escaramuza. Sin embargo, al final habían optado por la discreción, así que lo único que podían hacer era mantener el sigilo el tiempo que fuera posible y después huir en desbandada antes de que los vigilantes tuvieran tiempo de dar la alarma y organizarse para perseguirlos.

—Arrastraos bajo las carretas, tal y como hemos hecho nosotros. Señor, no os separéis de mí; somos los guerreros más frescos ahora mismo, y os defenderemos si resulta necesario —sugirió Alberico.

Ademar asintió, agradecido, a sus inesperados salvadores. Elevó su mirada hacia el cielo, buscando en la oscuridad algún signo que le mostrara que había sido perdonado, que su maldición había terminado, que lograría su propósito de acabar con el asesino de su esposa y de los demás, que podría vengarlos y descansar. Fue en vano: todo permaneció oscuro, la luna oculta tras algunos jirones nubosos, ninguna estrella fugaz cruzando el firmamento. Bajó los ojos para encontrarse con los de Bonifacio, que, ante su sorpresa, se había puesto en pie con renovado vigor y mostraba un gesto mucho más sereno.

—No todo está perdido —afirmó—. Os dije que conservarais la fe.

Ademar asintió casi sin querer.

—En marcha —urgió Argimiro secamente.

No las tenía todas consigo con respecto a aquello; habían discutido largamente sobre cómo llegar hasta allí, pero muy poco sobre cómo salir de aquella encerrona que ellos mismos se habían buscado.

Los prisioneros fueron situándose bajo las carretas. Contra todo pronóstico, no había ningún vigilante apostado al otro lado; todos parecían acumularse en el otro flanco, donde brillaban las fogatas.

Argimiro se colocó junto al señor de Astigi, dispuesto a no perderlo de vista hasta que lograra ponerlo a salvo. Una vez limpia aquella mácula interior que no había hecho más que crecer desde el día que traicionara a Roderico, podría volver al norte con la conciencia apaciguada.

A un gesto de su mano, los hombres comenzaron a asomar de debajo de las carretas y a lanzarse a una loca carrera a través de la noche.

VIII

El grupo de poco más de medio centenar de hombres, con Bonifacio un poco rezagado, apoyado en el hombro de Sarus, ascendía trabajosamente por la pendiente de la colina. Llevaban más de tres horas de apresurado caminar, y para entonces ya estaban muy cercanos a su destino.

Argimiro apenas podía creer su buena fortuna. Situado en la retaguardia, no dejaba de lanzar miradas nerviosas a su espalda, mas ninguna sombra amenazante se recortaba en el horizonte. El cura no se había cansado de pregonar, con el poco aliento que le quedaba, que contaban con el respaldo divino y que el Señor se aseguraría de proteger su huida; y lo cierto era que comenzaba a encontrar razonables sus palabras.

El sencillo plan había resultado a la perfección. Alberico y él, envueltos en los ropajes de los guerreros del desierto, habían actuado como avanzadilla y habían logrado degollar sin armar revuelo a los primeros centinelas con los que se cruzaron. El segundo grupo al que se habían enfrentado, algo más numeroso, había sucumbido frente a ellos tras una breve pelea, y aunque eran conscientes de que alguno de los vigilantes habría logrado dar la alarma, tuvieron tiempo de desperdigarse por el territorio y ocultarse entre la vegetación antes de que se organizara la persecución.

Una vez libres, muchos de los hombres habían huido en diferentes direcciones, la mayoría hacia el sur y el este, donde estaban sus hogares. Y hacia allí se habían dirigido también los escasos jinetes bereberes de la partida. En cambio, ellos habían emprendido el camino del norte, donde los esperaban los supervivientes de Astigi. Argimiro regresaría a Calagurris, quizá deteniéndose primero en Toletum, donde entendía que se celebraría la reunión entre nobleza y clero para dirimir el futuro del reino tras la caída del rey maldito. Desconocía cuáles eran los planes del recién liberado Ademar, pero por ahora había tomado el mismo derrotero que ellos. Si más tarde decidía partir hacia Hispalis para solicitar la intercesión del obispo Oppas, daría por terminada su corta relación. Si, por el contrario, optaba por poner rumbo a Toletum para recabar apoyos que le permitieran recuperar su ciudad por la fuerza, continuarían compartiendo ruta.

Llegaron a las grutas elegidas como escondite por Alberico poco antes del alba. Muchos se reencontraron allí con sus seres queridos, y otros tantos lloraron por los que no estaban. Argimiro, por más que se tenía por un hombre recio y poco dado a dejarse llevar por las emociones, no pudo evitar que un apretado nudo se alojara en su estómago ante las conmovedoras escenas. Sin embargo, Ademar parecía en cierto modo ajeno a todo aquello: no había mudado su expresión vacía e indiferente ni siquiera cuando algunos de los hombres y mujeres congregados en la cueva se habían postrado a sus pies.

Hermigio no parecía dar crédito a sus ojos cuando distinguió la figura de Bonifacio tras el abigarrado grupo de hombres de armas. Había pasado rezando buena parte de la noche, y no dudó en continuar después, para agradecer al Altísimo el éxito de la peligrosa misión que habían emprendido Alberico y aquel serio guerrero del norte llamado Argimiro. Le había tomado verdadero aprecio a Ademar, que se le antojaba un señor justo, noble y carismático, todo lo contrario que Adalberto y su padre.

El *comes* de Astigi apenas había descansado desde su llegada, concentrado en contemplar el arrugado rostro de Bonifacio, que se había sumido en un sueño intranquilo. ¿Sabía aquel hombre realmente lo que decía? ¿Era el propio rescate la señal divina, y la misión que el cura proclamaba la que vendría a devolver la luz a la noche eterna que parecía haberse adueñado de su vida? ¿Obtendría el favor de su dios si lo escuchaba? Le resultaba sumamente extraño que se hubieran ensañado de aquella manera con el religioso, mientras que el resto de los prisioneros no habían sufrido violencia alguna más allá de los lógicos rigores del cautiverio. Algo sabía aquel hombre, algo representaba; lo que no sabía era el qué, y si tanta importancia tenía que lo había hecho merecer semejante castigo.

Súbitamente, mientras la imaginación de Ademar tejía conjeturas sin parar, Bonifacio abrió los ojos y los fijó en los suyos. Su mirada parecía rebosar energía, no quedaba en ella ni rastro del cansancio que debería haber padecido el anciano. Su voz grave resonó en la gruta.

—Es hora de partir. Cada instante que permanezcamos aquí, podría estar sellando nuestra condena.

—¿A qué os referís exactamente? ¿Qué querían los hombres de Tariq de vos? —El guerrero habló en voz baja, con la esperanza de que el sacerdote lo imitara y dejara de sobresaltar a quienes descansaban.

—Hemos sido llamados para llevar a cabo una misión divina. Y somos la última esperanza de nuestro mundo; si fracasamos, la oscuridad se cernirá sin remedio sobre todo cuanto hemos conocido.

—¿Una misión divina?

—Debemos dirigirnos con premura a Toletum para poner a salvo los misterios que allí se conservan. Si caen en manos de esos salvajes, todo estará perdido, para nosotros y para nuestra estirpe.

Argimiro se acercó adonde estaban Ademar y Bonifacio, y se acuclilló entre ambos.

—Esos salvajes, como los llamáis, regresarán a sus tierras antes de que termine el verano —aseguró.

Ademar examinó al recién llegado, uno de sus inesperados salvadores. Aquella no era la primera ocasión en la que se encontraban, aunque desde la última vez que se vieron habrían pasado ya unos doce años, si la memoria no le fallaba. Además, había sido a muchas millas de allí, cerca de las tierras de los vascones, de donde procedía la familia de Argimiro. El que fuera *comes* de Astigi había llevado a sus hombres a luchar al norte, en tiempos del viejo rey. En ese momento, el hombre que ahora lo miraba con seriedad era apenas un muchacho que le pareció altivo y orgulloso, casi tanto como lo había sido él también. El paso de los años y las decepciones que inevitablemente estos traen parecían haberlos templado a los dos, por lo que tenía de nuevo la sensación de que no eran tan diferentes. Asintió, reconociendo la sensatez de sus palabras; habría podido pronunciarlas él mismo horas antes. Sin embargo, lo cierto era que jamás habría esperado que los bereberes llegaran tan al norte como lo habían hecho.

—¡Sois unos ilusos! —exclamó el religioso con vehemencia—. No se detendrán ante nada, y menos ahora que tienen un claro objetivo en mente. Tomarán cuanto deseen, porque su ambición no conoce límites.

—No lo harán —repuso Argimiro con calma, buscando aquiescencia en los ojos de Ademar—. Son muy pocos para pensar en tomar nuestras ciudades.

—También lo eran para oponerse al rey y a sus guerreros —repuso Bonifacio, testarudo.

—La derrota de Roderico fue posible solo gracias a la traición —intervino Ademar—. Nunca tomarán Toletum.

—Nuestro pueblo está maldito, como lo estaba nuestro rey; abrid los ojos de una vez. Si no atendemos a las demandas del Señor Todopoderoso, seremos barridos de esta tierra. ¡Seremos pasto de los lobos!

—¿Y qué demanda exactamente nuestro Dios, si puede saberse? —preguntó Argimiro, sin poder evitar que su tono trasluciera el enfado que le provocaba la actitud del religioso.

—Que sus misterios sean puestos a salvo y que los infieles no posen sus sucias zarpas en ellos —siseó este con rapidez—. Y es nuestra misión asegurarnos de ello.

Argimiro sostuvo la mirada de Bonifacio, poco dispuesto a permitir que nadie le dijera lo que tenía que hacer.

—Los bereberes huirán en cuanto avisten las murallas de Toletum, si es que acaso son capaces siquiera de llegar hasta allí. Y cuando esto ocurra os recordaré vuestras palabras, cura, y los miedos que os las dictan.

—¿Hacia dónde os dirigís, Argimiro? —intervino Ademar, tratando de relajar la tensión palpable entre ambos hombres.

No sabía por qué, pero estaba inquieto. Entendía los razonamientos de Argimiro; sin embargo, las palabras de Bonifacio le parecían cada vez menos descabelladas.

—A Calagurris, aunque primero me detendré unos días en Toletum. Es necesario saber qué decisiones se tomarán allí ahora que el reino carece nuevamente de rey. Y vos, ¿regresaréis a Hispalis o vendréis conmigo a Toletum?

El rostro de Ademar se ensombreció al pensar en su medio hermano. Su único deseo era ajustar cuentas con él, cosa que no podría hacer si no contaba con el apoyo de un buen número de guerreros y, si fuera posible, con el beneplácito de la autoridad que fuera designada para dirigir el reino. Una vez consiguiera aquello, lo perseguiría aunque su camino lo llevara a cruzar el mar y a adentrarse en el desierto que quienes lo conocían aseguraban que no tenía fin.

—Os acompañaremos a Toletum. Ahora que el desconcierto parece haberse extendido en la Betica, es el lugar adecuado para exponer mis demandas.

—Vuestras tierras... —masculló Bonifacio, iracundo—. ¿A quién le importan vuestras tierras? ¡A nadie, condenados memos! Si Tariq ibn Ziyab, ese tuerto endemoniado, consigue su propósito, nada volveréis a poseer. ¡Nada! Ni siquiera un lugar donde se blanqueen vuestros huesos tras la muerte.

Argimiro se puso en pie enérgicamente, lo que sobresaltó a Ademar, que por un instante llegó a temer que golpeara al religioso.

—¡Está bien, cura! Vendréis con nosotros al norte, si eso es lo que queréis. Eso sí, cuando una vez allí veáis cuán equivocado estabais, os dejaremos solo para que busquéis a otros estúpidos a los que torturar con vuestra cháchara.

El religioso, lejos de amedrentarse, respondió a Argimiro con voz firme.

—Ni siquiera vuestra querida Calagurris escapará a la ambición de los extranjeros. Lo he visto. Lo he visto en el rostro de aquel al que llaman Tariq. —Abrió los ojos desmesuradamente, dejando traslucir su temor—. Ese hombre no se detendrá ante nada. Él conoce los misterios de Dios, no como vosotros, impíos, y pretende valerse de su inmenso poder para conseguir sus fines.

—Dejadlo ya, Bonifacio —intervino Ademar, consciente de que el malestar de Argimiro no hacía más que aumentar a medida que el religioso hablaba—. Iremos todos a Toletum, y allí cada cual hará lo que deba.

—Eso, dejadlo —apostilló Argimiro, que se dispuso a marcharse hacia donde lo esperaban los suyos—. Al menos por esta noche no quiero oír una palabra más.

Abandonó la gruta meneando la cabeza, tratando de mostrar un aplomo que en su interior había dejado de sentir. Aunque no deseara reconocerlo, la verborrea de aquel anciano enloquecido había conseguido hacer mella en él. Por un momento, sus ominosas palabras habían desencadenado en su imaginación visiones que le mostraban sus tierras arrasadas y sus gentes esclavizadas. Calagurris no caería, repitió una y otra vez para sí. Calagurris no caería.

No era la primera vez que escuchaba una profecía como aquella. Siendo apenas un niño, un ermitaño llegado desde el sur se había detenido en las tierras de su familia de camino a los dominios de los francos. Se trataba de un sacerdote imperial procedente de África, que llegó a su hogar con la enfermedad bien aferrada a los huesos y que había pasado varios días delirando en el camastro que le había facilitado su padre para que descansara mientras ardía en fiebre hasta consumirse. Entre aullidos y blasfemias, había preconizado la llegada de hordas de guerreros velados provenientes del mismo infierno, que asolarían todo lo que encontraran a su paso, incluida la granja de la familia. En aquel momento, las palabras del ermitaño habían poblado sus pesadillas infantiles, que se llenaron de imágenes de tierras devastadas y ciudades calcinadas. Aquel era un recuerdo que casi treinta años más tarde creía enterrado. Ahora bien, las palabras de Bonifacio habían conseguido avivar los rescoldos del temor que lo había atenazado durante su niñez.

Al escuchar al sacerdote, Argimiro revivió en su imaginación el rostro de aquel ermitaño oriental, tal y como lo había visto instantes antes de que expirase, pues nada habían podido hacer por su cuerpo ni por su mente: con el sudor bañándole la frente, la boca abierta en una muda súplica y unos ojos que, hundidos en las cuencas, reflejaban que aquella alma hacía días que se había alejado definitivamente de la cordura. Y al evocar el rostro cadavérico no pudo por menos que recordar que aquel imperial había llegado a Hispania desde África, exactamente el mismo lugar del que procedían Tariq y sus guerreros velados.

Una ráfaga de aire helado agitó la capa de Argimiro, pero no fue la responsable del escalofrío que le recorrió el cuerpo.

Tariq ibn Ziyab estaba muy satisfecho con el desarrollo de la campaña. O, más que satisfecho, sorprendido por su buena estrella. Sus tropas ascendían raudas por las antiguas carreteras de piedra que los romanos habían construido hacía siglos, y el resto de su ejército había llegado a Corduba e Hispalis sin contratiempos. La primera de aquellas ciudades estaba siendo asediada, mientras que la segunda había hecho honor a lo pactado colaborando con los suyos.

Él, por su parte, se encontraba a menos de tres días de distancia de Toletum, el centro de poder de aquel reino que caía ante su avance como la fruta madura cuando el viento agita los árboles. Y mejor que eso aún era que seguía sin tener noticias de Musa ibn Nusayr. En unos días se haría con las poderosas reliquias que el cura cristiano había asegurado que se encontraban escondidas en una de las grutas cercanas a la ciudad, y cuando las tuviera en su poder, si el tipo estaba en lo cierto, nadie lo detendría; ni tan siquiera el poderoso y altivo árabe. Él, Tariq ibn Ziyab, sería quien dirigiera y expandiera los destinos de la verdadera fe en aquel extremo del mundo.

Ragnarico, en cambio, sentía la rabia crecer por momentos en su interior. No solo su medio hermano había sido perdonado por Tariq, que lo había privado de contemplar la muerte que a su entender Ademar merecía, sino que, además, un mensajero había alcanzado la columna el día anterior para transmitir las malas nuevas de que la mayoría de los prisioneros tomados en Astigi habían conseguido escapar al poco de separarse el ejército. Al enterarse de ello, Ragnarico había montado en cólera, había maldecido y había golpeado todo cuanto había encontrado a su alrededor, pero ni siquiera los gritos de la mujer que compartía su lecho lograron hacer que recuperara su humor. Sentía ganas de estamparle el puño al propio Tariq, por su necedad. Para Ragnarico no había duda de que uno de los fugados era su hermano; nuevamente, la venganza debía esperar.

Además, el bereber parecía querer tenerlo cerca, lo que restringía su libertad. Tras la toma de Astigi no se le había permitido ausentarse para regresar a Hispalis, sino que se le había ordenado seguir a la columna que dirigía sus pasos hacia Toletum. Y lo peor era que había quedado a cargo de aquel bereber que tanto le disgustaba, Yussuf ibn Tabbit.

Llevaba días avanzando por delante de la tropa, reconociendo el terreno como lo haría un vulgar explorador. Hastiado y furioso, cuando vio emerger ante sus ojos aquel pequeño poblado, le pareció adecuado para aplacar su ira, al menos por un tiempo.

Hacía ya unas cuantas horas que Elvia se había levantado de su jergón. Como todos los días desde hacía un año, cuando había llegado procedente de la Gallaecia, se había enfrascado en sus labores un buen rato antes del alba. Había dado de comer a los animales, había limpiado y rellenado los abrevaderos y había recogido los huevos que las gallinas habían puesto para colocarlos en la despensa. Cuando se acercó a la puerta del almacén distinguió a lo lejos un grupo de hombres a caballo, a los que observó con preocupación. No era habitual ver individuos como aquellos en un lugar como ese. Sin embargo, todavía le quedaba trabajo que hacer, así que dejó a un lado la curiosidad para continuar con sus tareas y entró en el edificio con un par de cestas repletas de huevos.

—Uno de esos hombres amenazó con matarme. Con matarnos a todos —protestó Ragnarico, cubierto de sangre.

Allí donde señalaba con gesto displicente yacían los cuerpos despedazados de los dos ancianos que habían parlamentado con el godo a su llegada. La espada de este parecía haberse cebado con ellos como el machete de un matarife, en lugar de como el arma de un guerrero.

Yussuf se removió, incómodo, sobre su caballo. Miró a su alrededor, donde los suyos se entregaban al pillaje y a la devastación con despreocupada indiferencia. Ordenarles que se detuvieran mientras se encontraban en semejante estado de excitación habría sido poco menos que un suicidio, así que no sería él quien llamara nuevamente a los perros a su redil, ni siquiera por temor a contrariar a Tariq. Aquel maldito godo había vuelto a ir demasiado lejos y lo había colocado en una situación comprometida.

La aldea había sido un lugar próspero y tranquilo hasta hacía unas pocas horas. Sus habitantes los habían recibido con temerosa cordialidad, pues al distinguir la presencia de los guerreros godos habían pensado que se trataba de una partida de paso formada por hombres de alguno de los señores de la zona. Ragnarico había contribuido a tranquilizarlos regalándoles la mejor de sus sonrisas y asegurándoles que solo buscaban un poco de comida y agua fresca para sus monturas. Y los ancianos habían hecho un gesto a algunos de los muchachos que andaban cerca para satisfacer sus demandas.

Ragnarico había aprovechado esos momentos de calma para estudiar con detenimiento el lugar. Debía asegurarse de que no quedaran testigos incómodos que pudieran comprometerlo ante Tariq, pues sus órdenes no contemplaban la destrucción ni el saqueo. En cuanto estuvo convencido de que no había amenazas ocultas hizo una seña a los suyos, que permanecían montados junto a él. Los guerreros desenvainaron sus espadas ante la atónita mirada de ancianos y muchachos y acometieron contra ellos sin piedad.

Los bereberes que formaban parte de la columna se habían sorprendido por aquella acción tanto como los lugareños; durante la campaña se habían conducido con moderación, tratando de soliviantar lo menos posible a la población, conscientes de su propia debilidad al adentrarse tanto en el corazón de aquellas tierras sin más apoyo que una tropa expedicionaria compuesta por menos de diez millares de hombres divididos en tres columnas. Dado que no eran suficientes para avanzar y afianzar posiciones a sus espaldas, no había hecho falta que nadie les explicara la situación para entender que Tariq no aprobaría ninguna escaramuza innecesaria, y menos una acción tan salvaje desencadenada sin mediar provocación.

Yussuf lo había observado desde la distancia, con el rostro desencajado, y se había acercado al trote hasta las inmediaciones de Ragnarico y los suyos sin saber muy bien lo que hacer. Tras un primer instante en el que los bereberes se habían limitado a observar con sorpresa cómo los godos degollaban, destrozaban y violaban a placer, habían terminado por añadirse, ansiosos, a aquella carnicería, aprovechando la indecisión de Yussuf. Y una vez desatada la locura, era demasiado tarde para tratar de detenerla. Además, aunque lo intentara, el daño ya estaba hecho. Al llegar junto a Ragnarico para pedirle explicaciones, se había encontrado con su mirada socarrona y aquella burda excusa. Resopló para tranquilizarse, apretando los puños.

—Acabad cuanto antes —exigió secamente, pasando la mano por el cuello de su montura para calmarla, pues el hedor a sangre había comenzado a adueñarse de la escena.

Tiró de las riendas para alejarse del lugar, tratando de no mostrar su frustración. Era el único de los suyos que entendía el idioma de aquellos hombres, pero tampoco le habría hecho falta ninguna explicación para saber que en realidad nadie había amenazado al godo. Ragnarico, por su parte, sonrió a su espalda viéndolo marcharse. Se sentía vivo otra vez; vivo y poderoso. Arrancar con sus propias manos la vida de su hermano podía demorarse algunas semanas, así que se lanzó sin contención en busca de una satisfacción que lo ayudara a ser paciente.

En medio del caos y la degollina, Elvia luchaba por mantenerse en silencio. Si hubiera sido posible sin llevarla a la muerte, habría dejado incluso de respirar. La joven sabía que si la encontraban acabarían con ella, y más le valía mantenerse bien oculta, pues su cabello del color del fuego, recuerdo de los celtas de los que su familia aseguraba descender, llamaría la atención de aquellos hombres si se asomaba. Estaba más aterrada de lo que jamás lo había estado en sus diecisiete años de vida, y no había tenido precisamente una existencia fácil hasta entonces. Aunque no había visto nada, a sus oídos llegaban tales horrores que la imaginación había bastado para sumergirla en aquel estado de pánico absoluto que apenas le permitía pensar.

Se encontraba escondida en un almacén situado en el sótano de una de las edificaciones principales del lugar. Agradecía sobremanera que su sensatez se hubiera impuesto a su curiosidad cuando, tras asomarse por la puerta entornada para ver la llegada de los caballeros revestidos de metal que se acercaban al paso, sonriendo con cortesía para transmitir a los ancianos una falsa sensación de confianza, había decidido continuar con su trabajo, preocupada por que le cayera un buen castigo si no lograba terminarlo a tiempo.

Con el primer grito que había rasgado el aire de la mañana, los huevos que estaba colocando se le escurrieron de las manos y se rompieron al caer al suelo. Sobresaltada, se había asomado por apenas un resquicio para ver atónita como las espadas de los recién llegados mordían la carne indefensa de los habitantes del poblado. Venciendo su propia angustia, se había apresurado a refugiarse en la estancia subterránea donde se almacenaban las ánforas de vino y los embutidos. No sabía de dónde había logrado sacar las fuerzas necesarias para levantar la trampilla y guarecerse en la oscuridad, no sin antes recolocar algunas esteras para que cayeran sobre la madera al cerrarla y así disimular su existencia. Una vez encerrada, sin tea alguna que la alumbrase, deambuló hasta detenerse en el punto que le pareció más alejado de la entrada. Y allí, rodeada del líquido carmesí fermentado para aplacar la sed de los hombres y proporcionarles placer, y de una buena cantidad de carne muerta conservada para su deleite, rezó para que aquellos salvajes no dieran con su escondrijo y no la convirtieran en parte de su festín.

Y alguien debió de escuchar sus plegarias, aunque no sabía si habría sido el dios de su padre o aquellos a los que veneraba su madre, porque el incendio que se había desencadenado en el poblado había provocado que el techo de madera del almacén superior se derrumbara y sepultara la trampilla bajo una lluvia de cenizas y maderos ennegrecidos, sin que el fuego se cebara tanto en la estructura que el calor se volviera insoportable en el sótano.

Todavía daba gracias en silencio por su buena fortuna cuando comenzó a oír unas inquietantes pisadas sobre su cabeza. Alguien paseaba por el almacén en ruinas, apartando los maderos a patadas. Instintivamente se pegó a la pared, tratando de fundirse con las sombras, aunque la trampilla aún no había sido descubierta.

Ragnarico, con los ojos ardiendo a causa del molesto humo y cubierto de sangre por doquier, se dejó caer sobre unos sacos, extenuado pero satisfecho. A sabiendas de que poco más de valor encontrarían en aquel lugar que los alimentos y los licores acumulados para el invierno, había instado a sus hombres a que no permitieran que el fuego terminara por devastar el almacén, y ahora disfrutaba del agradable tacto de las semillas que habrían recogido los aldeanos pocas semanas antes y le servían de mullido jergón. Se recostó, amoldando el contenido de los sacos a su cuerpo, y se dispuso a disfrutar de un buen trago. Rompió de un golpe el cuello de una de las pequeñas ánforas que había encontrado y paladeó el vino con deleite. Parte del contenido se derramó sobre su pecho y otro tanto en el suelo, entre cuyas grietas se filtró; justo debajo, una aterrorizada Elvia notaba las gotas que le caían en la cabeza.

—Es hora de irse.

La muchacha cerró los ojos, suplicando por que el tipo que se encontraba encima de ella hiciera caso a aquella voz de extraño acento que lo interpelaba.

—No sabes divertirte, Yussuf —respondió Ragnarico con sarcasmo—. En cambio, tus hombres sí que lo han hecho hoy. Me parecen muchachos de fiar; ¿y tú?

—No juegues conmigo, Ragnarico. No saldrías bien parado —lo amenazó el bereber, a punto de perder su habitual temple.

Elvia percibió la tensión que se había instalado entre los dos hombres, pues ninguno abrió la boca durante lo que le pareció una eternidad. Sin poder evitarlo, se acercó a una de las minúsculas rendijas del suelo para escudriñar la escena, y tuvo que apretar los labios para evitar que se le escapara un grito al vislumbrar el rostro deforme del guerrero que permanecía recostado en los sacos. Le faltaba una oreja, y la cicatriz que había quedado en su lugar parecía fresca, cubierta de costras. No obstante, lo que más la atemorizó fue la crueldad de su mirada. El otro hombre, el recién llegado, no era visible desde aquel ángulo.

—¿Qué dirás a tu señor? —Aquella voz rasposa y desagradable parecía destilar veneno.

—Que os amenazaron y tuvisteis que recurrir a la fuerza.

—Tuvimos —corrigió.

—Tuvimos —convino el otro a regañadientes—. Vámonos; no quiero llegar tarde al campamento.

Tras esas palabras, Elvia oyó que los pasos del individuo al que imaginaba extranjero se alejaban del lugar. El otro guerrero, en cambio, continuó tumbado, y allí permaneció, bebiendo y derramando el contenido de la jarra a partes iguales, hasta que el cabello de la joven quedó completamente empapado.

El chasquido de la cerámica al estallar contra la roca de la pared la sobresaltó. El tipo por fin se puso en pie, totalmente ebrio, y comenzó a caminar, hablando de nuevo, aunque al parecer no tuviera interlocutor alguno.

—Hoy ha sido un buen día. Me hacía falta —suspiró.

Sus pasos, poco a poco, fueron alejándolo del lugar donde Elvia todavía estaba acurrucada, sollozando. Embriagado no solo por el vino, sino también por la placentera sensación que provocaba en él hacer sufrir a los demás, Ragnarico no reparó en la muchacha que había sobrevivido a la matanza por él ordenada.

IX

Elvia, allí encerrada, había perdido por completo la noción del tiempo. El temor que la acompañaba desde el instante en el que se había escondido no desapareció al levantarse aquel hombre y marcharse; se sentía paralizada, abrumada, sin fuerzas para enfrentarse a lo que la aguardaba en la aldea. Así que, tras comprobar que la trampilla no se abría, probablemente porque estaba bloqueada por algunos de los maderos de la techumbre semiderruida, se había dado por vencida sin apenas luchar.

En el sótano no se filtraba asomo alguno de luz, por lo que desconocía si era de día o de noche. Al principio había llorado largamente, dejándose llevar por la angustia, cuando pensó que ya nadie podría escucharla. A aquel desahogo le había seguido un largo periodo de silencio. Había comido y bebido cuando había sentido la necesidad, aunque el estómago parecía habérsele encogido tras el sangriento episodio, y su apetito había desaparecido por completo. Había dormido a ratos, intranquila, agitada por innumerables pesadillas.

El miedo a encontrarse con aquel Ragnarico y sus hombres terminó siendo sustituido por el temor a quedarse allí encerrada para siempre, hasta morir de frío o de soledad, ya que víveres no le faltaban. Poco a poco fue sacando fuerzas de flaqueza y por fin se decidió a tratar de nuevo de vencer la trampilla por la que había bajado al almacén, pero todos sus esfuerzos fueron en vano. Se le despellejaron las manos, se le partieron las uñas, sus hombros protestaron por el esfuerzo regalándole un lacerante dolor, y aun así la trampilla no se movió ni un ápice. Cuando se convenció de que no sería capaz de abrirla, regresó el llanto. El pánico a morir en la oscuridad se apoderó de ella con fuerza, y cuando ya tenía los ojos completamente enrojecidos y las mejillas arrasadas en lágrimas advirtió que volvía a haber movimiento sobre su cabeza.

Se llevó la mano a la boca para evitar que los hipidos la delataran, se levantó y se movió despacio, sin hacer ruido, aguzando el oído por si identificaba algún sonido que le diera una pista de quién o de qué había entrado en el almacén. Contuvo la respiración, estudiando el rumor de los pasos que se acercaban. No los acompañaba ninguna voz, así que debían de ser de animales salvajes, quizá jabalíes u otras bestias que habrían llegado dispuestos a alimentarse con lo que encontraran. La tensión que la había atenazado se disipó y cayó de nuevo en la desesperanza. Se quedaría allí abajo hasta que muriera: eso era lo que la aguardaba. Abatida, volvió a sollozar, esta vez sin contención alguna. Fuera había cada vez más movimiento y el ruido como de unas garras al escarbar, pero ya nada le importaba.

—¡Aquí abajo se escucha algo! —gritó Hermigio, tratando de hacerse oír entre la algarabía del más de un centenar de hombres y mujeres que rebuscaban en aquel inesperado cementerio.

El chico había vomitado dos veces al poco de llegar. La primera, a causa del hedor insoportable que desprendían los cuerpos en descomposición, que según Witerico debían de llevar allí pudriéndose unos tres días. La segunda, en cuanto había detenido los ojos en uno de aquellos cadáveres, mutilado y cubierto de moscas.

Ademar, montado en su caballo, dirigió la mirada hacia el muchacho. No le gustaba nada aquel lugar; aunque habían seguido la misma ruta que entendían que Tariq habría recorrido, era la primera aldea que encontraban arrasada. Y por más que trataba de desentrañar el sentido de tanta destrucción, no se le ocurría ninguna explicación razonable. Se trataba de un poblado de poco más de una veintena de casas, situadas alrededor de tres grandes edificios construidos en piedra y madera, ahora semiderruidos y con signos de haber sido afectados por un discreto incendio. No estaba fortificado, no era el enclave más rico por el que habían pasado, ni cabía suponer que sus habitantes hubieran osado desafiar de alguna manera al ejército bereber. No, definitivamente no entendía qué motivo podía tener aquella masacre, y eso lo ponía nervioso.

—Señor, he oído un ruido aquí debajo. Me ha parecido un llanto. ¡Ayudadme! —El muchacho se agachó y comenzó a retirar los maderos que se acumulaban a sus pies.

Ademar, ocupado en sus propias cavilaciones, hizo una seña a Witerico y a Sarus para que se acercaran al muchacho. Ambos obedecieron con la curiosidad dibujada en el rostro.

—¿Qué dices, muchacho? ¿No habrá sido el chillido de una rata?

—No estoy seguro, pero me ha parecido que algo grande se apresuraba a esconderse en cuanto me ha oído hablar.

Los guerreros se miraron, perplejos, antes de ponerse manos a la obra. Sarus apartó al muchacho sin muchos miramientos, y entre los dos hombres movieron algunas piedras, que en su momento debieron de haber sido parte de las paredes del edificio, y varios maderos medio carbonizados que tanto podían ser trozos de las vigas del techo como restos de muebles.

—¡Ahí hay una trampilla! —señaló Hermigio, satisfecho, en cuanto el antiguo suelo del almacén hubo quedado al descubierto.

Sarus volvió a apartarlo de un empellón, pero en esta ocasión porque no las tenía todas consigo respecto a lo que se encontrarían allí abajo.

—Atrás, chico —espetó, haciéndose con la espada que había abandonado en el suelo antes de ponerse a escarbar.

Flexionó las rodillas, tomó con las dos manos la argolla de metal que servía para abrir y cerrar la portezuela y la levantó sin apenas esfuerzo, o eso le pareció a Hermigio. De inmediato, un penetrante olor a vino y a carne macerada ascendió desde el sótano e inundó el lugar. Aquello fue demasiado para el estómago revuelto del muchacho, que, sin poder evitarlo, vomitó una tercera vez.

—Una bodega, ¡qué jodida suerte! Habrás oído no solo a una, sino a un ejército de ratas dándose un festín —exclamó riendo Sarus.

—Chitón —repuso Witerico—. ¿Vas a bajar conmigo o, al menos, vas a traer una tea con la que alumbrarme?

—Lo que tú digas, Witerico. —Sarus cambió el gesto ante la respuesta del más veterano.

—Pues vete a buscar algo con lo que alumbrar esta maldita bodega —ordenó, señalando con su espada hacia el oscuro cobertizo. Bajaré primero, y ya veremos si hay algo interesante aquí dentro.

En cuanto Sarus regresó, Witerico se dispuso a bajar. Primero introdujo la espada, tras ella, la tea para alumbrarse y, por fin, el cuerpo. Sarus y Hermigio permanecieron junto a la trampilla, escuchando los pesados pasos de su compañero resonando en el suelo e intuyendo el resplandor de la llama alargando las sombras frente a ellos.

—¡Vaya! —La exclamación de Witerico los sobresaltó—. Joven Hermigio, nunca imaginarías cuán grande y hermosa es la rata que has oído.

Sarus hizo una mueca al muchacho y ambos se dejaron caer por la abertura para aterrizar en el suelo polvoriento y pegajoso. A media docena de pasos, bajo la titilante luz de la llama, la imponente figura de Witerico sujetaba a otra más menuda, que se retorcía y pataleaba.

—¿Qué has encontrado, Witerico? —preguntó Hermigio, acercándose con precaución.

A medida que avanzaba, pudo ver multitud de estantes en los que se apilaban las viandas. Cuando fijó su atención en la sombra junto al guerrero, ahogó un grito al percatarse de que se trataba de una joven de largo cabello y expresión aterrada.

—Ya está bien de beber vino y vagar entre las sombras, muchacha. Quienes hayan hecho todo esto hace tiempo que abandonaron el lugar; puedes volver a la superficie sin temor.

Ella pareció relajarse un poco ante las palabras del hombre, o al menos cesó de debatirse entre sus manos. Witerico le soltó el vestido, por donde la sujetaba, y a ella debieron de abandonarle las fuerzas de golpe, pues se dejó caer sobre el pecho de Hermigio, todavía llorando. El chico la sostuvo perplejo, notando como sus cálidas lágrimas empapaban la tela de su camisola, e instintivamente la arrulló contra él mientras acariciaba su larga y enredada cabellera, ante la sonrisa guasona de sus compañeros.

—Sarus, avisa a Ademar de que aquí tenemos a una superviviente.

—¿Estás segura de que ese hombre al que escuchaste, y al que crees extranjero, pronunció el nombre de Ragnarico? —preguntó Ademar a la muchacha.

Elvia se encontraba sentada frente a él, más calmada y con una gran capa de piel cubriendo su sucia vestimenta. Se la había entregado el muchacho más joven, el mismo que, alarmado por su llanto, propició su rescate. En un primer momento, el terror la había invadido nuevamente al saberse descubierta; luego se había ido serenando poco a poco, hasta convencerse de que aquellos hombres no eran de la misma calaña que los que habían arrasado el poblado, y sobre todo al percatarse de que viajaban acompañados de mujeres, e incluso de niños.

Observó al guerrero de semblante adusto a quien solo parecía interesarle aquel nombre que hacía brillar una chispa de odio tras sus pupilas: Ragnarico.

—Elvia, por favor, ¿estás segura? Es muy importante.

—Totalmente segura. Así lo llamó. El nombre del extranjero no lo entendí, pero el de Ragnarico pude escucharlo bien.

Ademar la escrutó con detenimiento mientras ella hacía lo

propio con él. Era una muchacha hermosa, aunque ese detalle carecía de importancia para él. Su melena era del color rojo de los rescoldos de una hoguera y su tez, blanca como la cera de las velas de las más ricas iglesias. Se preguntó qué impresión le produciría a ella su rostro ojeroso y consumido por la tristeza. Sea como fuere, parecía dispuesta a confiar en él.

—Dijiste que los que saquearon la aldea eran hombres como nosotros. ¿Te refieres a que eran guerreros godos?

Elvia se encogió de hombros. A ella realmente le daba igual: solo sabía que eran hombres de armas que se permitían hacer cuanto les viniera en gana amparados por el metal que blandían entre las manos. Los había visto actuar de la misma manera en el norte, en su aldea natal, encajonada en uno de los valles astures cercanos a la ciudad de Lucus. También tiempo después, aunque nunca con tanta saña como ese día. Sin embargo, se esforzó por buscar en su memoria cualquier detalle que pudiera interesar a sus salvadores.

—Sí, señor, eso me pareció. Tenían cabellos largos y barbas pobladas, portaban armas y cotas de malla, e iban a caballo. Apenas pude verlos, pues me encontraba en el almacén, y solo me asomé a través del quicio de la puerta; gracias a ello, y ahora a vosotros, salvé la vida.

Ademar gruñó en señal de asentimiento.

—¿Pensáis que puede tratarse de vuestro medio hermano, del que me habéis hablado? —inquirió Argimiro, sentándose junto a la muchacha, a la que ofreció agua fresca y un trozo de conejo asado.

Ella bebió con ansia, en cambio, rechazó la carne. La soledad, el miedo y el frío habían sido sus compañeros en aquella lóbrega estancia, pero había podido comer lo suficiente y apenas tenía hambre.

—Me pregunto por qué alguien destruiría un poblado como este estando tan cerca de Toletum, y no logro encontrar ninguna respuesta satisfactoria. Tariq nunca ha hecho algo así, nosotros mismos lo hemos comprobado al seguir sus pasos.

—¿La aparición de vuestro hermano acaso lo explica?

Elvia estudió a ambos hombres. Ademar la cohibía; pese a intuir que no tenía nada que temer de él, su ceño permanentemente fruncido y sus ojos glaucos y tristes le resultaban abrumadores. El otro guerrero, de nombre Argimiro, le parecía en cambio gentil y comedido.

—La aparición de mi hermano explica casi cualquier mal que se me pueda ocurrir —afirmó Ademar entre dientes.

Argimiro lo miró con un amago de sonrisa asomando a sus ojos, pensando que su interlocutor exageraba. Sin embargo, un vistazo rápido lo alertó de que no estaba bromeando.

—Ese hombre, al que llamaron Ragnarico, tenía el rostro desfigurado por una cicatriz reciente —recordó Elvia de repente.

—¿Dónde la tenía? —indagó Ademar, dando un respingo.

—Le faltaba una oreja. Y su voz era rasposa, aunque no sé si era por el humo y el vino que estaba bebiendo. —Un escalofrío la recorrió al rememorarlo.

—Os lo dije —afirmó el astigitano, dirigiéndose a Argimiro.

—¿Encontrasteis a alguien más con vida, señores? —se atrevió a preguntar la chica, aunque ya intuía la respuesta.

—Solo a ti, muchacha. Y porque no te cruzaste en su camino —respondió secamente Ademar, que se esforzó en suavizar su expresión al ver que los ojos de la chica volvían a llenarse de lágrimas.

—Pero ¿qué ganaría vuestro hermano con esto? —musitó Argimiro, rascándose el mentón—. No creo que le interese incurrir en la cólera de Tariq; el bereber es un tipo al que más vale no contrariar.

—Ragnarico no se detiene ante nada. No conoce más señor que su propio egoísmo, y no es propio de él contenerse. Si sigue a Tariq es porque saca beneficio con ello. Es taimado y ruin, y no dudará en mentir con tal de justificarse. Una rata tendría más escrúpulos que él —dijo, y escupió al suelo.

—Pues estáis de suerte, Ademar, ya que el destino os lo vuelve a poner a vuestro alcance.

El *comes* rio con amargura.

—Estoy de suerte, sin duda. Salvo quizá por el pequeño detalle de que a él lo acompañan varios millares de hombres, y a mí, menos de un centenar. Y me temo que he dejado de creer en los milagros.

—Lástima, porque tal vez uno de ellos pueda convertirse en la respuesta que buscáis. ¿Es que acaso os habéis olvidado de lo que se guarda en Toletum y de los poderes que le atribuye el cura? —advirtió, lanzando una mirada al religioso dormido. Junto a él, Hermigio no quitaba ojo de ellos tres—. Los hombres de Tariq serán barridos en cuanto pongan un pie en los alrededores de la ciudad.

Ademar apartó el palo con el que hasta ese momento había estado removiendo los rescoldos de la fogata.

—Estamos a las puertas de la jodida Toletum, y nuestros exploradores aseguran que no hay ningún ejército en la zona a excepción del de Tariq. ¿No hay nadie en este maldito reino capaz de enfrentarse a esta amenaza?

—Los hombres estarán tras las murallas. Recordad que, vista la inusual situación en la que ha quedado el reino, será necesario decidir primero quién debe tomar el mando. En cuanto se aclare esta cuestión, los invasores serán rechazados y correrán de nuevo hacia el sur.

—Donde contarán con el apoyo de Oppas, como ha sucedido hasta ahora.

Argimiro se encogió de hombros. Sabía que el obispo era tan poderoso como ambicioso; si Tariq resultaba vencido, quizá trataría de sacar partido de su derrota para conservar un lugar preeminente en el nuevo orden que se estableciera. Lo imaginó acudiendo a Toletum con la cabeza del bereber descansando en un cofre para postularse como el salvador del reino.

—Eso solo Dios lo sabe.

La conversación estaba tomando unos derroteros que en nada atañían a Elvia, que se disculpó.

—Señores, estoy agotada. Me gustaría tumbarme y dormir;

tal vez mañana tenga la mente más despejada y pueda recordar algún otro detalle.

Argimiro se puso en pie y le tendió la mano para ayudarla a levantarse.

—Descansa, Elvia. Túmbate donde te parezca y duerme en paz; no creo que entre nosotros tengas nada que temer.

La muchacha asintió, aun así, no parecía tenerlas todas consigo. Por mucho que aquellos dos no parecieran desearle ningún mal, no se sentía segura rodeada de hombres de armas. Por desgracia, más de una vez había comprobado de lo que eran capaces.

—Mi señor Ademar, ¿puedo descansar aquí mismo?, ¿a vuestro lado? —pidió con timidez.

—Como quieras, mujer. Witerico velará por ti esta noche. Y mañana, cuando concluyamos nuestra conversación, podrás marcharte a donde te plazca.

El veterano guerrero le hizo una señal para que lo acompañara a pocos pasos de donde ambos nobles habían vuelto a sentarse uno frente al otro. Elvia miró a Witerico, recordando lo mucho que se había asustado al ver a aquella enorme masa de músculos acercándose a ella a la luz vacilante de la tea en el sótano y lo indefensa que se había sentido cuando la sujetó por el vestido para observarla a su antojo. A su mente regresaron imágenes que creía olvidadas. A un palmo del resplandeciente cráneo rapado y los ojos destellantes bajo las pobladas cejas de aquel hombre, Elvia había llegado a pensar que el corazón se le detendría, hasta que él la había soltado tras bromear con el muchacho que había aparecido después.

El hombre le indicó que se tendiera a una decena de pasos de donde permanecía Ademar. Así podría no solo vigilar a la muchacha, sino también estar atento a su señor sin que aquel pudiera quejarse de que lo observaba. Witerico estaba preocupado por él: se encontraba al borde de sus fuerzas, como casi todos, pero lo que le fallaba no eran las piernas o los brazos, preparados para soportar una batalla tras otra, no; el agotamiento que podía vencerlo era el de su cabeza. Estaba enfermo, enfermo de odio. Y para acabar con ese mal no había otra salida que la de acabar con su medio hermano, la fuente de todos sus desvelos. Hasta que llegara ese momento, él debía velar porque su señor sobreviviera.

De pronto se percató del escrutinio al que la chica lo sometía. Era pequeña, como todas, aunque, claro, él era poco menos que un gigante, así que eso no era mucho decir. Trató de esbozar una sonrisa tranquilizadora.

—Bien, chica, duerme donde quieras. De todos modos, te aconsejo que no des muchas vueltas buscando un lugar mejor, porque no creo que lo encuentres. ¡Aquí al menos no hay piedras! —Elvia miró al suelo y se limitó a tumbarse a los pies del guerrero, envolviéndose bien en el capote. Él asintió y continuó hablando—: Si ronco, dame un puntapié en la canilla; nunca falla —recomendó.

Un atisbo de sonrisa cruzó el rostro de la muchacha por primera vez desde su rescate, y Witerico se sintió extrañamente satisfecho por haberlo conseguido. Ella se acercó como si fuera a susurrarle una confidencia.

—¿Vos conocéis a ese Ragnarico? —se atrevió a preguntar.

Witerico bufó y se acercó aún más a Elvia para que su voz no llegara hasta donde estaba su señor.

—Demasiado bien conozco a ese maldito hijo de perra. Embaucador como un ángel cuando le interesa, pero malvado como el mismo demonio en su podrido corazón. Alguien del que es conveniente alejarse.

La joven rumió un instante aquellas palabras.

—Tenéis razón. En el poblado nadie se sintió amenazado hasta que fue demasiado tarde —masculló con asco y rabia.

—Tuviste mucha suerte, pequeña. Mucha suerte.

Elvia apretó con fuerza la capa y volvió a recostarse a los pies del guerrero, y este se giró, procurando no perder detalle de lo que hablaban Ademar y Argimiro. El astigitano clavaba la mirada en su interlocutor.

—Y bien, ya que hemos hablado de Oppas y de Tariq..., ¿os importaría explicarme por qué vos, y los vuestros, nos traicionasteis en la batalla?

Hacía tiempo que Argimiro temía tener que enfrentarse a aquella pregunta. Él también la habría formulado de encontrarse en el lugar de Ademar. Sin embargo, ya no tenía sentido plantearla; ahora eran una simple partida de supervivientes y estaban en el mismo bando. Era lo único que importaba, se decía. Por eso había llegado a pensar que podrían pasar por alto aquel pequeño detalle, pero dado que no había sido así, suspiró antes de responder.

—No estaba en mi ánimo traicionar a hombres como vos, sino a Roderico, un rey indigno que alcanzó el poder mediante embustes. Lo vendieron más de dos mil hombres, no solamente yo y mi puñado de seguidores.

—Quien traiciona al rey, traiciona al reino —sentenció Ademar.

Argimiro soltó una carcajada sardónica.

—No os pensé tan necio, Ademar. Un rey muda por otro, pero el reino permanece.

—¿Con hombres como Oppas al frente? ¿Pretendéis decirme que Oppas tenía más derecho que Roderico al trono?

—Pues sí, os lo digo. Como familiar directo del difunto rey, el trono habría podido ser suyo antes que de Roderico.

Ademar se sorprendió tanteando el suelo en busca de su espada, que en ese momento descansaba junto a él. Consciente de que su furia lo estaba cegando, se obligó a tranquilizarse. Su verdadero enemigo era Ragnarico, nadie más. ¿Qué le importaban ya a él los reyes o los reinos, si lo había perdido todo?

—Está bien; nada sacaremos en claro enfrentándonos por algo que ya no tiene remedio. Disculpadme. Con todo, necesito saber quién fue el que dio la orden de abandonar el ejército. ¿Fue Oppas? Si algún día pretendo recuperar mis tierras, deberé saberlo. Lo entendéis, ¿verdad?

Argimiro asintió. Realmente, la situación de Ademar era

complicada en extremo. Bastante más que la suya. Él simplemente regresaría a casa y la encontraría tal como la había dejado en el momento de su partida, o eso quería pensar, si Oppas no mentía.

—Fueron él y otros señores de fuera de la Betica afines a su familia. No es ningún secreto que ninguno de ellos comulgaba con Roderico. Buscaron entre las tropas a los cabecillas más receptivos, o a los que, habiendo venido de zonas remotas, no tuvieran lazos con el rey.

—Y evitaron, en cambio, a la mayoría de los señores de la Betica presentes en el ejército, por su posible afinidad con Roderico.

—En efecto. Como antiguo *dux* de la Betica, su ascendiente sobre sus habitantes era claro. Así que solo hablaron con los señores fieles a Oppas, como vuestro hermano.

Ademar permaneció un instante en silencio, meditando las palabras de su compañero.

—Y vos, ¿qué hacíais en el ejército estando vuestro hogar tan lejos?

—Formaba parte de la hueste de Roderico cuando llegaron las noticias del sur. Hacía pocas semanas que habíamos entrado en campaña contra los vascones, y el rey había hecho llamar a todos los nobles de la comarca bajo la amenaza de aplicar severos castigos si alguno se resistía a obedecer.

—Cosa que vos no hicisteis, por lo que veo.

—Mi familia, como otras tantas, fue llevada a la fortaleza de Peña Amaya. «Para su propia protección», aseguró Roderico; sin embargo, a mi entender, eran rehenes.

Ademar asintió ante sus palabras.

—Por eso vinisteis al sur. Por la amenaza de que vuestra familia pudiera sufrir algún daño si os negabais.

—Exacto. Y por eso no dudé en abandonar a Roderico durante el conflicto.

—Que Dios me perdone, pero no os culpo.

—Descuidad, yo sí me culpo. Muchos inocentes sufrieron

por ello, y es algo que no me puedo quitar de la cabeza. Haber contribuido a vuestra liberación es lo único que ha venido a mitigar en parte este sentimiento.

—Y estoy sumamente agradecido por ello. —Ademar suavizó su semblante.

—Me alegra haberlo hecho. Me caéis bien, aunque preguntéis demasiado. Y espero de corazón que la fortuna os acompañe una vez lleguemos a Toletum. Creo que merecéis mejor suerte que la que os ha acompañado hasta ahora —dijo Argimiro, poniéndose en pie, y dejó allí a Ademar cavilando acerca de sus palabras.

Elvia abrió los ojos poco antes de que el cielo comenzara a clarear. Movió el cuello, dolorido tras buena parte de la noche reposando en el irregular suelo, y miró hacia donde se encontraba Witerico, esperando encontrarlo dormido.

—¿No tienes más sueño, muchacha? —preguntó el guerrero en un susurro—. Aprovecha; aún debe de quedar más de una hora para que el resto de la partida se espabile.

Elvia se arrebujó en la capa, desviando la mirada del guerrero y recorriendo con los ojos el resto del lugar. Los hombres descansaban tumbados a la intemperie mientras unas pocas figuras permanecían en pie, velando por el sueño de sus compañeros como Witerico hacía con ellos.

—Hace rato que no puedo dormir. Demasiados sueños, y ninguno agradable.

—Es lógico —dijo el veterano sin mucha convicción—. Supongo.

Pensó que él, si pudiera, dormiría aunque se estuviese librando la mayor de las batallas a su alrededor. Para los hombres como él, dormir era una obligación que debía cumplir cuando era necesario para poder continuar marchando, para recuperar las fuerzas que precisaba para seguir blandiendo la espada; era como beber agua. Los sueños no tenían importancia, así que no permitía que lo atormentaran, ni se molestaba en recordarlos. En cuanto a comer o yacer con una mujer, esas ya eran otras cuestiones. Con ambas disfrutaba; durmiendo no.

—¿Quiénes sois vosotros? —Elvia interrumpió sus pensamientos.

—¿Nosotros? Guerreros del sur, de la ciudad de Astigi.

Aquel nombre nada le decía a la muchacha.

—¿Y qué hacéis aquí? —insistió.

—Muy al sur se libró una batalla. Una maldita batalla en la que el rey resultó derrotado y sus tropas, dispersadas. Nosotros somos parte de los supervivientes, como otros tantos que supongo que ahora mismo confluyen hacia Toletum.

La joven no sabía si aquellas noticias eran buenas o malas. Puesto que se referían a hombres armados, apostaría a que eran malas, fueran del bando que fueran.

—Y los que pasaron a cuchillo a los habitantes de la aldea, ¿también son guerreros derrotados que regresan a Toletum, como vosotros?

—No. Esos son los hijos de puta que resultaron vencedores en la Betica. Quienes derrotaron al rey Roderico y ahora pretenden poner cerco a la ciudad. —O eso pensaba Witerico, pues no se había detenido demasiado en pensar qué estaba sucediendo.

—El rey Roderico —repitió la muchacha, más para sí que para Witerico—. Desconocía su nombre.

—Viviendo tan cerca de Toletum, ¿ni siquiera conocías el nombre de tu señor? Pues bien jodido estaba Roderico si ni aquí se lo tomaba nadie en serio. —Witerico emitió una leve carcajada, satisfecho de su propia ocurrencia.

La muchacha sonrió, agradecida por la actitud despreocupada del guerrero.

—Procedo de mucho más al norte. De los valles astures —dijo a modo de disculpa ante el asombro del guerrero.

—Joder. De donde los osos. Perdona que te lo pregunte, muchacha, pero ¿cómo demonios has acabado aquí?

—Llegué hace menos de un año —respondió con vaguedad.

—¿Tenías familia en el poblado?

—No, ni tampoco me queda nadie en el norte. No tengo a nadie. —Sonrió con tristeza.

Witerico reprimió las ganas de preguntarle a la joven qué hacía en aquel villorrio, tan lejos de su agreste tierra, pues su historia no era de su incumbencia; probablemente, dentro de pocos días se despediría de la muchacha y no volvería a verla.

—Lo siento, Elvia —dijo. Fue la primera vez que la llamó por su nombre y sintió cierta incomodidad—. Nosotros nos dirigimos a Toletum; si lo deseas, supongo que Ademar no tendrá inconveniente en que nos acompañes hasta allí. Luego podrás hacer lo que quieras.

Ella lo miró agradecida. Todavía se encontraba alterada y temerosa, pero el descanso y aquella extraña conversación habían tenido la virtud de sosegarla un poco.

—Gracias, Witerico —musitó.

El ruido de unos pasos acercándose donde estaban los sorprendió, y el guerrero no tardó en reconocer a Ademar a poca distancia de ellos. Había llegado el momento de descansar, pensó.

—Si tú no quieres dormir más, muchacha, entonces aprovecharé yo para hacerlo un rato. En breve comenzaremos la marcha, y ya no soy un jovenzuelo —comentó, tumbándose sobre la tierra sin manta siquiera, y a los pocos segundos empezó a roncar.

X

Oppas, obispo de Hispalis, no se encontraba en su ciudad, donde creía Ademar que estaría agazapado. Al contrario: tras la derrota de Roderico poco había tardado el obispo en dirigir sus pasos hacia Toletum, seguro de sacar partido de la ausencia del rey recuperando para su familia el trono que Roderico les había arrebatado por medio de la intriga.

Hacía menos de un día que algunos de sus exploradores habían sorprendido a una partida de jinetes destacada del ejército de Tariq, el bereber que tan bien había servido a sus propósitos hasta entonces. Entre aquellos hombres se encontraba Ragnarico, el astigitano. Oppas no disfrutaba en absoluto de su presencia, pero sabía utilizarlo cuando le convenía. Quizá le entregara como premio la ciudad de su padre para asegurarse su fidelidad. Nunca se sabía cuándo un cabrón despiadado como aquel podía ser necesario para sus fines.

Pese a que su propósito inicial de deshacerse de Roderico se había cumplido, su felicidad no era completa. La desazón lo reconcomía, ya que el pueblo de Toletum no lo había recibido precisamente como a un libertador. Muchos de los nobles, pese a sus ruegos, habían abandonado la ciudad los días anteriores, coincidiendo con su llegada. Oppas había presumido que quienes en su momento seguían a Roderico habrían muerto en la batalla, como en efecto les había ocurrido a muchos, pero no había previsto que los hombres cercanos a su hermano, o al menos no proclives al rey derrotado, preferirían escuchar a la curia afín a Roderico, responsable en parte de su ascenso, o simplemente regresar a sus tierras norteñas, seguros de escapar así de la amenaza que podían suponer los bereberes.

Había viajado a Toletum esperando reunir un ejército una vez en la ciudad. Un ejército con el que disuadir a Tariq de sus pretensiones y hacerle entender que tan solo había sido una herramienta para que él diera forma a su ambicioso plan. El obispo llevaba días convenciéndose de que finalmente sería preciso hacerle frente, pues el bereber continuaba ascendiendo imparable hacia el norte, aunque a esas alturas ya sabía que nadie lucharía por él. La ciudad era un recuerdo de sí misma, una mole de piedra abrazada por el Taggus en la que apenas los perros callejeros y los judíos se atrevían a vagar por las calles. El miedo había calado profundamente entre sus habitantes, y el motivo no era otro que las exaltadas palabras de Sinderedo, el obispo metropolitano de la ciudad, anunciando la llegada de las hordas del mismísimo Satanás y exhortando a los vecinos a partir. De nada sirvieron los razonamientos de Oppas: Sinderedo no lo escuchó. Nunca lo hacía.

Oppas juzgaba que aquel estirado y beato ministro de la Iglesia se creía mejor que él porque estaba por encima de los bienes terrenales, no como él. De este modo se lo había dicho el propio Sinderedo justo antes de que inclinara con su influencia la balanza a favor de Roderico tras la muerte de su hermano Witiza. Desde entonces lo odiaba, y había confiado en tener la posibilidad de hacerle pagar por aquello. Sin embargo, esa misma mañana había recibido la noticia de que había abandonado la ciudad, dando ejemplo de lo que predicaba. Acompañado de sus siervos, renunciando a cualquier boato, se había alejado por la calzada que ascendía hacia Complutum hasta que los contornos de Toletum se habían difuminado a su espalda, privándolo de su justa venganza.

Y no habían partido solo los nobles de la ciudad, sino también muchos artesanos, comerciantes y hombres libres, así que Oppas no dispondría de ningún ejército con el que hacer frente a Tariq cuando apareciera ante las murallas. El plan que había pergeñado se desmoronaba ante la inaudita temeridad del bereber; tendría que encontrar otra forma de manejar al africano.

En pie sobre la muralla que se levantaba junto al río, esperaba ver aparecer de un momento a otro a Tariq y sus huestes. Sus exploradores le habían asegurado que se encontraban a menos de un día de marcha, aunque todavía no se atisbaban en el horizonte.

Respiró profundamente, lamentando haber olvidado el pequeño recipiente que contenía sus sales perfumadas en los aposentos que había ocupado Roderico. Sin el agradable aroma de aquella mezcla se sentía desfallecer. Además, sudaba copiosamente, si bien quería pensar que se debía más al calor del verano en aquella meseta sometida al sol inclemente que al terror que lo atenazaba.

—Ese maldito bereber es ambicioso, debéis escucharme —repetía Ragnarico, todavía sucio de polvo del camino.

Ragnarico no había perdonado a Tariq que dejara con vida a su hermano, pero aún menos que a él lo tratara como a un ser inferior, como si fuera uno de los vulgares campesinos a los que tanto odiaba.

—Creedme, he tenido tiempo de sobra para pensar en eso —repuso Oppas.

Lo cierto era que había meditado mucho sobre aquella cuestión, sin hallar ninguna conclusión satisfactoria. Llegar a verse en un día como ese, con Tariq tan al norte, no entraba en sus planes. Y menos falto de un ejército tras las murallas.

—Pues debéis hacer algo. Si no hoy, mañana. Bien matarlo, bien pagarle para que se vaya.

Oppas sonrió; quizá su esbirro había dado con la clave: así se zafaría de la amenazante presencia de Tariq. Nunca lo había imaginado tan osado como para presentarse en Toletum, sino que pretendía proclamarse rey mientras el bereber se entretenía saqueando la Betica y la Lusitania, ambas provincias fieles a Roderico, antes de hacerse a la mar de nuevo.

—Siempre habéis sido inteligente, Ragnarico. Siniestro pero

inteligente. —El interpelado sonrió, tomándose aquello como un cumplido—. Hoy, el gobierno de la ciudad de Astigi y de todos sus habitantes será vuestro. No podemos conspirar para matar a Tariq; eso nos llevaría demasiado tiempo. Que sean Roderico y Sinderedo quienes paguen a ese salvaje para que regrese a su hogar.

Ante la sorpresa de Ragnarico, Oppas se puso en pie y dio dos sonoras palmadas para que uno de los numerosos religiosos que lo seguían desde Hispalis corriera a su lado.

—Fulgencio —este inclinó la cabeza respetuosamente a modo de respuesta—, a partir de hoy y en los próximos días acompañaréis a Ragnarico.

El guerrero ladeó el rostro, disgustado por que uno de aquellos curas se añadiera a su partida. Sin embargo, no podía contrariar a Oppas, aún no.

—Cuando Tariq ibn Ziyab se presente frente a nosotros, lo obligaremos a dejar a los suyos fuera de la ciudad. Tan solo él y su escolta podrán entrar en Toletum. Entonces, Ragnarico, os iréis con él, y Fulgencio os guiará hasta la gruta en la que se conserva el tesoro de nuestros reyes. Que se sacie allí con el oro y la plata que encuentre, tomando todo cuanto sus hombres puedan abarcar, pero que regrese a Africa tras ello. Ese será nuestro trato, y nuestro... sacrificio.

Ragnarico escrutó el rostro de Oppas, sorprendido por la revelación del obispo, y también por su generosidad. No tenía aspecto de guerrero, y aquello, desde su punto de vista, había sido una de sus debilidades de cara a la sucesión tras la muerte de su hermano. Oppas era grueso, de ojos diminutos, con la cabeza monda como un hueso de pollo y una papada prominente parecida a la de un cerdo. Aquella constitución había jugado en su contra frente a un hombre como Roderico, altanero pero con aspecto de verdadero señor de la guerra, un cabecilla al que muchos nobles avezados en las armas no dudarían en seguir en un combate. A Oppas, en cambio, lo habían apoyado escribas, plañideras y quienes, igual que él, deseaban medrar sin que importaran sus méritos anteriores. Con todo, pese a aquella lacra, a la larga el hermano del difunto Witiza había resultado vencedor, pensó sonriendo.

—¿El tesoro de Alarico también? —preguntó Fulgencio con un hilo de voz, sin atreverse a levantar la mirada.

«El tesoro de Alarico», repitió Ragnarico para sí. Había oído hablar de él cuando niño; pocos sabían dónde se ocultaba, y menos eran todavía los que lo habían visto. Las historias aseguraban que se trataba del fruto del saqueo de Roma, perpetrado casi trescientos años atrás por las tropas del rey Alarico. Un botín digno de un emperador, de muchos emperadores. En ese entonces su imaginación había volado, soñando riquezas sin fin, y más adelante, cuando comenzó a comprender cuánto oro y cuánta plata costaba mantener incluso una pequeña mesnada de guerreros, entendió lo grandioso que debía de ser si había permitido a Roma mantenerse invencible durante siglos.

—No. Que no acceda a la gruta secreta —respondió Oppas, sacando a Ragnarico de sus ensoñaciones—. Mostradle las bagatelas de Roderico y del resto de los reyes. Que se regale la mirada con el oro, la plata y las piedras preciosas, pero mantened en secreto el tesoro de Alarico. A vuestro regreso, yo mismo lo invitaré a desandar el camino; un viaje que le resultará más agradable con las alforjas repletas de oro y plata.

—¡Maldita sea! ¿Por qué no lo pensé antes? —gritaba desesperado Ademar. Hacía poco más de tres horas que se había enterado de que era Oppas quien entonces se encontraba en la capital. Un grupo de comerciantes que abandonaba la ciudad de Toletum rumbo al sur lo había advertido respecto a esta circunstancia, así como de que las puertas habían permanecido abiertas ante la llegada de los extranjeros, que a esas alturas ya habrían tomado posesión de la urbe. Aquello echaba por tierra todos los planes que había barajado desde su liberación, pues a nadie podría recurrir en una ciudad gobernada por sus enemigos.

Todavía furioso, había ordenado a los suyos alejarse de las murallas para ascender paralelos a la ciudad tratando de evitar ser detectados tanto por los bereberes como por los hombres con los que pudiera contar Oppas. Huían hacia el norte, como otros muchos, pero a diferencia de los demás no sabían hacia dónde ni hasta cuándo. Ni tan siquiera por qué. Apretó los puños, presa de la desesperación. Su vida nada valía si con ella no podía acabar con la de su hermano.

—Yo tampoco lo esperaba —respondió Argimiro, a su lado.

Todos los hombres iban a caballo, casi un centenar de guerreros. Iban detrás un número similar de mujeres y niños que habían tenido la fortuna de escapar de Astigi —las familias de aquellos de los suyos que entonces lo seguían y que no habían buscado refugio en Corduba—. Emprendían un camino incierto para todos, salvo para la escasa docena de los partidarios de Argimiro, que aún mantenían intactas sus esperanzas de llegar a Calagurris, su hogar.

—¿Me creéis ahora? —vociferó Bonifacio tras ellos. Los gritos hicieron que Argimiro aferrara fuertemente las riendas para evitar la tentación de echar mano al sarmentoso cuello del clérigo—. Si consiguen lo que han venido a buscar, nada los detendrá. Todos acabaremos destruidos a menos que elevemos nuestras plegarias al Señor y respondamos a su mandato. Todos, da igual cuán lejos nos escondamos.

El religioso había sido el único integrante de la columna que había celebrado que Toletum hubiera abierto sus puertas a los recién llegados. Quizá no fuera demasiado justo hablar de celebración, ya que Bonifacio habría preferido que aquel triste episodio nunca hubiera sucedido, pero lo daba por bueno si le permitía demostrar a aquellos dos nobles que él estaba en lo cierto. Necesitaba aquella pequeña victoria simbólica, pues al mismo tiempo necesitaba de ellos, de sus armas y de sus hombres, al menos hasta que pudiera llegar a Tarraco y desde allí viajar a Roma, donde tenía la intención de poner a salvo las poderosas reliquias que planificaba rescatar.

La inesperada situación finalmente había propiciado que tanto Ademar como Argimiro accedieran a sus demandas: acompañarlo al desfiladero hacia donde ahora se dirigían, que el cura había visitado con Sinderedo, metropolitano de Toletum, algunos años atrás; ayudarlo a hacerse con los objetos que pretendía salvaguardar y continuar todos juntos hasta Caesaraugusta, donde los hombres del norteño tomarían su propio camino. En cuanto a Ademar, Bonifacio desconocía qué pretendía hacer en adelante, e intuía que ni siquiera él mismo lo tenía claro. La indeterminación del astigitano le convenía, pues debía llegar a Tarraco sin sufrir percances y confiaba en poder convencerlo para que le sirviera de escolta hasta allí.

No confiaba en Agila, quien se había coronado en la antigua capital de la Tarraconense casi al mismo tiempo que Roderico lo hiciera en Toletum. Era un rey débil, con los francos amenazando sus posesiones desde el norte y la mitad de sus nobles indecisos con respecto a su liderazgo. Cuanto más lo pensaba, más evidente le parecía que no bastaría con llegar a Tarraco y que tendría que embarcar rumbo a Roma para entregar las reliquias al mismísimo papa.

Alzó la mirada al cielo, imaginando cómo sería alabado a su llegada a la ciudad de Pedro, loado como uno de los padres de la Iglesia, uno de sus salvadores, el que rescatara de manos de los infieles los tesoros más sagrados de la fe: las reliquias que hacía más de seiscientos años Tito, el hijo de Vespasiano, al mando de sus legiones, arrancó de Jerusalem tras someter a sangre y fuego la capital de los judíos. Las mismas que Alarico, el visigodo, se llevó de Roma cuando sus hordas saquearon la primera ciudad del imperio casi cuatrocientos años después que el Flavio.

Hacerse con la mesa de Salomón, rey judío de la casa de David, era el principal objetivo de Bonifacio. Las demás reliquias, comparadas con ella, eran poco más que baratijas. Pese a que estaba seguro de que todas le reportarían no pocos cumplidos y agradecimientos, la mesa de Salomón..., esa sí que poseía un poder que nadie acertaba a comprender. Su valor no estribaba en que estuviera hecha de oro y plata y cuajada de las más brillantes piedras preciosas, sino que iba mucho más allá, tanto que trascendía el plano terrenal y alcanzaba el celestial. Su poder otorgaría a quien supiera descifrar en sus grabados el verdadero nombre de Dios la posibilidad de reinar sobre el mundo entero y quienes lo habitaban. Ahora, en cambio, aquel lunático infiel conocía su existencia. Y todo había sido por su culpa.

Bonifacio había pasado media vida entre legajos, tratando de desentrañar el modo de desatar el inmenso poder que la mesa encerraba. Esos documentos, que planeaba entregarle a Sinderedo una vez que Roderico hubiera vencido, habían pasado al poder del ambicioso tuerto; una desgracia que no dejaba de atormentarlo. Si no le ponía remedio, en lugar de desempeñar su papel como enviado de Dios, se convertiría en el medio del que Lucifer se valdría para sembrar el caos en la Tierra.

Había dedicado toda su vida a prepararse para aquel momento. Su búsqueda había comenzado muchos años atrás, en la época del rey Recesvinto, cuando era apenas un muchacho poco mayor que Hermigio y vivía detrás de las montañas cántabras. Se había ordenado en San Martín de Turieno, un mísero monasterio donde había llegado a sus manos el primer escrito que hablaba de aquella pieza recogiendo las palabras de un judío contemporáneo de Tito. Había reparado en él mientras barría el suelo y limpiaba las mesas en las que los monjes trabajaban. Lo primero que le sorprendió fue que su autor no era Flavio Josefo, el historiador y militar hebreo que había terminado pasándose al bando de Roma al comprobar su poder invencible. A aquel lo habían conocido otros doctos hombres de la Iglesia en algunos lugares que había visitado, y sus escritos habían sido aceptados como veraces. Ahora bien, nadie conocía al judío que hablaba de una mesa de patas aladas que había servido a Salomón, hijo de David, para poner a todos sus poderosos vecinos a sus pies.

Tras aquel descubrimiento fortuito había informado al que era su superior, un anciano cuyos ojos habían perdido ya toda luz, si es que alguna vez había sido capaz de leer. El hombre había enviado al joven Bonifacio a Toletum para que se entrevistara con un monje adusto, pocos años mayor que él pero con una influencia en la comunidad muy fuera de lo común para su temprana edad. Se llamaba Sinderedo, y era el mismo que más tarde se convertiría en obispo metropolitano de la capital del reino.

Gracias a la influencia de Sinderedo, Bonifacio se embarcó en un largo peregrinar por diferentes monasterios de Hispania, pero también de Frankia e incluso de Italia. Con la esperanza de ahondar en el escaso conocimiento que se poseía sobre aquella reliquia, se sumergió en cuantos pliegos antiguos habían caído en sus manos, si bien ninguno de ellos respondió completamente a sus preguntas. Al fin comprendió que en ningún sitio estaría más cerca de conseguirlo que entre los judíos.

A pesar del respaldo de Sinderedo, aquella decisión le deparó no pocos disgustos, pues muchos de sus compañeros de credo censuraron sin ambages su proceder. En ocasiones hasta él dudó de que hubiera emprendido el camino adecuado. La ciudad de Narbona fue el primer lugar donde entabló amistad con uno de los descendientes de aquellos que habían repudiado y asesinado a Jesús. Se trataba de un comerciante que mantenía contactos mercantiles con Oriente y otras regiones del mar interior, de donde obtenía, además de artículos que vender, muy variada y valiosa información. Para desgracia de Bonifacio, él le dio la noticia de la reciente conquista de Jerusalem y las provincias orientales del imperio de Constantinopla por parte de las hordas árabes llegadas del sur, que cortó de raíz su aspiración de viajar a Oriente para desentrañar allí los secretos que encerraba la misteriosa reliquia.

El Templo de Salomón, aquel en el que la sagrada mesa había descansado durante siglos, ya no existía. Tito y los suyos habían tomado sin compasión la ciudad de Jerusalem, y el antiguo palacio no había sido una excepción. Aun así, Jeremías, aquel primer judío con el que habló sobre su estudio, decía estar seguro de que el lugar donde antaño estuvo el magnífico edificio seguía manteniendo un halo mágico a su alrededor. Apenado por la inesperada irrupción de aquellos hombres surgidos de la nada, Bonifacio había tenido que postergar sus ansias de visitar el otro extremo del mundo y continuar sus investigaciones en Occidente mientras las tropas del *basileus* no expulsaran a los recién llegados. Sin embargo, con el paso de los años, no le quedó otra salida que aceptar que aquellos recién llegados habían venido para quedarse. Y ahora, para terminar de echarlo todo a perder, aparecían también allí, en Hispania.

Durante sus múltiples viajes logró tejer una valiosa red de informantes judíos que al menos hubieran oído hablar alguna vez de la reliquia. Bonifacio era consciente de la necesidad de ser discreto, pues ninguno de ellos debía siquiera intuir que el objeto de sus pesquisas estuviera tan cerca, junto con el tesoro real visigodo, en los alrededores de Toletum. Visitó Tolosa, Lugdunum, Verona, Tarraco, Valentia, Corduba e Hispalis antes de llegar, muchos años después, ya en época del rey Égica, a la misma Toletum, donde pretendía reencontrarse con Sinderedo y entrevistarse con él. Para entonces, Sinderedo había escalado hasta la más alta dignidad eclesiástica del reino. Bonifacio estaba seguro de que era la primera ocasión en la que ocupaba aquel lugar en la Iglesia hispana alguien como Sinderedo: un hombre sabio, ávido de conocimiento, pero también capaz de comprender que los objetos sagrados estaban por encima de los hombres y sus luchas; una idea que él compartía.

Sinderedo lo recibió como a un viejo amigo y lo felicitó sinceramente por la gran cantidad de información que había atesorado en aquellos largos años sin importarle que tan ardua labor hubiera consumido la mejor parte de su vida. Aun así, mucho habían cambiado las cosas desde la última vez que se habían visto, hacía más de treinta años, cuando Bonifacio acababa de comenzar su peregrinaje, y por aquel entonces el clérigo tenía que andar esquivando la incómoda presencia de determinados personajes que parecían querer dar con él, bien para impedir su labor, bien para hacerse con sus notas. Cristianos que desaprobaban su proceder, judíos que no querían que aquellos saberes cayeran en manos de un gentil y, finalmente, también algunos árabes.

En no pocas ocasiones tuvo que esconderse o abandonar precipitadamente el lugar donde se encontrara investigando, y Toletum no fue una excepción. Allí había sido un árabe, el primero al que había visto en su vida, el que había tratado de asaltarlo y arrebatarle sus valiosas notas. Lo salvó uno de los hombres del metropolitano, que obligó al ladrón a escapar de la ciudad. Tras el incidente, Sinderedo le aconsejó recluirse en una aldea cercana para poner en orden las investigaciones que había ido recabando durante años, alejado de las preguntas y las miradas de los curiosos que en los últimos tiempos le seguían los pasos allí por donde pasaba.

Bonifacio se resguardó en la campiña, en las tierras de un noble venido a menos, a salvo de interrupciones y visitas indiscretas. Allí permaneció, ordenando sus investigaciones y transcribiendo los pergaminos, hasta que las tropas de Tariq irrumpieron con fuerza en la Betica. Entonces Sinderedo volvió a solicitar su concurso para la misión que ambos consideraban decisiva: portar una de las trompas de oro del tesoro del Templo hasta el campo de batalla para asegurarse de que la balanza del resultado se inclinase hacia el lado de Roderico.

Sin embargo, aquello no había sucedido así, y desde entonces Bonifacio se mortificaba preguntándose una y otra vez el porqué. Desconocía qué parte de culpa había tenido su retraso, pues Sinderedo había insistido en que el sonido de la trompa debía oírse antes de que comenzara la lucha. Bonifacio quería que fuera Roderico quien tocara el instrumento, pero al llegar tarde no había tenido más remedio que hacerlo él mismo, y no había funcionado. Ignoraba si había procedido erróneamente, como creía, o si acaso el poder que almacenaba el objeto elegido había resultado insuficiente ante la magnitud del conflicto. Por otro lado, podía ser que la magia no se desencadenara si los combatientes que querían provocarla no eran dignos de ella a los ojos de Dios. Roderico no era precisamente un dechado de virtudes, pero ¿quién lo era?

—¿Estáis seguro de que sabéis a dónde nos estáis llevando, cura? —le espetó Argimiro, que comenzaba a lamentar el rodeo que estaban dando, pues lo alejaba de la ruta más rápida hacia sus tierras.

—Claro que lo sé —respondió Bonifacio, en tono igualmente cortante.

Ademar, enfurruñado, trataba de ignorar la presencia del religioso. Bastantes dudas tenía revoloteando en la cabeza como para encima tener que pensar en las palabras del anciano, que a su pesar habían logrado hacer mella en su convencimiento.

—Pues espero que estemos llegando, porque quedan menos de cuatro horas para que el sol se ponga, y no me gustaría hacer noche estando tan cerca de nuestros enemigos —continuó Argimiro.

—Habremos llegado en menos de una hora —aseveró Bonifacio con seguridad.

El religioso no dejaba de darle vueltas a una cuestión que comenzaba a tenerlo realmente preocupado: ¡aquel noble del norte no hacía más que protestar! Y Ademar estaba tan hundido en su propia angustia que tampoco servía de gran ayuda. ¿Es que acaso no eran conscientes de lo que se jugaban? ¿Por qué no lo escuchaban cuando intentaba explicárselo? ¡Eran la última esperanza de su estirpe! ¿Por qué no paraban de refunfuñar?

Debía poner a salvo la mesa, que pesaba cientos, quizá miles de libras. ¿Cómo lo haría si todo lo que salía de los labios de aquellos hombres eran protestas? ¿Tendría la santa reliquia la virtud de iluminarlos solo con su presencia? Sabía por boca de algunos de los refugiados que Sinderedo había partido poco antes, acompañado solo por un puñado de sirvientes, por lo que podía descartar que se hubiera ocupado del traslado. Además, Sinderedo no tenía forma de saber que la mesa ya no estaba segura en su actual escondite, puesto que nada sabía de su cautiverio y posterior tortura. Por fortuna, él, Bonifacio, sí estaba en condiciones de acometer tal labor, con casi un centenar de hombres acompañándolo. Podía y debía conseguirlo.

—Tendréis otra hora para tomar cuanto necesitéis. Luego habremos de reemprender la marcha y poner tierra de por medio. Avanzaremos incluso durante la noche; estos bosques no me gustan.

Ademar miró hacia la espesura. Estaba de acuerdo con Argimiro: hacía horas que vagaban por aquel bosque donde la maleza parecía tener ojos, las sombras reinaban con intensidad antinatural a pesar de lo temprano de la hora y los barrancos traicioneros que flanqueaban los caminos se tragaban las piedras que el trotar de los caballos arrojaba a sus fauces sin que ningún ruido revelara dónde se encontraba su fin.

Elvia se mantenía en la retaguardia, cerca de Witerico. No sabía qué hacer. El día anterior, Ademar había vuelto a hablar con ella, y pareció quedarse satisfecho con cuanto le había relatado. Aunque podría haber abandonado en ese momento la compañía de los guerreros, había decidido continuar con ellos hacia el norte. Según le dijeron, entrar en Toletum podía no ser seguro, pues las tropas bereberes se habían dispuesto alrededor de la ciudad y había indicios de que sus cabecillas se encontraban parlamentando con quienes habían quedado dentro de las murallas. A ella, *a priori*, el resultado de las negociaciones le daba igual: no le importaba si su rey se llamaba Roderico, Tariq o de cualquier otra manera, ni siquiera su ascendencia. A lo que no estaba dispuesta de ninguna manera era a ponerse al alcance de los mismos hombres que habían pasado a cuchillo a los habitantes de su aldea. Si alguna vez volvía a verlos, esperaba que fuera mientras todos, y especialmente aquel asesino de rostro desfigurado, recibían su merecido a manos de sus iguales.

Witerico daba la impresión de haber asumido de buen grado la idea de que siguiera con ellos hacia el norte, al igual que Hermigio, que no desaprovechaba ocasión de regalarle alguna sonrisa tímida. En cuanto a Ademar y a Argimiro, ambos parecían haberse olvidado de su presencia, pero Elvia lo comprendía; tenían cosas más importantes en las que pensar. Seguiría a aquella columna de guerreros y, llegado el momento, trataría de regresar a los valles de los que procedían los suyos. Por lo pronto, no se le ocurría ningún plan mejor; esperaba que pasaran al menos unos cuantos días más antes de verse obligada a ponerlo en práctica y continuar su camino en soledad, como tantas otras veces.

—Joder, vaya mierda de bosque en el que nos ha metido tu jodido cura, muchacho —espetó Witerico a Hermigio, que había dejado que su montura se retrasara hasta situarse delante de la de Elvia.

Para el chico no había resultado sencillo volver a estar bajo las órdenes de Bonifacio. Tras la batalla, cuando el cura desapareció, se sintió invadido por el miedo: miedo de encontrarse a solas en un lugar extraño y entre enemigos. Hasta que apareció Ademar y sus temores se aplacaron. Pronto comenzó a apreciar a aquel hombre atormentado, y disfrutó fantaseando con asistirlo en la batalla y dejar atrás su pasado; entonces regresó Bonifacio y su momentánea dicha terminó.

Tras el inesperado reencuentro imaginó que el religioso querría dirigirse cuanto antes hacia sus tierras, pero, ante su sorpresa, no fue eso lo que sucedió. Bonifacio había regresado de entre los bereberes como enfebrecido, huraño, irascible, obsesionado con la misión que los había llevado a internarse en aquel bosque aterrador. Incluso en los escasos instantes en que el religioso se entregaba al sueño, misteriosas palabras referentes a objetos mágicos y rituales sagrados acudían a sus labios. Hermigio estaba convencido de que los sufrimientos vividos durante su corto cautiverio habían logrado quebrar su cordura. Y, sin embargo, lo cierto era que, pese a la demencia, su voluntad resultaba tan poderosa que había terminado guiando los pasos del variopinto grupo que conformaban.

Ignoraba qué pretendía hacer el religioso una vez tuviera en su poder los objetos que buscaba, pero se daba cuenta de que entonces habría llegado el momento de regresar a su hogar, un hogar que tenía la esperanza de que continuara siendo seguro, aunque tras ver lo que Ragnarico y sus hombres habían hecho en la aldea de Elvia ya no las tenía todas consigo.

Miró a la chica embelesado. Aun en aquellas circunstancias repletas de incertidumbre, con su propia vida en peligro, las preocupaciones parecían desvanecerse al pensar en su belleza. Cuando sus ojos se detenían en los de la muchacha, dos perlas oscuras que destellaban en su delicado rostro enmarcado en fuego, nada más parecía existir en el mundo. Nunca había estado con una mujer, ni tampoco había contemplado a ninguna que fuera tan hermosa como Elvia.

—Solo son árboles, no hay nada que temer —dijo el muchacho, y su pretensión de impresionar a la mujer hizo reír al veterano.

—Ahora que lo dices, chico, me quedo más tranquilo.

Elvia los miró, y aunque resultaba evidente que Witerico era un hombre de armas y Hermigio tan solo un muchacho, dirigió su pregunta a ambos.

—Cuando vestís armadura y portáis armas, ¿nunca teméis nada?

Hermigio hizo amago de responder, pero la enorme manaza de Witerico se dejó caer sobre la grupa de su caballo y el chico tuvo que pugnar con el animal por mantener el equilibrio.

—Claro que sí. Si uno es inteligente siempre debe temer que el enemigo sea más numeroso o más diestro. Y a veces también que sea más listo.

—¿Solo a veces?

—Sí, porque ser muy listo no le asegura a nadie vencer, mientras que tener más hombres, y mejor armados, sin duda aumenta las posibilidades de conseguirlo.

—¿Y el señor Ademar también lo sufre? ¿También tiene miedo? —preguntó Hermigio, que hasta entonces había dado por supuesto que el noble guerrero no conocía el temor.

—Oh, claro, por supuesto. Todos tenemos miedo. Quien no lo tiene es porque ya no tiene nada que temer, pues está tan muerto y frío como una jodida estatua de mármol.

Bonifacio estaba muy nervioso, más incluso que durante los días anteriores. Al fin se encontraban a pocos pasos de la gruta. Pese a los años transcurridos recordaba con claridad cada piedra tapizada de musgo, cada árbol. Había estado allí en dos ocasiones, ambas junto a Sinderedo, y se había asegurado de memorizar bien los detalles por si llegaba el día que tanto había anhelado. O temido, que no terminaba de decidirse.

—Hemos alcanzado nuestro destino —anunció con solemnidad.

Tanto Ademar como Argimiro habían estado absortos en sus propias cavilaciones. Ninguno de los dos parecía tan satisfecho como el religioso; ambos deseaban encontrarse lejos de aquel lugar. Argimiro, en sus tierras; Ademar, frente a su hermano y con una espada en la mano.

El norteño lo escrutó alzando una ceja. El camino terminaba abruptamente delante de la comitiva, frente a una escarpada pared rocosa por donde trepaban ramas y raíces de árboles y arbustos.

—Pues daos prisa. No hay tiempo que perder —le espetó el astigitano, impasible.

Bonifacio obvió los malos modos del guerrero. No podía permitirse que lo incomodaran. No cuando tenía una misión tan importante entre manos.

—Necesito la ayuda de vuestros hombres, y teas suficientes para movernos ahí dentro —se limitó a responder.

—Vamos, no hay tiempo que perder. —Argimiro hizo una seña a los suyos para que se situaran junto al religioso.

Rápidamente se adelantaron Walamer y otros seis hombres. Bonifacio resopló ante tan insuficiente ayuda y recorrió el grupo con la mirada para localizar a Hermigio. Allí estaba, junto a la mujer de roja cabellera, cuya compañía abandonó con evidente desgana cuando el clérigo lo llamó con un gesto. Bonifacio no podía negar que la chica le provocaba cierta desazón: Eva, la mujer que llevó a la perdición a Adán, y con él a toda la humanidad, sin duda se parecería a ella.

Tragándose su orgullo, se dirigió nuevamente a Ademar, quien, con el ceño fruncido, miraba al frente con desconfianza.

—Mi señor, necesito más de vuestros hombres. Lo que hoy hagamos aquí tendrá su repercusión en la eternidad. La salvación de nuestro mundo depende de nosotros.

—Witerico, Sarus, escoged una docena de hombres y seguid al sacerdote —gritó el guerrero sin desviar la mirada del cura—. Si vuestra estupidez nos retrasa y nos pone en peligro, yo mismo os mataré. Aunque todos los ángeles del cielo me maldigan para el resto de mis días —susurró, dejando asomar una sonrisa que asustó a Bonifacio.

El religioso se giró sin responder, y ante el asombro de todos se dispuso a escalar una enorme roca que se encontraba frente a ellos. Tras la piedra, junto a la pared del desfiladero, se abría la entrada a la cámara de los tesoros y a la salvación del mundo conocido.

XI

La antorcha de Hermigio se balanceaba en el interior de aquel lugar, reflejándose en los ojos asombrados de quienes lo seguían, mientras caminaba tras Bonifacio rumbo a las entrañas de la tierra.

Primero habían recorrido un estrecho túnel de piedra desnuda, donde los hombres más corpulentos, como Witerico, habían avanzado penosamente. Un rato después la angosta galería se había abierto frente a ellos, dando lugar a una estancia que habría podido albergar sin problema a la totalidad de su partida, junto a otras tantas igual de amplias. El brillo anaranjado de las teas arrancó un millar de destellos deslumbrantes de los objetos preciosos que se acumulaban en la caverna tapizando el suelo y amontonándose contra las paredes: monedas de oro y plata, vajillas, jarras, telas finas, espejos de electro. Los hombres que encabezaban la partida se habían llevado un susto de muerte al contemplar su imagen reflejada en ellos, y luego habían soltado algunas risillas nerviosas al comprobar que, al menos de su figura duplicada, no tenían nada que temer. Las piezas que los habían dejado boquiabiertos componían el mayor tesoro que ninguno de los presentes hubiera osado imaginar jamás; sin embargo, Bonifacio les advirtió que una maldición pesaba sobre aquellas riquezas, y que si alguno se atrevía a robar siquiera una mísera moneda condenaría no solo su vida, sino también la de los que compartieran su sangre. Así que se limitaron a avanzar, ahogando exclamaciones admirativas, pero con las manos bien pegadas al cuerpo para evitar la tentación.

A Bonifacio le brillaron los ojos al llegar frente a la pared donde parecía concluir el camino.

—Es aquí —exclamó emocionado.

Los hombres se agolparon tras él. Por mucho que levantaran las teas para iluminar el lugar, nada encontraban cuya presencia fuera digna de celebrarse. Witerico resopló; con tanto esplendor por doquier, aquel maldito loco prefería quedarse observando un muro desnudo. Estrujó su bolsa vacía y dirigió al religioso una mirada cargada de resentimiento.

—Acercaos solo los más fuertes, no hay espacio suficiente para todos.

Witerico no se hizo de rogar: dio un paso adelante y se situó junto a Bonifacio. Cuanto antes acabara todo, menos tiempo tendría para darle vueltas a lo estúpido que se sentía dejando atrás los montones de oro. Otros tres hombres atendieron al llamamiento. El religioso tanteó la roca y les hizo un gesto para que la empujasen desde un punto determinado, mientras los demás los contemplaban con asombro.

Los hombres forcejearon durante lo que les pareció una eternidad, los músculos tensos, el sudor bañando sus frentes, sin resultado aparente para quienes esperaban sin perderse detalle. Aunque algún avance debían de estar notando ellos, pues no cejaban en su empeño.

—¡Mirad allí! —exclamó Hermigio, señalando un lugar cercano al techo de la estancia, que se elevaba unos doce pies.

En la piedra pulida y homogénea comenzaba a destacar una grieta que parecía ensancharse lentamente en respuesta al esfuerzo de los guerreros.

—¡Vamos, seguid así! —los animó Bonifacio.

Hermigio escudriñó el rostro del religioso, preocupado. A la luz de las antorchas, aquellos ojos parecían los de un demente. El muchacho no pudo evitar sentir un escalofrío. De repente se abrieron desmesuradamente mientras una risilla histérica resonaba en la caverna. Tras el ímprobo empeño, por fin la pared simplemente cedió, deslizándose con soltura para revelar lo que parecía una enorme puerta de piedra, y la losa que antes la bloqueaba quedó apoyada contra la pared.

—Seguidme, y no os separéis de mí bajo ningún concepto. No toquéis nada de lo que veáis o los ángeles del infierno no descansarán hasta haber devorado vuestra alma —informó el religioso.

Los guerreros se removieron, intranquilos, y algunos tragaron saliva pesadamente, pero ninguno se echó atrás, fieles a su palabra. Las piedras preciosas que destellaban ante sus ojos, el oro, la plata y el marfil se amontonaban con tal profusión que lo que habían visto hasta entonces se reducía, a su lado, a una minucia. Muebles con gemas engastadas, armas profusamente decoradas y hasta lo que parecía un carro enjoyado desfilaron ante los asombrados ojos de Witerico y de los demás.

Bonifacio, en la vanguardia, se iba deteniendo aquí y allá, donde recordaba que se encontraban las reliquias más valiosas. No consiguió encontrarlas todas, pero eso, lejos de desazonarlo, lo reconfortó, ya que lo interpretó como una señal de que Sinderedo había podido visitar la gruta antes de abandonar la ciudad y ponerlas a salvo.

Witerico mantenía la vista fija en el religioso, pues el desconsuelo que de otra manera sentía al dejar todos aquellos tesoros atrás se le antojaba insoportable. Había visto puñales que valdrían el rescate de un señor; escudos de oro que, si bien inútiles en combate, podrían costear una muralla entera; espadas decoradas con piedras preciosas del tamaño de un huevo de ave. Entonces, Bonifacio se agachó y tomó entre sus manos un arma sencilla, que pasaba desapercibida entre tanta magnificencia: una espada corta, con empuñadura vulgar y hoja mal afilada. El tipo la alzó con inmenso respeto y se la metió bajo el cinto. Era lo último que le faltaba ver al enorme guerrero: el cura demente armado.

Bonifacio siguió avanzando a trompicones, poco acostumbrado al golpeteo del metal en su muslo. Acarició con devoción la empuñadura de la espada del primero de los macabeos, hasta que sus dedos se detuvieron de golpe, los ojos relampagueantes, la respiración agitada: al final de la galería, ocupando el lugar de honor, estaba la mesa. El saco que había estado sujetando cayó al suelo, lo que provocó una cascada de ecos. Un insistente cosquilleo se aferró a su estómago y se sintió más feliz que nunca, totalmente pleno.

—Eso es lo que debemos sacar de aquí —graznó con la garganta seca.

Los hombres miraron hacia donde señalaba, y las exclamaciones de sorpresa se propagaron entre ellos. El oro y las piedras preciosas refulgían a la luz de las antorchas, pero ellos parecían paralizados. Ninguno avanzó, hasta que Sarus se atrevió a preguntar:

—¿Qué ocurre con la maldición? ¿Moriremos si la tocamos?

Bonifacio negó con la cabeza. «Estúpidos supersticiosos», pensó. Los hombres de armas le parecían poco mejores que los bueyes: sin la guía idónea, ni siquiera sabían hacia dónde tirar del arado.

—No ocurrirá nada porque contáis con mi beneplácito.

—Estáis desvariando, sacerdote. Ese jodido trasto debe de pesar más de un millar de libras —protestó Witerico—. Es imposible sacar eso de aquí, y en caso de que lo logremos, no sé cómo pretendéis huir con la mesa a cuestas.

—¡Estúpido! —estalló el religioso—. Si no salvamos la mesa, no habrá lugar al que huir; ¿es que no lo entiendes?

Nadie respondió. Bonifacio, que percibía la duda de aquellos hombres, no podía permitirse que su misión fracasara. Ellos, por mucho que le doliera, eran su única esperanza; la de todos.

—¡Está bien! Ayudadme a sacar la mesa y retiraré la maldición para que podáis llenar vuestras bolsas con lo que hay fuera.

La oferta del sacerdote fue recibida por los guerreros con un murmullo de sorpresa y excitación, pero Sarus nuevamente puso voz a sus reparos.

—Entenderéis que, después de todo lo que nos habéis dicho

que pasaría si lo tocábamos, os pidamos alguna garantía de que ahora podemos hacerlo sin peligro.

El labio inferior de Bonifacio temblaba de pura rabia. Odiaba a los hombres de armas. ¿Para qué demonios servían, si habían sido incapaces de defender el reino cuando había sido necesario? Y, para colmo, no paraban de cuestionarlo. Luchó por moderar el tono de voz, no tenía más remedio.

—No debéis preocuparos. Podréis saciar vuestra sed de oro y plata en cuanto conjure el sortilegio que pesa sobre el tesoro. Ahora bien, lo haré una vez hayáis puesto a salvo esta mesa. ¿De acuerdo?

Las voces de los hombres volvieron a elevarse. A todos les tentaba aceptar, pero ninguno parecía tener prisa por ser el primero en acercar las manos al metal maldito. Hermigio se mantenía al margen, embelesado por aquella preciosa pieza de filigranas de oro, cubierto de rubíes, esmeraldas, perlas y otras tantas piedras cuyos nombres ni siquiera conocía. No reaccionó hasta que los guerreros se agolparon por fin junto a la mesa y le impidieron seguir mirándola. La asieron con firmeza y, con gran esfuerzo a tenor de los resoplidos e imprecaciones que resonaron, consiguieron elevarla un palmo del suelo para comenzar a caminar torpemente hacia la salida. Apenas habían avanzado una decena de pasos cuando se vieron obligados a apoyarla de nuevo para descansar. Por más que la promesa de la suculenta recompensa que les aguardaba los impulsara a intentarlo una y otra vez, la labor resultaba titánica.

El escuálido Hermigio, cuya fuerza nadie echaría de menos, se retiró hacia la puerta de piedra en el mismo instante en el que tres figuras emergían de ella. Ademar, seguido de Argimiro y de otro de sus hombres, lo apartó de un empellón para acercarse al cura tras estudiar, incrédulo, la escena que se desplegaba ante él.

—Pero ¡qué demonios estáis haciendo! —gritó, y al momento los hombres volvieron a depositar la mesa en el suelo con estruendo.

—Hacen lo que deben, ¡así que apartaos! —retó Bonifacio exasperado.

—¿Os habéis vuelto loco? Os dije que tomarais lo que estabais buscando y que no os entretuvierais, ¡y os encuentro cargando con semejante monstruosidad! No podemos transportar eso. No disponemos de una carreta adecuada, ni mucho menos de tiempo para ajustarnos a su paso. ¡Seríamos presa fácil para nuestros enemigos!

—Cumplo los designios del Altísimo, y solo ante él debo responder.

—Pues el Altísimo no debe de estar informado de que tenemos a los bereberes casi encima —masculló Argimiro, sin poder evitar pasear una mirada asombrada por la maravillosa ornamentación de aquel enorme objeto.

—No hay tiempo, sacerdote. Tenemos una partida enemiga a poco más de dos horas. O bien han seguido nuestros pasos, o bien vienen directamente hacia aquí.

—¡Razón de más para poner a salvo esta milagrosa reliquia!

—Pues si entre sus poderes no se encuentra el de levitar, podéis iros olvidando de conseguirlo.

—Lamento informaros de que, si bien la mesa es una auténtica preciosidad, valoro más mi vida y la de estos hombres que cualquier objeto —intervino Argimiro.

Bonifacio apenas podía creer lo que estaba sucediendo. ¡La tenían allí mismo, en sus manos, y aquellos salvajes parecían dispuestos a dejarla a merced de Tariq sin siquiera pestañear!

—Vuestras vidas, la mía, ¡ninguna valdrá nada si los bereberes se apoderan de esta mesa y consiguen desatar el poder que alberga! Nuestro mundo quedará condenado para siempre —lloriqueó abatido.

Ademar sopesó la situación. Cargar con la mesa no era viable, pero dejarla allí tras las palabras del religioso tampoco le parecía sensato. Quizá influido por el fanatismo de aquel hombre, no tenía arrestos para hacer oídos sordos a sus demandas.

—¿Cómo se supone que desencadenarán el poder de esa mesa los bereberes?

—Sus sacerdotes realizarán sacrificios sobre ella, y sus ofrendas atraerán al mismísimo demonio tras haber maldecido el nombre de Dios... Las más terribles plagas se desatarán sobre nuestro pueblo, castigándolo de la misma manera que hicieron con los egipcios que esclavizaron al pueblo de Nuestro Señor. Será el fin; el fin de cuanto conocemos.

Argimiro resopló, y entre los hombres de la tropa se volvió a elevar el murmullo de muchas voces inquietas. Creyó haber ganado la partida al percatarse de que el temor había calado en los guerreros

—¿Y si la mesa no estuviera completa? —planteó Ademar, rompiendo el incómodo silencio.

Bonifacio titubeó. No terminaba de entender a dónde quería llegar el astigitano. Nunca se había planteado tal posibilidad.

—¿A qué os referís?

—¿Les bastaría un fragmento de la mesa para conseguirlo o necesitarían poseerla entera?

Bonifacio, desconcertado, trató de razonar. Rememoró lo que decían sus documentos, aquellos que Tariq le arrebatara y que le había llevado media vida reunir. Para poder descifrar el nombre de Dios, la mesa debía de estar completa, tal y como había sido tomada del Templo de Jerusalem.

—Para desatar su poder, tanto para el bien como para el mal, la mesa debe encontrarse entera, en las mismas condiciones en que Salomón disfrutó de ella. Toda ella, sus bellas patas aladas y cubiertas de volutas y su enjoyado tablero, es importante en el ritual —murmuró.

Ademar sonrió satisfecho.

—Vuestra vida, Argimiro, es más valiosa que cualquier mueble, pero no podemos fallarle a este hombre. Creo que hay una solución que será satisfactoria para todos. Witerico, Sarus, ¿dónde están vuestras armas?

—Allí —respondió el primero, señalando al suelo junto a la pared.

—Arrancad con ellas una de las patas; nos la llevaremos con nosotros. Eso no nos retrasará, y en cambio impedirá que nuestros enemigos puedan desatar su poder en nuestra contra. —Volvió los ojos hacia Bonifacio, que parecía no comprender lo que estaba a punto de suceder—. Al salir, tomad lo que podáis cargar sin entorpecer vuestra marcha; quizá lo necesitemos en adelante. Y apuraos, apenas disponemos de tiempo.

Elvia aguardaba en el exterior de la gruta, bien arrebujada en su capa, lanzando miradas aprensivas al bosque cada vez que algún ruido procedente de la espesura la sobresaltaba. De repente, una especie de aullido desgarrador la hizo ponerse en pie de golpe. El alarido no había venido de la arboleda, sino más bien de las profundidades de la tierra, del hueco por donde los hombres habían desaparecido un rato antes. Tembló al evocar en su memoria las fábulas de su niñez; sin embargo, aquel grito no había salido de la garganta de ningún animal fantástico, sino de la del religioso, que contemplaba desesperado cómo las hachas de Witerico y de Sarus caían rítmicamente sobre la reliquia, lo que hacía que el suelo se sembrara de esquirlas de oro y gemas, mientras el resto de los guerreros los jaleaban entusiasmados y Ademar y Argimiro los observaban con aprobación.

—¿Qué clase de juego os traéis entre manos? —preguntó Tariq ibn Ziyab al obispo de Hispalis.

Se habían reunido en el palacio donde Oppas se había instalado a su llegada a la ciudad. El comandante bereber estaba furioso, pese a que la población se hubiera postrado ante él sin mediar lucha. Tras ello, se había convertido en el señor de una ciudad fantasma, que la mayoría de sus habitantes habían abandonado al enterarse de su cercanía. A Tariq le traía sin cuidado el destino de aquellos altivos nobles godos, pero no sucedía lo mismo con las pertenencias que habían seguido el camino de sus dueños. Confiaba en que la fortuna de los nobles saciaría las ansias de pillaje de los suyos, a los que esperaba azuzar como una jauría furiosa sobre los que opusieran resistencia, manteniendo a salvo a los demás. Luego, como nada de esto había sucedido, se había visto obligado a respetar a todos los habitantes que habían permanecido en la ciudad, y particularmente a los judíos, que lo habían recibido como un libertador.

Aunque había permitido a sus hombres entrar en los hogares de los que habían partido, pocas cosas de valor quedaban en ellos. De todos modos, lo que más le contrariaba no era aquella circunstancia; al fin y al cabo, encontrarían otras ciudades que tomar en el inmenso territorio que recorrerían. Lo que alimentaba su furia era la doblez del estúpido beato que hasta entonces había sido su principal aliado en aquella aventura: Oppas.

Había confiado en él; aunque quizá la confianza no había sido exactamente su motivación. Más bien se había servido de él, al igual que Oppas lo había hecho de sus bereberes para eliminar a sus enemigos. Y el muy miserable acababa de traicionarlo destruyendo la mesa del rey Salomón: aquel objeto sagrado, cuyo dueño se convertiría en señor de reyes y reinos, había sido profanado. Se había quedado sin su escudo contra Musa, el árabe altanero que solía despreciarlo. Tariq sabía que llegado el momento el árabe trataría de minimizar sus victorias y arrebatarle cuanto poder hubiera conseguido, y por un tiempo las palabras del sacerdote torturado le habían proporcionado una promesa divina a la que aferrarse para evitarlo. Los textos que su secretario estudiaba para él no habían hecho sino confirmárselo.

Había sido una suerte decidir conservar a su lado al joven cristiano apresado junto al cura, pues el anciano era uno de los prisioneros que habían logrado escapar. Lo había dejado atrás al comprender que su cuerpo sarmentoso, castigado por el concienzudo interrogatorio con el que habían quebrado su voluntad, no soportaría el acelerado ritmo al que obligaba a marchar a los suyos, pero contaba con poder arrancarle una confesión más amplia cuando volviera a tenerlo a su merced. Ahora tendría que conformarse con aquel muchacho espigado de rostro de ratón. Si bien en un principio se había mostrado tan testarudo como el religioso, tras perder un ojo cuando él mismo lo castigó por haber tratado de engañarlo se había vuelto mucho más colaborador, pues sabía que si osaba cometer una nueva falta sería su virilidad la que le arrancaría.

Para comprobar la veracidad de sus palabras, la primera opción de Tariq había sido solicitar a Argimiro que interpretara los garabatos de los documentos, que a él nada le decían. Su privilegiada memoria le serviría para detectar cualquier incongruencia con lo que le había leído previamente el muchacho. Entonces, un cohibido Yussuf ibn Tabbit lo había informado de que el hombre del norte había desaparecido de la tropa. Tras la sorpresa, Tariq, que si bien valoraba esas virtudes en los hombres que lo rodeaban no era ni paciente ni mesurado, había reaccionado con un violento estallido de furia ante aquel contratiempo. No había señal de que Argimiro hubiera perecido en alguna escaramuza con los supervivientes, así que supuso que habría regresado a sus tierras, temiendo por sus gentes al ver el imparable avance de los suyos hacia el corazón del territorio. Bueno, ese era el precio de rodearse de hombres inteligentes, que sabían valorar bien los riesgos. Si Alá así lo disponía, volverían a encontrarse, aunque aún no había decidido si en tal caso lo trataría como un aliado o como un traidor.

Finalmente, había ordenado a Yussuf que le entregara a uno de los monjes que habían capturado en Astigi, un tipo pequeño y sumiso que cotejaba para él lo que el secretario interpretaba. Atendiendo a aquellos escritos, la mesa albergaba poder suficiente para obligar a Musa a postrarse ante él; más tarde se plantearía la conveniencia de que el mismo califa, guía de los creyentes, hiciera lo propio.

Hasta que aquel traicionero obispo que sudaba copiosamente frente a él lo había echado todo a perder. Y por la sagrada vida de los compañeros del Profeta que se iba a arrepentir.

—Primero habéis tratado de ocultarme la existencia de la cámara principal; luego habéis intentado que mis hombres no accedieran a ella —vociferó con tal fuerza que los guerreros que montaban guardia en la puerta del salón se asomaron para comprobar si todo iba bien—. Y cuando al fin han entrado, ¡la reliquia estaba destrozada!

Oppas tartamudeó aterrado.

—Debéis creerme, ¡no obré con mala intención! Algunos de esos objetos son importantes para las gentes de nuestra fe, pero los juzgué insignificantes para vosotros. ¡Y no tenía la más mínima idea de que la mesa estuviera incompleta!

Tariq bramó furioso, con lo que logró que aquel pusilánime se encogiera sobre sí mismo como si pretendiera desaparecer.

—Estoy tan horrorizado como vos —gimoteó—. ¡Yo jamás habría ordenado semejante sacrilegio!

—¿Y quién lo ha hecho entonces? —preguntó en voz más baja pero no menos aterradora que sus anteriores bramidos.

—Alguno de los hombres que abandonaron la ciudad antes de vuestra llegada. Quizá el propio obispo metropolitano, Sinderedo, que partió hace unos pocos días. Él fue quien sembró el miedo entre los habitantes de Toletum ante vuestra presencia. ¡Habrá sido él! ¡Sinderedo es el culpable!

—Pues traedlo inmediatamente a mi presencia, encadenado, muerto, despedazado o como consideréis. Y quiero esa mesa reparada antes de que mi paciencia acabe por agotarse, y os advierto que ya no me queda demasiada.

Oppas miró al bereber sin querer entender a lo que se refería. No podía estar hablando en serio.

—Cómo voy a traerlo, ¡no sé dónde está! Puede haber ido a cualquier parte. Quedaos con el tesoro, con todo lo que deseéis. ¿Qué importancia tiene una simple pata de oro cuando vais a disponer de libras sin cuento de ese metal?

Tariq lo escrutó de arriba abajo. Su desesperación y su desconcierto parecían sinceros; sin duda, no era consciente de la importancia de la reliquia, de lo contrario la habría salvaguardado mejor, o tal vez incluso habría desatado su poder en su contra.

—Quiero esa mesa como nueva, y no me iré hasta conseguirla. Recuperarla es cosa vuestra, y más os vale no fracasar.

Oppas tragó saliva pesadamente, con una vorágine de pensamientos horrorizados dando vueltas en su cabeza. Ese no era el trato, ¡ese no era el maldito trato! Aquel criador de camellos no tenía que estar allí; debía irse, volver al desierto y dejar de avanzar, de gritar y de exigir.

—En cuanto la tenga os la haré llegar a vuestra tierra, en Ifriquiya.

Tariq rio, con la risa estridente que recordaba el entrechocar de dos aceros y que tan bien conocían sus hombres.

—Me la entregaréis aquí mismo, en Toletum. Después seréis libre de regresar a Hispalis y poner en orden vuestras tierras y las de vuestros seguidores, pero no antes. Tariq ibn Ziyab es un hombre de palabra, así como lo es su señor Musa ibn Nusayr. Haced cuanto creáis necesario para traerme ese objeto antes de que mi paciencia se agote.

—¿Os habéis vuelto loco? Musa ibn Nusayr recibirá mis quejas por vuestro trato.

—¿Creéis acaso que no cumplo órdenes de mi señor?

Tariq se acercó al obispo, que se sobrecogió al sentir su único ojo fijo en su persona. El bereber, satisfecho ante el terror que dominaba al cristiano, apoyó la mano derecha en su hombro y lo atrajo hacia sí. El godo sintió una arcada de repulsión al aspirar su olor penetrante tras tantos días de cabalgada.

—Sois el señor de Hispalis, siempre que yo os dé mi apoyo, claro está. Me habéis servido bien hasta ahora. Partid y continuad haciéndolo.

Dio un pequeño empellón al cuerpo del orondo religioso y observó satisfecho cómo el obispo se dirigía hacia la puerta con paso vacilante, consternado. Sin duda, aquel hombre estaba totalmente a su merced. Aun así, tomaría las medidas pertinentes: la misión era demasiado importante, y él no había llegado a ser quien era gracias a confiar demasiado en sus subordinados.

—Muhammad, busca entre los lugareños a alguien que conozca al obispo Sinderedo, y haz venir inmediatamente a Yussuf ibn Tabbit a mi presencia.

Oppas temblaba, incapaz de borrar de su mente el encuentro con Tariq. Maldecía su nombre, y a la vez temía profundamente el momento de volver a estar frente a él, bajo el escrutinio de aquel único ojo que parecía capaz de ver debajo de su piel.

Tras la tensa entrevista que habían mantenido esa tarde, se había refugiado en su palacio para rumiar su desgracia. Aunque seguía siendo el señor de Hispalis, se habían esfumado sus ilusiones de ocupar el trono de Toletum o de sentar en él a quien eligiera. Podía vivir sin ello mientras le quedaran sus tierras y la capacidad de decidir el destino de los habitantes de la Betica, como siempre había querido; el asunto era que algo le decía que, con aquel bereber en su suelo, aquello resultaría poco menos que imposible. Tenía que buscar la manera de deshacerse de él, aunque por el momento no se atrevía a contrariarlo. No, debía actuar con sumo tiento y sin que Tariq conociera sus movimientos.

Con caligrafía irregular, pues el nerviosismo aún no lo había abandonado del todo, garabateó una larga misiva en un pergamino. Una gota de sudor fue a caer allí donde Oppas había estampado su nombre, y la tinta se emborronó. Con un reniego limpió la mancha y dobló con cuidado el documento.

En el piso bajo del edificio se encontraba Ragnarico, al que había requerido a su presencia aunque no era el destinatario del mensaje. Hizo llamar a su secretario personal, le entregó el pergamino y le explicó lo que debía hacer con él. Mientras la misiva llegaba a su destino y surtía el efecto oportuno, tenía una reliquia que encontrar, y no conocía un cazador más concienzudo y eficaz que Ragnarico. Con el estímulo adecuado, no cejaría en su empeño hasta haberlo conseguido.

—Arildo, haz pasar a Ragnarico.

Mientras el silencioso servidor de Oppas desaparecía escaleras abajo, su señor regresó a la estancia en la que había escrito la misiva. Se sentó en su silla, aguardó hasta que el rítmico golpear de las botas de Ragnarico contra el suelo pulido lo informó de que estaba cerca, y entonces se irguió en el asiento para recibirlo.

—¿Me habéis hecho llamar, señor obispo?

Ragnarico también llevaba varias horas inquieto, desde que regresara del lugar donde se guardaba el tesoro de Alarico. El bereber que había entrado en la gruta con él, el mismo con el que compartiera patrulla desde la llegada de aquellos hombres, había demudado el rostro en cuanto habían encontrado aquella rica mesa tullida. Al ser llamado por Oppas, horas después de regresar a la ciudad, de inmediato intuyó que la convocatoria guardaba relación con tal episodio.

Oppas se puso en pie y se acercó al guerrero, lo tomó del brazo y lo condujo a la terraza. Allí fuera, el ambiente era agradable, más que en su despacho, ahora que el calor del día les había otorgado un respiro.

—Sí, Ragnarico, y tú has acudido como el buen hijo —repuso solemnemente mientras caminaba, tratando de acompasar sus zancadas, más cortas, a las de su acompañante.

Se apoyaron en la balaustrada, desde donde contemplaron Toletum a sus pies. Una ciudad sorprendentemente tranquila y silenciosa. «Como un cementerio», pensó Oppas con disgusto.

—Ragnarico, debo encargaros una misión crucial.

—Sabéis que soy vuestro hombre.

—Conocéis al obispo metropolitano Sinderedo, ¿no es cierto?

—Ese estirado debe de estar ahora mismo preocupándose de que nuestros amigos del desierto no se apropien de sus bienes. —Señaló con gesto displicente el lugar donde destacaba el Palacio Episcopal.

—No lo encontrarán ahí —contestó Oppas—. Se ha exiliado, como tantos otros. Partió antes de tu llegada, y ahora necesito que lo encontréis. Sospecho que es el culpable de la destrucción de la mesa de Salomón. Lo traeréis ante mí, o al menos traeréis la maldita pata faltante.

—¿Todo esto es por la dichosa reliquia? ¿A qué viene tanta preocupación por ella? Es cierto que es una joya enorme y preciosa, pero en esa gruta podríamos nadar en oro.

—No lo sé —reconoció Oppas, cansado—, pero está claro que Tariq la considera valiosa, y debemos encontrarla cueste lo que cueste.

—Estudiaré las huellas de los alrededores. Si esa pata vale tanto, Sinderedo debe de haber reunido una buena tropa para escoltarla.

Oppas asintió, molesto por no haber sido consciente de la importancia de aquel objeto hasta que había sido demasiado tarde para impedir su salida de la ciudad.

—Llevaos cuantos hombres necesites y haced lo que debáis, pero perseguid a Sinderedo cuanto antes y dadle caza sea como sea.

Ragnarico estudió con detenimiento las facciones del obispo. Aunque tratara de disimularlo, el temor y la desesperación brillaban en el fondo de sus ojos, y eso siempre era una ventaja que aprovechar.

—Semejante misión acarreará numerosos gastos, además de alejarme de mis responsabilidades en Astigi, que vos mismo me habéis otorgado.

—Para que podáis disfrutar del señorío de Astigi, primero deberéis llevar a buen término este cometido.

Ragnarico dio un respingo, visiblemente molesto.

—Ese aspecto ya estaba apalabrado. He perdido a muchos de los míos en las últimas semanas. He accedido a luchar junto a esos salvajes, y he tenido que matar a mucha gente para ganarme lo que por derecho debía pertenecerme.

—Estoy totalmente de acuerdo con vos, *comes* —convino el obispo, resaltando el título—, pero debéis saber que Tariq ibn Ziyab ha resultado no ser un hombre tan de fiar como yo. Esta misma tarde me ha amenazado con arrebatarnos todo lo que anhelamos poseer si no recuperamos esa mesa. Y si yo no tengo la Betica para mí, difícilmente podré otorgaros Astigi a vos.

Ragnarico contuvo un grito de rabia, y a cambio obtuvo una mirada comprensiva por parte de Oppas.

—¡Una jodida pata! Tiene ante sí el mayor tesoro que cualquier hombre pudiera llegar a ambicionar, ¿y condiciona su palabra a una jodida pata?

—Yo tampoco entiendo su fijación, pero eso fue exactamente lo que dijo: sin esa pata no tendremos nada, salvo unos cuantos millares de visitantes incómodos dispersándose por nuestro territorio.

Ambos hombres permanecieron unos segundos en silencio mientras recorrían con la mirada la oscura ciudad.

—Necesitaré hombres y dinero. Muchos hombres y mucho dinero.

—Tomad los unos y lo otro. Hablad con Arildo y arreglad cuanto necesitéis. De vuestro éxito depende nuestro futuro, Ragnarico. Si lo conseguís, añadiré nuevas tierras a vuestra heredad. Confío en vos.

—Hacéis bien.

Ragnarico se inclinó y besó el anillo que le ofrecía el obispo antes de abandonar la terraza para dirigirse hacia donde lo esperaban los suyos. Debía relajarse; aquella iba a ser una noche muy larga y primero le hacía falta encontrar a alguien con quien divertirse.

XII

El rostro cadavérico del monje bizantino contemplaba al joven Argimiro con las cuencas hundidas, carentes de vida. El escaso pelo que aún conservaba en la cabeza lo tenía apelmazado, grasiento y sudoroso.

El muchacho no se había separado de su lado en toda la mañana, tan atenazado por el miedo como fascinado. En un rato, alguna de las mujeres entraría en el establo para atender al religioso, como todos los días desde su llegada; le ofrecería caldo para templarle el estómago y le colocaría compresas húmedas en la frente para mitigar la fiebre. Ese día, sin embargo, encontraría algo distinto, pues el pecho del hombre había dejado de subir y bajar desde hacía un instante. El joven alargó la mano, dispuesto a cerrar para siempre aquellos ojos de mirada extraviada, y dio un salto aterrorizado cuando de golpe las pupilas se fijaron en él mientras un postrero estertor sacudía el cuerpo del monje.

—Guárdate del hombre con un solo ojo —susurró el moribundo en un ronco quejido que se llevó su último aliento.

Argimiro despertó, sobresaltado, con el corazón latiendo a toda velocidad. Walamer le colocó la mano en el pecho, buscando tranquilizarlo.

—No pasa nada, solo ha sido un mal sueño.

Le dirigió un leve asentimiento y se obligó a controlar su agitada respiración. El hombre de un solo ojo... La imagen de Tariq se dibujó en su mente, y él se frotó los suyos con fuerza, como si así pudiera conjurarla para que desapareciera.

—Trata de dormir un poco; todavía quedan dos horas para el alba, y mañana será un día duro —le aconsejó Walamer.

—Otro más —masculló Argimiro, cansado.

No cerró los párpados. Dudaba que pudiera volver a conciliar el sueño, y tampoco le apetecía arriesgarse. Ya había tenido bastantes pesadillas por una noche.

La enorme columna de refugiados, a la que cada día se añadían algunos más, ascendió por las calzadas durante seis jornadas, hasta dejar atrás la ciudad de Complutum, que había aparecido frente a ellos como un recuerdo de tiempos mejores.

Muchos de sus habitantes se habían marchado tras lo sucedido en la cercana Toletum, y otros tantos de los que aún restaban allí aprovecharon el paso de la heterogénea columna comandada por Ademar y Argimiro para emprender con ella el camino hacia el norte. Pocos deseaban quedarse en la ciudad, con aquellos extranjeros a pocos días de distancia y el reino sumido en el desorden.

Los guerreros de Ademar azuzaban a los civiles igual que si fueran reses transitando por una cañada, haciéndolos avanzar mientras el sol permaneciera en el cielo y sin concederles respiro hasta que cayera la noche. Todo el que quisiera ir con ellos era bien recibido, pero debía mantener el duro ritmo que habían decidido imponer. Pese a todo, la velocidad con la que se desplazaba la columna parecía ralentizarse al tiempo que aumentaba el tamaño del grupo, ante el desespero de un Bonifacio cada vez más huraño.

Dos jornadas después de dejar atrás Complutum, la columna sumaba ya casi medio millar de almas. El religioso, todavía indignado por la salvaje mutilación de la reliquia, reservaba algunos de sus reniegos para quienes buscaban protección entre los fugitivos y retrasaban su avance. Lo que no sabía era que la misma circunstancia que tanto le irritaba les había resultado a la postre beneficiosa, ya que la partida de guerreros visigodos que seguía sus pasos desde Toletum, un total de ocho decenas de hombres enviados por Oppas al mando de Ragnarico, no se había atrevido a atacarlos por temor a la reacción de la muchedumbre y a que hubiera entre ellos más hombres armados de los que desde la distancia podían apreciar.

Ragnarico, igual que Ademar, que no era consciente de que su medio hermano le iba a la zaga, tampoco imaginaba que una pequeña partida de hombres envueltos en largas túnicas acechaba a ambos grupos sin dejarse ver. La cacería había comenzado.

A medida que ascendían hacia el norte, el calor pegajoso propio del verano en la Betica había ido dejando paso a un clima más suave, y cuando agosto, y luego septiembre, fueron deshojando lentamente sus días, el frescor nocturno comenzó a obligar a los hombres a envolverse en sus capotes para descansar. En pocos meses llegarían las nieves para tapizar de blanco montañas y ciudades.

Ademar echaba de menos su tierra sureña; recordaba las campañas que lo habían llevado a hollar la tierra de los vascones en su juventud, donde el frío, la lluvia y el granizo se convertían en un enemigo más al que debían batir y el barro atrapaba las botas con pegajosa insistencia, de tal modo que avanzar unas pocas millas se volvía un tormento. Suspiró, incómodo, mirando de reojo a Argimiro, que alzaba el rostro para recibir de frente las finas gotas de agua que el viento empujaba hacia él, como si las encontrara agradables.

Argimiro sacudió la cabeza al percatarse de su mirada y se acercó a él. Hacía algunos días que habían penetrado en la Tarraconense, la tierra en la que Agila seguía reinando.

—Caesaraugusta es el cruce de caminos más indicado para separarnos, pero podéis quedaros por estas tierras una temporada. Un centenar de guerreros y sus familias siempre son bienvenidos, y más en las circunstancias actuales.

—Debemos continuar sin tardanza hasta Tarraco —protestó Bonifacio, airado—. Cada minuto corre en nuestra contra.

Acarició maquinalmente la pata enjoyada, cuidadosamente envuelta. Desde lo sucedido en la gruta de los tesoros no se separaba de ella en ningún momento, ni siquiera para ir a descargar el vientre, lo que provocaba la hilaridad de los guerreros.

—No es necesaria tanta prisa. No conocemos las intenciones de Agila —repuso Ademar, que masticaba con desgana una torta de avena.

Ese detalle le intrigaba: nada habían conseguido averiguar sobre el autoproclamado rey de las provincias orientales. En su lugar, Ademar habría aprovechado la derrota de Roderico para presentarse en las tierras de aquel como su nuevo soberano, erigiéndose en el esperado salvador, oponiéndose a los extranjeros. Estaba seguro de que, puestos a elegir entre Agila y Tariq y sus hombres, unos extraños de costumbres tan dispares, tanto nobles como campesinos se habrían mostrado dispuestos a olvidar viejas rencillas y a escoger a Agila como nuevo rey.

En cambio, nada de aquello parecía estar pasando. Como hombre avezado en la guerra, había estado atento a las señales que pudieran indicar que se estaba gestando un choque; sin embargo, no había advertido que en ninguna de las ciudades cercanas estuvieran almacenándose grandes cantidades de comida, como las que hacen falta para alimentar a un ejército, y las partidas de jinetes con las que se habían cruzado no estaban claramente organizadas.

—Nos encontramos a finales del estío. No creo que los bereberes se atrevan a continuar su camino hacia el norte en estas fechas, si acaso tal locura está entre sus planes —intervino Argimiro.

—Precisamente por eso sería el momento adecuado para fortificar la frontera. Es lo que Agila debería haber hecho a estas alturas.

—Estoy de acuerdo. Veréis cómo la próxima primavera traerá nuevas lanzas hasta aquí, y cuando llegue el verano las huestes de Agila recuperarán el territorio perdido por Roderico. Quizá deberíais aguardar conmigo hasta entonces; si en ese momento ninguno de los nobles del oeste se ha proclamado rey, seremos llamados nuevamente a combatir, junto a Agila y los señores de la Tarraconense y la Septimania. Y si la suerte nos es propicia, como vasallo suyo, podréis recuperar vuestras tierras.

Ademar asintió pensativo. Para ser sincero, debía reconocer que no le importaba que su señor fuera Agila o cualquier otro, mientras le diera la oportunidad de ajustar cuentas con su medio hermano.

—¡Dejaos de elucubraciones y estupideces! —estalló Bonifacio—. Lo que tenemos que hacer es poner la reliquia a salvo cuanto antes.

—Aquí en la frontera estará tan a salvo como en cualquier otro lugar —repuso Argimiro, encogiéndose de hombros.

—Yo me quedo —anunció Ademar, dando por zanjada la discusión.

Acto seguido, el religioso se puso de pie de un salto y se inclinó, furioso, hacia él.

—Vos debéis escoltarme hasta Tarraco —siseó—. Tenemos que llevar la reliquia allí, ¡me lo debéis! Y más como responsable del estado en el que actualmente se encuentra. —Agitó la pata frente a él, temblando de rabia.

Ademar lo miró de arriba abajo. Si ya dudaba desde hacía tiempo de que aquel hombre estuviera en sus cabales, ver como lo apuntaba con aquel objeto envuelto en tela, con la espada herrumbrosa que había tomado de la gruta colgando a su costado, había terminado por convencerlo de que cualquier rastro de cordura había acabado por abandonarlo.

—¿Y qué haréis al llegar? Si nos presentamos ante Agila con un centenar de hombres de armas y una reliquia milagrosa, ¿no creéis que nos obligará a entregársela? Id vos solo, quizá así logréis pasar desapercibido y tomar un barco hasta Italia.

Bonifacio abrió desorbitadamente los ojos, el pulso acelerado, las venas palpitándole en el cuello. ¿Viajar él solo a Tarraco? ¿Se había vuelto loco aquel jefezuelo del sur? ¡Si no se creía capaz de recorrer siquiera tres millas sin que algún bandido le arrebatara sus tesoros y lo dejara muerto al borde del camino! Necesitaba una compañía de hombres que lo protegieran para garantizar el éxito de su misión.

—La reliquia debe llegar a Roma y ser entregada al sumo pontífice —repitió, como tantas veces—. Y para eso hacen falta guerreros.

—Pues marchaos cuando Agila haya recuperado nuestro territorio —respondió Argimiro, cansado.

—Para ese entonces ni siquiera será preciso que embarquéis hacia Roma. Cuando recuperemos Toletum podréis devolverla al lugar donde estaba. Es más, sufragaré el gasto de un buen orfebre que vuelva a colocarla en la mesa, si con ello dejáis de mirarme como lo hacéis —propuso Ademar.

Bonifacio meneó lentamente la cabeza. Con la mente repleta de visiones apocalípticas que prometían muerte y destrucción, no podía dejarse tentar por la solución, aparentemente sencilla, que le presentaban aquellos hombres, aquellos brutos poco mejores que animales de carga, salvajes que mataban por la espada, incapaces de entender los designios de Dios ni de vislumbrarlos siquiera. Se convenció de que no conseguiría nada de ellos; no había más remedio que buscar una alternativa a su plan inicial. Solo le quedaba o bien plegarse a las pretensiones de los guerreros, o bien buscar una solución por su cuenta, por ejemplo, acudiendo al obispo de Caesaraugusta y solicitándole su ayuda. Valoró esa última opción sin desviar la mirada de las llamas, mientras los dos guerreros lo observaban con los brazos cruzados sobre el pecho. No, decidió, no podía contar con ningún obispo, pues o no le harían caso o tratarían de atribuirse el mérito. Tan solo podía confiar en Sinderedo. Aunque no sabía con seguridad dónde se encontraba, esperaba que se hubiera detenido en Tarraco o en Valentia antes de zarpar rumbo a Italia. Él debía seguir sus pasos, así que esperaría hasta encontrar una escolta adecuada y partiría tras él. No podía hacer otra cosa.

—Está bien —rezongó—. Permaneceré con vosotros una temporada.

—Vamos, Bonifacio, no pongáis esa cara —dijo Argimiro

para tratar de suavizar la situación—, somos una buena compañía, y un sacerdote como vos siempre será bienvenido en cualquier lugar.

—¿Están cerca de aquí vuestras tierras? —preguntó Ademar.

—Todavía queda para llegar a mi hogar. Una vez alcancemos Caesaraugusta restarán tres días de camino hacia el norte por la calzada principal, y después de abandonarla, otros dos hasta Calagurris. ¿Vos qué preferís, Bonifacio? ¿Caesaraugusta o Calagurris? La primera debe obediencia a Agila; la segunda..., ahora mismo no lo sé, pero dado que ambas obedecen a Dios, ¿tenéis alguna preferencia?

—La que se encuentre más cerca de Roma —gruñó el aludido.

—Caesaraugusta, entonces. ¿Y vos, Ademar? ¿Qué decís?

—Me parece una buena elección. Además, gracias a lo que tomamos del tesoro podremos establecernos con holgura. Os debo mi agradecimiento por ello, Bonifacio.

—Pues agradecédmelo acompañándome a Tarraco, y regresad luego a Caesaraugusta si es lo que queréis.

—Dejadlo estar por este año, y la primavera que viene veremos qué sucede. Prometo enviaros a Tarraco con una buena escolta si es preciso.

—Queda poco para que nuestros caminos se separen —suspiró Argimiro, palmeando el hombro de Ademar—. Rezaré por que nuestras desventuras acaben el mismo día en que pisemos Caesaraugusta.

—Y yo rezaré por que cuando decidáis cumplir vuestro sagrado cometido, no resulte demasiado tarde... —repuso Bonifacio, clavando su mirada en el astigitano.

Caesaraugusta podía considerarse un nudo en las comunicaciones viarias que atravesaban la antigua Hispania romana. Hacia el este, las viejas calzadas llevaban hasta Tarraco; hacia el oeste, se adentraban en el territorio hasta llegar a la Gallaecia; y hacia el sur, recorrían el camino inverso al que habían hecho aquellos hombres desde la Betica. Como ciudad, pasaba por ser la segunda en importancia de la Tarraconense, aunque, como el resto de aquel extenso territorio, más bien se mantenía a la sombra de la capital de la Septimania. Antigua colonia romana, hacía más de ocho siglos que se había construido junto a la ribera del Iber, y desde entonces, igual que tantas otras, había conocido tiempos mejores.

Cuando el grupo de refugiados comandado por Ademar se encontraba a poco más de una milla de distancia de sus ajadas murallas, un grupo de guerreros tomó posiciones sobre los muros mientras otros tantos hombres partían a caballo a su encuentro. Los gestos eran tensos, no en vano los recién llegados conformaban una auténtica muchedumbre, cercana ya al millar de almas.

Ademar y Argimiro, acompañados de una pequeña escolta en la que se encontraban Bonifacio y Hermigio, se desgajaron de la partida para seguir a la patrulla hasta la ciudad. Su comandante les indicó cortésmente que el resto de los refugiados debían permanecer extramuros, más allá del río, mientras ellos informaban a las autoridades de sus intenciones antes de continuar su camino. Una pequeña comitiva los esperaba frente al Palacio Episcopal, en la que se destacaban los que Ademar identificó como el obispo, por sus ropajes, y el gobernador, por la costosa espada que llevaba al cinto. El religioso se adelantó para recibirlos.

—Sed bienvenidos, señores. —Hizo una seña para que descabalgaran, y un nutrido grupo de muchachos se ocupó de sacar a las monturas de la escena.

Argimiro y Ademar cruzaron una mirada, y el primero se adelantó dispuesto a tomar la palabra. Ante la sorpresa de ambos, Bonifacio se mantenía en un discreto segundo plano.

—Muchas gracias por vuestro recibimiento. Mis compañeros y yo hemos recorrido muchas millas para llegar aquí y encontrarnos de nuevo entre hermanos.

—Fue Jesús el que dijo: «Dad de comer al hambriento y abrigo al desnudo»; nosotros no somos más que sus servidores.

—Pese a la amabilidad de sus palabras, el tono era seco y las miradas, frías—. Soy Fructuoso, obispo de Caesaraugusta, y os saludo en nombre de los habitantes de nuestra ciudad. Lamentablemente, no podemos permitirnos acoger a la muchedumbre que os acompaña, pero entrad y charlemos con calma.

Una vez dentro del palacio, Ademar y Argimiro fueron conducidos a una lujosa estancia junto al obispo Fructuoso y el militar que lo había acompañado en la recepción, mientras los demás eran atendidos en las cocinas.

—Sois bienvenidos, pero entenderéis que vuestra aparición ha causado no poco revuelo en la ciudad —comenzó el obispo una vez todos hubieron tomado asiento en cómodos divanes.

—¿Cuántos hombres de armas traéis?, ¿y qué destino lleváis? —intervino el hombre de la espada al cinto.

Tanto Ademar como Argimiro estudiaron su estampa. De cuerpo fibroso y gesto adusto, el cabello casi totalmente blanco le caía lánguidamente sobre los hombros. Su barba y sus cejas también eran del color de la nieve, y bajo su ceño destacaban unos pequeños y fieros ojos grises.

—Lo que Bernulfo, jefe de la guarnición de la ciudad, quiere decir es si pensáis quedaros durante mucho tiempo entre nosotros —aclaró el religioso, tratando de suavizar el tono cortante del militar.

—Lo que he querido decir es justamente lo que he dicho —replicó aquel, apartándose el cabello de la frente con un gesto nervioso—. ¿Qué pretendéis acercándoos a la ciudad con tan numeroso grupo de guerreros?

Ademar se revolvió, incómodo en su sitial. Argimiro, con calma, respondió:

—Venimos como hermanos, no como enemigos. Somos refugiados, y hemos recorrido un largo camino desde el sur. Sin duda tendréis noticias sobre lo que ha acontecido en nuestro territorio.

—Que Roderico ha recibido su merecido —lo interrumpió Bernulfo—. Una buena noticia, a mi entender.

—Lo que no son buenas nuevas para nadie es que esos extranjeros no se han detenido en la Betica, sino que han continuado hasta Toletum —añadió Argimiro en tono conciliador—. Nosotros mismos los hemos visto.

—¿Buenas nuevas? ¡Una desgracia! —Fructuoso parecía en verdad afectado—. La Iglesia lamenta profundamente la llegada de esos hombres que ya saquearon y ocuparon la sagrada Jerusalem.

—Y lo mismo harán aquí, si nadie lo remedia. —Ademar rompió su silencio con la mirada clavada en el militar, que no rehuyó la provocación.

—Agila no es como Roderico, ni nosotros somos esos petimetres de la Betica —dijo sin ocultar su desprecio—. Somos guerreros acostumbrados al combate. Devolveremos al mar a esos advenedizos.

—Entonces, necesitaréis hombres. Muchos hombres, sea cual sea su procedencia.

—Señores, no estamos aquí para hablar de hechos de armas futuros, sino para dar consuelo a nuestros hermanos, que tantas penalidades deben de haber sufrido —terció el obispo.

—No tenéis nada que temer de nosotros. —A Argimiro también se le habían quitado las ganas de discutir—. Os agradecemos la posibilidad de descansar algunas jornadas junto a vuestras murallas. Y con respecto a los refugiados que se han ido añadiendo a nuestro grupo, estoy seguro de que muchos continuarán su camino hacia diferentes destinos ahora que nos hemos detenido. Yo mismo regresaré a mis tierras en unos días.

—¿Sois de la zona? —preguntó Bernulfo, súbitamente interesado.

—De Calagurris.

—Otro cachorro de Roderico, entonces.

Argimiro, pese a que el desaparecido rey le importaba bien poco, no pudo evitar que las palabras del hombre le desagradaran. No era la marioneta de nadie, y así lo había demostrado. Con todo, respiró hondo y se obligó a permanecer en silencio, evitando la mirada de un incómodo Ademar. Estaba tan cerca de su hogar... tan cerca de los suyos...

—Disfrutad de nuestra hospitalidad unos días, Argimiro de Calagurris; luego regresaréis a casa —invitó Fructuoso, siempre conciliador.

—Si no es mucho pedir que me respondáis, ¿cuándo pensáis enviar a esos guerreros del desierto de vuelta a su tierra? —Ademar habló con calma. Lo que deseaba conseguir era que Bernulfo considerase contar con su concurso, pero aquel hombre parecía dispuesto a tomar cada palabra como un desafío.

—Cuanto antes. El año que viene mejor que el siguiente, si es que no se han largado para entonces.

—No lo harán —afirmó el astigitano con seguridad—. Deberéis obligarlos a marcharse. Y yo os puedo ayudar.

Bernulfo emitió una sonora e irritante carcajada.

—¿Ayudarnos, vos? No quiero desairaros, pero también lo conseguiremos sin vuestra asistencia.

—Yo y casi un centenar de guerreros avezados en la lucha. Además, nosotros sabemos cómo combaten esos extranjeros, y vosotros no. Podemos resultarles muy útiles a vuestro señor Agila.

Bernulfo tardó en responder, mesándose la barba. Despreciaba a los guerreros sureños, pues en su región las contiendas hacía generaciones que parecían olvidadas, salvo en las ocasiones en las que la guerra civil había asolado el reino. En la Septimania, en cambio, con la amenazante presencia franca en la frontera, los combates eran habituales. Lo mismo ocurría en aquella región del norte de Hispania, donde ciudades como Pampilona o Turiaso recibían incursiones vasconas cada cierto tiempo.

No obstante, no podía negar que las fuerzas que Agila podía poner en combate no eran comparables a las que habría podido reunir Roderico. Y este no había terminado precisamente bien, aunque la traición hubiera desempeñado un importante papel en ello.

La milicia de la ciudad apenas superaba el centenar y medio de hombres, muchos de ellos sin experiencia en combate. Bernulfo calculaba que Agila alcanzaría a reunir entre los señores del este a unos diez mil combatientes, y luego trataría de ganar para su causa a hombres como Pedro de Cantabria y otros señores del norte, en previsión de que aquellos recién llegados osaran poner sus pies en la Tarraconense. Mientras tanto, y visto en perspectiva, la idea de contar con aquella tropa de desterrados quizá no resultara tan disparatada como le había parecido en un principio.

—¿Ese es vuestro propósito? ¿Prestar juramento a Agila y combatir por él?

—Mi propósito es matar a cierto individuo que lucha junto a los extranjeros y, si fuera posible, recuperar mis tierras en la Betica —se sinceró Ademar.

Bernulfo asintió en silencio. Necesitarían guerreros. Y más si eran como aquel, que no exigiría tierras en la zona, sino que se contentaría con recuperar las suyas, situadas bien lejos de la Tarraconense. Que las tomara, si acaso llegaban de nuevo al sur.

—Entonces, yo mismo os tomaré juramento y os propondré ante el rey para que os unáis a mi mesnada. Llegado el momento marcharemos hacia el sur como un río en época de crecida.

Ademar asintió, relajándose visiblemente ante aquellas palabras. Argimiro le palmeó el hombro, feliz por que el astigitano hubiera conseguido la oportunidad de intentar perseguir sus anhelos.

Fructuoso carraspeó con la intención de dar por terminada una conversación en la que los hombres de armas parecían encontrarse mucho más a gusto que él. Además, una idea le daba vueltas en la cabeza desde que se había encontrado con el grupo de refugiados: el rostro del anciano que los acompañaba, y que en eso momento se encontraría comiendo junto al resto de la escolta, le había resultado vagamente familiar, como si lo hubiera visto en alguna otra ocasión que no lograba recordar con claridad. Aquello despertaba su curiosidad, y estaba deseando satisfacerla.

—Bernulfo, por el amor de Dios, habrá tiempo de sobra para hablar de combates, como tanto os gusta. Ofrezcamos a nuestros amigos, mientras tanto, nuestra hospitalidad —zanjó, poniéndose en pie e indicándoles con un gesto que lo siguieran a compartir lo que esperaba que resultase un tranquilo refrigerio.

XIII

Tal como suponían, muchos de los que se habían incorporado a la columna a lo largo del camino continuaron su marcha en busca de su particular tierra prometida. Argimiro lo hizo dos jornadas más tarde, tras abrazar a Ademar y desearse mutuamente que los acompañara la buena fortuna.

Seguido de sus hombres, abandonó Caesaraugusta hacia el oeste y luego continuó hacia el norte, adentrándose en el boscoso territorio que se extendía ante ellos. La ancha calzada por la que habían ascendido desde Astigi fue dando lugar a caminos mucho más modestos, en los que la piedra era sustituida por tierra en la mayor parte de las ocasiones. Avanzaron atentos entre la tupida vegetación, pues siempre cabía la posibilidad de que alguna partida de salteadores se ocultara en la espesura. Sin embargo, después de lo que habían sufrido en las semanas anteriores, y tan cerca ya de su hogar, realmente no pensaban que los acechara ningún peligro.

Tres días más tarde hacían su entrada en unas tierras en las que nadie salió a recibirlos.

Ademar y los suyos, tras prestar juramento ante Bernulfo, se asentaron en uno de los barrios despoblados cerca de la ciudad, poco más allá de donde se levantaba el abandonado teatro romano. Se encontraban, por tanto, no junto al Iber, sino al margen del pequeño afluente que vertía en aquel su caudal a su paso por Caesaraugusta, en la que había sido, muchos años atrás, la fértil campiña que, bañada por el generoso río, proveyera de alimentos a una ciudad entonces más populosa. Pasado el tiempo, los huertos habían proliferado en el interior de los muros, donde antiguamente solo había edificios.

Además del juramento, había hecho falta emplear una nada desdeñable parte del tesoro sustraído en la gruta para llegar a un acuerdo que les permitiera disfrutar de ese privilegio. Una porción del oro había ido a parar a las necesitadas arcas de Bernulfo, mientras que otra había servido para que Fructuoso pudiera poner en marcha un proyecto que acariciaba hacía tiempo: volver a habilitar la pequeña iglesia extramuros, medio desmantelada ahí fuera, para prestar servicio a la nueva comunidad que allí se establecía.

El obispo ofreció a Bonifacio hacerse cargo del nuevo lugar de oración, tratando de ganarse su confianza. Se había entrevistado con él en varias ocasiones, pero el hombre parecía reacio a abrirle su corazón. Apenas había logrado averiguar que había sido ordenado en algún lugar de la Lusitania, pero al oír cualquier alusión a la Tarraconense, Bonifacio se perdía enseguida entre evasivas, y aunque el anciano aseguraba que nunca la había pisado hasta entonces, Fructuoso intuía que no le contaba toda la verdad. Además, siempre buscaba alguna excusa para no acudir a la ciudad cuando lo llamaba, cosa que lo obligaba a él a desplazarse hasta el arrabal si deseaba compartir algún rato de charla.

Finalmente, en Caesaraugusta todo el mundo terminó beneficiándose de alguna manera de la llegada de los refugiados, pues el oro y la plata se distribuyeron entre tenderos, artesanos y agricultores a cambio de animales para criar, semillas para cultivar y herramientas con las que levantar y acondicionar sus hogares. Y cuando el otoño tocaba a su fin, muchas de las casas que habían languidecido durante años junto a la ribera se encontraban de nuevo llenas de vida y preparadas para el momento en el que llegaran las temidas nieves.

Los tejados habían sido restaurados con innumerables capas de paja y barro dispuestas sobre las vigas de madera que se habían tendido sobre los muros recién remozados. También se levantaron graneros en los que almacenar la simiente y establos en los que guarecer a los animales, mientras los terrenos circundantes volvían a desbrozarse para aprovechar las primeras lluvias para sembrar. Si los hombres se ocuparon principalmente de las tareas de construcción, fueron las mujeres las que se esforzaron por reverdecer los campos. No solo aquellas que habían escapado de la toma de Astigi, sino también muchas otras que, habiéndose sumado a la columna durante su largo peregrinar, habían terminado uniéndose a los guerreros de Ademar que habían perdido a sus propias familias para buscar una nueva vida. Entre ellas, Elvia.

La muchacha había decidido continuar con ellos, pues, a lo largo de los días, mientras muchos hombres y mujeres partían en busca de su propio destino, se había dado cuenta de que ella en realidad no tenía nada más que lo que pudiera encontrar en aquel heterodoxo grupo de desheredados. No era una estúpida, y no soñaba con recorrer centenares de millas sola hasta las tierras de sus ancestros, pues sería una presa fácil para los bandidos o para cualquier desaprensivo que se cruzara en su camino. Además, no sabía lo que podía esperar si acaso lograba llegar allí. Había bajado al llano con su madre cuando ni tan siquiera sabía hablar, por lo que desconocía el lugar exacto del que provenía. Tan solo recordaba lo que su madre le contaba cuando, al caer la noche, le susurraba con aquella voz tan dulce para que se durmiera, alejando de su mente el miedo y las pesadillas.

Ni siquiera aquella, a pesar de ser su mejor opción, era sencilla. Ademar no parecía interesado en tomarla a su servicio, y la presencia de sus guerreros aún la aterrorizaba, sobre todo teniendo en cuenta que solían mirarla con mal disimulada lascivia. Elvia se pasó la mano nerviosamente por el cabello, alborotándolo, y lo dejó caer frente a sus ojos mientras se esforzaba por contener las lágrimas que pugnaban por asomar.

—¿Has comido, muchacha? —La voz grave de Witerico interrumpió sus pensamientos.

Ella no respondió, sino que se limitó a negar con la cabeza. Acababa de regresar del campo, donde llevaba toda la jornada sembrando trigo y cebada. Tenía la espalda dolorida y el ánimo por los suelos. No se le escapaba que la mayoría de las mujeres con las que compartía labor apenas toleraban su presencia. Era una muchacha joven y hermosa, y estaba sola: la consideraban un peligro, una tentación para sus hombres. Cegadas por esa idea, ninguna de ellas le había tendido la mano ni se había compadecido de su situación. Antes al contrario, sus actitudes oscilaban entre la indiferencia y la abierta hostilidad. Si había sobrevivido hasta entonces se debía a la caridad de Witerico, que siempre que la veía cerca le entregaba parte de su sustento sin mediar palabra.

—Esto tiene que acabar, ¡no puedes seguir así! —exclamó el guerrero, alargándole un cuenco lleno de un líquido parduzco cuyo olor le hizo gruñir el estómago—. Busca un buen hombre y emparéjate con él. Sienta la cabeza.

—No quiero emparejarme con ningún hombre —respondió ella, todavía cabizbaja.

El hombre bufó, sin entenderla.

—¿Y qué piensas hacer? ¿Marcharte?, ¿ingresar en un convento? ¿Qué planes tienes, si es que acaso tienes alguno?

—No puedo marcharme, no tengo a dónde ir.

—Pero ¡yo no puedo dedicarme cada tarde a pasear con un plato en la mano con la esperanza de verte para asegurarme de que comes algo! No te salvamos de la oscuridad de aquel sótano para que mueras de hambre bajo el sol.

—Te lo agradezco mucho, Witerico —musitó ella—. Está muy calentito, y... —Removió el caldo, grasiento y humeante.

—No tienes que decir que está bueno, ya sé que no lo está. ¡No sé cocinar! Ojalá tuviera a alguien que lo hiciera por mí. Además, siempre estoy hambriento, como un jabalí voraz o un oso en primavera. Si supieras lo que me cuesta no rebañar el plato para dejarte algo... —rezongó.

—Yo podría cocinar para ti —susurró Elvia, mirándolo con timidez—. Sé hacerlo.

Witerico la estudió un instante. Realmente se había encariñado con la muchacha y le dolía verla tan apagada, tan perdida y silenciosa.

—Está bien. Atenderás mi casa y harás que parezca un jodido hogar. Barrerás y la mantendrás limpia. Yo, a cambio, prometo que no te faltará nada. —Ante la mirada suplicante que le lanzó ella, continuó en voz baja—: Y también prometo que no te tocaré si tú no lo deseas.

Elvia suspiró, aliviada, y notó que un par de lágrimas rodaban por sus mejillas.

—Gracias, Witerico. No merezco cuanto haces por mí.

—No lo agradezcas, muchacha, todavía no sabes en la que te has metido. Quizá te arrepientas cuando seas consciente de la cantidad de comida que soy capaz de tragar. Vivirás entre calderos, ya lo verás.

El tiempo había cambiado. Hacía semanas que el calor había comenzado a disiparse para ir dando paso a noches cada vez más largas y frías, y poco tardarían en caer las primeras nieves. El mes de noviembre se acababa, y lo mismo parecía ocurrir con la paciencia de Ragnarico. El guerrero maldecía su suerte: hacía casi tres meses que se encontraba en aquel lugar, sin poder avanzar ni retroceder. La columna de refugiados se había detenido y, día a día, semana a semana, se había ido deshaciendo como una nube después de la tormenta. Y él solo podía limitarse a contemplarlo desde la distancia, escondido en la arboleda, a resguardo de ojos indiscretos.

Sus hombres rapiñaban cuanto podían en las aldeas cercanas, actuando con las precauciones suficientes para no despertar sospechas sobre su presencia en la zona. No tenía miedo de los campesinos. Con treinta hombres de armas a su mando podía acabar con cualquiera que se resistiera o se negara a cooperar, pero no le interesaba que sus actividades llegaran a oídos del gobernador de la ciudad y este enviara una patrulla en su busca.

Cuando su presa se detuvo, y una vez seguro de que no pensaba reanudar el viaje a corto plazo, había valorado la posibilidad de acercarse a la ciudad, haciéndose pasar ellos mismos por refugiados que huían de la amenaza que representaban los extranjeros. Por fortuna, su habitual desconfianza lo había salvado de cometer un error fatal: cuando los hombres que había enviado como avanzadilla para estudiar la situación lo habían informado de que entre aquellos guerreros se encontraba nada menos que su medio hermano, una intensa mezcla de emociones había estado a punto de hacerlo estallar.

Saberlo tan cerca hacía bullir su odio. Además, su presencia le impedía llevar a cabo su plan de entrar en la urbe, pues poco tardaría en delatarlo como un traidor y un asesino ante las autoridades. No había podido hacer otra cosa que mantenerse alejado, a la expectativa, atento a los movimientos de Ademar y a la posible aparición de aquella maldita reliquia.

Con una veintena de los suyos tras la pista de Sinderedo y él allí retenido, había enviado a dos emisarios de su confianza de regreso a Toletum para informar a Oppas de sus escasos avances, comunicarle que se vería obligado a permanecer allí una temporada y solicitar más oro. Ya había tenido que desprenderse de dos decenas de hombres el mes anterior por no poder pagar su soldada, y no quería que tal circunstancia volviera a repetirse.

Pronto recibió respuesta: el obispo lo conminaba a quedarse donde estaba, sin perder de vista a los hombres a los que espiaba, pero sin atacarlos de manera abierta. Ragnarico meneó la cabeza al escucharlo: definitivamente, no entendía a Oppas, ni el obispo lo entendía a él. Desde luego, no podía lanzarse contra aquel gentío, y mucho tendrían que variar las circunstancias para hacerlo posible. Así, cada semana, poco a poco, iba enviando a la ciudad a algunos de sus hombres, algunos de los que se habían sumado a su causa en Toletum, mercenarios en busca del mejor postor, en este caso representado por la bolsa del obispo de Hispalis. Debía asegurarse de que Ademar no tuviera la más mínima sospecha de su presencia en las cercanías·hasta que ya fuera demasiado tarde para él.

Sonrió. Si la fortuna se aliaba con él, tendría la posibilidad no solo de complacer a Oppas, y por tanto regresar a Astigi como su señor, sino también de acabar de una vez para siempre con su medio hermano. Lo que lo estaba volviendo loco era aquella tensa espera, imprescindible para poder disfrutar más adelante de tan dulce premio.

Al imaginarlo, un escalofrío le recorrió el cuerpo concentrándose en su entrepierna. Recordó a la muchacha que lo esperaba en la guarida, una pueblerina a la que los suyos habían capturado y que calmaría su ansia durante unas horas. Luego rodearía su frágil cuello con las manos y lo apretaría hasta dejarla exánime.

Quedaban pocos meses para que el año 93 de la hégira comenzara, y Musa ibn Nusayr, señor de Ifriquiya, se encontraba sumergido en la vorágine que precedía la conquista de la gloria. No debía dejar nada al azar, y tenía que contar con barcos y provisiones suficientes para los casi veinte mil hombres que se proponía movilizar. En esta ocasión, todos ellos serían árabes de pura cepa, pues prescindiría de los recién conquistados bereberes. Esos piojosos, pensó, ya habían tomado bastante más de lo que merecían.

Su lugarteniente, Tariq ibn Ziyab, llevaba casi un año entero en las tierras de Hispania, expoliándolas, si hacía caso a las noticias que llegaban a Ifriquiya. Allí, en su palacio de Quayrawan, hasta hacía pocas semanas se oían fabulosas historias acerca de las gestas conseguidas por el bereber y los suyos en tierra extranjera. Furioso por el engrandecimiento de la figura de su enviado, tuvo que tomar cartas en el asunto y castigar a algunos de los que propagaban tales habladurías. No escucharía una loa más de Tariq en su casa, se decía mientras ordenaba azotar a hombres y mujeres, indistintamente, por tal motivo.

Era él, llegado desde Arabia, desde la tierra del bendito Mahoma, quien debía extender la sagrada palabra del Profeta, como habían hecho los suyos hasta el último rincón de la Africa romana, y no aquellos beduinos que, de hacer caso a las murmuraciones, habrían conseguido ingentes riquezas y gloria militar en Hispania. Además, por si no tuviera suficientes motivos para estar furioso, lo atormentaba aquel extraño asunto: la misiva que le había mandado uno de los visigodos que habían hecho posible el éxito que hasta entonces había tenido la incursión. Se trataba de Oppas, obispo de Hispalis y hermano del difunto Witiza.

Aquel religioso había tenido la osadía de enviar un mensajero hasta la propia Quayrawan. El emisario había tenido que atravesar Hispania y el norte de Ifriquiya, la tierra de los bereberes, hogar de Tariq, para llegar a su palacio; un viaje complicado. La misiva que portaba informaba del proceder despótico de su lugarteniente durante los meses que llevaba en suelo hispano. Y aunque semejante comportamiento del bereber no le extrañaba, el resto del contenido del mensaje sí que le había llamado poderosamente la atención.

La legendaria mesa del rey Salomón. El obispo hacía partícipe a Musa de la presencia en Toletum de aquella pieza sagrada, e incluso se molestaba en narrarle su llegada, por si Musa encontraba extraño que no estuviera en la ciudad santa de Jerusalem, como sería previsible. Por lo que podía entender, era la reliquia la que había motivado la disputa entre Oppas y Tariq. Ahora, el hispalense lo instaba a reclamar a su lado a su lugarteniente, y a cambio le ofrecía un esplendoroso tesoro que contenía la deslumbrante mesa capaz de colmar las ambiciones de cualquiera.

Esbozó una sonrisa torcida. En unos meses pondría a todo el mundo en su sitio por fin. Incluido a aquel obispo.

Argimiro y Walamer avanzaban despacio. Sus tierras lucían desoladas, con apenas unos pocos siervos de mirada esquiva que no salieron a recibir a su señor hasta que les resultó evidente que no corrían peligro. Ante sus preguntas, le aseguraron que los salteadores llevaban semanas rondando el lugar, así que el guerrero entró en su casa con la preocupación escrita en la frente.

—¿Y mi familia? —preguntó mientras una mujer dejaba unos trozos de pan y cerveza amarga sobre la mesa.

—No han regresado, mi señor —respondió el anciano que lo había recibido.

La mujer, sin levantar la cabeza, se retiró y dejó a los tres hombres en la amplia estancia.

Walamer, nervioso, jugueteaba removiendo con las botas la paja del suelo, en la que habían encontrado acomodo los sabuesos de la casa. Los canes habían recibido con ruidoso alborozo a su señor, pero en cuanto aquel había tomado asiento se habían tumbado a sus pies.

—¿Ha habido noticias suyas? —Masticó con parsimonia un trozo de pan; tenía la garganta tan seca que le costaba tragar.

—Sí, mi señor. Hace una semana un mercader de paso trajo una carta de la señora Ingunda. No la hemos abierto en espera de vuestra llegada —aseguró el hombre, azorado.

Argimiro levantó la vista de la jarra.

—Has hecho bien. Entrégame la carta.

El hombre se levantó con esfuerzo, venciendo los achaques propios de la edad, y abandonó la estancia con pasos cortos y apresurados.

—¿Qué ha pasado aquí? ¿Vascones?, ¿hombres de Agila? —preguntó Argimiro a Walamer, consciente del desastrado aspecto que presentaban las casas y los terrenos de labor.

Su compañero se encogió de hombros.

—O bandidos que hayan aprovechado nuestra ausencia para atemorizar a los aldeanos. Puede haber sido cualquiera, salvo Tariq, por ahora. Cuando los hombres faltan, los peligros se multiplican.

—Estás en lo cierto. Espero que podamos averiguar pronto qué ha sucedido y dónde están el resto de los nuestros.

En ese instante, el sirviente entró de nuevo en el salón con un pergamino lacrado en las manos. Diligentemente, lo depositó encima de la mesa y se alejó unos pasos.

Argimiro, nervioso, cogió el pergamino y rasgó el sello con torpeza. Sentía los dedos agarrotados. Devoró las palabras escritas por su mujer como si le faltara el aire, y al concluir lo exhaló de golpe, sobresaltando al sirviente. Ingunda se encontraba bien, al igual que sus hijos, que eran tratados con respeto en Amaya. Allí compartían los días con otras familias con las que poco a poco comenzaban a entenderse. En la carta preguntaba por él, temerosa a raíz de las noticias que habían llegado a la fortaleza.

Al terminar, Argimiro dobló el pergamino y se lo guardó dentro de la camisola.

—Señor, ninguno de los que quedamos en la casa sabemos leer. Cuando recibimos la carta, el cura ya había partido hacia Calagurris —se excusó el hombre, preocupado por el ceño fruncido de Argimiro—. Espero que las noticias no os lleguen demasiado tarde —musitó.

—No te preocupes, has obrado bien. ¿Sinforio se ha marchado? —El religioso era un buen hombre, afable y apreciado por los vecinos, y le sorprendió que hubiera abandonado el lugar y los hubiera dejado sin guía espiritual.

—Sí, mi señor. Lo asaltaron un día mientras acudía a casa de Esteban y de Marta a rezar por su hijo enfermo. Unos hombres lo apalearon y le robaron lo poco que llevaba encima. En cuanto se recuperó de los golpes se fue a Calagurris, convencido de que allí estaría más seguro. Tras su marcha, otros tantos hicieron lo mismo. En este momento no creo que continuemos aquí ni la tercera parte del pueblo, mi señor. Mucha gente habrá ido a la ciudad, pero hay otros que han buscado refugio en los bosques.

Walamer resopló sorprendido.

—Iré a Amaya —informó Argimiro, poniéndose en pie, y la jauría que descansaba en el suelo volvió a corretear y a ladrar nerviosamente.

—Te acompaño —respondió Walamer.

—No, debes quedarte aquí. Me detendré en Calagurris y visitaré a Sinforio. Hablaré con él, y lo convenceré para que regrese y haga lo propio con quienes se encuentren en la ciudad. Tú haz correr la voz en los alrededores y pon el lugar en orden para cuando regresen. Nada deben temer en nuestras tierras estando nosotros aquí. Si hay salteadores en los alrededores, haremos que aprendan a tenernos miedo.

—Como desees, pero llévate al menos a uno de los nuestros. Ya has oído que los caminos han dejado de ser seguros.

—Antes de que pase una semana estaré de vuelta, pierde cuidado.

Ingunda llevaba días inquieta, harta de su involuntario encierro en Amaya. Las noticias que habían recibido resultaban alarmantes. Cierto era que, a esas alturas, todos los buhoneros y mercachifles ofrecían su propia versión de lo acaecido en la Bética y era difícil entresacar la verdad de sus palabras, pero todos coincidían en una cosa: Roderico había sido derrotado y sus huestes, dispersadas. Además, había quienes aseguraban que la derrota había sido propiciada por la traición de los hermanos del difunto rey y muchos de los nobles que habían acudido a la lucha. Así se relataba con insistencia allí, en el norte, durante las últimas jornadas, de modo que muchos de los rehenes temían no solo por el destino de los suyos en la batalla, sino por el suyo propio en el caso de que sus familiares se encontraran en el bando de los que habían traicionado al monarca.

Ingunda había declinado salir a pasear esa tarde. Se había quedado en el gran salón que compartía con otras damas, tejiendo, mientras sus hijos correteaban en el exterior. Tejer lograba relajarla. Creía entender que su marido conseguía lo mismo cuando practicaba con la espada con su inseparable Walamer. Centrar la mente y ser capaz de ver más allá de lo inmediato, que era lo que necesitaba ante aquella situación incierta.

Hacía dos jornadas había recibido una carta. Al verla el corazón le había dado un vuelco, imaginando que se trataba de la respuesta de Argimiro a la suya, pero poco tardó en darse cuenta de que estaba equivocada. Era una misiva de su hermano, Oppila, al que hacía muchos años que no veía.

Oppila continuaba viviendo al otro lado de las montañas, en Septimania, como ella antes de casarse. Hacía ya cerca de una veintena de años que Ingunda se había convertido en la esposa de Argimiro. Se habían conocido en la ciudad de Carcassona, donde el joven se encontraba comerciando junto a su padre, y este había llegado con el suyo a un acuerdo para el compromiso.

Argimiro había sido un buen esposo y un buen padre para sus retoños, dos niñas y un varón. A la muerte de su padre dejó de destinar los excedentes de sus tierras al comercio con las ciudades aquitanas, y ella perdió prácticamente el contacto con su familia, cosa que no le pesaba demasiado. Entendía el razonamiento de su esposo: aunque la mercancía alcanzaba mejores precios en el norte, el riesgo, a su modo de ver, no compensaba. Hacía un tiempo que prefería destinarla a los mercados de Calagurris o Pampilona, donde se vendía sin apenas contratiempos. Argimiro pasó a ser el señor feudal de sus tierras, y el mercadeo quedó para los pocos que llegaban hasta allí; nunca le gustó esa ocupación, pero, como solía decir, de algo le habían servido los desvelos de su padre para tratar de inculcársela: así había obtenido a su esposa.

En su carta, Oppila, consciente de la situación enrarecida que se vivía más allá de las montañas tras la derrota de Roderico y el avance de los extranjeros, animaba a Ingunda a emprender rumbo hacia Carcassona y regresar a su hogar para ponerse a salvo junto con sus hijos. A ella no le parecía que eso fuera tan sencillo, ya que desconocía las órdenes que tenían aquellos que los custodiaban una vez muerto el rey en la batalla. Además, no se marcharía hasta no saber qué había ocurrido con Argimiro.

Oppila, cuya testarudez era equiparable a su buen corazón, había enviado la carta con un religioso y un guerrero, que tenían órdenes de permanecer a su lado hasta que lograran convencerla para que se marchara con ellos. Ingunda apretó los labios, acariciando la carta que guardaba contra su pecho, sin saber muy bien si dar las gracias a su hermano por su preocupación o maldecirlo por la tesitura en la que la había colocado.

De repente, un considerable alboroto quebró la tranquilidad de la enorme estancia y se impuso al crepitar del fuego y a los murmullos de las mujeres. Pasos apresurados y una voz grave y airada que no cesaba de repetir:

—¡No pienso marcharme de aquí sin haber hablado con Ingunda! O me decís dónde está mi esposa o yo mismo la buscaré.

Ella soltó su labor con brusquedad, se levantó y corrió hacia la puerta, ignorando las enojadas protestas de las damas a las que tuvo que apartar de su camino.

—¡Argimiro! ¡Esposo! Aquí estoy —exclamó con el corazón acelerado y una sonrisa bailando en los labios.

Los primeros meses del año 712 trajeron frío y nieves como pocos de los vecinos de Caesaraugusta recordaban. El granizo y la aguanieve fueron los inseparables acompañantes de los lugareños durante los meses en los que los días se acortaban y las noches se prolongaban, lo que causó no pocos destrozos en los campos recién sembrados, volvió los caminos intransitables y se llevó la vida de los más débiles. De nada sirvieron las plegarias elevadas al cielo ni los ritos oficiados en todas las iglesias de la ciudad: las crueles ventiscas no se aplacaron, y las enfermedades no dejaron de propagarse.

Ademar y los suyos, que vivían extramuros en construcciones recién levantadas, fueron quienes se llevaron la peor parte. Solo la llegada de la primavera pareció otorgarles un breve respiro, para traer después una nueva amenaza: el agua del deshielo comenzó a aumentar día tras día el ya de por sí importante caudal del Iber y del Olca, junto al que se encontraban, inundando los márgenes.

En la primera semana del mes de mayo la situación de la nueva comunidad era crítica, tanto que parecía que incluso Ademar había olvidado los motivos por los que se encontraba allí realmente. Con las riberas inundadas, hombres y mujeres apenas tenían tiempo de descansar, siempre alerta, acarreando piedras y sacos de tierra para proteger sus hogares y tierras de cultivo, levantando una barrera que sabían insuficiente para hacer frente al inexorable avance de las aguas y cavando zanjas sin parar ni de día ni de noche. Bonifacio, que se negaba a abandonar su iglesia, era el único que no participaba en aquella frenética y angustiosa labor.

La idea de Ademar consistía en tratar de reconducir las aguas nuevamente hacia el río, pues el rugiente caudal era demasiado impetuoso para pensar en retenerlo. Un trabajo hercúleo, pero era la única posibilidad de impedir que lo que habían construido con tanto denuedo no desapareciera en unas pocas jornadas.

—Me cago en el maldito norte —explotó Sarus, agotado, con los brazos temblorosos tras sacar una palada de barro, y luego otra—. Esto no nos pasaría si estuviéramos en la Betica.

—Cava y deja de quejarte —masculló Witerico mientras seguía con la mirada a Elvia, que acarreaba sacos junto a otras mujeres para depositarlos en la pila que continuaba creciendo y extendiéndose en un frente de más de media milla.

La joven ofreció una sonrisa cansada al guerrero. Se encontraba extenuada, al borde de sus fuerzas, pero dichosa. Desde que vivía con Witerico había mejorado sensiblemente su relación con las mujeres de la comunidad, que ya no se sentían amenazadas por la presencia de la muchacha y por fin la habían aceptado como una más. Le debía mucho al guerrero, pues por primera vez en muchos años creía ser feliz.

Pero una preocupación ensombrecía sus días: Witerico llevaba más de dos semanas enfermo y juraba que nunca se había sentido tan cerca de la muerte, ni siquiera cuando quince años atrás una espada vascona le había atravesado las costillas. Primero lo había invadido la fiebre, devorando su ánimo, mientras una incansable Elvia se ocupaba de refrescarle la frente con paños humedecidos y entibiarle el estómago con caldos e infusiones de hierbas. Cuando la calentura comenzó a remitir, una fea tos anidó en su pecho, como si dentro las vísceras hubieran sido reemplazadas por una crepitante hoguera, y de la nariz manó un torrente de mucosidad. Sin embargo, no podían permitirse renunciar a la fuerza de sus brazos, así que en cuanto fue capaz de tenerse en pie esgrimió nuevamente la pala para continuar cavando el foso, que en algunas zonas alcanzaba ya los cinco pies de profundidad, mientras que en otras llegaba apenas a dos.

Trabajaban en turnos de seis horas y luego descansaban tres, en las que Witerico devoraba cualquier cosa que le pusieran enfrente para acto seguido dejarse caer en el suelo húmedo hasta que llegaba el momento de regresar al trabajo. Desde que había vuelto a sumarse a aquella carrera frenética para contener el río había algo que echaba especialmente de menos, y era escuchar la tranquila respiración de Elvia de madrugada. Hasta él se sorprendía de lo mucho que se había acostumbrado a aquel suave murmullo, que le encantaba.

El desagradable tacto de un pegote de tierra en la espalda hizo que su cabeza regresara de nuevo a la zanja.

—¡Maldita sea, Sarus! —gritó, girándose hacia su compañero, que apenas podía reprimir la risa.

Al lado de Sarus, un apurado Hermigio lo miraba con precaución y la pala en una mano.

—No he sido yo, Witerico, por mucho que me haya divertido. Nuestro joven amigo no es tan ducho con la pala como con el cálamo.

—Ten más cuidado, muchacho —masculló el guerrero, más calmado.

El joven suspiró aliviado y se apresuró a regresar a su labor con la pala. A pesar de su escasa habilidad y del dolor que lo atenazaba desde el cuello hasta la cintura, disfrutaba del trabajo: le recordaba que estaba vivo.

Desde su llegada a Caesaraugusta convivía casi exclusivamente con Bonifacio. El religioso había pasado las primeras semanas evitando al obispo de la ciudad, Fructuoso, que parecía tan interesado en departir con él como Bonifacio en ignorarlo. Tras varias charlas en las que predominaron las evasivas, el viejo religioso creyó necesario cambiar de táctica y entregó al obispo unos pequeños huesos —el dedo de santa Eulalia, mártir originaria de la Lusitania— asegurándole que aquella reliquia era su más valiosa posesión. Fructuoso, impresionado, había dispuesto que las falanges ocuparan un lugar de honor en la nueva parroquia, y no solo los vecinos del arrabal, sino también cada vez más curiosos procedentes de la ciudad, visitaban la iglesia para rezar a la reliquia ante la mirada de suficiencia de Bonifacio.

El religioso, una vez satisfecha la curiosidad del obispo, se había encerrado en la parroquia, con Hermigio en el papel de sirviente, secretario y recadero. Con la llegada del frío, las salidas del muchacho a la ciudad habían tenido que interrumpirse, así que pasó día tras día recluido entre aquellas paredes, creyendo volverse loco, pues Bonifacio apenas le hablaba, encerrado en su mundo particular. El anciano recitaba palabras extrañas mientras garabateaba en sus pergaminos, tratando de reproducir los documentos que Tariq le había arrebatado. Solamente paraba para ingerir algún bocado, descansar unas horas u oficiar los ritos para la comunidad. En semejante situación, la crecida del río, que lo había llevado a pasar los días con los otros hombres en lugar de con Bonifacio, había supuesto para él una vía de escape.

Su inicial complacencia no tardó, sin embargo, en tornarse en desesperación, pues la labor resultaba cada vez más ardua. Las aguas del cercano Iber rugían a su paso por el puente romano, y el caudal del Olca, que los tenía en jaque a pesar de ser el río mucho más estrecho, fue capaz de convertir las tierras cercanas en un auténtico barrizal. El primer foso, así como el muro levantado con tanto esfuerzo, habían desaparecido bajo las aguas, y la barricada en la que trabajaban en ese momento estaba peligrosamente cerca de las primeras casas del poblado. Todos se encontraban extenuados, ojerosos y cubiertos de barro, pero el río no parecía dispuesto a otorgarles respiro alguno.

Entre quienes miraban amparados en la seguridad de las murallas cómo los refugiados luchaban día a día contra las aguas se encontraban Eberardo y Armindo.

El primero, oriundo de Segobriga, se había visto obligado a abandonar su ciudad tras un negocio que se le había ido de las manos y había terminado con la muerte de dos de sus vecinos y la orden de apresarlo y ajusticiarlo pendiendo sobre su cabeza. En su huida se había topado con Ragnarico y se había sumado a su grupo.

Armindo, su compañero de misión, era otro de los mercenarios a los que el astigitano había recurrido en Toletum. Ambos sabían que la complicada situación que había creado la crecida los beneficiaba en el logro de su objetivo: llegar hasta la iglesia y registrarla en busca de la reliquia que Ragnarico les había encargado encontrar, así que no perdían de vista a los hombres y las mujeres que apilaban sacos y cavaban zanjas sin descanso, atentos a cualquier oportunidad propicia para intentarlo.

Aunque los vecinos aseguraban que el objeto sagrado que custodiaba la iglesia era el dedo de una santa, ambos sospechaban que donde había una reliquia, bien podría haber más. Y dado que los hombres de Ademar no se separaban del dique, la ocasión era perfecta para acercarse a husmear.

Si se las arreglaban para asesinar al medio hermano de Ragnarico, sumarían además una buena cantidad de riquezas extra a las que imaginaban que Oppas les entregaría a cambio de la reliquia. La empresa resultaría algo más difícil, pero Eberardo y Armindo, estimulados por las promesas de oro de su jefe, estaban más que dispuestos a intentarla.

Esa noche, bajo el tenue resplandor de la luna creciente, sería la elegida para poner en marcha su plan.

XIV

El sol había declinado y la noche había extendido sus sombras sobre el dique en el que los hombres continuaban trabajando. A lo largo de la barricada, las teas formaban una serpiente llameante, iluminando el esfuerzo y la desesperación de los refugiados.

Hermigio se frotó los brazos entumecidos; apenas los podía mover. «Descansa», le había dicho Witerico, pero a pesar del agotamiento no conseguía abandonarse al reposo. Pensó en Bonifacio y en su aburrida vida junto al religioso. Esto, al menos, era mejor, aunque si se prolongaba muchos días más no estaba seguro de continuar prefiriéndolo.

Elvia paseó la mirada por las sombras oscuras que destacaban en las cercanías del parapeto; no le costó dar con la que buscaba, puesto que era la más voluminosa: Witerico. Ni siquiera había comido tras su turno de trabajo, pero allí estaba, roncando con placidez. La muchacha se maravillaba de su fortaleza, que alimentaba su propia voluntad. Tenía las manos despellejadas y los pies llenos de heridas, y aun así continuaba caminando, cargando, preocupándose por los demás.

Se arrodilló junto al guerrero, reprimiendo un quejido, y se sobresaltó al descubrir unos ojos que la escrutaban con fijeza en la penumbra. Enseguida reconoció a Hermigio, y su gesto se dulcificó al mirarlo.

—¿Tú has comido, Hermigio? —le preguntó, mientras posaba la mano en el recio hombro de Witerico. El joven asintió con un gesto casi imperceptible—. ¿Cómo está Bonifacio? —Llevaba días sin preocuparse por el religioso, cuya presencia le resultaba desagradablemente inquietante, y se sintió culpable por haberse desentendido de él.

—Encerrado, como siempre, aunque imagino que bien. —Hermigio se encogió de hombros.

—Hace días que no le llevo comida. Espero que alguien se haya acordado de hacerlo en medio de esta locura. Luego me acercaré a comprobarlo.

Witerico se removió y maldijo por lo bajo al despertarse, pero su expresión cambió de inmediato al reconocer a Elvia. Le agradeció con un ademán el trozo de pan y la escudilla que le tendía, devoró el guiso en silencio y volvió a acurrucarse dispuesto a entregarse de nuevo al sueño. Ella sacudió con delicadeza las migas en su manto, recogió la loza y se puso en pie, dispuesta a marcharse.

—Deberías descansar tú también —susurró Hermigio, preocupado.

—Aún tengo cosas que hacer.

—Te ayudaré. Así terminarás antes.

La mirada sorprendida, y sobre todo el suspiro agradecido de la chica, calentaron el corazón del joven. Se levantó esforzándose por que no se le notara lo agotado que estaba.

Eberardo y Armindo habían salido de la ciudad a media tarde para agazaparse en las cercanías del teatro abandonado, tras dejar las monturas ocultas en la arboleda. Al caer la noche se aproximaron discretamente al suburbio en el que se habían instalado los refugiados, que parecía a punto de ser engullido por las aguas del Olca, dispuestos a llevar a cabo su cometido antes de que eso ocurriera.

La figura solitaria de la iglesia se levantaba a cierta distancia del arrabal. Llevaban largo rato vigilando, y la fortuna parecía sonreírles: la actividad se concentraba en la barricada, mientras que los caminos de tierra que recorrían el villorrio permanecían desiertos.

—No hay nadie cerca —observó Armindo—. Ocúpate tú del cura y de la reliquia, y yo avanzaré hasta el dique para ajustar las cuentas a ese bastardo de Ademar.

Su compañero arqueó las cejas, dubitativo, y Armindo le sostuvo la mirada sin inmutarse. Conocía bien el odio que Ragnarico profesaba a su medio hermano y estaba dispuesto a que ese sentimiento le reportara una buena cantidad de oro.

—¿Estás seguro? Habrá un centenar de hombres con él. No merece la pena el riesgo. Tomemos la reliquia, y ya vendremos otro día a por el bastardo —arguyó Eberardo.

—Estarán agotados o durmiendo. Lo buscaré, y si tengo la fortuna de encontrarlo acabaré con él sin que nadie repare en mi presencia hasta que sea demasiado tarde. Al menor contratiempo me largaré a toda prisa y nos reuniremos junto a los caballos.

Eberardo no compartía la seguridad de su compañero, pero se alegraba de que le hubiera tocado la parte más fácil del asunto. Se encogió de hombros; después de todo, si atrapaban a Armindo, la recompensa prometida sería toda para él.

—No hagas estupideces. No queremos que nos descubran —se limitó a decir.

Observó la figura de Armindo mientras era devorada por la oscuridad de la noche y luego volvió a centrar su atención en la iglesia. Cuando se aseguró de que seguía sin haber un alma en los alrededores, corrió sigilosamente hacia el edificio.

Hermigio caminaba en silencio junto a Elvia, dejando atrás el lugar donde el resto de los hombres dormía o cavaba. La ridícula idea de que la última vez que se había alejado tanto de allí había sido para hacer de vientre no dejaba de revolotearle en la cabeza.

Habían rellenado el cuenco de guiso y el odre de agua fresca, y tomado pan y manzanas del almacén para llevárselos a Bonifacio. La iglesia se encontraba a unos trescientos pasos, y cada uno de ellos supuso una pequeña tortura para los pies doloridos de los dos. Avanzaron juntos, sin cruzar palabra. Hermigio trataba de convencerse de que no hablaba para ahorrar aliento, pero lo cierto era que la presencia de Elvia lo ponía nervioso.

—Qué extraño —musitó la chica, sacándolo de sus cavilaciones.

—¿Qué ocurre?

—La puerta está entreabierta.

Hermigio aguzó la vista, pero necesitó acercarse todavía unos cuantos pasos más para advertir con sus propios ojos lo que había dicho la mujer. Frunció el ceño, preocupado. Que él supiera, Bonifacio llevaba días recluido en el pequeño habitáculo contiguo a la iglesia que le servía de morada, sin pisar el templo, y le parecía una hora impropia para acordarse justo entonces de rezar.

—¿Soléis dejarle la comida en la iglesia?

Elvia negó con la cabeza. Hermigio la tomó del brazo y se acercó a su oído.

—Esto no me gusta. Voy a ver qué sucede dentro. Tú regresa y trae contigo a alguno de los guerreros, por si acaso.

—Iré contigo —dijo ella, en cambio, sus ojos oscuros brillando en la penumbra.

—¿Y qué podremos hacer nosotros si algo malo ha sucedido dentro?

—Quizá Bonifacio haya querido airear la iglesia o rezar a la reliquia, o puede que alguien se haya olvidado de cerrar... Witerico se reirá de mí si lo despierto por eso.

—O puede haber entrado algún animal peligroso atraído por el olor a comida o, lo que es peor, ladrones; me da igual que se ría. Consigue que venga alguno de los hombres, y mejor si lo hace armado —insistió con obstinación Hermigio, oprimido por un presentimiento funesto. O a lo mejor solo era cobardía, y lo estaba dejando en evidencia delante de la muchacha.

Elvia dio un respingo, repentinamente asustada. Creía que se trataría de un malentendido, alguna circunstancia que no necesitara de armas para solventarse, y ahora las palabras de Hermigio habían prendido el miedo en su imaginación. Apretó la mano del muchacho en la oscuridad para transmitirle fuerzas, se dio la vuelta y corrió lo más rápido que sus piernas doloridas le permitieron.

Hermigio la miró alejarse embelesado, sintiendo aún el contacto de la mano de la joven en la suya, hasta que un crujido proveniente del edificio lo hizo reaccionar. Resopló y se puso en marcha, sin una idea clara de lo que debía esperar.

Abrió la puerta despacio. La penumbra reinaba en la iglesia, difuminando los contornos del altar en el que solía oficiar Bonifacio. Cerca de aquel había una puerta que comunicaba con los aposentos del religioso, y le pareció oír una voz tras ella, amortiguada por la madera. Su corazón amenazó con detenerse: allí había por lo menos un hombre, y era evidente que no se trataba de Bonifacio. Contuvo la respiración y avanzó hasta la puerta, y cerrando los ojos sin querer empujó poco a poco la hoja.

Un tenue resplandor se coló bajo sus párpados. Eso no le resultó extraño: Bonifacio acostumbraba a escribir hasta altas horas de la madrugada, rodeado de gruesos velones. Sin embargo, la escena que iluminaban esta vez las velas poco tenía que ver con la que habitualmente se desarrollaba, noche tras noche, en la estancia.

Bonifacio se encontraba en pie junto a su escritorio, inmóvil, mientras un hombre bajo y corpulento lo amenazaba con un largo puñal. Alrededor de ambos reinaba el caos: los legajos se esparcían por doquier, y los escasos muebles, salvo el escritorio, estaban patas arriba. Hermigio no pudo reconocer al intruso, de espaldas a él. Ahogó una exclamación cuando el religioso se percató de su presencia y, aprovechando su inesperada irrupción, se lanzó sobre su oponente, vociferando, sin importarle que aquel blandiera la hoja de acero frente a él.

—¡Arderás en el infierno, maldito! —gritó.

Eberardo, sorprendido, cayó al suelo bajo el peso del sacerdote, apabullado por la intensidad de su rabia. Bonifacio, a falta de armas, y de fuerza en los brazos, lo atacaba con todo lo que estaba a su alcance, le clavaba las uñas y lo mordía como lo haría un animal. Con un fuerte golpe en su mano hizo que el ladrón soltara el puñal, pero no la pata enjoyada, a la que se aferró para no perderla también. En el siguiente lance, los incisivos del religioso hicieron presa en la oreja de Eberardo, que lanzó un aullido desgarrador cuando el mordisco laceró su carne y le arrancó parte del lóbulo. Lleno de rabia y ciego de dolor, blandió la propia reliquia y golpeó una y otra vez en la cabeza a Bonifacio, mientras la sangre del sacerdote, pegajosa y cálida, le caía en la cara y le nublaba la vista. Se revolvió buscando quitarse su peso de encima y gruñó, satisfecho, al lograrlo. Pero pronto el gruñido se convirtió en un desagradable gorgoteo.

Hermigio, pasada la sorpresa inicial, había reaccionado buscando en la desastrada estancia algún objeto con el que atacar al intruso, pues el puñal que aquel había esgrimido no estaba a su alcance. Su mirada se detuvo en la espada vieja y desafilada que el cura había encontrado en la gruta de los tesoros; a falta de nada mejor, la extrajo de su vaina carcomida y dirigió la punta a la cabeza del tipo. Eberardo se giró hacia él y la hoja encontró en su boca sorprendida el hueco por el que introducirse. Hermigio, desbordado por la excitación, continuó hincándosela sin parar, aunque el asaltante hubiera dejado de oponer resistencia.

Parpadeó, aturdido, incapaz de apartar la mirada del rostro martirizado de su enemigo, hasta que un quejido le recordó por qué estaba allí. Tiró al suelo el arma ensangrentada y se acercó a Bonifacio, que respiraba débilmente. La sangre le recubría las facciones, y en algunos puntos el color marfileño del hueso destacaba entre la carne lacerada, pero aún estaba vivo.

Los nervios que lo atenazaban, unidos a la sombría imagen de aquellos dos cuerpos castigados, amenazaban con hacerlo vomitar. El miedo, la piedad y la culpa se entremezclaban en su ánimo. Pese al tiempo que había vivido con él, apenas conocía al anciano sacerdote. Desde la toma de Astigi se le había ofuscado la razón y su carácter se había vuelto agrio y obsesivo. La pata de la mesa del rey Salomón, la reliquia a la que había consagrado su vida, había resultado ser su perdición, no solo porque acabó con su cordura, sino también porque había reducido su rostro a una masa sanguinolenta. Le recorrió un escalofrío al pensarlo.

El intruso, el hombre al que él había matado, todavía sujetaba la reliquia entre los dedos inertes. Oro, joyas y sangre; aquel objeto había enloquecido a un hombre y desatado la ambición de otro hasta llevarlo a la muerte. Puede que fuera sagrado; pero, al mismo tiempo, a su entender, encerraba una oscura maldición.

—Hermigio...

Un quejido escapó de entre los labios del religioso, y el muchacho se inclinó hacia él.

—Aquí estoy. Descansad; os pondréis bien —trató de confortarlo sin mucha convicción.

—No —negó el anciano con voz tenue pero firme—. Mi camino termina aquí. Deberás ser tú el que ponga la reliquia a salvo. Hoy has tomado entre tus manos la espada del primero de los macabeos: el Señor te ha elegido. Prométemelo, muchacho, júrame que lo harás. Júralo por el nombre de Dios.

Hermigio apretó los dientes. Hasta entonces, la mesa sagrada solo había traído locura y muerte. ¿De verdad que aquel peso recaería ahora sobre sus hombros? Miró los ojos apagados de Bonifacio, ya a las puertas de la muerte, y no tuvo valor para contradecirlo. Tomó su mano fría y asintió, y un amago de sonrisa curvó los labios del moribundo.

—Lo harás bien. Llévala a Roma, cueste lo que cueste. Aléjala de los infieles.

Los pensamientos bailaban, confusos, en la cansada mente de Bonifacio, pero había uno que se imponía sobre los demás. Con un suspiro que más pareció un estertor, se dispuso a pronunciar unas palabras que le resultaron más dolorosas que las heridas que laceraban su carne.

—Y quema mis escritos. Quémalos todos.

Nadie era digno de un tesoro como aquel; nadie debería volver a estar en disposición de desencadenar un poder tan grande.

Tan hondos misterios no estaban destinados a los simples mortales. Bonifacio clavó la mirada en el chico por última vez y, con la tranquilidad que le proporcionaba haber entendido el secreto por fin, dejó deslizar su alma hacia la oscuridad.

Hermigio continuó arrodillado junto a los cadáveres hasta que Elvia regresó acompañada de Witerico. El guerrero renegó, sorprendido por la escena, mientras la muchacha se acuclillaba a su lado, cubriéndose la boca con las manos.

—¿Qué ha sucedido aquí, muchacho? —inquirió Witerico.

—Bonifacio ha muerto. —Hermigio se limitó a señalar lo evidente—. Y me ha hecho prometer que llevaremos la reliquia a Roma —añadió, exhalando un largo suspiro.

Armindo había pasado un largo rato intentando localizar a Ademar, y cuando por fin lo había logrado, la inesperada irrupción de una muchacha, que despertó a los guerreros hablando alterada sobre la posible presencia de intrusos en la iglesia, dio al traste con sus posibilidades de acabar sigilosamente con él.

Consciente de que aquel revuelo solo podía significar que la misión de Eberardo había fracasado, se escurrió entre las sombras y se ocultó tras las edificaciones hasta que pudo alejarse hacia el lugar de reunión fijado. No le sorprendió encontrar allí la montura de su compañero. No esperaría a Eberardo; lo más probable era que no regresara.

Lanzó una última mirada al poblado para cerciorarse de que nadie lo seguía. Se preguntó cómo debía proceder a continuación; le tentaba la idea de abandonar la misión y emprender la huida, pero tenía dos poderosas razones para no hacerlo: la primera, su propia codicia, y la segunda, la ira que se apoderaba de Ragnarico cuando alguien le fallaba. Decidió regresar a la ciudad cuando volvieran a abrirse las puertas de la muralla y allí esperar pacientemente una nueva oportunidad.

El cuerpo de Bonifacio fue enterrado cuatro días más tarde, cuando las aguas terminaron por dar un respiro a los agotados seguidores de Ademar. Hasta entonces, el cadáver había permanecido en el interior de la iglesia, impregnando las losas sobre las que descansaba de un olor nauseabundo que hizo que pasaran semanas antes de que alguien pudiera pisar el templo sin arrugar la nariz.

Curiosamente, la muerte del religioso pareció obrar el milagro que sus plegarias no habían logrado: el nivel del río fue descendiendo paulatinamente sin causar mayores destrozos, respetando las viviendas y la mayoría de las parcelas de cultivo, en las que los cereales crecían vigorosos, lo que prometía una cosecha que vendría a calmar los estómagos hambrientos de los refugiados.

La sencilla tumba de Bonifacio se erigió junto a la que había sido su iglesia, aquella en la que apenas había oficiado unos pocos meses. Junto al cadáver, por expreso deseo de Hermigio, habían sido incinerados todos sus legajos, para cumplir así la última voluntad del sacerdote. Nadie protestó, pues nadie les daba valor. Por su parte, las reliquias procedentes del tesoro de Alarico fueron trasladadas a la casa de Ademar, en la que también Hermigio encontró acomodo.

Con el paso del tiempo, el joven terminó por confirmar lo que llevaba meses barruntando: nadie echaba de menos al sacerdote.

El cadáver de Eberardo fue trasladado a la ciudad, en un vano intento de averiguar cuanto fuera posible sobre sus intenciones y su procedencia. Dado que las pesquisas no tuvieron éxito, Ademar y los suyos asumieron que se trataba de alguien de paso, un simple ladrón en busca de botín fácil. Sus restos fueron arrojados desde la muralla, a merced de los animales, ya que alguien que había asesinado a un sacerdote violentando la casa de Dios no merecía nada mejor. Armindo, consciente de que nada podía hacer ya por él, observó el último viaje de su compañero de correrías desde la distancia.

Tras un invierno y una primavera tan convulsos, los meses de verano sirvieron para que hombres y mujeres despertaran nuevamente a la vida, olvidando por un breve lapso los terribles avatares que habían sufrido desde que Tariq ibn Ziyab apareciera en sus vidas. Cosecharon, bebieron y volvieron a reír después de tanto tiempo sin alegrías; algunos, los más dichosos, incluso volvieron a amar.

Pese al respiro que supuso el verano, había un hombre que parecía incapaz de restañar sus heridas como hacían los demás: Ademar. Durante los meses posteriores a la crecida del río no dejó de visitar a Bernulfo, aguardando la noticia de que Agila hubiera reaccionado por fin armando a su ejército y poniendo rumbo al sur dispuesto a restaurar el poder visigodo en Toletum. Mas aquellas entrevistas no tuvieron otro resultado que el de afianzar una amistad sincera entre los dos hombres, pues el soberano no parecía responder como el señor de Caesaraugusta esperaba. El verano llegó a su término, y los campos dorados comenzaron a verdear junto al sinuoso cauce del Olcas. Cuando el mes de noviembre de ese año 712 ya agonizaba, no hubo más remedio que asumir que la respuesta de Agila se haría esperar, al menos, hasta el siguiente año.

Quien no permaneció de brazos cruzados aquellos meses fue Tariq ibn Ziyab. Tras la toma de Toletum continuó afianzando sus recientes conquistas e incluso se atrevió a expandir su dominio hacia la meseta, más al norte de la antigua capital. Durante el final del año 712 y principios del siguiente, el bereber envió regularmente mensajeros a la capital visigoda, donde Oppas continuaba confinado hasta que le entregara la pata faltante de la mesa del rey Salomón. Furioso por la pasividad del obispo y por los escasos resultados que parecían tener sus averiguaciones, trataba de mantenerse alejado de él para evitar la tentación de matarlo en un arrebato de ira.

Oppas aseguraba haber enviado una partida de hombres tras la pista del grupo de refugiados al que habían sorprendido en los alrededores de la gruta de los tesoros, mientras que otra habría continuado su camino hacia Tarraco y Narbona, donde esperaba que reuniera toda la información posible sobre el destino de Sinderedo. Tariq escuchaba y asentía: al menos sabía que no le mentía, pues Yussuf, que seguía de cerca a los sabuesos del obispo, corroboraba esa información.

Cuando el propio Tariq, contrariado por la tardanza en recibir noticias acerca del paradero de la reliquia, acababa de tomar la decisión de adentrarse en la Tarraconense con sus tropas, Musa ibn Nusayr desembarcó en la Betica y echó por tierra sus esperanzas. El gobernador de Ifriquiya había enviado emisarios a todas las ciudades que hasta entonces controlaba el bereber, y cada uno de ellos transmitía el mismo mensaje: Musa prohibía a su lugarteniente abandonar Toletum y sus alredededores hasta que él mismo se presentara en la ciudad. Aún furioso por el tono imperativo de la misiva y por tener que postergar la búsqueda de lo que tanto anhelaba, a Tariq no le quedó otra que obedecer. No habría sido nada inteligente contrariar a su señor, al menos mientras no tuviera las de ganar.

Sintiéndose como una de las fieras que a Musa le gustaba tener enjauladas en su palacio de Quayrawan para exhibirlas ante sus visitantes, el bereber permaneció en Toletum, maldiciendo a cada instante tanto al árabe, que lo hacía esperar cual simple criado, como a Oppas, que se excusaba continuamente tratando de encubrir su fracaso en la búsqueda del tesoro.

Yussuf ibn Tabbit se había hartado de la misión encomendada por Tariq, que le estaba resultando tan estéril como aburrida. Hacía largos meses que él y los suyos debían conformarse con dejar pasar un día tras otro, viendo que el tiempo se escurría entre sus dedos como si fuera un puñado de fina arena del desierto.

Habían seguido los pasos de aquel nutrido grupo de jinetes visigodos enviados por el obispo Oppas hacia el noroeste, para luego quedar embarrancados allí como un bote en un pantano durante más de un año. Mientras tanto, su único reto había consistido en asegurarse de no perder detalle de lo que ocurría con el grupo que Ragnarico perseguía, siempre lo suficientemente alejados para que su presencia no fuera detectada. Habían cambiado sus exóticas vestimentas por otras más habituales en la comarca, pero todavía debían guardar las distancias con los lugareños para no ser descubiertos; así, llevaban todo aquel tiempo viviendo en unas cuevas que se abrían en un angosto cañón, soportando estoicamente los rigores del clima.

Yussuf enviaba periódicamente un mensajero de regreso a Toletum para informar a su señor de sus movimientos o, mejor dicho, de su inacción. Ragnarico se había escondido con los suyos en lo más profundo de unos bosques situados a pocos días de donde él se guarecía, y varios de sus hombres pululaban por la ciudad. Otro grupo se había marchado al poco de llegar en dirección a la ciudad de Tarraco. Hacia allí había enviado a una pareja de bereberes, poco convencido de que consiguieran su propósito.

Y cuando creía que sus largos meses de inactividad habían llegado a su fin, pues Tariq le había informado de que en pocas semanas se dirigiría a Caesaraugusta dispuesto a tomarla, sus ilusiones se habían esfumado. Musa ibn Nusayr había desembarcado en Hispania y su señor debía aguardarlo en Toletum. Nuevamente le tocaba esperar, merodear y esconderse. Para Yussuf, ni aquello que con tanto celo buscaba Ragnarico resultaría pago suficiente por aquella tediosa misión.

La llegada del gobernador de Ifriquiya era inminente, y Tariq se dispuso a salir a su encuentro en las cercanías de Toletum. Pretendía entrevistarse con él y agasajarlo convenientemente, de manera que no sospechara que llevaba meses maquinando a sus espaldas. A su vez, tenía que impedir que hablara con Oppas, pues aquel idiota era muy capaz de revelarle la existencia de la poderosa reliquia en la que había depositado tantas esperanzas. Sería solo para él, y le permitiría comenzar una dinastía propia en el oeste que compitiera con todos los árabes llegados desde Oriente.

Y en Hispania el máximo exponente de dichos árabes era Musa. Un Musa que, en los pocos meses que llevaba allí, había sometido Hispalis, puesto cerco a Emerita Augusta y derrotado a bandas visigodas al norte de esa ciudad. Con más de veinte mil hombres, todos ellos árabes, avanzaba entonces hacia Toletum dispuesto a ponerse al frente de la invasión. Tariq se lo había puesto en bandeja, eliminando cualquier tipo de resistencia organizada, y ahora su señor solo tendría que alargar la mano para recoger los frutos de su trabajo, arrogándose además todos los méritos.

Tariq había hecho detenerse a los tres centenares de hombres de confianza que lo acompañaban cerca de un pequeño asentamiento al suroeste de la ciudad, donde habían montado un espacioso campamento al borde de la calzada por la que debían ascender las tropas árabes. En el centro de aquel mar de tiendas de piel destacaba una enorme, en la que Tariq había dispuesto un grandioso recibimiento a su señor, con arcones repletos del oro y la plata de la gruta de los tesoros. Espadas enjoyadas, escudos labrados, cruces y cálices primorosamente tallados, cómodos sillones y costosos tapices que demostraran a las claras cuán acertadamente había cumplido sus órdenes hasta entonces, sometiendo a buena parte de aquel reino norteño y obteniendo enormes beneficios de ello.

Al caer el sol, Tariq se fue a dormir satisfecho, con todo listo para recibir a Musa ibn Nusayr al día siguiente.

Al alba, un escalofrío recorrió la espalda del bereber mientras oteaba el horizonte por el que en pocas horas debería aparecer el ejército árabe; era culpa de aquel maldito frío que azotaba la región, se dijo molesto. Horas más tarde no pudo por menos que aceptar que la recepción que iba a ofrecer a Musa aquel día no se podría celebrar, pese a que la avanzadilla del ejército árabe se dejó ver en las cercanías desde primeras horas de la tarde.

Luego los árabes se limitaron a ignorar su presencia y establecieron su propio campamento en la llanura cercana.

Centenares de tiendas habían brotado ante los ojos de un enfurecido Tariq, que fue enviando hombre tras hombre al destacamento árabe desde que se hicieron visibles los primeros jinetes. Pero si sus primeros emisarios no habían sido recibidos, los últimos regresaron al caer la tarde tras haber sido apaleados.

Tariq ibn Ziyab no pegó ojo en toda la noche, bullendo de rabia por el ultraje al que su señor lo había sometido. Al alba se acercó un grupo de jinetes árabes elegantemente ataviados que reclamaron su presencia en su campamento. No sería Tariq quien recibiera a Musa en sus dominios, sino al contrario. Así, Musa dejaba claro a su lugarteniente que aquellas eran sus nuevas tierras, y él, únicamente un subordinado.

Fue conducido a una tienda enorme, aún más grande que la que él había preparado. Para mayor oprobio, tanto sus armas como sus acompañantes debieron quedarse en la puerta.

Al entrar fue sorprendido por el agradable aroma a sándalo e incienso, tan distinto del pestilente olor a hombres sudorosos y animales sucios que dominaba el campamento que acababa de atravesar. Diferentes quemadores, desde los que ascendían tenues volutas de humo perfumado, colgaban de las lonas.

Si él había tratado de sorprender a Musa mostrándole parte de las riquezas que había adquirido hasta el momento, obtenidas al poner bajo sus pies un territorio tan rico como Hispania, Musa no había querido ser menos. En aquel enorme espacio brillaban, a la luz de las teas, oro, joyas, ricas armas, telas preciosas y toda suerte de objetos de delicada factura.

Musa permanecía sentado en su sitial, profusamente adornado, observándolo con lo que parecía ser curiosidad. Tariq lo escrutó con su único ojo, irguiéndose de forma inconsciente mientras se acercaba a su señor. El gobernador era ya anciano, aunque quien lo subestimara por ello incurriría en un grave error. Llegado desde Oriente pocos años atrás para hacerse cargo de la última provincia del enorme Imperio omeya, su barba lucía blancuzca y rebelde, lo que contrastaba sobremanera con la tez aceitunada y ajada por los inclementes rayos del sol de naciente. Mientras que Musa tachaba a Tariq de campesino por sus orígenes, el bereber hacía lo mismo para sí con el árabe. Salido del desierto únicamente por la gracia del Profeta, pensó tratando de adoptar un gesto servil ante su señor. Tras aquel, dos corpulentos guerreros lo custodiaban con aire amenazador y, en la mesa cercana, uno de sus escribas se atareaba garabateando trazos en un pergamino.

—Tariq ibn Ziyab —oyó que lo llamaba una voz, cuyo dueño no tardó en hacerse visible. Era uno de los chambelanes de Musa, uno de los muchos eunucos que intrigaban en su corte de Quayrawan, oculto hasta entonces tras los finos cortinajes de seda que dividían la estancia—, póstrate ante tu señor —exigió.

Tariq se giró hacia él. Era imposible adivinar una expresión en aquel rostro lampiño y atemporal, tan propio de los eunucos. Desvió la mirada hacia su señor, quien, en cambio, parecía distraído mientras hacía girar entre las manos un delicado cáliz de plata en el que destacaban varias perlas de ámbar, tan extrañas de ver en aquel lugar. Según se decía, semejante material procedía de muy al norte, más allá de Roma y de Constantinopla, de unas tierras en las que la noche había ganado la batalla a la luz y los días apenas duraban unas pocas horas.

Hizo lo que se le pedía sin dilación, inclinando la cabeza en señal de respeto e hincando la rodilla a pocos pasos de la tarima.

—No hablaréis hasta que se os conceda tal gracia —anunció el chambelán situándose junto al escriba, que había detenido su labor y permanecía expectante.

Musa se puso en pie y se acercó a Tariq. Sin dirigirle aún la palabra, caminó a su alrededor, mientras el bereber controlaba a duras penas la cólera por aquella situación tan humillante. Él, que había sido capaz de someter un territorio tan rico como el que pisaban contando solo con una pequeña tropa, tratado como un vulgar sirviente.

Por fin, la meliflua voz del árabe se dejó escuchar y el escriba retomó su labor, esmerándose en reproducir, con primorosa caligrafía, cuantas palabras salieran por boca de su señor.

—Os habéis excedido en vuestro cometido, Tariq ibn Ziyab. Un subordinado nunca debe contrariar a su señor. Y vos lo habéis hecho.

Tariq quiso protestar, pero sabía que sería reprendido en caso de intentarlo, como le habían advertido. Su obligado mutismo no contribuyó, precisamente, a apaciguar su irritación.

Musa, situado a la espalda del bereber, hizo una seña a los guerreros que habían permanecido sobre la tarima y alargó la mano. Inmediatamente, uno de los hombres se le aproximó y le depositó en la palma lo que Tariq, arrodillado como estaba, creyó reconocer que era un estuche de cuero oscuro. El bereber apretó los dientes; seguramente, ahora Musa extraería un largo pergamino, lo desenrollaría con parsimonia y procedería a leer en voz alta cuantos lugares había conquistado para dejarle bien claro quién era el único responsable de su captura. Sin embargo, nada lo había preparado para lo que realmente ocurrió a continuación.

El guerrero, en lugar de retirarse de nuevo junto a su compañero, agarró bruscamente los ropajes de Tariq y destrozó de un tirón la costosa camisola que el bereber había escogido para la ocasión. Antes de darle tiempo a protestar, el otro hombre llegó hasta él, ambos lo inmovilizaron y lo obligaron a permanecer postrado, con la espalda al descubierto. Entonces Tariq oyó un zumbido junto a su oreja.

El único ojo de Tariq se abrió horrorizado. ¡No era un pergamino, sino un látigo! Y la cantinela que comenzó a desgranar Musa con voz suave no relataba sus propias conquistas, sino los pecados del bereber: todas y cada una de las ciudades y poblados que había osado tomar sin su permiso.

Al séptimo latigazo, justo antes de que de los labios de Musa saliera el nombre de Toletum, el bereber perdió el conocimiento.

XV

Durante los meses siguientes, Musa ibn Nusayr se dispuso a ejercer, por fin, como nuevo gobernador de aquellas tierras. Desde que las primeras noticias de las victorias de Tariq al otro lado del mar llegaron a Quayrawan, no había deseado otra cosa. Por desgracia para él, aquella provincia que le había tocado en suerte, la más occidental, salvaje y pobre del islam, estaba muy lejos de considerarse pacificada.

Las bandas de bereberes seguían actuando por doquier, tal y como lo habían hecho sus antepasados durante generaciones, rapiñando y saqueando lo que encontraban a su paso y continuando su camino como nómadas que eran. Allí no había rastro de las grandiosas ciudades que florecían en Oriente. La única oportunidad que tenía Musa de llegar a la altura de los que se habían mantenido en las tierras de naciente era la que le ofrecía Hispania. Sin embargo, antes de poder seguir los pasos de Tariq había tenido que invertir muchos meses en poner orden en sus territorios de Ifriquiya.

Hispania había conseguido aplacar su sed de poder, o al menos le había ofrecido la promesa de someter cuantas tierras se extendían hacia los cuatro puntos cardinales desde Toletum. Tan solo las ciudades ya tomadas y el enorme tesoro visigodo descubierto en los alrededores de la capital habían supuesto para él un botín mucho más importante que el que había amasado desde su llegada a Quayrawan. Mayor de lo que nunca hubiera imaginado. Y lo más asombroso era que, por el momento, únicamente controlaba una pequeña parte del país. Gracias a

Tariq, a sus propios espías y a algunos de sus colaboradores indígenas, había escuchado multitud de nombres de importantes ciudades que sonaban en sus oídos como el tintineo de una moneda de oro cayendo dentro de un pesado arcón: Lucus Augusti, Tarraco, Valentia, Narbona y muchas otras. Su estancia en Hispania se dilataría varios años, pensaba, incluso quizá podría trasladar su gobierno allí, en un ambiente mucho más refinado que el que había disfrutado hasta entonces en Quayrawan.

Así, una vez establecido en Toletum con su corte, pasados unos pocos meses comenzó a llevar a cabo sus planes. En primer lugar, dispuso diferentes columnas de apoyo y las mandó a aquellas ciudades que continuaban bajo asedio, como Emerita, y armó otras destinadas a tomar el control de las principales urbes del sur que aún permanecían independientes. Al finalizar el año, cuando el frío de la meseta destempló su cuerpo, acostumbrado al agradable invierno que se disfrutaba en la costa africana, decidió enviar nuevas a Damasco en las que informaba acerca de su imparable avance. Llegada la primavera pondría el ejército en marcha nuevamente e iría tomando una ciudad tras otra hasta convertirse en el indiscutible señor de aquellas tierras.

Aquellas largas semanas que había ocupado en ordenar sus ideas y en elaborar su estrategia habían calmado sus ansias de poder. Se sabía inmensamente rico, pero podría serlo todavía más. Estaba pletórico; hasta la arrogancia de Tariq había dejado de incomodarlo. En ese momento contaba con un poderoso ejército de hombres de confianza que controlaban con puño de hierro a los indisciplinados bereberes. La suerte parecía sonreírle. A pesar del frío reinante en aquel mes de febrero, que lo obligó a recluirse en la vieja y suntuosa *domus* romana de Toletum en la que se había instalado, se sentía feliz.

Pero tanta dicha encerraba una amenaza, y Musa lo sabía. Su posición privilegiada podía despertar la envidia del califa y de otros poderosos establecidos en Oriente. Hasta ese momento, nadie había reparado en él, estando retirado en aquella región pobre y mal comunicada, tan alejada de las tierras de sus ancestros, donde no era rival para nadie. En cambio, desde que había entrado en Hispania y accedido a sus riquezas, muchos hombres influyentes podían señalarlo como un potencial competidor; entre ellos, el propio señor del islam. Llegado a ese punto, tenía que hacer lo posible para evitarlo, o al menos para estar preparado si finalmente sucedía.

Por otro lado, llevaba meses ignorando a los criados de uno de sus cómplices visigodos en la ciudad, el obispo Oppas, el mismo con el que había acordado los términos de la traición que acabó con Roderico, y el mismo también que le había remitido aquella misteriosa misiva a Quayrawan para ponerlo sobre aviso de la codicia desmedida de Tariq. Sus sirvientes los habían despachado sin contemplaciones, pero el obispo no había cejado en su empeño, e insistía una semana tras otra. Más tranquilo una vez que tuvo al bereber férreamente controlado, había logrado ver la situación con mayor claridad: si Tariq había llegado a pensar que aquella reliquia de las gentes del Libro podía otorgarle el poder absoluto, con lo que escaparía de su justo castigo, él podría hacer lo propio, en su caso, frente al propio califa. Y Musa no pensaba fallar, como le había sucedido al bereber.

Una mañana del mes de marzo hizo que uno de sus escribas, el mismo que lo acompañaba cuando le había dado su merecido al rebelde Tariq, transcribiera una carta dirigida al padre de todos los creyentes. En ella le hablaba de sus conquistas en nombre del islam y en el del propio califa, mediante las que había extendido su gloria entre países salvajes. Una vez satisfecho con su contenido, encargó a dos de sus más distinguidos seguidores, Alí ibn Radah y Mugith al-Rumi, que tomaran aquel documento, junto con varios arcones repletos de oro y plata provenientes del tesoro visigodo, y emprendieran viaje hacia Damasco para pedir audiencia al califa y convencerlo del celo de su subordinado en cumplir sus órdenes y las del Profeta.

Entonces, cuando lo tuvo todo bien atado, hizo llamar a Oppas a su presencia.

El obispo de Hispalis, ciudad a la que llevaba casi un año sin regresar, cayó al suelo de hinojos para dar gracias a su dios en cuanto uno de aquellos altivos árabes irrumpió en su casa para conducirlo donde lo esperaba el gobernador de Ifriquiya. Había estado intentando concertar una entrevista con él desde su llegada; le había sorprendido su presencia allí, pero en ese momento era su única esperanza. Consciente de tal circunstancia, se vistió con sus mejores ropas y salió de su hogar acompañado por su fiel Arildo. En la calle lo esperaba un destacamento de árabes pertrechados para la batalla, lo que desconcertó a Oppas. Hombres extraños a sus ojos, de facciones duras y mirada penetrante. Sin duda, Tariq se enteraría de aquella visita.

No obstante, enseguida desterró el miedo de sus entrañas. No, en esa ocasión lograría que Musa restaurara sus prebendas y pusiera fin a los atropellos que había cometido el bereber contra su persona. Una vez lo consiguiera, nada podría hacer contra él. Invadido por un súbito optimismo, recorrió las calles a paso vivo hasta llegar a su destino.

Musa ibn Nusayr lo recibió con la solemnidad que habría dispensado a un alto dignatario, dispuesto a agasajarlo hasta que el obispo le otorgara todo cuanto necesitaba, otra vez. Oppas tragó saliva, nervioso, intimidado a partes iguales por la magnificencia de la decoración y por la presencia de los fornidos centinelas a la espalda del gobernador.

—Mi querido obispo Oppas —lo saludó el árabe con aquella voz tintineante como los arreos de un camello.

La aparente afabilidad de Musa sirvió para que Oppas se relajara visiblemente. El obispo exhaló el aliento que había estado reteniendo y esbozó una sonrisa cordial.

—Mi digno señor —respondió, inclinándose hasta casi tocar el suelo con la frente, como sabía que les gustaba a aquellos hombres.

—Levantaos, amigo. Soy yo el que debería inclinarse ante vos por haber cumplido tan lealmente nuestro acuerdo —dijo Musa, aunque no hizo el más mínimo ademán de agachar la cerviz.

Oppas, aún de rodillas, elevó la mirada hacia él, pletórico por aquellas palabras.

—Me alegra escuchar eso. Después de tanto tiempo sin recibirme, comenzaba a estar preocupado —confesó.

—Haré azotar a mi chambelán por semejante descortesía.

—Está olvidada, no os preocupéis —aseguró Oppas. Por lo pronto, su prioridad era regresar a Hispalis; ya habría tiempo para reclamaciones después.

—Además, debo daros las gracias por informarme sobre lo ocurrido en estas tierras durante mi ausencia. Quiero que sepáis que mi servidor, Tariq ibn Ziyab, ha sido convenientemente castigado.

Oppas sonrió de oreja a oreja al enterarse del enfrentamiento entre el bereber y su señor. Quería ver sufrir a Tariq, quería verlo caer, y no descansaría hasta lograrlo.

—Soy un hombre leal, como lo ha sido siempre mi familia —se vanaglorió.

—Y un hombre leal debe ser recompensado por su señor. Ahora bien, antes de hablar de posesiones y dignidades, como es preceptivo, debéis contarme más cosas sobre aquello de lo que me hablabais en vuestra carta. Estoy intrigado desde entonces.

Oppas lo miró de soslayo. En la carta había tenido especial cuidado en indicar que enviaría la reliquia completa a Quayrawan una vez Tariq hubiera cruzado nuevamente el estrecho. Con ello pretendía también asegurarse de que Musa permaneciera en sus tierras. Sin embargo, nada había sucedido como esperaba. Ni él tenía en su poder la mesa, ni el árabe se había contentado con permanecer al otro lado del mar. Primero recuperar la libertad, luego ya veremos, se recordó nuevamente.

—Con sumo gusto, mi señor, pues debéis saber que por motivo de esta mesa he sido retenido aquí contra mi voluntad, cuando lo que yo hubiera querido es regresar a Hispalis a poner en orden la ciudad y los asuntos de la provincia. Quizá, si yo hubiera estado allí, Hispalis no se habría levantado contra vos y habríais pacificado la región sin necesidad de lucha.

—Estáis en lo cierto. Otra falta que debo anotarle a Tariq y por la que tendrá que pagar como es debido.

Oppas apenas podía creer lo afortunada que estaba siendo la conversación. Si el desenlace era aquel, estaría incluso dispuesto a dar por buena la larga espera hasta ser recibido. Suspiró complacido y se aprestó a satisfacer la curiosidad del árabe.

—Se trata de una reliquia muy antigua, mi señor. Su origen se remonta a la época del legendario rey Salomón, quien la mandó construir; y se dice que su grandeza provenía de ella. Nuestro pueblo la salvó del saqueo de Roma hace tres siglos, y desde entonces nos ha pertenecido. ¿Desearíais verla? Hay quien cree que su valor va más allá del oro y las gemas, que trasciende de lo que la razón puede explicar.

Musa enarcó las cejas.

—¿Me estáis hablando de magia? Creía que eso era propio de los supersticiosos judíos, no de hombres versados como vos, señor obispo.

—Estáis en lo cierto, no creo en la magia. Únicamente creo en los milagros de Nuestro Señor, pero no todo el mundo piensa como vos o como yo, deduzco.

—Y si esta mesa sagrada está aquí, en Toletum, ¿por qué os ha retenido Tariq? ¿Qué más quería de vos?

Oppas bajó la voz.

—Al poco de la llegada de vuestro lugarteniente a la ciudad, alguien irrumpió en la gruta donde la reliquia se guardaba a buen recaudo y profanó el misterio. Una de sus patas fue arrancada a golpe de hacha, y quien lo hiciera huyó con ella.

—¿Y qué puede haber movido a esta persona a cometer semejante atrocidad? Para vosotros la reliquia es sagrada —resopló Musa.

—Son habladurías, poderoso señor, pero hay quien piensa que para que la mesa otorgue poder infinito a su dueño debe estar completa. Quizá el que lo hiciera quería privaros a vos, su nuevo propietario, de esta posibilidad.

—¡Vaya! —exclamó el árabe—. Tal como habéis dicho, parece que hay gente dispuesta a tomarse muy en serio ese poder. ¿Será cierto, entonces, que la reliquia concede la supremacía absoluta?

Oppas se obligó a no sonreír, pues entendía que aquel aspecto era importante para su interlocutor. Pero no, él no creía en nada de aquello, no como el supersticioso Sinderedo. Tan solo creía en el poder terrenal, en amasar fortuna y en que sus tierras se extendieran más allá de hasta donde alcanzaba la vista.

—Yo no diría que sea así, señor, pero me parece que vuestro lugarteniente sí lo piensa, y por tal motivo quiere hacerse con ella a toda costa. Por eso me mantenía prisionero hasta que pusiera en sus manos el trozo que falta.

—Y por ahora no lo habéis hecho, según deduzco.

—No lo he hecho porque no quería entregárselo a él, sino a vos, poderoso Musa.

—No solo sois un hombre leal, sino también cabal, obispo Oppas. Decidme: con vos encerrado en la ciudad, ¿quién ha sido el encargado de buscar el fragmento perdido?

—La tarea ha recaído en uno de mis más fieles guerreros, señor. Lleva meses tras su pista, y tan solo espera una señal mía para hacerse con ella —mintió, pues sabía que eso, precisamente, era lo que quería escuchar el árabe.

—Debe de ser un guerrero audaz, pues su misión es delicada ¿Cuál es su nombre?

—Ragnarico de Astigi.

—Un hombre de fiar, entiendo.

—Sin duda, mi señor.

Musa pareció meditar acerca de aquellas palabras, pasándose el dedo pulgar por el mentón, mientras fijaba la vista más allá de donde permanecía el obispo.

—¿Y Tariq está al tanto de ello?

—Sí, mi señor. Sabe que mis hombres se encuentran en las cercanías de la ciudad de Caesaraugusta, donde permanece la reliquia fuertemente custodiada.

—Habéis obrado bien, señor obispo —concedió Musa con

gesto satisfecho—. Antes de hacer llamar a mi secretario para empezar a desglosar las propiedades que os concedo en el sur, decidme: ¿cómo enviáis mensajes a vuestro hombre en esa ciudad?

—Excelente, excelente, pero... ¿puedo preguntaros si pensáis quedaros mucho tiempo en Hispania?

Musa ahogó un reniego. No había invitado a aquel hombre para soportar que lo interrogara. Había llegado a aquellas tierras y no se marcharía así como así. No era la herramienta de nadie, por mucho que Oppas no hubiera medido las consecuencias de sus propios actos en el pasado. Con todo, era consciente de que no debía dar demasiada importancia a los recelos de aquel hombre, que no lo conducirían a nada, mientras que le resultaba imprescindible averiguar la manera de dar con aquella reliquia como fuera.

—En verdad ese es un asunto sobre el que debemos hablar con más calma, en otra ocasión en la que podamos conversar tranquilamente. Ahora, por desgracia, debo atender varios asuntos de máxima importancia. Aunque antes de dejaros con mi secretario, permitidme preguntaros de nuevo cómo os ponéis en contacto con vuestro hombre en Caesaraugusta.

Oppas escrutó al veterano árabe. Su respuesta evasiva no lo había tranquilizado, pero, al menos, tras la entrevista mantenida había quedado convencido de que podría sacudirse el yugo de Tariq. Primero regresar a Hispalis, luego arreglar lo demás, se repitió.

—Mi secretario es quien mantiene contacto con él —respondió.

—Pues en breve habrá llegado el momento de darle la señal a ese Ragnarico de que debe cumplir con su parte y traernos el fragmento de la reliquia.

—Sí, dado que su legítimo amo ha venido a reclamarla para devolverla a su lugar de origen —asintió Oppas, servil.

—Pronto disfrutaréis del tan merecido descanso en vuestra querida tierra, dignísimo obispo. Volveremos a vernos.

A una palmada de Musa, sus guardaespaldas avanzaron y, como hicieran con Tariq, inmovilizaron a Oppas frente al gobernador. El obispo, sorprendido, tardó un instante en comprender que no pretendían ayudarlo a ponerse en pie, y entonces su rostro se desencajó con una expresión horrorizada. Cuando vio que uno de los guerreros desenfundaba un enorme alfanje y lo balanceaba sobre su cabeza, gritó con toda la potencia de sus pulmones.

Musa sonrió, orgulloso de lo acertado del anuncio final de su discurso. Enviaría el cuerpo de Oppas a Hispalis, donde encontraría el merecido reposo. Su cabeza cercenada, en cambio, sería enviada al norte. Así, Ragnarico de Astigi comprendería que la suya sería la siguiente en probar la afilada hoja del verdugo si no le entregaba aquella dichosa pata cuanto antes.

La normalidad había terminado por regresar a las tierras de Argimiro, al menos en parte. Con su señor nuevamente allí, Sinforio, el sacerdote, había retomado sus obligaciones al frente de la comunidad, y la mayoría de sus miembros habían optado por volver también. Sin embargo, no todos regresaron, pues por desgracia las bandas de Tariq hacían sentir su presencia más allá de la antigua capital y extendían el miedo entre los norteños.

Con Walamer y algunos de los suyos recorriendo los caminos para dar tranquilidad a los pocos mercaderes que aún transitaban por ellos, Argimiro había pasado los últimos meses del otoño enviando distintas cartas a los señores vecinos, alertándolos del peligro que representaban los bereberes y explicándoles la necesidad de unirse y ofrecer una respuesta conjunta por medio de las armas. Como suponía, vio reflejado en sus respuestas el hecho de que ninguno se tomaba en serio sus advertencias y estaban todos convencidos de que ningún extranjero se aventuraría tan al norte. En el fondo no podía culparlos; él había sido del mismo parecer poco tiempo atrás.

—Hasta el *dux* Pedro aconseja que permanezcamos tranquilos en nuestras posiciones, pues piensa que no tenemos nada que temer. ¡Ese hombre no conoce a Tariq! —exclamó, descargando el puño sobre la mesa.

Sus hijas, que hasta ese momento habían estado jugando en el otro extremo de la mesa, se sobresaltaron, y Baddo, la más pequeña, comenzó a llorar.

Ingunda se apresuró a consolarla, tomó a cada una de las niñas de una mano y las llevó a su habitación. Cuando regresó hizo una seña a la mujer que trabajaba en la cocina para que abandonara la estancia y no los molestara.

Su esposo continuaba sentado, retorciendo el pergamino entre sus dedos, tan abatido como furioso. Al ver regresar a Ingunda volvió a alzar la voz.

—Dice que, llegado el caso, nos protejamos tras los fuertes muros de su inexpugnable fortaleza de Amaya. Escrito con esas mismas palabras. ¿Es que nadie es capaz de verlo? ¿Acaso están todos ciegos? Tariq no se detendrá ante nada, ¡ni siquiera frente a las escarpadas pendientes de la peña!

Hacía meses que la imagen de aquel monje oriental había regresado a los sueños de Argimiro y lo atormentaba.

—Esposo, cálmate —dijo Ingunda, situándose a su lado y poniéndole la mano en el hombro—. Pedro es un hombre sensato. Tú mismo lo has tenido siempre por tal.

—Sí, pero la situación en la que nos encontramos escapa a toda sensatez. ¡No podemos seguir viendo a Tariq como un vulgar salteador! Te aseguro que sus intenciones van mucho más lejos.

Ingunda se sentó a su lado, dispuesta a calmarlo.

—Roderico ha muerto, el reino ha quedado huérfano y sus nobles están desorientados. Son hombres, Argimiro. Solo son hombres.

—Hace casi dos años que Roderico no es más que un recuerdo. Desde entonces, sus nobles no han hecho otra cosa que intrigar esperando sacar la mayor tajada posible del desconcierto. ¡Deberían ponerse en marcha, presentar batalla y empujar al bereber de nuevo hacia sus tierras! ¡Eso es lo que deberían haber hecho! O, mejor dicho, deberíamos.

—Argimiro, no puedes cargar sobre tus hombros toda esa responsabilidad. Relájate un poco, ¿quieres? —dijo, comenzando a quitarle la camisola.

—Quiero que vayas con los niños a la Septimania. Te pondrás bajo la protección de tu hermano —anunció mirándola fijamente a los ojos.

Ingunda no pudo evitar dejar traslucir la sorpresa que le provocaron aquellas palabras.

—¿Te has vuelto loco? Mi lugar está a tu lado. ¡Este es mi lugar desde que decidí casarme contigo!

El ceño de Argimiro se relajó.

—¿No fue tu padre quien decidió entregarte a un tosco montañés?

La mano de la mujer, que hasta entonces jugueteaba con la tela, le propinó un suave golpe en las costillas.

—Eso es lo que he querido que pensaras durante todos estos años.

Argimiro le atrapó la mano y se la llevó a los labios.

—Nuestras tierras no serán seguras cuando llegue el verano. Tariq ha recibido refuerzos desde Africa, y poco tardará en querer extender su dominio hasta aquí. Quizá no el año que viene, pero sí el siguiente. Estoy seguro.

—Pero ¿quiénes son esos hombres surgidos de la nada? ¿Acaso un castigo de Dios?

Argimiro, apesadumbrado, soltó la mano de Ingunda.

—No lo sé. Lo único que sé es que no se detendrán si nadie los obliga a hacerlo —suspiró—. Prométeme que cuando te lo diga partirás hacia Carcassona con los niños.

—¿Y tú qué harás, llegado ese momento?

—Si consigo que impere la cordura, me uniré a la hueste que trate de plantarle cara a ese tuerto malnacido. Si no, quizá regrese contigo.

—Nada de lo que te diga te hará cambiar de idea, supongo.

¿Me prometes, al menos, que te reunirás conmigo y con los niños si las cosas se tuercen?

Argimiro dio un respingo.

—No puedo prometerte eso. No cuando hay una lucha de por medio.

—No es justo arrancarme una promesa que me separa de mi amor sin concederme una promesa igual a cambio —dijo ella con voz suave.

Argimiro meneó la cabeza, consciente de que la testarudez de Ingunda era equiparable a la suya. Sin alguna concesión por su parte, aquella discusión no tenía visos de terminar.

—Prometo hacer todo lo posible por regresar a tu lado y al de los niños ¿Te vale así? —La besó en los labios con fuerza.

—Deberá valerme. No tengo más remedio que conformarme con eso —admitió ella mientras sus hábiles dedos desanudaban los cordones del calzón de su esposo.

El mes de abril del año 713 trajo consigo, junto con los brotes que anunciaban la llegada de la primavera, las primeras evidencias de que Agila había decidido tomar la iniciativa por fin.

Decenas de hombres de armas primero y centenares después fueron congregándose en los alrededores de la ciudad a la llamada de su señor, que para entonces se encontraba en la Septimania tratando de convencer a los poderosos señores del otro lado de las montañas. Poco a poco, la llanura fluvial se fue llenando de tiendas, de modo que una nueva urbe surgió más allá de las ruinosas murallas.

A partir de entonces, y hasta la llegada de Agila a finales de junio, los hombres de Ademar cambiaron el arado y la hoz por la espada y el escudo, y volvieron a sentirse nuevamente guerreros.

Hermigio, que ya contaba diecisiete años, sudaba copiosamente mañana tras mañana bajo la asfixiante protección de cuero que le cubría el torso. Desde que vivía bajo el mismo techo que Ademar se había convertido no solo en su escribiente, sino también en su compañero de entrenamiento.

El joven habría jurado que la piel de sus costados se había endurecido hasta asemejarse al mismo cuero que le servía de armadura, tras tanto golpe recibido. El entrenamiento, sin embargo, no solo había servido para encallecerle la piel, sino también para que, un mes detrás de otro, sus habilidades con la espada y la lanza aumentaran. Ya no era aquel muchacho torpe y asustadizo al que conociera Ademar al huir después de la fatal batalla de la Betica. No, había crecido, y el trabajo físico durante la avenida del río y la posterior cosecha lo había fortalecido. Además, se había dejado crecer una pequeña barba que lucía con orgullo.

Sujetaba en la siniestra un pequeño escudo, con el que trataba de provocar a Ademar para que lo golpeara mientras estudiaba los movimientos del guerrero. El antiguo señor de Astigi parecía bailar lentamente a su alrededor: el pie derecho se adelantaba ligeramente, y el izquierdo lo seguía a continuación. El acero sobresalía del borde de su escudo, la mirada atenta, la guardia alta.

Tres pasos y la espada de Ademar golpeó con fuerza la rodela de Hermigio, lo que levantó una fina nube de polvo. El muchacho aguantó la embestida y pasó al ataque, adelantándose una zancada y devolviendo el golpe, tanteando al veterano, que respondió con una rápida ofensiva. Hermigio, que lo esperaba, aferró el escudo, sobre el que el acero de Ademar repiqueteó en repetidas ocasiones. Pronto ambos filos se enzarzaron y comenzó el combate de verdad. Los hombres que descansaban en los alrededores comenzaron a jalear, y sus vítores espolearon al muchacho, que incrementó el ritmo al notar que Ademar retrocedía, para su regocijo, mientras las chispas brotaban en cada choque. Un poco más y lograría echarlo del campo de entrenamiento en el que practicaban.

Apenas a tres pies de distancia de las varas que marcaban el fin del terreno, el broquel de Ademar ocupó el lugar de su espada y desvió el acero de Hermigio, que ofreció su escudo esperando que el arma de su contrincante cayera sobre aquel. Pero la espada de Ademar golpeó de plano el costado del joven, que, sorprendido, exhaló un quejido, aunque se obligó a mantener sus armas aferradas. Cuando aún estaba recuperando el aliento, una certera patada en la entrepierna lo hizo encogerse y soltar la espada. Witerico, que observaba la pelea, estalló en carcajadas.

—Tienes que aprender a esperar lo inesperado y a luchar con todo el cuerpo. No solo la espada hiere —le dijo Ademar, tendiéndole la mano para ayudarlo a levantarse—. Aunque ya puedes decir que eres un guerrero. Solo te hace falta un buen combate para terminar de demostrarlo.

Mientras Hermigio digería aquellas palabras se llevó la mano a los genitales y comprobó, para su tranquilidad, que todo seguía en su sitio.

Ademar lanzó su escudo a Witerico y este le acercó un balde repleto de agua para que se refrescara. El guerrero dejó escapar un suspiro de alivio al sentir las gotas correr por su nuca.

—Ya puede luchar a tu lado, Witerico —aseguró el antiguo *comes* dejándose caer junto a su enorme amigo. El muchacho enrojeció de satisfacción a pesar de estar todavía dolorido.

Witerico sonreía. No solo por haber vuelto a practicar con la espada, pues aquella era, de largo, su ocupación favorita, sino también porque se alegraba de poder contemplar por fin a su señor sin que la pena lo embargara. No había recuperado su talante habitual, aquel del que solía hacer gala desde que lo había conocido hasta que la desgracia se había abatido sobre su vida con crueldad, pero Witerico tampoco pedía tanto. Se conformaba con verlo como aquel día, en el que la sombra de su amargura no lucía tan oscura como durante los meses anteriores. A pesar de que su único propósito seguía siendo ajustar cuentas con Ragnarico, la desesperanza y la rabia parecían haber aflojado un poco la tenaza sobre su garganta. Y tal vez la presencia de Elvia en las cercanías también tuviera algo que ver con sus ganas de sonreír, pero, por supuesto, de su boca no saldría una sola palabra al respecto.

—Lo doy por hecho. Creo que el cambio de la vida monacal por la de un hombre de verdad le ha sentado bien.

Aunque molido y en parte herido en su orgullo por la vergonzosa derrota, Hermigio no podía estar más de acuerdo con aquellas palabras. Desde la muerte de Bonifacio, su vida había mejorado de forma considerable. Únicamente se acordaba del difunto sacerdote cuando se acercaba al rincón de la casa de Ademar donde habían almacenado los objetos sustraídos del tesoro de Alarico. Y tan solo nublaba levemente su felicidad el recuerdo de haber prometido al religioso poner a salvo aquellas riquezas en Roma, pues dudaba mucho de que pudiera cumplir su palabra. A fuerza de escuchar a Ademar asegurar que era cuestión de meses que las tropas de Agila recuperasen el territorio perdido en los últimos dos años, se había convencido de que al menos podría llevarlas a Toletum cuando la ciudad volviera a estar bajo dominio visigodo.

Tratando de caminar erguido para mantener cuanto pudiera su dignidad, se acercó a Witerico y se sentó junto a él.

—Refréscate, muchacho.

Tomó el barreño que le ofrecía sin dudar. El contacto con el agua gélida pareció despertar sus sentidos, embotados después del golpe inesperado; hasta tres veces sumergió la cabeza, para después, con el cabello chorreando, tenderse cuan largo era. Sintió como el agua resbalaba por su hirsuta barba oscura y se pasó los dedos por ella. El sol estaba en lo más alto del cielo y, pese a tener los párpados cerrados, era consciente de su calidez y luminosidad, hasta que de repente el día pareció nublarse. Sorprendido, abrió los ojos y descubrió la figura de Elvia frente a él, sosteniendo con ambas manos una gran cesta cubierta con paños.

—Tendréis hambre. —La mujer se puso en cuclillas y retiró la tela, dejando ver unas buenas tajadas de carne acompañadas de trozos de pan.

Witerico gruñó, más que satisfecho, mientras la jugosa carne era depositada sobre el pan, oscureciendo la miga y haciéndolos salivar.

—Un ángel, Ademar, un ángel encontramos aquel fatídico día en los alrededores de Toletum —exclamó, y su cumplido le arrancó una tímida sonrisa a la pelirroja.

Hermigio, en cambio, no acertó a hablar, ni siquiera a sonreír. Solo podía observarla, embobado.

—El milagro de los panes y los peces no resultaría suficiente para contentarte, Witerico. ¿Cómo te las arreglas, Elvia?

Elvia rio, y en aquel momento el sol volvió a brillar para Hermigio. Tenía unos dientes pequeños y bien alineados, y unos labios que se le antojaban más apetitosos que las viandas que portaba.

—¿Peces? Yo no como peces. Yo tengo el cuerpo cubierto de pelos, no de escamas, así que como carne, lo mismo que haría un lobo.

—Pelos que parecen lanzas, como los de un jabalí. Tú mismo lo has dicho.

Witerico se giró con aire ofendido, ante lo cual la mujer dejó escapar una carcajada.

—Aún no he tenido que zurcir sus ropas por ello —arguyó, saliendo en su ayuda.

—Eso es porque siempre achaca los rotos a los lanzazos que recibió en una u otra batalla, y eso que hace casi dos años que no toma parte en ninguna. Está viejo, y gordo. Aunque tú seas generosa y lo mires con aprecio, muchacha.

Witerico se levantó con premura, farfullando entre dientes.

—Exactamente eso es lo que necesito, una buena batalla. ¡Sarus! Ven aquí, desgraciado, que ya es hora de que te caliente las costillas.

Se alejó a grandes zancadas en busca de su amigo, rehuyendo la mirada de Elvia.

—¿Has comido, Elvia? —preguntó Ademar, señalando el lugar en el que la hierba aplastada recordaba dónde había tomado asiento Witerico—. Descansa con nosotros.

La mujer no protestó. Realmente el olor de la carne había conseguido hacerle rugir el estómago, recordándole que no había probado bocado desde que amaneciera. Hermigio se hizo a un lado, más por cortesía que por necesidad, dado que el amplio espacio que había ocupado Witerico habría sido más que suficiente, y ella se sentó entre ambos hombres. Tomó una rebanada de pan con delicadeza y el trozo más pequeño de carne.

—Por favor, muchacha, come sin miedo. Aprovecha que Witerico no ha terminado con todo. Muchas veces he pensado que un ejército de hombres como él resultaría invencible, pero también imposible de avituallar.

Con una sonrisa, Elvia se llevó a la boca la pieza y desgarró la carne con sus pequeños colmillos. Por fin había podido conocer a un Ademar más sereno y afable, y entendía a la perfección por qué sus hombres lo apreciaban tanto y lo seguían sin dudar.

—Witerico me ha dicho que estás aprendiendo a luchar.

Hermigio levantó la mirada, pensando que el antiguo *comes* se dirigía a él, y se quedó asombrado cuando fue Elvia la que respondió.

—No quiero sentirme indefensa otra vez —musitó.

—Haces bien, y sé que Witerico está poniendo todo su empeño en enseñarte. Sin embargo, si me aceptas un consejo, creo que te vendría bien cambiar de instructor, o al menos compaginar sus enseñanzas con otras.

La mujer desvió los ojos de donde Witerico se batía y los fijó en los de Ademar.

—No me malinterpretes —se disculpó aquel al ver su ceño fruncido—. Witerico es, probablemente, el mejor guerrero que haya conocido. Lo que quiero decir es que tú y él no os parecéis en nada, y no solo porque él sea un hombre y tú, una mujer. Witerico tiene el ímpetu de un jabalí, y un peso no muy diferente del de esta bestia. Es una fuerza de la naturaleza que arrolla cuanto encuentra a su paso. Tú, en cambio, apenas pesarás más de un centenar de libras, y tus brazos no son como las recias patas del jabalí. Tendrías que entrenarte con alguien cuya complexión sea más similar a la tuya y pueda enseñarte a sacar ventaja de la rapidez y la agilidad.

Hermigio no prestaba atención a la conversación que tenía lugar a su lado, pues sus ojos estaban pendientes del combate que libraban Sarus y Witerico. El primero trataba de contener los ataques del segundo como podía, sin abandonar el círculo que habían trazado en el suelo. La mente del joven estaba muy lejos, pero a la vez muy cerca.

—Hermigio, ¿querrías hacernos ese favor? —oyó que preguntaba la voz de Ademar.

—¿Señor? —confundido, tuvo que reconocer que no sabía a qué se estaba refiriendo.

—Enfrascado en el combate, por lo que veo. Le decía a Elvia que sería bueno que practicara contigo con la espada y el *scramasax*. ¿Te importaría ayudarla con eso?

El joven notó como la sangre se le acumulaba en las mejillas y se obligó a no mirar a la mujer.

—Estaría encantado de ayudarla. Digo, si eso es lo que ordenáis y si ella así lo desea, yo estoy más que dispuesto. Quiero decir, que todo sea por ayudarla; en lo que haga falta, la ayudaré —tartamudeó inseguro.

—Excelente. Pues os dejo para que os pongáis de acuerdo.

El guerrero se levantó, sacudió las migajas de sus ropas y se despidió de los jóvenes no sin antes echar un vistazo al combate que continuaba a pocos pasos. Resultaba evidente que Witerico estaba muy cerca de decantarlo a su favor, lo que no quitaba mérito a la enconada defensa que Sarus había desplegado para mantener a su contrincante a raya tan largo rato.

Los ojos de Elvia permanecieron fijos en el rostro de Hermigio, mientras que él no los apartaba del campo de entrenamiento.

—Gracias —susurró la mujer, y así consiguió que al joven no le quedara más remedio que volver el rostro hacia ella.

—No hay de qué —repuso él con una sonrisa tímida y las mejillas ardiendo de nuevo, antes de concentrarse otra vez en el choque de los dos veteranos.

Elvia se incorporó, lo que hizo revolotear su amplia falda, y siguió los pasos de Ademar hacia el poblado.

—A veces me pregunto si el viejo cura no tendría algo de razón a pesar de sus desvaríos —meditó Ademar en voz alta, tumbado en su camastro.

Hermigio, escoba en mano, se afanaba por adecentar la estancia mientras su señor descansaba. El antiguo *comes* no había querido tomar mujer desde la muerte de su esposa; como le había espetado a Witerico cada vez que se lo había aconsejado, no tenía ninguna necesidad de compañía femenina en ese momento. Así que era el muchacho el que se encargaba de desempeñar aquellas labores desde que convivían.

—¿A qué os referís, mi señor? —preguntó mientras balanceaba la escoba hacia uno y otro lado.

—Quizá deberíamos llevar sus reliquias a Roma en lugar de empeñarnos en luchar aquí —aclaró pensativo.

Los ojos del joven se dirigieron al arcón que contenía los tesoros de Bonifacio, entre ellos aquella pata que le había ocasionado la muerte, y sospechaba que no solo de manera textual. A él también lo asaltaba ese pensamiento en ocasiones, y más cuando llevaba sobre su conciencia la promesa que el religioso le había arrancado. Hasta entonces, la confianza que había demostrado el antiguo *comes* en los pasos que habían ido dando había logrado silenciar la vocecilla que resonaba en su interior tras la muerte de Bonifacio; sin embargo, saber que él se hacía las mismas preguntas amenazaba con despertar de nuevo sus dudas.

—Me prometisteis una batalla en la que poder demostrar que soy capaz de serviros —adujo con la mirada perdida en el suelo.

—Y la tendrás. Agila cabalga desde Narbona con varios miles de guerreros en su hueste. En menos de un mes seremos más de ocho mil los hombres de armas asentados aquí. Semejante número de guerreros no se reúne para charlar. Habrá guerra, eso es seguro.

Hermigio asintió, sintiendo los nervios atenazarle el estómago ante esa perspectiva. Ademar continuó hablando.

—El bueno de Bernulfo está al borde de la desesperación, pues sus hombres tienen que alejarse cada vez más en busca de grano para proveernos a todos. Si fuera cierto lo que dice, sus forrajeadores habrían tenido que plantarse hasta la misma Pampilona, y esto no hará más que empeorar cuando llegue Agila. Mantener un ejército es casi más caro que levantarlo.

—Recuperaremos Toletum y volveremos a guardar el tesoro en el lugar del que nunca debió salir —afirmó Hermigio con toda la seguridad que pudo reunir.

Ademar asintió.

—En momentos como este se agradece contar con alguien capaz de mantener esa determinación. Me alegra tenerte a mi lado.

El joven agachó la cabeza en señal de agradecimiento.

—Yo puedo decir lo mismo, señor.

Ademar calló un instante. Luego señaló con un ademán el rincón donde se guardaban las reliquias.

—Si me equivoco... —dudó—. En fin, supongo que no tengo derecho a pedirte algo así, pero lo haré de todas maneras. Prométeme que, si algo me sucediera, si mi camino terminara aquí, harás lo posible por poner las reliquias a salvo. Sobre todo, el fragmento de la mesa de Salomón.

—¿Vos también? —Se sobresaltó el joven.

—¿También? ¿Qué quieres decir con eso?

—Bonifacio me hizo prometer lo mismo justo antes de morir. De vos habría esperado que me pidierais que no descansara hasta dar muerte a vuestro hermano, pero no esto.

El ceño de Ademar se ensombreció.

—Lo que dices ya me lo han jurado todos mis hombres de confianza. Ese peso no debe recaer sobre tus hombros, cada uno ha de tener su misión. Es por eso por lo que he pensado en ti para poner a salvo estos objetos, dado que también Bonifacio confiaba en que lo hicieras.

—Bonifacio quería que los llevara a Roma. ¿Vos estáis de acuerdo con esa disposición?

—En el caso de que no reconquistemos Toletum, será lo más inteligente. Llévalas primero a Narbona, o a otra de las ciudades de la Septimania, y desde allí a Roma. Busca a Sinderedo, el antiguo metropolitano de Toletum, y entrégaselas a él. Él sabrá lo que hacer.

—Estoy seguro de que podréis llevarlas vos mismo una vez terminada la guerra.

—Si ganamos la guerra y sobrevivo, las sepultaré para siempre en esa gruta.

—Pues que así sea.

XVI

El cuerpo desnudo de la muchacha colgaba inerte de las ramas del árbol. La sangre goteaba, y sus extremidades aparecían descoyuntadas por la fuerza ejercida por los cepos en los que había sido atada. Ragnarico, asqueado pero a la vez excitado, no dejaba de contemplar su obra. Tan solo en aquellos momentos, cada vez más escasos, era capaz de desterrar de su mente la rabia que le provocaba verse obligado a permanecer en aquel lugar.

Los hombres que tenía infiltrados en la ciudad no habían reportado ningún avance digno de mención; del este, además, llegaban malas noticias. Sinderedo había estado allí, pero había embarcado hacia Roma hacía meses, al poco de la llegada de los suyos. No habría posibilidad de dar con él, salvo presentándose en Italia, donde Ragnarico tenía todas las de perder.

Aunque los hombres que habían partido tras la pista del metropolitano continuarían su camino para tratar de atraparlo en Italia, confiaba en que fuera Ademar el que tuviera la reliquia, pues arrebatársela a él resultaría no solo más sencillo, sino también más satisfactorio. Además, si sus espías no se equivocaban, desde el ataque que había acabado con la vida del sacerdote Bonifacio era muy posible que su medio hermano en persona fuera quien la custodiaba.

Le habría encantado asaltar el arrabal en plena noche, sembrar el pánico mientras las teas prendían los tejados de caña, irrumpir en casa de Ademar y asesinarlo para hacerse con la reliquia, pero para ello necesitaba más hombres. Por el momento, él solo contaba con una treintena, mientras que Ademar tenía más de un centenar y una ronda de centinelas bien organizada para vigilar la quietud de las noches. Ese maldito mestizo nunca bajaba la guardia, se dijo con rabia.

Por otra parte, a partir del mes de mayo habían comenzado a llegar nuevos guerreros provenientes del norte y del este, que iban convirtiendo poco a poco la llanura cercana en un verdadero campamento militar. Y, por si todo aquello no fuera suficiente, las partidas de jinetes que recorrían los alrededores en busca de vituallas comenzaban a poner en riesgo el secreto de su escondite.

—Mi señor, ha llegado Arildo —lo avisó Favila.

—Noticias de Oppas, entonces —masculló Ragnarico, limpiando la hoja de su cuchillo con un trapo—. Solo espero que de una maldita vez traiga alguna solución, y no más problemas. Dile que aguarde mientras termino con esto.

El guerrero carraspeó incómodo. Sabía que su señor se molestaría, pero no tenía otra opción.

—Ya está aquí, mi señor. Y asegura que es urgente.

Ragnarico arrojó el cuchillo al suelo, enfurecido, bramando su indignación por aquella inoportuna interrupción durante un momento tan íntimo. Pero el grito murió en su garganta al girarse, y su ira se trocó en sorpresa al reparar en que la familiar figura del secretario de Oppas aparecía flanqueada por una pareja de guerreros. No eran de los suyos, ni tampoco guardaespaldas del obispo; no, muy pocas veces había visto aquellas armaduras de extraña apariencia, así como aquellas espesas y ensortijadas barbas negras. Árabes, razonó.

Aunque se esforzaban en mantenerse imperturbables, la escena que se desplegaba ante sus ojos en aquel claro recóndito repugnaba a los guerreros recién llegados. Uno de ellos se adelantó para arrojar un saco de cuero a los pies del asesino, sin poder evitar dirigirle una mirada de desprecio. El godo echó una ojeada al saco sin comprender y buscó respuestas en el rostro de Arildo, que permanecía con la cabeza baja. Se agachó con cuidado para desanudar las tiras de cuero que cerraban la bolsa, y se arrepintió de ello de inmediato, cuando un hedor nauseabundo le inundó las fosas nasales.

Se obligó a continuar la desagradable tarea hasta que tuvo entre las manos un bulto putrefacto en el que reconoció a duras penas las facciones de Oppas. Un escalofrío le recorrió el cuerpo, los dedos se le aflojaron y el repugnante trofeo cayó al suelo con un ruido seco y repulsivo.

—Pero ¡qué demonios es esto! —gritó horrorizado.

El árabe que le había arrojado el fardo, de nombre Zuhayr, tomó la palabra en un rudimentario latín.

—A partir del día de hoy debéis obediencia a mi señor, Musa ibn Nusayr.

—¿Qué ha sucedido, Arildo? ¿Acaso os habéis vuelto todos locos?

El secretario se limitó a sollozar, y fue el árabe el que continuó hablando, dispuesto a ignorar cualquier protesta.

—Mi señor se ofrece a respetar los acuerdos que teníais con el difunto Oppas, siempre que, como prueba de lealtad, le entreguéis el objeto que habéis venido a buscar. Si preferís negaros, vuestra cabeza hará compañía a la del obispo en su viaje de regreso a Hispalis.

Ragnarico abrió y cerró la boca sin decir nada, todavía conmocionado. Como si de una pesadilla se tratara, una docena de figuras ataviadas como el árabe se situaron junto a Zuhayr y su compañero, que tomó la palabra.

—Nosotros seremos los garantes de que cumplís la gracia que os ha ofrecido nuestro señor, o sus verdugos en el caso de que le fallarais.

Mientras un gimiente Arildo caía al suelo para arrastrarse desconsolado hasta donde descansaba la cabeza de su señor, Ragnarico se obligó a sonreír con pragmatismo a los recién llegados. Un señor cambia por otro, pero es deber del can sobrevivir hasta encontrar un dueño mejor, se dijo.

—Estaréis cansados después de tan largo viaje. ¿Habéis comido ya? —preguntó a los árabes, indicándoles con un gesto que lo siguieran junto al resto de los suyos.

—Aléjate. Recuerda que tu arma es más corta que la mía. —Hermigio barrió el espacio frente a Elvia con su acero para ilustrar su consejo, y la chica retrocedió de un salto.

—Sobre todo evita que su espada golpee la tuya cerca de la base —añadió Witerico, consciente de que la hoja del muchacho, de más de tres pies y con un peso considerable, podría quebrar la de la joven si la alcanzaba de pleno.

Elvia no dejaba de moverse alrededor de Hermigio, tratando de concentrarse a pesar de tanto parloteo. En clara desventaja por ser menos fuerte, sus oportunidades dependían de que fuera capaz de aprovechar al máximo su inteligencia y su agilidad.

Si pretendía sobrevivir en un enfrentamiento como aquel, debía rehuir el cuerpo a cuerpo, aguantar y confiar en que la subestimaran lo suficiente para aprovechar algún error fatal. Al menos, desde que había comenzado a instruirse con Witerico, notaba que aguantaba más tiempo el peso del arma sin agotarse.

Hermigio acompañó los movimientos de la mujer, limitándose a lanzar alguna tímida estocada, que fue repelida por su contrincante, antes de volver a colocarse fuera de su alcance.

—Parecéis dos gatos jugando con un vellón de lana junto a la lumbre —protestó Witerico, bostezando—. Me aburro.

Las palabras del veterano decidieron a Elvia a pasar al ataque, adelantándose y retrocediendo como una ágil víbora dispuesta a acabar con un ciervo. Su afilado acero acosó a Hermigio, que desvió cada golpe sin perder la sonrisa. La mujer había mejorado mucho desde que comenzaran con las lecciones, y estaba seguro de que podría defenderse siempre que quien la amenazara no fuera un guerrero; no obstante, por ahora no era rival ni siquiera para él, así que lo mejor que podía hacer era alejarse lo más posible de donde hubiera hombres de armas.

Sin embargo, pronto quedó claro que no era Elvia la única a la que le quedaban lecciones que aprender, y en un instante de distracción la punta de su espada alcanzó el antebrazo de Hermigio, cortó la tela y arañó la carne. La manga se le tiñó de rojo, y Witerico vitoreó alborozado. El muchacho, con el orgullo herido, pasó al ataque, acosando a su compañera hasta acorralarla. Las espadas chocaron con violencia y el espacio entre ambos fue acortándose hasta que quedaron trabados en un desigual combate del que solo podía salir un vencedor. Mientras las hojas rechinaban, con su mano libre, Hermigio atrapó los brazos de la muchacha y los presionó para que soltara el arma. Elvia se resistió, pero los dedos del chico se le hincaban fuertemente en la piel y un leve gemido se le escapó de la garganta.

Estando tan cerca de la mujer, las fosas nasales del joven se llenaron de la incitante mezcla del olor picante del sudor y el inconfundible aroma dulce que desprendía la piel de la pelirroja. Aquella vacilación resultó suficiente: con las manos inutilizadas, Elvia le lanzó un rodillazo al vientre y trató de apartarse de él. Aunque con escasa fuerza, el golpe acertó de lleno en la entrepierna de Hermigio, y el joven tuvo que soltarla y retirarse unos pasos para tomar resuello.

Witerico rio, encantado con el resultado de la lucha, y el muchacho lo miró con un mal disimulado gesto de fastidio

—¡Bravo, bravo! —gritó el veterano—. Mañana, cuando Agila haga su entrada en la ciudad, tendrá dos nuevos guerreros que añadir a su hueste.

Ambos combatientes asintieron, satisfechos con aquella alabanza, y las espadas descansaron finalmente en el suelo.

La mujer, sudorosa y con la respiración entrecortada por el esfuerzo, no acertó a hablar. Se limitó a hacer una seña y se alejó de ellos en dirección al río, en busca de un remanso apartado en el que sumergirse hasta lograr que su cuerpo y su mente se relajaran.

Cuando se quedaron a solas, Witerico abordó al joven escondiendo a duras penas una sonrisa.

—Hermigio, recuerda que no solo las espadas hieren.

—Tienes toda la razón —concedió este, ahogando un suspiro.

Esa noche, Ademar dispuso un pequeño ágape para agasajar a Bernulfo, consciente de que la llegada del rey pronto desencadenaría los acontecimientos, y ninguno de los dos estaba satisfecho con las perspectivas que se presentaban frente a ellos.

—Nos superan ampliamente en número —protestó Bernulfo, que apenas podía ocultar su decepción—. La culpa es de esos malditos bujarrones del norte. Que deben protegerse de un eventual ataque franco, argumentan. ¡Y una mierda! Donde tendrían que estar es aquí, reclamando el reino. Ya habrá tiempo más adelante para ocuparse de los francos. Ahora deberían haberse limitado a pagarles para que no estorbaran, pero nos han jodido, y nos han privado del concurso de miles de buenos guerreros.

Hermigio, en pie, se aprestaba a atender a los invitados sin decir esta boca es mía. Además de su señor y del gobernador de la ciudad, también se encontraban en la estancia Alberico y un hombre al que nunca había visto hasta entonces. Se trataba de un viejo conocido de Bernulfo, *comes* de una ciudad al norte de Caesaraugusta que había acudido a la llamada de Agila. Casio era su nombre.

—Es un contratiempo con el que no contaba —convino Ademar, circunspecto—. Además, esos extranjeros han tenido la posibilidad de hacerse con refuerzos.

—Veinte mil guerreros fuertemente pertrechados llegados desde África. Creo que eso es algo más que meros refuerzos. Son muchos más hombres que aquellos a los que tuvo que enfrentarse Roderico —apuntó Casio.

Para Ademar, aquel Casio era un misterio. Ligeramente mayor que él, pues pasaba por poco la cuarentena, siempre parecía calmado; no había salido de sus labios ni una palabra fuera de lugar. Él prefería, sin embargo, a los hombres como Bernulfo: vehementes, escandalosos, que siempre dejaban traslucir cuanto pensaban. De cualquier modo, el gobernador aseguraba que Casio era un hombre intachable, leal y valiente, y que si en el ejército de Agila todos fueran como él, le daría igual encontrarse en franca desventaja.

—Muchos se encuentran aún ocupados en el sur. El territorio es muy grande y está lejos de haberse pacificado. Aunque ese nuevo ejército se lance contra nosotros, deberán dejar guarniciones en las principales ciudades si no quieren que estallen motines y encontrarse con las puertas nuevamente cerradas al regresar.

Casio asintió y le hizo una señal a Hermigio para que le rellenara la copa. El joven se acercó y, al inclinar el brazo para volcar el odre, descubrió una pequeña mancha de sangre en su sayo, allí donde había recibido la caricia de la espada de Elvia. Sonrió sin querer al pensar en ella, y se obligó a concentrarse en su tarea hasta que la copa estuvo llena. Estudió al guerrero del norte: de corta estatura pero ancho de hombros, tenía unos ojos castaños de mirada serena, una poblada barba del mismo color y cierta acumulación de grasa en el abdomen que revelaba que no se ejercitaba lo suficiente.

—¿Cabe esperar ayuda desde el oeste? Quizá el *dux* Pedro y otros señores de poniente se sumen a la hueste —aventuró Ademar, todavía preocupado por las cifras adversas.

—Si no lo han hecho ya, no lo harán ahora, cuando esos extranjeros llevan días avanzando desde Toletum.

—En pocas jornadas regresarán los exploradores y sabremos contra qué nos enfrentamos realmente. Aunque hay quien habla de unos cincuenta mil hombres, no lo creeré hasta que no los vea con mis propios ojos —dijo Casio.

Un sonoro golpeteo en la puerta vino a interrumpir la animada conversación.

Hermigio buscó los ojos de su señor, en los que tan solo advirtió extrañeza. Con un gesto de la cabeza le indicó que se acercara a la puerta.

—¿Quién será a estas horas? —inquirió Bernulfo—. Tal vez mi esposa no me creyó cuando le aseguré que hoy no iría a la taberna. —Soltó una carcajada.

Hermigio descorrió el pestillo para encontrarse frente a una figura ataviada con un amplio capote oscuro.

—Has crecido, muchacho —dijo el recién llegado a modo de saludo, antes de retirar la cogulla y dejar a la vista un rostro que el joven no tardó en reconocer y lo dejó sin palabras—. Buenas noches, señores. He oído decir que se va a librar una buena batalla, y en esta quiero participar —saludó Argimiro al resto, quitándose la capa y entregándosela a un todavía atónito Hermigio.

Ademar se puso en pie y en dos zancadas estuvo a su lado para abrazarlo. Hacía casi dos años desde que se habían visto por última vez, y la alegría de ambos en aquel reencuentro fue sincera.

—Viejo amigo, me alegra que estés aquí.

—No me iba a perder una batalla tan cerca de mis tierras. —El norteño se encogió de hombros.

Bernulfo le hizo una seña afectuosa sin levantarse de su sitial, y Argimiro le dedicó una inclinación de cabeza. Cuando sus ojos se posaron en el rostro del otro invitado, su ceño se frunció por un segundo, aunque enseguida recompuso su expresión.

—*Comes* Casio, este es Argimiro de Calagurris. Un valiente guerrero y un buen amigo —lo presentó Ademar.

Casio asintió con su rostro impertérrito.

—Ya nos conocemos —zanjó Argimiro la corta presentación.

Fue Bernulfo quien rompió el incómodo silencio que se había adueñado de la reunión.

—Si la conversación se alarga, acabaremos con tu despensa, Ademar. Podemos enviar al muchacho a mi casa y que vuelva bien provisto.

—No será necesario —agradeció Ademar el ofrecimiento.

Una vez Argimiro hubo tomado asiento, los hombres continuaron conversando, aunque los derroteros de la velada se desviaron hacia cauces más triviales. Una hora más tarde, tanto Bernulfo como Casio se excusaron para regresar al campamento que había crecido en la llanura. A esas horas de la noche ya debía de hacer bastante rato que las puertas de la ciudad estaban cerradas.

Ademar y Argimiro quedaron a solas, con Hermigio recogiendo cuanto había quedado sobre la mesa y limpiando el suelo.

—Necesito un lugar donde dormir, yo y los míos. Al menos por esta noche —reconoció Argimiro.

—Tú puedes dormir aquí, en mi casa ¿A cuántos hombres has traído?

—Una veintena.

—Más que al sur.

—Esta vez quiero luchar; es más, ansío luchar. Es necesario. Esos extranjeros están a las puertas de nuestros hogares, y nadie parece darse cuenta.

—Bernulfo sí. Y Agila..., bueno, al menos ha venido.

—A estas alturas no le queda otro remedio. No lo ha hecho hasta sentir la amenaza justo en el cogote.

—Los seres humanos son egoístas por naturaleza. A tu edad deberías saberlo.

Argimiro golpeó la mesa con su jarra, visiblemente enfadado.

—Dios sabe que llevo meses intentando movilizar a los señores del norte y el oeste, pero ha sido en vano. Ninguno ha hecho caso de mi llamamiento: todos han preferido quedarse en sus casas y esperar a ver si sus tierras realmente corren peligro. Si los bereberes pasan de largo, o si atacan a sus vecinos, mirarán hacia otro lado.

—Ese tuerto malnacido no se detendrá hasta que alguien lo obligue a hacerlo —dijo Ademar muy serio—. Yo lo sé, y tú lo sabes tan bien como yo.

—Sí, pero por lo visto nadie más lo entiende así, por desgracia. He tenido que enviar a mi familia a la Septimania, por si sucediera lo peor, y he acudido aquí con cuantos hombres he podido reunir, pero mi fe zozobra con cada nueva noticia que llega desde el sur.

Ademar sirvió más cerveza en las copas y alzó la suya hacia Argimiro.

—Celebro tu llegada, y también que hayas recuperado a tu familia.

—Gracias, Ademar. La muerte de Roderico sumió al reino en el caos, incluso en aquellas comarcas lejanas como la mía. Cada señor hace lo que quiere, y nadie recuerda que una vez hubo un rey en Toletum. Al menos, gracias a ello pude recuperar a los míos sin mayores percances. En fin, ¿qué novedades tenéis vosotros? ¿Qué es de nuestro amigo Bonifacio?

Ademar chasqueó la lengua, y le hizo un gesto a Hermigio.

—Muchacho, deja eso de una vez y bébete una cerveza con nosotros.

El chico obedeció, paladeando el amargo líquido en silencio, así que fue de nuevo Ademar el que tomó la palabra.

—A Bonifacio lo asesinaron a los pocos meses de llegar aquí. Un ladrón intentó robar las reliquias y acabó con su vida. Por fortuna, Hermigio logró impedir que huyera con el botín.

—Lo lamento. Por muy trastornado que estuviera ese hombre, lo lamento. Durante los últimos meses he pensado mucho en sus palabras, y que Dios me perdone, pero a veces he llegado a pensar que quizá no estaba tan equivocado como yo creía.

—A mí me pasa lo mismo —confesó Ademar—. Menos mal que Hermigio, que es más joven y más listo que yo, tiene claro lo que debemos hacer. Cuando derrotemos a Tariq devolveremos las reliquias a su sitio. Si no lo conseguimos, quizá nos planteemos otra solución.

Argimiro elevó su jarra en dirección al joven y se la llevó a los labios para beber un largo trago.

—Bonifacio pretendía ponerlas a salvo en la misma Roma, ¿verdad?

—Sí, pero ahora mismo, aunque quisiéramos, no podríamos hacerlo, ni tú ni yo. Por cierto, ¿de qué os conocéis tú y Casio?

Las facciones de Argimiro se endurecieron.

—Sus tierras están cerca de las mías.

—Eso me parecía. Tu mirada al verlo ha sido justo la que se reserva para los vecinos incómodos —dijo Ademar.

—No habrías podido describirlo mejor. Nuestras familias siempre han tenido una relación complicada, generación tras generación. Y con la llegada al trono de Roderico la animadversión creció. Pertenecíamos a bandos diferentes.

—Pero hoy estamos en el mismo.

—Sí. Al menos hasta la derrota de Tariq.

Ademar rumió aquellas palabras. En caso de que acabaran con el bereber, todos estarían bajo el mandato de un solo rey, Agila, aunque desconocía qué harían los señores del norte y el oeste si eso llegara a suceder.

—¿Te fías de él?

—No, pero parece que Agila sí. Y él es su señor; yo, únicamente su vecino.

—Entonces, su confianza deberá bastarnos por ahora —sentenció Ademar—. Si quieres puedes pasar la noche aquí, y Hermigio acompañará a los tuyos a algún rincón donde descansar. Me hace feliz nuestro reencuentro, Argimiro; estamos frente a la batalla que debe servir para cerrar nuestras heridas. Pronto tendremos la oportunidad de deshacernos de los invasores, y ruego a Dios que me otorgue fuerzas para acabar con mi hermano, si se encuentra entre ellos.

Argimiro sopesó la jarra en la mano; él había sido tan traidor como Ragnarico, pero Ademar parecía considerar su deuda saldada tras haberle dado la espalda a Tariq para salvar a los suyos.

—Yo también deseaba que se presentara la ocasión. Y esta vez te prometo que el final de la batalla nos encontrará en el mismo bando. Sin importar cuál sea el resultado.

Cuando la canícula del mes de julio comenzaba a dejarse sentir entre hombres y bestias y el tranquilo caudal del Iber en nada recordaba al del salvaje torrente que descendía rugiendo el año anterior, ambos ejércitos se encontraron, dispuestos para el combate, en las cercanías de Caesaraugusta.

Ragnarico, sobre su caballo oscuro, recordó la sensación de liberación que había sentido durante la batalla que había supuesto la caída definitiva de Roderico. En ese momento había roto con todo lo que hasta entonces había odiado: su familia, su señor, su vida hasta aquel día. En adelante, a pesar de las frustraciones, se había sentido libre. Ahora, con el ejército extranjero en formación, y las tropas de Agila frente a ellos, disfrutó nuevamente de aquel familiar cosquilleo.

El visigodo formaba junto con la veintena de guerreros árabes al mando de Zuhayr, en el ala derecha de las tropas de Musa. Tenía órdenes de aprovechar la confusión del combate para adentrarse en el poblado donde residía su hermano y dar con la reliquia mientras su nuevo señor desarbolaba al ejército de Agila, un rey débil, como demostraba la chusma que había reunido para hacerles frente.

Cuando hubiera entregado el objeto a aquel árabe altivo que parecía su sombra, regresaría al combate en busca de su hermano, pues intuía que Ademar, por su estúpido sentido de la responsabilidad, no lo rehuiría. Entonces habría llegado la hora de acabar lo que hacía muchos años habían comenzado. Y su felicidad sería total.

—¡Son muchos, joder! —protestó Witerico, haciendo visera con la mano derecha para otear con mayor claridad a las huestes extranjeras.

—Así podrás matar a más —respondió Ademar, que, pese a sus palabras, no podía estar más de acuerdo con su amigo.

Vio que sus nudillos empalidecían al apretar con fuerza las correas de su montura, sin poder evitar recordar la primera ocasión en la que se habían enfrentado a Tariq.

—¡Hermigio! —gritó llamando a su escudero—. Sé que te debo una batalla, pero no será esta. Aquí habrá una masacre. En cuanto veas que nos superan, regresa a la ciudad y hazte con las reliquias. Reúne a las mujeres y a los niños y llévalos contigo bien lejos, hacia el norte. No creo que la ciudad resista si hoy caemos aquí, pero puede que tengamos la suerte de que se contenten con saquear cuanto encuentren dentro y se olviden de las columnas de refugiados.

Ante la inminencia del ataque, hacía dos días que todos los habitantes del poblado que no tomarían parte en el combate habían sido evacuados a la ciudad. Elvia, a pesar de sus protestas iniciales, también había terminado por resguardarse tras la muralla. Aguardaría en el palacio de Bernulfo, donde también habían sido depositadas las reliquias. Y allí debía dirigirse Hermigio en caso de que todo se torciera.

—Mi señor, me gustaría poder quedarme a vuestro lado hasta el final —murmuró el muchacho.

—Y a mí me gustaría ganar esta jodida batalla. Tú tienes una promesa que cumplir. Cada uno tiene su cometido, y el tuyo ya sabes cuál es. Mientras tanto, puedes matar cuantos extranjeros desees.

Witerico sonrió a su lado y golpeó al joven con su mano enguantada.

—Siempre que dejes alguno para mí, claro.

El golpeteo de unos cascos en la tierra reseca hizo que los tres hombres se volvieran. Era Argimiro, que se acercaba a ellos tras dejar a sus guerreros formando en una de las turmas de Bernulfo. El norteño, que montaba un caballo moteado, se había vestido con sus mejores galas para la ocasión. El mismo yelmo que había llevado hasta el sur descansaba en su mano derecha, y el escudo estaba atado en el flanco izquierdo de su montura. Había dejado su lanza hincada en la tierra, en el lugar que ocuparía en la formación, y llevaba dos espadas envainadas, una de ellas enorme.

—En peores situaciones nos hemos visto —dijo a modo de saludo.

Llevó de las riendas a su caballo hasta situarse junto a Ademar.

—Y en mejores, gracias a Dios.

Escrutaron en silencio la marea humana que se arremolinaba a su alrededor. Los hombres provenientes de Astigi, más aquella veintena llegada desde las tierras de Argimiro, y la caballería de Bernulfo y otros señores menores de la Tarraconense, como el propio Casio, conformaban el ala derecha de la formación visigoda. En total, casi un millar de jinetes. Igual número de caballeros formaba en el ala opuesta, procedentes en su mayoría de la Septimania. El rey Agila, al que Hermigio no había conseguido ver en los días anteriores más que de lejos, se encontraba en el centro del ejército. Con él formaba otro millar de jinetes, entre los que se encontraban sus *fideles*.

En aquella ocasión la caballería no se retiraría, era cuanto acertaba a pensar Ademar. La que había sido la principal baza de Roderico para alzarse con la victoria no les sería arrebatada esta vez. Pese a ello, había pocas razones para dejarse llevar por el optimismo. Tariq y Musa habían dispuesto en el campo de batalla casi el doble de efectivos que Agila. Si a aquellos tres millares de jinetes se les añadían otros siete mil infantes visigodos, divididos en filas de a cinco, árabes y bereberes superaban los dieciocho mil hombres. Y no solo el número era importante. Los extranjeros eran guerreros, mientras que los infantes que se encontraban en su campo, distribuidos entre las alas, eran en su mayor parte campesinos. Hasta Hermigio sabía que apenas las dos primeras filas de infantes contaban con hombres duchos en el combate y convenientemente pertrechados. El resto lo componían la milicia y los siervos, mal armados y peor protegidos.

Ademar palmeó el cuello de su caballo, buscando tranquilizar al animal.

—Señores, regresemos a la formación. El que quiera comer o refrescar el gaznate, que lo haga ahora. Quién sabe cuándo podremos volver a hacerlo —informó, preguntándose si los muertos, allí donde estuvieran, sufrían sed o hambre.

Musa ibn Nusayr escrutó desde la lejanía el contorno que ofrecían las murallas de Caesaraugusta. Allí, en algún lugar, se encontraba aquel objeto que podía hacerlo invencible. Un talismán, magia hebrea. Cada vez que pensaba en ello, los nervios le atenazaban el estómago.

Pasarían aún unos meses hasta que recibiera noticias de su embajada a Damasco, pero estaba seguro de que su repentino éxito levantaría recelo en los árabes de buena cuna que luchaban entre sí por el poder en Oriente. Tan solo era cuestión de tiempo que le ordenaran presentarse frente al califa. Disponía de poco margen para recuperar la pata de la mesa que se convertiría en su salvaguardia. Ahora, por fin, la tenía muy cerca, tanto que casi podía sentirla. Sus hombres le habían asegurado que quienes la guardaban no habían abandonado la ciudad ante el inminente ataque, por lo que sería suya al acabar la jornada.

—La caballería cristiana es temible, mi señor —lo informó Tariq ibn Ziyab, que se encontraba a pocos pasos, con actitud respetuosa.

Atendiendo a las palabras del bereber, Musa desvió los ojos hacia una de las alas que destacaba en el ejército visigodo. Aquí y allá, el metal refulgía al recibir los rayos del sol estival. Hombres grandes, provistos de pesadas armaduras, que cargaban como un enorme y pesado animal salvaje si hacía caso a lo que le había narrado su subordinado.

—Vos no tuvisteis que hacerles frente en el sur, ¿no es así, Tariq?

—Así fue, mi señor. Gracias sean dadas a nuestro señor Alá y a vuestra sabiduría.

Musa sonrió. Con el paso de los meses había logrado contener al bereber, domándolo como si se tratara de un perro gruñón. Y los perros malcriados aprendían a golpes, pensó.

Se removió, incómodo, sobre la silla de su montura. Hacía muchos años que no vestía una armadura como aquella. Era mayor para aquel tipo de lances; el peso de la malla lo incomodaba, y también el calor. No pensaba luchar, para eso había llevado dieciocho mil hombres con él, pero debía mantener su dignidad guerrera frente a ellos.

—En cambio, sí tuve que luchar contra ellos en las cercanías de una ciudad llamada Astigi a los pocos días de la derrota de Roderico —continuó su subordinado.

—No llegaron noticias hasta Quayrawan de esa pequeña victoria. Pues venceríais, imagino.

—Sí, mi señor. El Profeta guio nuestros pasos, así que capturamos numerosos prisioneros y nos hicimos con la ciudad. Sin embargo, en aquella ocasión menos de medio millar de caballeros pusieron en apuros a un millar de los nuestros, y solo mi aparición junto con mi escolta a caballo hizo posible inclinar la balanza a nuestro favor. Son combatientes duros.

—Vuestros bereberes no pueden compararse con las mejores tropas del islam, Tariq. Os ofrezco la oportunidad de borrar vuestras necias palabras y aprender a no subestimar el valor de nuestros jinetes. Tomad el mando del ala izquierda y enfrentaos a esos caballeros a los que tanto parecéis temer. —Musa habló escupiendo las palabras, despreciativo.

Mientras el bereber se alejaba de la pequeña colina seguido de su escolta, el árabe sonrió, pensando que si Tariq perdía la vida en el combate, aquella batalla habría valido doblemente la pena.

XVII

Situada en el flanco izquierdo de la formación, la escolta personal de Tariq ibn Ziyab envolvía a su señor entre un mar de guerreros árabes. Uno de aquellos dos centenares de jinetes del desierto, Yussuf ibn Tabbit, a la espalda de su señor, se mordía el labio inferior, visiblemente intranquilo.

—Así que, Yussuf, ¿ese Ragnarico se encuentra ahora bajo la tutela de Musa?

Ese era el motivo principal de la inquietud de Yussuf, no el inminente comienzo de la batalla. Hacía pocas horas que su partida se había unido al ejército, y desde entonces apenas había podido hablar con tranquilidad con Tariq. Sin mayores novedades que transmitirle a su señor acerca del destino de la reliquia, que hacía en la ciudad o en los alrededores, lo había informado de que un grupo de árabes llevaba tiempo conviviendo con el visigodo y los suyos.

—Hace ya varias semanas, mi señor.

—Desde la muerte de Oppas, imagino. Ese malnacido me traicionó hasta el mismo día de su fin. Al menos tuvo un pago digno a su estupidez.

El asesinato del obispo lo había sorprendido, pero hasta ese momento no lo había relacionado con la mesa de Salomón, pues creía a Musa ignorante de su existencia.

Yussuf era capaz de sentir, casi físicamente, la furia que envolvía a Tariq. No querría ser uno de los godos que se cruzara ese día en su camino. El tuerto continuó con su interrogatorio, sabiéndose a salvo de oídos indiscretos.

—¿Y no ha habido avance alguno desde entonces?

—No, mi señor; hemos estado siempre atentos. Se han contentado con vigilar y aguardar, supongo que en espera del día de hoy.

—¿Y qué nuevas hay del metropolitano? ¿Habéis dado con él?

—Se encuentra en Roma; en eso, Oppas no mentía. Desconocemos si tiene la reliquia en su poder, solo sabemos que no hace alarde de ello. Continúa vigilado, mi señor, aunque la posición de los nuestros en la ciudad es muy comprometida.

«Por supuesto», pensó Tariq. Ni siquiera podía imaginar cómo habrían logrado sus hombres introducirse en Roma, en la misma boca del lobo, pero Yussuf era un tipo con recursos, inteligente y leal. Uno de sus mejores hombres.

—Cuando hayamos trabado combate con los jinetes godos, toma a medio centenar de guerreros y aléjate de la lucha. Llévalos al arrabal que has estado vigilando y no dejes piedra por mover hasta que des con lo que buscamos. Aunque no halles nada, permanece allí hasta que yo vaya a buscarte.

—¿Y si es a Ragnarico y a esos árabes a quienes encuentro, mi señor?

Tariq pareció dudar. ¿Hasta dónde estaba dispuesto a llegar para obtener aquello que tanto ansiaba?

—Si son ellos, escóndete y ataca solo en caso de que tengan la reliquia en su poder.

Yussuf miró a su señor sin hablar, pero aquel intuyó el asombro en sus ojos.

—De ser así, asegúrate de que no sobreviva ninguno de ellos. Ni godo, ni árabe.

—Sí, mi señor —respondió Yussuf en un susurro.

La enorme marea de guerreros árabes y bereberes avanzó hacia las posiciones que los visigodos ocupaban desde primera hora de la mañana. Apenas habían descansado tras la larga marcha iniciada en Toletum, pero su mayor número y las contundentes victorias que habían cosechado allí, al otro lado del mar, alimentaban su confianza. A cambio, los hombres de Agila habían podido elegir el lugar: un buen terreno para desplegar su caballería.

Quizá esto hubiera sido suficiente en el caso de que la hueste estuviera conformada por guerreros, pero al menos la mitad la componían siervos, artesanos y labriegos, para los que aquellas horas de espera había sido un tormento. El nerviosismo ante la batalla que no llegaba se extendía de un extremo al otro del campo como lo haría el fuego en un granero y sumía al ejército de Agila en un agitado desconcierto.

Ajenos a la tensión, los señores, acostumbrados a guerrear, ocupaban las alas, y mantenían a sus hombres concentrados, sin permitir que el miedo calara en sus mentes. A una señal de Agila, ambas formaciones de caballería se desplegaron en centenas y se desgajaron del muro de escudos y lanzas que ofrecían los infantes. En respuesta, los jinetes extranjeros hicieron lo propio: habían entrado en la antesala de la batalla.

Ademar estiró brazos y piernas, comprobando el pulcro trabajo que había conseguido hacer Hermigio al ajustar su panoplia. Recordó el instante en el que, en pie sobre la muralla de Astigi, había pensado que con el tiempo el joven podría llegar a resultar un excelente escudero. Entonces, dos años después, corroboraba que había estado en lo cierto.

Antes de calarse el yelmo lo buscó con la mirada entre la muchedumbre que se agolpaba a su espalda. Allí estaba, a pocos pasos de Witerico, ataviado como uno de los suyos. A su espada y su escudo, los mismos con los que practicaba, el propio Ademar había añadido un coselete de cuero y una celada sencilla para que se cubriera la cabeza. No se esperaba de él que combatiera en primera fila, como sí haría Ademar, sino que quedara relegado a las últimas líneas en cuanto comenzara la lucha.

Hermigio reparó en la mirada de su señor y trató de responderle con un gesto tan sereno como el que lucía el astigitano. No lo consiguió, y Ademar vio que tenía la mandíbula crispada y sus ojos reflejaban la tensión que lo atenazaba. Su rostro contraído contrastaba con el de los guerreros más veteranos, aunque si dispusiera de otro par de años más podría llegar a convertirse en uno de ellos.

Ademar hizo una seña al muchacho y se caló el casco. Estaban lejos de donde se encontraban los jinetes de Musa; aun así, alcanzaba a verlos, allí al frente, a través de las aberturas de su celada. La protección restringía, sin embargo, su visión lateral; para eso tenía a Alberico y a Witerico en los flancos.

Ladeó la cabeza y saludó a Argimiro, que se encontraba en una de las turmas de Bernulfo, a su izquierda. En esa ocasión, su escuadra estaría compuesta en su totalidad por los supervivientes de Astigi. Lucharían por su ciudad, como les había dicho, por regresar y expulsar a los extranjeros al otro lado del mar. Witerico, en cambio, había apostado por ahogarlos en la orilla mientras trataban de huir, extraerles después las tripas y construir con ellas un puente que les sirviera para llegar hasta la misma Africa y devolverles todo el daño que habían hecho. Por su parte, Ademar se conformaba con bastante menos: solo deseaba matar a su hermano si lo encontraba en la batalla o sobrevivir para seguir intentándolo en caso contrario. Eran pensamientos, sin embargo, que se reservaba para él, pues sabía que no era eso lo que sus hombres querían, ni debían escuchar, antes de entrar en combate.

Las diferentes turmas comenzaron a avanzar despacio. Tan solo una de ellas quedó atrás, dispuesta a proteger el flanco de su infantería. Las monturas no podían mantener un galope prolongado, con tanto peso como soportaban. Ya habría tiempo de ganar velocidad y hacer que la tierra retumbara con su carga cuando estuvieran seguros de que sus contrincantes no podrían dar media vuelta y retirarse.

Frente a ellos, los jinetes enemigos procedían de igual manera. Ademar los observó con el ceño fruncido; no le preocupaba tanto cuántos eran, a pesar de que formaban una tropa mucho más numerosa que la que habían puesto en liza en la Betica, sino su configuración. Entre los que avanzaban en vanguardia reconoció a los bereberes contra los que habían luchado en Astigi: caballería ligera, o escupevenablos, como los llamaba despectivamente Witerico. En cambio, tras ellos avanzaban ordenadas escuadras de jinetes pertrechados con cotas de malla y escudos, más parecidos a ellos mismos. Y eso, sin duda, era una mala noticia.

Pronto la consabida lluvia de proyectiles se abatió sobre la vanguardia. La peor parte se la llevaron las monturas, mientras que los jinetes, protegidos por los escudos y las mallas, apenas sufrieron daño. Continuaron su avance, sabiendo que el verdadero peligro no residía en los hombres de amplios ropajes y endemoniada puntería, sino en los guerreros ataviados con armaduras que los aguardaban detrás.

Al poco de comenzar las escaramuzas entre los jinetes, también las saetas comenzaron a surcar el cielo y sumieron a los guerreros de a pie de ambos bandos en el caos. Los arcos visigodos se impusieron en el enfrentamiento, sus flechas mordiendo la carne de los bereberes situados en las primeras filas, mientras que las lanzadas desde el campo musulmán se encontraban con un muro impenetrable de grebas, mallas, yelmos y escudos. Los infantes de la primera fila, rodilla en tierra, se cubrían con sus escudos, mientras que los de la segunda superponían los suyos a los de sus compañeros para formar una muralla de madera tras la que resguardarse.

Los hombres continuaron avanzando, juntos los escudos, las filas prietas, sintiendo los proyectiles que repiqueteaban o se clavaban en la madera, recortando poco a poco la distancia que los separaba de la infantería enemiga. Cuando las dos líneas se encontraban a menos de cincuenta pasos y los arqueros de ambos ejércitos dieron por concluida su labor, los guerreros visigodos destrabaron sus escudos y, a una señal de las trompas de Agila, aceleraron la marcha.

Avanzaron con paso firme, aunque los siervos de las últimas filas no podían evitar lanzar temerosas miradas a su espalda, a los cuerpos de los menos afortunados que yacían en el suelo erizado de saetas. Más atrás, los jinetes que habían quedado con Agila los exhortaban a continuar, manteniendo la formación.

El choque no se hizo esperar, y los escudos cristianos hendieron con fuerza en la línea árabe. Los guerreros de Musa, tras un instante de vacilación, y tras dejar a muchos de los bereberes que habían formado las primeras líneas a los pies de sus enemigos, dejaron de retroceder y recompusieron sus filas, apoyándose en la mayor profundidad de su cuadro. Los escudos visigodos, por su parte, empujaron mientras los hombres acuchillaban entre los resquicios que dejaban.

Siguieron marchando; sus hojas atravesaron telas, cuero, mimbre y carne, y muchos hombres cayeron para no volverse a levantar. Detrás, la segunda línea de infantes remataba a quienes habían quedado en tierra, como matarifes sacrificando ganado. Las filas bereberes se quebraron, pero rápidamente los guerreros árabes ocuparon los huecos que se abrían por doquier y rehicieron el cuadro.

La marea visigoda se detuvo y el combate pareció estancarse. Las espadas seguían hendiendo el aire, aun así, los hombres que las esgrimían no conseguían ganar terreno como habían hecho hasta ese momento. Las filas de guerreros se apretaron y aquellos que aguardaban en segunda línea empujaron a quienes los precedían, dispuestos a arrollar la resistencia musulmana por medio de la pura fuerza bruta. El ritmo se ralentizó, los hombres de las primeras filas de Agila comenzaron a caer, y entonces fueron sus compañeros los que tuvieron que rellenar los huecos. A lo largo de todo el frente de batalla, los guerreros se entregaron a una lenta carnicería, en la que los escudos se apoyaban unos en otros y sus dueños debían preocuparse casi únicamente por empujar.

Musa ibn Nusayr, desde el altozano, observaba aquel tremendo choque de infanterías. Antes de que se iniciara había estado convencido de que sus hombres se impondrían en poco tiempo a los infantes godos, apoyándose en su superioridad numérica. Pasados los minutos, mientras advertía cómo se quebraban sus filas, temió haber subestimado a sus enemigos. Inquieto, había enviado a parte de su reserva al combate y al poco la sangría pareció detenerse. A partir de entonces, su ánimo había mejorado ostensiblemente al comprender que, si bien sufriría cuantiosas bajas entre los infantes, tan solo había que desgastar a aquel primer par de miles de guerreros que los acosaban para darle la vuelta a la batalla. Contaba con muchos más hombres, y quienes se habían llevado la peor parte eran los bereberes. Una pérdida muy asumible, a su entender.

Más tranquilo, apartó la mirada de aquella oscilante marea de guerreros para observar el ala izquierda de su ejército, en la que Tariq ya había entrado en contacto con la caballería visigoda. Unos dos mil jinetes trataban de rodear, sin éxito, a menos de un millar, pero sería cuestión de tiempo que lo consiguieran. Aunque le costaría más vidas y más esfuerzo de lo que había pensado, añadiría una nueva victoria que vendría a engrandecer su leyenda: la leyenda del Profeta. Ninguno de sus ejércitos sufriría una derrota en aquella tierra, con lo que eso significaba. Cada ciudad tomada y cada milla ganada servían para que quienes aún no se habían sometido a su voluntad no dudaran en hacerlo en cuanto sus estandartes ondearan en sus tierras.

Igual que Musa había adivinado que el ala izquierda de su ejército no tardaría en sobrepasar a los jinetes visigodos, Agila, desde su posición tras la infantería, también lo había intuido. Desoyendo las súplicas de sus seguidores más cercanos, decidió ponerse al frente de la mitad de los jinetes que quedaban con él y lanzarse a apoyar a los señores de la Septimania, consciente de que no podía fallar a los que había conseguido arrastrar al combate si quería que continuaran respaldándolo una vez se resolviera la batalla.

Los hombres de Astigi se batían contra los árabes, repartiendo tajos sin cuento, y a su alrededor los supervivientes de las primeras turmas regresaban a recuperar el resuello antes de lanzarse nuevamente al combate. Un combate que llevaba largo tiempo desarrollándose de igual manera: unos grupos de jinetes chocaban mientras otros se retiraban. En las alas, en cambio, quienes allí se encontraban trataban de evitar que el resto de sus compañeros quedaran rodeados por un enemigo bastante más numeroso.

Hermigio se había mantenido en las últimas filas, tal como le había prometido a Ademar, viendo a distancia cómo los hombres con los que llevaba ya dos años conviviendo luchaban sin descanso. Las espadas relampagueaban, los aceros caían sobre los escudos enemigos, los caballos avanzaban, retrocedían y volvían a cargar en medio del caos. Para entonces, el joven se había visto obligado a terminar con la vida de dos hombres que habían llegado a la retaguardia heridos y desorientados, pero aún no se sentía capaz de asimilarlo.

A lo lejos distinguía a Ademar, flanqueado por Witerico. Más atrás se encontraba Alberico, que al quedar enganchado con un árabe había perdido su puesto junto al *comes*. Entre ellos se desplegaban gran parte de los astigitanos, pero no Sarus, al que había visto caer del caballo hacía poco para no localizarlo más.

El sudor le caía por la frente y, al tratar de secársela, se arañó con el borde del escudo. Soltó un reniego, con la sensación de ser un maldito inútil.

—¡La tuba! —oyó gritar a su espalda.

Aturdido como estaba, tardó en comprender lo que eso significaba, hasta que aquella nota, clara y elevada, terminó por sacarlo de su ensimismamiento. «Retirada —pensó—. El rey ha muerto. La derrota es cierta.» Súbitamente, el desasosiego que lo había embargado desde que comenzara el combate desapareció, convertido en pánico.

—¡El rey! ¡Ha caído el rey! —aulló, enloquecido, adelantándose para que sus compañeros fueran conscientes de la tragedia.

Veía desesperado que el combate continuaba. En ese instante, su turma y otras tres se encontraban en plena lucha, mientras otras tantas se reagrupaban a sus espaldas esperando el momento de cargar otra vez. Gritó, pero nadie parecía escucharlo. Witerico enterraba su larga espada en el pecho de un árabe gruñendo como un jabalí; Alberico, sin el casco, con el cabello pegado al cráneo por el sudor y con una costra sanguinolenta debida al mismo golpe que le había hecho perder el yelmo, trataba de montar nuevamente en su caballo.

La funesta llamada de la tuba de Agila volvió a rasgar el aire, y decenas de voces se añadieron a la de Hermigio para corear la desgraciada noticia. A lo lejos, las últimas filas de la infantería corrían a campo través hacia la muralla, en pos de los jinetes de la escolta del rey. Más adelante, la vanguardia de los guerreros a pie continuaba luchando, ajena a cuanto sucedía, abocada a una derrota cierta. En pocos minutos los infantes extranjeros habrían ganado su espalda y se entregarían a la matanza.

Conscientes por fin de lo que ocurría, poco a poco los hombres a caballo que conformaran los flancos del ejército comenzaron a retroceder, en esa ocasión no para preparar una nueva carga, sino para regresar a la ciudad y buscar refugio dentro de las murallas.

—¡A mí, Astigi! —gritó Ademar, tratando de alzar la voz por encima del desconcierto que invadía a la tropa.

Hermigio suspiró, aliviado, al reparar en la figura de su señor en medio del gentío, todavía a lomos de su caballo.

—¡Hombres de Astigi, retirada! —bramó Witerico, incorporándose cuanto pudo sobre su montura.

Los supervivientes, poco más de setenta guerreros, formaron para retirarse ordenadamente. Delante de ellos apenas dos turmas continuaban batiéndose contra los árabes, que habían pasado de sufrir en cada embate a convertirse en los dominadores del campo de batalla.

—¡Bernulfo, retirada! —gritó Ademar, que sabía que el señor de Caesaraugusta continuaba entre aquellos guerreros, y Argimiro con él—. ¡Maldito loco, retírate! ¡Vamos, Argimiro! ¡Dejadlo ya y volvamos! —aulló, fuera de sí.

El antiguo *comes* dudó. Sabía que quedarse era una locura, un suicidio para los suyos, pero se resistía a dejar a sus compañeros a su suerte.

Witerico, adivinando lo que pasaba por la mente de su señor, decidió intervenir para ponerlo a salvo.

—Esperadnos en la ciudad. Yo les haré entrar en razón y regresaremos juntos —aseguró.

Acto seguido hincó los talones en su montura y avanzó hacia el tumulto, en el que los gritos de los heridos sofocaban las voces de quienes llamaban a los demás en retirada. Tras su estela partieron una veintena de guerreros.

Hermigio llevó su montura junto a la de su señor, apurado al ver que aún dudaba.

—Señor Ademar, entremos en la ciudad. Pongamos a salvo a los nuestros y a las reliquias. No está todo perdido.

El antiguo *comes* no respondió, pero volvió grupas. Indeciso, echó un último vistazo atrás, esperando que Witerico cumpliera su palabra y se limitara a arrastrar fuera del campo de batalla a Bernulfo y a Argimiro, sin implicar a los suyos otra vez en aquel combate convertido en carnicería.

Hermigio siguió la mirada de Ademar. El estómago se le encogió y una arcada le trepó por la garganta ante la macabra estampa que componía la llanura a sus pies, tapizada de hombres muertos, monturas desjarretadas, armas rotas y sangre por doquier. Entonces reparó en un movimiento apenas perceptible: una mano trataba de emerger a la superficie en medio de aquel amasijo. Empujado por un súbito presentimiento, corrió hacia allí y con una mano agarró la que luchaba por salir mientras con la otra intentaba apartar lo que mantenía atrapado al resto del cuerpo: el cadáver de un caballo moteado que le había resultado familiar. Cuando apareció el brazo y enseguida la coraza, resopló aliviado: se trataba de Sarus, que se incorporó a duras penas luchando por respirar.

—Mocoso, nunca me he alegrado tanto de verte —boqueó con voz ronca, palpándose piernas y brazos como si le costara creer que no tuviera nada roto.

—Bienvenido de entre los muertos, Sarus —exclamó Ademar, que se había acercado hasta ellos—. Has regresado justo a tiempo, pues es hora de irse.

Poco después, junto con medio centenar de supervivientes, forzaron todavía un poco más a sus extenuadas monturas para cabalgar hacia las murallas de la ciudad.

Ragnarico y los suyos ya habían registrado todas las casas del arrabal, destrozando cuanto encontraron a su paso, sin hallar rastro de la reliquia ni, por supuesto, de Ademar. Notó la mirada suspicaz de Zuhayr, el árabe, clavada en él y tragó saliva. La imagen de la cabeza del desdichado Oppas acudió a su mente. Más le valía dar con lo que buscaban y entregárselo al árabe si no quería acabar como él.

—Aquí no hay nada —dijo resignado, mesándose los cabellos—. Seguramente lo han dejado todo a buen recaudo en la ciudad antes de marcharse a luchar. Tenemos que entrar en Caesaraugusta. O, mejor dicho, tengo que entrar. —El rostro pétreo de Zuhayr no invitaba a seguir hablando, pero lo hizo de todos modos—. Debes confiar en mí —rogó—. Yo puedo hacerlo, ¡me haré pasar por uno de ellos! Bueno, soy uno de ellos, aunque fiel a Musa. Además, allí tengo a algunos de mis hombres, que sin duda sabrán dónde están los refugiados. Recuperaremos la reliquia y la traeremos aquí, pero para eso es preciso entrar. Tu señor así lo querría.

Zuhayr miró hacia las murallas. Una pequeña muchedumbre observaba desde lo alto cuanto sucedía en el campo de batalla. Aquel hombre era un loco, poseído por los demonios, aunque sus palabras no carecían de sentido. Él y sus hombres no podrían traspasar el muro hasta que la ciudad hubiera caído, mientras que Ragnarico seguramente lo conseguiría.

El visigodo lo escrutaba, nervioso. Si Zuhayr transigía, trataría de encontrar la reliquia, y si no lo lograba, pensaba largarse y escapar bien lejos, donde su cabeza no corriera el peligro de acabar siendo pasto de los gusanos metida en un saco.

—Iré contigo —anunció el árabe.

Ragnarico bajó la mirada para asegurarse de que su rostro no trasluciera su desilusión. En el peor de los casos, siendo tan solo uno, siempre podría intentar deshacerse de él si era necesario.

—No debemos levantar sospechas o no nos dejarán pasar.

—Uno de tus hombres me prestará sus ropas. Con eso bastará.

Ragnarico asintió. Después de todo, no era la peor de las opciones que había manejado hasta entonces.

Las tropas visigodas abandonaban el campo de batalla a la desesperada. Pocas horas después de iniciada la lucha, quienes habían quedado en la ciudad oteando la llanura sabían lo que les aguardaba: su ejército había sido vencido, así que lo más probable era que tuvieran que enfrentarse a un asedio. La desesperación se adueñó de los civiles, se multiplicaron las carreras, los gritos y los empujones, y el caos cabalgó por las calles más rápido que los más veloces jinetes.

Elvia, como tantos otros, había asistido a la derrota del ejército visigodo desde el adarve de la muralla. Horas antes había discutido fuertemente con Witerico y con Hermigio, empeñada en formar fuera junto a los hombres, pero en ese momento agradecía estar resguardada allí, mientras observaba con horror cómo los jinetes bereberes daban caza sin piedad a los infantes en fuga. Angustiada, se lanzó a la calle para dirigirse al palacio de Bernulfo, y en el tumulto recibió más golpes que en toda una semana de prácticas con Hermigio. Una marea humana parecía desbordarse por las calles de piedra, arrastrando lo que entorpecía su avance.

Ella, en cambio, se obligó a parar y pensar. La residencia de Bernulfo, donde Ademar había dispuesto que se reunieran en caso de que el resultado de la batalla les resultara adverso, se encontraba al norte. Desde allí partirían de regreso a la inseguridad de los caminos, dejando atrás todo aquello que habían luchado por levantar. Temblaba solo de pensarlo, pero sabía que era un mal menor en comparación con lo que les sucedería si permanecían allí.

Pensó en Witerico, en Hermigio, en Ademar, y sintió que la abandonaban las fuerzas. Aquellos hombres no merecían las duras palabras que les había dirigido cuando se despidieron. En realidad, quien habló fue su rabia por haber sido apartada de su lado en una situación tan crítica. Se había instruido a conciencia para luchar durante meses, pese a que no disfrutaba combatiendo, no era como Witerico ni nunca lo sería; lo que quería era evitar quedarse nuevamente sola, como antaño, como durante buena parte de su vida, una vida que prefería no recordar. Comprendió que no había más remedio que olvidar la frustración. Debía reconducirla de manera que le permitiera escapar de Caesaraugusta con vida, así como ofrecerles una salida al resto de sus compañeros que habían quedado en la ciudad. Se lo debía a todos.

Largo rato después llegó a los alrededores del palacio, extenuada y magullada. Se palpó con cuidado el cuello y los costados, y notó punzadas de un dolor agudo aquí y allá. Había recibido una buena paliza, aunque nadie había querido herirla, solo por haber avanzado contracorriente. En la zona norte de la ciudad, las calles estaban más tranquilas: la mayoría de los habitantes que habían optado por huir lo hacían por el antiguo cardo máximo, mucho más ancho que las callejuelas de aquel barrio y que desembocaba directamente en la puerta de la muralla.

—¡Elvia! —Al volverse vio a Marta, una de las matronas de su grupo—. Aquí, ¡estamos aquí!

La mujer se irguió, esforzándose en aparentar encontrarse mucho mejor de lo que estaba. Elvia vio a la multitud que se congregaba frente al edificio, detrás de dos carretas que eran cargadas con presteza por un grupo de siervos. Casi todos los antiguos habitantes del arrabal estaban allí. Además de a Marta, reconoció a Ana, a Edelmira y al joven Antonio, su hijo de doce años, así como a Agioulfo, el viejo guerrero manco que había dejado Ademar a cargo de la partida. Supuso que dentro del edificio estarían Haroldo y Ramiro, los hombres de armas que debían custodiar las reliquias de Bonifacio.

Tras las carretas, un enjambre de niños llorosos se aferraban a las faldas de unas madres no menos turbadas. Aunque los pequeños no podían hacerse una idea del peligro que los rodeaba, sí eran conscientes de la desazón de los adultos y del alboroto que inundaba las calles. Ella no había aprendido qué significaba la guerra hasta hacía poco, pero sabía muy bien lo que era estar sola y desvalida. Y aquellas criaturas lo estarían pronto si las cosas seguían torciéndose. Debían ponerlos a salvo, se dijo, tratando de sobreponerse a sus propios miedos.

—¿Faltan muchos por llegar? —preguntó, acercándose al grupo con Marta a su lado.

—Apenas una decena —respondió Agioulfo.

—Bien. Esperaremos un instante, es cuanto podemos hacer por ellos. Aguarda aquí, Marta —le indicó a la mujer—. Agioulfo, sígueme.

El hombre acomodó su paso al de la mujer y atravesaron juntos las puertas de la residencia del gobernador, de la que no dejaban de entrar y salir siervos acarreando cuanto de valor había en la casa, dispuestos a cargar hasta los topes los carros que aguardaban fuera. En el patio, la esposa de Bernulfo, Amalasunta, los dirigía a voces.

—¡Orosio! —gritó a uno de los suyos al reconocer a Agioulfo—. Di a los hombres de Ademar que evacúen la casa. Es hora de marcharse.

Elvia miró a los ojos a aquella digna matrona y le ofreció una respetuosa inclinación de cabeza, agradecida. Era una mujer fuerte, que había tomado las riendas de la situación y se había hecho cargo de quienes se encontraban bajo su techo. Y ella no debía ser menos. Estaba obligada con todos, no solo con quienes la esperaban en la calle, sino también con quienes habían luchado en la batalla, aquellos a los que quizá no volvería a ver.

Armindo merodeaba por las cercanías de la casa de Bernulfo desde el día anterior. Estaba seguro de que todo cuanto había de valor en el arrabal había sido trasladado allí. Por desgracia, una pareja de hombres del gobernador, así como otra de los de Ademar, custodiaban el edificio, mientras que él estaba solo. El resto de sus compañeros habían sido reclutados a la fuerza para formar parte del ejército que ahora se retiraba en desbandada. Él, siempre previsor, se había asegurado de permanecer escondido hasta el mismo instante en que el ejército de Agila había formado en la llanura.

Entonces vio aparecer a aquella mujer de pelo rojo como las hojas de otoño. Estaba casi seguro de que era la misma que había frustrado con su inoportuna llegada su intento de acabar con Ademar durante la crecida del río. Siguió sus pasos con la mirada hasta que se perdió en el interior de la casa. Tenía todo el tiempo del mundo, al menos hasta que los musulmanes asaltaran la ciudad, así que continuó escondido y se dispuso a aguardar su regreso.

Si para los hombres de Astigi había sido relativamente sencillo abandonar el campo de batalla a lomos de los caballos, avanzar dentro de la ciudad se había convertido en una tortura, entorpecidos por la agitada muchedumbre. Para colmo de males, en el instante en que los últimos de su partida cruzaban la puerta, ya eran muchos los ciudadanos que urgían a los pocos guerreros que habían permanecido en la ciudad a que la cerraran antes de que los invasores se acercaran.

Ademar, consciente de que quedaban más de tres millares de guerreros en el campo de batalla, entre ellos Witerico, Argimiro y Bernulfo, se vio obligado a dejar en la puerta a Alberico y a la mayor parte de sus hombres con órdenes de mantenerla abierta hasta que el peligro de una irrupción enemiga fuera real. Había que dar tiempo para que la mayor cantidad posible de los guerreros que habían sobrevivido alcanzara las murallas, y más si los que se quedaban pretendían resistir un asedio hasta que fueran capaces de vencer al enemigo o, al menos, forzarlo a una negociación.

La puerta norte había sido designada como el siguiente lugar de reunión. Allí debían confluir los supervivientes de su grupo, entre los que esperaba ver de nuevo a Witerico, a Alberico y al resto de los suyos. Sin embargo, antes del ansiado reencuentro tenía unas cuantas reliquias que poner a buen recaudo.

Ragnarico aún estaba sorprendido de lo sencillo que había resultado entrar en la ciudad. En cuanto los primeros guerreros de Agila comenzaron a abandonar el campo de batalla para refugiarse tras los muros, se había mezclado entre ellos aprovechando el desconcierto reinante, acompañado finalmente por una veintena de sus fieles y por Zuhayr. Habían espoleado a sus monturas para recorrer con rapidez la distancia hasta el portón, y al llegar allí nadie les había preguntado quiénes eran ni de dónde procedían. El miedo se había extendido entre los habitantes de la ciudad y cada quien se preocupaba solamente por buscar la manera de mantenerse a salvo.

Una vez dentro de los muros se dio cuenta de la dificultad

que entrañaba la misión en la que se había embarcado. Un tropel de hombres y mujeres recorría las calles, y él no sabía hacia dónde debía ir. No conocía la ciudad, y poco antes de la llegada de Agila a Caesaraugusta había tenido que suspender sus contactos con los hombres que la vigilaban para él. Así que, si bien no había que preocuparse por los hombres de armas, encontrar aquella maldita pata en medio de una ciudad tan enorme iba a resultar complicado. Sin contar con que tendría que acabar con la vida del molesto Zuhayr si hiciera falta.

Tratando de aparentar una confianza que le faltaba, dirigió a su grupo hacia el norte, buscando escapar de aquella marabunta y así poder pensar con mayor claridad.

Elvia salió de la casa del gobernador cargando en sus propias manos un saco que contenía las pertenencias del difunto Bonifacio. Junto a ella, Agioulfo portaba la pata de la mesa de Salomón, cuidadosamente envuelta en tela basta para evitar cualquier destello dorado. En medio de aquella locura, el brillo del oro resultaría demasiado tentador no solo para los enemigos, sino también para los saqueadores que siempre aparecen dispuestos a aprovechar la confusión en beneficio propio.

A su espalda, Ramiro y Haroldo habían echado mano a sus armas y caminaban escrutando recelosos lo que les esperaba en el exterior. Fueron los primeros en darse cuenta del peligro que se cernía sobre ellos.

De una de las calles cercanas emergió una veintena de jinetes, todos ellos armados. Algunas de las mujeres vitorearon a los recién llegados, dando por hecho que eran sus hombres que regresaban del combate y habían acudido a rescatarlos.

—No son de los nuestros —informó Haroldo a Elvia bajando la voz.

La mujer examinó a los guerreros, tratando de distinguir algún detalle conocido en los arreos, hasta que no pudo sino coincidir con Haroldo. En ese instante, otro hombre salió del callejón cercano, gritando un nombre que hizo que se le helara la sangre.

—¡Ragnarico! ¡Ragnarico! —Armindo, alborozado, corrió al encuentro de su señor.

Elvia sintió que se quedaba sin respiración. El jinete que iba en cabeza de la partida, el mismo hacia el que se dirigía el hombre del callejón, le resultaba desagradablemente familiar. Aquel gesto cruel, aquella fea cicatriz... A su mente regresaron imágenes que creía enterradas en lo más profundo de su memoria. Los gritos que recorrían la ciudad se entremezclaron con los que retumbaban dentro de su cabeza, recuerdo de lo sucedido años atrás.

—Que entren todos en el edificio y cierren las puertas —dijo la mujer, para sorpresa de los tres guerreros que la secundaban—. Solo deben abrirlas cuando nosotros los avisemos. Propagad la voz.

—Elvia, mujer... —trató de protestar Agioulfo, aunque lo cierto era que tampoco le gustaba el aspecto de aquel grupo.

—Hacedme caso. Enseguida —mandó ella endureciendo la voz.

Mientras los jinetes desmontaban y un ufano Ragnarico escuchaba con interés cuanto Armindo tenía que relatarle, mujeres y niños corrieron al zaguán de la casa, empujando a los siervos que aún trataban de cumplir con las órdenes de su señora. En pocos minutos, tan solo Elvia y sus tres compañeros de armas quedaron frente a la puerta cerrada.

Elvia había entregado sus avíos a las mujeres que ahora se amontonaban tras la puerta, rezando. Lentamente sacó su espada. Ragnarico, en la distancia, sonrió.

Los cuatro defensores retrocedieron, sin dar la espalda al enemigo, para poner la puerta justo detrás de ellos y tener protegido, al menos, uno de sus flancos. Elvia, sin escudo, había quedado junto a las hojas, mientras Haroldo, Ramiro y Agioulfo ofrecían sus broqueles a los hombres que formaban sin prisa, dispuestos a vencer aquella simbólica resistencia.

Elvia temblaba, pero se obligó a mantener la hoja de su espada firme, por encima de la cabeza de Agioulfo y delante de su escudo. Suponía que habría temblado igual si tan solo se hubiera tratado de su primer combate, pero la presencia de aquel monstruo al otro lado de la calle no contribuía precisamente a tranquilizarla. «En formación, hinca la espada por encima de los tuyos», le había repetido Witerico hasta la saciedad. Ella, que entonces se limitaba a asentir, ahora se daba cuenta de que nunca había tenido delante nada que se moviera tanto como lo hacía Agioulfo; temía herirlo en cuanto comenzara la lucha, si es que no moría antes.

Ragnarico avanzaba con la siniestra sonrisa que siempre mostraba cuando sabía que iba a entregarse al mayor de sus placeres: una buena carnicería. Todo le había salido bien; incluso mejor de lo esperado. Había preguntado a algunos de los ciudadanos que huían asustados dónde se encontraba la residencia del gobernante, y hacia allí se había dirigido. Si no encontraba lo que quería por el camino, al menos sería el primero en saquear la que imaginaba la vivienda más rica y suntuosa de la ciudad. Maquinaba ordenar a los suyos que asesinaran al árabe una vez allí, antes de darse a la fuga y escapar hacia el norte con los tesoros del gobernador en sus alforjas. Era un buen plan, excelente por lo improvisado que había sido, pensó. Sin embargo, nada más llegar la maldita reliquia se había mostrado ante sus ojos. Quizá no tendría que poner fin a la vida de Zuhayr, sino entregarle lo que tanto ansiaba y regresar a Astigi como su nuevo señor. Un plan alternativo igualmente satisfactorio.

Una sola cosa bastaría para que su felicidad fuera completa: encontrar también a Ademar. Si no daba con él enseguida, una vez se hubiera librado de la amenaza de la espada del árabe tendría tiempo para buscarlo, aunque se escondiera en el mismo infierno. «A ti también te llegará tu momento, hermanito», se dijo antes de lanzarse al ataque seguido muy de cerca por Armindo y Zuhayr.

Ademar notaba que su montura comenzaba a quedarse sin bríos. Era un buen caballo, diría que extraordinario, pero lo había llevado al límite de sus fuerzas. Tras horas de lucha, la cabalgada desde el campo de batalla y el esfuerzo de avanzar por las calles atestadas habían terminado por agotarlo. A pocos pasos de su destino resoplaba con insistencia y dejaba un reguero de babas a su paso.

—¡Mi señor, hay lucha! —exclamó Hermigio a su espalda.

Pronto sus ojos verificaron las palabras del joven. Allí delante, una veintena de guerreros peleaba contra un puñado de hombres que defendían la puerta a la desesperada. Aunque era imposible distinguir de quiénes se trataba, estaba claro que quienes atacaban la casa de Bernulfo solo podían ser enemigos.

—Cargaremos —indicó a sus acompañantes.

Los cuatro guerreros formaron tras él, dos a cada lado, dejando a Hermigio a su espalda. Sarus, por su parte, se afanó por situarse lo más cerca posible de Ademar.

Las seis espadas salieron de sus fundas a la vez. Los jinetes talonearon a sus monturas para instarlas a emprender un último galope y las estamparon contra los que pugnaban por echar la puerta abajo con tal empuje que muchos de ellos cayeron sin saber siquiera qué los había abatido. El propio Hermigio terminó rodando por el suelo, a pesar de que se había aferrado fuertemente a las riendas.

Todavía molido por el golpe, se forzó a ponerse en pie con presteza, buscando a su alrededor dónde había quedado su arma. Mientras trataba de localizarla comprobó que Ademar continuaba repartiendo mandobles sobre su caballo, pero Sarus y otro de los suyos ya habían puesto pie a tierra. Sin tiempo para encontrar su espada, tomó la de uno de los caídos, uno de los seis guerreros enemigos arrollados por los caballos cuyos cuerpos habían quedado tendidos en el suelo.

—¡Hermigio! ¡Hermigio! —le pareció oír que lo llamaba una familiar voz femenina. «Debo de estar loco», pensó, y se enzarzó en la desigual refriega.

Elvia había aguantado la respiración inconscientemente en cuanto los corceles de guerra de Ademar y los suyos habían irrumpido en la escena, y le había quedado claro que no se detendrían hasta estrellarse contra el muro de hombres que los amenazaba. En el instante del choque exhaló todo el aire de golpe, pues con el impacto sus enemigos, ajenos al ataque por la retaguardia, se desplazaron de repente varios pasos y apretujaron a los defensores aún más contra la puerta.

Sintió como el cuerpo de Agioulfo la sacudía, estampándola contra la madera, para desaparecer después. Boqueó tratando de recuperar el aliento, aunque estuvo a punto de quedarse de nuevo sin aire al comprobar que el viejo guerrero, tumbado a sus pies, ya no volvería a levantarse.

Viendo que su tímida defensa había sido desbaratada, Ramiro y Haroldo trataron de cubrir el hueco abierto con sus escudos, pero las dos protecciones no resultaban suficientes para los tres. El filo de una espada consiguió acertar en el costado al primero, que se había girado para proteger a la mujer. Pese al desgarrador grito que acompañó a la estocada, el guerrero no cayó. Apretó los dientes y aferró con más fuerza la rodela, dispuesto a desviar el siguiente ataque mientras Elvia se cubría con su espada.

En ese instante reconoció frente a ella el rostro martirizado que había poblado sus pesadillas durante las primeras lunas que pasó con Ademar y los suyos, aquella faz en que una horrorosa cicatriz blanquecina sustituía la oreja izquierda. Ragnarico, ignorando lo que sucedía a sus espaldas, se mordía el labio inferior, frenético, mientras descargaba un golpe tras otro, que la mujer contenía a duras penas.

Cuando pensaba que terminaría sucumbiendo ante el empuje de su contrincante, el guerrero emitió un gruñido y desapareció de su vista, rodando por el suelo al tiempo que Ademar era descabalgado de su montura. La mujer aprovechó para escapar de la trampa en la que se había convertido la doble hoja de la puerta, haciéndose a un lado, y de pronto se encontró junto a un

Hermigio que medía su acero contra un guerrero bastante más corpulento que él.

De la veintena de enemigos que habían comenzado el combate, quedaban únicamente once en pie, pero en su bando, además de ella y el joven, tan solo se mantenían combatiendo Haroldo y Sarus. Este último blandía su espada ante un guerrero de tez oscura que se movía con una gracia inusitada a pesar de su corpulencia. El visigodo no pudo evitar alejarse paulatinamente de los suyos, hasta que el árabe contra el que luchaba lo tuvo a su merced. Hermigio dio voces al reparar en ello, pero nada podía hacer por su compañero. Elvia, alertada por su voz, dirigió la mirada hacia donde Sarus respiraba por última vez, su vientre atravesado por el acero de Zuhayr. Solo quedaban cuatro en pie, y no tardó mucho en darse cuenta de que estaban condenados.

Eufórico al descubrir a su medio hermano, Ragnarico gritó también, y Elvia pensó que se asemejaba a un cuervo, vestido de negro desde las botas hasta la cabeza y graznando cual pájaro de mal agüero. Aquella voz distorsionada por la rabia hizo que todos los combatientes detuvieran la lucha un instante y observaran a los dos cabecillas. Haroldo, aún en pie, hizo una seña a la mujer para que regresara junto a la puerta. Antes de obedecerlo, ella hizo lo propio con Hermigio, que dejó al guerrero árabe a un lado mientras mirando por el rabillo del ojo permanecía atento a lo que ocurría con Ragnarico.

—¡Bienvenido, hermano! —aulló Ragnarico, recogiendo su espada del suelo y señalando con ella a Ademar, que se encontraba a seis pasos de él, también en pie—. Has convertido este día en el más dichoso de mi existencia.

Ademar, antes de ser desmontado, había acabado con tres hombres, el último de los cuales había conseguido que diera con sus huesos en el suelo. Se levantó, dolorido pero en condiciones de luchar, y escupió con rabia y desprecio a los pies de Ragnarico. Tres de los guerreros de su hermano se apresuraron a rodearlo para impedir que escapara, aunque no parecía que huir entrara en sus planes.

Cuatro contra diez, pensó Elvia, desesperada. Algo tenía que hacer.

—La reliquia, Ragnarico, es lo único que importa —oyeron asombrados que le decía el guerrero oscuro a Ragnarico.

Aprovechando la vacilación de los hombres tras las palabras del árabe, Hermigio se acercó a Elvia.

—Abre la puerta —susurró.

Ella se volvió para mirarlo a los ojos, sorprendida.

—¿Te has vuelto loco? No podemos dejarlos entrar, ¡los matarán a todos!

—Son un puñado de hombres, y ahí dentro debe de haber un centenar de personas. No tienen que combatir: con su fuga provocarán tal desconcierto que nos dará a todos una oportunidad. ¡Es nuestra única posibilidad!

Elvia miró al joven fijamente, pero Hermigio no fue capaz de sostener su mirada.

—¡Abrid, es hora de irse! —gritó la mujer, golpeando la hoja con el pomo de su espada antes de que el combate se reanudara.

XVIII

Ante la inesperada señal de la mujer las puertas se abrieron y un torrente de personas se precipitó a la calle para ponerse a salvo como fuera.

—¡Por allí! ¡Corred! —gritó Hermigio, señalando el callejón por el que llegarían al cardo, que desembocaba en la puerta norte, donde podrían reunirse con los demás.

Sus palabras fueron repitiéndose en voz alta entre la muchedumbre, ansiosa por escapar de la ciudad, mientras los guerreros de Ragnarico luchaban por quitárselos de encima y volver a entregarse al combate. Hermigio no quitaba ojo a lo que sucedía; pronto, el flujo de personas fue disminuyendo. Era la ocasión de escabullirse mezclados con los demás. Buscó con la mirada a Ademar, pero no lo encontró.

—¡Vámonos! —le urgió Elvia, agarrándolo de la muñeca y tirando de él para correr tras el grupo.

—Ademar —murmuró él, indeciso, cuando al fin reparó en la figura de su señor, que había quedado ligeramente alejada, enfrentada a la de su hermano y varios de sus esbirros.

—¡Vamos, es nuestra última oportunidad! —gritó la mujer, encarándose con él—. ¡Tú mismo lo dijiste!

Hermigio desvió la mirada hacia el enemigo más cercano, que se encontraba a una decena de pasos. Elvia estaba en lo cierto: no tendrían otra oportunidad como aquella. La tomó de la mano y comenzó a correr, paralelo al gentío, acercándose a donde estaba su señor, y cuando estaba a punto de llegar a su lado la soltó de golpe, tratando de empujarla hacia el tumulto para que continuara su camino. Sin embargo, ella se resistió a abandonarlo, aferrándose a su brazo.

Notó las uñas de Elvia clavadas en su antebrazo, a la vez que unas garras imaginarias le estrujaban el corazón al sentirse engullido por la muchedumbre que lo alejaba irremisiblemente de Ademar.

—¡Señor! —gritó desesperado—. ¡Mi señor Ademar!

El antiguo *comes* oyó la voz de su escudero y miró entre el gentío. Enseguida lo vio luchando por avanzar contracorriente.

—¡Hermigio! Recuerda tu promesa. Este es mi destino, ¡haz honor a tu palabra y ve tú a por el tuyo!

El *comes* se volvió de nuevo hacia Ragnarico. Su destino, la única luz de sus días oscuros, se encontraba frente a él. Durante dos largos años había pedido cada noche en sus oraciones la oportunidad de cruzarse con su hermano y acabar con él. Y ahora por fin se le concedía.

Poco a poco, la marea humana fue desapareciendo, escurriéndose por las calles vecinas como el agua del Iber en primavera, buscando su propio camino y dejando a su paso un rastro de escombros y útiles desperdigados.

Cuando solo quedaba el eco de los pasos y las voces, Ademar miró en derredor. Además de su hermano, tenía a tres de sus hombres casi encima y otros cuatro más alejados. Uno de ellos, el que había acabado con Sarus, se dirigió de nuevo a su medio hermano con aquel acento tan peculiar.

—La reliquia es lo único que importa, cristiano.

Ragnarico lo miró con desagrado. Una vez frente a frente con su hermano, había olvidado tanto a Zuhayr como a aquel fastidioso objeto.

—Buscadla dentro. También deberías enviar hombres tras la muchedumbre, en previsión de que se la hayan llevado.

El árabe miró fijamente al visigodo, molesto por el poco interés que este mostraba por el que debería ser su único propósito, pero la locura que brillaba en el fondo de sus pupilas lo convenció de que sería inútil tratar de razonar con él. Todavía necesitaban al cristiano. Llegado el momento, volverían a dejarle las cosas claras, teniendo en cuenta que el miedo era el único argumento que parecía comprender.

Hizo una seña a otro de los hombres para que lo acompañara al palacio y mandó a otros dos en pos de los fugitivos. Los demás cerraron el círculo alrededor de Ademar. Un Ademar que todavía intentaba digerir las palabras del árabe: aquellos hombres habían llegado buscando una reliquia. Y solo sabía de una lo suficientemente importante como para desatar tal interés, la misma que él había custodiado desde la muerte de Bonifacio. Si era aquello lo que quería su hermano, nunca lo tendría.

Ademar hizo bailar la empuñadura de su espada al tiempo que estudiaba los rostros de sus adversarios. Reconoció a Favila y a Alvar, dos de los favoritos de Ragnarico; escoria como él. No conocía a los otros, que lo miraban con odio. Estaba seguro de que lo culpaban de todas sus desgracias, pues él los había expulsado de su ciudad. En cuanto pudieran, se abalanzarían sobre él. Lo primero, sin embargo, era saldar cuentas con Ragnarico.

—Solo tú y yo —exigió, apuntándolo con su espada—. Si es que te atreves —retó, escupiendo a sus pies.

Ragnarico dudó. Su hermano siempre había sido un excelente luchador, mejor que él, y había tenido suficientes pruebas de ello en el pasado. Con todo, su amor propio le impedía reconocerlo, y más delante de sus hombres. Valoró la situación: ninguno portaba escudo, así que la resolución sería rápida. Eso le favorecía, pues de lo contrario la mayor fuerza de Ademar habría terminado por imponerse.

—¡Dejadnos espacio! —bramó. Los guerreros se apartaron, sin deshacer el círculo.

Un gesto discreto indicó a Armindo que su señor esperaba de ellos que intervinieran si la suerte le resultaba esquiva en el combate. Ragnarico era orgulloso, pero no idiota, y no pensaba renunciar a su ventaja así como así.

Ademar se adelantó, y ambos comenzaron a tantearse, haciendo que el repiqueteo del metal volviera a resonar en las calles, ahora tranquilas. Ragnarico, de reacciones más lentas, se vio obligado a retroceder paso a paso; cuando se encontraban próximos al círculo de guerreros, uno de ellos lanzó una estocada al costado de Ademar, que consiguió desviar la hoja pero perdió ímpetu en su avance.

—Pensé que al menos tendrías coraje suficiente para librar tú solo tus propias batallas, pero veo que continúas siendo el mismo perro cobarde y traicionero de siempre. —Ademar esbozó una sonrisa amarga.

—¡Conteneos! —gritó Ragnarico a Favila, furioso, más que por el respaldo de este, por las palabras de su hermano.

Los hombres volvieron a separarse y los contendientes se colocaron en guardia. Los aceros se encontraron de nuevo, pero ahora la rabia daba alas a Ragnarico y la lucha se igualó.

Multitud de recuerdos desgraciados se agolpaban en la mente de Ademar, pero le daban fuerzas para continuar asestando golpe tras golpe. Por su cabeza desfilaban un sinfín de imágenes, sucediéndose unas a otras: su madre, su mujer, su ciudad, e incluso el rostro desencajado de Elvia cuando la rescataron del almacén.

Se lanzó a la carga, con la espada convertida en una prolongación del brazo, y el brazo, en instrumento de su venganza. La descargó con furia, desviando cada uno de los desesperados intentos de Ragnarico, cuya expresión aterrada dejaba entrever el miedo que había anidado fuertemente en sus entrañas. A su espalda, Armindo dudaba de si había llegado el momento de socorrer a su señor, pero la duda se disipó cuando la hoja de Ademar venció la guardia de Ragnarico y le abrió la carne del muslo, lo cual hizo brotar a la vez un chorro de sangre de la herida y un grito agónico de su garganta. Armindo se lanzó adelante con su acero en ristre, como si se tratara de una lanza; arremetió contra la espalda de Ademar, destrozó su malla y penetró todo lo que encontró a su paso hasta aparecer por el otro lado de su abdomen. Con el labio inferior tembloroso, Ragnarico parecía a punto de desmayarse. Su hermano le sostuvo la mirada, su vientre ensartado, la vida escapando poco a poco de su cuerpo. Había estado tan cerca de conseguirlo..., pero había fallado.

Zuhayr salió del palacio hecho una furia.

—No está aquí. ¡Se la han llevado! ¡Pagarás por esto, Ragnarico, maldito idiota! ¡Mi señor te hará ejecutar si no se la entregamos pronto!

Aquellas palabras arrancaron una grotesca sonrisa a Ademar. Al menos le quedaba esa satisfacción; puede que muriera allí mismo, pero lo haría en paz, pues había entendido que para una alimaña como Ragnarico vivir perseguido por sus demonios podía ser peor castigo incluso que la muerte.

—Tú también morirás, pero antes sufrirás en vida como mereces —consiguió decir con sus últimas fuerzas, mientras Armindo continuaba aferrando el acero que le destrozaba las entrañas.

Ragnarico soltó un grito y se arrojó adelante para golpearlo.

—¡Tú primero, bastardo! —gritó con un hilo de saliva escapando entre sus labios.

Para cuando acertó a recoger su espada del suelo, Ademar, señor de Astigi, ya había exhalado su último suspiro. Aun así, Ragnarico dejó caer el acero sobre su cuerpo una y otra vez, la rabia consumiéndole el alma, con las últimas palabras de su hermano resonando en su cerebro como una maldición.

Armindo lo observaba horrorizado, cubierto por doquier de la sangre del hombre al que había asesinado por la espalda. Se miró las manos sin atreverse a recuperar su espada del cuerpo, apabullado por la locura que parecía haber poseído a su señor. Los ojos abiertos de Ademar miraban al cielo con una expresión de paz que había terminado con la poca cordura que le quedaba a Ragnarico.

Desde una de las bocacalles cercanas, Yussuf ibn Tabbit contemplaba la escena. Había entrado solo y vestido con las ropas de uno de los godos muertos en combate, mientras los suyos aguardaban fuera. Al desviar la mirada de Ragnarico, que sollozaba aferrándose la pierna herida, reparó en el rostro crispado de Zuhayr. A pesar de la distancia, era evidente la ira que lo invadía: la reliquia no se había revelado. La búsqueda debía continuar.

Gran parte de las tropas que habían plantado cara a Musa lograron llegar hasta la ilusoria protección que parecían otorgar las murallas de Caesaraugusta. De los diez mil hombres que habían tomado parte en la lucha, poco más de dos millares fueron capturados, e igual número dejaron la vida en el campo de batalla. El resto ocupaba las murallas frente al indiscutible vencedor del conflicto: Musa.

Con Agila muerto y Bernulfo desaparecido, el conde Casio tomó el mando de la ciudad. Mientras él organizaba la defensa en la muralla sur, en el extremo opuesto centenares de civiles huían rumbo al norte y al este, aprovechando que las tropas extranjeras aún no habían rodeado la ciudad. Entre ellos, Hermigio y Elvia, que aguardaron hasta poder reunirse con los hombres de Alberico que, ateniéndose a la última orden de su señor, habían guarnecido la puerta sur hasta el instante en el que las tropas ligeras bereberes se habían acercado peligrosamente a la fortificación.

Alberico sonrió, aliviado, al descubrir al joven entre la multitud y se acercó a él mientras sus hombres buscaban a sus familias entre los refugiados.

—¿Dónde está Ademar? —preguntó extrañado.

A Hermigio no le salía la voz, todavía conmocionado por lo sucedido. Al reparar en su expresión, cualquier rastro de sonrisa desapareció del rostro de Alberico.

—¿Qué ha pasado, Hermigio? —insistió, sintiendo crecer el desasosiego en el pecho.

Hermigio boqueó en silencio, y fue Elvia la que tuvo que acudir en su ayuda.

—Fuimos atacados durante la fuga. Ademar cayó —dijo con un hilo de voz.

—¡Eso es imposible! ¿Quién os atacó, mujer? —gritó el guerrero, sobresaltando a la muchedumbre—. ¿Quién en su sano juicio atacaría a un grupo de hombres armados como vosotros?— exclamó, y señaló al desconsolado Hermigio, que reaccionó por fin.

—Nos sorprendieron en el palacio de Bernulfo. Buscaban esto. —Alzó el saco que contenía la reliquia, recordando las voces del árabe que acompañara a Ragnarico.

A Alberico le entró un fuerte mareo, súbitamente una náusea le atenazaba las entrañas. Sus piernas vacilaron, pero se obligó a mantenerse erguido.

—¿Quién? —preguntó de forma apenas audible.

—Eran godos —aseguró Elvia.

—Y también había un árabe —apuntó Hermigio.

—¿Godos? ¿Cómo es posible? ¿Saqueadores?

—Ragnarico en persona —informó Haroldo, acercándose con el pesar escrito en la cara.

Alberico escupió, presa la furia. Sin mediar más palabras, dio media vuelta y pidió a gritos su montura.

—¡No! —gritó Hermigio al ver al guerrero decidido a regresar a la ciudad—. ¡Eso es lo que él quiere! Morirás, y tu sacrificio será en vano. Dejemos que sea él quien venga a por nosotros; sabe que tenemos lo que quiere. Lo esperaremos y acabaremos con su vida.

—¿Que mi sacrificio será en vano? ¡Dejaré el suelo regado con las vísceras de ese traidor malnacido!

—Escucha al muchacho —intervino Haroldo—. Yo mismo oí como Ademar le pedía que pusiera la reliquia a salvo. Si queremos cumplir su voluntad, tenemos que largarnos de aquí.

Alberico escrutó al guerrero en silencio. Su mundo se desmoronaba. Podía soportar que cayeran las murallas de la ciudad, e incluso que el reino en el que habían vivido él y sus ante-pasados estuviera al borde del colapso, pero Ademar era todo lo que le quedaba para aferrarse a un pasado feliz, cuando tenía un hogar y sus hijos pequeños jugaban en él. Y ahora su señor, su amigo, había sido asesinado. Se habían conjurado para vengarse de Ragnarico y habían fracasado. Todo se descomponía ante sus ojos y solo podía pensar que no había estado a su lado en el momento crucial.

—Esta es nuestra misión ahora —aseguró Elvia con suavidad.

Tras ella, uno de los guerreros le tendía las riendas de su caballo.

—Lo mataremos, Alberico. Acabaremos con él cuando no cuente con un ejército a sus espaldas —prometió Haroldo.

—Vendrá a nosotros, estoy seguro —dijo Hermigio—. Estaremos preparados y lo liquidaremos. Vengaremos a Ademar.

Mientras Hermigio hablaba, Alberico desvió la mirada hacia los hombres que había comandado. Todos parecían cansados, él también lo estaba. La ciudad no tardaría en caer; más les valía regresar a los caminos y alejarse de Caesaraugusta cuanto pudieran. En el mejor de los casos, si la urbe era sometida a asedio, la caballería extranjera mientras tanto podría batir a su antojo las comarcas aledañas. Apartó los ojos de los guerreros y se fijó en la cola de aquella columna que aguardaba a que ellos se pusieran de acuerdo para ponerse en marcha. Entre el gentío vio a Teudis fuertemente aferrado a las faldas de su madre y a Afrila, el mayor de sus hijos, observando atentamente la muralla que poco a poco iba siendo ocupada de nuevo por soldados. Poco más de cincuenta hombres, casi el doble de mujeres y niños. No podrían ir muy lejos si la caballería bereber salía tras ellos. Ni siquiera había monturas para todos: serían presa fácil para los veloces jinetes extranjeros.

Hermigio contemplaba a Alberico, expectante. De repente, el familiar repiqueteo del metal contra las piernas de los guerreros en marcha le hizo dirigir la vista hacia la muralla, donde los hombres de Casio comenzaban a tomar posiciones. Pronto las puertas se cerrarían y los dejarían fuera, y ya no habría posibilidad de volver atrás.

El pequeño Teudis levantó la manita para saludar a los guerreros de la muralla, y uno de ellos le devolvió el gesto, agitando la mano como si lo animara a alejarse cuanto antes de allí. Al ver aquel gesto, Alberico se obligó a recordarse que todavía quedaban cosas por las que luchar.

—En marcha —gritó mientras hacía señas a los jinetes para que comenzaran a organizar la partida.

La columna de refugiados echó a andar lentamente. Mujeres y niños, cargando con aquello que habían logrado salvar, comenzaron a caminar por la calzada, mientras media docena de jinetes avanzaban para posicionarse en la vanguardia y otros tantos se colocaban en los flancos. El resto descabalgaron y se incorporaron a la columna, con lo que dejaron su lugar a lomos de los caballos a los enseres más pesados, a los impedidos o a las madres recientes con sus criaturas. La larga marcha había dado comienzo.

Desde la muralla, los guerreros contemplaron la partida de la columna, pero, una vez atrancadas las puertas, lo que ocurriera con ella no les importaba. Con el ejército enemigo reorganizándose tras el combate, se abría un periodo de incertidumbre para todos: para los que guarnecían la ciudad y para los que se alejaban por la calzada.

Los refugiados abandonaban en silencio, sin gritos ni llantos el que había sido su hogar durante los últimos dos años. No echarían de menos Caesaraugusta, nunca había sido su hogar, aunque sí a Ademar, pensó Hermigio, al que justo en ese instante sorprendió el tacto de la mano de Elvia sobre la suya. Miró a la mujer, pero ella no le correspondió, sino que mantuvo los ojos bajos tratando de ocultar las lágrimas. Le estrechó la mano para transmitirle fuerzas.

De pronto, los centinelas de la muralla gritaron y los refugiados volvieron la vista al sur, por donde, paralela al lienzo, se acercaba al galope una partida de jinetes. En pocos minutos era audible el retumbar de los cascos en la tierra. Los caballos se balanceaban al correr, dando muestras de fatiga, pero aun así continuaban adelante.

Hermigio trató de contar a los jinetes desde la distancia. Eran poco más de una veintena, y en un principio los que galopaban en cabeza no le resultaron familiares.

—No son bereberes —anunció Haroldo, esperanzado.

Elvia, al oír la voz del guerrero, levantó la vista y retiró su mano de la de Hermigio. Se enjugó las lágrimas con el dorso. Si quien se acercaba era Ragnarico, no iba a permitir que la viera llorar. Alzó la barbilla, pero su gesto desafiante no tardó en transformarse en otro alegre al reconocer a aquellos hombres.

—¡Witerico! ¡Es Witerico! —exclamó, corriendo hacia él.

Hermigio notó como si la llama que templaba su interior se apagara de golpe, como si una violenta ráfaga de aire hubiera azotado las primeras chispas de una hoguera. Sintió la mano fría, huérfana sin el tacto de Elvia. Su corazón se alegró con sinceridad al reconocer a Witerico, pero no pudo evitar que se le hiciera un nudo en la garganta al comprender que era a aquel hombre a quien la mujer amaba.

Witerico comenzó a gritar, para regocijo de los hombres que cerraban la marcha de la columna, al reconocer a sus compañeros.

—¡Astigi, Astigi! —vociferó, y los hombres repitieron el cántico.

En lugar de desmontar del caballo aupó a Elvia casi sin esfuerzo y la colocó entre su cuerpo y el cuello del animal, estrechándola entre sus brazos.

—Ahora sí podemos marcharnos —exclamó Alberico, aliviado al comprobar que al menos no debía lamentar más pérdidas por esa jornada.

Hermigio asintió, pero no pudo moverse. Se quedó allí de pie mientras Alberico subía a su montura y partía en busca de la caravana. Pronto Witerico estuvo a su lado, con Elvia aún aferrada a su pecho.

—Me alegro de verte, muchacho —dijo, aunque no sonreía.

Entonces Elvia pareció reaccionar y se separó del torso de Witerico. Sus ojos, enrojecidos, proclamaban que había llorado, abandonándose a las lágrimas tras el miedo y el dolor. El guerrero le acariciaba el cabello tratando de consolarla.

—Y yo, Witerico. Ademar...

El guerrero no lo dejó terminar la frase. Ya lo sabía, como Hermigio había intuido.

—Elvia me lo ha contado. También me ha dicho que le has jurado a Alberico que cumpliremos su última voluntad y que nos vengaremos de su asesino.

Hermigio tragó saliva. No recordaba haber hecho juramento alguno, aunque entendió que no hubiera sido lo más acertado informar a Witerico de aquella nimiedad.

—Sí. Es lo mínimo que podemos hacer por él.

—Estaré a tu lado, Hermigio, pero tú no nos falles, ni a mí ni a toda esa gente —dijo, señalando a la columna que ya había retomado la marcha y seguía alejándose poco a poco de los muros de Caesaraugusta—. Protegeremos esa cosa —apuntó, sin poder evitar cierto desagrado al decirlo—. Si es lo que Ademar quería, lo haremos, pero más tarde o más temprano iremos a por Ragnarico. Cuando eso ocurra, quiero ser yo el que lo mate. Yo lo enviaré al infierno como se merece ese ruin bastardo.

Elvia asistía en silencio a la conversación. Por muy protegida que se hubiera sentido entre los brazos de Witerico, las dificultades estaban lejos de acabar. Aquellos hombres no descansarían hasta vengar a su señor y arrancarle la vida al engendro que poblaba sus pesadillas. Inconscientemente, sus manos se aferraron a la cota de malla de Witerico.

—Así lo haremos —respondió el joven.

Witerico hizo un gesto con la cabeza y tiró de las riendas de su caballo para dirigirlo hacia el norte, tras las huellas que había dejado el corcel de Alberico.

Hermigio se quedó solo y apesadumbrado, sin fuerzas para caminar. Se le había partido el corazón, y lo peor era la idea de que su desconsuelo no se debía solamente a la pérdida de Ademar, sino también a la súbita lejanía de Elvia, a la certeza de que no volvería a buscar consuelo en él ahora que Witerico estaba a su lado. Quería a aquel hombre como si fuera un hermano mayor, pero una pequeña parte egoísta, amarga e indigna de su conciencia era incapaz de celebrar que hubiera vuelto con vida.

Una nueva voz lo sacó de sus meditaciones.

—¡Muchacho! Qué alegría verte de una pieza. Al fin una buena noticia.

El joven levantó los ojos y se topó con Argimiro. El guerrero del norte también había conseguido sobrevivir a aquella jornada. Los hombres a los que no había reconocido debían de ser de los suyos, pues se mantenían cerca.

El norteño presentaba una estampa deplorable. Había perdido el escudo y el yelmo, únicamente una espada le colgaba del cinto, y la cota de mallas se veía cubierta de mugre, e incluso desgarrada en el costado izquierdo. Argimiro debía de haber recibido un golpe tremendo, suficiente para matarlo. Sin embargo allí estaba, frente a él, en pie.

—Vos también lo estáis, señor Argimiro. Alabado sea Dios.

—De paso, alabado sea también tu amigo Witerico. Sin él, todos los míos habríamos dejado la vida en la batalla —dijo, señalando a algunos de los jinetes recién llegados—. Witerico me ha dicho que tu señor ha fallecido. Lo siento de veras: era un buen tipo. Por desgracia, es extraño encontrar hombres como él en estos tiempos de zozobra.

—Gracias a su sacrificio estamos nosotros aquí. —El chico bajó la cabeza apenado.

—¿Y qué haréis ahora? ¿Hacia dónde dirigiréis vuestros pasos?

—Hacia Roma —respondió, intentando aparentar una seguridad que estaba lejos de sentir. Se consideraba un impostor: tanto Alberico como Witerico confiaban en él, pero lo cierto era que no tenía la más remota idea de cómo iban a conseguir llegar a esa ciudad.

Argimiro dio un respingo, sorprendido.

—¿Todos? ¿Mujeres y niños también? Os retrasarían demasiado. Además, el camino no está exento de peligros. —Argimiro se inclinó sobre su montura, acercándose al rostro del joven—. Conozco la ruta hasta Carcassona, y allí me dirigiré. Se encuentra muy al norte, detrás de las montañas más grandes que hayas visto en tu vida. Desde Carcassona os resultará sencillo llegar a Narbona, donde podréis tomar una nave que os lleve a Italia o, si lo preferís, continuar por tierra. Vistas las circunstancias, no creo que haya una vía mejor. Incluso, si queréis, podéis dejar a vuestras familias conmigo, en Carcassona, si eso sirve de ayuda a quienes me salvaron de una muerte cierta.

Hermigio asintió agradecido. Aquel era un buen principio. Apenas dos años atrás no había salido nunca de los alrededores de Toletum, y ahora se disponía a llegar a la mismísima ciudad de los césares, atravesando reinos y montañas. Hombres como Ademar morían mientras otros como él se veían envueltos en semejante embrollo. Sin duda, el mundo había sucumbido a la locura, pensó.

Argimiro se alejó para reunirse con sus hombres, que formarían la retaguardia del grupo. Hermigio echó una última mirada hacia atrás, despidiéndose de la ciudad que lo había acogido durante los que tenía por los mejores dos años de su vida hasta entonces. Ahora un nuevo camino se abría ante él.

—A Carcassona —murmuró, preguntándose dónde demonios se encontraría aquella ciudad.

XIX

Con la muerte de Agila, el que había sido su reino, si es que lo había llegado a ser, poco tardó en desmoronarse. Los señores de la Septimania se refugiaron más allá de las montañas, y un noble llamado Ardo se proclamó sucesor del difunto rey.

Caesaraugusta fue la primera de una larga lista de ciudades en capitular. El *comes* Casio, sabiéndose en inferioridad, ofreció la paz a los extranjeros, se convirtió a su fe y mantuvo el control sobre aquellas tierras, a las que gobernó con el nuevo nombre de Qasi.

Tras asegurarse la posesión de la ciudad que les había abierto las puertas de la Tarraconense, las tropas de Musa y de Tariq, conjuntamente, continuaron su avance por la provincia, tomando múltiples plazas, hasta el día en el que Mugith al-Rumi regresó por fin de su viaje a Oriente.

La noche había caído sobre el pequeño valle que había acogido a hombres y mujeres. Después de semanas vagando, siempre hacia el norte, perseguidos por una jauría de hombres y bestias que parecían no cejar en su empeño de darles caza, aquel valle encajonado entre imponentes montañas les servía de refugio en el que descansar unos pocos días.

Sus pasos los habían ido alejando poco a poco de las grandes ciudades, e incluso de los poblados que languidecían junto a las calzadas. Como una maldición, su estancia en las aldeas donde se habían detenido no había traído más que desgracia a sus habitantes.

Sentados a cierta distancia de la muchedumbre que descansaba sobre la hierba húmeda, Argimiro y Hermigio hablaban en voz baja con uno de los lugareños. Se trataba de Marcial, un orondo religioso que llevaba más de quince años difundiendo las enseñanzas de su dios entre los montaraces que vivían en la comarca. Un lugar bendito, ajeno a muchos de los pecados tan propios del hombre, según explicó a los recién llegados.

Marcial era curioso por naturaleza, y semejante pareja le intrigaba. Argimiro, con su pose de guerrero veterano, un noble de cabello largo hasta donde acababa el cuello, barba poblada y mirada decidida, fuerte pero ya no un chiquillo, era todo lo contrario que su acompañante: un muchacho que acababa de entrar en la edad adulta y que no dejaba de acariciar el pomo de la espada corta que descansaba en su costado, por mucho que el arma hubiera dejado atrás hacía mucho sus mejores años.

Los vecinos de la zona habían acudido en busca del consejo del religioso en cuanto habían descubierto al grupo o, al menos, cuando la presencia de hombres armados entre los refugiados había logrado disuadir a los más belicosos de tratar de arreglar el asunto por su cuenta, asaltando a la columna en su penoso deambular para quedarse con todas sus pertenencias. Finalmente habían decidido ofrecerles un lugar donde resguardarse mientras los más débiles se recuperaban de la exigente marcha que llevaban semanas soportando. Y el sacerdote no quiso desaprovechar la oportunidad de recabar información de primera mano acerca de la situación de la comarca.

—No sé ni de reyes ni de guerras. Esa es la gran ventaja de vivir en un lugar alejado del mundanal ruido —les aseguró, cómodamente recostado junto a la fogata.

—Sois dichoso, en verdad —respondió Argimiro.

—Lo soy. Aunque en los últimos meses incluso en este remoto valle hemos recibido noticias preocupantes. Algunos de mis feligreses tienen familia en el llano, y a través de ellos nos llegan ecos confusos de nuevas turbadoras.

Hermigio asintió con pesar. Desde hacía varias jornadas habían abandonado la llanura para sumergirse en aquella frondosa selva, en la que esperaban hacer desaparecer su rastro. Hasta entonces habían avanzado a buen ritmo, azuzados por sus perseguidores, que no dudaban en abatirse sobre cualquier aldea que los hubiera acogido. Tan solo a la sombra de las montañas parecían haberlos dejado atrás.

—Debéis cuidaros, y también debéis hacer lo propio con los vuestros —dijo Argimiro, agradecido pero a la vez temeroso de atraer la desgracia hasta aquel rincón perdido en medio de las montañas—. Os aseguro que continuaremos nuestro camino en cuanto las mujeres y los enfermos se hayan repuesto. Será tan solo cuestión de unos pocos días; luego, proseguiremos sin importunaros más.

Marcial asintió, consciente de la seriedad que en ningún instante había abandonado el rostro de su interlocutor.

—Se nos echa encima el invierno y los pasos de montaña pronto no serán seguros. Y menos para una partida tan numerosa como la vuestra. Quizá sea mejor que permanezcáis en los alrededores durante una temporada.

Hermigio elevó la mirada hacia el religioso, agradecido. Se sentía terriblemente cansado; todos lo estaban. De manera que al enterarse de que el ejército extranjero se había detenido en Ilerda, habían buscado refugio en aquellos valles recónditos con el propósito de detenerse y pasar desapercibidos. La idea de descansar unos pocos días se extendió como un bálsamo sobre su pecho.

—Resulta peligroso darnos cobijo —repuso Argimiro, haciendo tambalear sus esperanzas.

—Nuestro Señor nos enseña que debemos dar cobijo al vagabundo. Mañana seguiréis a Damián, que conoce hasta el último sendero de estos valles; en poco más de una semana de camino llegaréis a un lugar donde no debéis temer que os encuentren, al menos durante una buena temporada. Estas montañas son un lugar perfecto donde perderse; y, si tenéis fe, puede que logréis escuchar en su silencio la voz de Dios.

Argimiro asintió, buscando la mirada de Hermigio. El muchacho había madurado mucho desde que lo conociera y gozaba de cierto predicamento en el grupo de refugiados, pues tanto Witerico como Alberico habían demostrado que confiaban en él.

Hermigio se removió, incómodo, sin saber muy bien qué esperaba Argimiro de él. Desde que se convirtiera en depositario de la última voluntad de Ademar, todos lo miraban como si tuviera que saber qué hacer, cuando en realidad no tenía más plan que avanzar hacia el norte, poner tierra de por medio entre ellos y sus perseguidores y plantarse en Carcassona lo antes posible.

El inconveniente era que muchos de quienes componían su grupo no podían continuar avanzando al mismo ritmo. Los niños enfermaban, las raciones eran cada vez más magras y muchos hombres y mujeres parecían haber llegado al límite de sus fuerzas. Por si eso fuera poco, estaban a las puertas del invierno, y bien podía imaginar él lo peligroso que resultaría adentrarse en terreno montañoso cuando la nieve comenzara a caer, las ventiscas soplaran incansables y el suelo helado convirtiera cada paso en una traicionera trampa. Casi sin querer, asintió levemente, y Argimiro correspondió a su gesto.

—Os estamos profundamente agradecidos, Marcial. Lo hablaremos con los nuestros, pero creo que todos estaremos de acuerdo en aceptar vuestra generosa propuesta —dijo Argimiro, y sus palabras hicieron que a Hermigio se le escapara un suspiro de alivio—. Procuraremos no causaros ninguna molestia.

—Perded cuidado. Estaremos tan alejados unos de otros que no podríais molestarnos ni aunque quisierais. —Marcial sonrió—. Solo lamentaré no poder serviros según me capacita mi ministerio, si así lo necesitarais.

—No os preocupéis. Será más seguro no mantener contacto. Según se derritan las nieves, continuaremos la marcha.

—Pues no se hable más. Mañana nuestros caminos se separarán, pero esta noche beberéis conmigo. No recibimos viajeros a menudo, y a veces me siento solo. Sé que Dios me pone a prueba. —El sacerdote exhaló un profundo suspiro—. ¿No os he contado todavía por qué me encuentro aquí?

Tanto Argimiro como Hermigio negaron con la cabeza, y el noble le hizo un gesto para que continuara hablando.

—Pues porque soy muy curioso, y me cuesta no hablar de más. Por eso mis superiores me enviaron aquí desde mi Tarraco natal: para que cultivara la humildad y aprendiera a apreciar el silencio. Pensé que sería cuestión de un invierno, quizá dos..., y ya llevo quince.

—¿Y han logrado su propósito? —inquirió Argimiro.

—Solo en parte. Ahora bien, no creo que mi penitencia sea menor por permitirme una única noche de solaz. Mañana regresaré a mi hogar, entre mis abejas y mis plantas, pero hoy tenéis que probar mi exquisito licor de manzana.

—Pensé que las cultivabais como alimento —se sorprendió Hermigio.

Marcial esbozó una sonrisa pícara.

—El hombre necesita comer, pero también beber.

Ninguno de los cabecillas del ejército, ni árabe ni bereber, habría imaginado que Mugith al-Rumi regresara tan pronto de su misión en Oriente. Musa había calculado que dispondría al menos de un año desde que envió su mensaje hasta que recibiera la respuesta. En cambio, habían pasado menos de seis meses cuando su servidor regresó con una carta en la que se exigía su inmediato regreso a Damasco para dar cuenta de su desempeño en Hispania.

Presentarse en el nido de víboras que crecía bajo la sombra del gran Al-Walid ibn Abd al-Malik era una maniobra de la que podía salir malparado si quienes allí medraban se veían amenazados por su buena estrella. Mientras leía las palabras transcritas con primorosa caligrafía por los escribas del padre de todos los creyentes, lamentaba profundamente no tener aún en su poder la reliquia en la que había depositado tantas esperanzas.

Había recorrido la región, sometiendo numerosas poblaciones, siempre tras los pasos del grupo de refugiados que la tenían en su poder. Pero una vez tras otra, cuando creía tenerlos a su alcance, resultaba que había llegado demasiado tarde y parecían haberse desvanecido, escurriéndose entre sus dedos como el humo.

Estaba furioso, y el tono autoritario de la carta de Al-Walid no había ayudado, precisamente, a apaciguarlo. Quizá por ello decidió desoír las súplicas de Mugith al-Rumi de emprender juntos el camino de regreso cuanto antes y postergó el viaje unos meses para mientras tanto poder dar por fin con la pieza que le faltaba para completar la mesa de Salomón.

Su primera intención al enterarse del fracaso del visigodo, Ragnarico, y su fiel Zuhayr en la que sería llamada Saraqusta, había sido ordenar la ejecución de aquel renegado. Sin embargo, Zuhayr se había mostrado partidario de mantenerlo con vida. A pesar de que para él era evidente que lo poseía la locura, seguía pensando que el visigodo era el más indicado para encontrar la reliquia.

—Ese demonio, mi señor, puede ser parte de la solución de vuestro problema —insistió, ante la sorpresa de Musa.

—¿Qué quieres decir?

—El odio que siente por su medio hermano, al que arrebató la vida en la ciudad, no ha hecho más que crecer en su corazón desde aquel día. Muy al contrario de lo que pensaba, matarlo no lo ha aliviado. Tras la pelea, el visigodo y su medio hermano hablaron de la reliquia que tanto anheláis, mi señor, y aquel, al saber que Ragnarico la buscaba, no ocultó su satisfacción por que sus hombres la hubieran puesto a salvo. A partir de ese instante no pasa un día sin que su demonio interior lo incite a buscar esa reliquia y a hacerse con ella, pues, a su entender, hasta que no la tenga en su poder no habrá vencido por completo a su medio hermano.

Aquella conversación con Zuhayr había turbado a Musa. No le gustaba tener que confiar en aquel visigodo lunático, pero su servidor había dado sobradas muestras de ser un hombre cabal, así que decidió fiarse de su intuición y continuar encomendándose a los dos hombres y al centenar de árabes escogidos que había puesto a su cargo para que cumplieran con su cometido. Entonces, más tranquilo, abandonó Ilerda.

Ese mismo año 714, el 95 de la hégira, mientras Ardo era elevado al trono, Musa ibn Nusayr y Tariq ibn Ziyab abandonaron la Tarraconense y emprendieron cada uno su camino. El segundo inició una campaña al norte de Toletum que en pocos meses le permitió tomar la ciudad de Legio y someter la plaza fuerte conocida como Amaya, en los alrededores de Cantabria, lo que provocó la huida del que hasta entonces era su señor, el *dux* Pedro. Musa, por su parte, dirigió sus pasos aún más al norte. Saqueó los valles astures y, una vez en el llano, tomó la ciudad fortificada conocida como Lucus Augusti. Fue allí donde volvieron a sorprenderlo unos emisarios enviados por Al-Walid ibn Abd al-Malik, el califa.

Tras recibir la visita y escuchar cuanto tenía que decir el heraldo, Musa lo despidió y se quedó a solas en la enorme y vacía estancia que había sido el *scriptorium* del Palacio Episcopal. Las mesas en las que los monjes transcribían sus manuscritos antes de su llegada habían sido apiladas fuera de la ciudad, donde serían utilizadas como combustible para prender fuego a los cadáveres que sus hombres seguían amontonando más allá de los límites de la muralla. Nada incomodaba más a Musa que la pestilencia que sobrevenía a una batalla o a un saqueo, como había sido el caso.

Se apoyó en la ventana, pues súbitamente se había sentido sin aire suficiente para respirar. Desde allí veía como sus hombres trabajaban para cumplir su cometido, pero sus ojos en realidad no reparaban en ellos. En sus manos temblorosas aún sujetaba el escrito con el que el omeya exigía su regreso a Oriente. Se sentó en el banco de piedra junto a la ventana y se obligó a leerlo nuevamente.

Lo requerían en Damasco, donde debía presentarse con la mayor urgencia. Eso no era nuevo ni, desde luego, inesperado, pero sí lo eran las líneas que completaban aquel perfumado mensaje. No solo a él lo llamaba el señor de los creyentes, sino también a Tariq ibn Ziyab, y lo más sorprendente era que a ambos se les exigía que, junto con cuantas riquezas estimaran a la altura de su soberano y que debían ofrecerle a aquel a su regreso, llevaran consigo la conocida como la «mesa del rey Salomón».

El papel se le escurrió de los dedos y fue cayendo suavemente al suelo de mosaico como la hoja que se desprende de un árbol al llegar el otoño. ¿Cómo se habría enterado el califa de la existencia de la reliquia?

Primeramente, sus sospechas se centraron en Mugith al-Rumi. Él era el único que había estado en presencia de Al-Walid después de haber pisado suelo hispano. Sin embargo, para cuando su subordinado había abandonado Hispania, lo que se contaba de la reliquia eran para él simples habladurías, que no habían tomado cuerpo hasta su conversación con Oppas.

El obispo quedaba descartado, pues era a él a quien el religioso había confiado tal secreto antes de morir para poner freno a la ambición de Tariq ibn Ziyab. Aquel maldito bereber... Tenía que haber sido él, se dijo. Querría vengarse por el trato que había recibido desde su llegada ofreciéndole al califa la poderosa reliquia, hundiéndolo a él y buscando a su costa su propio lugar en Occidente.

Musa bramó furibundo. Tomó el pergamino del suelo y lo lanzó al único brasero que calentaba la estancia. Miró cómo se consumía con los ojos enrojecidos por el humo de la lumbre. Los gritos de rabia del gobernador resonaron en la estancia, y los guardias que custodiaban la puerta en el exterior se miraron unos a otros sin saber qué hacer. Alarmado por aquel escándalo, apareció Abd al-Aziz ibn Musa, el tercero de los hijos de Musa ibn Nusayr y el mayor de los que lo habían seguido a Hispania, indicándoles que se apartaran para dejarlo entrar.

Al contemplar la escena que se desplegaba ante sus ojos, cerró la puerta con premura. Nadie debía ver a su padre en aquel estado. Musa, tendido en el suelo, golpeaba los mosaicos con furia.

—Padre, ¡padre! —lo llamó, acercándose a él.

Musa pareció recobrar la cordura de golpe al oír su voz. Su hijo, Abd al-Aziz. No había sido el mejor de los hijos, pero siempre sería mejor encumbrarlo a él que ver a una sabandija como Tariq regir los destinos de aquella tierra extranjera, pensó.

—Abd al-Aziz, hijo querido, es necesario que hablemos —dijo, frotándose los ojos y ofreciéndole después el brazo para que lo ayudara a levantarse.

LIBRO II

Más allá de las montañas

No quedó iglesia sin quemar ni se dejó campana sin quebrar. Los bárbaros prestaron obediencia, se avinieron a la paz y al pago de la *yizya*, estableciéndose los árabes en las zonas deshabitadas. Cuando los árabes y bereberes pasaban por algún lugar que consideraban conveniente, fundaban una población y se establecían en ella. El islam se extendió por el territorio y el politeísmo disminuyó.

AL HIYARI, 1155

XX

Los tambores de guerra resonaban por doquier en lo que siglos atrás había sido la Galia romana. Los reinos francos de Neustria y Austrasia, así como aquellos ducados que se encontraban bajo sus respectivos dominios, llevaban años amagando con entrar en guerra. Mientras Karl, el bastardo del último *maior domus* de Austrasia, ocupaba el lugar de su difunto padre, y Chilperico, su homólogo de Neustria, hacían acopio de hombres, armas y lealtades entre sus vecinos, uno de ellos, Eudes, *dux* de Aquitania, contemplaba los preparativos desde sus tierras, expectante.

Eudes contaba entonces casi sesenta años. Era lo que se habría dicho un anciano, pese a que él aún se sintiera fuerte y dispuesto para presentar batalla al lado de sus jinetes. Muchos hombres no llegaban a esa edad, y no digamos espada en mano y engendrando hijos.

Desde que accediera a dirigir los designios de su ducado —Aquitania y aquellas franjas de tierra al sur de los Pireneos pobladas de vascones—, pocas veces habían conocido la paz. Aquella primavera, a Eudes le constaba que empuñar nuevamente las armas tan solo era cuestión de tiempo.

No se trataba de las habituales escaramuzas, no; sabía lo que se avecinaba, y aunque a su edad muy pocos querrían enfrentarse a una guerra como aquella, Eudes, sin embargo, la esperaba con ansia. El mundo que había conocido y que antes que él habían conocido su padre y su abuelo se tambaleaba. Además de los reinos francos, permanentemente enfrentados y por fin parecía que, decididos a encontrarse en el campo de batalla, la llegada de unos misteriosos extranjeros casi había hecho desaparecer el reino godo, su otrora poderoso vecino en la frontera meridional. En dicho reino, al sur de Tolosa, hacía menos de un año que reinaba un nuevo godo, de nombre Ardo.

Las tierras sobre las que gobernaba Ardo eran, precisamente, las que Eudes anhelaba poseer. Con ellas lograría disponer de una salida al mar interior, además de tierras fértiles, ciudades populosas y una administración eficaz y bien identificada con su territorio. Una tierra a la que nunca habría osado aspirar, pues su ducado no era rival para la monarquía goda; pero aquellos hombres del desierto habían dado al traste con el equilibrio de fuerzas en la zona y, a su entender, se le abrían nuevas oportunidades. Por añadidura, no tendría que luchar ni negociar con ninguno de los reyes francos por la posesión de aquel territorio: les dejaría a ellos el norte y el este, y él tomaría todas las tierras que hasta entonces habían pertenecido a los godos.

Ardo era débil; una condición sabida por todos. Había sido aupado al poder hacía pocos meses, tras la muerte de Agila, el mismo que había menoscabado años atrás la integridad del reino de los godos escindiendo sus provincias del resto del territorio. Además, junto con su propia vida, el difunto Agila había dejado en el campo de batalla cercano a Caesaraugusta a buena parte de su ejército, y los extranjeros se habían apropiado de una gran porción de la Tarraconense. Hispania al completo estaba siendo expoliada por los recién llegados, por lo que nadie acudiría a socorrer a Ardo si este se veía en apuros.

Eudes nunca había visto a ninguno de aquellos extranjeros surgidos del otro lado del mar. Hombres temibles, impíos y de tez oscura, según había oído decir, pues hasta Tolosa habían llegado algunos godos huyendo de lo sucedido en el sur. Sin embargo, debía reconocer que aquellos individuos a él le habían hecho un enorme favor: gracias a su aparición extendería su dominio hasta Narbona, Carcassona y Nemausus, y después fortificaría el paso por los Pirineos para poder frenar cualquier intento de invasión que los extranjeros pretendieran acometer desde Hispania.

En sus sueños se veía reinando sobre Aquitania y las ciudades del sur, erigiéndose en el gobernante que demandaban los refugiados llegados de Hispania para poner fin a sus desgracias, que parecían no tener fin desde que Roderico apareciera en escena. A Eudes, Roderico no le había parecido un mal rey. No se hubiera atrevido a enfrentarse directamente a él, pues sabía que habría llevado las de perder, pero el difunto godo había tenido demasiados enemigos, tanto fuera como dentro de sus fronteras, y la situación que había dejado tras él era bien distinta.

Ardo no le parecía un rival a su altura: era débil, gobernaba un exiguo territorio y estaba desesperado. Eudes, en cambio, se tenía a sí mismo por un gran dirigente. Era fuerte, aguerrido y diestro en el combate; así lo atestiguaban sus más de treinta años al frente de su ducado, guerreando contra todos sus vecinos, manteniendo a raya a los ambiciosos mayordomos de palacio. Él sería quien uniera a francos y a godos, pero también a galos e hispanos, bajo su guía. Crearía un nuevo estado al norte de los Pirineos que rivalizaría con sus vecinos de Neustria y Austrasia; sería aún más importante que aquellos, máxime cuando el reino godo de Hispania estaba condenado a desaparecer.

Y entonces se había presentado en Tolosa un enviado de Chilperico. Eudes no quería enemistarse con el que era su señor, pero tampoco quería hacerlo con el señor de Austrasia, por mucho que en ese momento aquel territorio se encontrara sumergido en una cruenta guerra civil, porque intuía que el conflicto acabaría pronto y el vencedor saldría largamente reforzado. Hasta él habían llegado informaciones acerca de Karl, el bastardo, según las cuales este había dado muestras de ser un luchador tenaz y sanguinario. Eudes no habría apostado por ello unos meses atrás, cuando el joven Karl era prisionero de su madrastra, que lo mantenía encerrado en una de sus fortalezas mientras ella gobernaba. No obstante, hacía poco tiempo que el joven había conseguido escapar y, lejos de huir atemorizado, se había propuesto recuperar el puesto de *maior domus* que había ostentado su padre. A ojos de Eudes, no tardaría en conseguirlo, pues rápidamente se había ganado la fidelidad de buena parte de la nobleza. Chilperico, en cambio, no lo entendía así. Quería aprovechar la confusión que campeaba dentro de las fronteras del territorio vecino para lanzarse a su conquista y unificar de una vez para siempre los reinos francos. Una conquista para la que pedía ayuda a sus señores; entre otros, al mismo Eudes, el más poderoso de todos cuantos existían en Neustria.

Eudes, además de por un hábil guerrero, también se tenía por un gobernante sagaz. Ningún guerrero llegaba a su edad sin saber luchar; ni ningún gobernante, sin saber cuándo era necesario dar un golpe de mano, con violencia o sin ella. Y en ese momento no quería enemistarse con el joven bastardo sin saber cómo devolvería el golpe, pues entendía que tarde o temprano así lo haría. No, no sería bueno enfurecerlo y ponerlo en su contra, aún no. Cuando llegara la ocasión de hacerlo, necesitaría tener las ciudades y los hombres del sur de su parte. De este modo sería tan fuerte como él, algo que Karl no tardaría en comprobar.

—Mi señor, ¿qué respuesta he de llevar al *maior domus*? —preguntó el mensajero.

Aquel individuo, pomposamente engalanado, había llegado el día anterior. Desde entonces lo había alimentado y había puesto a su disposición un mullido lecho y una complaciente jovencita. Así se aseguraba de que solo llegaran buenas palabras acerca de su lealtad a oídos de Chilperico.

Eudes se giró hacia él. Llevaba un buen rato mirando por la ventana de la torre hacia la parte baja de su ciudad, donde las casas de madera y las calles laberínticas reemplazaban a aquellas más recias, construidas en piedra, y a las amplias calles de la vieja urbe romana. Tolosa era una ciudad tanto franca como visigoda, que había pasado cientos de años bajo el dominio de ambos reinos, pero también gala o romana. Esa era la esperanza que quería llevar a las tierras del sur. Necesitaba que quienes entonces dirigían los designios de la Septimania comprendieran que él representaba la estabilidad frente a la barbarie, y los musulmanes se lo estaban sirviendo en bandeja. Sin embargo, para conseguirlo debía mantener alejados a Chilperico y a Karl de aquellas tierras.

—¿El próximo verano, habéis dicho?

—Esta es la intención de mi señor. En un año podremos reunir tal ejército que habremos tomado Aquisgranum antes de la Navidad.

Eudes sonrió. Había ganado un año, al menos. No compartía el optimismo de Chilperico. Aquel muchacho, Karl, no era ningún tonto; lo había demostrado regresando al poder tras haber sido apartado de él, y contaba con medios suficientes para ser un adversario duro. Era un tipo del que cuidarse. Si el *maior domus* de Austrasia conseguía reunir bajo su mando los reinos francos, aquello representaría el fin de Eudes y su sueño de una Aquitania independiente, como podía decir que lo había sido hasta entonces. Karl era ambicioso, lo había dejado claro; Chilperico, en cambio, era manejable. Por eso debía apoyar al segundo, al que además se encontraba sujeto por juramento de vasallaje. Con Chilperico al frente de los reinos francos, nadie se atrevería a impedirle que uniera los territorios del sur bajo su égida, ni tan siquiera el mismo Chilperico. Si, por el contrario, Karl resultara el vencedor, no tardaría en poner la mira en sus tierras y en convertirlo a él en un mero sirviente.

—Decidle a vuestro señor que cuenta con mi apoyo, pero primero deberemos rearmar nuestras huestes —respondió antes de hacerle una señal para que se retirara de su presencia.

A finales del mes de marzo las nieves que hasta entonces habían coronado las enormes montañas que rodeaban el valle comenzaban a fundirse, pero el frío persistía. Un frío que no daba tregua ni de día ni de noche, como hacía el pesar con muchos de los refugiados que se habían cobijado allí.

A Elvia le castañeteaban los dientes mientras trataba de conciliar el sueño, acurrucada junto a Witerico. Esa noche, además de destemplada, se encontraba particularmente inquieta; Witerico, en cambio, respiraba profunda y rítmicamente. Parecía que nada podía quitarle el sueño al enorme guerrero. Sin embargo, la mujer no dejaba de darle vueltas a lo que se venía hablando en el campamento desde hacía varias jornadas: al día siguiente, el primero del mes de abril, volverían a ponerse en marcha. Se habían demorado mucho entre aquellas montañas, y había llegado el momento de volver a enfrentarse al mundo enloquecido que los rodeaba.

Elvia había llegado a albergar la vaga esperanza de que terminarían asentándose allí, aunque en el fondo sabía que era un sueño imposible. Ella tenía espíritu de montaraz, imbuido por su madre astur, pero los hombres y las mujeres del sur preferían vivir en ciudades, rodeados de lujos, no como su pueblo.

En un primer momento, Argimiro había previsto permanecer en las montañas unas pocas semanas, un mes a lo sumo: el tiempo suficiente para que personas y bestias descansaran y se repusieran de sus heridas, que no eran pocas tras la difícil huida desde Caesaraugusta. Un mes que había terminado por alargarse hasta abarcar parte del otoño y el invierno entero.

Según fueron pasando los días, y como sus perseguidores no daban señales de haber conseguido dar con su pista, el sosiego comenzó a extenderse poco a poco entre los refugiados. La caída de las primeras nieves, en las últimas semanas de noviembre, hizo el resto. Los angostos senderos quedaron impracticables, y aquel era un buen lugar en el que resguardarse mientras el clima resultara desfavorable. Argimiro así lo había asegurado, y era el único que había viajado por aquellas tierras alguna vez.

Estaban a resguardo, en un valle encajonado entre altas laderas que el viento no azotaba de forma tan inclemente como batía lo alto de las cumbres. El agua abundaba, fría y limpia como una flamante estela de plata líquida, y tampoco faltaban madera con la que construir cabañas ni caza con la que alegrar el estómago.

Un buen lugar para pasar el invierno, pese a las bajas temperaturas que habían sufrido, principalmente, durante los meses de enero y febrero.

Y tan importante como todo aquello era el hecho de que se encontraban alejados de cualquier calzada o asentamiento. Estaban perdidos en medio de las montañas, le gustaba pensar a Elvia, igual que lo habrían estado sus padres en su juventud. Perdidos, alejados de un mundo cruel y caótico que extendía sus ramas, como un árbol fantasmagórico, allí por donde los hombres caminaban; a solas con los bosques y los ríos, con los venados y las truchas. Apartados de cuanto podía desearles mal.

Ahora la seguridad que le aportaba vivir en las montañas estaba a punto de desaparecer. Lo experimentado aquellos meses, en los que por fin se había entregado en cuerpo y alma a Witerico, sería tan solo un recuerdo a partir del día siguiente, y tenía miedo.

Deseaba con todas sus fuerzas que lo que les aguardara en adelante no echara por tierra de golpe lo que habían conseguido en la montaña. Aunque en los meses de invierno el frío mordía con ferocidad y los obligaba a retirar la nieve que cada mañana amenazaba con derrumbar sus endebles hogares de madera, el final del otoño había resultado todavía más gélido para ella, pues había sentido entonces que el hielo se le formaba en el interior de su propio pecho.

La pena y la culpabilidad que la atenazaban al pensar en el cruel final de Ademar, así como la incertidumbre respecto al futuro, avivaban su melancolía. Además, la congoja había anidado en Witerico desde la huida de Caesaraugusta, mostrándole un lado totalmente diferente del hombre con el que convivía. El guerrero, la mayoría de las veces lenguaraz y despreocupado, parecía haberse derrumbado como un niño que pierde a sus padres.

Desde que se asentaron en aquel valle, Witerico pasaba los días solo, caminando por los agrestes senderos sin más compañía que la de su arco, sus flechas y su cuchillo. Al anochecer regresaba al campamento, dejaba las piezas que hubiera cazado junto a una fogata y a continuación, sin hablar con nadie, se tumbaba y caía dormido hasta que el sol despuntaba nuevamente en el cielo. Y así una jornada tras otra, hasta que ella comenzó a aguardarlo en el rincón donde acostumbraba a yacer sin más compañía que la de un pellejo de vino.

Las primeras noches, Witerico se limitó a ignorarla, pero no por ello claudicó: siguió esperando su llegada, contemplando su rostro en silencio desde que cerraba los ojos hasta que se dormía, y acurrucándose luego junto a él. No trató de hablarle, pues respetaba su necesidad de silencio. Solo quería que supiera que ella estaba a su lado por si la necesitaba, igual que él le había tendido la mano tras rescatarla del almacén.

Muchos días después, Witerico habló por fin. Y no como lo había hecho hasta entonces; desaparecieron las palabras malsonantes, las chanzas y las exageraciones a las que era tan aficionado, y su lugar fue ocupado por los remordimientos que lo carcomían por no haber estado junto a su señor en el momento en el que este más lo habría necesitado, los recuerdos de tiempos más felices que había compartido con él y el infinito dolor que su pérdida le causaba, todo ello expresado con palabras que sonaban particularmente extrañas en sus labios. Elvia lo escuchaba, y lo sentía más cercano que nunca. Comprendía tanto sus largas divagaciones como sus silencios y reconocía en él los sentimientos que tan familiares le resultaban: el dolor por la ausencia de alguien querido, la culpa, el miedo a la soledad. Fue entonces cuando descubrió al verdadero Witerico. Un Witerico sin coraza que lo protegiera, tan desvalido como estaba ella cuando lo conoció. El mismo Witerico al que terminó entregándose en lo más crudo del invierno.

Recién llegada la primavera, tocaba ponerse en marcha de nuevo, y nunca había escuchado el nombre de aquella Carcassona hacia la que se dirigirían. Argimiro aseguraba que se trataba de un buen lugar en el que establecerse. Una ciudad similar a Caesaraugusta, antiquísima, levantada por los romanos siglos atrás y dotada de sólidas murallas. Él tenía intención de detenerse allí y poner fin a su vagar, al menos por un tiempo, pues allí lo esperaban su mujer y sus hijos, con los que se establecería en alguna finca cercana, propiedad de su familia política.

Finalmente, no regresaría a sus tierras, a Calagurris, como había sido su plan inicial. Por fortuna o por desgracia, pocas jornadas antes Marcial les había llevado, además del grano y otros alimentos con los que solía surtirlos, novedades sobre lo sucedido en Hispania durante los meses que habían pasado en el valle, aislados del mundo. Un comerciante proveniente de Tarraco, que había llegado a la capital de la Tarraconense desde la lejana Bracara Augusta, decía haber visto con sus propios ojos como las últimas posesiones visigodas eran tomadas por los invasores extranjeros. De ser ciertas sus palabras, árabes y bereberes se habrían hecho con grandes ciudades como Legio, Asturica Augusta o Lucus Augusti, en el lejano norte, y habrían penetrado incluso en los valles astures.

Elvia, al escuchar aquello, había quedado consternada. Para ella, sus valles ancestrales representaban un refugio inviolable, el último remanso donde resguardarse en los momentos de zozobra. Un lugar recóndito, inhóspito para los extranjeros, donde estos, según decía su madre, ni siquiera eran capaces de orientarse. Sin embargo, aquellos guerreros del desierto habían logrado devastarlos. Si hubiera sido cristiana, habría llegado a pensar que eran enviados del mismísimo demonio.

Si ella había sufrido al oír que los valles astures habían padecido el ataque de los invasores, más se afligió Argimiro cuando se enteró de que la fortaleza de Amaya también había caído bajo su empuje. Si Elvia había pensado que árabes y bereberes nunca encontrarían el camino de las tierras de su familia, Argimiro había dado por sentado que nunca conseguirían tomar la fortaleza del *dux* Pedro. En cambio, lo cierto era que el propio *dux* había tenido que correr a refugiarse en lo más profundo de las montañas cántabras, mientras el paso hacia aquellas quedaba expedito para las tropas invasoras. El mercader aseguraba que únicamente los picos más agrestes no habían sido hollados por los musulmanes. Al escuchar tales palabras, y con la certeza de la caída de Amaya, a Argimiro no le había quedado más remedio que asumir que Calagurris también estaba perdida, pues sin duda todo el llano lo estaría. El guerrero había caído en un hondo desánimo, y en los siguientes días se había mostrado más hosco de lo habitual, encerrado en sus propios pensamientos.

En tales circunstancias, al rayar el alba del nuevo día, todos ellos se pondrían en marcha hacia Carcassona. La ciudad, de la que la joven jamás había oído hablar hasta entonces, ya había sido la causante de una fuerte discusión entre ella y Witerico, la primera de esa magnitud desde que se conocieran. Pasados los días, ella aún continuaba enfadada; él, en su simpleza, parecía haberlo olvidado. Ella no: no se daría por vencida. No pensaba quedarse con las mujeres y los niños en Carcassona mientras él partía hacia oriente, por mucho que Witerico afirmase que era lo más lógico.

El veterano guerrero había tratado de acallar sus quejas asegurando que no solo las mujeres, sino también buena parte de los hombres, se quedarían en la Septimania. «Pues que se queden», pensaba ella: alguien tenía que encargarse de proteger a quienes no eran capaces de defenderse por sí mismos. Pero ella sí sabía hacerlo, y lo había demostrado, pese a que lo vivido aquella jornada frente a las puertas del palacio de Bernulfo todavía alimentara sus pesadillas.

Dijera lo que dijera Witerico, no estaba dispuesta a separarse de la que consideraba su única familia. Había perdido a su padre aún enrollada en pañales, y a su madre pocos años después. Su existencia en Lucus había sido miserable, y pese a ser tan solo una niña, se había visto obligada a hacer cualquier cosa con tal de salir adelante. Atenazada por la vergüenza y la culpa, había partido hacia el sur para establecerse en aquella aldea cercana a Toletum, donde nadie la conocía. Sin embargo, era difícil escapar de sus propios recuerdos.

Entonces también hubo quien había intentado disuadirla de emprender aquel viaje: los que la querían, si es que acaso aquello podía llamarse aprecio, y los que no. Todos le habían dicho que no llegaría, augurando que terminaría sus días tirada al borde de cualquier camino después de haberse convertido en el juguete de algún salteador durante unas pocas horas. Elvia había seguido convencida de que prefería arriesgarse a unas horas de tortura que extender el tormento a lo largo de toda la vida. Llenándose de valor, había comenzado su peregrinar hacia el sur, lejos de aquella ciudad a la que odiaba y que parecía odiarla a su vez.

Tras unas primeras jornadas caminando sola, había conseguido incorporarse a una pequeña caravana de mercaderes, a la que había abandonado con alivio al llegar a los alrededores de Asturica Augusta. Desde allí había descendido junto a una comitiva de monjas que iban a Toletum escoltadas por unos pocos mercenarios, y su compañía había resultado una bendición para ella. Con todo, luego habían comenzado a presionarla para que se quedara con ellas una vez hubieran llegado a la capital, y el ambiente se había enrarecido considerablemente ante su negativa. Ella no era cristiana y no pensaba que su destino fuera vivir con las monjas, por más que entre aquellas mujeres hubiera logrado recuperar una sensación parecida a la paz.

Para su fortuna, una de ellas había accedido a ayudarla: le había indicado cómo llegar al pequeño pueblo del que era originaria, y la había instruido para que, una vez allí, se presentara como su hija, que en realidad había fallecido antes de que la mujer decidiera tomar los hábitos. Gracias a ella, y al recuerdo de la pequeña malograda, Elvia había podido disfrutar de un nuevo comienzo y dejar atrás su pasado, apartando para siempre de su memoria todo lo que había vivido hasta llegar a la aldea. Y creyó que lo había logrado hasta que Ragnarico, aquel monstruo de rostro mutilado y corazón putrefacto, había llegado para reducir a cenizas el lugar al que comenzaba a llamar hogar.

Después, cuando ya había asumido, desesperada, que moriría en el sótano donde había encontrado refugio, había surgido de la nada aquel grupo de hombres y mujeres en constante huida a los que había unido sus pasos. Y ya no estaba dispuesta a separarse de ellos, no quería enfrentarse otra vez al mundo sola. Sabía lo que significaba la soledad, y no deseaba volver a pasar apuros por su culpa. Seguiría a Witerico a donde este fuera, sin importarle los peligros que los aguardasen ni la distancia que tuvieran que recorrer.

Iría a Roma y luego regresaría a Carcassona. Estaba dispuesta a no cejar en su empeño y sabía que al final se saldría con la suya. Witerico era letal en el campo de batalla, pero ahora no se batía en su terreno. Elvia ya había conseguido que tanto Argimiro como Hermigio apoyaran sus demandas, y era tan solo cuestión de tiempo que Witerico también claudicara. No volvería a quedarse sola. Nunca más.

Hermigio caminaba con los ojos bien abiertos, sin poder disimular su asombro ante el nuevo mundo que se abría a su paso. Allí donde mirara, parecía rodearlo una pradera infinita, surcada por cursos de agua cristalina. Nunca habría imaginado que existieran tantas tonalidades diferentes de verde: el de la hierba alta salpicada por las gotas de rocío; el más oscuro de los campos sembrados al final del invierno; el verde fresco de los frutales de hojas pequeñas y frutos granando en las ramas; el de los árboles silvestres de porte erguido y copas inmensas; el tono casi negro de las hojas coriáceas de los arbustos repletos de bayas; o el pálido esmeralda de las raquíticas plantas que, como hiedras, trepaban por las altas montañas que habían dejado al sur. Tras el invierno todo renacía, fértil y rico. Dudaba de que ni siquiera los rigores del sol y la sequía del estío lograran empañar tanto frescor y enseñorearse del paisaje como lo hacían en su hogar, en los alrededores de Toletum.

Pensó en la pequeña aldea de la que partió años atrás, a la llegada de Bonifacio, y se preguntó qué habría sido de ella. Casi toda Hispania había caído bajo el empuje de Tariq y de Musa, y sin duda también las tierras de Adalberto, tan cercanas a la capital. Solo esperaba que los invasores no se hubieran ensañado con ellas y con sus habitantes, como sí habían hecho en el hogar de Elvia. Prefería imaginar que los recién llegados se contentarían con cobrar impuestos y administrar justicia y dejarían a los lugareños continuar con sus quehaceres diarios, como había escuchado que sucedía en otros lugares, como en las tierras de aquel Casio al que conociera en casa de Ademar, en Caesaraugusta. Nunca lo sabría, pero pensarlo amortiguaba la sensación de culpa por no haber regresado a casa de sus padres.

Con la pérdida de Ademar, algo se había extinguido dentro de él: su esperanza y su fe en la justicia. Le había sorprendido que un hombre tan afligido, al que la vida había golpeado tan duramente, siguiera siendo capaz de transmitirlas a quienes lo seguían. Ahora que el astigitano estaba muerto, Hermigio sabía que nunca regresarían a Hispania. Con el transcurso de los días iba asumiendo que la idea del *comes* de volver a su vieja tierra para liberarla de los extranjeros había quedado enterrada para siempre en Caesaraugusta, junto con su cadáver.

Tras tanto tiempo holgando, a las pocas millas de haber dejado atrás el lugar en el que habían pasado el invierno buena parte del convoy parecía estar ya al límite de sus fuerzas. Nadie lo había previsto, pues llevaban más de cuatro meses reponiéndose, y aun con eso, más que descansados, hombres, mujeres y bestias parecían aletargados.

Hermigio sentía a veces que la reliquia de la que era custodio, y de la que nunca se separaba, le pesaba más que si estuviera cargando con la mesa completa. Atenazado por las responsabilidades que habían recaído en sus jóvenes hombros, noche tras noche le costaba conciliar el sueño sin verse asaltado por crueles pesadillas. En ellas veía a Ademar moribundo, señalándolo acusador o gritándole enfurecido mientras su rostro se cubría de sangre.

La culpa le carcomía las entrañas, angustiado por haber abandonado al que había sido su señor en lugar de quedarse a su lado hasta el final. Tanto Elvia como Haroldo, únicos testigos de su vergonzosa huida, conscientes de su pesar, habían tratado de consolarlo asegurándole que, de haber permanecido allí, solo habría conseguido una muerte cierta y no habría tenido la oportunidad de llevar a cabo la misión que primero Bonifacio y después Ademar le habían encomendado.

Había intentado mitigar su pena ahogándola en el vino del que los proveía Marcial en sus visitas, tan avinagrado que solo Witerico era capaz de ingerirlo sin arrugar la nariz, y ni siquiera bebiendo hasta que su estómago se sacudía en fuertes arcadas y el mundo daba vueltas a su alrededor había conseguido librarse de las pesadillas. Por la mañana la cabeza le dolía como si un herrero la hubiera utilizado a modo de yunque, y tras unos cuantos días no le quedó más remedio que resignarse a admitir que aquel líquido oscuro y rasposo no le proporcionaría la paz interior que buscaba con desesperación. Entonces se alejó de él, y además tomó otra decisión importante: también se alejaría de Alberico.

Alberico pasaba por ser uno de los hombres que más unido había estado al difunto *comes* de Astigi. Otro era Witerico, quien había mantenido una relación igual de intensa con su señor, pero de naturaleza más fraternal. Sin embargo, el enorme guerrero no parecía guardarle ningún tipo de rencor a Hermigio, ni lo consideraba responsable de lo sucedido, cosa que el muchacho sabía en su fuero interno que Alberico sí hacía.

Witerico había cambiado durante aquellos amargos meses. Todos se habían endurecido de algún modo, pero Alberico resultaba más selectivo con sus silencios que su veterano compañero. Y era precisamente cuando Hermigio se encontraba en el mismo corrillo que él cuando se encerraba en un incómodo mutismo que hacía sentir al chico tan repudiado como miserable.

En aquella partida de más de un centenar de almas solo encontraba cierto sosiego junto a Elvia, Witerico, Argimiro, Haroldo o Walamer. De momento, pensaba mantenerse apartado de Alberico y de los que opinaban como él. Cumpliría la última voluntad de Ademar, y aunque eso no lo congraciara con ellos, al menos limpiaría su propia conciencia. Iría a Roma, encontraría a Sinderedo y pasaría aquella pesada carga a los brazos del obispo exiliado. Si Ragnarico no los alcanzaba antes, cuando dieran por concluida esa misión serían ellos los que lo buscarían. Y quizá si lograban matarlo, su deuda se podría considerar totalmente pagada.

—Hermigio, no te reconocía con esa barba. Te queda bien; te hace parecer mayor.

Argimiro se le había acercado por la espalda y lo sobresaltó. El joven se pasó la mano por el mentón en un gesto inconsciente, atusándose la barba de apenas un dedo de largo. Le gustaba: le infundía seguridad, si es que una barba podía tener esa capacidad. Después de todo, a Elvia no le hacía falta para irradiar aquella serena confianza en sí misma que tanto le gustaba.

—Buenos días, Argimiro —respondió—. Te hacía con los exploradores.

El antiguo señor de Calagurris llegó a su lado y lo tomó del hombro. Tras él cabalgaban varios de los suyos, Walamer entre ellos, que continuaron su camino hacia la vanguardia de la columna para actuar como exploradores.

—Hoy no me apetece cabalgar. Tanto tiempo en aquel jodido valle me ha anquilosado los huesos, lo que me recuerda que ya no soy tan joven como me gustaría.

Hermigio sonrió mientras contemplaba la estampa que ofrecía el guerrero. En nada le parecía que hubiera envejecido. Se mantenía tal y como lo había conocido años atrás, muy lejos de allí pero en circunstancias casi idénticas. Él, en cambio, como bien decía Argimiro, era otro, y no solo por su aspecto físico. Cuando se conocieron, Hermigio era un mozalbete temeroso de quince años; con el tiempo transcurrido, había crecido en altura, su espalda se había ensanchado, su rostro se había vuelto más anguloso y había tenido ocasión de matar por la espada y de luchar por su vida y la de sus compañeros. Tras tantas vicisitudes, había madurado. Y pensaba continuar su camino hasta convertirse en un guerrero de pleno derecho, si un acero enemigo no se lo impedía.

—¿Cuándo llegaremos? —preguntó, pese a que ya sabía la respuesta.

—Mañana hará tres semanas que abandonamos la Tarraconense. Hemos avanzado tan despacio como una reata de bueyes cojos, tengo que reconocerlo, pero no nos hemos desviado del camino. Imagino que en dos jornadas, tres a lo sumo, estaremos delante de las murallas de Carcassona.

Hermigio no pudo evitar reír ante aquella comparación, no poco acertada. Un año atrás en ese tiempo habrían atravesado media Hispania, de habérselo propuesto; pero, claro, desde que habían llegado a las montañas ya no existían cómodas calzadas por las que caminar, sino solo senderos estrechos y accidentados.

—Se me hará extraño volver a ver una casa de piedra, y todavía más una muralla. No quiero imaginar sentir nuevamente el bullicio de una ciudad tras tanto tiempo en aquel paraje.

—A mí tampoco me gustan las ciudades, si es eso lo que quieres decir. Demasiada gente, demasiada mierda. En el campo, en cambio, se vive como un hombre debe vivir. Siempre he pensado que el trabajo del campo ennoblece, Hermigio. Aunque no te lo creas, en mis tierras yo trabajaba como el que más, allá en Calagurris.

Hermigio lo miró sorprendido, pues semejante confesión no era propia de un señor como Argimiro. Ni a Adalberto ni al padre de este ni a ninguno de los otros terratenientes a los que había conocido se le hubiera ocurrido trabajar hombro con hombro con sus apareceros. Era indigno de los de su clase.

—No me mires así —continuó el noble, divertido al percatarse de la sorpresa que reflejaba el rostro del joven—. Me gusta mancharme las manos de tierra, me ayuda a sentirla mía. Tal vez esa sea la clave, pues no lo haría por la de ningún otro hombre.

El joven asintió. Aun así, le seguía pareciendo una excentricidad.

—¿Te quedarás en Carcassona? Me gustaría que nos acompañaras hasta Roma —dijo con cierta timidez, pues conocía de sobra la opinión del guerrero—. Regresaremos en cuanto hayamos encontrado a Sinderedo, quizá en medio año o poco más.

Argimiro resopló; ya habían debatido aquel asunto lo suficiente.

—Escúchame, muchacho, si no sabes dónde demonios está Carcassona, ¿cómo pretendes saber qué distancia la separa de Roma, ni cuánto tiempo necesitarás para ir y volver?

—Es lo que me ha dicho Walamer. Asegura que el camino discurre por buenas calzadas y que el tiempo es cálido, al menos en gran parte del trayecto.

Argimiro buscó entre el gentío a su segundo, pero hacía largo rato que había partido hacia las primeras posiciones de la caravana.

—Buenas calzadas en las que francos, lombardos e imperiales se matan entre ellos, y eso dando por supuesto que mientras atravesemos la Septimania estaremos a salvo, cosa que dudo.

—¿Ves? Por eso deberías acompañarnos. Ninguno de nosotros sabe qué nos depara el camino. ¡Ni siquiera sé quiénes son esos lombardos de los que hablas!

—A mí nada se me ha perdido en Roma, Hermigio, y mi familia me aguarda en Carcassona. He estado mucho tiempo ausente, y ahora mismo no tenemos nada a lo que podamos llamar hogar. Debo solucionar eso cuanto antes: un problema muy terrenal, no como el que tú te traes entre manos.

Hermigio no quería darse por vencido tan pronto. Witerico, Alberico y Haroldo, junto con una docena de guerreros escogidos —y Elvia, si nadie lo remediaba—, partirían con él hacia Italia. Conformaban una buena compañía, pero desde su punto de vista necesitaban que alguien como Argimiro fuera con ellos. Alguien que conociera el camino y que supiera hacerse entender con aquellos con los que se toparan durante el viaje. Ellos podrían lidiar con salteadores y campesinos, mientras que Argimiro tendría habilidad para hacerlo con otros nobles o con religiosos. Y, según había oído decir, tanto los unos como los otros abundaban en Italia, su destino final.

—Pero, Argimiro, tú has estado en Roma, ¿no es cierto?

—¡Vaya con Walamer! —exclamó el noble, exasperado, consciente de que habría sido de su amigo de quien Hermigio habría obtenido tal información—. Fui una vez con mi padre, cuando era aún más joven que tú en la época en que nos conocimos. Entenderás que de nada servirá mi ayuda en este caso; no ven lo mismo los ojos de un muchacho que los de un hombre.

—Pero sabes tratar a los curas, mientras que nosotros no sabemos. Bueno, a los curas quizá sí, pero no a los obispos. ¡Y Sinderedo es nada menos que un metropolitano!

—Es una lástima que tu amigo Bonifacio ya no esté entre nosotros, porque le podrías preguntar qué opinaba de mi trato con los religiosos —resopló—. Voy a buscar a Walamer —dijo, acelerando el paso para dejar atrás a Hermigio—. A ver cuántos días de marcha cree que nos quedan, él, que todo lo sabe...

Ragnarico había pasado buena parte del invierno del año anterior en la ciudad de Ilerda. Había llegado allí junto con el ejército musulmán, a principios del mes de septiembre, tras haber rendido Caesaraugusta, pero no se había marchado con la hueste cuando sus caudillos decidieron continuar con sus correrías hacia las tierras de occidente.

Al visigodo no le había quedado otra que quedarse en aquella ciudad, triste y aburrida a su entender, situada muy cerca de las descomunales montañas que parecían tocar el mismo cielo. Zuhayr, su sombra, como se había acostumbrado a referirse a él en sus pensamientos, continuaba a su lado, pero ya no lo acompañaban una veintena de sus compatriotas, sino todo un centenar. Había conseguido escapar indemne del fracaso de Caesaraugusta, pero Musa ibn Nusayr, su nuevo señor, le había dejado claro que no toleraría un nuevo tropiezo.

Respaldado por el nutrido grupo de jinetes árabes, había recorrido todos los villorrios situados en los alrededores de la ciudad hasta el fin del otoño. No habían dudado en usar la fuerza, incluso aplicando tormento, con quienes se habían cruzado en su camino, y ni así habían sabido decirles el paradero de los fugitivos que llevaban la reliquia con ellos.

A finales de noviembre, cuando la nieve había hecho acto de presencia, abandonaron la ciudad y extendieron sus andanzas hacia la costa, cerca de la ciudad de Barcinona. Tampoco allí consiguieron información acerca de aquel numeroso grupo de hombres y mujeres, pese a que la mayoría de los lugareños les habían asegurado que la enorme calzada que ascendía hacia Frankia, paralela a la costa, era la mejor ruta posible para quien estuviera huyendo. Él también creía que lo razonable sería que hubieran avanzado hacia el norte, tratando de ponerse a salvo cuanto antes más allá de los Pireneos, pero los seguidores de su hermano parecían haberse desvanecido al poco de abandonar Ilerda. Solo podía haber sido obra del diablo, pensaba. Magia: esa era la única explicación razonable. La reliquia que transportaban debía de ser mágica de verdad, repleta de un poder tan oscuro como el rostro de Zuhayr.

Al árabe no parecía quedarle mucha paciencia. Ragnarico intuía que solo gracias a la partida de su señor, Musa ibn Nusayr, a Oriente continuaba conservando la cabeza en su sitio. El sucesor de Musa en Hispania, su hijo Abd al-Aziz, ocupado en tratar de organizar sus nuevas tierras, no había reparado en ellos hasta el final de la primavera del año siguiente a la partida de su progenitor. Para cuando su enviado los había encontrado, llevaban más de un mes acampados en una playa a pocas millas de la frontera con la Septimania. Allí, entre la arena fina y blanca, asomaban capiteles y columnas de piedra, recuerdo de alguna antigua ciudad. Y en medio de aquellos tristes vestigios el mensajero les había transmitido que Abd al-Aziz los conminaba a continuar con la misión que su padre les había encomendado. Cuando Ragnarico oyó otra vez que si no entregaba la reliquia a su señor podía despedirse de su existencia, ante el asombro de todos, se echó a reír. Los árabes intercambiaron miradas confundidas; a esas alturas, tenían claro que aquel hombre había perdido el juicio.

Sin contar con un plan mejor, Ragnarico decidió poner a la partida en marcha hacia el norte cuanto antes, con la esperanza de dar allí con su presa o de conseguir que algún señor godo de la comarca lo librara de la molesta compañía de aquellos árabes de rostro siempre pétreo. Si ocurría lo segundo, aseguraría que los árabes los habían hecho prisioneros a él y a sus hombres, y daría un nuevo rumbo a su vida por fin.

Recordó cómo se había iniciado su periplo, cuando Oppas, en su palacio de Hispalis, lo había hecho partícipe de lo que sucedería en la batalla hacia la que Roderico se dirigía a la carrera. Una ancha sonrisa se había dibujado en su rostro, pensando que vería caer a aquel rey malnacido, y que este arrastraría con él a su medio hermano, sirviéndole en bandeja su más ansiada ilusión.

Luego, Roderico había muerto, y Ademar también, y sin embargo Ragnarico solo había conseguido sentirse vacío y atrapado. Su madre siempre le había transmitido la idea de que cuando acabara con aquel bastardo alcanzaría la mayor dicha. Desde que lo acunaba en brazos siendo un crío hasta el mismo día en que falleció, había ido vertiendo gota a gota en sus oídos palabras cargadas de ponzoña sobre el primogénito de su esposo. Y así como ella no había podido disfrutar de su triunfo final ante Ademar, pues la muerte se la había llevado años atrás, él tampoco había sentido la felicidad que había creído que lo inundaría tras su victoria. La euforia que siempre lo invadía al arrebatar una vida había sido intensa, pero efímera. Y no había tardado en volver a encontrarse sumido en sus tinieblas.

La servidumbre impuesta por los árabes no hacía más que acrecentar esa desagradable sensación. Siempre había imaginado que eliminar a Ademar, con todo lo que este representaba, supondría conseguir lo que anhelaba: tierras, riquezas, prerrogativas y reconocimiento, pero lo único que había logrado era darse cuenta de que las ilusiones que había perseguido, las que había convertido en su meta y en la razón de su existencia, eran en realidad las de otros. Primero de su madre, luego de Oppas, ahora de Musa. Se había creído protagonista mientras había sido un mero instrumento. Al menos, el árabe iba de frente en cuanto a lo de tratarlo como tal.

Aquel pensamiento lo atormentaba desde el inicio del invierno. Pese a la gelidez que reinaba en aquellos parajes norteños, sentía que la ira y la frustración lo quemaban por dentro. Pese a todo, no podía sino continuar hacia delante, pues, de lo contrario, Zuhayr haría lo que intuía que llevaba meses deseando: darle muerte.

XXI

Las altas murallas de Carcassona aparecieron ante los ojos de los refugiados dos jornadas más tarde, a última hora de la mañana. La ciudadela de piedra, flanqueada por el río Atax, parecía emerger entre la hierba verde como un enorme peñasco de granito coronado por más de cincuenta torres.

Era un enclave de origen romano, como les había adelantado Argimiro, pero de un tamaño menor que el de algunas importantes ciudades hispanas, como Caesaraugusta o Toletum. Ningún arrabal se extendía más allá de los muros, que presentaban mejor aspecto que los de otras ciudades por las que habían pasado durante su peregrinar, aunque tuvieran un perímetro bastante más humilde.

Alberico fue el primero en expresar su asombro ante lo fortificado del recinto.

—Estamos en la frontera; hay que prevenirse —dijo Argimiro, encogiéndose de hombros.

—¿Frontera? ¿Con quién? —preguntó Elvia, curiosa.

Antes de formar parte de aquel grupo, nunca se había preocupado por nada relacionado con territorios, armas o batallas. Su día a día se limitaba a las labores que le correspondían en la finca donde vivía como sierva, con la única inquietud de conseguir su sustento, evitar reprimendas y mantener alejados a quienes quisieran de ella más de lo que ella quería darles.

—Con los francos. Estamos en el territorio más septentrional del reino, o de lo que queda de él —explicó el noble—. Unas tierras que esos jodidos francos llevan generaciones disputándonos; con poco éxito, por fortuna para nosotros.

Hermigio era casi igual de ignorante respecto a aquellos asuntos que la mujer. Su vida, como la de Elvia, había discurrido por derroteros bien distintos hasta el instante en el que había sido elegido para acompañar al difunto Bonifacio en su viaje a la Betica.

—¿Estamos en guerra también aquí? —preguntó.

—En la frontera siempre se está en guerra, hijo. Al norte o al sur, da igual. Si no es por la tierra, será por el ganado o por la mies, pues tu vecino siempre ambicionará lo que no le pertenece.

Argimiro notó que todos fijaban su mirada en él, sorprendidos por la dureza de sus palabras. Incluso hombres a los que había llegado a respetar en el campo de batalla, como Alberico o Witerico, parecían desconcertados. Su ánimo se revolvió: aquellos hombres llevaban muchos años viendo el campo de batalla como algo alejado, ajeno a sus vidas. Vivían en un territorio rico, en el que desde tiempos de Leovigildo la guerra casi no había hecho acto de presencia. Acudían a ella como quien iba a una jornada de caza. Cubrían largas distancias hasta llegar al norte, reían, bebían y mataban para regresar después a sus cómodos y tranquilos hogares del sur. Él, en cambio, llevaba luchando por sus tierras casi desde que tenía uso de razón.

—Claro, ahora me diréis que estas cosas en la Betica no pasaban, ¿me equivoco? —Sin esperar respuesta, continuó—: Estabais muy tranquilos disfrutando de vuestras tierras hasta que alguien decidió arrebatároslas. Y cuando lo hizo ya no sabíais defenderos. Escuchadme bien: en Calagurris casi cada verano teníamos que hacer frente a quien quisiera hacerse con lo que era nuestro, fueran vascones, fueran fugitivos o fuera incluso algún franco cabrón como ese Eudes que se esconde hoy en Tolosa.

Alberico buscó a Witerico con la mirada, y este le hizo un gesto para que no respondiera. Ambos respetaban a Argimiro y sabían que las circunstancias que afrontaban eran tan complicadas para él como para ellos. Aun así, en su fuero interno, ninguno de los dos creía merecer aquel reproche.

—¿Y quién es ese Eudes? —se aventuró a preguntar Hermigio ante el silencio en que se habían sumido los demás.

Argimiro se giró para encontrarse frente a frente con el más joven del grupo y suavizó su tono, consciente de que aquellos guerreros no eran los culpables de la situación en la que se encontraban.

—Es el *dux* de Aquitania, el señor de los francos del sur y de algunos vascones. Un viejo lobo muy astuto, un ladrón, me atrevería a decir, aunque ataca como una rata, no como un lobo. Va royendo a sus enemigos poco a poco, sin que se den cuenta, hasta que resulta demasiado tarde para ellos. Y a partir de hoy será nuestro nuevo vecino, así que todos agradeceremos tener esos fuertes muros entre él y nosotros.

—Huyendo de las brasas para saltar a las llamas —intervino Alberico, esbozando una sonrisa nada tranquilizadora.

—Sí, eso me temo, aunque todo dependerá de lo que piense hacer Ardo aquí en el norte y de lo que ocurra en Hispania los próximos años. Los extranjeros no podrán abarcar tanto territorio. Tarde o temprano, alguna región se rebelará, y entonces su presión aquí disminuirá. Si tenemos suerte, podremos quedarnos en Carcassona una buena temporada, como han hecho los habitantes de la Septimania desde hace generaciones.

—¿Conocías a ese Ardo del que nos habló Marcial? —continuó Alberico, tratando de reconducir la discusión hacia terrenos menos escabrosos.

—No; hacía años que no pisaba estas tierras. Por eso me propongo averiguar qué piensa hacer respecto a los árabes. En cuanto haya instalado a los míos aquí, viajaré a Narbona y me entrevistaré con él. Si es un soberano inteligente, se dejará aconsejar por alguien que conoce a quienes podrían ser sus futuros enemigos.

—¿Crees que esos extranjeros se atreverán a llegar hasta aquí?

—inquirió Elvia, sin poder evitar que un escalofrío le recorriera la espalda.

—¿Qué importa lo que yo crea? —preguntó Argimiro, más para sí que para la concurrencia—. Yo habría apostado a que ni árabes ni bereberes llegarían más al norte del Betis. Lo mismo dije cuando vuestro difunto Bonifacio hablaba de que alcanzarían Toletum, e incluso Caesaraugusta. Siempre que he tratado de aplicar mi lógica para prever los movimientos de esos tipos me he equivocado, de modo que no pienso hacerlo más. Daré por supuesto que, tarde o temprano, atravesarán los Pireneos y se presentarán aquí, por lo que debemos estar preparados para cuando llegue el momento. Y espero que Ardo también lo entienda.

—Y si no lo hace, ¿qué alternativa nos queda? —terció Alberico.

—Primero tengo que hablar con él. Quiero saber si Ardo quiere luchar por recuperar su territorio o si es un rey débil y temeroso que no tardará en ser engullido por los chacales musulmanes o por el lobo franco.

—Esa Narbona de la que hablas se encuentra en el camino hacia Roma —apuntó Hermigio, pues Walamer le había hablado de la antigua vía Domitia, que, construida por los romanos, atravesaba el sur de aquellas tierras uniendo las mayores ciudades de la región—. Podríamos esperarte hasta que te reúnas con Ardo. Una vez allí, quizá quieras acompañarnos a Italia a cumplir la voluntad de Bonifacio y de Ademar. Tal vez, cuando llevemos la reliquia a Roma y la pongamos a salvo, las cosas cambien y esos extranjeros dejen de ganar terreno. Tú mismo lo has dicho: visto lo sucedido, no es el momento de utilizar la lógica.

Elvia disimuló una sonrisa ante la insistencia de Hermigio. Estaba claro que no cejaría en su empeño por embarcar a Argimiro en su viaje. Se creía demasiado joven e inexperto para lidiar con tamaña responsabilidad, por mucho que hombres recios como Alberico, Haroldo o el propio Witerico hubieran decidido escoltarlo. Argimiro, con su aplomo, su experiencia y la tranquilidad que reflejaba su rostro, transmitía una seguridad de la que Hermigio creía carecer.

—Nunca te cansas, ¿verdad, Hermigio?

El joven sonrió.

—Supongo que no.

Sin mediar más palabras, Argimiro tiró de las riendas de su montura y se dispuso a alcanzar la cabeza de la comitiva. Quedaba menos de una hora para presentarse en la ciudad, y para entonces Walamer ya habría avisado a Ingunda y a su hermano, Oppila, de su llegada. Argimiro no sabía cómo respondería el señor de Carcassona a la inesperada aparición de aquella muchedumbre. En Caesaraugusta les había resultado aparentemente sencillo asentarse; era probable que Ademar hubiera arreglado el asunto, pensó. En ese momento poseían mucha plata, y los barrios abandonados y ruinosos de las afueras de la ciudad ofrecían un buen lugar en el que establecerse.

Allí, en Carcassona, lo tendrían más complicado. La ciudad era más pequeña, y todos sus habitantes se resguardaban tras las murallas, por lo que no habría sitio para ellos extramuros. Aunque no había querido pensarlo hasta entonces, quizá se vería obligado a recurrir a su influencia y a la de la familia de su mujer para encontrar acomodo no solo para ellos, sino también para quienes lo habían seguido hasta allí.

Puede que nadie tuviera inconveniente en que el grupo de hombres y mujeres se estableciera en la campiña y volviera a levantar alguno de los villorrios abandonados en las últimas décadas. Aun así, primero tenía que hablar con su cuñado, Oppila, y con el *comes* de la ciudad, al que no conocía. Nunca se sabía si a algún heredero le daría por reclamar un pedazo de tierra recién sembrado, aunque su familia llevara generaciones ignorándolo. En sus tierras de Calagurris, Argimiro había tenido que mediar muchas veces en conflictos de este tipo, mientras que ahora no recurrirían precisamente a él para esos menesteres.

Yussuf ibn Tabbit se encontraba, probablemente, ante el mayor reto de su vida. Tariq ibn Ziyab había sido reclamado en Damasco por el califa y había partido de la Hispania recién conquistada sin apenas tiempo para dejar atados sus asuntos. Por su parte, él había tenido que abandonar a toda prisa la ciudad de Ilerda, en la que se encontraba tratando de descubrir el rastro de aquella reliquia de la que todos parecían querer adueñarse, para acudir a la repentina llamada de su señor.

Tariq, acuciado por la vorágine de los preparativos necesarios para comenzar tan largo viaje, apenas pudo concederle un momento, que aprovechó para instarlo a culminar la misión que tenía asignada sin cejar en su empeño, sin dejarse ver, pero siempre cerca de donde se encontrara el objeto que perseguían. Una vez consiguiera hacerse con él, debía emprender camino hacia Damasco para entregárselo en persona. Pensar en lo que supondría hacer ese viaje lo inquietaba: lo único que sabía de la situación de aquella ciudad era que estaba muy lejos. El tuerto no había dudado en asegurarle que su propia vida dependía de que Yussuf llevara a término su tarea, pues estaba convencido de que al llegar a Damasco sería retenido hasta que pudiera restaurar el poder de la mesa.

Semejante confidencia había sorprendido y atemorizado a Yussuf. Siempre había pensado en su señor como en el más poderoso de su mundo, pero en Oriente su influencia no sería mayor que la de cualquier insignificante cabecilla rural en manos de los poderosos señores del islam.

Al día siguiente, sin tiempo para más, Tariq ibn Ziyab embarcó hacia Oriente. Yussuf lo despidió en el mismo puerto, donde se presentó al capitán de la nave que transportaría a su señor. Una considerable cantidad de oro cambió de manos, y el marino recibió instrucciones de ponerse a disposición de Yussuf cuando este se lo requiriese. Eso, al menos, había conseguido disminuir en parte su ansiedad, pues no tendría que buscar por sus propios medios la manera de atravesar medio mundo cuando fuera necesario. Aunque la tranquilidad le duró poco:

en cuanto el barco comenzó a deslizarse sobre el mar, los nervios volvieron a atenazarle la garganta, pues se dio cuenta de que desde ese momento la suerte de Tariq quedaba en sus manos. Acostumbrado a contar con la guía de su señor, se sintió abrumado de repente, tan lejos de su hogar y sin un camino claro que se extendiera ante sus pies.

Semanas después de aquel episodio, rodeado de medio centenar de hombres de fiar, todos bereberes de su misma tribu, Yussuf se internó en la región que los hispanos y visigodos denominaban Tarraconense. En primer lugar se dirigió hacia Ilerda, donde había dejado a dos de los suyos al abandonar la ciudad, con el encargo de no perder de vista a Ragnarico y a los árabes que lo seguían. Descubrió con estupor que no solo sus hombres, sino también el visigodo y su grupo continuaban en la comarca. Sin embargo, los hombres de Musa no habían permanecido ociosos, pues habían recorrido con ahínco la región en busca de cualquier pista sobre la reliquia, mas sin resultado aparente.

A excepción de la propia Ilerda, aquellas tierras aún no se encontraban pacificadas. Un poco más al norte, la ciudad de Osca continuaba bajo asedio. A pesar de ello, Ragnarico y los hombres que lo seguían parecían moverse por el territorio sin demasiada precaución. Recorrían calzadas y senderos sin ocultarse, atacando aldeas y pequeños poblados para interrogar a sus habitantes y surtirse de las vituallas que precisaban para continuar su camino. Cuando las primeras nieves habían comenzado a cuajar en las cimas cercanas se dirigieron a la costa, donde procedieron de la misma manera, sin que al parecer les importara la cercanía de ciudades como Barcinona, aún en poder de los visigodos. Allí por donde pasaban dejaban a su espalda un rastro de finas columnas de humo. Yussuf estaba convencido de que, más pronto que tarde, semejante comportamiento terminaría provocando que los visigodos se organizaran para poner fin a los saqueos. Por su parte, él prefería moverse con discreción, evitando las poblaciones que sus exploradores encontraban en su ruta. No perdían de vista a Ragnarico y el nutrido grupo de árabes que lo acompañaba, y no dormían dos veces seguidas en el mismo lugar.

Llegados los últimos días del mes de abril, la ansiedad que había invadido a Yussuf al recibir el encargo de Tariq había trocado en desesperación. No había conseguido avanzar en sus pesquisas, y aquellos árabes tampoco daban la impresión de andar muy preocupados por ello. Parecían ir dando palos de ciego: abordaban cada villorrio al que llegaban e interrogaban a los lugareños, sin obtener ningún fruto visto su errático deambular. Habían pasado cinco meses desde que Tariq se embarcara, tiempo suficiente para llegar a su destino, o eso pensaba Yussuf. Tenía que darse prisa, pues ignoraba qué clase de trato sufriría Tariq en Damasco hasta que pudiera reunirse con él.

Cuando comenzaba a plantearse regresar a Ilerda y retomar allí sus indagaciones, dejando a un par de exploradores tras los pasos de Ragnarico, el visigodo y los suyos al parecer reaccionaron al fin, y el grupo de jinetes se puso en marcha hacia el norte, abandonando el campamento en el que se habían establecido durante todo el mes anterior. Tomaron la amplia calzada que ascendía paralela a la costa, dejaron atrás la ciudad de Rhode y se adentraron en las montañas.

Finalizando el mes de mayo, los árabes de Ragnarico penetraron en las tierras de Septimania sin haberse percatado de la vigilancia a la que los sometían los exploradores bereberes ni de la presencia del resto de la partida de Yussuf, que seguía sus pasos a cierta distancia de la calzada.

—¿A dónde vas? Apenas has comido. —Ingunda frunció el ceño y retuvo a su esposo aferrando la tela de su sayo.

Hacía dos semanas que Argimiro había regresado. Habían celebrado el reencuentro con alegría, pero luego la mujer había comprobado con preocupación que su esposo se había encerrado en sí mismo. Y no sabía qué pensar al respecto.

—Tengo que hablar con tu hermano, Oppila, sobre la situación de los refugiados que han venido conmigo —explicó él.

Ingunda asintió y lo dejó ir. Conociéndolo, suponía que Argimiro se sentía en cierta manera responsable de aquella gente. Solo esperaba que su desvelo no tuviera que ver con aquella mujer pelirroja que había cruzado las puertas de la ciudad a pocos pasos de su esposo y de la que este se había despedido con una familiaridad que le resultó inquietante. Aun así, no se había atrevido a preguntarle nada sobre ella. Arrugó la nariz.

—¿Acaso pretendes hacerte cargo de ellos? No creo que Oppila nos pueda ayudar más. Bastante ha hecho ya redistribuyendo a nuestros servidores entre las distintas propiedades de nuestra familia.

Aquello era cierto. Su cuñado se había mostrado muy atento con ellos: no solo había acomodado a Ingunda, a los niños y a sus sirvientes personales en una bonita casa del centro de la ciudad, sino que también había encontrado acomodo para las familias que habían huido de sus tierras de Calagurris. Estos ocuparían una aldea que se encontraba a una jornada de camino, donde tendrían la oportunidad de recuperar la actividad maderera que había hecho florecer el asentamiento antaño volviendo a poner en uso el aserradero, cerrado después de que gran parte de la población abandonara la zona debido a la inestabilidad de las fronteras.

Argimiro había agradecido a su cuñado tal deferencia de forma sincera, pero ahora se veía obligado a solicitarle un favor similar para quienes habían llegado a la ciudad con él. Además de Oppila, solo se le ocurrían dos personas a las que acudir, e igualmente necesitaría su mediación. Se trataba del conde de la ciudad, Frederico, y el obispo Nantila. Como en todas partes, o al menos en los lugares que Argimiro conocía, serían ellos los que contaran con las más extensas y mejores tierras, y también los encargados de dirimir cualquier conflicto relativo al reparto de las tierras deshabitadas.

—No voy a pedirle que se ocupe de ellos personalmente,

solo que interceda ante el *comes* y el obispo, pues yo soy un desconocido para ellos. Quizá necesiten brazos para trabajar, porque, o mucho me equivoco, o estos campos no andan sobrados de brazos que los cultiven.

Ingunda hizo un mohín que dibujó en sus mejillas sendos hoyuelos. De repente no le parecía mala idea conseguir alejar hasta alguna de las aldeas más recónditas de la comarca a aquella pelirroja de mirada salvaje. Ella misma hablaría con su hermano si era preciso.

—Me parece una buena idea. Te acompañaré. Conozco a mi hermano y sabré obtener lo que pretendemos de él mucho mejor que tú —aseguró.

Argimiro sonrió satisfecho. Solo Dios sabía cuánto había echado de menos el apoyo y los sabios consejos de Ingunda durante los meses en los que habían estado separados. Sus ojos recorrieron su rostro, cuyos rasgos angulosos resultaban agradablemente suavizados por el brillo de sus ojos, de un bello azul claro. De repente reparó en que, desde su llegada, acuciado por tantas preocupaciones, no había encontrado el momento para decirle cuánto la había extrañado. La había cubierto de besos al verla, a ella y a los niños, pero después sus obligaciones habían ocupado casi todo su tiempo.

Antes de ponerse el manto tomó a la mujer por la cintura y la estrechó contra su cuerpo, dejándose invadir por aquella calidez tan familiar que siempre lo confortaba, incluso en lo más crudo del invierno de Calagurris. Se abandonaron un instante a esa sensación antes de salir juntos hacia la residencia de Oppila.

Las calles de Carcassona eran un hervidero de personas desde la llegada de aquellos *hispanii*, como habían comenzado algunos a llamarlos. Tan estrechas que nadie hubiera apostado que provinieran de la herencia romana de la ciudad, siempre habían sido sucias y oscuras, incluso en el recuerdo de Argimiro, a quien ese día se lo parecieron aún más. Caminaba con cuidado, tratando de esquivar tanto los charcos de agua sucia como a los otros transeúntes, un vano propósito dado el elevado número de personas con las que se iban cruzando en su camino. Ingunda, más acostumbrada a la vida en la ciudad, se había calzado unos zapatos de madera para no manchar los de piel, más cómodos y costosos, y caminaba con decisión, haciéndolos resonar en la piedra.

A Argimiro nunca le habían gustado las ciudades, y Carcassona no era una excepción, aunque fuera más similar a Calagurris que a Toletum, por ejemplo. Prefería vivir en la tranquilidad de la campiña, pero ese día no le quedaba más remedio que continuar avanzando entre la marea de gente mientras lanzaba nerviosas miradas por encima de su cabeza con la esperanza de anticiparse al próximo cubo de inmundicia que cayera sobre el pavimento.

El trayecto no había sido largo, pues la ciudad no era grande. Sin embargo, cuando consiguieron llegar por fin a la casa de su cuñado, a Argimiro le parecía que debía de presentar un aspecto deplorable. Se encontraban en la zona alta, donde las calles estaban más limpias y los edificios, más cuidados. El orín y los desperdicios terminaban acumulándose en la parte baja, lejos de allí. Sacudió el pie izquierdo, tratando de desembarazarse de la pátina de porquería que recubría la suela, y observó con admiración que Ingunda continuaba presentando una estampa inmaculada a pesar de que había recorrido el mismo camino que él.

Sin tardanza, uno de los servidores de su anfitrión los hizo pasar y les indicó que aguardaran en una pequeña habitación contigua a la entrada. Oppila se encontraba reunido, por lo que les ofreció un refrigerio ligero para amenizar la espera, que Argimiro, nervioso como estaba, no disfrutó. Media hora más tarde, el mismo hombre regresó para acompañarlos a la estancia donde su cuñado recibía a las visitas.

—¡Ingunda, hermana mía! —exclamó Oppila visiblemente contento, poniéndose en pie y acercándose a ellos.

Abrazó a la mujer con cariño antes de dirigirse hacia él.

—Argimiro, bienvenido seas tú también. Espero que no estéis aquí porque haya surgido algún inconveniente con los vuestros. Mi administrador asegura que, hasta el momento, todo discurre según lo esperado.

—En absoluto, hermano mío. No hemos tenido problema alguno, y no podemos más que alabar tu generosidad.

—Estamos en deuda contigo —se apresuró a añadir Argimiro, secundando las palabras de agradecimiento de su esposa.

Oppila sonrió, y su rostro, ya de por sí agraciado, pareció iluminarse. Con treinta años recién cumplidos, disfrutaba de una vida regalada, al parecer de Argimiro. Vivía de las rentas de las propiedades heredadas de su familia, y en pocas ocasiones había esgrimido un arma. Que él supiera, ni guerras ni enfermedades habían dejado marca alguna ni en su cuerpo ni en su alma.

—Sé que vosotros haríais lo mismo si la desgracia se abatiera sobre la Septimania —respondió—. Aunque confío en que no nos veamos en tal tesitura. Pero, decidme, ¿qué os trae hoy a mi casa? Si me hubierais avisado con tiempo, habría preparado un agradable ágape con toda la familia. A madre le hubiera encantado, ahora que los días soleados han llegado al fin y no debe temer enfriarse.

Argimiro había visitado a los pocos días de llegar a Fredegunda, la madre de su esposa y viuda de Wagrila. Era muy mayor, y de salud delicada. Vivía recluida en una de las estancias más abrigadas de la gran casa familiar, al amparo del fulgor del hogar y de los cuidados de varias mujeres.

—No debes preocuparte, Oppila —intervino Argimiro, temeroso de verse abocado a pasar una larga e inesperada velada familiar—. Únicamente vengo a pedir tu consejo en un asunto que me preocupa.

Oppila hizo un gesto de extrañeza.

—Por supuesto, Argimiro. Habla con total libertad.

—Se trata de los *hispanii*, como he oído que algunos de los ciudadanos llaman a quienes llegaron conmigo a Carcassona.

—Un asunto delicado, ciertamente —exclamó Oppila, rascándose el mentón—. No hay lugar para todos en la ciudad.

Esta no es una población grande, como puedan serlo Narbona o Toletum.

Argimiro comprendió al instante que su cuñado ya había estado dándole vueltas a la cuestión, mas sin hablarlo con él. Conociéndolo como lo conocía, intuía que ya habría compartido sus temores con los hombres de su círculo más cercano, entre los que se contaban otros poderosos ciudadanos. De aquellas confidencias dependía, en gran parte, el éxito de lo que se proponía.

—Algunos de ellos partirán dentro de poco—dijo, tratando de calmar a su interlocutor—, aunque regresarán en unos meses. En cuanto al resto, pretenden asentarse en la región mientras esperan a sus compañeros. Sé que estoy abusando de tu generosidad, pero me gustaría que, en la medida de tus posibilidades, pudieras ayudarlos también en este trance, tan amargo para ellos como lo ha sido para nosotros.

—Sabemos que eso queda fuera de tu alcance, hermano; bastante has hecho ya. Con todo, quizá podrías hablar con Nantila y con Frederico de este asunto. Tal vez ellos podrían socorrerlos, pues poseen multitud de tierras y escasez de arrendatarios, si no me equivoco. Sé que bastantes hombres de la ciudad murieron con Agila cerca de Caesaraugusta.

—Los refugiados son gente dura, acostumbrada a trabajar sin protestar y a soportar las mayores penalidades. Además, algunos son excelentes guerreros. Combatí a su lado en Caesaraugusta y doy fe de su valía. Su concurso le vendría muy bien a la ciudad ahora que se avecinan tiempos convulsos.

—¿En verdad crees, Argimiro, que esos extranjeros se atreverán a cruzar los Pirineos? —preguntó Oppila, santiguándose.

—Ahora mismo no sé lo que creer —respondió este, sintiendo la suave presión que hacía la mano de Ingunda en su brazo—. Hace un año te habría dicho con seguridad que no pasarían de la Betica. Hoy prefiero callar.

Un incómodo silencio se apoderó de la estancia. Por un instante, Argimiro reparó en el crujido que producían los pasos de la servidumbre al caminar en el piso superior.

—No os esconderé que este mismo asunto ha ocupado buena parte de las últimas conversaciones que he tenido con el *comes*. Son demasiados para que puedan continuar en la ciudad.

—Enviadlos al norte —propuso Ingunda, esbozando una sonrisa triunfal—, lejos de la ciudad. Cuando yo vivía aquí, eran pocos los campesinos que se aventuraban a asentarse cerca de la frontera con los francos, y numerosos pueblos quedaron deshabitados al refugiarse sus habitantes tras las murallas de nuestra ciudad. Aprovechadlos para colonizar nuevamente esas tierras. Mi esposo ha dicho que son diestros combatientes; pues que lo demuestren.

Argimiro observó a su mujer, sorprendido y agradecido. Ingunda sabía cómo tratar con su hermano, y lo había demostrado con creces. Él no hubiera conseguido ser tan vehemente, a la vez que razonable.

Tras las palabras de su hermana, Oppila permaneció meditabundo, mirando a Ingunda y a Argimiro alternativamente. A los pocos minutos su gesto se suavizó, y asintió despacio, al parecer convencido por el razonamiento de la mujer.

—Frederico te estará agradecido, y Nantila también. Todos lo estaremos —continuó Ingunda—, pues todos saldremos ganando —afirmó, mirando a su esposo con una dulce sonrisa.

XXII

Hacía ya varias semanas que Musa ibn Nusayr había llegado a Oriente desde la remota Hispania, y en el preciso instante en que desembarcó comprendió que los temores que lo habían asaltado durante la travesía no habían sido infundados.

Tiempo atrás había creído que sería agasajado por haber puesto a los pies de la verdadera fe a un pueblo tan poderoso y orgulloso como el de los visigodos, pero nada más llegar vio que se había equivocado. No había habido vítores ni música de timbales, solo un destacamento de soldados que lo había recibido en el mismo puerto para escoltarlo hasta Damasco, donde lo recluyeron en uno de los muchos palacios que proliferaban en la urbe desde la que los omeyas gobernaban su mundo.

No había sufrido privaciones: lo trataban con cortesía, incluso con deferencia; ahora bien, solo un estúpido habría pasado por alto el hecho de que se había convertido en un prisionero. Ningún familiar o conocido tenía permiso para visitarlo en su retiro, y los hombres del califa hacían guardia ante su puerta y en los pasillos para impedir que abandonara el lugar.

Tal y como se le había solicitado, Musa había hecho entrega de un buen número de baúles rebosantes de oro y plata nada más hacer su entrada en la ciudad. Se había comportado como un buen sirviente; había derrotado a Roderico, había logrado terminar de dividir a la aristocracia hispana, ya enfrentada, y había abierto a los suyos la puerta de una tierra rica y extensa, a la vez que indefensa. Por si fuera poco, había supervisado personalmente cómo una veintena de porteadores llevaban la majestuosa mesa del rey Salomón al palacio omeya, atendiendo a la solicitud del guía de los creyentes. Mientras la veía alejarse de él, bamboleándose al ritmo marcado por los pasos de los que la cargaban, no pudo evitar estudiar nerviosamente una de sus patas.

Había dispuesto de poco tiempo para reconstruirla. Antes de que él pisara suelo hispano, algún cristiano impío había sido capaz de mutilarla, así como de ocultar la pieza arrancada lo suficientemente bien para que no hubiera podido encontrarla a pesar de sus desvelos. Después de recibir la imperiosa orden de regresar a Oriente sin tardanza, estando en la ciudad de Lucus, se había asegurado de planificar una breve estancia en Toletum, supuestamente para recuperarse de un enfriamiento. Una vez allí había mandado llamar en secreto a los mejores artesanos de la antigua capital goda y los había recluido en su palacio, donde habían trabajado día y noche sin descanso para crear un soporte idéntico al resto de los de la mesa mutilada. El resultado era excelente para el tiempo que habían tenido los orfebres para trabajar, tanto que lamentó sinceramente tener que darles muerte. El caso era que nadie debía conocer el secreto que pretendía ocultarle al señor de los creyentes, y no podía permitir que el más mínimo rumor llegara a sus oídos. Y los cadáveres no hablan.

Tan solo Tariq ibn Ziyab, su vasallo, estaba al tanto de aquel detalle. Al principio había sospechado que el bereber mentía e incluso que era responsable de la profanación de la reliquia. Sin embargo, tras entrevistarse con Oppas, no le había quedado más remedio que aceptar su palabra, pues pensaba que el obispo no se habría atrevido a corroborar su mentira ni a inventar el relato sobre el visigodo al que habían enviado a recuperar la pata perdida.

Durante el largo trayecto en barco pensó muchas veces en aquel Ragnarico; un perro despreciable, según su fiel Zuhayr. Lo habría eliminado con gusto, pero lo necesitaba hasta que cumpliera su cometido. Tampoco se había atrevido a ejecutar a

Tariq, pues al enterarse de semejante acto, el califa, que también había hecho llamar al bereber a su lado, habría sospechado que no todo discurría tal y como Musa quería hacerle creer.

Tariq ibn Ziyab sentía los miembros entumecidos a causa de su largo encierro. Con las manos entrelazadas tras él, paseó una y otra vez por el estrecho pasillo para luego recorrer con los dedos las historiadas puertas de madera que lo cerraban por ambos extremos. Pronto una de ellas se abriría, pues había llegado el día en el que sería recibido por Al-Walid ibn Abd al-Malik, el califa.

Desde su llegada a Oriente, cinco semanas atrás, había permanecido recluido en una gran propiedad en la zona vieja de la ciudad de Damasco. Era la primera vez que visitaba aquel rincón del mar interior, el lugar donde el Profeta había nacido, proclamado la buena nueva y muerto años después. Si también se convertía en su tumba, sería un buen lugar para reposar.

Desde que había abandonado el barco que lo llevó hasta aquellas costas, no había dejado de asombrarse por lo que veía a su alrededor. Antes de su reciente aventura en Hispania, nunca había salido de su Ifriquiya natal, y en Damasco, tan lejos de su hogar, había quedado prendado de la magnificencia de los edificios, el enorme tamaño de la ciudad, los ricos atavíos de quienes caminaban por las calles y la variedad de los productos que se vendían en los enormes bazares. Animales exóticos, raras especias, las más suaves y coloridas telas; cualquier cosa que uno pudiera imaginar, siempre y cuando dispusiera de una bolsa generosamente cargada de monedas. Después de ver todo aquello, Tariq debía reconocer que su tierra, en comparación, era salvaje y atrasada.

Se había separado de Musa ibn Nusayr en el mismo momento en el que ambos habían puesto pie en tierra tras la larga travesía. Aunque no soportaba su compañía, aquella separación no se había producido por voluntad propia: el califa había dispuesto que cada uno de ellos, junto con sus respectivos séquitos, fuera alojado en un lugar diferente.

No lo había vuelto a ver desde entonces. Desconocía si Musa habría sido tratado de la misma forma que lo había sido él, que se había sentido ignorado durante lo que se le antojaba un largo tiempo, aunque suponía que para aquellos árabes él merecería menor deferencia a causa de su origen bereber. Apretó inconscientemente los puños.

De repente, el roce de la madera contra el suelo lo alertó de que la puerta por la que él había entrado había vuelto a abrirse. Se giró, y se encontró con dos lanceros que empujaban las hojas para dejar paso a una figura elegantemente ataviada.

—Tariq ibn Ziyab.

—Mi señor Musa ibn Nusayr —respondió, e hizo una ligera reverencia mientras notaba que la mandíbula le rechinaba por la tensión.

Musa se detuvo a tres pasos de él. El rostro del árabe irradiaba tranquilidad. Tariq lo envidiaba por ese motivo, pues él era incapaz de aparentar algo que estaba lejos de sentir. Estaba enojado, pero también cohibido: tanta pompa y magnificencia lo hacían sentirse como un miserable roedor —o, mejor aún, una hiena del desierto— entre una jauría de leones.

—Así que hoy serás recibido por el padre de todos los creyentes —aseveró Musa, disfrutando en su fuero interno del desasosiego que parecía dominar al bereber.

Tariq no respondió, se limitó a asentir y a apartarse. Musa alzó la barbilla, orgulloso. Aquel bereber no tenía por qué conocer el indigno tratamiento que el califa le había reservado también a él, ignorándolo como si fuera un vulgar camellero del desierto.

En ese instante las puertas que se encontraban frente a ellos se abrieron de par en par y dejaron paso a dos guerreros que no tardaron en salir al pasillo para indicarles que entraran. Ambos caminaron a la vez, aunque Musa apuró las últimas zancadas para ser el primero en aparecer ante el califa. De esa manera pretendía recordar a los presentes que él continuaba siendo un hombre importante: el señor de aquel bereber que aparecería a su espalda.

Avanzaron por la enorme estancia, soportada por multitud de delicadas columnas, con los ojos bajos para no cruzar la mirada con la del califa, que los esperaba en el trono. A sus pies, frente a ellos, se encontraba la mesa del rey Salomón, pero no había rastro alguno de los arcones y las riquezas traídas desde Hispania. Tanto Musa como Tariq aguantaron la respiración. Que aquel objeto estuviera allí, ocupando un lugar destacado, no podía ser casual.

Musa perdió la compostura. Sintió un escalofrío en la espalda, aminoró el paso y dejó que el bereber se situara a su lado. Luego le habló en un suave susurro, tratando de que los demás no se dieran cuenta.

—Si estimas en algo tu vida, Tariq, mantendrás la boca cerrada.

—Por supuesto, mi señor —musitó aquel.

Continuaron caminando hasta detenerse a pocos pasos de la mesa. Musa realizó una grácil reverencia y se arrodilló ante el califa. Tariq lo imitó, con menos soltura.

Permanecieron allí, postrados, pero nadie se dirigió a ellos durante los siguientes minutos. Musa, intranquilo, notaba como el sudor le corría por la agarrotada espalda. Nunca había sido tan consciente de su avanzada edad como en ese momento, pues la postura le provocaba intensos latigazos de dolor. Pasaban los segundos y su nerviosismo iba en aumento. No quería incorporarse para no parecer irrespetuoso, y tampoco se atrevía a mirar al frente, donde el califa los escrutaba, o eso intuía. Así, se tuvo que contentar con lanzar tímidos vistazos en otras direcciones, esperando descubrir quién más se encontraba en el salón de audiencias. Tuvo tiempo de contar siete soldados y tres secretarios antes de que una voz conocida se dirigiera a ellos.

Musa no pudo evitar levantar la cabeza. Aquella no era la voz de Al-Walid. Tembló al reconocer frente a él el rostro de su hermano, Suleiman ibn Abd al-Malik. Perplejo, tardó aún un instante en bajar la vista al historiado suelo.

—¿Os sorprendéis acaso de verme ocupando este lugar, Musa ibn Nusayr? —exclamó Suleiman—. No os sorprendáis, avergonzaos más bien por vuestra tardanza en presentaros, pues mi hermano, el gran Al-Walid, que os reclamó de vuelta hace casi un año, falleció al poco de vuestra llegada sin haber podido recibiros.

—Lo lamento infinitamente —respondió Musa en tono afectado, preguntándose si la ausencia de Al-Walid lo beneficiaría de algún modo—. Vuestro hermano fue la luz de nuestra fe todos estos años, y un digno sucesor del Profeta.

—En verdad lo era, y yo espero, si Alá lo permite, llegar a ser merecedor de su legado.

—Rezaré por ello —dijo Musa, tomando aire—. Suleiman ibn Abd al-Malik, señor de todos los creyentes, luz del islam, nunca me perdonaré no haber podido ver el rostro de vuestro hermano antes de que la muerte nos lo arrebatara, pero la distancia desde Hispania es enorme, y el viaje en barco, peligroso.

Suleiman enarcó las cejas antes de responder.

—Desconozco la distancia exacta, aun así soy capaz de calcular cuánto tiempo se tarda en llegar a ese confín del mundo. —Había endurecido el tono de voz, molesto—. Mi hermano insistió en que regresarais en cuanto Mugith al-Rumi pusiera un pie en Hispania, y si lo hubierais hecho no tendría que ser yo el que os reprendiera, sino que habría podido hacerlo él, tal y como le correspondía.

Tariq no pudo evitar dedicar a Musa una mirada de soslayo, extrañado.

—Por supuesto, mi señor. Os aseguro que solo nos demoramos el tiempo estrictamente necesario para apuntalar las últimas conquistas de manera que las gentes de esos territorios no se alzaran en armas en cuanto los abandonáramos. Son gentes levantiscas e incultas, pero la tierra es fértil, rica y pródiga en mujeres de inigualable belleza. Habríamos faltado a nuestra responsabilidad si no hubiéramos hecho todo lo posible para asegurar que no abandonen la verdadera fe, ahora que la han abrazado.

Suleiman no respondió de inmediato, y Musa se permitió relajar ligeramente su postura, aliviado por que la lluvia de reproches que temía aún no hubiera arreciado.

El califa, por su parte, hizo una seña, a la que atendió, solícito, un esclavo nubio. Con su ayuda, Suleiman se puso en pie y descendió los peldaños que lo separaban del suelo. Se colocó junto a la mesa y comenzó a caminar a su alrededor, acariciándola con la mano izquierda como si se tratara de una hermosa mujer.

—¿Y qué es esto que me habéis traído? —preguntó.

—El mayor de cuantos tesoros encontramos en tierras hispanas, gran Suleiman: la mesa del rey Salomón. Construida hace miles de años con lo más valioso que se halla en esta tierra que pisamos: oro, plata y piedras preciosas. Un objeto sagrado para los judíos, arrebatado por los romanos cuando conquistaron sus territorios, que se encontraba oculto en Hispania y que hoy pongo a vuestros pies, nuestro califa y señor.

Suleiman pareció estudiar el objeto con sumo interés, para estallar a continuación en una risotada.

—No me es desconocida del todo esa leyenda, como tampoco lo era para mi hermano Al-Walid. ¿Sabías que, durante su enfermedad, mi desventurado hermano pensaba que tan solo su tacto sería capaz de sanarlo?

Musa pareció encogerse, mientras Tariq, a su lado, se revolvía con inquietud. Suleiman los miró a ambos alternativamente.

—Lamento de veras que no tuviera ocasión de comprobarlo. Espero que Al-Wadid sepa perdonarme desde su lugar junto al hacedor —dijo Musa.

—En realidad, llegasteis justo cuando su salud empeoraba, lo que interpretamos como una señal. Mi hermano pudo posar las manos sobre la mesa, pero murió igualmente. —El tono de voz de Suleiman era difícil de interpretar—. Lo que me hace pensar... si esta mesa es realmente lo que aparenta ser.

Musa inclinó aún más la cabeza y se sintió empalidecer.

—¿A qué... os referís, señor?

—He indagado para averiguar todo lo posible acerca de este objeto. Mis más sabios consejeros coinciden en que perteneció al rey Salomón, que conquistó en el pasado la tierra que hoy pisamos, y en que si pudo dominarla fue gracias al poder que la mesa le otorgó. —Para subrayar sus palabras, golpeó el tablero con los nudillos—. Todos sabemos cuán supersticiosos son estos judíos, pero todos y cada uno de mis consejeros coinciden en que, gracias a esta mesa, su reino, insignificante y pobre, logró imponerse a sus poderosos vecinos y los reyes de su tiempo se inclinaron ante Salomón. Entonces, ¿no creéis que una reliquia capaz de lograr eso debería ser suficiente para evitar que se apague una sola vida?

—Vos mismo lo habéis dicho, digno Suleiman: las gentes del Libro son supersticiosas y probablemente exageren, lo que no resta un ápice al extraordinario valor de la mesa, hecha con los más nobles materiales.

—Imaginad por un instante que tuvieran razón. ¡Qué no podríamos hacer con ella! La palabra del Profeta se extendería hasta llegar a todos los rincones del mundo sin necesidad de luchas o conquistas, porque todos los pueblos se postrarían a nuestros pies. Hasta ahora hemos hecho un trabajo digno de ser recordado y lo hemos sellado con nuestra sangre; pero con la mesa del rey Salomón en nuestro poder llegaríamos hasta lugares de los que jamás hemos tenido conocimiento, ¡alcanzaríamos territorios que hasta ahora no habíamos soñado poseer!

Suleiman se detuvo un instante, y entre su audiencia se elevó un murmullo quedo, contenido.

—Pero ahora dejemos los sueños atrás, porque la vida de mi hermano nos fue arrebatada, y porque esta mesa no es más que una farsa. Y tú, Musa ibn Nusayr, deberías avergonzarte de tus graves errores.

A Musa la seguridad que había ido ganando a medida que avanzaba la conversación lo abandonó de golpe. Boqueó, como si hubiera caído al mar y el agua hubiera comenzado a ocupar el lugar del aire dentro de su pecho. Intentó hablar, pero el califa lo conminó a guardar silencio con un gesto brusco y las palabras murieron en su garganta, convirtiéndose apenas en un gemido. El nubio que se situaba a su espalda le apoyó el extremo del alfanje en la nuca, y Musa se estremeció.

—Eres culpable de la muerte de mi hermano, Musa ibn Nusayr, así como de entorpecer la sagrada misión que el Profeta nos encomendó. ¿Osarás negarlo?

Musa sudaba copiosamente, y parecía que las palabras se le habían secado en la boca y que la lengua no le respondía. A un gesto del califa, el nubio retiró la espada para permitirle recuperar el temple suficiente para hablar.

—Ignoro a qué os referís, mi señor. Yo siempre he cumplido con mis responsabilidades con celo, anteponiéndolas a mi propia vida o a la de mi familia. Vuestro hermano requirió mi presencia aquí y que le entregara la mesa, y acaté sus órdenes en cuanto mis obligaciones me lo permitieron.

—Estoy dispuesto a reconocer que has obrado bien en Occidente, e incluso podría llegar a entender, en parte, vuestro retraso. Sin embargo, en lo referente a esto... —apoyó de nuevo ambas manos en la mesa—, ¿cómo te atreves a seguir mintiendo?

—¿Mintiendo, señor? —Se sobresaltó Musa, agobiado. Echó una ojeada hacia donde permanecía Tariq, al parecer totalmente ajeno a aquella reprimenda.

Suleiman dejó a un lado la mesura que había demostrado hasta entonces y estalló en un reniego, golpeando con rabia el remiendo compuesto pocos meses atrás por las manos de los mejores artesanos de Toletum.

—¿A quién pretendías engañar con esta farsa? ¿A mi hermano? ¿A mí? ¿O acaso ambicionabas el poder de la mesa solo para ti y no estabas dispuesto a permitir que sus legítimos propietarios pudiéramos desplegarlo?

Tariq se revolvió, pero se obligó a no mirar a Musa, pues no quería que leyera la traición en su rostro ni que pudiera vincularlo directamente a su desgracia, al menos de momento. El gobernador de Ifriquiya, en cambio, sí miró directamente al bereber con los ojos refulgiendo de rabia. Llenándose de valor, trató de hacer frente a las acusaciones que le había arrojado Suleiman.

—Mi señor, tenéis que escucharme. Quería haberlo hablado antes con vos, o con vuestro hermano si hubiera sido posible, pero no me disteis opción. Este hombre —acusó, señalando a Tariq— fue quien permitió que semejante tesoro fuera ultrajado. Todo sucedió antes de mi llegada a Hispania. Y cuando tal atrocidad llegó a mis oídos, os aseguro que hice todo lo posible para ponerle remedio.

El califa recorrió la distancia que lo separaba de ambos hombres y se detuvo junto al bereber. Una vez allí, le pasó la mano por el hirsuto cabello como quien acaricia a un animal.

—Tariq ibn Ziyab, ¿es eso cierto?

La voz de Tariq resonó en toda la estancia, poderosa y grave como el viento que azotaba las montañas de su tierra.

—Sí, padre de los creyentes. Antes de que pudiera rescatarla, algún cristiano impío la mutiló y se llevó consigo una de las patas. A partir de ese momento hice todo lo posible por recuperarla, sin éxito, al igual que Musa ibn Nusayr. Ahora bien, pese al escaso resultado que obtuvimos ambos con nuestras pesquisas, hay algo que nos diferencia a este hombre y a mí.

—¿Y qué es, si puede saberse?

—Que yo nunca he tratado de engañaros.

Musa sintió como si una daga le traspasara el vientre. Sintió un dolor casi físico y creyó desfallecer. Si no lo hizo fue porque, a una palmada del hermano del difunto Al-Wadid, el nubio lo sujetó y lo levantó. Tan solo recuperó parte de su aplomo cuando comprobó que un nuevo servidor de Suleiman aparecía en escena y procedía de igual manera con el bereber.

—¡Lleváoslos! —bramó el dignatario antes de darles la espalda y dirigirse nuevamente hacia su trono—. Ya pensaré qué castigo merecen por fallarle a su señor, y al Profeta.

Suleiman ibn Abd al-Malik escrutó a los prisioneros. Musa

tenía la derrota escrita en el rostro y los brazos caídos, flácidos, sin que el enorme nubio tuviera que forcejear con él para mantenerlo inmovilizado. En cambio, notaba la furia que invadía al bereber, que le clavaba su único ojo, provocándole una incómoda sensación.

Haciendo un esfuerzo para que no trasluciera el nerviosismo que lo embargaba al hablar, se dirigió a Tariq.

—Los hombres mueren si yo lo dispongo, y viven únicamente si yo se lo permito, Tariq ibn Ziyab; sería conveniente que no lo olvidarais.

Los *hispanii* fueron finalmente reubicados en distintos poblados de la frontera durante las siguientes semanas. Antes de marchar, todos ellos agradecieron al obispo Nantila su generosidad y a Argimiro su intercesión.

Al cabo, había sido la Iglesia la que había aportado la mayor parte de las tierras que los refugiados explotarían en su beneficio. Nantila únicamente había puesto dos condiciones: que quienes se asentaran en sus propiedades fueran cristianos de fe probada y que nunca, bajo ninguna circunstancia, las reclamaran en el futuro como propias. Cada uno de los refugiados prometió ante las Sagradas Escrituras atenerse a ambas condiciones. Se avecinaban tiempos difíciles para todos, y tanto Nantila como Frederico, como bien había intuido Ingunda, tenían interés en afrontarlos lo mejor preparados posible. Y poder contar con más de medio centenar de hombres de armas resultaba una excelente contrapartida por la entrega de unas tierras hasta entonces baldías.

Llegado el mes de julio, Argimiro consideró que sus asuntos estaban ya en orden, al menos los que tenía en su mano ordenar. Fue entonces cuando comenzó sus preparativos para dirigirse a Narbona y presentarse ante el nuevo rey, rey de una sola provincia y no de un verdadero reino, pero rey al fin y al cabo.

El duodécimo día de ese mes, mientras él enjaezaba su caballo e Ingunda aguardaba pacientemente para despedirlo, Hermigio y Elvia se presentaron en su casa.

Cuando la pareja entró en el establo, Walamer miró a su señor tratando de hacerle entender con la mirada que en esa ocasión nada tenía él que ver con el asunto. Entonces Argimiro recordó que los jóvenes le habían pedido viajar con su partida hasta la capital. Imaginó que de alguna manera se habrían enterado de que se hallaba presto a marchar y se habían presentado dispuestos a acompañarlo.

—Bienvenidos seáis, amigos —dijo a modo de saludo.

Al oír su voz, Ingunda se volvió, sorprendida por la inesperada visita. Estudió con detalle a los recién llegados, deteniéndose sobre todo en Elvia. El riguroso examen que le dedicó hizo que la astur se revolviera, incómoda. Como ya había constatado, era muy hermosa. Confiaba en que enviándola al norte la mantendría alejada, en cambio allí se encontraba de nuevo. Aunque la mujer no parecía especialmente interesada en su marido, lo que era un buen inicio, no pensaba bajar la guardia.

—Hemos llegado en buen momento, por lo que veo —dijo Hermigio—. Los nuestros aguardan fuera de las murallas, listos para salir.

—¿También partís? ¿Ya habéis dejado a vuestros compañeros establecidos en el norte? —preguntó Argimiro, aunque ya imaginaba que así era.

—Sí. Hemos recibido noticias de que se han instalado en sus nuevas tierras. Nosotros decidimos permanecer aquí, dispuestos para emprender el viaje. No hay tiempo que perder, pues el tiempo nos es favorable y no podemos permitirnos perder más días si queremos llegar a nuestro destino antes de que comiencen las lluvias del otoño.

Argimiro terminó de atar los correajes de su montura y se acercó a ellos, consciente de que le resultaría imposible no acceder a su petición de acompañarlo hasta Narbona.

—Tenéis un largo camino por delante. Como hombre que ha visto mundo, os daré un consejo: no lo hagáis con prisa. La prisa solo servirá para que os angustiéis si las cosas no salen según lo previsto, y os aseguro que pocas veces lo hacen. Hay muchos peligros que acechan al caminante: ríos que se desbordan, puentes que se desploman, bandidos, enfermedades y fronteras en las que los soldados reinan a su antojo como si fueran emperadores. Hacedme caso, tomadlo con calma. Lo importante es llegar al destino, sea cuando sea.

—Venid con nosotros, señor —murmuró Hermigio en un último intento de vencer la voluntad del noble—. Si no creéis en esta misión sagrada, hacedlo al menos por la memoria de Ademar. Sé que tenemos demasiado que agradeceros, pero...

—Ya está bien de tanta gratitud —lo interrumpió Argimiro. El nombre de Ademar le hizo evocar los tiempos no tan lejanos en los que había decidido unir su destino al del astigitano para intentar lavar su conciencia por la traición a Roderico—. Si a alguien debéis darle gracias, es a mi mujer, Ingunda.

—Y a Oppila, mi hermano —apuntó ella—. Ambos hemos visto que mi esposo os tiene en alta estima, así que nos hemos esforzado por buscar una solución.

—Que Dios os bendiga, señora —musitaron a un tiempo Hermigio y Elvia.

—Y, si puede saberse, ¿adónde os dirigís? —preguntó Ingunda, curiosa—. Por lo que veo, mi esposo no me informa de todo cuanto yo debería conocer.

No solo Elvia se percató del peligroso tono que adquirían las palabras de la mujer. Argimiro se aprestó a esgrimir alguna excusa que justificara su omisión, pero Hermigio intervino antes.

—Iremos primeramente a Narbona, y desde allí partiremos hacia Italia, hacia la ciudad de Roma.

—¡Vaya! Tenéis un largo viaje por delante —exclamó la mujer, tan sorprendida como intrigada.

—Una semana hasta Narbona, y para llegar a Roma, lo que tenga a bien depararos el camino —aclaró Argimiro—. ¿Cuántos sois?

—Diecinueve —respondió Hermigio.

—Buen número. Yo, por mi parte, viajaré únicamente con cuatro hombres. Se trata de un trayecto corto, y antes de que acabe el mes de julio pretendo estar de vuelta —dijo, acercándose a Ingunda y rodeándole el talle con el brazo. La mujer se zafó del abrazo, más interesada en continuar preguntando a los recién llegados que en devolverle el gesto cariñoso.

—Roma está muy lejos, y en las circunstancias actuales quizá el camino no sea seguro. ¿Qué motivo os lleva hasta allí?

Argimiro se apresuró a tomar la palabra antes de que Hermigio pudiera contestar. A diferencia de él, su esposa era muy devota, y temía que si llegaba a conocer el verdadero objetivo del viaje a Roma hiciera causa común con el muchacho para convencerlo de que debía acompañarlos. Y esa era una idea que no le resultaba atractiva en absoluto.

Roma le parecía un nido de ratas vestidas con hábito, y su espada haría falta en la Septimania, no a cientos de millas, en una ciudad donde los hombres se despellejaban sin necesidad de armas. Había llegado a sepultar en lo más profundo de su mente la existencia de la reliquia, que parecía ser el corazón que movía a aquellos hombres. Desde su punto de vista, la aparición del viejo clérigo años atrás no les había reportado más que desgracias. A partir de ese instante, todo su mundo se había sumido en una espiral de locura y destrucción. Un reino poderoso, extenso, heredero de la gloria de Roma, se veía ahora abocado al olvido. La reliquia solo había traído muerte, y mantenerse alejado de ella le parecía lo más sensato.

—Eso es cosa suya, mujer. Cumplen una misión que su antiguo señor les encomendó antes de su muerte. No los importunes.

Hermigio, sin embargo, hizo un gesto de aquiescencia y continuó hablando.

—Transportamos una valiosa reliquia hasta la ciudad de Pedro, señora, para ponerla bajo la custodia del metropolitano de Toletum. Él, al igual que nosotros, también fue obligado a abandonar su hogar y ahora se encuentra allí.

Ingunda no pudo reprimir una breve exclamación de sorpresa antes de santiguarse. Al contemplar su rostro ligeramente sonrosado, con los ojos brillantes y la mandíbula abierta con expresión anhelante, Argimiro temió que las consecuencias de aquella conversación llegaran incluso más lejos de lo que podría haber previsto.

—Iré con vosotros —musitó Ingunda—. Ambos iremos —corrigió, tomando del brazo a un desconcertado Argimiro.

Su esposo la observó con horror. Sabía que una peregrinación de ese tipo siempre había sido su sueño, pero no podía creer que se propusiera emprenderla precisamente en aquellas circunstancias.

Ingunda temblaba de emoción. Desde niña había oído hablar de Roma y de Jerusalem, las ciudades santas de su credo. Era consciente de que a la segunda le resultaría imposible llegar, no solo porque el viaje implicaba atravesar medio mundo, sino también porque estaba en manos de los musulmanes. En cambio, Roma, la ciudad de los papas, se encontraba relativamente cerca, y aunque el camino no estaría exento de peligros, estos no serían tantos como los que sin duda acecharían en el trayecto hasta Jerusalem. Tal vez nunca estaría tan cerca de poder visitar la ciudad de san Pedro como en esa ocasión. La partida de Hermigio era, quizá, su última oportunidad de cumplir un sueño largamente esperado y al fin casi abandonado. Y no pensaba desaprovecharla.

—Querida, es un camino muy peligroso. Además, ahora tenemos nuestro hogar aquí, en Carcassona: aquí están nuestra familia y nuestras obligaciones para con quienes nos han seguido desde Hispania.

—La luz del Señor Todopoderoso nos alumbrará y nos protegerá, tanto a nosotros como a los nuestros, pues la misión que cumplimos es en su sagrado nombre. —Se volvió para mirarlo de frente—. Sabes bien que llevo mucho tiempo deseando emprender este viaje, pero cada vez que lo he sugerido me has contestado que el momento no era el adecuado. El caso es que quiero ir, necesito ir. Tú mismo lo has dicho: nuestro mundo desaparece, y me doy cuenta de que no tendré más ocasión que esta de cumplir mi sueño antes de que acabe de desmoronarse.

Argimiro se mordió la lengua, sabiéndose perdido. Ni en Caesaraugusta había sido poseído por aquella sensación de derrota.

—Mi señora —intervino Elvia, inclinándose ante ella—. El futuro de nuestro pueblo depende de la sagrada reliquia que transportamos. Un hombre santo así lo preconizó, y dio su vida por ella.

Hermigio y Argimiro miraron a Elvia estupefactos. La astur nunca había dado muestras de creer en las exaltadas palabras de Bonifacio; Argimiro, por su parte, dudaba incluso que fuera cristiana. Nunca la había visto orar, y tampoco que frecuentara iglesias o lugares sagrados, como hacían todos los demás. ¿A qué se debía aquel repentino ataque de piedad?

Elvia mantenía la mirada fija en Ingunda. Si había alguien capaz de convencer a Argimiro de que los acompañara en su misión, era aquella mujer. Así que la joven no vacilaría en afirmar lo que sabía que Ingunda deseaba escuchar para doblegar definitivamente la voluntad de su marido.

—Argimiro, esposo mío, ¿lo has oído? —preguntó Ingunda con los ojos muy abiertos, cambiando por una vez la suspicacia por la admiración al mirar a la pelirroja.

—Sí, lo he oído —respondió él de malos modos—. Conocí a ese demente al que ella califica de hombre santo.

Elvia, entreviendo la duda en el rostro de Ingunda ante las duras palabras de su esposo, dio un suave codazo en las costillas a Hermigio para llamar su atención. Cuando el joven la miró, trató de explicarle, sin palabras, lo que se proponía: convencer a Ingunda. Cuando por fin pareció entenderla, el chico se apresuró a interrumpir la conversación que acababan de iniciar marido y mujer.

—Bonifacio era un hombre santo que dio su vida por todos nosotros para que pudiéramos culminar su sagrada misión, como hizo Nuestro Señor Jesucristo.

Ingunda se santiguó, y así dio por terminado cualquier debate con su esposo.

—No se hable más. Partiremos con vosotros —anunció en voz alta—. ¡Walamer, mi caballo!

El fiel guerrero miró a su señor, consternado, sin saber qué hacer. Por toda respuesta Argimiro, que había terminado por claudicar, se encogió de hombros. Sabía que, llegados a ese punto, le resultaría imposible tratar de razonar con su esposa. Nada podía hacer frente a Roma y a una reliquia.

Argimiro entornó los ojos para atravesar a Hermigio con la mirada, pero el muchacho se limitó a devolverle una sonrisa radiante. Tras él, Elvia lo escrutaba con interés. Entre los dos habían echado por tierra sus esperanzas de retirarse de la loca carrera que había emprendido tras liberar al malogrado Ademar, y ahora se veía abocado a partir hacia Roma. Deseó que las previsiones del chico resultaran acertadas y que estuvieran de regreso en Carcassona ese mismo año, antes de que aquellos bereberes y árabes malnacidos se decidieran a cruzar los Pirineos. Porque tarde o temprano lo harían, de eso estaba seguro.

XXIII

La ciudad de Narbona se había convertido en aquellos días en la indiscutible capital del reino visigodo. Un reino mermado y al borde del colapso, en el que la gangrena parecía extenderse como lo haría en un cuerpo moribundo. Ardo, tratando de huir de tanta podredumbre, se había establecido en la Septimania. Las tierras al sur de los Pireneos habían quedado abandonadas como un navío sin patrón, a merced de las tropas bereberes y árabes que recorrían los campos. Hasta la antiquísima ciudad de Tarraco había caído en poder de los invasores.

Narbona se encontraba al norte de la imponente cordillera que había servido durante siglos a los romanos para dividir la diócesis hispana de la gala, junto a la costa del mar interior, a varios días de marcha desde la Tarraconense. Era una urbe de origen romano, como Carcassona, pero durante generaciones había sido mucho más importante que aquella. Su privilegiada situación en el antiguo viario construido por las legiones siglos atrás, que se las entendían con el pico y la pala tan bien como con el *gladius*, había hecho de ella un animado centro de comercio desde la época de la República. El carácter comercial de la ciudad, gracias a su proximidad al mar, se había acentuado durante la pervivencia del imperio. A la caída de este, pasó a manos de los visigodos, que cuando la conquistaron en época del rey Teodorico, el segundo de ese nombre, únicamente comenzaban a lanzar tímidas expediciones al sur de las montañas.

Mientras las tropas visigodas se dispersaban por Hispania, lo mismo hacían los francos en la antigua Galia, hasta que el conflicto entre ambos pueblos germánicos se resolvió en la batalla de Campus Vogladensis. Los francos salieron vencedores, de manera que arrebataron a los godos parte de sus posesiones en la Galia. Aquitania, con la ciudad de Tolosa —la capital del reino godo en ese entonces—, pasó a manos francas. No así la Septimania, que continuó perteneciendo a la monarquía goda de forma ininterrumpida pese a las múltiples luchas posteriores. Y en la franja al norte de los Pirineos que continuaba bajo el dominio visigodo tras la pérdida de Tolosa, Narbona había asumido la capitalidad de la provincia. Una provincia que había terminado por constituir prácticamente un reino.

En aquella ciudad atestada de pedigüeños, refugiados, nobles y clérigos desde que Ardo se hiciera coronar el año anterior, se presentaron Argimiro y los demás pasados unos cuantos días de la mitad del mes de julio.

Todos habían realizado el viaje a caballo, también las mujeres, aunque ellas de vez en cuando descansaban a bordo de la enorme carreta que acompañaba a la partida, en la que se hacinaban enseres y vituallas. La misma carreta de la que Argimiro llevaba días despotricando en voz baja, pues la hacía responsable de que cubrieran menos millas por jornada de lo esperado. La carreta, que no su esposa, era el blanco de su ira, aunque había sido Ingunda quien había exigido llevarla con ellos. Argimiro sabía que achacarle la culpa a su mujer no supondría ninguna mejora en su estado de ánimo, sino al contrario, pues tendría que soportar su enfado y no estaba de humor para ello.

A su llegada se dirigieron a uno de los arrabales extramuros cercano al mar, donde encontraron acomodo en varias de las posadas de la zona. Antiguamente, en época romana, el suburbio gozaba de un notorio renombre, pues solían congregarse en él gran cantidad de marinos y comerciantes de paso procedentes de todo el imperio. Las pocas fondas que aún subsistían como recuerdo de aquel glorioso pasado se hallaban en un estado deplorable, pero al menos les ofrecían alojamiento, y los precios resultaban bastante razonables.

A la mañana siguiente, una vez descansado, aseado y más tranquilo, Argimiro se disponía a encaminarse a la ciudad vieja, al lugar donde imaginaba que encontraría a Ardo o a quien este hubiera dejado a cargo de la urbe si es que se había ausentado de ella.

Mientras bajaba por la chirriante escalera de madera que separaba las habitaciones del comedor, oyó la escandalosa risa de Witerico y la familiar voz de Walamer. Sentados a una de las mesas, comían y charlaban animadamente.

—¿Es hora de irse? —preguntó Walamer al reparar en la estampa de su señor, completamente vestido, mientras apuraba el contenido del cuenco de arcilla que tenía entre las manos.

—Sí, cuanto antes comencemos con nuestras pesquisas, antes podremos continuar nuestro camino. Además, los asuntos en palacio suelen dilatarse más de lo conveniente, y no creo que aquí sea muy diferente.

Walamer asintió y dio un paso hacia su señor, dispuesto a despedirse de aquel con quien había compartido la mesa del desayuno.

—Esperad, ¿vais a ver a ese al que llaman rey?, ¿a Ardo? —preguntó Witerico, sorprendido.

—Sí —respondió Argimiro mirando a su alrededor, aliviado al comprobar que a aquellas tempranas horas la estancia se encontraba casi vacía.

—Si no tenéis inconveniente, os acompañaré. Puesto que es mi rey y quizá algún día tendré que luchar por él, me gustaría saber cómo es o, al menos, qué aspecto tiene.

—Será como todos, un tipo estirado y elegante para el que tú y yo no seremos más que un par de plastones de mierda —adujo Walamer, y arrancó una sonora carcajada a su camarada.

—Entonces no quiero privarlo del honor de conocer a este plastón de mierda —repuso Witerico, apoyando las manos en la desgastada mesa para incorporarse y seguir a los dos hombres.

—Venga, pongámonos en marcha —suspiró Argimiro, convenciéndose de que era mejor irse cuanto antes con Witerico que más tarde, cuando Ingunda y Elvia se hubieran levantado y también pretendieran ir con ellos.

Los tres hombres salieron a la calle, y el olor tan peculiar propio de la ciudad inundó la nariz de Argimiro. Un olor que casi había olvidado tras tantos años sin pisar aquellas tierras. En Narbona, el océano no era exactamente igual que el mar de otros lugares que había conocido: no se asemejaba al de la Betica, de aguas calmas y unas playas inmensas de arena blanca desde las que se adivinaban las cumbres de Africa; y en nada se parecía tampoco al bravío mar al norte de sus tierras de Calagurris, donde habitaban cántabros y vascones, un mar oscuro como la tormenta, en el que navegar un día cualquiera podía convertirse en una aventura incluso más peligrosa que atravesar los Pireneos en pleno invierno. El océano en aquella esquina de la Septimania, y también más hacia el oriente, era distinto. Era mar, sí, pero también era tierra. La hierba se entremezclaba con las aguas, de las que emergía por sorpresa en una suerte de frontera ambigua que separaba el suelo firme de donde la superficie del inmenso océano hacía reverberar los rayos de sol.

Caminaron por los senderos de tierra del arrabal hasta llegar frente a las murallas de Narbona, esquivaron los charcos que el rocío de la mañana había formado a sus pies y atravesaron el portón sin el menor contratiempo. Los soldados que lo guardaban parecían demasiado ocupados controlando el tráfico de carros de los comerciantes para reparar en tres anónimos caminantes embozados. Los tres iban armados, pero las armas descansaban en sus vainas, bajo los sayos.

El propietario de la posada les había asegurado que debían dejar atrás las murallas y buscar la antigua zona del foro, donde se encontraban los mayores edificios de la urbe, dignos supervivientes del pasado romano de la ciudad. Argimiro recordaba que allí se levantaba una enorme basílica, muy cerca del Palacio Episcopal, así como del que era la residencia de la máxima autoridad de la provincia, el *dux*, desde hacía dos centenares de años. Suponía que, aun siendo rey, Ardo se encontraría allí, pues en la práctica, más que heredero de Roderico, seguía siendo un noble de provincias.

Aguardaron buena parte de la mañana, junto a un gran número de peticionarios, a las puertas del palacio ducal. Pasada la primera hora les permitieron entrar en el enorme edificio y sentarse en uno de los patios, en el que se disponían incontables sillas.

Cuando el sol ya había alcanzado su cenit, un elegante hombre de armas salió al patio y preguntó por Argimiro de Calagurris. Sin tiempo que perder, los tres compañeros se pusieron en pie y siguieron al individuo hacia el interior del palacio. Recorrieron largos pasillos que, al entender de Argimiro, debían de conectar varios de los edificios cercanos. Imaginó que Ardo, sin tiempo para construir su propio palacio, se había contentado con ampliar las antiguas dependencias del *dux* ocupando los edificios contiguos.

Al llegar a una ancha puerta de madera de roble, los dos lanceros que hasta entonces la custodiaban con sus armas cruzadas abrieron las hojas y se apartaron de su camino.

El hombre que los había guiado hasta allí miró a Argimiro.

—Dejadme hablar a mí, y luego podréis hacerlo vos —apuntó antes de dirigirse hacia el lugar en el que debía de esperarlos el rey.

Argimiro cruzó el umbral, seguido por Walamer y Witerico, para acceder a una estancia amplia, desde cuyas ventanas se divisaba la superficie del mar meciéndose suavemente en la lejanía. El aspecto de la sala era sobrio; apenas había mueble alguno además del historiado trono de madera que ocupaba el fondo de la habitación y sobre el que destacaba un colorido conjunto de escudos y estandartes.

Ardo los escrutó con interés mientras se acercaban, y a Argimiro lo embargó cierto desasosiego. El rey presentaba una estampa agradable, la de un hombre de armas en plena madurez. O mucho se equivocaba Argimiro o ambos debían de tener una edad similar, rozando la cuarentena. Una buena edad para llegar al trono, pues la experiencia le permite a uno distinguir a los idiotas de los cuerdos, a los presuntuosos de los humildes y, si eso fuera posible, a los traidores de los leales. Sin embargo, la figura de Ardo tenía algo que no le gustaba a Argimiro. No era su vestimenta, sobria, alejada de los cánones palaciegos; tampoco su rostro, redondeado y cercado por una cuidada barba castaña, ni su nariz, larga como la de una rapaz. No, se trataba de su expresión, con un gesto que no terminaba de tranquilizarlo, aun sin saber por qué motivo.

—Mi señor —interrumpió el guía sus cábalas—, os presento a Argimiro de Calagurris. Ha llegado hace poco a nuestra tierra proveniente de Hispania, y desea juraros lealtad. Luchó junto al difunto Agila en Caesaraugusta, y también junto a Roderico en la Betica.

Ardo escuchó con atención las palabras de su subordinado mientras estudiaba detenidamente la figura de Argimiro. El noble no se había vestido para impresionarlo: llevaba una capa gruesa y bajo ella, un sayo sencillo, aunque de buena calidad, y un recio pantalón de montar. El único adorno era el cierre de la capa: una preciosa fíbula en la que el oro y dos pequeños rubíes se conjugaban para dar forma a un dragón de fiera mirada. Su espada envainada descansaba en las manos del guía.

—Os doy la bienvenida, Argimiro de Calagurris. Aunque, conociendo vuestros antecedentes, quizá debería temer vuestra llegada, visto lo que sucedió con los que me precedieron tras luchar a vuestro lado.

Su tono mordaz no contribuyó a mejorar la impresión que le había causado el rey a Argimiro hasta el momento. Cuando Ardo se levantó y se acercó a ellos, pudo apreciar que sus movimientos eran gráciles y ligeros, los de un hombre sin achaques; sus ojos, en cambio, no le inspiraron confianza. Y no porque brillaran en ellos la crueldad o la ambición. Al contrario, más bien parecían vacíos, hastiados, sin pizca de determinación que los animara.

—A eso mismo he venido, señor, a ofreceros mi espada, y las de los míos, para batallas venideras.

Detrás de Ardo, el hombre que los había acompañado desvió por primera vez la mirada del rostro de Argimiro para posarla en su espada.

—¿Os referís a estos dos hombres que os acompañan? —preguntó el monarca, señalando a la espalda de Argimiro—. Parecen en verdad buenos guerreros. —Los alabó.

—Ellos dos y algunos más. En total más de setenta guerreros, majestad. Muchos provenientes de la Betica y otros, de mis tierras. Ahora mismo la mayor parte de ellos se encuentran en la campiña de Carcassona, gracias a la intercesión del obispo Nantila.

Ardo asintió, satisfecho.

—Muy generoso el obispo, e inteligente también. En este momento cualquier guerrero es bienvenido, y lo cierto es que no son pocos los que, como vosotros, han entrado en la Septimania escapando de la persecución de esos paganos malnacidos. Y bien, decidme, Argimiro de Calagurris, vos que habéis visto a esos demonios, como los llaman los clérigos de mi entorno, ¿debemos tenerles miedo? ¿Es cierto que comen carne humana y sacrifican infantes en las noches de luna llena?

Argimiro sopesó las palabras del rey. Recordó a Tariq, el ambicioso tuerto cuyo mero recuerdo bastaba para provocarle escalofríos. El bereber era un excelente comandante, feroz en la batalla y duro con sus hombres, pero nunca lo había visto comerse a nadie; ni falta que le hacía, pensó, pues su simple visión ya resultaba suficientemente aterradora para sus enemigos.

—Desconozco si comen carne humana, mi señor; lo que sí sé es que los domina una ambición que no conoce límites. No debemos tenerles miedo, aunque sí debemos estar preparados y más unidos que nunca para hacerles frente.

—Entonces, estáis de acuerdo con mis consejeros en que esos salvajes, más tarde o más temprano, terminarán presentándose aquí, en Narbona.

—No, mi señor, porque no dejaremos que lleguen tan al norte. Debemos fortificar el paso de los Pirineos, reclutar hombres suficientes para defenderlo y afilar nuestras espadas y lanzas para cuando sea preciso.

Argimiro se percató, por el rabillo del ojo, de que el individuo que los había conducido a la sala asentía con la cabeza.

—Y entonar nuestros salmos, no lo olvidéis; permitidme acabar la frase por vos con aquello que mis curas nunca se cansan de repetir. Pero, bien, ¿sugerís, entonces, que debemos abandonar a nuestros súbditos de la Tarraconense?

Argimiro trató de serenarse. Él no había expresado aquello, al menos abiertamente. Además, por las últimas noticias que había oído en Carcassona, si las ciudades y pueblos de la Tarraconense aún no habían caído en poder musulmán no se debía precisamente a la intervención de Ardo, sino a que Musa ibn Nusayr había abandonado Hispania a los pocos meses de su victoria en Caesaraugusta. Sin el gobernador al frente, su hijo, Abd al-Aziz ibn Musa, había detenido por un tiempo el fulgurante ataque, ocupado como estaba en afianzar las conquistas de sus predecesores. Argimiro, sin embargo, no estaba allí para enemistarse con Ardo, así que respiró hondo y se obligó a responder con voz calmada.

—No, mi señor, pero debemos ser precavidos. Primero fortifiquemos la Septimania y reclutemos tantos hombres como sea posible; después podremos apoyar a nuestros hermanos de la Tarraconense y desde allí, dirigirnos hacia el sur y hacia occidente. En cuanto los hombres entiendan que vos lucháis por ellos, se os unirán cientos, miles de guerreros de todo el territorio.

Ese, al menos, había sido el sueño de Argimiro durante los meses que habían pasado en el valle encajonado entre montañas. Había tenido tiempo para conocer bien a los que lo acompañaban: hombres duros, leales, que seguirían luchando para cumplir las órdenes de su señor incluso si este moría.

Cuando cayó Ademar había sentido profundamente su pérdida, pero todavía acusó más su ausencia al reparar en cuán necesario habría sido su concurso en adelante. El astigitano había sido un verdadero líder, carismático y justo. Sus hombres de confianza habrían dado la vida por él sin dudarlo, e incluso otros que no lo habían seguido hasta entonces se habían mostrado también dispuestos a ello, como había comprobado en Astigi. La voluntad de Ademar había logrado lo que hasta el mismo Tariq creía imposible: recomponer un ejército derrotado y en desbandada pocas jornadas después de la fatídica derrota sufrida por Roderico y plantar cara a una hueste victoriosa y mucho más numerosa. Nunca hasta ese día los invasores habían estado tan cerca de la derrota.

Él no era como el astigitano, y no entraba en sus planes convertirse en un caudillo para los suyos. Era un señor rural que soñaba con mantener sus tierras en paz mientras los terneros engordaban y los cereales granaban. No, él no era el hombre que necesitaban los visigodos, y empezaba a temer que Ardo, en quien había depositado sus esperanzas, tampoco lo sería.

—Vaya, ¿creéis acaso que podemos recuperar las tierras que nos han sido arrebatadas? —El rey alzó una ceja.

—Sois el rey, mi señor. Solo vos podéis hacerlo. Solo vos podéis enardecer el corazón de vuestros súbditos en Hispania, que ahora se encuentran huérfanos y atemorizados. Los hombres esperan una señal para levantarse, todos a una, y expulsar a esos extranjeros de nuevo al otro lado del mar.

Ardo esbozó una amplia sonrisa, satisfecho al escuchar tales palabras. Caminó hacia Argimiro y se plantó frente a él, pero, antes de hablar, su ceño se frunció de nuevo.

—Es una lástima que, gracias a gente como vos, esos infieles estén ahora a las puertas de nuestro hogar —dijo con voz glacial.

Argimiro perdió el color y advirtió que sus dos hombres se revolvían, inquietos. Aquella mácula lo perseguiría toda su vida. Daba igual que peregrinara hasta Roma: por mucho que Ingunda le asegurara que así obtendría el perdón por su conducta pretérita, ni siquiera el peregrinaje sería suficiente. No lo conseguiría ni viajando a la mismísima Jerusalem y rezando sobre la tumba del hijo de Dios.

Elevó la vista y sus ojos se encontraron con los del hombre situado a la espalda de Ardo. Eran unos ojos para nada particulares —castaños, ni grandes ni pequeños—, pero que sin necesidad de palabras supieron transmitirle la serenidad que tanta falta le hacía. Aquel hombre, algo más joven que él, no parecía un cortesano, sino un guerrero, y de alguna forma Argimiro adivinaba que estaba de acuerdo con sus palabras y que confiaba en él. Carraspeó y se dirigió nuevamente al soberano.

—Aunque el pasado no puede cambiarse, mi señor, hoy pongo mi espada a vuestro servicio para tratar de enmendarlo.

Ardo examinó a su interlocutor y Argimiro vislumbró de nuevo la amargura que irradiaba. Su mandíbula apretada, aquellos ojos cercados por unas ligeras bolsas oscuras, las arrugas grabadas en su ceño, los iris carentes de luz. Sabía que Ardo tenía por delante una dura tarea, e imaginó que la responsabilidad le pesaba como una losa. Estaba obligado a gobernar un reino en descomposición, acosado en todas sus fronteras: al sur, por aquellos musulmanes surgidos del desierto; al norte, al este y al oeste, por su tradicional enemigo franco, que llevaba siglos luchando por apoderarse de sus tierras. Sus espaldas quizá no fueran lo bastante anchas para sobrellevar tal carga.

Tras un instante de silencio, Ardo, posando una mano en el hombro de Argimiro, respondió:

—Y yo la acepto, Argimiro de Calagurris. Regresad a vuestra nueva tierra; os haré llamar cuando llegue el momento.

Tras aquellas palabras se volvió e hizo una seña al hombre que los había acompañado hasta allí para que los despidiera. Antes de seguir los pasos de su guía, los tres se inclinaron en una respetuosa reverencia pese a que el rey les había dado ya la espalda.

Deshicieron en silencio, cada uno perdido en sus cavilaciones, el camino que habían recorrido antes, hasta encontrarse ante la puerta por la que habían accedido al palacio. Allí, a la vez que les entregaba sus armas, el hombre que los acompañaba les dirigió la palabra.

—Argimiro de Calagurris, soy Fredegario, *comes* de Nemausus —se presentó—. El señor sabe que necesitaremos hombres como vosotros en un futuro que espero lejano para que dispongamos de tiempo suficiente para afrontarlo con garantías.

—Un placer haberos conocido —respondió Argimiro—. El día que esto suceda celebraré que volvamos a encontrarnos en el campo de batalla.

—Y yo. Partid ahora, y acudid a la llamada de su majestad cuando sea necesario.

—Lo haremos, pero no antes de que transcurra un año. Hasta entonces, tenemos que poner en orden algunos asuntos, que me temo que nos mantendrán algún tiempo lejos de aquí.

Fredegario los miró con curiosidad, aunque no se atrevió a preguntar acerca de la naturaleza de dichos asuntos.

—Si Dios quiere, será entonces. Acabamos de recibir noticias de que nuestros vecinos francos han entrado en guerra entre ellos. Esto nos permitirá centrar nuestros esfuerzos durante un tiempo en los nuevos enemigos —dijo con un suspiro—. Es curioso: viejos y nuevos enemigos, pero ningún amigo al otro lado de las fronteras.

—No hay peor convivencia que la que se da entre dos vecinos —respondió Argimiro, repitiendo una frase que le había oído decir a su padre cuando era niño—. Celebro tal novedad, y espero que los francos pasen el resto de la eternidad matándose entre ellos. ¿Qué posición ha tomado Eudes en esta guerra?

—Aún no lo sabemos. El viejo permanece en Aquitania, aunque nuestros espías aseguran que tardará muy poco en arrimarse a Chilperico en contra de Karl; si es que este termina imponiéndose definitivamente a su madrastra.

Argimiro rumió aquella respuesta. Por lo poco que conocía a Eudes, sabía que no era dado a mostrar sus preferencias si no conseguía algo a cambio. Quizá dejara que ambos contendientes se debilitaran para entonces atacarlos a ambos. Con el viejo *dux* nunca se sabía.

—¿Y qué noticias tenéis de la Tarraconense? En Carcassona

corrían algunas habladurías, pero entiendo que aquí habrán llegado informaciones más fidedignas.

Fredegario asintió.

—Menos tranquilizadoras que las del norte; aun así, podrían ser mucho peores, visto lo sucedido en los últimos años. Sin duda sabréis que los cabecillas de los infieles han abandonado Hispania, tanto el árabe como el bereber. En ausencia de ambos, es el hijo de Musa ibn Nusayr quien comanda sus huestes, y por fortuna parece menos temible que su progenitor. Hasta ahora, en lugar de la espada, ha ofrecido a algunos de nuestros nobles tratados mediante los que les permite continuar gobernando a cambio de que le juren fidelidad. Algunos incluso se han convertido a su credo, como hizo el conde Casio, que ahora se hace llamar Qasi. —Fredegario mostró su repulsa mediante una mueca—. Además, si los rumores son ciertos, Abd al-Aziz está a punto de desposarse con Egilona, la viuda de Roderico, y parece que ha comenzado a ver con buenos ojos al único Dios verdadero. Si eso fuera así, quizá tengamos una oportunidad.

Argimiro celebró en su fuero interno la partida de Tariq ibn Ziyab hacia Oriente. Era una excelente noticia para todos, la mejor que había recibido en varios meses. Si de él dependiera, no volvería a ponerse delante de aquel inquietante ojo nunca más.

Witerico ahogó una exclamación, sorprendido por aquellas revelaciones.

—Vaya, ¿no les ha bastado con derrotar a Roderico, sino que además uno de esos extranjeros va a desposarse con su mujer? Si el pobre desgraciado no ha muerto ya, va a tener mucho trabajo por delante para borrar semejantes afrentas.

—Hay quien dice que se refugia en el oeste, mientras que otros aseguran que murió a los pocos días de la batalla a causa de las heridas. Quién sabe... —respondió Fredegario, interrogando con la mirada a Argimiro, pues sabía que había tomado parte en el combate.

La respuesta del hispano no se hizo esperar.

—Yo lo vi durante la batalla, pero no cuando acabó. Solo Dios sabe lo que sucedió con él entonces.

Fredegario asintió, atusándose la barba.

—Lo que está claro es que él no vendrá a luchar en nuestras guerras, solo nosotros podemos defendernos. Hasta entonces, haced durante estos meses lo que debáis, pero estad preparados para la próxima primavera. Si nuestros nobles siguen detentando el poder en Hispania cuando atravesemos los Pireneos, tal vez consigamos revertir esta desgraciada situación.

—Esa es mi esperanza, y la de todos —apostilló Argimiro, que antes de dar por terminada la conversación recordó el nombre de aquel hombre—. ¿Habéis dicho que sois *comes* de Nemausus?

—Sí, así es. ¿Acaso puedo hacer algo por vosotros? —respondió Fredegario solícito.

—A lo mejor. Nuestras obligaciones nos llevan a cruzar vuestras tierras con destino a Italia. ¿Nos otorgaríais un salvoconducto que nos ayude a atravesarlas sin sufrir percances?

—¿No regresáis a Carcassona, entonces? —se atrevió a preguntar Fredegario, todavía intrigado—. Creía que ese era vuestro destino.

—No por el momento, por desgracia. Antes de regresar a Carcassona, donde nos esperan el resto de los nuestros, tenemos que cumplir un encargo en Roma. Debemos encontrar al obispo Sinderedo y entregarle algo que le pertenece.

—¡Vaya! —exclamó Fredegario sorprendido—. ¿No os estaréis refiriendo, por casualidad, al metropolitano de Toletum? ¿Aún vive?

—Eso creemos. Se exilió poco antes de la llegada de los bereberes a la ciudad, como buena parte de los nobles.

—Alabado sea Dios. Lo conocí cuando era un niño, pues mi padre me envió a Toletum para ser instruido allí, y siento por él un aprecio sincero. Por supuesto que os daré el salvoconducto que me solicitáis; o será mejor que envíe con vosotros a uno de mis hombres para que os sirva de guía. De esa manera, además, podré hacer llegar una carta a Sinderedo. Estoy seguro de que se alegrará de tener noticias mías.

—No pretendemos molestar. —Argimiro hizo un gesto evasivo con las manos, pues dudaba de que añadir nuevos integrantes al grupo fuera una buena idea.

—No lo hacéis. Yo mismo os acompañaría gustoso, pero ahora no puedo permitirme ausentarme de mi ciudad. Debo regresar a Nemausus y poner las cosas en orden. Ya me entendéis: reclutar hombres, restaurar las defensas, aprovisionar los silos... Si os parece bien, podemos viajar juntos hasta allí, y una vez en mi casa os dejaré a cargo de alguien de confianza. Se trata de un cazador de la comarca que en ocasiones me sirve como informante. Conoce cada valle, cada camino, cada bosque; nada de lo que ocurre escapa a sus ojos o a sus oídos. Amén de que también habla la jerga de los lombardos y de los francos. Es una tierra difícil esa en la que pretendéis internaros, con los francos luchando entre sí y los lombardos enfrentados a los imperiales y a los francos..., pero ¿cuál no lo es hoy en día?

Argimiro asintió, sin dar crédito a su buena fortuna. Fredegario resultaría un valioso aliado. Si no fuera por Ingunda, habría podido dejar a Hermigio y a los demás a su cuidado y desentenderse del viaje, pero sabía que no conseguiría disuadir a su esposa de su intención de ir a Roma, y no estaba dispuesto a regresar sin ella. Visto que el destino les ofrecía un inesperado respiro con los francos en guerra y Musa y Tariq lejos de Hispania, tendría que aprovecharlo para llevar a término aquella misión antes de volver a Carcassona y disponer cuanto fuera preciso para estar preparado ante lo que se avecinara.

—Es una oferta excelente, y os la agradecemos inmensamente; aun así, reitero que no pretendemos ser una molestia. Además, tenemos intención de ponernos en marcha cuanto antes, mañana mismo si es posible, pues no disponemos de tiempo que perder si queremos estar de vuelta antes de la primavera.

—Podría arreglármelas para partir pasado mañana al alba. Os esperaré en la puerta este, y desde allí iremos juntos hasta Nemausus. Viajando conmigo y luego con mi guía avanzaréis más rápido que yendo por vuestra cuenta. De esa manera compensaréis con creces el retraso en la salida. Por cierto, ¿tenéis donde alojaros hasta entonces?

—Sí, disponemos de habitaciones en algunas de las fondas del arrabal. Allí nos esperan varios hombres más, veinticinco en total.

—Vaya, es una buena comitiva para llegar hasta Roma. Ignoro qué lleváis a Sinderedo, pero debe de ser algo importante. No insistiré, entonces. Agradeceré vuestra compañía durante los próximos días; por el camino podréis explicarme más cosas acerca de los extranjeros que hoy nos acosan.

—Gracias por todo, señor. Así lo haremos.

—Gracias sean dadas a Dios Todopoderoso por enviarnos a hombres como vosotros desde Hispania, pues solo juntos lograremos no ser engullidos por nuestros enemigos.

—Amén —contestó Argimiro sin dudar.

Mientras caminaba por el empedrado, pensó en que se iba del palacio con una sensación agridulce. Ardo no le había causado una buena impresión, pero en Fredegario creía haber encontrado una pequeña llama de esperanza. Quizá no todo estaba perdido. Quizá únicamente se había equivocado de hombre.

XXIV

Tariq ibn Ziyab acababa de terminar sus oraciones. Cada día, desde que se encontraba recluido en el interior de aquel exuberante palacio sirio, había subido a la espaciosa azotea, había extendido su pequeña alfombra sobre el pavimento y había rezado mirando al sur, hacia donde se encontraba el faro de todos los que seguían las enseñanzas de Mahoma. Ciertamente disfrutaba de aquellos instantes, que paladeaba como si se tratara de un bocado delicioso.

Para entonces llevaba ya ciento cuarenta y cinco días en aquella ciudad. Lo sabía con seguridad, pues todas las mañanas hacía una marca en una de las tejas del muro de la azotea, justo al finalizar las oraciones. Más de cuatro meses, en los que no había salido de su jaula de oro. Al principio, durante las primeras semanas tras la entrevista mantenida con el califa y con Musa, había recibido algunas visitas, siempre de hombres cercanos al señor de todos los creyentes: secretarios, familiares e incluso alguno de sus eunucos favoritos. Cada uno de ellos había intentado sonsacarle información sobre lo sucedido en Hispania y sobre la mesa del hijo de David. Cuando su discurso ya comenzaba a resultar repetitivo, aquellas visitas que contribuían a romper su monotonía empezaron a prodigarse cada vez menos, hasta que únicamente quedaron los sirvientes y los guardias que lo custodiaban.

Depositó la estera sobre uno de los taburetes y se acercó al muro desde el que gustaba de contemplar la magnificencia de Damasco. Casi hasta donde alcanzaba su vista, se adivinaban casas y frondosos huertos. Era una ciudad inmensa, que había comenzado a fascinarlo y a despertar su curiosidad, a pesar de que a su llegada le había parecido aterradora. Era un lugar tan distinto de su hogar y de cualquiera de los sitios que había conocido...

Aguzó la vista y fue contando los minaretes de las mezquitas que emergían sobre el tapiz de tejados como setas después de las lluvias. Según le habían dicho, eran más de cien, y aunque en un primer momento dudara de la veracidad de aquellas palabras, había llegado a pensar que podían ser ciertas.

Continuó contando, pero cuando apenas había localizado doce minaretes oyó pasos en la escalera. Era difícil asegurarlo, pues los sonidos se multiplicaban a causa del eco, pero le pareció distinguir el entrechocar del metal además del golpeteo de las suelas.

Se apartó del muro, y en cuanto llegó al hueco de la escalera emergían por él las figuras de dos hombres armados. Reconoció por sus atuendos que se trataba de guardias de Suleiman ibn Abd al-Malik.

—Tariq ibn Ziyab —dijo uno de los recién llegados, dando un paso hacia él.

—¿Qué queréis?

—Vendréis ahora mismo con nosotros.

—Todavía debo terminar mis oraciones —mintió Tariq, intranquilo, señalando el lugar donde descansaba la estera.

Los dos guerreros se miraron y dejaron traslucir traslucir cierta incomodidad. El bereber se fijó entonces en que uno de ellos había sacado de entre sus ropas una cuerda, que en un primer momento confundió con un látigo. Aquello le trajo a la memoria la terrible escena en que se había visto inmerso durante su encuentro con Musa en Hispania, y maldijo para sus adentros al que había sido su señor.

—De acuerdo, reza —concedió al fin el otro guerrero—. No querrás presentarte ante Alá sin haber limpiado tu conciencia, chacal.

Tariq miró a su interlocutor, consternado. ¿Aquel hombre había dicho lo que él había entendido? Desvió la vista hacia la estera, pero su único ojo se detuvo detrás de aquella, en el muro en el que tantas veces se había apoyado durante las últimas lunas. Estaba a una altura de dos pisos, lo que significaba una caída de al menos doce pasos. Era arriesgado, pero podía ser su única posibilidad de escapar con vida de aquel trance.

El camino hasta la ciudad de Nemausus transcurrió sin mayores problemas. Fredegario resultó una agradable compañía, como ya había imaginado Argimiro. Era un hombre culto y afable, así que también había congeniado con el resto de la partida.

A lo largo de las muchas millas recorridas habían tenido tiempo suficiente para hablar largo y tendido sobre lo que habían vivido todos durante los últimos tiempos, cada uno según su punto de vista. Algunos lo habían hecho con gusto, como Elvia y Hermigio, mientras que otros, menos cómodos en esa situación, habían decidido alejarse del curioso *comes* de Nemausus, como había sido el caso de Alberico.

Aun así, Fredegario todavía no lograba entender qué había sucedido en Hispania desde la llegada de los extranjeros para que se encontrase sumida en una situación tan delicada. Ni siquiera a través de los relatos de quienes habían sido testigos directos de las circunstancias que habían abocado al reino al caos, era capaz de enhebrar una explicación lógica a lo que entonces tenían ante sí.

Un reino extenso, plagado de nobles señores, ricos en tierras y diestros en el combate, y una Iglesia piadosa y firmemente establecida en el territorio. Sin embargo, todo había sido relegado al olvido tras la llegada de un cabecilla bereber que apenas contaba con doce mil guerreros a su mando. Por mucho que lo intentara, no alcanzaba a comprenderlo. Y eso que él mismo podía ser considerado en cierta manera un traidor al reino, aunque Ardo no quisiera verlo así. Después de todo, no había movido un dedo tras la derrota de Roderico. Ni él, ni los demás señores de la Septimania.

Agila había decidido recluirse en sus provincias, convencido de que las tropas bereberes regresarían a Africa una vez se hubieran hartado de saqueos y rapiñas. Pensaba que cuando esto ocurriera habría llegado el momento de continuar las hostilidades, pero ya no con un Roderico fuerte, sino con un Oppas debilitado. Y al final las circunstancias habían deparado algo totalmente diferente a lo esperado.

Fredegario pensaba que deberían haberse dado cuenta de la realidad a partir de la conquista de Toletum: aquellos hombres habían venido para quedarse y estaban dispuestos a morder cuanto pudieran abarcar con sus mandíbulas. En cambio, para cuando Agila empezó a comprender que no estaba a salvo, ya habían llegado las nuevas tropas árabes.

Aunque el ejército que los respaldaba era enorme, el territorio lo era más. Por eso los musulmanes habían comenzado a establecer pactos para asegurar sus tierras y evitar dividir sus tropas en un espacio tan amplio como fragmentado. Visto así, todos habían sido cómplices, al fin y al cabo: Argimiro, con su traición a Roderico; Agila, negando la ayuda a sus hermanos tras la caída de su antiguo rival; Casio, renunciando a su credo y sus orígenes en favor de aquellos extranjeros, y Ardo, parapetándose en la Septimania mientras en la Tarraconense las ciudades iban cayendo una a una en manos del enemigo. El mundo cambiaba y la estrella de los godos se apagaba. Aunque, por su parte, él estaba dispuesto a hacer todo lo posible por retrasar lo inevitable.

Fredegario contaba entonces treinta y tres años, y llevaba detentando el poder en Nemausus desde hacía apenas un año, cuando Agila había partido rumbo a la Tarraconense dispuesto a enfrentarse a los extranjeros. El suyo había sido un nombramiento provisional, mientras Afrila, el anterior *comes*, acompañaba a su soberano a la batalla. Sucedió que, al igual que este, Afrila no había regresado del sur. Y de la misma manera que Ardo había sido aupado al trono para atajar el desconcierto que amenazaba con extenderse por doquier, Fredegario había pasado a ocupar definitivamente el puesto de Afrila.

Pese a que como *comes* de Nemausus se esforzaba por tranquilizar a los suyos, era consciente de que Ardo vivía atormentado por una responsabilidad demasiado pesada. Su reino, tras siglos de relevancia, parecía haberse convertido en un jugoso trozo de asado disputado por dos canes salvajes: el franco al norte y el musulmán al sur.

Al menos, las inesperadas circunstancias favorables que se habían dado en los últimos tiempos más allá de sus fronteras les habían proporcionado un respiro. La guerra entre Austrasia y Neustria se había celebrado en toda la Septimania, pero Fredegario era consciente de que cuando terminara tendrían que enfrentarse al vencedor, que saldría reforzado quizá lo suficiente para emprender la ambiciosa empresa que sus antecesores llevaban generaciones gestando. Y en cuanto a Abd al-Aziz, el último informante que había llegado a Narbona los había prevenido de que algunos de los comandantes musulmanes cercanos al hijo de Musa comenzaban a mostrarse descontentos con su forma de proceder desde la marcha de su padre. Era cuestión de tiempo que rodaran cabezas, pero nadie sabía cuál sería la primera. Si era Abd al-Aziz quien se imponía a sus detractores, tal vez pudieran aprovechar esa circunstancia para adentrarse en Hispania; si, por el contrario, aquel era depuesto o derrotado, Fredegario imaginaba que su sucesor tendría una actitud menos tolerante con las últimas posesiones godas, que no tardarían en verse nuevamente acosadas. Hasta que llegara ese momento, tan solo les quedaba prepararse para lo peor lo mejor que pudieran, y rezar, como solía apostillar Ardo, para su desesperación.

Hicieron su entrada en Nemausus a primeros del mes de agosto. La ciudad apareció ante sus ojos vieja y desgastada. Ocupaba una superficie mucho mayor que la que entonces estaba habitada, apenas una pequeña sección intramuros. Las murallas parecían más bien una enorme cantera: estaban a medio derruir, y en ellas se alternaban altos lienzos y torres con pequeños muretes. Las piedras que los vecinos habían ido extrayendo a lo largo de generaciones se encontraban dentro de la ciudad, en sus viviendas. Había llegado el día en que las defensas levantadas por los romanos ya no ofrecían protección a los ciudadanos, reducidas a simple material de construcción.

Una vez intramuros, les pareció estar paseando entre los restos de una antigua ciudad, en la que solamente los animales se aventuraban entre los mármoles, las rocas y las malas hierbas. A medida que se acercaban al viejo foro, los hispanos descubrieron que era allí donde la vida de Nemausus continuaba desarrollándose: los vecinos se habían reagrupado a su alrededor, a la sombra de la fortaleza de la ciudad, levantada sobre el antiguo anfiteatro romano, que hacía siglos que había dejado de tener el uso para el que había sido concebido.

Era una estructura imponente, construida para albergar en su interior más de veinte mil almas, rugiendo ante el espectáculo que se les ofrecía en la arena. Ahora se había convertido en el hogar de unos pocos centenares de personas, que vivían donde las fieras descansaban y los hombres y las mujeres gritaban siglos atrás. Cuando había problemas, el resto de los habitantes de la ciudad también se refugiaban en la fortaleza. Muchas de las arcadas habían sido cegadas, se había levantado un camino de ronda sobre las últimas bancadas de asientos y, encima, una torre desde la que se podía otear cualquier movimiento, no solo dentro de los límites de la antigua ciudad romana, sino incluso más lejos, en la campiña circundante.

La única noche que pasaron dentro, el enorme edificio provocó cierto desasosiego a Elvia. Desde que habían avistado la ciudad, la mujer la había visto como a un animal moribundo. Todos los seres nacen, crecen y mueren, y Nemausus parecía encontrarse cerca de su final. Habría nacido siendo una pequeña aldea en época de las tribus galas, habría crecido y alcanzado su madurez con los romanos al amparo de la enorme calzada que la atravesaba, y habría ido menguando progresivamente hasta encontrarse tal como ahora se presentaba ante sus ojos, hasta que terminara por morir. Oprimida por aquella funesta idea, apenas pudo dormir y pasó la noche contemplando las sombras que danzaban en la antigua galería en la que habían sido alojados. Aferrada con fuerza a la tosca manta, cubierta hasta la nariz, echó de menos los valles de los Pireneos y trató de aferrarse al recuerdo esquivo de los paisajes astures. Cuando sus párpados comenzaban a cerrarse, vencidos por el cansancio, tomó una decisión: en cuanto tuviera ocasión abandonaría las ciudades como aquella, daría la espalda a ese mundo que parecía caerse a pedazos como las murallas de Nemausus y regresaría al hogar de sus padres para establecerse allí. Convencería a Witerico para que la acompañara, y allí serían felices, pues, como su madre decía, nadie podría echar a los astures de sus montañas mientras el cielo fuera azul y la nieve, blanca. Se marcharían de aquella Septimania que encontraba tan extraña, dejarían atrás los sinsabores vividos y podría dormir otra vez sin el temor de ver aparecer en sus sueños el diabólico rostro de Ragnarico.

—Hace demasiado frío aquí para dormir, ¿tú también lo crees? —oyó, sobresaltada, que alguien le decía, y volvió a abrir los ojos de par en par.

Una figura embozada se sentó a su lado, sin desprenderse ni siquiera de la capucha. Allí, tan cerca, descubrió que se trataba de Ingunda, la mujer de Argimiro.

—Sí —respondió sin extenderse más.

Aquella mujer, tan altiva como atractiva pese a su edad, apenas se había dirigido a ella desde que partieran de Carcassona; parecía evitarla, lo que Elvia agradecía en parte, pues no se sentía con ánimos para hablar.

Permanecieron en silencio, escuchando la rítmica respiración de los hombres, interrumpida en ocasiones por los sonoros ronquidos de alguno de ellos.

—Has demostrado ser una mujer fuerte llegando hasta aquí, Elvia. No te lo había dicho, pero así lo creo —continuó Ingunda con voz tenue.

—Si llamas ser fuerte a hacer lo necesario para sobrevivir, entonces sí, lo soy.

Ingunda levantó la capucha y la dejó caer a su espalda.

—Me gusta eso que has dicho. Sí: hacer lo necesario para continuar viviendo.

—Imagino que es lo que haría cualquiera. —Elvia se encogió de hombros.

—¿Cualquiera? No. En tu lugar, mucha gente se habría dejado vencer por la adversidad.

Ingunda sonrió. Con el paso de las semanas, el concepto que tenía de Elvia había cambiado. Había comprobado con tranquilidad que el guerrero enorme, Witerico, era su hombre, y que la mujer le correspondía sin fisuras; eso había mitigado la desconfianza que le inspiró al principio. Además, era la única mujer de la comitiva, aparte de ella misma, y tras tantas jornadas de camino echaba en falta conversar con alguien que no fuera su esposo. Alguien con quien tuviera algo en común.

—¿Y por qué acompañas a estos guerreros en su misión? Podrías haberte quedado en Carcassona, a salvo, hasta que ellos regresaran. Ya has demostrado más que suficiente.

Elvia dudó en responder. ¿Quién se creía aquella mujer para inmiscuirse así en su vida?

—¿Y si no lo hicieran? ¿Y si no regresaran? —replicó finalmente con dureza.

Ingunda apartó los ojos de la joven, pensando en sus palabras. ¿Por qué viajaba ella a Roma? ¿Lo habría hecho si Argimiro no fuera con la partida? Había pasado demasiado tiempo alejada de él, y todos lo habían sufrido. No quería volver a separarse tan pronto de su marido tras varios meses temiendo que hubiera perdido la vida en la batalla.

—Te entiendo, Elvia —respondió con calidez, y se puso en pie al reparar en que el brazo de Argimiro, aun dormido, tanteaba a su alrededor en busca de su cuerpo.

Mientras la goda sorteaba a los guerreros hasta llegar junto a su esposo, Elvia volvió a perderse en los verdes prados que la voz de su madre le había dibujado en la mente. Sí, algún día conseguiría regresar allí y caminaría descalza sobre la hierba húmeda. Suspiró, volvió a cerrar los ojos y no tardó en caer dormida por fin.

Ulbar había recibido la llamada de su señor, Fredegario, tres días atrás. El *comes* había enviado un emisario para avisarlo de que se fuera preparando para el viaje, consciente de la prisa que tenían sus invitados. El jinete había encontrado a Ulbar en su cabaña, en las profundidades del bosque, a pocas millas del poblado de Ucetia, donde llevaba dos jornadas de provechosa caza.

El hombre de Nemausus, poco habituado a tratar con tipos como Ulbar, no pudo más que arrugar la nariz ante el olor que inundaba los alrededores de la cabaña. Las arcadas amenazaron con vaciarle el estómago, no solo por el hedor reinante, sino también por la visión de las pieles de animales colgadas secándose al sol mientras un enjambre de moscas zumbaba, alegre, en torno a las vísceras que el cazador había desechado y tirado al suelo de tierra.

Ulbar tenía por aquel entonces veintiséis años, y llevaba viviendo en el bosque desde que tenía apenas diez. Sus padres y su hermana mayor, así como gran parte de sus parientes cercanos, habían muerto a causa de un brote de peste que había asolado la región. Hijo de siervos, fue expulsado de las tierras en las que había vivido con su familia, pues era menudo y delgado, y además la enfermedad, aunque le había perdonado la vida, lo había dejado extremadamente debilitado, y su señor consideró que no le sacaría suficiente provecho en las duras labores de la tierra para mantenerlo bajo su protección.

El mismo día que lo arrojaron fuera de su hogar fue acogido por la espesura, como a él le gustaba pensar. Rápidamente perdió el miedo a la oscuridad y a los inquietantes sonidos del bosque, y aprendió a convivir con los animales que, como él, encontraban acomodo en la arboleda. Tenía cuanto necesitaba: agua fresca, cobijo y caza en abundancia.

Ulbar prefería vivir entre animales que rodeado de humanos, y sobre todo lejos de los nobles, pues en lo más profundo de su corazón todavía le guardaba rencor al hombre que lo había echado de su hogar cuando era aún un niño. Pero Fredegario era diferente: parecía aceptarlo tal como era, sin más.

Se habían conocido hacía once años, un día que Fredegario fue descabalgado de su montura por una hembra de jabalí robusta y enfurecida a la que había estado persiguiendo, pues se había acercado temerariamente a la guarida donde el animal ocultaba a sus crías. Escondido entre la espesura, Ulbar dudó hasta el último momento si socorrer o no al hombre caído; al final, flechó su arco para impedir que la poderosa bestia lo atravesara con sus afilados colmillos.

Profundamente agradecido, el noble insistió en colmar a Ulbar de plata, pero el cazador no lo aceptó: solo quería que los intrusos se marcharan del bosque y lo dejaran en paz. Sin embargo, Fredegario era tenaz y su gratitud, sincera, así que no cejó hasta llegar a un acuerdo que los complaciera a ambos. Desde ese día, Ulbar gozó de permiso para llevar pieles y carne al mercado de Ucetia, donde un siervo de Fredegario velaba por que las transacciones resultaran justas para el cazador, poco habituado a esos menesteres. Las ganancias obtenidas permitían a Ulbar comprar armas, útiles y aquellos alimentos que el bosque no le podía ofrecer.

Cinco años después su vida dio un nuevo vuelco. En una de sus visitas a Ucetia, Ulbar conoció a una muchacha de la que se enamoró. Era una joven delgada, de ojos huidizos y parca en palabras, a la que sintió la inmediata necesidad de proteger. Los desplazamientos del muchacho al poblado se hicieron más frecuentes, y en cada uno de ellos los jóvenes se buscaban, lo que no pasó inadvertido al sirviente de Fredegario.

Ella era una sierva y no tenía una vida fácil. Trabajaba de sol a sol las tierras de un hombre que además de su faena en el campo requería su cuerpo cuando así le apetecía. Conocedor de la desesperación de Ulbar, que empezaba a pensar en llevarla consigo al bosque, Fredegario, para evitar que tuvieran que convertirse los dos en fugitivos, se ofreció a pagar al patrono la liberación de la muchacha. A cambio, el cazador debía ponerse a su servicio, como explorador o como informante, siempre que él lo necesitara.

El primer año había sido el más difícil, pues la mujer no estaba acostumbrada a vivir en el bosque. De nuevo, Fredegario les ofreció la solución, haciéndoles entrega de una cabaña a las afueras de Ucetia en la que ella podía pasar buena parte del año mientras Ulbar cumplía con sus nuevas obligaciones. Así, la mujer se quedaba en el poblado con el retoño que ambos habían concebido, calientes, alimentados y a resguardo, mientras él espiaba para Fredegario. Pues no eran pieles lo que faltaba en casa del noble, sino informes veraces de lo que sucedía en los alrededores.

Ulbar recorría la frontera, cruzando bosques y riachuelos, para saber qué sucedía en Austrasia o en la tierra de los lombardos y contárselo a su señor. Había tenido que vencer el temor que le causaban los hombres y aprender a tratar con ellos, e incluso a hablar el mismo lenguaje que francos y lombardos. Asimismo, había aprendido a matarlos como si fueran lobos rabiosos a los que es mejor despachar antes de que extiendan su ponzoña por el bosque. Era un trabajo difícil, peligroso en ocasiones, pero más peligroso resultaba cazar un lobo famélico en lo más crudo del invierno, y eso había tenido que hacerlo siendo solo un muchacho. Además, lo verdaderamente penoso era vivir sin los suspiros de Sara y el llanto de su hijo.

Ese día se encontraba al pie del majestuoso acueducto que los romanos levantaran para aprovisionar de agua a la ciudad de Nemausus, muy cerca de Ucetia. Aquella enorme estructura siempre había fascinado a Ulbar, que tras mucho reflexionar había terminado por creer que habían sido dioses quienes levantaron semejante maravilla. Dioses, porque sin duda nadie que él conociera habría sido capaz de hacerlo, visto cómo vivían en Nemausus o en cualquier lugar de los alrededores.

Los rayos de sol destellaban en el río, reverberando, de manera que únicamente bajo los pies de Ulbar era posible apreciar los guijarros blanquecinos que tapizaban el lecho del río. Aprovechando su reflejo en el agua, Ulbar se adecentó la barba y la melena con una afilada navaja de bronce. Estaba nervioso, y tal actividad contribuía a tranquilizarlo. El emisario de Fredegario había sido claro: debía llevar a aquel grupo hasta la ciudad de Roma, en el corazón de Italia, y traerlos de vuelta. La sorpresa había demudado el rostro del cazador al oír el destino del viaje, pues nunca había estado allí. No recordaba haber descendido más al sur de la ciudad lombarda de Luna, a muchas millas de Roma, pero sabía que entre ambas se extendía una cordillera montañosa, en la que sabría moverse como nadie si tuvieran que renunciar a la comodidad que ofrecían las amplias calzadas que habían construido los mismos dioses del acueducto en tiempos pretéritos.

Por fin vio aparecer a la comitiva a la que aguardaba mientras echaba mano de la capa con la que pensaba cubrirse. Hacía frío a tan temprana hora, incluso en pleno verano. Al retirar aquella quedaron a la vista su arco y una aljaba repleta de flechas.

Desde el suelo, Ragnarico miraba a Zuhayr tratando de aparentar sumisión. El árabe, en cambio, lo observaba con mirada acusadora. Su espada aún goteaba la sangre derramada, pero el visigodo sabía que la que en realidad deseaba derramar era la suya.

Acababan de enterrar a una docena más de árabes. En ese instante, unas pocas millas más allá de la ciudad de Narbona, el número de guerreros de la partida se había reducido a menos de sesenta, cuando antes de atravesar los Pirineos eran casi el doble. De ellos, apenas cuarenta eran seguidores de Zuhayr. Del mismo Zuhayr que se desesperaba por tamaña sangría, a la que la guía de Ragnarico había sometido a los suyos, y clamaba venganza en silencio.

Tras aventurarse al norte de los Pireneos, se habían enfrentado a diversos grupos de hombres armados. Al principio, Zuhayr no se mostró demasiado preocupado cuando sus soldados trababan combate con bandidos o lugareños. Habían saqueado algunos villorrios en busca de comida o información, sin tener que lamentar más que algunos heridos de poca consideración. El problema era que aquello había ido cambiando a medida que dejaban atrás las montañas y se acercaban a las ciudades godas. Allí habían tenido que luchar contra algunas partidas de jinetes que, pese a ser siempre inferiores en número, poco a poco los habían ido mermando.

El árabe culpaba a Ragnarico de su situación, pues juzgaba que se arriesgaba demasiado al hacerlos deambular por los aledaños de las grandes urbes sin apenas cautela. Sin embargo, tenía que reconocer que aquella audaz estrategia había dado sus frutos por fin: en varios de los poblados cercanos a la calzada les habían hablado del paso de un grupo de unos veinte jinetes unas semanas atrás, rumbo a Narbona. El grupo no hubiera resultado sospechoso de no ser porque varios de los vecinos aseguraron que entre los jinetes había dos mujeres, una de ellas con los cabellos del color del fuego. El dato había sido más que suficiente para alertar a Ragnarico, así que habían seguido la pista hasta averiguar que la partida continuaba su viaje en dirección este, hacia Nemausus.

Al conocer la ruta de los jinetes, el rostro de Ragnarico se había iluminado. Por fin todo encajaba en su cabeza. Aquellos hombres —sin duda los de su medio hermano—, y las dos mujeres no podían tener otro destino que la ciudad de Roma, donde se había refugiado el metropolitano de Toletum a la llegada de Tariq ibn Ziyab a su ciudad. El propio obispo de Hispalis había dado por supuesto que fue Sinderedo quien arrancó la pata de la mesa del rey Salomón, pero finalmente resultó que el ladrón profanador había sido su medio hermano, y que sus hombres todavía trataban de entregarle la pieza al metropolitano.

Resultaba tan evidente que Ragnarico maldijo largamente haber sido tan estúpido de no haberlo previsto antes, pero al menos el largo camino hasta descubrir la pista no había resultado tan infructuoso como pensaba hacía poco: aquellos meses le habían servido para ir minando la confianza de su siniestro carcelero y, sobre todo, para menguar sus filas, desangrarlas como quien debilita a un fiero jabalí lanzazo a lanzazo, herida a herida. Unas filas que aún sufrirían mayor castigo en adelante, pues les quedaban cientos de millas de viaje infestadas de enemigos que sin duda matarían a aquellos hombres oscuros sin preguntarles de dónde venían.

—Estamos en el buen camino —se atrevió a replicar a Zuhayr con voz calmada.

—Un camino regado por la sangre de nuestros caídos.

—Pero por fin sabemos dónde están y a dónde se dirigen. Vuestro señor agradecerá tal avance, pues está más cerca que nunca de hacer realidad el sueño de su padre.

Zuhayr se limitó a asentir, y Ragnarico supo que su respuesta había sido acertada. El día anterior, el árabe había enviado a tres de los suyos de regreso a Hispania para que fueran portadores de la buena nueva. Una noticia tras la que esperaba que sus días junto a aquel demente estuvieran cerca de su fin. Zuhayr no contestó, pero el brillo de la furia en sus ojos se fue apagando como los rescoldos de una fogata en la madrugada.

Ragnarico agachó la cabeza y se alejó de allí, dispuesto a limpiar la hoja de su espada en las ropas de alguno de los caídos.

A lo lejos todavía podían distinguirse las murallas de Narbona. El mes de agosto acababa de comenzar, y los hombres de su hermano les llevarían varias semanas de ventaja. Aunque el camino era muy largo, amén de traicionero, tendría tiempo de sobra para dar con ellos, y eso haría tarde o temprano, no le quedaba la menor duda. Ahora que sabía cuántos eran y qué intenciones albergaban, únicamente debía preocuparse por que,

cuando tal encuentro tuviera lugar, los árabes con los que contara Zuhayr no excedieran de la veintena, pues pensaba matar a
cuantos sobrevivieran a dicho encuentro, amigos y enemigos.

Witerico, que cabalgaba abriendo la marcha, vio a lo lejos la
figura de quien sería su guía de allí en adelante. La ya de por sí
corta talla del cazador quedaba empequeñecida por el ciclópeo
tamaño de los sillares que proyectaban al acueducto hacia el
cielo.

—Esto es... grandioso —acertó a decir Elvia, con la mirada
clavada en la enorme estructura pétrea, tras la breve pausa durante la que había intentado hallar la palabra exacta para definir
aquella obra de ingeniería de más de seiscientos años de antigüedad.

Witerico asintió, y aprovechó el silencio para observar a la
mujer con detenimiento mientras ella continuaba contemplando absorta el acueducto. Su compañera era hermosa, inteligente, decidida e independiente, y eso le encantaba. En aquel tiempo se había convertido en su luz, en la guía que le evitaba caer
presa de la congoja o el desánimo.

Gracias al temple y al cariño de Elvia, el dolor por la pérdida
de Ademar comenzaba a hacerse soportable. Aun así, seguía habiendo días en los que su ánimo se resquebrajaba y buscaba desesperadamente la soledad. En particular, se aseguraba de evitar
a Alberico, pues su compañero de armas todavía se quebraba
con mayor facilidad que él. Aunque ninguno olvidaba la misión
que los mantenía unidos —entregar la reliquia y acabar con la
vida del asesino de su señor—, Alberico hubiera preferido invertir el orden de los encargos y ejecutar primero la venganza
para después recorrer el largo camino hasta Roma.

Lo habían discutido muchas veces y no siempre con buenas
palabras. Alberico se desesperaba pensando que con cada milla
que recorrían se alejaban más y más de Ragnarico, mientras que
tanto Hermigio como Elvia aseguraban que era este quien, an-

sioso por apoderarse de la reliquia, los seguiría allí a donde fueran.

Por su parte, a Witerico el orden le traía sin cuidado. Se proponía llegar a Roma, buscar a aquel Sinderedo y después encontrar a Ragnarico, aunque tal tarea le ocupara el resto de sus días. Si fuera necesario regresaría a Hispania, a Astigi, y acabaría con él. Por lo pronto, se consolaría sabiendo que cumplía la voluntad postrera de su amado Ademar, el mejor señor que un viejo hombre de armas como él hubiera podido desear.

XXV

Abd al-Aziz echaba de menos a su padre, por mucho que, en un principio, su marcha hubiera supuesto un gran alivio. Siempre había estado a su sombra, y lo siguió estando cuando, a pesar de su avanzada edad, Musa había continuado detentando todo el poder, como si no terminara de fiarse de su progenie y al mismo tiempo se negara a dejarse vencer por los años, que, como pesadas losas, no dejaban de apilarse sobre sus espaldas.

Únicamente dos de sus hermanos ocupaban cargos importantes en la administración de la provincia. Uno, en ausencia de su padre, en Ifriquiya; el otro, en la ciudadela de Septem. En cambio, hasta entonces a Abd al-Aziz nunca se le había ofrecido una oportunidad como aquella.

Su vida, al contrario de lo que pensaban quienes lo rodeaban, no había sido sencilla. No era el primogénito de Musa, ni tampoco su preferido, y aun así desde que era un mocoso había vivido entre la envidia de las mujeres del harén de su padre, que deseaban ver a sus retoños favorecidos por encima de él. Tanto Abd al-Aziz como su madre habían tenido que aprender a defenderse en un ambiente hostil, siempre con el anhelo de que el joven pudiera llegar a suceder a su padre en algún momento. Pero Musa ibn Nusayr no parecía dispuesto a morirse nunca.

Quizá todo lo aprendido durante los amargos años de su infancia y juventud le había permitido asumir de mejor manera lo sucedido desde la marcha de su padre. La partida de Musa ibn Nusayr había sido un regalo envenenado. Aquella Hispania que se vanagloriaba de dominar estaba lejos de ser conquistada; sus hombres enviaban noticias alarmantes de alzamientos en ciudades, pueblos y aldeas por doquier, incluso en regiones que creían sometidas. La situación era compleja, pero no llegaba a ser preocupante, pues quienes se rebelaban lo hacían sin tener en cuenta a sus vecinos. Eran como abejas que se revolvían una a una contra su dueño. Así nada conseguirían; si fuera toda la colmena la que se alzara, esa sería otra historia, que bien podría tener un funesto final. Y eso era justamente lo que Abd al-Aziz quería evitar a toda costa.

Eran tantas las tareas sin terminar... Carente del afán expansionista y aventurero de su padre, Abd al-Aziz había decidido comenzar afianzando las conquistas iniciales, aquellas que habían abierto el camino al resto de Hispania a la llegada de su progenitor y de Tariq ibn Ziyab. Establecido en la antigua Betica, había enviado diversas expediciones hacia el este, donde se había apoderado de varias ciudades sin apenas lucha, pero con la fuerte resistencia de un noble visigodo en la provincia a la que daban el nombre de Carthaginense. Teodomiro se llamaba el individuo en cuestión, y, convencido de que tomar sus tierras mediante la lucha le llevaría mucho tiempo y le costaría la vida de demasiados hombres, Abd al-Aziz había decidido firmar con él un tratado de amistad, en virtud del cual le permitía gobernar sus tierras pero le exigía un oneroso tributo a cambio. Había actuado igual que su padre en la Tarraconense, donde poco antes de su partida había aceptado la sumisión de otro de esos señores visigodos del norte del río Iber: Casio.

Una vez firmada la paz con Teodomiro, al que algunos de sus consejeros comenzaban a llamar Tudmir, arabizando su nombre, había puesto los ojos en el oeste, sin atreverse aún a sobrepasar el río al que los hispanos llamaban Taggus. Tiempo habría para avanzar por aquellas tierras norteñas en las que su padre ya había dejado huella. En el frente occidental había decidido que fuera Emerita Augusta la base desde la que sus tropas se adentraran hacia poniente, pero a cada luna que pasaba más se arrepentía de su decisión. La ciudad y sus habitantes se habían vuelto molestos como una piedra en el zapato.

Su padre ya había intuido que ese lugar les traería problemas, y así se lo había manifestado antes de marchar hacia Oriente. Aquellos hispanos eran orgullosos y no toleraron de buen grado su llegada. A su padre le había costado un largo asedio sojuzgar la plaza, tras lo cual el descontento de los habitantes iba creciendo a medida que pasaban los meses. Abd al-Aziz no sabía si se debía al resquemor que provocaban sus tropas acampadas en los alrededores, cuya presencia, por otro lado, tal vez estaba retrasando lo inevitable. Lo desconocía, pero no se atrevía a dejar la región sin una guarnición, que desde allí recorría muchas millas, hasta Scallabis y Olissipo.

Tenía claro que no podía fiarse de los hispanos, como era natural, y tampoco de los bereberes. Como Musa le había advertido, eran salvajes, recién conversos, ambiciosos y violentos. Los mantenía alejados de las ciudades más ricas, así como separados entre sí, de manera que pudieran ser fácilmente neutralizados por sus árabes en caso necesario. Aunque ni siquiera así las tenía todas consigo, y ese era el asunto que más dolor le producía: haber llegado a descubrir que no podía fiarse plenamente de quienes llevaban su misma sangre.

Todas las desavenencias surgidas entre él y su entorno las motivaba de algún modo su relación con la viuda del último rey de aquellas tierras, Roderico: Egilona, la visigoda. Quería que los suyos entendieran por qué se había acercado a ella, y podía explicarlo sin sonrojo, pues era cierto. Su interés inicial por la mujer obedeció únicamente a su voluntad de atraer a los nobles visigodos a su lado, con el fin de que su adhesión le facilitara la pacificación del territorio. «Gánate a los terratenientes y te habrás ganado al pueblo», le había asegurado su padre al despedirse. Y, por mucho que le fastidiara reconocerlo, Abd al-Aziz tenía que admitir que el viejo estaba en lo cierto. Aquella política había comenzado a dar sus frutos con Casio en el norte y con Teodomiro en el este. A través de la sumisión de aquellos condes había conseguido la de sus súbditos. Y desposando a Egilona pretendía ocupar el vacío de poder que había dejado Roderico tras su desaparición. Quería que los hispanos lo vieran como a su legítimo señor, como a alguien que venía a unir a ambos pueblos. En cambio, sus hombres, sus árabes, los mismos que llegaron con su padre a Quayrawan años atrás, no parecían entenderlo. Creían que abandonaría sus costumbres para adoptar las del pueblo recién conquistado, y que favorecería a los señores godos más que a ellos, sus compañeros de fe y de fatigas. Lo había intentado todo para tratar de calmarlos, pero sabía que eran muchos los que cuchicheaban a sus espaldas. Tan solo lamentaba una cosa: haberse enamorado de la visigoda. Aquello no había hecho sino complicar más las cosas.

Hermigio y los demás habían abandonado la Septimania para internarse en territorio franco, avanzando sobre las desgastadas piedras de la calzada hasta la ciudad de Arelate. En aquel punto la vieja calzada romana se bifurcaba: una rama se desviaba al norte hacia Germania, la otra continuaba al este hacia Italia. Siguiendo el consejo de Ulbar, no tomaron esta segunda rama, sino que abandonaron el cómodo trazado de la vía para marchar por zonas boscosas escasamente pobladas.

A medida que las jornadas se sucedían, el talento de Ulbar para guiarlos por los caminos fue quedando patente. Era un hombre parco en palabras, incluso hosco, pero parecía capaz de anticiparse a cualquier circunstancia adversa, tanto si se trataba de una tormenta repentina como de una carreta de pacíficos jornaleros en apariencia que acababan por revelarse como salteadores, y resolverla de la mejor manera posible. A entender de Hermigio, su intuición parecía más propia de un animal que de un humano, y gracias a ella avanzaron sin tener que lamentar ningún incidente de importancia, atravesando las tierras francas hasta que, a finales de septiembre, sus pies hollaron por primera vez territorio lombardo.

Aquel era un reino que Hermigio desconocía por completo. Aunque, pensándolo bien, tenía que reconocer que hacía solo cuatro años era un muchacho de pueblo con conocimientos bastante limitados, más preocupado por atender a los animales que por saber qué ocurría a su alrededor. Sin embargo, allí se encontraba ahora, dirigiendo sus pasos ni más ni menos que a la ciudad de Roma.

Por un momento lo invadió una sensación de orgullo que nunca había sentido: no solo viajaba a una de las ciudades santas de la cristiandad, sino que compartía el camino con un noble como Argimiro, y con guerreros como Witerico, Alberico o Haroldo. Pensó en su padre, siempre serio y con mirada ausente; definitivamente, jamás podría ni siquiera imaginar hasta dónde había llegado su hijo, convertido en garante de la cristiandad, si prestaba oídos a las palabras del difunto Bonifacio.

El rey de aquellas tierras recibía el nombre de Liutprando, según los había informado Ulbar en una de las escasas ocasiones en las que había creído necesario compartir algunas palabras con ellos. Un rey que, desde la ciudad de Ticinum, dirigía los designios de un reino joven y fragmentado, pues, pese a ostentar el dominio en gran parte de Italia, extensas zonas del centro de la península seguían bajo control imperial.

A diferencia de godos o francos, que llevaban casi tres siglos asentados en la Galia o en Hispania, los lombardos habían tomado las tierras por las que el grupo avanzaba hacía tan solo unos ciento cincuenta años. Y si para hacerse con ellas habían tenido que derrotar a las tropas imperiales primero y a los francos después, desde entonces la situación no había cambiado demasiado. El reino de Liutprando continuaba batallando contra sus vecinos: con los francos al este y al norte, y con los imperiales en el centro de Italia, en lo que se conocía como Exarcado de Ravena, territorio donde se hallaba la ciudad de Roma, su destino.

Parecía que el único lugar hacia el que Liutprando podía mirar sin preocupación era el norte, donde se alzaban las enormes montañas que cerraban la península italiana casi totalmente y de las que tan cerca habían pasado. Hermigio las imaginaba similares a los Pireneos, pero tal suposición hizo estallar de risa a Ulbar. El cazador había estado en ellas una sola vez, ocasión que había sido suficiente para que no quisiera volver a pisarlas en la vida. Según contó, la cordillera, plagada de altas cumbres y caminos impracticables, constituía una ruta inaccesible para cualquiera salvo para los montañeses de los alrededores.

Su camino los llevaría a atravesar los ducados del norte del reino lombardo antes de adentrarse en tierras del imperio. Continuaron paralelos a la costa, pero retirados de las grandes calzadas, y a finales del mes de octubre ya habían dejado atrás la ciudad de Genua, lejos de la capital de Liutprando, situada mucho más al norte. Noviembre los sorprendió cruzando Luna, y poco después penetraron en las posesiones imperiales. Hasta ahí llegaba el conocimiento de Ulbar, pero este se guardó muy bien de informar de tal circunstancia a sus compañeros de viaje.

Lo primero que sorprendió a los viajeros fue el aspecto de abandono que dominaba allí donde posaban la vista. Los pueblos no eran más que meras aldeas con apenas un atisbo de vida y actividad; una serie de cobertizos mohosos, casas de piedra mal conservadas y campos de labor descuidados. Las ciudades, pequeñas, lucían el mismo deterioro.

—Siempre pensé que este lugar era el más civilizado y floreciente de la cristiandad, que a su lado hasta Toletum parecería una aldehuela —rezongó Hermigio—, pero ya veo que no es así.

—Por lo menos en la frontera —puntualizó Witerico.

—Yo imaginaba que todos los hombres vestirían hábitos —confesó Elvia, un poco avergonzada—, y por ahora solo hemos visto unos pocos clérigos mendicantes, más pobres incluso que los habitantes de los villorrios.

Argimiro sonrió al oírla. A él la vieja Italia no lo había asombrado tanto, pues recordaba lo que había visto cuando había viajado allí con su padre siendo un muchacho. Lo cierto era que en aquella época el Exarcado de Ravena no representaba más que la periferia del imperio, una región sin importancia donde la guerra había enraizado como si fuera una planta cubierta de espinas para eternizar una lucha que llevaba asolando aquellas tierras más de trescientos años.

Godos, rugios o hérulos eran historia, pero no los lombardos, que continuaban guerreando sin pausa contra las tropas del imperio, los *milite*, como eran vulgarmente llamados. Estos, que generaciones atrás habían sido los encargados de extender el dominio imperial, ahora ni siquiera eran suficientes para mantenerlo.

La realidad a la que se enfrentaban los sucesores de Roma era bien distinta de la posición de la que habían gozado cuando dominaban todo el oriente del mar interior y buena parte del occidente. Habían sido expulsados de Hispania hacía casi cien años, y de muchos de los territorios italianos en las últimas décadas, pero lo más preocupante era el avance imparable de las hordas árabes surgidas de las profundidades del desierto. Un gran número de las provincias imperiales habían caído bajo su yugo, lo que había dejado al imperio reducido a la menor extensión que había conocido hasta entonces. Egipto, Palestina, Siria o Mesopotamia, pero también Cirene y Africa, le habían sido arrebatadas al *basileus*, que ahora trataba por todos los medios de contener el avance árabe en la vieja Anatolia.

El tercer día que pasaron en suelo imperial abandonaron los caminos de tierra y sus pobres asentamientos para internarse en un espeso y extenso bosque que ocupaba las faldas de una inmensa cordillera que atravesaba de norte a sur las posesiones imperiales en Italia. Ulbar aseguraba que avanzando por las sendas de montaña, al amparo de los enormes árboles y el denso follaje, llegarían a las cercanías de la propia Roma sin temer ningún contratiempo. Eran veintitrés guerreros, reconocibles tanto por el porte como por las armas, así que el cazador asumía que los bandidos que pulularan por la zona preferirían no tener que vérselas con ellos.

Sin embargo, no tendrían igual suerte en caso de cruzarse

con alguna patrulla imperial. Los *milite* los considerarían poco menos que unos salvajes, como veían a cualquiera salvo a los griegos. Fueran francos, lombardos o godos, los clasificarían de inmediato como bárbaros pendencieros. Y sería incluso peor si creían que podrían sacarles un poco de plata u otros bienes con los que obtenerla. Eran hombres con la moral castigada a fuerza de derrotas y hastiados por el trato cicatero del emperador, que olvidaba enviarles la paga con demasiada frecuencia. Al fin habían terminado por ser igual de temidos por los italianos, a los que se suponía que custodiaban, que por las partidas lombardas que asolaban la frontera.

Por si las pendencias con los *milite* no bastaran para que la población local se mostrara en ocasiones más próxima a los lombardos y a los francos que a sus propios protectores, la cuestión religiosa se encargaba de complicar las cosas. El credo cristiano dominante en la ciudad imperial divergía cada vez más del que el papa de Roma promulgaba entre los suyos, extendido no solo en Italia, sino también entre los pueblos germánicos asentados en la cuenca occidental.

Aquella tarde se detuvieron muy temprano. Bajo la fronda del bosque apenas calaban los rayos de sol, con lo que los hombres se arrebujaron en sus capas sin ganas de entablar conversación, reacios a descubrirse ni que fuera la cara para intentar guardar el poco calor que pudieran. El bosque rezumaba humedad: el suelo estaba plagado de arroyuelos y las hojas de los helechos destilaban agua gota a gota, formando cientos de diminutas cascadas.

Tras atender a los caballos prepararon una amplia fogata, alrededor de la que se arremolinaron todos para calentarse los ateridos miembros.

Witerico fue el último en dejarse caer encima de la tierra húmeda, sobre la que habían acumulado una buena cantidad de hojas secas, o al menos lo más secas posible. Había muchas cosas que hacer antes de tumbarse a pasar la noche: acopiar leña, organizar los turnos de guardia o preparar las gachas que no tardarían en devorar. Al sentarse junto a Elvia, ella se acurrucó a su lado. Witerico notó como su pequeño cuerpo se estremecía, recorrido por los escalofríos, recuerdo de la fiebre que había tenido pocos días atrás y que la había llevado al límite de sus fuerzas, aunque ella se negó a ralentizar el ritmo de la partida por su culpa.

Elvia sintió las manazas de Witerico, que respondían a su contacto acariciando la áspera tela de la manta en la que se abrigaba.

—Me gustan los bosques —dijo con la voz enronquecida por el dolor de garganta.

—A mí no —replicó él, sin desviar la mirada de su frondosa cabellera roja, que parecía reflejar el brillo de las llamas que crepitaban en la hoguera—. En el bosque hay animales, y siempre hace frío. No te puedes fiar de los animales, y odio el frío.

Elvia tosió para aclararse la voz.

—También hay paz, no como entre los hombres.

—Te lo diré al alba, cuando hayamos despertado sin percances.

—Eres un viejo gruñón —protestó ella, cerrando los ojos y dejándose mecer entre sus brazos—, pero te quiero.

Witerico detuvo el movimiento de sus manos para contemplar el rostro de la mujer. Sus ojos permanecían cerrados, sin embargo, su gesto era relajado, no como días atrás. Estaba pálida, si bien su blancura era normal tras tanto tiempo de camino. Se fijó en que las pecas que le coloreaban las mejillas destacaban más de lo habitual, como pequeñas estrellas que iluminaran su firmamento. Le dio un beso en la frente con todo el cariño que supo expresar y se levantó tratando de no incomodarla para traerle comida caliente. Recordó cómo lo había cuidado ella en Caesaraugusta, cuando él se había sentido morir víctima de unas calenturas que lo habían dejado postrado durante días. La mujer lo había atendido con ternura y paciencia, y finalmente él se había recuperado. Tal vez sus atenciones esos días dejaran bastante que desear, pero quería que ella supiera que podía contar con él en cualquier circunstancia, que velaría por ella y la protegería lo mejor que supiera.

Llegó junto a la enorme olla en la que el caldo llevaba rato burbujeando. Haroldo lo removía mientras Ulbar, el cazador, mascaba lo que parecía un tallo de cebolla.

—¿Cómo sigue Elvia? —preguntó Haroldo. Desde lo vivido en Caesaraugusta la mujer se había ganado no solo su cariño, sino también su respeto.

—Mejor. Estoy seguro de que saldrá de esta —respondió Witerico, tratando de aparentar una dureza que le costaba simular al hablar de ella.

Se agachó para tomar uno de los escasos cuencos de loza con los que contaban y llenarlo del caldo claro y caliente.

—Cazador, ¿pasaremos mucho tiempo en este bosque? —inquirió pensativo.

Ulbar apartó la mirada del vapor que se escapaba de la olla hacia el cielo. Se había acostumbrado a que lo llamaran así: cazador.

—Depende de vosotros. Yo podría atravesar estas montañas en menos de diez días, pero no estoy en vuestro pellejo.

—No tengas tanta prisa. Lo importante es llegar —afirmó Witerico pensando en Elvia, pues si por él hubiera sido no habría dudado en atravesar el bosque al ritmo de aquel hombre—. ¿Estás seguro de que mientras sigamos aquí estaremos a salvo?

Ulbar escupió un trozo del tallo que había estado mascando y escrutó con atención la negrura que los envolvía. Tanto Witerico como Haroldo lo imitaron, sin poder evitar ponerse alerta.

—Nunca puedes estar seguro —respondió Ulbar por fin—. Nunca sabes si tus pisadas alertarán a un lobo o despertarán a una víbora. Lo único que podemos hacer es mantener los ojos bien abiertos, envolvernos los pies en trapos y seguir adelante. Y no deberíamos retrasarnos más de dos semanas, pues si el tiempo os parece húmedo y frío ahora, será mejor que no estéis por aquí cuando se aproxime la fiesta de la Natividad.

Witerico examinó al pequeño cazador: serio, nervudo, ligero, parecía inmune al cansancio y al frío. Lo imaginó en Astigi durante el estío: probablemente se secaría como el esparto tendido sobre las piedras. Quizá así comprendiera lo que sufrían ellos en aquel entorno gélido, entre ríos y pantanos que horadaban la tierra a su antojo, sin perder caudal en todo el año.

—Dos semanas —repitió por lo bajo mientras sujetaba el cuenco humeante con cuidado para no derramar nada—. Deberán bastarnos, entonces.

Más allá, frente a Elvia, Hermigio escuchaba lo que Argimiro e Ingunda decían. Escuchaba pero no lo entendía: sus voces no eran más que un murmullo para él. Contemplaba la figura de Elvia tras las ascuas, absorto en su belleza, aprovechando que Witerico se había apartado de su lado. Hacía muchos meses que la llama que amenazaba con abrasar su joven corazón parecía haberse amortiguado. Descubrir que la mujer y el guerrero eran amantes la había aplacado. Sin embargo, aún ardía, aún dolía. Todavía estaba lejos de apagarse del todo.

XXVI

Yussuf ibn Tabbit se aferraba fuertemente a la borda del bajel, que surcaba las aguas con premura. Había embarcado esa misma mañana, bien temprano, sorprendido no solo porque en aquel pequeño puerto franco atracara un navío musulmán, sino sobre todo por las noticias que se escuchaban en el muelle.

—¿Abandonamos la búsqueda? —preguntó Yahya, uno de los suyos, sin poder disimular cierto alivio.

El otrora lugarteniente de Tariq ibn Ziyab asintió, aún de espaldas. Era evidente, pero Yahya tan solo quería confirmarlo: la nave no surcaba el mar hacia oriente, hacia Italia, sino que regresaba a la misma Hispania de la que habían partido tantos meses antes.

El bereber no trató de obtener más palabras de su señor. Dio media vuelta y regresó al corrillo que formaban sus compañeros. Yussuf esperó a que los pasos se hubieran alejado lo suficiente para volver a respirar. Yahya había sido el que había descubierto aquella embarcación el día anterior, mientras Yussuf y el resto de los exploradores se encontraban descansando en una cueva cercana al acantilado que se abría al mar junto a un pequeño pueblo de pescadores.

Entre los botes de pesca de los vecinos destacaba una embarcación de gran tamaño y peculiar silueta. Yahya comprendió que se trataba de una nave oriental, como aquellas que tantas veces había visto en Ifriquiya. Sorprendido por el hallazgo, había corrido a informar a su señor. Esa misma noche, Yussuf y otros dos de los suyos habían bajado al estrecho muelle, tratando de que los francos no advirtieran su presencia. El patrón de la nave resultó ser un sirio que se dirigía a Septem. Una tormenta a la altura de Sicilia lo había desviado de la ruta habitual. Además de perder el rumbo e incluso algunos remos, había perdido también a cuatro marineros, que habían terminado en el fondo del océano.

El sonido de otros pasos a su espalda alertó a Yussuf. Reconoció la voz del capitán del navío.

—Si no sufrimos ningún otro contratiempo, llegaremos a Hispania en unos días. Tendremos que atracar en algún puerto para reabastecernos de agua y víveres, pues agotaremos cuanto hemos conseguido en las próximas jornadas. No quiero detenerme nuevamente en tierra de infieles. Cuando atraquemos, podréis seguir por vuestra cuenta o continuar con nosotros hasta Septem, como queráis.

El tipo no había puesto ninguna objeción a embarcar al grupo de bereberes, dado que tras las bajas sufridas la dotación de la nave era insuficiente para gobernarla como le hubiera gustado. Los brazos fuertes de los bereberes fueron bienvenidos.

Yussuf no respondió. Bastante tenía con mantenerse agarrado a la borda. Lo hacía con tanta fuerza que una astilla se le clavó en la yema del dedo pulgar, y lanzó un reniego malhumorado. Recordó entonces la última ocasión en la que había navegado en un barco, cuatro años atrás. Fue en una de las naves que luego Tariq ibn Ziyab había hecho incendiar para demostrar a sus guerreros que no habría marcha atrás. En verdad, no la había habido.

—¿Qué es lo que habéis decidido? —insistió el capitán.

El bereber escupió sobre la cubierta. Saliva mezclada con bilis. Tenía el estómago revuelto y el corazón destrozado.

—¿Estás seguro de que Tariq ibn Ziyab ha muerto? —preguntó, notando como le temblaba la voz al hablar.

El interpelado no entendía qué podía importarle eso al bereber, como tampoco lograba hacerse una idea de qué hacían sus hombres en tierra de los francos.

—Eso se decía en los mercados de Damasco.

Aunque ya lo había oído varias veces, Yussuf pareció encogerse de nuevo, como si alguien lo hubiera golpeado con saña en el estómago. Su amado señor, muerto, era lo único que acertaba a pensar.

Tres semanas más tarde llegaron a la ciudad de Roma. Los últimos días del año se encontraban cerca, y las primeras nieves, si finalmente caían, los sorprenderían ya en su destino. El viaje les había llevado bastante más tiempo de lo que calculaban al partir de Carcassona, pero al menos habían alcanzado Roma sin tener que lamentar bajas ni contratiempos dignos de mención.

Argimiro era consciente de que todos ellos presentaban una imagen lamentable. Los caballos tenían las patas cubiertas de barro, que además les salpicaba el pecho y manchaba los bultos que transportaban. La carreta la habían abandonado tiempo atrás, en Nemausus. Ingunda protestó, pero finalmente no tuvo más remedio que aceptar la decisión de su esposo y de la mayoría. Como habían comprobado, al dejar la Septimania el viaje se complicaba sobremanera, y con semejante trasto a cuestas no habrían podido seguir las rutas escogidas por Ulbar, así que había quedado bajo la custodia de Fredegario.

—Roma —le susurró a su mujer, que se encontraba a su lado.

Ingunda no respondió, con la mirada perdida en la distancia, tratando de adivinar qué les esperaría en la ciudad santa. Argimiro estudió su semblante y su aspecto, que, como el de los demás, no mejoraba el de los caballos. La lluvia apenas les había dado un respiro durante la última semana, y el suelo de los bosques que habían atravesado tomaba con frecuencia la consistencia de un traicionero pantano. Argimiro, irónico, pensó que la antigua Roma tampoco les ofrecía su mejor cara.

No pudo evitar una media sonrisa aviesa cuando vio que el rostro de Ingunda se contraía en una mueca. Él había tratado de decírselo en varias ocasiones, pues le constaba que la luz que ella imaginaba irradiaría desde Roma al resto de la humanidad se había extinguido hacía siglos. Y no le convenía volver a repetírselo, pues Ingunda, en lo referente a los asuntos de la fe, no era muy dada a aceptar monsergas. Llevaban demasiados años casados para no saberlo.

—¿Esto es... Roma? —preguntó Hermigio, poniendo voz a lo que todos pensaban.

Se encontraban a menos de una milla de los primeros cochambrosos edificios que se agolpaban junto a lo que parecían los restos de una poderosa muralla. Desde allí tenían una vista privilegiada de las siete colinas sobre las que había crecido la mayor ciudad del Mediterráneo siglos atrás. Una ciudad de la que únicamente quedaba su vasta extensión; la sombra de la capital en la que habían vivido, amado y sufrido más de un millón de almas al mismo tiempo. Un mero vestigio, porque lo que veían sus ojos apenas se asemejaba a lo que debió de haber sido.

Como si se tratara del fondo de un mar que hubiera perdido su agua de pronto, las piedras destacaban en toda la superficie ocupada por la antigua urbe, un espacio enorme en el que cabrían todas las ciudades que ellos habían pisado en su vida. Aquí y allá se veían sillares semienterrados, columnas destrozadas, pórticos cubiertos de maleza, plazas en las que las malas hierbas ocupaban el lugar donde siglos antes los vecinos habían departido, bromeado, vivido. De todo aquello solo parecían quedar porquerizas y ruinas.

La ciudad daba la impresión de contener otras pequeñas ciudades, pues en varios lugares se levantaban poblados, casi siempre alrededor de lo que parecían iglesias. En la otrora todopoderosa Roma vivían entonces poco más de cuarenta mil vecinos, que siglos atrás habrían cabido todos en el anfiteatro de la ciudad imperial. Ahora, con todo el lugar a su disposición, apenas eran visibles en la inmensidad de la urbe abandonada. Aun así, pocas ciudades tenían aquella cantidad de habitantes.

—Así es. El nuevo hogar de Sinderedo —apuntó Argimiro.

Nadie respondió; después de todo, lo único que podían hacer era seguir adelante. Los caballos, azuzados nuevamente, continuaron avanzando, ganando terreno pesadamente sobre la carretera.

Cuando se encontraban a cincuenta pasos de las ruinas de una de las puertas de la muralla, les sorprendió que ningún guardia acudiera a su encuentro. No había portones que cerrasen la enorme abertura, medio derruida. Seguramente, los sillares que faltaban estarían esparcidos por toda la ciudad.

—¿Y aquí no debemos temer a los *milite*? —preguntó Witerico, contento de que aquellos no hubieran hecho acto de presencia, pero sin terminar de entender por qué tras tantas jornadas escondiéndose de ellos ahora tampoco aparecían allí, frente a la ciudad, a campo abierto.

Argimiro tomó otra vez la palabra. Llegados a ese punto, él tenía bastante más que decir que Ulbar, que se mantenía discretamente alejado de la vanguardia.

—Tan cerca de la ciudad no. Los *milite* que veamos aquí deberán obediencia, en última instancia, al papa, no solo a sus jefes militares. La autoridad religiosa es muy poderosa en Roma, o al menos lo era la última vez que vine. Por eso confío en que nadie nos importunará.

—¿Como si se tratara de un obispo? —preguntó Haroldo.

—Como un obispo, sí, pero revestido de un poder mucho mayor. El papa y los orientales tienen sus diferencias, pero el emperador está tan lejos que casi me atrevería a decir que es el pontífice quien gobierna en la ciudad.

Witerico asintió, aunque sin mucha convicción. Solo el tranquilizador tacto de la mano de Elvia sobre su brazo pudo calmarlo. La miró, y comprobó que el color había regresado a sus mejillas, que aparecían tan sonrosadas como meses atrás. La fiebre había desaparecido por fin. Aunque nunca se lo confesaría, durante las noches que pasó apretándole un paño húmedo sobre la frente ardiente había rezado. Jamás se lo diría, pues, aun sin haber hablado de ello, sabía que Elvia no había encontrado la luz de su dios.

Continuaron adelante y traspasaron la puerta, cuya estampa le recordó a Elvia una grotesca calavera, ya que en los lienzos bajo la que se encontraba destacaban sendos agujeros a modo de ojos, mientras que la abertura parecía una boca fantasmagórica dispuesta a engullirlos. El escalofrío que sintió, por una vez en muchos días, no tenía nada que ver con la enfermedad.

Durante lo que les resultó una eternidad, avanzaron sumergiéndose en aquel mar emergido entre piedras y maleza, entre edificios abandonados y animales, por un camino de piedra cubierto de tierra apelmazada y con guijarros amontonados en los bordes. A todos los lugareños con los que se cruzaron les preguntaron por Sinderedo, el obispo hispano, pero nadie supo darles noticia de su paradero.

Argimiro, consciente de que era el único de la partida que sabía a dónde dirigirse, guio al grupo hacia donde suponía que tenían más posibilidades de encontrar al obispo: la basílica de San Pedro, al otro lado del río.

Roma no había cambiado tanto respecto al recuerdo que tenía Argimiro, pero sí desde sus tiempos de gloria. Buena parte de las colinas en las que se había asentado la gran ciudad habían sido abandonadas hacía siglos, cuando el suministro de agua se había cortado tras siglos de guerra incesante. Muchos de los antiguos monumentos levantados en tiempos de la república y el imperio habían perdido su función y, condenados al olvido, yacían sepultados bajo una capa de escombros. Otros edificios, en cambio, habían encontrado una nueva vida: se habían construido talleres donde antes había casas, casas donde antes había plazas, iglesias donde antes había templos.

Casi todas las viviendas que estaban habitadas tenían siglos de antigüedad, y sus propietarios las habían restaurado como buenamente habían podido. En la ciudad había artesanos que ejercían distintos oficios, pero sin los conocimientos y habilidades de los que habían engrandecido la urbe en su momento de esplendor. En medio de aquel bosque de piedra destacaban unos pocos edificios de ladrillo, construidos pocas décadas atrás por los vecinos más pudientes en el antiguo foro de Nerva.

La mayor parte de los ciudadanos se hacinaban en los alrededores del foro principal y el antiguo Campo de Marte, así como al otro margen del río, al norte y al oeste de la isla Tiberina. En el antiguo corazón de la urbe todavía se respiraba el ajetreo propio de una gran capital, y no la extraña sensación de decadencia y abandono que los había acompañado hasta entonces.

La mera visión de la iglesia de Santa María, el antiguo Panteón de Agripa, fue suficiente para que Ingunda olvidara la decepción que la había invadido desde su llegada. Detuvo su caballo y se quedó junto al edificio hasta que a su esposo no le quedó más remedio que acercarse a su lado y contemplar en silencio aquella impresionante mole.

—Esto es Roma —dijo ella alborozada.

Argimiro asintió, pero no respondió. Miró al cielo: les quedaba poco más de una hora de luz, insuficiente para atravesar el río y llegar a la basílica de San Pedro.

Se dirigieron al foro. Frente a este, en la antigua colina del Palatino, se levantaba la residencia del gobernador imperial, así como la de buena parte de la guarnición que custodiaba la ciudad. Ambos constituían uno de los dos poderes que dominaban en Roma en aquellos días. El otro, como bien sabía Argimiro, se encontraba cruzando el Tiber, en la basílica de San Pedro, su próximo destino.

Decidieron buscar acomodo para pasar la noche allí mismo. El precio que pagaron por su hospedaje fue desorbitado, pero al menos las habitaciones estaban limpias y había sitio para todos. Engulleron las galletas de avena que aún les quedaban y se entregaron al cálido abrazo que les ofrecían los lechos, disfrutando de su comodidad tras muchas semanas vagando por los bosques. Sin embargo, no todos pudieron relajarse y descansar.

Argimiro, presa de una creciente desazón, se liberó con suavidad del abrazo de Ingunda, profundamente dormida, y salió de la habitación. Al llegar a la sala vio a Ulbar, solo en un rincón. Le sorprendió que también estuvieran allí Elvia y Witerico, compartiendo mesa en silencio. Ignorando la mirada huraña del posadero, encargó y pagó comida para los cuatro. No le apetecía estar solo.

Hizo un gesto a Ulbar para que lo ayudara con los cuencos y este se acercó dócilmente. Witerico levantó la mirada de su bebida al oír los pasos que se les acercaban. No lamentó que los interrumpieran, pues en realidad no había nada que interrumpir. Elvia se encontraba extrañamente callada, taciturna, y él no sabía qué hacer para sacarla de tal estado.

—¿Hay sitio para dos más? —preguntó Argimiro.

Witerico señaló los bancos con la cabeza y tomó nuevamente el cuenco para mojar el gaznate.

Mientras Argimiro y Ulbar tomaban asiento, el posadero, con evidentes muestras de malhumor, dejó en la mesa una jarra de vino aguado y una bandeja de pan oscuro. Argimiro miró con aprensión las evoluciones de un gusano gordo que reptaba torpemente por la corteza, sacudió el trozo de pan hasta que el molesto inquilino cayó al suelo y se lo llevó a la boca. Estaba un poco amargo, pero al menos sabía a pan.

—Parece comestible —informó a los demás.

—Yo no tengo apetito —se disculpó Elvia.

Por lo menos había salido de su mutismo, pensó Witerico a la vez que tomaba el trozo más grande de la fuente.

—Yo te acompañaré, Argimiro —dijo, mordiendo la rebanada sin tan siquiera molestarse en sacudirla previamente.

Ulbar, aunque hambriento, no abrió la boca. Le traía sin cuidado el aspecto del pan, había comido cosas mucho peores en su vida. No, lo que lo incomodaba no era la comida sino estar allí dentro, en aquella enorme ciudad que más bien parecía un cementerio.

En pocos minutos el posadero regresó y colocó otra fuente junto al pan, esta llena de lo que parecía un estofado de carne con cebollas. El olor era fuerte y la carne estaba surcada por vetas de grasa correosa, pero el caldo no tenía mal sabor. El estofado también lo compartieron solo Argimiro y Witerico. Ulbar probó un poco, luego el nudo que tenía en el estómago no le dejó tragar más.

Argimiro masticó lentamente el último bocado y se limpió

la boca con las mangas de la camisa. Aunque no había sido ningún manjar, alejaría el hambre. Y lo más importante era que el tiempo que permaneciera en el comedor haría más corta la noche, pues estaba convencido de que no lograría pegar ojo.

—Cazador —interpeló Argimiro a Ulbar—, ahora que hemos terminado el viaje, ¿continuarás con nosotros hasta que regresemos o volverás a tus tierras?

Ulbar tardó en contestar. De haber podido escoger, habría regresado ese mismo día a la seguridad que le ofrecían los bosques. Sin embargo, portaba una carta de Fredegario para Sinderedo, así que tendría que aguardar al menos hasta que pudiera entregarla. Además, ya se habían plantado en pleno invierno, y el frío, el agua y la nieve volvían los caminos de montaña traicioneros.

—¿Cuándo regresaréis? —preguntó por fin, aunque intuía la respuesta.

—En primavera como muy tarde —respondió Argimiro.

El cazador asintió, y se animó a tomar un pequeño trozo de pan que había quedado en la fuente.

—Antes no podréis hacerlo. El invierno es particularmente duro en esta región, y mucho más a medida que se va hacia el norte.

Elvia sintió que comenzaba a faltarle el aire. La idea de pasar más de tres meses en aquella ciudad moribunda le resultaba casi insoportable. No obstante, había insistido en formar parte de la partida en contra de la opinión de Witerico, así que no pensaba emitir una sola queja al respecto.

—Sea, entonces. ¿Permanecerás con nosotros mientras tanto?

Ulbar atrapó unas cuantas migajas más y se las llevó a la boca. No tenía otra opción, por mucho que lo lamentara.

—No puedo hacer otra cosa. Además, Fredegario no me perdonaría que os ocurriera algo en el camino de regreso.

—Tu señor es una rara bendición en estos días —afirmó Argimiro, agradecido.

Witerico extrajo su puñal de la vaina que colgaba en su cintura y comenzó a limpiarse la suciedad acumulada bajo las uñas con la punta.

—¿Y dónde estará ese jodido obispo? —preguntó, pues pocos eran más pragmáticos y menos dados a contemporizar que él.

Argimiro no pudo evitar soltar una carcajada, aunque enseguida trató de recomponer un gesto más serio para amonestar al guerrero.

—Contén tu lengua, amigo; recuerda que estamos en la ciudad de los obispos. No es conveniente hablar así de los ministros de la Iglesia, como tampoco lo es utilizar ese tono cuando hablas de sus misterios. En Roma vale más estar a bien con los curas que con el propio gobernador imperial.

Witerico dejó el puñal sobre la mesa y se inclinó hacia delante y, tratando de moderar el tono de voz, dijo:

—Lo sé, lo sé, pero el muy cabrón nos ha hecho viajar hasta el confín del mundo para traerle la reliquia. Lo menos que debería hacer es mostrarse agradecido y colmarnos de bienes. —Un vistazo a la furibunda expresión de Argimiro hizo que Witerico rectificara en el último momento—. Además de bendiciones, claro.

—Mañana cruzaremos el río y entraremos en la ciudad de los curas. Espero que mantengas tu sucia boca cerrada, por el bien de todos nosotros. —Witerico ahogó una protesta, pero calló al ver la seriedad con la que hablaba Argimiro—. Esta ciudad es peligrosa, creo que todos os habéis hecho ya una idea. Es peligrosa porque es muy grande, porque buena parte está en ruinas y porque en cada rincón puede esconderse un asesino al que nadie verá, pues son pocos los caminos transitados más allá de los lugares donde se reúne la población. Y no penséis que al otro lado del río la cosa cambia. La ciudad de los curas también entraña sus riesgos, pues muchas son las disputas que enfrentan unos obispos a otros, respaldados por sus partidarios, para hacerse con una mayor cuota de poder. Que lleguemos portando una reliquia de tal valor será la comidilla de todos ellos, salvo que sepamos mantener el secreto. Así que ni una palabra sobre la existencia de la mesa hasta que estemos frente a Sinderedo, pues lo que menos deseamos es vernos envueltos en ningún interesado juego de poder.

Elvia se sentía palidecer a cada palabra que salía de los labios de Argimiro, y crecía su convencimiento de que haber viajado a aquella ciudad había sido una mala idea.

—Imaginaba que lo difícil sería llegar, y que una vez en Roma todo resultaría sencillo y rápido —murmuró.

Argimiro buscó los ojos de la mujer, pero ella no era capaz de levantar la mirada de la mesa.

—El trayecto hasta aquí es harto complicado, pero hemos contado con un guía excelente para sortear todos los peligros. —Ulbar sonrió con timidez—. Ahora bien, lo que encontraremos al otro lado del río también es peligroso, aunque quienes allí nos reciban vistan prendas lujosas y huelan a incienso.

—No me gustan los curas —masculló Witerico—. Siempre diciéndole a todo el mundo qué deben hacer y qué no.

—La situación es compleja, pero trataré de explicárosla lo mejor que pueda. En una ciudad como esta, donde se encuentra la mayor autoridad de la Iglesia y a la que acuden peregrinos desde los rincones más remotos de la cristiandad, las luchas de poder son intensas y frecuentes. En Roma hay obispos italianos; otros de origen oriental, principalmente griegos; también francos y lombardos, y si contamos a Sinderedo, incluso godos. Dado que el poder real de nuestro reino parece a punto de extinguirse, entiendo que la influencia de nuestro obispo será escasa. Pensadlo: todos, hasta el más insignificante, aspiran a sentarse en el trono de San Pedro, o al menos a escalar en la jerarquía. Si a eso añadimos las tradicionales tensiones existentes entre los imperiales y el papa, entre francos y lombardos y entre estos últimos y los imperiales, y que el papa siempre tiende a ser más benevolente con sus compatriotas, imaginaos el nido de víboras en el que queremos penetrar. Porque pese a lo que algunos ingenuos puedan pensar, la política y la fe no siempre están reñidas.

Argimiro hizo una pausa para comprobar el efecto de sus palabras en sus compañeros, pues dudaba de que se encontrara ante el auditorio más indicado. Witerico era un guerrero, leal y diestro en el combate, pero para él los asuntos de los poderosos apenas tenían importancia; Elvia continuaba callada, con la mirada fija en la mesa; y el terreno donde Ulbar sabía desenvolverse con maestría eran los bosques y las montañas, no las intrigas de los hombres. Por su parte, era consciente de que incluso a él se le escapaban infinidad de cosas, por mucho que su padre hubiera luchado por convertirlo en un hombre de mundo, capaz de hacerse sus propios juicios. Además, a su muerte se había limitado a encerrarse en sus tierras de Calagurris, donde encontraba la paz que ansiaba; siempre había querido ser un señor rural, y era a eso a lo que había dedicado todas sus fuerzas, justo a lo que su padre nunca había querido para él.

—Al primer obispo que trate de engatusarme le cortaré el cuello —respondió Witerico muy serio.

Argimiro se llevó la palma de la mano a la frente. Sin embargo, sonreía cuando volvió a hablar. El guerrero era simple pero sincero, y le agradaba.

—Eso es lo que te diferencia de ellos. Tú tendrías que mancharte las manos, ellos nunca lo harán, pues disponen de otros medios cuando lo necesitan. La ciudad está llena de maleantes que por un plato de mierda como esta —dijo, señalando la fuente— serían capaces de matar a un buen cristiano. Recordad, ni una palabra a nadie acerca de la reliquia a partir de ahora, ¿de acuerdo?

Los tres asintieron con la cabeza, pero Argimiro no llegó a escuchar ninguna de sus voces.

—Pues el que quiera, que vaya ahora a descansar. Nos espera otro día complicado, y antes de salir tendré una charla como esta con los demás. No quiero que ninguno sea tan estúpido que nos fastidie todavía más nuestra estancia aquí.

XXVII

El día amaneció oscuro y frío. Además, una espesa niebla se había apoderado de las calles, de manera que desde la vanguardia del grupo apenas podían distinguir a los que lo cerraban. Embozados en sus mantos, atravesaron el puente que unía ambas orillas del Tiber. Caminaron en silencio entre los templos del populoso vecindario —al menos más poblado que otros barrios de la ciudad—, dejando atrás las iglesias de Santa Cecilia y San Francisco, y traspasaron las murallas aurelianas casi sin ser conscientes de ello. Una vez extramuros, continuaron avanzando paralelos al río. La neblina que había ocultado la puerta Aurelia a sus ojos comenzó a levantarse poco a poco, hasta que desapareció por completo a la hora tercia y les permitió contemplar a lo lejos la que Argimiro había llamado la ciudad de los curas.

Aquel rincón de la ciudad en nada se parecía a cuanto habían visto hasta entonces. Los edificios, muchos de ellos de origen imperial, estaban en buen estado, convenientemente restaurados. Y sobre el mar de viviendas destacaba, esplendorosa, la basílica de San Pedro. Su sola visión fue suficiente para que Ingunda se persignara, extasiada.

Era un edificio muy antiguo: casi cuatrocientos años habían pasado desde que el emperador Constantino, el primero que proclamó la libertad de culto en el imperio, despejando así el camino a la fe cristiana, planificara su construcción. Poco después, a mediados del siglo IV, los dirigentes de la pujante Iglesia se establecieron allí, como preludio del instante en el que Teodosio, el último emperador de origen hispano, instauró el cristianismo como religión oficial y proscribió cualquier otra. Desde entonces, la basílica Constantiniana, nombre que había recibido en recuerdo del emperador que acometió la impresionante obra, pasó a denominarse basílica de San Pedro, en honor del discípulo de Jesucristo y primer mandatario de su Iglesia.

Junto a la basílica había proliferado una ciudad a la que muchos religiosos, pero también otros vecinos pudientes, habían querido unir su destino. Hombres de la Iglesia de toda la cristiandad emprendían peligrosos viajes para conocerla y ver con sus propios ojos las maravillas que encerraba aquella basílica, como la propia tumba de san Pedro y su multitud de reliquias.

—Esto es grandioso, esposo mío —acertó a decir Ingunda con los ojos brillantes.

La mujer lucía radiante, como si la mera visión del edificio hubiera bastado para eliminar de su cuerpo y de su rostro cualquier recuerdo del agotamiento y las privaciones sufridas durante los largos meses de expedición.

Argimiro posó su mano sobre la de su esposa para continuar avanzando. Al igual que ocurría con los edificios, en esa zona los transeúntes se veían más limpios y acicalados, como si hubieran abandonado la decadente Roma para adentrarse en otra pequeña pero reluciente ciudad.

De todo el grupo, Ulbar y Elvia eran los únicos que no parecían felices de encontrarse allí. El cazador, menudo de por sí, daba la impresión de encogerse cada vez más a medida que se acercaban a la sombra proyectada por la basílica. Él no era cristiano; en el bosque no era necesario serlo. Aunque sabía que sus padres lo habían bautizado, bastante tenía con mantenerse con vida como para preocuparse también por alimentar la llama de su fe. Elvia tampoco lo era, y además solía mostrarse reticente respecto a los asuntos concernientes a la religión, así que se limitaba a observar con aprensión cuanto los rodeaba. Sin embargo, incluso ellos dos se quedaron sin respiración cuando tuvieron frente a ellos la basílica Constantiniana en todo su esplendor.

Había sido levantada por un emperador que deseaba dejar constancia de su propia grandeza para la posteridad empequeñeciendo a quien la contemplara, y cumplía ambos propósitos con creces.

El edificio, de enormes dimensiones, se encontraba dividido en cinco amplias naves y tenía forma de cruz. En la fachada se abrían tres puertas principales, en las que entonces se hacinaban multitud de personas. La mayoría eran religiosos, atendiendo a sus ropajes, pero también había mercachifles y otros ciudadanos de impoluta vestimenta. Argimiro hizo una seña a Hermigio para que se acercara a él.

—Esperad aquí —indicó al resto—. Intentaremos averiguar el paradero del metropolitano; mientras, tratad de no llamar la atención, y no prestéis oídos a los rufianes que pululan por aquí en busca de incautos recién llegados a los que estafar.

Ambos hombres ascendieron por la escalinata. Argimiro, a paso vivo; Hermigio, detrás, a un ritmo mucho más pausado, sin poder dejar de mirar la espléndida fachada con embeleso.

—Lo de intentar no parecer estúpidos pueblerinos también iba por ti, muchacho —lo amonestó Argimiro sin detenerse.

Hermigio, avergonzado, apretó el paso y subió los escalones de dos en dos.

—Nunca había visto nada igual —confesó al llegar junto al noble.

—Ni lo verás, a no ser que vayas a Constantinopla. Al menos eso dicen. ¿Ves ese grupo de religiosos bajo el pórtico? —preguntó, señalando con el mentón hacia los soportales de la derecha de la entrada principal—. Pues ven conmigo y permanece callado. Hoy eres mi sirviente, ¿entendido?

Sin darle tiempo a responder, Argimiro avanzó con decisión hasta el lugar indicado. Cuando ambos se encontraban a menos de una decena de pasos de los religiosos, Argimiro delante y Hermigio colocado respetuosamente tras él, uno de los hombres que hasta entonces había estado apoyado en la pared se les acercó, alertando con su movimiento a los demás.

—Mis señores —saludó Argimiro.

El grupo de hombres se abrió frente a ellos, y aunque unos pocos continuaron charlando animadamente, la mayoría los escrutaron en silencio.

Argimiro carraspeó, buscando las palabras adecuadas para hablarles. Hermigio, a su espalda, parecía querer desaparecer.

—Soy Argimiro, natural de Calagurris, en Hispania. Acabamos de llegar a la ciudad y estamos buscando a Sinderedo, el obispo metropolitano de Toletum. Sabemos que hace unos años se exilió aquí, tras la caída de esa capital.

Aquella presentación actuó como un sortilegio que destrabó la lengua a los que hasta entonces los contemplaban expectantes. Argimiro contuvo un suspiro de alivio: había conseguido despertar el interés de los religiosos. Por otra parte, esperaba que no le hicieran demasiadas preguntas.

Un cura alto, delgado y de nariz aguileña se adelantó hacia los recién llegados con la evidente intención de hablar en nombre de los demás.

—¿De Hispania, habéis dicho? Corren tiempos aciagos para aquellas tierras. ¿Es cierto lo que se dice? ¿Los mismos árabes que desangran al *basileus* en el este se encuentran ahora a nuestras puertas?

—Es cierto. E incluso puede que la situación sea más crítica de lo que pensáis.

Un murmullo alterado se elevó entre los tonsurados.

—El Señor nos castiga por nuestros pecados —exclamó uno de los hombres, y de inmediato varios de sus compañeros le recriminaron su lamento.

Argimiro carraspeó para volver a llamar su atención.

—Hemos hecho un largo viaje desde Hispania, no exento de peligros. Estamos cansados y necesitamos ver a nuestro compatriota Sinderedo. ¿Sabéis dónde podemos encontrarlo?

Un religioso más joven, que tenía por barba una pelusa que recordaba a la de Hermigio, se adelantó para hablar.

—El venerable metropolitano se ha marchado de la ciudad

—anunció con expresión contrita—. Ha partido con su santidad rumbo a Ravena.

Argimiro sintió que la mandíbula se le descolgaba. ¿Cómo que había partido? ¿Hasta dónde habría que perseguir a aquel tipo? Consternado por la noticia, no sabía qué decir.

—Habéis tenido mala suerte, amigo —sentenció el hombre que se había acercado en un principio.

—Mala suerte —repitió Argimiro en voz baja, mesándose el cabello con gesto mecánico.

¿Qué podían hacer? ¿Ir hasta Ravena? Él, desde luego, no se sentía capacitado para eso. No conocía el territorio y había oído decir que el camino era traicionero, no solo por los pantanos que rodeaban la ciudad, sino también por la presencia de grupos de bandidos y por la propia inestabilidad de la región. No, sería una imprudencia. Bastante habían hecho ya yendo hasta Roma.

—¿Y cuándo se los espera de vuelta? —preguntó, derrotado.

Los religiosos parlamentaron brevemente, y cuando se pusieron de acuerdo, el más veterano de ellos volvió a tomar la palabra.

—Sentimos no poder ayudaros, Argimiro de Calagurris. Imaginamos que no regresarán antes de la primavera. Aunque los aires de Ravena no son los mejores en esta estación.

«Y tanto», pensó Argimiro, recordando lo que le había contado su padre acerca de la húmeda e insalubre ciudad.

—Tomad, padre —dijo, sacando una moneda de plata y tendiéndosela al religioso—. Oficiad una misa para que nuestros hermanos tomen conciencia del mal que nos acecha. Vendré cada cierto tiempo con la esperanza de encontrar a mi compatriota.

—Así lo haré, hijo. Y también rezaré para que el Santo Padre regrese sin contratiempos y lo antes posible.

A mediados de enero, el frío que azotaba el centro de Italia era tal que Zuhayr y los suyos no encontraban alivio a sus temblores ni arrebujándose lo mejor que podían con sus ropajes. Ninguno de ellos estaba acostumbrado a la permanente ventisca que arrojaba aguanieve contra sus cuerpos de forma inclemente. Hacía semanas que habían dejado atrás las ropas que solían vestir para mudarlas por otras arrebatadas a los guerreros muertos en los encontronazos que habían tenido por el camino. Estas ocultaban su origen y les ofrecían mayor abrigo frente al implacable invierno.

Quince meses después de que se embarcaran en la empresa ordenada por Musa ibn Nusayr, y tras cientos de millas recorridas, a las puertas de Roma únicamente habían llegado veintiocho hombres: veinte árabes y ocho de los visigodos de Ragnarico, entre los que se contaban Alvar, Favila y Armindo.

Los visigodos observaron como su señor y el cabecilla árabe se alejaban de ellos para adentrarse en aquella ciudad que más bien parecía un conjunto de ruinas majestuosas pero muertas.

—¿Y nosotros qué hacemos mientras no vuelven? —preguntó Alvar.

—Ya oísteis a Ragnarico. Esperaremos su regreso —contestó Favila secamente.

Eso había dicho Ragnarico, pero a ninguno de ellos le hacía gracia quedarse con los árabes hasta que su señor los hiciera llamar. La relación entre los godos y los hombres de Zuhayr era tensa y había empeorado en los últimos tiempos, con los rigores del invierno castigando sin piedad a los árabes, poco habituados a aquellas condiciones, y tras el combate entablado contra los lombardos en las cercanías de la ciudad de Luna, en el que los godos habían huido para ponerse a salvo dejando solos a sus compañeros de piel oscura, enzarzados en la lucha.

Millas después, cuando visigodos y árabes se habían reunido otra vez, Armindo había vuelto a temer por sus vidas. Zuhayr, que había conseguido escapar indemne del quite, había increpado a Ragnarico delante de los demás musulmanes supervivientes. Armindo pensó que si el árabe no acababa con ellos allí mismo, lo harían los lombardos, que al escuchar sus gritos descubrirían su paradero. Al final sus temores no se confirmaron, pues Zuhayr se conformó con bajar de su caballo y abofetear a Ragnarico.

Pese a que Favila enseguida desenvainó la espada para defender a su señor, Ragnarico lo obligó a mantenerse al margen. Soportó estoicamente los gritos acusadores de Zuhayr, que lo culpaba de la sangría que habían sufrido los suyos durante el camino y en particular en el último lance. Acusaba al visigodo de haberlos puesto a todos en peligro premeditadamente, obligándolos a luchar contra una partida lombarda que patrullaba la zona para abandonarlos a su suerte después. Y Armindo sospechaba que no andaba desencaminado.

Con todo, si tras abofetear a Ragnarico a Zuhayr le habían entrado ganas de enterrar su hoja en sus entrañas, no le había quedado más remedio que contenerse. El árabe sabía que, en el fondo, tan lejos de Hispania y de Ifriquiya, él y sus hombres estaban a merced del godo. Se sentía completamente desorientado. El frío, el paisaje siempre frondoso, los amplios ríos de aguas cristalinas y cascadas rugientes, los extraños dialectos de los lugareños, sus costumbres: todo le resultaba ajeno, y, le gustara o no, todavía debía fiarse de Ragnarico o, al menos, aparentar que lo hacía. Por el momento, lo necesitaba.

Dos semanas después de aquella disputa, frente a su destino final, ambos cabecillas guiaban a sus monturas hacia la ciudad de Roma con la esperanza de culminar de una vez su afanosa búsqueda.

Ragnarico lo había expuesto de manera clara: un grupo tan numeroso de hombres despertaría sospechas en la ciudad, y más cuando buena parte de ellos apenas llevaban al descubierto los ojos. Había insistido en ser el único que traspasara los muros, quizá acompañado de alguno de los suyos, para comenzar las pesquisas sobre Sinderedo o, en su defecto, sobre los hombres de su medio hermano. Una vez hubiera dado con uno o con los otros, regresaría para idear un plan mediante el cual hacerse con la reliquia.

Como no podía ser de otra manera, Zuhayr se había negado a quedarse fuera de la ciudad, así que ambos cabecillas se separaron juntos de la partida dispuestos a adentrarse en Roma.

Ragnarico avanzaba en silencio, incómodo. No había podido impedir al árabe que fuera con él, pero le había advertido que mantuviera la boca cerrada en todo momento para que su extraño acento no los delatara.

Habían entrado en la ciudad pocas horas antes de la puesta de sol, por la antigua puerta Apia, llamada entonces de San Sebastián. Al encontrarse tan alejados de la zona donde se concentraba la mayor parte de la población, se vieron obligados a hacer noche en una posada cercana. Aunque llamar «posada» al antro oscuro y cochambroso en el que apenas lograron descansar, sin duda resultaba demasiado generoso.

Al día siguiente comieron en un local situado más al norte, una antigua taberna que parecía haber dejado atrás su época de esplendor. Ragnarico disfrutó al ver la expresión asqueada de Zuhayr cuando la posadera dejó ante ellos una bandeja con carne de cerdo. El godo todavía no entendía el motivo por el que los árabes detestaban la carne de ese animal. Tampoco probaban el vino. Según su opinión, eran tan aburridos como estúpidos, así que ese mediodía disfrutó zampándose la fuente entera de carne mientras Zuhayr se contentaba con masticar el pan con expresión ausente.

Cuando volvieron a ponerse en marcha recorrieron las calles cercanas al foro, perdiéndose entre el gentío, adentrándose en las callejuelas o entre los restos de viejos edificios en ruinas. Evitando la presencia de los pocos *milite* que se aventuraban en aquella zona de la ciudad, tan alejada de sus dependencias de la colina Palatina, continuaron su camino tratando de no llamar la atención. A cada paso que daban, Ragnarico se lamentaba de haberse dejado acompañar por el árabe, pero a primera hora de la tarde, sin que nada hubiera ocurrido, decidió tranquilizarse, tratando de convencerse de que solo a sus ojos el disfraz de Zuhayr no resultaba tan creíble como este pensaba.

Pese a las quejas del godo, tuvieron que detenerse poco tiempo después, pues el estómago de Zuhayr protestaba por la escasa comida ingerida, y el árabe se negó a moverse mientras no lo remediaran. Buscaron un nuevo local, y en esa ocasión Zuhayr devoró en un abrir y cerrar los ojos el humeante cuenco repleto de un caldo verde y grasiento que le sirvieron. Por una vez no preguntó de qué estaba hecho.

A media tarde lograron averiguar que, dado que buscaban a una personalidad eclesiástica, debían dirigirse al norte y cruzar el río que dividía la ciudad. Aún les quedaba por recorrer una considerable distancia hasta que aparecieran de nuevo frente a ellos las murallas aurelianas y la fortaleza que, levantada sobre el antiguo mausoleo de emperadores, custodiaba la puerta por la que les convenía salir de la urbe.

Quedaban unas pocas horas de luz, tiempo más que suficiente para hacer el trayecto a caballo una vez que ya sabían a dónde habían de dirigirse. Ragnarico se permitió un instante de relajación. Al día siguiente tendrían tiempo de sobra para localizar al obispo.

Atravesaron el foro, casi vacío a esa avanzada hora de la tarde, y a partir de entonces la calzada volvió a mostrarse desierta y las edificaciones contiguas, ruinosas en gran parte. Pasado el primer instante de euforia, al saberse por fin cerca de su ansiado objetivo, ambos hombres hicieron apretar el paso a sus monturas, deseosos de dejar atrás aquellos parajes fantasmales y volver a entrar en algún lugar poblado.

Ragnarico lanzaba ojeadas nerviosas a su alrededor, pues hacía largo rato que no se habían cruzado con persona alguna y solo se escuchaba el retumbar de los cascos sobre el pavimento. De repente le sorprendió escuchar la voz de Zuhayr.

—Alguien nos sigue —aseguró el árabe sin desviar la mirada del frente.

Ragnarico refrenó el impulso instintivo de mandarlo callar;

después de todo, al parecer los problemas ya habían surgido. Ahogó un reniego. La enorme torre que les habían dicho que encontrarían al final del camino se elevaba hacia el cielo todavía lejos.

—¿Dónde? —preguntó en voz baja, tratando de disimular el nerviosismo que lo invadía.

—Delante, a la izquierda, detrás del segundo de los muros —susurró el árabe.

Ragnarico lanzó un rápido vistazo al punto indicado, para encontrarse únicamente con una pared de piedra de apenas cinco pasos de altura. No vio a nadie, pero tampoco podía descartar que no hubiera alguien escondido detrás.

—Aquella torre que se ve al fondo es el lugar al que vamos —informó a Zuhayr—. Avivaremos el paso y pronto llegaremos.

Por toda respuesta, Zuhayr incrementó la presión de sus talones en su montura.

Poco después, en un cruce de caminos, una figura tambaleante apareció en la calzada. Cuando se encontraban a una decena de pasos, tanto el godo como el árabe se percataron de que se trataba de un hombre que se apoyaba en un bastón, medio cubierto con una manta raída.

—Señores, por piedad, una moneda para un enfermo —exclamó con una desagradable voz rasposa, alargando la mano hacia ellos.

Zuhayr dudó, y su caballo se detuvo, respondiendo a la incertidumbre del jinete. Ragnarico, por su parte, no se dejó impresionar por aquella aparición: conocía muy bien a esa clase de basura. Sin detener a su montura, le gritó al recién llegado:

—¡Aparta, escoria!

El animal no dejó de avanzar, pero no por ello el hombre se apartó. Finalmente, a menos de cinco pasos del mendigo, el corcel de Ragnarico cabeceó tratando de abrirse paso, hasta que, ante la sorpresa del godo, el individuo se apartó ágilmente a un lado. Lo siguiente que el visigodo alcanzó a ver fue el cayado que se dirigía a la velocidad del rayo hacia su cabeza. Luego se sumió en la negrura.

El puerto de Valentia era uno de los mayores de aquella parte de Hispania; hacía años que había desbancado al de Tarraco, bastante más al norte. La nave siria acababa de atracar, y los hombres descargaban las mercancías que el patrón había decidido vender allí. Aquella sería su última parada antes de Septem.

—Me quedo aquí —le anunció Yussuf al individuo, que contemplaba con interés los fardos apilados con mimo en el muelle.

—Está bien —respondió el patrón sin desviar la vista de la mercancía.

—Gracias por todo. Creo que con esto terminamos de pagar el pasaje —concluyó, entregando al capitán la pequeña bolsa que portaba al costado.

El hombre sopesó la bolsa y mostró su aprobación. Tres de aquellos bereberes continuarían a bordo, mientras que el resto desembarcaban en Hispania. Le habría venido bien que lo acompañaran algunos más porque seguían cortos de tripulantes, aunque no veía con malos ojos deshacerse de ellos. No le gustaban los guerreros, fuera cual fuera su origen.

Yussuf caminó por la plancha y saltó al muelle, agradeciendo la firmeza del suelo tras varias jornadas de navegación. A pocos pasos de allí estaban reunidos los hombres que habían decidido permanecer con él. Aunque había intentado disuadirlos, instándolos a regresar a sus hogares tras tanto tiempo lejos, no lo había logrado. Él, por su parte, hacía pocos días que había decidido no volver a Ifriquiya, pues la vergüenza que sentía por haberle fallado a Tariq ibn Ziyab le impedía presentarse en su hogar. La familia de su señor nunca lo perdonaría, y con razón, pensaba con desconsuelo. Le había fallado. Había sido su única esperanza y había fracasado.

—¿A dónde iremos, Yussuf? —le preguntó Yahya, uno de los que se habían quedado a su lado.

Yussuf observó el atestado puerto. Todavía no lo había pensado.

—A donde hagamos falta. Seguro que aún quedan ciudades por tomar en esta tierra; quizá al norte, a la Tarraconense —respondió, recordando cómo se encontraba la región en el momento de su partida.

Nadie protestó. Los hombres tomaron sus pertenencias y comenzaron a caminar mientras sus antiguos compañeros los despedían desde la borda de la nave mercante.

Yussuf suspiró. Si algún día el destino tenía a bien poner delante de sus ojos a aquel miserable de Ragnarico, al que había seguido durante tanto tiempo sin conseguir lo que le habría salvado la vida a su señor, lo mataría. Se lo debía a la memoria de Tariq ibn Ziyab.

XXVIII

Ragnarico volvió poco a poco en sí, regresando a la vida como si emergiera de un mar de dolor. Un dolor que nacía en su cabeza y parecía propagarse por el resto de su cuerpo. Trató de llevarse las manos a las sienes, pero solo logró desollarse las muñecas, arañadas por el metal de los grilletes que lo mantenían encadenado a la pared.

Intentó tranquilizarse respirando pausadamente, mas la oscuridad y las dolorosas punzadas que acompañaban cada inspiración no le ayudaban a pensar con claridad. Se preguntó si estaba vivo o si había llegado al infierno que tantas veces le habían prometido a lo largo de su existencia. El rostro desencajado de Ademar apareció ante sus ojos. «Tú también morirás», repetía con voz ronca. El miedo lo atenazó y gritó aterrorizado, recibiendo como única respuesta el eco de su propia voz al resonar en las paredes de piedra. La imagen de la pesadilla se disolvió, aunque la realidad no resultaba mucho más halagüeña.

De nuevo gritó y tiró de las cadenas que lo retenían hasta que la sangre goteó de sus muñecas. Tenía la boca reseca, y los ojos le picaban terriblemente. Los cerró con fuerza y los volvió a abrir varias veces, pero no había ninguna diferencia en la oscuridad reinante. ¿Estaría ciego, quizá? ¿Moriría de sed? ¿Había alguien cerca? ¿Alguna persona oía sus gritos, cada vez más enronquecidos?

Pasó de aquella guisa lo que le pareció una eternidad, sin poder discernir si había dormido en algún momento o si había perdido la consciencia. El nombre de su medio hermano le martilleaba la cabeza. Quiso protestar, blasfemar, recordarle al mundo que él lo había vencido, que había acabado con su vida, pero apenas le salía la voz. Sollozó, y descubrió que tampoco le quedaban lágrimas.

Muchas horas más tarde se despertó sobresaltado por un chirrido. Una puerta se había abierto, si bien no entraba suficiente claridad en la estancia para distinguir nada alrededor. Creyó ver una figura acercándose a él. Quiso retroceder, alejarse, convencido de que se trataba de Ademar que había regresado de la otra vida dispuesto a castigarlo, pero la pared, a su espalda, no le permitió moverse.

Le pareció que la sombra portaba una espada. Trató de hablar, y solo salió de su garganta un siseo parecido al de las últimas ascuas de una fogata cuando les llega el agua que termina de apagarlas. El golpe que esperaba no llegó. Asombrado, en lugar del frío del metal penetrando en sus entrañas lo que sintió fue una esponja humedecida que le refrescaba los labios agrietados. La exprimió con avidez entre los labios, hasta que poco después el individuo que le había dado de beber abandonó la estancia tan silenciosamente como había entrado.

Cuando la misma figura regresó al día siguiente, Ragnarico, algo más lúcido, pudo adivinar dónde se encontraba: no era el infierno, al fin y al cabo, sino una lóbrega mazmorra, igual de espeluznante pero más terrenal. Por la textura del suelo y la ausencia de ventanas parecía excavada en roca viva. La otra jornada no fue un solo hombre el que entró, sino tres. Ninguno de ellos habló.

La primera de las figuras se le acercó y le depositó una bandeja a los pies. Ragnarico tan solo tenía ojos para lo que contenía. Sus tripas rugieron ante la promesa de algo que llevarse a la boca. Ni siquiera se dio cuenta de que uno de los hombres se había colocado a su espalda para liberarlo de los grilletes hasta que los brazos le cayeron sin fuerza a los costados. Gimió al sentir un dolor lacerante y se desplomó. Sus carceleros volvieron a marcharse, dejándolo allí, deshecho en sollozos, frotándose los brazos sin apenas fuerzas para tratar de que la sangre volviera a fluir por ellos y desesperándose porque no parecían responderle. No los sentía; solo percibía el rugido de su estómago, así que finalmente se arrojó de bruces sobre la bandeja y atrapó con la boca lo que parecía un trozo de pan, que royó con la voracidad de una rata, inclinado sobre él como un animal, sin importarle lo duro que estaba ni el sabor del moho en la lengua. Y lloró de nuevo, no sabía si de gozo por haber podido comer, de desesperación por la situación en la que se encontraba o de lástima por el despojo humano en el que parecía haberse convertido, hasta que volvió a quedarse dormido sobre la fría piedra.

Le pareció que había transcurrido mucho tiempo cuando el característico sonido del metal al rozar la piedra volvió a oírse en la celda. Tras haberse comido el mendrugo, haber podido dormir libre de los grilletes y haber logrado hacer de vientre en el rincón más alejado de aquel fétido lugar, Ragnarico se encontraba un poco mejor.

Otra vez eran tres las figuras que penetraron en la mazmorra. Una de ellas, la más pequeña, se situó a varios pasos de él, de espaldas a la mortecina luz que se colaba por el portalón, de modo que sus rasgos quedaron ocultos a sus ojos.

—¿Quién eres? —preguntó el individuo.

Ragnarico no pudo evitar sorprenderse al escuchar una voz que no fuera la suya después de tantas horas de soledad. Trató de acercarse al hombre arrastrándose por el suelo, pero se encontraba muy débil. Atenta, la segunda figura, mucho más imponente que la primera, se colocó entre ellos.

Ante la indecisión de Ragnarico, el primero de los carceleros hizo una señal y la figura voluminosa descargó una violenta patada en el costado del visigodo, que acabó dando con los huesos en la fría piedra, retorciéndose de dolor. A aquella le siguieron dos más. Dos puntapiés que se estrellaron contra sus costillas.

—No lo repetiré —advirtió la voz—. ¿Quién eres y qué hacías en compañía de infieles?

El godo, tan dolorido como furioso, decidió no enfrentarse

a la paliza que intuía que recibiría si no respondía con rapidez. Recordó a Zuhayr, al que consideraba su carcelero. Qué ironía haberse librado de su vigilancia para terminar en una prisión de verdad.

—Me llamo Ragnarico —dijo con voz ronca, tosiendo violentamente tras atragantarse con su propia saliva al hablar.

El individuo que lo había golpeado ladeó la cabeza hacia el interrogador, esperando sin duda la orden para volver a patearlo.

—Aquel hombre me tenía prisionero contra mi voluntad —continuó con rapidez en tono plañidero.

Contrajo el cuerpo, esperando un nuevo golpe que no llegó. En silencio, sus captores le dieron la espalda y abandonaron la estancia, dejándolo otra vez encerrado y a solas, a un corto paso de caer presa de la locura.

Clodoveo salió de la mazmorra y se dirigió a la residencia de su señor: un palacete situado muy cerca de la basílica Constantiniana, grande y lujoso, como correspondía a alguien de la importancia de su propietario. Llegó al patio y respiró profundamente, tratando de olvidar el olor nauseabundo del aire viciado de la celda. Aunque de algún modo disfrutaba con ello, odiaba tener que entrar allí e interrogar a aquel individuo. El hedor le contraía el estómago y le daba unas acuciantes ganas de vomitar. Y había pocas cosas que Clodoveo odiase más que vomitar.

Se refrescó el rostro en la tina que siempre mantenía llena en uno de los jardines y se dejó invadir por la agradable sensación de pureza. Al terminar, tanteó con las manos el murete que había al lado esperando hallar un paño con el que secarse. Mientras tanto, se preguntó por qué motivo el obispo Clotario, su señor, estaría tan interesado en el hombre que en ese momento se pudría en la oscuridad de la celda. No lograba entenderlo, y pensó que quizá se debiera a que su limitada sapiencia no podía compararse con la privilegiada inteligencia de Clotario, que de joven había sido obispo de Lugdunum antes de trasladarse a Roma por voluntad del *maior domus* de Austrasia.

—¿Has averiguado algo hoy, Clodoveo?

El cura apartó rápidamente el paño para componer una respetuosa pose frente al recién llegado.

—Hoy ha hablado, mi señor. Como habíamos planificado, procedemos con paciencia.

El obispo ladeó la cabeza, satisfecho. Era cuanto necesitaba por el momento.

—Está bien. Sabes que confío en tu criterio. Hace años que dejé de creer en esos brutos que solo saben quebrar cuerpos a la hora de arrancar confesiones. Como bien me dijiste en una ocasión, con tal de terminar con su tormento, un prisionero es capaz de jurar cualquier cosa, aunque no sea verdad. Y yo persigo la verdad, siempre.

Clodoveo sonrió, agradecido por el cumplido. Él no era como los salvajes con que se encontró cuando llegó a la casa de Clotario, diez años atrás, proveniente de Auvernia. Eran poco mejores que animales, por más habilidad que tuvieran con un cuchillo entre las manos. En cambio, él estaba convencido de que la fuerza de un hombre residía en su alma, no en su cuerpo. Por eso someter un cuerpo era fácil, aunque una vez destrozado únicamente se obtenían despojos, mientras que tras doblegar la voluntad de una persona se conseguían servidores para el resto de la eternidad.

Clodoveo se consideraba a sí mismo un moldeador de mentes, un artesano que, con mucho trabajo, era capaz de convertir en preciosas jarras lo que antes eran trozos de barro informes. Había aplicado sus dotes en numerosos hombres y mujeres, y ahora las dedicaba a complacer a Clotario, el más digno obispo que había conocido, que, de eso estaba seguro, terminaría por sentarse en el trono de San Pedro como premio por su piedad y sabiduría.

—Y la verdad es lo que sacaremos, mi señor. El prisionero parece un tipo fuerte, acostumbrado a las privaciones, mas no desesperéis. Lo conseguiremos tarde o temprano.

Clodoveo sabía que las privaciones, tanto de comida y agua como de compañía humana, eran armas importantísimas en su trabajo. Asimismo, sabía que, precisamente por ese motivo, no debía abusar de ellas, pues eran muchos los prisioneros que después de traspasar el umbral de la locura no regresaban jamás al mundo de los cuerdos. Había tardado en ajustar la medida exacta: varios prisioneros habían quedado inútiles en el proceso, con la fachada de una pieza pero el interior devastado, mas ahora creía dominar la fórmula para quebrar una voluntad y adueñarse de ella.

—Espero ansioso las noticias acerca de tus progresos, pues me incomoda la aparición de un árabe en nuestros santos lugares. Primero fue oriente; luego, Hispania; quién sabe qué nueva fechoría se proponen ahora. Ha sido una lástima tener que matar al infiel, pero cuento con que lograrás arrancarle toda la información posible al hombre que lo acompañaba.

Clodoveo se inclinó solícito, mientras Clotario abandonaba el patio para salir del palacio rumbo a la basílica de San Pedro.

Sinderedo, obispo metropolitano de Toletum, compartía carruaje con Gregorio, flamante papa de Roma, que había llegado al puesto más alto de la jerarquía eclesiástica pocos meses atrás.

El viaje a Ravena lo había desasosegado, y no se debía únicamente al cansancio acumulado en el trayecto. Desde que había sobrepasado la cincuentena, los desplazamientos se le hacían cada vez más duros. De cabello blanco y piel cetrina, las piernas, poco acostumbradas al ejercicio tras una vida piadosa dedicada al estudio, que lo había llevado a pasar largas temporadas recluido en su cenobio, hacía tiempo que no le respondían como habría deseado. El limitado espacio del carromato lo obligaba a mantenerlas levantadas para tratar de disminuir su hinchazón.

Al otro lado del vehículo se encontraba Gregorio, el segundo papa de ese nombre, que escrutaba el paisaje, distraído, a través de la ventanilla. Era un hombre robusto, un romano de pura cepa, que a la sazón contaba cuarenta años. A pesar de que no había alcanzado el papado gracias precisamente a su caridad, a Sinderedo le gustaba aquel hombre. Tenía carisma, una virtud muy útil, así como extraña, en esos días.

Aun así, Sinderedo no podía evitar cierto malestar, por mucho que considerara que Gregorio era el mejor cabeza de la Iglesia posible dadas las circunstancias. Sufría por el destino de la que había sido su tierra, en la que había quedado su rebaño de feligreses, ahora disperso.

Muchos de sus fieles habían decidido escapar de Toletum al mismo tiempo que él. Unos habrían ido al norte, a las montañas; otros, al oeste, cerca del mar, y unos pocos, hacia oriente, a la Tarraconense. Lo cierto era que de todos aquellos lugares continuaban llegando preocupantes noticias a Italia, por lo que Sinderedo no había dejado de orar un solo día por el destino de sus feligreses, tan abandonados y atemorizados como los discípulos de Jesús tras la muerte de este, pensaba.

De todos los que habían quedado atrás, ninguno le preocupaba más que su amigo Bonifacio, del que nada había vuelto a saber desde que abandonara el reino. Su hermano en la fe, su compañero de estudios, su par intelectual. Uno de los pocos capaces de intuir el poder que podían almacenar los sagrados objetos que habían sido tocados por las divinas manos de los santos y los profetas.

En aquella época creía que podría frenar la amenaza que suponían los guerreros del desierto con el apoyo de aquellas reliquias, que llevando un objeto sagrado al campo de batalla todo saldría bien. Luego las cosas se habían torcido, su propósito había fracasado, y ahora no sabía dónde estaría Bonifacio. Todo había continuado torciéndose y nadie había resucitado al tercer día para insuflar la fe en el corazón de los suyos, y tras aquellos largos cuatro años parecía evidente que nadie se levantaría para aunar las voluntades de godos e hispanos y enfrentarse a los infieles.

Él no era un hombre de armas, nunca lo había sido, y aquellos de sus compatriotas que sí habían destacado en el arte de la guerra se habían esfumado. No, definitivamente el carisma no abundaba, eso era indiscutible, y por eso resultaba tan valioso alguien como Gregorio, aunque se encontrara en Italia y su tierra allende el mar fuera pasto de los lobos. Pensaba que quizá con él al frente la Santa Iglesia conseguiría extender la palabra de Dios en aquellos rincones en los que todavía no había calado, inflamando el corazón de los creyentes en el amor de Dios hasta que, gozosos, se alzaran por doquier. Esa era su esperanza, la única que le quedaba si quería ver de nuevo Toletum. Sin embargo, para que aquel sueño se hiciera realidad era necesario que el emperador de Constantinopla dejara de importunarlos. Ese era el verdadero motivo por el que se encontraba tan desasosegado: el hartazgo que le provocaban los orientales.

La comitiva de Gregorio había abandonado la capital del exarcado hacía dos semanas, molestos por el altanero trato recibido por parte de los obispos orientales allí congregados, así como del *dux* que gobernaba en aquellas tierras. Sometidos a la voluntad de los orientales, pues Roma continuaba bajo la protección del imperio, sería imposible llevar a cabo las reformas que Gregorio se planteaba, y de las que había hecho confidente a Sinderedo. Por eso era tan importante lo que habían hablado instantes antes, cuando las siluetas de las murallas aurelianas no eran más que una pequeña línea en el horizonte. Tan solo era cuestión de tiempo que el conflicto entre el emperador y el papa, a causa de las diferencias que tenían en lo relativo a la fe en Cristo, estallara.

Teodosio, quien se sentaba en el trono de Constantinopla, no se encontraba cómodo con la doctrina que trataban de imponer los sucesores de san Pedro en Occidente, y estos sabían que la debilidad del imperio en Italia era mayor cada día que pasaba, como también sucedía en todo su territorio. Todo ello hacía que en la zona se respirase un ambiente extraño, tenso, agitado como el caldo de una burbujeante marmita.

Gregorio, tras varias generaciones, por fin vislumbraba la posibilidad de que él, como cabeza visible de la Iglesia en Occidente, lograra sacudirse el yugo de Constantinopla, aunque temía que aún habría que esperar un tiempo para ver eso hecho realidad. El territorio imperial allí, en Italia, se encontraba completamente cercado por el pujante reino lombardo. Los ducados vecinos, tanto los del norte como los del sur, habían jurado lealtad a Liutprando, el rey lombardo, que hacía poco tiempo había abrazado el credo católico y renegado del arriano que siguieran sus abuelos.

Aquella había sido una gran victoria para Gregorio, la primera, la que esperaba que resultara primordial para desencadenar las siguientes. Porque con Liutprando como vecino, sin la molesta guía del emperador y de sus *milite*, él podría ser, por fin, el único guía de la Iglesia; una Iglesia que sería el faro que iluminaría a todos los pueblos de Occidente y devolvería a Roma su papel de capital de un vasto territorio. Los griegos en Oriente, donde debían estar, y la luz de Dios y del papa, su enviado, en Occidente. Y para conseguir aquello serían los formidables guerreros lombardos quienes se pusieran al servicio de los sucesores de san Pedro, desterrando para siempre a los orientales de Italia.

Sinderedo había permanecido en silencio después de que Gregorio le hubiera hecho aquellas confidencias, rumiando sus palabras y viendo en ellas el reflejo de una mente preclara y privilegiada. No obstante, ambos sabían que nada resultaría sencillo. Gregorio había sido aupado al trono de San Pedro hacía un año, imponiéndose a otros prohombres de la Iglesia. Y esos otros obispos, al contrario que él, no veían con buenos ojos a Liutprando y sus lombardos.

Se trataba de los obispos provenientes de oriente, que querían que fuera el *basileus* quien continuara dirigiendo los designios del Señor en aquellas tierras, pero también eran muchos los religiosos establecidos en Roma que preferían que fueran los reinos francos de Austrasia o de Neustria quienes ejercieran el poder allí a través de su candidato. Gregorio tenía que saber manejarse entre tres aguas, y asegurarse de distinguir muy bien a sus amigos de los que no lo eran.

Sinderedo entendía que, tras varios años viviendo en Roma, en los que no había dudado en mostrar su apoyo a Gregorio desde que este se postuló para que los altos cargos de la curia romana lo designaran como pontífice, este podía considerarlo un aliado. Lo había hecho porque Gregorio le agradaba, pues reconocía en él un alma inquieta, con una mentalidad afín a la suya, y también porque jamás secundaría a ninguno de los obispos francos de la ciudad, ya que sospechaba que, tras las infinitas guerras de su reino contra los godos, se alegraban de la desgracia de sus compatriotas en Hispania. Por otra parte, Gregorio sabía que no tenía nada que temer de él, un hombre solo que nunca podría plantearse desbancarlo, una *rara avis* entre aquella jauría de lobos sedientos de poder.

Llevaban ya tres largos meses en la ciudad. Desde que Argimiro los informara de que Sinderedo se encontraba ausente y no tendrían más remedio que permanecer en Roma, los días se habían sucedido, uno tras otro, con la esperanza del regreso del metropolitano. Pero siempre habían obtenido la misma respuesta: el obispo aún no había llegado.

A finales de marzo, hastiada de permanecer a todas horas en la fonda, Ingunda había decidido visitar algunas de las iglesias de la ciudad sin que Argimiro lo supiera. Sabía de sobra que su marido no estaría de acuerdo en que anduviera callejeando, como tampoco había aprobado que se embarcara en el viaje. Sin embargo, una vez allí, estaba dispuesta a aprovechar la estancia en Roma todo cuanto pudiera, consciente de que no tendría otra oportunidad para hacerlo. Jamás volvería allí, igual que nunca visitaría Jerusalem.

Había aguardado a que Argimiro saliera de la posada para marcharse ella también. Su marido continuaba visitando la basílica a diario con la esperanza de tener noticias de Sinderedo, y Walamer y Hermigio lo acompañaban. Poco después de que los tres traspasaran la puerta, lo había hecho ella dispuesta a visitar la iglesia de Santa María de los Mártires, de la que se había quedado prendada el mismo día en que habían llegado a la ciudad, pero a la que Argimiro no la había dejado acercarse de nuevo.

A su entender, desde que habían comenzado aquella peregrinación, como le gustaba llamarla, su marido se había convertido en un viejo cascarrabias. Siempre quejándose, siempre temeroso; protestando por la ausencia de Sinderedo, por la nieve que cubría las calles como un manto blanco, por los romanos con los que se tropezaban fuera de la seguridad que parecía transmitirle la posada en la que se habían instalado, por el dineral que estaban gastando en aquella visita... Sabía que no le gustaban las grandes ciudades, y que consideraba grandes las que eran mayores que Calagurris, pero nunca lo había visto tan nervioso. Aquello escapaba a su comprensión. No entendía los motivos de tanta irascibilidad. Estaban en Roma, nunca más repetirían el viaje y, por tanto, debían aprovecharlo. En cuanto al dinero, gran parte de lo gastado pertenecía a los seguidores de Hermigio y de Witerico, que hasta entonces no habían protestado en absoluto.

Si Argimiro creía que Ingunda era una temeraria por pretender adentrarse en las calles de la ciudad, ella no se consideraba tal. La tarde anterior la había pasado hablando con Elvia al calor de la chimenea del comedor de la planta baja de la posada. Había terminado por apreciar a la mujer, aunque lo cierto era que, por mucho que lo intentara, no terminaba de entender lo que pasaba por su cabeza.

¿Qué hacía una joven como ella con aquellos hombres, que ni tan siquiera provenían de su misma tierra? ¿Y qué hacía allí, en la ciudad sagrada de la cristiandad, cuando todo lo referente a la religión parecía traerle sin cuidado? Eran muchas las preguntas que se hacía, y no había sido capaz de responderse ninguna. Lo único que había averiguado era que Elvia no quería separarse jamás de Witerico, el enorme guerrero que cuando estaba al lado de la pelirroja parecía transformarse en un cervatillo.

Ingunda, de haber estado en su lugar, sin la permanente sombra de Argimiro a su espalda, hubiera aprovechado aquellas lunas para conocer la ciudad, para vagar por las calles sin rumbo, dispuesta a sorprenderse a cada paso. Elvia, en cambio, se contentaba con pasar una tarde tras otra frente al hogar, meditabunda, cuando Witerico no se encontraba a su lado. Así que, esa tarde, Ingunda se había acercado a ella y habían charlado largo rato. Primero habían hablado de la vida de ambas en Hispania, en un tiempo que les parecía demasiado lejano, para terminar divagando acerca de lo maravillosa que era Roma y de la suerte que tenían de encontrarse allí. Para ser fieles a la verdad, había sido Ingunda quien había llevado la conversación a aquel terreno. Y al final había acabado arrancándole a la chica la promesa de acompañarla al día siguiente, lo que implicaría que Witerico y Haroldo las seguirían a pocos pasos. Mejor: así dispondrían de escolta.

Abandonaron la posada y ascendieron, dejando atrás la basílica de San Pedro, hasta las murallas. Entraron en la ciudad por la puerta Apia. Allí destacaba la sólida estructura de la fortaleza que defendía la puerta norte de Roma, el castillo del Ángel, como era llamado en recuerdo de la aparición celestial que había anunciado el final de un brote de peste que había asolado la ciudad hacía más de cien años. Ni ellas ni ninguno de sus compañeros eran capaces de imaginar que aquella torre, entonces unida a la muralla, había sido levantada siglos atrás por orden de un emperador de origen hispano con una finalidad completamente distinta: la de ser un mausoleo.

La puerta Apia, como no podía ser de otra manera dada la importancia que tenía la curia en la ciudad, era la más concurrida de Roma por su cercanía a la basílica de San Pedro. A partir de allí, Ingunda y Elvia se mezclaron con una muchedumbre que se disponía a empezar una nueva jornada. De las aldeas de los alrededores llegaba mucha gente para tratar de vender su género, otros tantos confiaban en que su lastimero aspecto fuera suficiente para que algún alma caritativa les diera un poco de comida, y los había incluso que directamente trataban de hacerse con las bolsas de los transeúntes más ingenuos. Entre el gentío, los hombres quedaron ligeramente rezagados, mientras las mujeres continuaban unos pasos por delante, confiadas en que ellos no las perderían de vista.

—Muchas gracias por venir conmigo, Elvia. No sabes lo que esto significa para mí —dijo Ingunda, tomando del brazo a su acompañante.

—No hace falta que me lo agradezcas. Lo que me dijiste ayer no carece de sentido. Llevamos demasiado tiempo sin salir de la ciudad de los curas; quizá esta visita sirva para animarme.

—Demasiada beatitud para ti en sus calles —dijo Ingunda sonriendo con cierta condescendencia.

Elvia quiso responder, pero una mujerona de andares dubitativos la empujó y la hizo trastabillar. Consiguió agarrarse de la capa de Ingunda para no caer, al tiempo que la capucha le resbalaba hacia atrás y el frío aire de la mañana le alborotaba el cabello, provocándole escalofríos.

—¿Estás bien, Elvia? —preguntó Ingunda, preocupada.

—Sí, sí —respondió la hispana, recolocándose la capa.

Witerico, que no perdía detalle de las mujeres, quiso acelerar el paso para colocarse a su lado, pero Haroldo lo retuvo y le habló al oído.

—Alguien nos sigue —anunció—. O más bien las sigue a ellas. —Señaló con el mentón hacia delante.

—¿Cómo? —preguntó Witerico, despistado.

Haroldo se detuvo para escrutar a la muchedumbre, buscando con la mirada la capa negra que había visto varias veces mientras caminaban, siempre cerca de las mujeres, y más después del traspié de Elvia.

—Me pareció que un individuo con capa oscura nos rondaba desde hacía un rato, pero no estoy seguro —reconoció al no ver de nuevo al tipo.

Witerico lo miró y, aunque no acababa de comprender qué ocurría, se puso en marcha junto a él.

Las mujeres se detuvieron en el mismo sitio donde Ingunda se había quedado maravillada a su llegada: frente a la iglesia de Santa María de los Mártires, consagrada un siglo atrás en el Panteón, antiguo templo romano.

—Ni siquiera Jerusalem puede ser tan hermoso como esto —exclamó Ingunda, admirada.

Elvia no respondió. Era un edificio impresionante, pero las iglesias y los antiguos templos romanos no despertaban en ella más que resquemor.

—¿Entramos? —propuso Ingunda, dándole la espalda y avanzando sin esperar respuesta.

La astur buscó a Witerico con la mirada y lo encontró bastantes pasos por detrás, entre la riada de gente que entraba o salía del templo. Con un gesto de la cabeza, el guerrero le indicó que continuara tras la esposa de Argimiro, ya que ni él ni Haroldo tenían intención de entrar al edificio. Elvia suspiró, se giró y apuró el paso para alcanzar a Ingunda y cruzar el pórtico a su lado.

Armindo no podía creer en su buena estrella. Mientras deambulaba por los alrededores del foro en busca de cualquier señal sobre el paradero de su señor, había creído vislumbrar a la mujer de cabellos de fuego, la misma que había encontrado en Caesaraugusta tanto tiempo atrás. No era a quien buscaba, pero quizá a través de ella descubriría alguna pista más, ya que donde estuviera la hispana probablemente estarían también los que portaban la reliquia por la que habían recorrido tantas millas y sufrido tantas penalidades.

Dos meses hacía desde que Ragnarico desapareció en plena ciudad, como si aquella se lo hubiese tragado. Las dos primeras semanas, sus hombres se habían mantenido alejados de la urbe, aguardando una señal que nunca llegaba. Después, Favila había decidido que los godos que aún seguían a Ragnarico pasaran a la acción y trataran de encontrar a su señor. Con respecto a los árabes, únicamente una decena continuaba con ellos, escondidos en las catacumbas de las afueras de la ciudad. Los demás habían preferido largarse.

Tanto Armindo como los demás estaban convencidos de que, si su búsqueda continuaba sin arrojar resultado alguno, todos los hombres de Zuhayr terminarían por seguir el ejemplo de sus compañeros más temprano que tarde y los dejarían solos en la ciudad. ¿Durante cuánto tiempo debían esperar a Ragnarico? Si fuera por él, no tardaría un minuto más que el último árabe en desaparecer.

Ese día, sin embargo, parecía que su suerte había cambiado. Llevaba una semana entera deambulando por la ciudad como si fuera un vagabundo. Había dormido en edificios abandonados o al raso, en la misma calle, manteniéndose siempre alerta, y ni así había logrado averiguar nada, hasta ese instante.

Se abrió paso entre el gentío hasta localizar nuevamente a las mujeres, a las que llevaba rato siguiendo y a las que había creído perder varias calles atrás. Entró tras ellas. Una vez dentro del templo, ambas se descubrieron la cabeza, y Armindo sintió un agradable escalofrío ante la aparición de aquella inconfundible mata de pelo pelirrojo. Tenía que ser ella, pensó.

Avanzó con los ojos fijos en Elvia, sin percatarse de la grandiosidad del edificio en el que se encontraba, con aquella enorme cúpula de más de cuarenta pies de altura en la que se abría un pequeño orificio que dejaba pasar los tenues rayos del sol de finales del invierno. No le costó demasiado situarse a su espalda. Sonrió al pensar que en la calle estarían Favila y Alvar, pues cada día, a la hora cuarta, se reunían allí para compartir la información que hubieran conseguido recabar. Es decir, nada; hasta ese día.

Aprovechando que las mujeres se habían detenido para admirar la cúpula embelesadas, echó mano al puñal que llevaba escondido bajo la capa para apoyar su punta a través de la tela de su sayo contra la espalda de Elvia, a la vez que la agarraba por la cintura, atrayéndola hacia sí para evitar que escapara. Al sentir el cuerpo de la mujer junto al suyo, tras tanto tiempo sin yacer con una, se estremeció involuntariamente.

Elvia trató de sacudirse, sorprendida, y se volvió para enfrentarse con quien se estaba tomando tales confianzas. Pensando que sería Witerico, que finalmente habría decidido entrar en el edificio, cuando vio aquel rostro anónimo, embozado en una capucha oscura, hizo amago de gritar. Entonces el súbito pinchazo que recibió entre las costillas fue suficiente para que la protesta muriera en sus labios.

—Una sola palabra y estás muerta, mujer —susurró Armindo, pegándose aún más a ella, que se sintió mareada por el nauseabundo olor que desprendía el hombre tras tantos días durmiendo en las calles.

Ingunda se giró hacia Elvia, sorprendida por la interrupción, y vio al mismo tiempo al individuo que la agarraba y el temor reflejado en la cara de su compañera.

—Si gritas, estáis muertas. Ella primero, y luego tú —amenazó Armindo a media voz—. Portaos bien y seguidme sin armar jaleo.

Haciendo presión con el puñal en las costillas de Elvia, a la que mantenía fuertemente agarrada, la hizo avanzar hacia la puerta. No recordaba haber visto a la otra mujer en Hispania, por lo que no la consideró importante; confiaba en que el terror que la dominaba fuera suficiente para hacerla obedecer, pero le traía sin cuidado que lograra escapar. Lo importante era que tenía a la pelirroja. La interrogaría y luego aprovecharía para pasar un buen rato a su costa.

Elvia sentía como la punta del arma le presionaba las costillas a cada paso que daba, lo que provocaba que un hilillo de sangre le recorriera el costado, pero se obligó a no perder la calma. Esperaba toparse con Witerico y Haroldo al salir; sin embargo, no fue capaz de hallarlos entre el mar de cabezas. Sintió que le ardían los ojos, cuajados de lágrimas contenidas. Miró a Ingunda, que caminaba a su lado, presa del pánico, y supo que ella no podía permitírselo. Tenía que resistir. Cerró los ojos y tomó una decisión, rogando por no dejarse la vida en el intento. Tras muchos años sin desear vivir, ahora había encontrado su lugar en este mundo y no estaba dispuesta a perderlo.

Lanzó un codazo hacia atrás con el brazo libre que golpeó a Armindo en la boca del estómago. El hombre, sorprendido, aflojó la presión que ejercía con la mano del puñal. Elvia aprovechó el instante para empujar a Ingunda y hacerla salir de la escena. Aunque pareciera conmocionada poco antes, la mujer de Argimiro tardó apenas un segundo en reaccionar y echar a correr, abriéndose paso a empujones entre la multitud.

Cuando Elvia comprobó con alivio que su compañera había sacado provecho de su intervención, se giró para encararse con Armindo. Su captor tenía el rostro desfigurado por la ira, el puño crispado en el mango del puñal. Con todos sus sentidos puestos en él, presta para esquivar su ataque, no se percató de las dos figuras que se acercaban por la espalda. Un fuerte golpe en la cabeza le hizo perder el conocimiento. Antes de que su cuerpo desmadejado se precipitara al suelo, Alvar la alzó para que descansara sobre su hombro, como si de un fardo se tratara.

Favila se encaró con Armindo, sin dejar de lanzar miradas precavidas a su alrededor. Al parecer, nadie había reparado en lo sucedido, o quizá sí, pero en una ciudad como aquella los vecinos tenían bien interiorizado que vivirían más si no se metían en problemas.

—¿Qué demonios te propones, Armindo?

El interpelado se masajeó el vientre, donde había recibido el codazo, maldiciendo por lo bajo.

—Esta mujer puede ser la clave para encontrar a Ragnarico. Iba con otra, una bruja que se me ha escapado cuando esta zorra me golpeó. Voy a por ella; no le toquéis un pelo a esta hasta que vuelva.

—Descuida, compañero, no estaba yo pensando en tocarle el pelo, precisamente.

—No seas idiota. Te digo que puede tener información relevante sobre el paradero de Ragnarico, ¿y tú solo piensas en tu placer? Lo primero es interrogarla, y sé perfectamente qué preguntas debo hacer, pero si está herida o demasiado asustada, puede que no colabore. Así que como oséis ponerle una mano encima antes de que regrese, os aseguro que nuestro señor tendrá noticias de ello.

Alvar se encogió de hombros. Palpó el trasero de la mujer, todavía inconsciente sobre su hombro, y al momento Armindo se irguió enfadado.

—Tranquilo, no se nos irá la mano.

—Es mía, ¿entendido?

—Somos una familia, Armindo, y no estaría bien que no compartiéramos nuestros bienes —canturreó su compañero, con un destello vivo en la mirada.

—La tendréis, pero después de mí —concedió Armindo, todavía huraño.

—No tardes; no creo que podamos resistirnos mucho tiempo —bromeó Favila, esbozando una sonrisa torcida.

Armindo quiso protestar, pero sabía que de nada le valdría con aquellos hombres. Solo le quedaba encontrar a la bruja antes de que aquellos dos se lanzaran sobre la pelirroja como las alimañas que eran. Tenía que darse prisa si no quería que al llegar solo lo esperaran los restos de la mujer de cabellos de fuego.

XXIX

Tres días después de la visita anterior, cuando el pan y el agua que Clodoveo había dejado a los pies de Ragnarico ya se habían terminado, la puerta volvió a abrirse.

Ese día solo dos hombres accedieron a la celda. Clodoveo colocó un taburete sobre el suelo y se sentó a cinco pasos de donde Ragnarico continuaba tendido, jugueteando con una rata a la que había conseguido atrapar y a la que instantes antes estaba valorando comerse tras habérsele terminado el pan.

—Prisionero de infieles, entonces. ¿Por qué, Ragnarico? —preguntó Clodoveo con la voz nasal que al godo le parecía tan peculiar.

Ragnarico miró con aprensión a la segunda figura, que se mantenía detrás de Clodoveo, temiendo que su respuesta le hiciera ganarse nuevos golpes.

—¿Por qué no le preguntáis a él?

Clodoveo rio, y Ragnarico se estremeció.

—Está muerto, Ragnarico. Como lo estarás tú si no colaboras. Así que dime: ¿qué hacía un cristiano ayudando a uno de esos perros infieles? Porque eres cristiano, ¿verdad, Ragnarico? Un buen cristiano.

El visigodo tragó saliva, nervioso. Era cristiano, pero... ¿era un buen cristiano? Nunca se lo había planteado, tenía cosas mucho más importantes en las que pensar. Tras un instante, le pareció haber dado con la respuesta correcta.

—Claro que lo soy. Era amigo personal del difunto obispo de Hispalis, Oppas.

Clodoveo dio una palmada, cuyo eco se propagó por la cavernosa celda.

—Vaya, vaya, conque tenemos a un godo con nosotros. Qué suerte más inesperada.

—¿Y tú quién eres? ¿Por qué me retienes aquí? —se atrevió a preguntar Ragnarico, de lo cual se arrepintió nada más haberlo dicho.

A una señal de Clodoveo, el hombre que había permanecido a su espalda se situó delante y le propinó a Ragnarico una patada en la cara y luego otra en la sien. Los quejidos del godo fueron muy parecidos a los que había emitido la rata minutos antes.

—Quien pregunta aquí soy yo, no lo olvides nunca —informó Clodoveo con sequedad, indicando a su esbirro que se pusiera otra vez tras él—, pero hoy me siento misericordioso y te daré una respuesta. Te retengo aquí en nombre del Señor Todopoderoso, Ragnarico, y lo hago por tu propio bien. La ciudad de San Pedro no puede ser mancillada por un renegado amigo de los infieles. Y puedes llamarme Gabriel, pues, si el Altísimo quiere, yo seré quien te redima, aunque para ello tenga que matarte.

Ragnarico sintió en la boca el sabor de la sangre que le brotaba del labio partido. Él, que tanto adoraba extraer ese líquido carmesí del cuerpo de sus enemigos, de los que torturaba y de los que asesinaba a sangre fría. En el tiempo que llevaba allí pudriéndose aquella había sido una de las cosas que más había echado de menos. Se sintió terriblemente desgraciado, impedido, sin saber cuándo podría retomar su pasatiempo favorito, ni si tendría ocasión de hacerlo. ¿Conseguiría convencerlos de que lo dejaran con vida?, ¿de que así les resultaría de utilidad?

—Era su prisionero. Me usaba como guía.

—¿Como guía? —se extrañó el otro—. Estás muy lejos de tu casa como para servir de guía de nadie.

—Él estaba aún más lejos. Y ni siquiera era capaz de diferenciar a un godo de un franco, todos le parecíamos iguales.

Clodoveo rio, y hasta su habitualmente silencioso compañero dejó escapar una ronca carcajada.

—No lo culpo —dijo Clodoveo—. Según dicen, ellos también son de pueblos y tribus distintos, pero para mí todos son la misma escoria. ¿Y a dónde lo llevabas?

—Aquí, a Roma; este era el final de su trayecto.

—¿Y qué buscaba en Roma?

Ragnarico dudó si era inteligente continuar hablando. Pese al poco trato que habían tenido, había adivinado que su carcelero era un religioso, y franco, por demás. No era alguien de quien se hubiera fiado en otras circunstancias, pero no veía que su situación pudiera empeorar aún más. Si la posibilidad de colaborar para encontrar la reliquia lo había mantenido con vida entre los árabes, ¿no le serviría también entre los cristianos?

Una nueva señal de Clodoveo a su acompañante fue suficiente para que rompiera a hablar.

—Una reliquia. Una poderosa reliquia que un grupo de hombres trajo desde Hispania, y que se proponían entregar a un obispo godo que vive exiliado en Roma. El árabe me mantenía con vida para que lo ayudara a recuperarla, pues conozco a los que la transportaron.

—¿Sinderedo? —se sorprendió Clodoveo—. ¿Una reliquia? —inquirió después.

—¿Conoces a Sinde...? —Ragnarico se interrumpió a tiempo—. No, no, no era mi intención preguntar —se disculpó, bajando la cabeza.

—¿De qué reliquia hablas? —continuó Clodoveo.

—La pata de una mesa muy antigua, hecha de oro macizo, plata y piedras preciosas. Algunos hombres aseguran que la mesa perteneció al rey Salomón. El mismo árabe así lo pensaba.

El cura abrió los ojos, excitado, agradeciendo que la penumbra reinante ocultara al prisionero su reacción tras tamaña revelación. Todavía temblando ligeramente, se puso en pie y abandonó la celda sin decir palabra, dejando a Ragnarico de nuevo a solas con las ratas.

Witerico y Haroldo llevaban largo rato aguardando el regreso de las dos mujeres en los alrededores de la iglesia de Santa María de los Mártires. Las habían visto desaparecer en el interior del edificio, pero no salir.

—Nunca imaginé que Elvia fuera tan devota —dijo Witerico, más para sí que para su compañero—, pero desde luego se lo está tomando con calma.

—Es un bonito edificio. Elvia estará curioseando, e Ingunda, orando.

Witerico torció el gesto, impaciente. Recorrió la multitud con la mirada, hasta que un movimiento entre la gente le llamó la atención. Una voz se alzó entre el barullo, llamándolos por sus nombres.

Ingunda se acercaba sola, con el rostro desencajado por el pánico. ¿Qué habría sucedido? Haroldo soltó una exclamación, aferró su puñal y corrió hacia ella sin perder tiempo en comprobar si Witerico lo seguía. Y Witerico no lo había hecho: con la mirada fija en ellos, dio un rodeo para alejarse y colocarse detrás de la mujer. Ingunda huía de alguien, y él se proponía saber de quién.

Vislumbró la capa negra de un individuo que parecía seguir su estela entre la multitud y recordó los temores de su amigo, que creía que una figura oscura había estado siguiendo a las mujeres. Se acercó hacia aquella aparición tratando de mezclarse entre la gente.

Haroldo había alcanzado a Ingunda y ella se había arrojado contra su pecho, llorando de alivio por haberlo encontrado. Al verlo, el individuo de la capa oscura dio media vuelta para alejarse de allí.

Armindo maldijo su suerte, pero no insistió en atrapar a la mujer. Solo le quedaba alejarse antes de verse sorprendido y metido en un lío. Caminó con rapidez para abandonar el lugar cuanto antes, y respiró satisfecho cuando dejó atrás la zona abierta para introducirse en la maraña de callejuelas adyacentes. Sin embargo, la tranquilidad no le duró demasiado: de repente alguien le agarró la capa y tiró de él hacia atrás, y la enorme manaza de Witerico no tardó en cerrarse sobre su cuello.

Luchando por respirar, desenvainó el puñal con presteza, pero Witerico no estaba tan desprevenido como Elvia. Golpeó violentamente el antebrazo de Armindo, lo que hizo que el arma se le escapara de la mano y cayera al suelo, produciendo un sonido metálico al rebotar. Antes de que el puñal tocara el suelo otra vez, el guerrero ya había descargado el puño contra el abdomen de su contrincante. Bastaron tres puñetazos más para dejarlo boqueando en el suelo. De una patada, Witerico alejó el arma de su alcance.

El antiguo hombre de Ademar sopesó la situación. Sus brazos habían entrado en calor tras aquel breve ejercicio y necesitaba desesperadamente seguir golpeando, pero también necesitaba saber dónde se encontraba Elvia, y necesitaba saberlo antes de que su propia angustia lo llevara a matar a aquel ser despreciable que tenía a sus pies.

—Me pregunto a dónde ibas con tanta prisa... —masculló amenazador, acercando su propio puñal al cuello del tipo.

—Ingunda, por el Señor Todopoderoso, ¡podías haber muerto ahí fuera! —exclamó Argimiro tan alterado como preocupado por el paradero de Elvia.

Su esposa se encontraba frente a él. Se había enjugado las lágrimas y, pese a tener el rostro aún congestionado, luchaba por recuperar su aplomo habitual.

—Eso ya no importa. Hay que encontrar a Elvia, ¡tienes que encontrarla!

—Ya lo sé —refunfuñó Argimiro con voz ronca.

Miró a su derecha. Estaban en el establo que alojaba a los animales de los clientes hospedados en las posadas de la ciudad de los curas. Nadie podía entrar allí aquella noche, al menos hasta que ellos se hubieran marchado. Walamer y dos de los hombres de Calagurris montaban guardia fuera para asegurarse de ello.

Porque allí, además de ellos dos, estaba su prisionero, atado a uno de los postes de madera que sustentaban el techo de paja del edificio. Entonces, cerca del anochecer, en poco recordaba al hombre que Witerico y Haroldo habían llevado allí a primera hora de la tarde. Tenía la ropa ensangrentada y el rostro cubierto de golpes, y temblaba de frío, pues su capa, hecha jirones, descansaba a pocos pasos de él.

Ese día el noble había avanzado considerablemente en su propósito. Por fin lo habían informado de que el venerable Sinderedo se hallaba de nuevo en la ciudad, y había conseguido apalabrar una audiencia con él para tres días más tarde, cuando se hubiera recuperado del viaje. Había llegado a la posada satisfecho, incluso feliz, y al instante todo se había torcido.

Cuando le contaron lo sucedido se apresuró hacia el establo donde Witerico custodiaba al prisionero. Irrumpió en la cuadra enfadado por lo que había ocurrido a sus espaldas, y más cuando estaban tan cerca de poder largarse de aquella ciudad, pero lo que descubrió al entrar le quitó las ganas de pedir explicaciones.

Witerico gritaba con furia mientras pateaba sin piedad al sujeto, que no habría podido hablar aunque lo deseara, ocupado en tratar de encogerse sobre sí mismo para protegerse. Ni Hermigio ni Haroldo habían sido capaces de refrenarlo, y ambos le dedicaron una mirada aliviada cuando lo vieron entrar.

—Witerico, ¡Witerico! —lo llamó Argimiro, y logró que el puño del guerrero se detuviera a medio camino antes de impactar otra vez en la mandíbula del tipo—. ¿Qué demonios estás haciendo? ¿Te has vuelto loco?

—Este es el malnacido que se llevó a Elvia. Y me va a guiar ahora mismo hasta ella o juro que lo mataré —respondió el guerrero, temblando de rabia.

Argimiro se acercó hasta donde se encontraban ambos hombres, despacio, tratando de evaluar la situación. Sabía que Witerico tenía razones sobradas para actuar así, pero debía detener la paliza si querían tener alguna oportunidad de encontrar a la mujer. Esperaba que con vida, pero dado el tiempo transcurrido desde su desaparición le costaba ser optimista al respecto.

—Witerico, entiendo tu rabia, pero nada conseguirás así. Este tipo no está en condiciones de hablar. Ve fuera, deja que el aire te refresque. Descansa un momento. Luego podrás seguir con él, cuando vuelva en sí.

El interpelado crispó el puño. Miró el cuerpo magullado de su prisionero y, sin poder evitarlo, le descargó un último golpe en la barriga antes de salir dando un portazo. Haroldo salió inmediatamente tras él, dispuesto a retenerlo fuera mientras pudiera.

Cuando ambos hubieron salido, Argimiro se acuclilló frente al cautivo y lo examinó con interés. Su pecho subía y bajaba: todavía no lo habían perdido.

—Hermigio, acércame aquel cubo con agua y haz llamar a Ulbar —le indicó al joven, que permanecía a su espalda.

Cuando Ulbar llegó al establo el cubo ya estaba vacío y Armindo, empapado, parpadeaba confuso tras volver en sí, tratando de centrar la vista en su inesperado benefactor. El cazador lo escrutó, impasible, antes de dedicar una mirada interrogativa a Argimiro.

—¿Qué tal se te da desollar animales, Ulbar?

—Bien —se limitó a contestar, enarcando la ceja. No le agradaba la idea de probar sus habilidades con una persona, pero supuso que el noble tendría sus razones para proponerlo.

—Excelente, porque quiero que lo desuelles, pero manteniéndolo vivo.

Armindo susurró lo que parecía una súplica ahogada, o un quejido, mirando con terror como Ulbar afilaba sus cuchillos con mango de hueso. Cuando Argimiro le dio pie, comenzó a hablar deprisa, desesperado por escapar de la tortura prometida, ante la mirada aprobadora del noble.

Aseguró que formaba parte de un grupo de bandidos, que habían tomado a las mujeres por grandes señoras y que habían decidido secuestrarlas para pedir un rescate. Aquella no era una práctica poco habitual, ni en Roma ni en otras ciudades, pero a Argimiro le resultaba difícil imaginar que su mujer o Elvia pudieran pasar por tales, vestidas como iban. No se fiaba del hombre; sin embargo, era preciso averiguar el paradero de la astur. Tratando de no perder la calma, hizo las preguntas convenientes, con el sonido del metal rechinando contra el metal de fondo.

El cautivo, asustado, se mostró colaborador. Les indicó que sus compinches, diez hombres bien armados, la escondían en una de las catacumbas cercanas a la muralla. Argimiro se dio por satisfecho. Eso era todo lo que le hacía falta saber por el momento. Si trataba de engañarlos, sería el primero en morir. Ahora tenían que ponerse en marcha cuanto antes, mientras quedara una esperanza de encontrar a Elvia con vida.

Tras el interrogatorio había hecho llamar a su mujer al establo. Quería que viera con sus propios ojos lo que su ingenua actitud había propiciado. Sabía que contemplar a aquel hombre en el estado en que se hallaba la perturbaría, si bien aquella sería la menor de sus lamentaciones si no conseguían dar con Elvia o si la encontraban demasiado tarde. Ingunda trató de mantener el tipo, apretando con fuerza los dientes ante el cuerpo martirizado de Armindo. Bajó la vista al suelo mientras su marido le hablaba con voz dura.

—Los hombres vienen conmigo a buscar a Elvia, y tú te quedarás en nuestra habitación, sin moverte de allí. ¿Entendido? —Se volvió hacia Ulbar—: Libéralo del poste, pero mantenle los brazos atados. Nos llevamos a esta escoria a las catacumbas.

Los guerreros hicieron su aparición. Witerico tendió sus armas a Argimiro sin apartar la vista del prisionero, con el rostro todavía manchado de la sangre del tipo, recuerdo del violento interrogatorio al que lo había sometido. Armindo se hizo un ovillo al divisar a su agresor, tratando de protegerse por si lo golpeaba de nuevo.

Walamer tomó a Ingunda del brazo para que lo acompañara a la posada. Tenía órdenes de permanecer junto a ella. La mujer hizo caso omiso de sus esfuerzos, dispuesta a no salir del establo hasta que partieran los hombres, ataviados como si se dirigieran a una escaramuza, cubiertos con sus armaduras y equipados con espadas, hachas y puñales. Solo habían prescindido de los cascos y los escudos, pues habrían llamado demasiado la atención.

No querían tener problemas si se cruzaban con alguna partida de *milite*, así que llevarían sus armas bien escondidas bajo las capas y recorrerían las oscuras calles en pequeños grupos para reunirse fuera de los límites de la ciudad, en un punto no lejano del lugar que buscaban.

Avanzaron pesadamente en la noche, sin teas que iluminaran sus pasos, ascendiendo paralelos al río, su única referencia. Una vez fuera de las murallas apenas habría riesgo de cruzarse con los *milite*: si ya era raro que se aventurasen tan lejos de día, menos lo harían tras la puesta de sol.

Armindo les había dicho que el escondrijo formaba parte de una de las antiguas catacumbas que proliferaban en los alrededores de Roma, testimonio de la época en la que el credo cristiano era perseguido. A partir de su aceptación, la importancia de aquellos lugares subterráneos de culto, verdaderos cementerios, habían ido decayendo, y tras las invasiones acaecidas en las últimas generaciones las reliquias que conservaban habían sido llevadas a la ciudad, de modo que el significativo papel que habían tenido las catacumbas en el pasado se diluyó hasta condenarlas al olvido.

Armindo avanzaba a trompicones a pocos pasos de la cabeza del grupo, indicando el camino que debían tomar cada cierto tiempo. Sabía que nadie los molestaría durante el trayecto, pues ningún salteador que estuviera en su sano juicio atacaría a semejante cuadrilla. No, sus captores solo volverían a ser vulnerables dentro de las catacumbas, y él debía guardar fuerzas para cuando llegara ese momento.

El hombre que lo seguía lo empujó y lo hizo trastabillar y caer al suelo. Aturdido como estaba, sus manos respondieron demasiado tarde cuando trató de mantener el equilibrio, de manera que terminó con la cara enterrada en el barro.

—Levanta, hijo de puta —oyó instantes antes de que alguien lo elevara en volandas y lo dejara otra vez en pie.

Armindo se encogió instintivamente, pues había hablado el mismo hombre que lo atrapara en los alrededores de la iglesia, el mismo salvaje enorme de mirada enloquecida y puños de hierro que lo había golpeado hasta dejarlo sin sentido en el establo. Mientras trataba de escupir el fango que se le había metido en la boca, sintió los latidos que emitía su labio partido.

—No te retrases —dijo otro de los hombres a su espalda, instándolo a seguir adelante.

Obedeció como pudo, con la punta de la espada del individuo acariciándole las costillas por si no lograba reunir fuerzas suficientes solo con su voluntad. Sus botas chapoteaban en la ribera, haciendo aún más penoso su caminar. Al menos, la inflamación del ojo izquierdo había remitido lo suficiente para poder entreabrirlo y ver lo que había delante: oscuridad, y el señor de aquellos hombres, que continuaba avanzando siempre paralelo al río.

A cada paso, la succión del limo parecía amenazar con absorberlo. Maldijo su suerte, malhumorado. Se sentía un estúpido por haber permitido que lo atraparan. Tenía que haberse olvidado de la bruja y haber huido con la pelirroja a la guarida en cuanto había podido. Ahora podría estar gozando de su cuerpo, en lugar de atado, molido a golpes y a merced de quienes sospechaba que no tardarían en convertirse en sus verdugos.

Porque hasta ahora no sabían quién era. No sabían que era el que había clavado su acero por la espalda a su señor, el medio hermano de Ragnarico, en Caesaraugusta. Con unos cuantos dientes menos y los labios destrozados, no habrían distinguido su acento aunque hubieran sospechado que era godo. Ahora bien, todo cambiaría cuando se toparan con Alvar o Favila, a los que sí reconocerían. Entonces sí que podría darse por muerto, si no eran ellos los que los mataban antes.

Elvia llevaba un buen rato despierta, pero continuaba fingiéndose inconsciente, atenazada por el terror. Ignoraba dónde se encontraba. Solo sabía que habría preferido estar en cualquier otro lugar.

Trató de mover las manos, pero las tenía atadas, igual que las piernas. Asimismo, tenía la boca cubierta por una áspera mordaza que le daba ganas de vomitar. Le dolía la cabeza, la garganta le ardía; aun así, nada de aquello era comparable al miedo que la invadía. De haber podido elegir, habría continuado desvanecida.

Las voces se callaron de repente y Elvia se tensó, temiendo que alguno de sus ligeros movimientos hubiera alertado a sus captores. Trató de controlar su respiración, sintiendo su corazón retumbar en el pecho. Uno de los individuos acercó un puñal a su cuello.

—¿Ya estás despierta, preciosa? —inquirió con voz rasposa.

La chica se mantuvo impasible, con el estómago contraído por los nervios, mientras el acero le acariciaba la piel para desgarrar luego la tela de su vestido. Un leve gemido aterrorizado escapó de sus labios y abrió los ojos de golpe, claudicando ante su propia angustia. Los hombres rieron con crueldad.

—No te preocupes, zorra, vas a pasarlo muy bien con nosotros —prometió otro hombre con voz gorgoteante.

Elvia cerró los ojos de nuevo y comenzó a sollozar sin control.

Tras haber ascendido durante más de una hora con las murallas aurelianas a su derecha, Armindo los instó a atravesar el Tíber para situarse en la otra orilla. Ya había pasado la medianoche cuando se detuvieron. Habían alcanzado su objetivo.

Armindo sudaba copiosamente, no solo por el esfuerzo que le había costado llegar hasta allí, sino también por el miedo que había anidado en sus entrañas al saberse condenado.

La entrada a las catacumbas era una pequeña oquedad entre dos piedras de gran tamaño. Recordó cómo la había encontrado uno de los árabes mientras perseguía a un conejo con la intención de echarlo a la cacerola; al ir tras el escurridizo animal había descubierto aquel lúgubre mundo subterráneo, que había resultado un magnífico escondite en el que aguardar el regreso de los cabecillas.

Bajo la suave loma salpicada de arbustos se abría un entramado de túneles que parecía recorrer muchas millas, aunque buena parte de ellos se habían venido abajo tiempo atrás. Los respiraderos como aquel por el que habían entrado les resultaban de vital importancia para prender las antorchas, además de para poder vivir allí abajo, a salvo de miradas indiscretas. Era un mundo de oscuridad y secretos, hecho a medida para hombres como ellos, desesperados y carentes de escrúpulos, que buscaban ocultarse de los ojos de los demás.

Los contornos de las lápidas se adivinaban por doquier, así como los huesos blanquecinos de los cadáveres sepultados hacía ya muchos años. Habían irrumpido en el antiguo osario sin importarles alterar el descanso de los que allí yacían, y habían terminado por establecerse, instalando sus jergones y almacenando sus escasas pertenencias en una amplia estancia en cuyas paredes se adivinaban restos de pinturas; probablemente, un lugar de culto.

—Intenta cualquier truco ahí abajo y morirás antes de tocar el suelo siquiera —lo amenazó Witerico, zarandeándolo, interrumpiendo bruscamente sus pensamientos.

Argimiro levantó el brazo, llamando a los hombres a la calma. Se acercó a la abertura y apoyó la pierna derecha en una de las rocas que la flanqueaban para intentar ver a través de la insondable negrura que se abría bajo ellos. Más allá del orificio los esperaba la completa oscuridad propia de las entrañas de la tierra, y no podían permitirse iluminar sus pasos si no querían alertar a los que las habían convertido en su refugio. Argimiro lanzó una mirada dubitativa a los hatillos repletos de teas que habían cargado hasta allí; un peso inútil, pensó, antes de dirigirse al prisionero.

—¿Cuántos hombres hay abajo? —preguntó de nuevo.

—Diez —volvió a mentir Armindo.

En realidad, contaba con que hubiera quince. No era una gran diferencia, pero Favila y los suyos habían aprendido a moverse allí abajo, mientras que para sus captores los túneles eran terreno desconocido. Sumando ambas ventajas, consideró que tenía alguna opción de sobrevivir, aunque fuera mínima.

—Si has mentido, si encontramos un solo hombre de más ahí abajo, yo mismo te sacaré las tripas —prometió Witerico—. Les arrancaré la cabeza, las apilaré todas, las contaré una a una y al llegar a la undécima acabaré contigo.

—Descuida, Witerico; al primer indicio de traición mataremos a este indeseable —convino Argimiro—. Yo iré delante, y este malnacido tras de mí. Empuñad vuestras armas. Avanzaremos despacio mientras nuestros ojos se acostumbran a la oscuridad.

Sus compañeros asintieron en silencio y se dispusieron a marchar tras él.

XXX

Abd al-Aziz ibn Musa contemplaba a Egilona y a la hija de ambos mientras la niña gateaba torpemente por el patio del palacio en el que se habían instalado una vez asentados en Hispalis, a la que los suyos habían bautizado como Isbiliya.

Se encontraban a finales de marzo, pronto aún para lanzar a sus hombres hacia el norte más allá de los Pireneos a terminar con los últimos godos que todavía les hacían frente. Sin embargo, en poco más de un mes su ejército se pondría en marcha, y con él partiría el mismo Abd al-Aziz, pese a lo poco que lo atraía la campaña. Aun así, no le quedaba más remedio: en cualquier rincón de la ciudad donde habitaran árabes o bereberes se escuchaban murmuraciones sobre su persona.

Egilona jugueteaba con las rollizas manos de su hija tatareando una dulce melodía. La miró embelesado, y algo se rebeló en su interior, consciente de que su mujer era el motivo de buena parte de aquellas injurias. El resto de las ofensas aludían a su decisión de promover acuerdos con algunos de los caciques godos de Hispania en lugar de combatirlos como había hecho su padre.

Muchos de sus allegados protestaban porque dichos hombres habían quedado dueños de extensos territorios; de nada servían las explicaciones que les daba el hijo de Musa, que sí entendía el beneficio de su política, iniciada por su propio padre antes de partir hacia Oriente. Todo el mundo parecía haber olvidado ese detalle, menos él. Musa ibn Nusayr había firmado un tratado con Qasi, el cual continuaba ejerciendo el poder en el norte, más allá de Caesaraugusta.

Aquel era el camino, pensaba Abd al-Aziz, pues la tierra que ambicionaban era grande, rica y poblada, y ellos no contaban con hombres suficientes para hacerse con toda ella por medio de las armas. Necesitaban que los hispanos, los godos que eran parte de su problema fueran también parte de la solución.

Por eso se había desposado con Egilona y había engendrado con ella una criatura, símbolo de la unión entre dos culturas. Y por eso tendría que ponerse a la cabeza de su ejército cuando llegara el verano. No podía permitirse más habladurías sobre su presunta debilidad.

Suspiró. Todavía quedaba algo más de un mes para partir. Se puso en pie y se acercó a grandes zancadas a la fuente, disfrutando del reflejo de los rayos de luna y del murmullo del agua. Aquello siempre conseguía relajarlo.

El descenso hasta las catacumbas resultó relativamente sencillo. El mismo derrumbe que había ampliado el respiradero hasta permitirles entrar les facilitaba asentar los pies sobre las rocas. Fueron disponiéndose en fila en el pasillo, con las armas bien aferradas.

Hermigio no perdía de vista a Witerico, y aquel, a su vez, hacía lo propio con el prisionero. Durante la espera, que les pareció eterna, la respiración agitada del enorme guerrero se oía por encima de la de todos los demás. El joven le puso la mano en el hombro para tratar de calmarlo, aunque lo cierto era que él sufría por el destino de Elvia mucho más de lo que dejaba traslucir. No quería que nadie supiera de sus sentimientos por la astur, que tal vez provocaran cierto recelo en Witerico, y no podía permitirse enemistarse con el guerrero si quería seguir formando parte de aquel extraño grupo unido por las desgracias y la misión común.

El joven miró al prisionero, intranquilo al comprobar que parecía haber recuperado cierto aplomo. Claro, pensó, los guiaba al interior de su guarida. Por respuesta, un temblor sacudió su cuerpo, más debido a la ansiedad de saberse en las manos de aquel desaprensivo que a la humedad reinante. Argimiro hizo la seña de avanzar, y él echó a andar a pesar de que de repente los pies le pesaban como el plomo. Estaban metiéndose en la boca del lobo, se dijo.

Caminaban con la mano izquierda sobre el hombro de quien los precedía, mientras que en la diestra sujetaban el arma, prestos para el combate. Se detenían con frecuencia, cuando algún ruido les sorprendía o cuando Armindo dudaba ante una bifurcación.

Hermigio sudaba, pero no tenía mano con la que enjugarse la frente, así que solo podía parpadear sin pausa para tratar de apartar las gotas que le caían por la frente hasta los ojos. Era incómodo, pero se consoló pensando que tampoco vería mucho mejor de haber podido mantenerlos bien abiertos. Simplemente se dejó guiar por Witerico, que apartaba a puntapiés a las ratas que se cruzaban en su camino.

Poco más adelante, Armindo caminaba erguido por primera vez desde que descendieran a las catacumbas. Sabía que allí dentro se decidiría todo, y estaba más que dispuesto a utilizar sus últimas fuerzas para tratar de escapar con vida.

Había hecho avanzar a sus captores dando un rodeo; no quería llevarlos hasta el pasillo donde suponía que los dos centinelas habituales, uno godo y otro árabe, estarían montando guardia mientras sus compañeros descansaban. De haberlo hecho, lo más probable era que ambos hubieran muerto sin posibilidad de luchar. Así que se había arriesgado a guiar a sus captores directamente al corazón de la guarida. Solo le faltaba arreglárselas para dar la alarma a tiempo para que el entrechocar de las armas, y no el gorgoteo de los gaznates rebanados por los aceros, fuera el que llenara de ecos la caverna.

Elvia había vuelto a serenarse. Tras una breve discusión en voz baja, aquellos hombres habían optado por dejarla en paz, aunque continuaban demasiado cerca para permitir que se relajara del todo. Un par de teas humeantes daban algo de luz al lugar. Recostada contra un murete miró a su alrededor, intentando adivinar si tendría alguna posibilidad de salir de allí con vida. Estaba en una especie de caverna rodeada de túneles, amplia y con lo que parecían restos deteriorados de pinturas adornando las paredes. Varios individuos dormían acurrucados en el suelo, envueltos en mantas.

Se estremeció al volver a notar la hambrienta mirada de uno de los tipos que la custodiaban clavada en su cuerpo.

—Armindo tarda demasiado —protestó, rascándose la cicatriz de la mejilla.

—Tienes razón. ¿Y si no vuelve, y nosotros esperando como imbéciles?

—Ni aunque regresara podría protestar. Mucha paciencia hemos demostrado. Quizá hasta nos lo agradezca: domaremos a esta salvaje para que sea cariñosa con él.

Los hombres rieron, y uno de ellos se levantó.

—Voy a mear, Favila. Espérame hasta que regrese.

El otro individuo asintió con la cabeza sin dejar de observar a Elvia, que sintió la desesperación invadirla de nuevo. Luchó contra las recias cuerdas que la inmovilizaban para tratar de liberar las manos, pero solo consiguió herirse. El tipo volvió a reír con crueldad.

—¿Tanta prisa tienes por tocarme, mujer? No te impacientes, pronto te complaceremos.

La vida en Valentia no le estaba resultando sencilla a Yussuf. Había llegado a la ciudad hacía dos semanas, y tras haber pagado su pasaje y el de sus compañeros al capitán del mercante que los había llevado hasta allí, su bolsa estaba totalmente vacía, de manera que los bereberes habían optado por permanecer en el puerto, ofreciéndose como porteadores ocasionales para ganarse algunas monedas de miserable sustento.

Aquella no era vida para un hombre como Yussuf. Sin embargo, estaban lejos de su tierra, en un lugar donde aún la presencia musulmana apenas se dejaba sentir, por lo que no tenían a nadie a quien recurrir. Habían pensado abandonar Valentia para dirigirse a la Tarraconense y ponerse al servicio de cualquier jefezuelo bereber o árabe, pero sin monturas y sin vituallas semejante trayecto resultaba una quimera. Tenían que conseguir dinero, o robarlo, ya poco le importaba. Unos días más y nadie podría impedir a Yahya que se apropiara de lo que necesitaban mediante el uso de las armas. Ni tan siquiera él mismo.

Habían encontrado acomodo en un desvencijado almacén. Yussuf, tumbado en la puerta sobre un saco que apestaba a pescado en salazón, observaba el reflejo de la luna en el agua. Recorrió con la mirada el contorno del último buque que había arribado, a última hora de la tarde, del que en ese momento emergían algunas figuras: marineros que, tras tanto tiempo embarcados, irían en busca de alguna taberna en la que divertirse y comer algo. Su estómago protestó, añorante.

Uno de aquellos tipos se percató de su escrutinio y se le acercó, indicando a los demás que aguardaran.

—Eh, tú, ¿te interesa ganarte unas monedas? —preguntó.

Yussuf se incorporó de inmediato. No podía distinguir los rasgos de quien así lo interpelaba, a contraluz frente a la luna creciente, pero si la oferta no hubiera resultado lo bastante tentadora de por sí, el acento de su voz habría bastado para llamarle la atención: si los oídos no lo engañaban, parecía oriental.

Miró a su espalda, donde Yahya y otro de los suyos se habían enderezado al escuchar las voces.

—Depende de la tarea y de cuánto pagues —contestó.

—¿Sois musulmanes? Entonces, os pagaré bien. No se debe ser mezquino con los hermanos, y menos tan lejos de casa.

Yussuf asintió. En pie frente al hombre, al fin pudo estudiar su rostro. Frunció el ceño, pensativo. Juraría que aquellas facciones le resultaban familiares. Él nunca olvidaba una cara.

—¿De dónde venís? ¿Qué hay que descargar?

—De la misma Damasco. Transportamos telas.

—¿Damasco? —se sobresaltó Yussuf, con una imagen cruzando su mente como un fogonazo de luz—. ¿Eres el capitán del navío que llevó a Oriente a Tariq ibn Ziyab?

—¿Y cómo sabes tú eso? —respondió el tipo en un susurro, mirando a su alrededor como si temiera que hubiera oídos indiscretos cerca.

—Porque estaba presente cuando mi señor abandonó esta tierra. Decidme, ¿tenéis noticias suyas?

—¿No ha llegado a Occidente información sobre su destino?

—Me contaron que murió —dijo Yussuf abatido.

—Efectivamente. Un desgraciado accidente, al parecer... —El hombre meneó tristemente la cabeza.

—¿Un accidente?

—Se precipitó desde la azotea del palacio de Damasco donde vivía. Aunque no es la única versión que circula: parece ser que no se granjeó el cariño del califa durante su estancia allí.

Yussuf se pasó la mano por el rostro, abrumado, tratando de esconderle al otro la desazón que lo embargaba. El hombre le puso la mano en el hombro.

—Vuestro señor pagó largamente por mis servicios, y dejó saldado el pasaje de sus hombres para cuando solicitaran el regreso. ¿Sois vosotros sus hombres?

—Lo somos —afirmó Yussuf con la cabeza baja.

—Pues tomad —dijo, cogiendo una buena cantidad de monedas de la bolsa que portaba y ofreciéndoselas—. Si no vais a hacer uso de mi barco como medio de transporte, lo justo es que os devuelva la cantidad adelantada. No está bien que mis hermanos pasen necesidad en tierra extraña.

Los dos compañeros de Yussuf se situaron a su lado, sorprendidos por el desarrollo de la conversación.

—¿Dónde está lo que debemos acarrear? —preguntó Yahya.

El capitán sonrió. Ya encontraría a otros que descargaran el barco, el mundo estaba lleno de desgraciados, y más en una tierra como aquella, aún ajena a las divinas palabras del Profeta.

—No será necesario. Este dinero es vuestro. Buscaré unos cuantos hispanos que quieran ganarse una comida caliente y un buen dolor de espalda. Id con Alá, y que Él ilumine vuestros pasos.

La oscuridad que reinaba en las catacumbas ya no parecía tan impenetrable tras cerca de media hora de caminata. En parte porque los ojos se habían acostumbrado a la negrura, pero sobre todo por la proximidad de su destino. Estaban a punto de entrar en la caverna principal, la única estancia de aquel mundo subterráneo donde cabría esperar encontrar teas prendidas.

Armindo notaba perfectamente la tensión que invadía a sus captores. Se esforzaban por avanzar sin ruido. Habían cubierto las vainas de sus espadas con trapos para amortiguar el ruido que hacían al chocar contra sus muslos y se aseguraban muy bien de afianzar el pie antes de dar un paso. Sin embargo, tras tanto tiempo habitando aquel inframundo, Armindo bien sabía que sus compañeros, sobre todo los árabes, estaban habituados a percibir el más mínimo sonido. Y en ello residía su mayor esperanza.

Alguien tropezó a su espalda e hizo que una piedra golpeara suavemente contra otra. El tipo contuvo la respiración.

—Armindo, ¿eres tú? ¿Qué demonios haces a oscuras? —La voz resonó en la galería y les heló la sangre a todos.

Argimiro se detuvo y apoyó su puñal en el cuello del prisionero. Incluso en la penumbra, Armindo fue capaz de distinguir el fiero gesto que se reflejó en la cara de su captor: un solo ruido, y estaría muerto.

—¿Crees que estas son horas de llegar? —continuó Alvar, que había terminado de descargar el vientre y estaba ansioso por poder dedicarse al fin a otros asuntos más placenteros—. Me ha costado mucho contener a Favila, estaba empeñado en calentarte a tu ramera.

Al comprobar que no obtenía respuesta, el guerrero de Ragnarico desenvainó despacio. Argimiro soltó al cautivo y se acercó al lugar donde había resonado la voz, y Armindo aprovechó la ocasión para lanzar una pierna hacia atrás, golpear a Witerico en el bajo vientre y, zafándose de su agarre, correr con desesperación luchando por no trastabillar a pesar de sus manos atadas.

De repente, mientras el prisionero todavía se esforzaba por alejarse, la estancia se iluminó y quedaron momentáneamente cegados. Alertado por el jaleo, Favila había prendido una tea, y ahora contemplaba la escena que se desplegaba ante sus ojos con la mandíbula desencajada por la impresión. Alvar se abrochaba los calzones, Armindo corría hacia él y un poco más allá se desplegaban una docena de hombres pertrechados para el combate.

—¡Apaga la tea! —gritó Armindo a su compañero sin parar de correr—. ¡Llama a todos a las armas!

Y se hizo nuevamente la oscuridad.

Argimiro avanzó tan rápido como le fue posible, lamentándose amargamente por su estupidez. Intentó ir tras sus adversarios, pero la vista le fallaba tras la cegadora e inesperada ráfaga de luz. Aunque entorpecido por las irregularidades del suelo, tenía que continuar: no podían permitirse perder la pista de aquellos tipos. El tiempo que habían pasado allá abajo le había bastado para comprender que perderse en aquel laberinto de túneles podría suponer vagar en la oscuridad hasta que perecieran, bien de sed e inanición, bien víctimas del acero de sus enemigos.

Un súbito impacto lo dejó sin aire. Blasfemó entre dientes y se cayó, pero no dio contra el suelo, como había esperado, sino contra los restos de una lápida, que le dejó el costado dolorido. Sin tiempo para lamentarse, se puso de pie, interponiendo su acero en el momento preciso para desviar la hoja que pretendía ensartarlo contra la piedra. Al menos el brillo del metal le permitía seguir su trayectoria en la penumbra. El sonido de los aceros al chocar reverberó en el túnel, atronando como un cuerno que llamara a la batalla. Y como tal, tuvo la virtud de convocar a los suyos, cuyos pasos a la carrera inundaron el corredor cuando aparecieron tras él enarbolando sus armas.

Inesperadamente, la estancia volvió a iluminarse. Cuatro antorchas se prendieron a la vez y los forzaron a desviar la mirada, de manera que ninguno pudo ver como media docena de arqueros árabes aprovechaban para tensar sus arcos y disparar.

Argimiro gruñó cuando una flecha le traspasó el brazo izquierdo, pero con el derecho arremetió con la espada contra su adversario, que también había detenido su ataque ante la aparición de sus compañeros. El brazo herido comenzó a pesarle como si portara un escudo, el escudo que podría haberlo salvado de recibir el impacto de la saeta si no lo hubiera dejado en la fonda.

Alvar, que era el hombre con el que había estado luchando, gritó y se separó de él unos pasos, dispuesto a acercarse a los suyos. Con los dientes apretados para alejar de su mente el dolor que le recorría el brazo, Argimiro aprovechó el respiro para mirar a su espalda. Comprobó que cuatro de los suyos habían caído bajo la mortal ráfaga que a él solo lo había herido. Gritó de rabia y de dolor.

Las teas se apagaron nuevamente, en el mismo instante en el que los hombres comandados por Favila se lanzaban al combate.

Argimiro desvió la espada de su atacante y lanzó la punta de su hoja hacia sus pies, o al menos hacia donde creía que estarían sus pies. Su espada rebotó contra una piedra, lo que hizo que saltaran chispas del metal, pero no pudo rozar siquiera a su enemigo.

Los gritos de los combatientes resonaban por doquier, extendiéndose por la maraña de túneles hasta perderse. Argimiro retrocedió para tomar resuello, cambió la espada de mano y con ella partió el astil que le sobresalía del brazo, lo que le provocó una punzada de dolor ardiente y una pesadez como la que deja el hielo en los miembros tras una buena nevada.

Sintió un golpe en la espalda y se giró, presto a defenderse, pero era la inconfundible figura de Witerico la que tenía tras de sí.

—¡Witerico, soy Argimiro! —se apresuró a advertirle antes de que la espada del guerrero se alzara contra él.

El astigitano resopló, lo apartó de malos modos y continuó avanzando.

—¡Matadlos a todos! —gritó enfurecido.

Varios hombres respondieron a su llamada, pasando velozmente junto al noble, que dio las gracias a todos los santos que pudo recordar por que no hubieran terminado matándose entre ellos en la densa oscuridad.

De pronto, el fulgor de una tea los hizo agazaparse, imaginando una nueva lluvia de dardos a punto de arreciar. Sin embargo, no fue eso lo que ocurrió: la luz que había brotado pareció flotar, surcando el aire, para estrellarse en medio del túnel, revelando las figuras de sus enemigos entre las rocas. Al cabo de un instante, una segunda tea se añadió a la primera, de manera que la luz fue imponiéndose a la oscuridad, facilitando el avance de Witerico y los suyos.

—¡Apagad las teas, idiotas! —se desgañitaba Alvar. A pesar de su orden, no tardó en sumarse otra luz a las anteriores.

Argimiro, apretando los dientes, se deslizó hacia el lugar desde donde habían surgido las teas, cuando la tercera ya volaba sobre sus cabezas. Allí, agachado, encontró a Hermigio, que, pedernal en mano, buscaba la cuarta antorcha que los bandidos habían prendido antes de atacar.

—¡Tengo la última! —exclamó triunfante, dispuesto a prenderla.

Sus enemigos, conscientes de que aquel joven suponía por el momento un mayor peligro que Witerico, se acercaron dispuestos a acabar con él.

—¡No la lances muy lejos! —gritó Argimiro, desviando el acero del primero de los atacantes—. Así podremos ver quién viene a por nosotros.

El joven asintió y arrojó la tea a pocos pasos tras su espalda. Luego se hizo con su espada y se dispuso a incorporarse a la desesperada defensa que planteaba Argimiro.

Witerico avanzaba como un jabalí furioso, sin que los obstáculos del camino ni los enemigos que encontraba a su paso consiguieran desviarlo de su objetivo. La repentina aparición de las luces no hizo sino avivar el ritmo de sus pisadas, así como la intensidad de sus mandobles. Había conseguido hundir su espada en el vientre de dos de aquellos rufianes, pero no había sentido ningún alivio. No respiraría hasta que tuviera a Elvia de nuevo entre sus brazos.

El astigitano detuvo con su acero una hoja que se dirigía a su cabeza y atacó con el puñal que portaba en la zurda. La hoja corta desgarró tela, carne y tendones con un golpe definitivo. No estaba dispuesto a hacer prisioneros aquella noche. Solo uno de sus enemigos viviría un instante más que los demás, el necesario para guiarlo hasta donde estuviera Elvia.

Apartó de una patada un banco destartalado. Había irrumpido en un espacio más amplio, donde gracias a la tenue luz de las teas se adivinaban algunos jergones dispuestos en un amplio círculo. La tercera de las antorchas encendidas por Hermigio cruzó el aire en ese momento e hizo brillar el arma que se dirigía a su pecho. Interpuso su hoja, pero otra espada, esta vez proveniente del flanco contrario, impactó en su costado. Por fortuna para él, vestía su malla bajo el capote, pero el latigazo de dolor fue tan intenso que lo obligó a retroceder unos pasos por primera vez.

Una nueva tea aportó algo más de luz a la escena, haciendo completamente visibles a sus oponentes: dos hombres de buena estatura, anchas espaldas y armas de buena factura, mejores que las que cabría esperar que esgrimiera un bandido.

—Vaya, vaya. ¡Mira a quién tenemos aquí! —exclamó uno de ellos sorprendido.

Tanto Alvar como Favila conocían muy bien a Witerico. El odio que se profesaban había discurrido paralelo al de sus señores —Ademar y Ragnarico—, y habían tenido numerosos encontronazos en Astigi en un tiempo pasado que parecía muy lejano.

Esa larga enemistad, que había dejado a muchos hombres en

el camino, se zanjaría en aquella caverna: no había escapatoria bajo tierra. Uno de los dos bandos se proclamaría vencedor, y el otro quedaría allí para siempre, pudriéndose entre cascotes y tristes huesos blanqueados.

—Este perro ha venido para que lo matemos, como hicimos con el amo —dijo riendo Alvar, buscando enfurecer a Witerico para descentrarlo.

Este, superada la sorpresa inicial, se limitó a tratar de apartar cualquier pensamiento de su mente hasta lograr calmarse. Bastante alterado se encontraba a causa de la desaparición de Elvia como para dejarse aturdir por aquel nuevo mazazo que tanto dolor removía. Resopló abrumado. Si aquellos dos estaban allí, Ragnarico no debía de andar muy lejos.

Ragnarico cayó desplomado al suelo. No le importó el impacto con el irregular terreno, ni siquiera notó las piedras que se le clavaron en las rodillas y le arañaron el rostro. No: era imposible sentir más dolor. Estaba seguro de ello.

Escuchó los pasos que se alejaban hacia la puerta y el chirrido de la reja al cerrarse. Estaba solo otra vez. Dejó las oraciones que había estado repitiendo durante toda la paliza que le habían propinado.

Pensó que antes de su cautiverio ni siquiera era consciente de saber rezar. Sin embargo, aquellas letanías habían aflorado en su mente cuando los esbirros de Gabriel comenzaron a visitarlo, ya sin la presencia del religioso. Eran las oraciones que su madre le había enseñado hacía lo que le parecía una eternidad, antes de que las únicas palabras que escuchara de ella fueran las manifestaciones de odio contra la figura de su medio hermano.

Había perdido la cuenta de los días que llevaba sufriendo aquella tortura. Los hombres entraban y, sin mediar palabra, lo golpeaban con saña. Las primeras veces se había maravillado de que no le hubieran roto hueso alguno, hasta que entendió que no era matarlo lo que pretendían. Evitaban la cabeza y las extremidades y se centraban en las partes blandas, como quien rompe las fibras de un trozo de carne para reblandecerla antes de espetarla.

Tras un tiempo indeterminado de sufrimiento, lo dejaban en el suelo y desaparecían hasta la siguiente ocasión. Nunca sabía cuándo sería. Cuando se abría la puerta, no podía predecir si le traerían agua, alimento o golpes.

Recordó los tiempos en que era él quien infundía temor, quien infligía tormento a los demás, quien gozaba con su sufrimiento... Porque él era un señor, aunque entonces se lo negaran.

Notó que algo trepaba por su espalda y avanzaba sobre su piel repleta de verdugones, en dirección a su cabeza. Haciendo un gran esfuerzo estiró el brazo derecho y golpeó el peludo lomo del animal. Gruñó cuando la rata intentó morderlo y luchó por incorporarse, apretando los dientes.

Un señor, pensó; desde que usara por primera y única vez aquella expresión con Gabriel, reclamándole un trato más digno, el religioso no había vuelto a presentarse allí. Ese mismo día había comenzado su nueva pesadilla.

Otros hombres se habían unido a la lucha para pelear hombro con hombro con Argimiro, así que Hermigio pronto estuvo más liberado. La sorpresa inicial había pasado, y los hombres de Astigi se habían repuesto y hacían valer su superioridad numérica en los túneles.

El joven avanzó hacia el interior de la estancia principal, que recorrió con la mirada. De repente, dos sombras que huían túnel adentro le llamaron la atención. Sin dudarlo, agarró la más cercana de las teas y salió corriendo detrás.

—¡Elvia! —exclamó—. ¡Se llevan a Elvia!

Hermigio no se equivocaba. Aprovechando la confusión, Armindo había conseguido liberarse de sus ataduras y había ido a por la mujer, a la que obligaba a avanzar a punta de espada. Si no lograba escapar de sus captores, ella le daría la última oportunidad de sobrevivir. Puesto que aquellos hombres no habían vacilado en movilizarse para salir en su búsqueda, la pelirroja debía de ser lo suficientemente importante para ellos como para que se lo pensaran antes de hacer algo que la pusiera en peligro, de modo que intentaría convertirla en su salvoconducto para lograr salir de allí.

Le pareció oír pasos tras ellos y soltó un reniego. Ganaban terreno a trompicones, mucho más lentamente de lo que hubiera querido. Por mucho que intentara apurar el paso de la mujer, pinchándola con la punta de su arma, lo cierto era que el suelo irregular, la oscuridad, las ataduras que le inmovilizaban los brazos y su vestido destrozado le hacían extraordinariamente más difícil caminar.

Cuando acababan de torcer la primera esquina, dejando atrás la luz de la antorcha de su perseguidor, Elvia cayó cuan larga era al suelo.

—¡Arriba, maldita ramera! —gritó Armindo fuera de sí.

Trató de levantarla con la mano libre, pero la mujer no colaboraba. Enfurecido, la golpeó con la parte plana de la hoja y ella soltó un grito agudo.

—No me obligues a matarte —murmuró él, lanzando una mirada furtiva por encima de su hombro, nervioso por la cercanía de sus perseguidores—. Aún no.

XXXI

Witerico escrutó a los guerreros que le cortaban el paso, consciente de que ambos eran buenos luchadores y tan taimados y faltos de escrúpulos como pudiera serlo Ragnarico. Ellos tampoco parecían tenerlas todas consigo a la hora de enfrentarse a él: intercambiaban miradas nerviosas, como si los dos esperasen que fuera el otro el que atacara en primer lugar.

El tiempo corría en contra de Witerico: si aquellos cobardes no se decidían, tendría que tomar la iniciativa. Apretó los mangos de su espada y su puñal y se dispuso a dar un paso adelante. En ese momento oyó una voz a su espalda.

—Por fin Dios ha escuchado mis súplicas y os ha puesto en mi camino. No desaprovecharé este regalo.

Witerico echó una ojeada por encima de su hombro, mientras Alvar y Favila aguzaban la vista tratando de averiguar quién se acercaba. La figura avanzó unos pasos, con la espada apuntando al frente. Era Alberico, y por primera vez en muchos meses su rostro había cambiado su expresión lúgubre por una mueca de ansiedad.

—Bienvenido, compañero —saludó Witerico.

—Démosles lo que se merecen a este par de malnacidos —contestó Alberico, esbozando una sonrisa sombría.

Sin más preámbulos, el antiguo lugarteniente de Ademar se lanzó hacia delante con ímpetu, eligiendo a Alvar como contrincante y dejando que Witerico hiciera lo propio con Favila. Este no tardó en imitarlo, rugiendo de ira.

La espada el enorme guerrero hendía el aire con rapidez. La

irrupción de su compañero había tenido la virtud de hacerle recobrar fuerzas, consciente de que no solo estaba a punto de dar con Elvia, sino que además ese se convertiría en el día en el que pudieran vengar por fin a su señor. Golpeó con la fuerza de una tormenta, apartando de su mente la preocupación y el terror que le generaba la posibilidad de haber llegado demasiado tarde, de estar saldando una deuda de sangre en el mismo momento en que contraía otra. Porque Ademar había sido un guerrero, pero Elvia era solo una muchacha. Y si la habían asesinado, ni siquiera arrebatar la vida de aquellos animales le parecería castigo suficiente para compensarlo.

Se concentró en la lucha. Favila era un buen guerrero, pero no lo bastante para poder compararse con él. Si todavía no había conseguido atravesarlo de parte a parte, se debía únicamente a que el esbirro de Ragnarico conocía aquella gruta mejor que él, y poco a poco, consciente de su inferioridad, retrocedía en el interior del subterráneo, burlando sus embates.

El fragor del combate a su alrededor parecía menguar. Muchos de los hombres a los que hasta entonces las catacumbas les habían valido de guarida yacían sin vida en el suelo. Aunque las sombras que se agigantaban en las paredes, bailando y desvaneciéndose al ritmo que marcaban las parpadeantes antorchas, le confundían la vista, le pareció distinguir a Hermigio a lo lejos, aferrado a una de las teas que tan buen servicio les habían prestado. Parecía encaminarse hacia un objetivo concreto. Aprovechando un respiro en la pelea, siguió la dirección de sus pasos con la mirada. Una figura apresurada empujaba a otra más menuda. Se fijó en esta última y el destello de fuego de su cabellera hizo retumbar su corazón. ¡Era Elvia, y estaba viva! Solo tenía que acabar con Favila para poder ir tras ella.

Un inesperado impacto por debajo de la rodilla le recordó que aquel maldito todavía vivía. Aprovechando su instante de ensimismamiento había adelantado el arma y había conseguido alcanzarlo, buscando además un hueco que su malla dejaba desprotegido. Quiso dar un paso, pero el dolor le hizo trastabillar.

Vio la euforia brillar en los ojos de su adversario y maldijo, incrédulo, su propia estupidez. No podía fracasar ahora que había llegado tan lejos, ¿verdad?, pensó, algo mareado por la rápida pérdida de sangre.

Alberico, pasados los primeros instantes de euforia, también sufría frente a su oponente. Alvar había conseguido infligirle un largo corte en el antebrazo, atravesando su protector de cuero endurecido, que quedó prácticamente inservible. Alberico se lo terminó de quitar para que no lo molestara al moverse y se colocó de nuevo en guardia. La herida no era grave, pero le había hecho perder la iniciativa en el combate.

Alvar, tan esperanzado por el curso que tomaba la pelea como temeroso ante el número de adversarios que llenaban las catacumbas, atacó a Alberico con rabia. El antiguo lugarteniente de Ademar desvió cada uno de los lances. Los golpes metálicos resonaban en las paredes de piedra de la caverna, como si el mismo Vulcano, antiguo dios romano de la fragua, estuviera en aquel subterráneo martilleando sin cesar.

Un nuevo corte se sumó al del brazo, este cerca del tobillo. Un fino reguero de gotas de sangre comenzó a dejar constancia en el suelo de los pasos que iba dando, de sus evoluciones durante la lucha. Sentía la articulación responder con lentitud, rígida y dolorida. Sus fuerzas menguaban, pero él aún no había dicho su última palabra. Avanzó cuan rápido pudo, ignorando las punzadas que le recorrían la pierna, y lanzó un tajo vertical que estuvo a punto de sorprender a Alvar. A aquel le siguió otro que hizo que la hoja de su contrincante se acercara peligrosamente a su cuerpo para detener su espada.

«Ademar...», invocó en su mente, y su voluntad se fortaleció al instante. Una serie de golpes consecutivos, cada uno más fuerte que el anterior, consiguieron acorralar a su enemigo. Alvar subió la guardia para desviar el último, dirigido a su cabeza, y abrió unos ojos como platos al darse cuenta de que no le daría tiempo de cubrirse el pecho. Alberico se abalanzó sobre él, dispuesto a atravesarlo, pero el brazo izquierdo del hombre de

Ragnarico se movió con la velocidad de un rayo, el acero destellando entre sus dedos, y se clavó como el aguijón de una gigantesca avispa en el cuello de Alberico. La espada que este sujetaba cayó al suelo cuando las fuerzas lo abandonaron de golpe. Quiso hablar, pero las palabras no acudían a su boca, tan solo conseguía atragantarse con su propia sangre. Esperaba el golpe de gracia, que nunca llegó. Alvar dio media vuelta y salió corriendo lo más deprisa que pudo, con la idea de burlar a sus enemigos en los túneles de la catacumba.

Witerico, ajeno a tal circunstancia, había logrado recuperar la iniciativa a base de fuerza bruta, su arma principal. Pensar había estado a punto de convertirse en un error fatal, y no estaba dispuesto a volver a cometerlo. Acosó sin cesar la guardia de Favila, quien tenía que retroceder paso a paso para tratar de salvar su vida.

—Después de acabar contigo despanzurraré a tu jefe —gruñó Witerico, esperanzado.

Por toda respuesta, Favila dio otro paso atrás, exhalando un gemido desesperado cuando pisó una piedra suelta que le hizo perder pie. Witerico saltó hacia él como una fiera hambrienta, y su espada pareció multiplicarse, acosando a su enemigo, cortando su carne. El guerrero de Ademar aulló al sentir como su acero penetraba en el pecho desprotegido de su enemigo; apoyó la pierna derecha en su cuerpo e hizo fuerza con ella para extraer su espada. Sin tiempo para más, inició su carrera en pos de las luces que se adentraban en los túneles.

Ingunda no podía dormir. Nadie lo haría en su situación, pensaba. Permanecía encerrada en la habitación de la posada, a solas con su preocupación y su culpa, con Walamer y los suyos haciendo guardia al otro lado de la puerta. Podía escuchar sus rítmicos pasos, hacia un lado y luego hacia el otro. Aquellos hombres no eran capaces de permanecer quietos un instante, pero lo entendía, vaya que lo hacía. Habían tenido que quedarse allí mientras su señor se encontraba quién sabía dónde, vivo o muerto. El nerviosismo era cuanto tenían en común ella y sus guardianes. Quizá también el miedo, pero de eso Ingunda no estaba segura. ¿Tenían miedo los guerreros? Ella estaba atemorizada y angustiada; además, se sentía responsable de lo que estaba sucediendo. De todo: de estar allí, en Roma; de la desaparición de Elvia; de los peligros que acechaban a su esposo aquella noche...

Oyó un suave golpeteo en la puerta, al que siguió la voz de Walamer.

—Mi señora, ¿dormís?

La mujer suspiró y se obligó a responder.

—No, Walamer.

—Lo imaginaba... Saldré un instante a la calle por si pudiera ver algo desde allí. —Tuvo que hacer un esfuerzo para no decir lo que pensaba: que su señor y los astigitanos habían partido hacía demasiado tiempo para que aún no tuvieran noticias—. Cyrila y Astolfo quedarán aquí, velando por vos.

Ingunda asintió, pero no respondió. Velando por ella. ¿Y quién velaría por Argimiro? Se cubrió el rostro con la sábana y lloró.

Hermigio avanzaba todo lo rápido que podía. Percibía el tenue resplandor de la tea que llevaba el captor de Elvia en la lejanía. Apretó el paso, forzando sus largas piernas, espoleado por la preocupación. Le faltaban apenas una decena de zancadas cuando tropezó con algo. Le había parecido notar un impacto en el tobillo mientras corría, había trastabillado y el suelo irregular había logrado que diera con sus huesos en él. Se forzó a levantarse enseguida para no perder de vista a la mujer y su captor.

Justo cuando se ponía en pie vislumbró un destello de metal que le advirtió del peligro que corría. Se lanzó hacia un lado, pero no lo bastante rápido: la punta de la espada consiguió en parte su objetivo y se hincó superficialmente en su muslo. Se dejó caer de nuevo y reptó en el suelo para tratar de escapar de su agresor, que en ese momento se mostraba ante sus ojos: Alvar.

Armindo se había detenido a comprobar lo que ocurría a su espalda. Resopló, aliviado, cuando vio que se trataba de su compañero, y no de nuevos perseguidores.

—¡Acaba con él y síguenos! —le gritó, agarrando a la mujer nuevamente por su ropa hecha jirones.

Alvar no respondió. No era necesario que nadie le dijera lo que debía hacer. Se acercó a su enemigo espada en alto, consciente de que este no empuñaba arma alguna, por lo que no debía temer un contraataque. Hermigio agitó la tea frente a sí, presto para esquivar la hoja mortal.

Un súbito grito los sobresaltó. Lo había proferido Armindo. Elvia, aprovechando la distracción momentánea y la escasa distancia que los separaba, le había propinado un fuerte puntapié en la entrepierna.

Alvar detuvo su brazo un instante, divertido por la escena, pero la pulla que pretendía lanzarle a su compañero para burlarse de su descuido no llegó a pronunciarla: la enorme figura de Witerico se le echó encima y lo hizo rodar por el suelo. El guerrero ignoró la espada para tomar con ambas manos la cabeza de Alvar y golpearla contra el piso rocoso e irregular hasta romperle el cráneo.

Hermigio, liberado de su agresor, hizo un último esfuerzo para lanzarse hacia donde estaba Armindo, todavía levemente encogido por el dolor. El hombre, al reparar en la desesperada situación en que se encontraba, olvidó a su prisionera y trató de escapar él solo. Mas no llegó muy lejos: Elvia, libre de la vigilancia a la que la había sometido, lo zancadilleó cuando pasaba a su lado y lo hizo caer. En pocos segundos, Hermigio le saltó encima y lo inmovilizó.

Witerico, a sus espaldas, soltó por fin la cabeza de Alvar. Miró sus brazos manchados de sangre y de una desagradable sustancia viscosa y luego al que había sido su enemigo, cuyo cráneo había quedado hecho pedazos. Se puso en pie, tembloroso, y se acercó a Elvia, a la que dedicó un leve gesto que pretendía ser cariñoso antes de centrarse en Armindo.

Hermigio, sentado a horcajadas en su espalda, contenía los intentos del tipo por incorporarse. Witerico buscó su arma y la esgrimió. Todo había acabado, pensó. Todo, salvo matar a Ragnarico. Le pareció escuchar la voz de Elvia, pero no le prestó atención; más tarde la abrazaría hasta cansarse. Hizo una seña a Hermigio para que se apartara y pronto la punta de su espada ocupó su lugar.

Los dedos aún le temblaban, y se obligó a presionar con fuerza la empuñadura para que su acero no vacilara.

—Hijo de puta —dijo con una voz que no le pareció la suya—, cómo te habrás divertido riéndote de nosotros esta noche, sin decirnos que eras un hombre de Ragnarico. El señor Ademar siempre tuvo razón: cualquier desgracia que llegue a ocurrir puede ser por culpa de esa sanguijuela, pero tú, al menos, ya no te reirás más.

Elvia permanecía inmóvil, consternada al contemplar el aspecto que presentaba Witerico: parecía sacado de una pesadilla, cubierto de sangre por doquier. Al escuchar aquellas palabras recordó cuando el propio Ademar las pronunció, al poco de rescatarla. Aquel hombre era el mismísimo demonio.

—¿Ragnarico? —preguntó Hermigio sorprendido, pues el joven y Argimiro eran los únicos que no conocían a Alvar y a Favila.

—Sí —gruñó Witerico—. Estos desgraciados eran sus esbirros, así que el amo no debe de estar lejos de sus perros.

Armindo, sabiéndose perdido, lloró, imploró y no dudó en renegar de quienes hasta entonces habían sido sus compañeros, pero la presión de la punta de la espada de Witerico sobre su piel no se aflojó ni un ápice.

—No os confundáis, yo no tengo nada que ver en eso. Casi no conocía a ese Ragnarico, ¡nunca he pisado Astigi! —acertó a decir para desmarcarse de las cuentas pendientes que sabía que tenían los demás desde hacía muchos años.

—Eso no cambia nada. Y a todas estas, ¿dónde está ese malnacido de Ragnarico? ¿Escondido como una rata en su agujero? ¡Muéstrate, hijo de perra! —bramó, haciendo que su voz resonara en los túneles.

Armindo no respondió, incapaz de articular ninguna palabra coherente. Golpeaba el suelo con los puños, sollozando con desesperación, hasta que la espada de Witerico hurgando entre sus costillas lo animó a reunir el valor suficiente para hablar.

—No lo sé —aseguró, y se encogió esperando un estallido de ira.

—Habla, maldita alimaña. —El tono de Witerico era bajo y peligroso.

—No lo sé —repitió—. ¡Ninguno de nosotros lo sabía! Por eso lo buscábamos en la ciudad. Vi a la mujer, recordé que iba con vosotros y pensé que quizá lo habríais capturado y lo teníais en vuestro poder, o que habríais terminado con su vida. Solo queríamos interrogarla, nada más. ¡Les dije a Alvar y a Favila que no le tocaran un pelo!

—Hasta que tú llegaras —recordó Elvia con rencor—. Me amenazaron. ¡Me rompieron el vestido!

—Pagarás por eso —aseguró Witerico—, pero, antes de morir, cuéntame: ¿qué sabes exactamente de Ragnarico?

—Desapareció hace semanas sin dejar rastro, justo cuando llegamos a la ciudad. Desde entonces, ninguno de nosotros lo ha vuelto a ver.

—En ese caso, lo más probable es que esté muerto —sentenció Hermigio.

La presión de la hoja en su espalda obligó a Armindo a reaccionar otra vez.

—Eso es lo que creemos. Si no hubiéramos encontrado a la mujer, habríamos abandonado su búsqueda enseguida y nos habríamos marchado de aquí. No lo habíamos hecho ya por temor a Favila y a Alvar. Ellos sí eran sus hombres...

Witerico no podía creer lo que oía. Qué más hubiera querido él que ser culpable de la desaparición de Ragnarico y haber terminado con la vida de esa rata traicionera. Lo había deseado una y mil veces, y al bajar a aquella gruta infernal había pensado que lo tenía cerca. Al menos habían segado la vida a aquellos desheredados a los que tanto odiaba; sin embargo, la oportunidad de ajustar cuentas con su cabecilla se desvanecía nuevamente. Su mente evocó las muchas afrentas que a lo largo de su vida le habían infligido los dos hombres, y mientras aflojó la presión que ejercía su mano sobre su arma. Armindo experimentó una ilusoria sensación de tregua.

—Puede que no fueras su hombre, como nos has asegurado una y otra vez, pero has demostrado que merecías serlo, bastardo. Salúdalo de mi parte en el infierno.

Tomó la empuñadura de su espada con ambas manos y enterró la hoja en el cuerpo de Armindo con toda la fuerza de sus músculos. El metal penetró en la carne, destrozó el hueso y perforó el corazón. Armindo murió al instante, clavado en el suelo.

Argimiro extrajo su hoja del pecho de su adversario. Cuando lo hizo reparó en que el escándalo que hasta entonces había inundado la estancia iba remitiendo poco a poco.

Tomó resuello y apoyó la punta de su espada en el suelo. No había acudido ningún otro de los bandidos a medir su acero con el suyo. El combate parecía estar a punto de acabar. Únicamente dos parejas de hombres continuaban luchando.

—Señor Argimiro, ¿estáis bien?

—Todo ha terminado, Haroldo. ¿Has visto a Elvia? —preguntó mientras el ruido cesaba y los hombres de Astigi terminaban con los últimos intentos de resistencia.

Haroldo negó con la cabeza, pero indicó con el brazo hacia delante, donde se bifurcaban sendos túneles.

—Se la han llevado por allí. Algunos de los nuestros han ido tras ellos.

Argimiro asintió y, por primera vez desde que comenzara el combate, recordó cuánto le dolía el hombro. Emitió un quejido y, al intentar ir hacia el lugar que Haroldo señalaba, tropezó con el cuerpo que había quedado a sus pies. Repentinamente sintió curiosidad por quienes habían sido sus adversarios esa noche.

—Haroldo, ilumina aquí —dijo, señalando hacia el suelo.

El guerrero acercó la tea y ahogó una maldición al reparar en los exóticos rasgos del cadáver.

—Esto... ¿Un jodido árabe? ¿Aquí? —exclamó Argimiro, sorprendido por el hallazgo.

Haroldo entregó la antorcha a Argimiro y se inclinó sobre el cuerpo. Apartó los mechones de pelo que le cubrían el rostro y le abrió las vestiduras a la altura del pecho para confirmar su primera impresión.

—Nos han seguido hasta aquí. ¡Hermigio tenía razón desde el principio!

Argimiro no entendía de qué hablaba. Él no sabía quiénes eran Favila y Alvar, ni ninguno de aquellos desheredados a los que habían abatido en la catacumba.

—¿Quiénes? ¿Quién demonios nos ha seguido hasta aquí?

—Los hombres de Ragnarico.

—¿Qué? —Argimiro abrió los ojos desmesuradamente.

—Oí como Witerico insultaba a Favila, y como aquel le respondía. Y yo mismo he luchado contra uno de ellos.

La tea chisporroteó en la mano de Argimiro. Pensaba que se habían enfrentado a una vulgar partida de salteadores, y que Ingunda y Elvia habían tenido mala suerte ese día, como podría haberla tenido cualquier otra mujer que se hubiera topado con uno de esos indeseables. Al parecer, el encontronazo no había sido producto del azar. Y ellos habían ido a meterse en la boca del lobo, sin saber lo afilados que podían llegar a ser sus colmillos. Al menos, habían vencido; que él supiera, todos sus enemigos habían caído bajo sus armas.

—¿Y los árabes? —preguntó.

—Estarían ayudándolo a buscar la reliquia. Hermigio aseguró que uno de ellos fue quien mató a Sarus en Caesaraugusta, y que nos seguirían allí a donde fuéramos.

Argimiro abrió la boca, sin que de sus labios saliera palabra alguna.

—¡Aquí, aquí! —llamó uno de los hombres de Astigi.

Varios guerreros respondieron a la llamada y en poco tiempo la mayoría de las teas se reunieron muy cerca de donde comenzaba uno de los túneles que partían desde la estancia principal. Los hispanos se arremolinaron en silencio, con la vista fija en el suelo. Argimiro se acercó, apartando suavemente a los guerreros con el brazo sano, hasta poder comprobar qué era lo que estaban contemplando. Tendido a sus pies, con una fea herida hendiéndole el cuello, se encontraba el cuerpo sin vida de Alberico.

Elvia sollozaba sin control. Al ver que Armindo abandonaba este mundo se había permitido relajarse, y las lágrimas habían comenzado a rodar por sus mejillas, liberando la asfixiante tensión, el llanto acudiendo presto a cicatrizar las heridas de su alma. No recordaba haber llorado tanto desde hacía años, justo antes de que aquellos hombres la salvaran, igual que acababan de hacer en ese momento.

Witerico, desarmado, se acercó a ella despacio, como quien teme sobresaltar a un animal herido. Por un momento pensó que su terrible aspecto, bañado en sangre y sucio de sesos, provocaría rechazo en la mujer, pero Elvia se lanzó contra su pecho y lo abrazó todo lo fuerte que pudo. Sus sollozos se ahogaron contra su ropa manchada, hasta que la gruta quedó nuevamente en silencio.

Hermigio se alejó unos pasos y se dejó caer al suelo. Sentía en la pierna un desagradable cosquilleo, y los músculos alrededor de la herida palpitaban dolorosamente. Con todo, no era aquello lo que más le dolía. Además, sabía que la herida se cerraría en unos días, semanas a lo sumo. Sin embargo, la tristeza por no poder tener a la mujer a la que amaba tardaría mucho más en remitir, si es que no lo acompañaba hasta la tumba.

Las enormes manos de Witerico acariciaban con dulzura el cabello de Elvia. Hermigio tragó saliva y desvió la mirada hacia el frente, donde el contorno de la espada del guerrero destacaba sobre el cadáver de Armindo. La astur nunca sería suya, sus ojos no lo contemplarían con amor, y no serían sus brazos aquellos en los que buscara consuelo. Más le valía asumirlo y alejarse de ella, por muy doloroso que le resultara. Se acostumbraría a ello, no le quedaba más remedio.

A pocos pasos de él, Witerico besaba tiernamente la cabeza de Elvia mientras daba gracias a Dios y a cuantos santos conocía por haberla encontrado con vida. Recordó lo que habían sufrido él y sus compañeros para llegar hasta allí, regando aquellos túneles oscuros con su sangre. No sabía cuántos guerreros habrían dejado la vida en la lucha, pues entre la penumbra y su angustia por la mujer apenas había prestado atención a lo que sucedía a su alrededor.

Como contrapartida, habían dado muerte a los desheredados de Ragnarico. Quedarían allí para siempre, insepultos. Aquel mundo subterráneo y olvidado era sin duda un buen lugar para ellos, casi el infierno que merecían.

XXXII

El eunuco hizo una señal a los hombres que le servían de escolta. Rápidamente, sin necesidad de palabras, dos de ellos llamaron a la puerta con estrépito mientras los otros cuatro se situaban a su espalda. No tardó en abrirse, y aparecieron bajo el dintel el administrador de la propiedad y uno de los guerreros que custodiaban el palacio.

El rostro de preocupación del administrador fue recibido por el eunuco con una mueca de desprecio. Entendía al hombre. No resultaba nada habitual su visita, pues en pocas ocasiones se veía al eunuco fuera de las dependencias de palacio, donde servía fielmente a su señor Suleiman. Aquella, no obstante, era una situación excepcional.

—Le ha llegado la hora a Musa ibn Nusayr. Traedlo inmediatamente.

Argimiro estaba tumbado en su camastro mirando las desvencijadas vigas del techo. Llevaba allí diez días, desde el enfrentamiento en las catacumbas. Percibía lo viciado del ambiente, por mucho que Ingunda se esforzara en refrescar la habitación. El aire pesaba, hundiéndolo en el colchón.

—¿Cuándo piensas levantarte? —oyó que le preguntaba su mujer, que entraba en la habitación cargada de toallas, dispuesta a asearlo.

Desvió la mirada del techo y contrajo los músculos del brazo. Notó la tirantez del hombro izquierdo, allí donde la punta de la flecha había hendido su carne. Pasó los dedos delicadamente sobre la gasa que cubría la herida y se maravilló al no sentir el dolor agudo que hasta entonces lo había mantenido postrado.

—Créeme si te digo que es lo que más quiero.

—Ese cazador, Ulbar, es muy hábil con el cuchillo —dijo Ingunda, recordando cómo había conseguido extraer la punta de la flecha del hombro de su marido antes de curarle la herida.

—Lo es —respondió él, flexionando ligeramente el brazo y arrepintiéndose casi de inmediato. Estaba mucho mejor, pero no lo suficiente para emprender el regreso a Carcassona, como se proponía—. ¿Ya ha ido Hermigio a entrevistarse con Sinderedo?

—Ha ido esta misma mañana. Todavía no ha regresado.

Argimiro suspiró aliviado.

—Bien. Entonces, en breve podremos marcharnos a casa.

Un velo de tristeza cubrió el rostro de la mujer. A casa, pensó. Qué habría sido de su hogar, en Calagurris.

Hermigio aguardaba enfrente del gran templo, escoltado por Haroldo y Witerico, acariciando mecánicamente la tela con la que había cubierto la reliquia.

Se aproximó un hombre vestido con hábito seguido por dos criados.

—Solo uno de vosotros puede pasar —espetó secamente, lanzando miradas de disgusto a los tres hispanos.

Por toda respuesta, Hermigio dio un paso adelante e hizo una seña a sus compañeros para que se mantuvieran en sus puestos.

—Las armas no son bienvenidas a la casa del Señor —indicó el sacerdote, señalando su costado.

Tras deshacerse de su espada entregándosela a Witerico, siguió al religioso hacia el interior de la basílica.

Sobrecogido, traspasó la primera puerta y entró en la sede de San Pedro. Ante ellos se abrió un enorme patio porticado en el que pequeños grupos de hombres vestidos con hábito charlaban por doquier. Más allá, una nueva entrada daba paso al resto del complejo, el lugar donde se encontraría el papa. Sin embargo, su guía no llevó a Hermigio hacia allí, sino que torcieron a la izquierda y se internaron bajo el pasillo porticado y traspasaron una de las múltiples puertas del edificio que servía de límite a la basílica. Subieron al menos dos pisos, hasta llegar a una puerta custodiada por sendos hombres de armas. Ambos se apartaron en cuanto reconocieron al sacerdote que encabezaba la comitiva; este abrió la puerta e hizo una indicación a Hermigio para que lo siguiera. Tras ellos, uno de los guerreros entró en la estancia y cerró de nuevo.

Hermigio tardó un buen rato en reparar en la figura que se encontraba a unos veinte pasos de ellos, inclinada sobre unos legajos.

—Mi señor Sinderedo, este es el hombre del que hablábamos —informó su guía al obispo.

El metropolitano levantó muy lentamente los ojos del pergamino y trató de fijarlos en el recién llegado, entrecerrando los párpados como si le costara dejar atrás las letras para concentrarse en las personas. Hermigio no pudo evitar pensar, con un nudo en la garganta, lo frágil y anciano que parecía aquel hombre en el que Bonifacio había puesto todas sus esperanzas.

—Podéis iros —indicó al guerrero, que abandonó la habitación para apostarse tras la puerta.

El sacerdote hizo una señal a Hermigio y avanzaron juntos. Se sentaron en sendos bancos a escasa distancia del escritorio del metropolitano.

—Así que vos sois uno de los hispanos que llevan meses queriendo verme.

Hermigio tragó saliva, sin dejar de mirar las ajadas manos del obispo.

—Sí, mi señor. Hemos recorrido un largo camino para reunirnos con vos.

—Me lo han contado. Por desgracia no me encontraba aquí, sino en Ravena. Antes de nada, ¿cómo está nuestra tierra? ¿Podéis decirme algo que no sepa?

Hermigio miró de manera alternativa a ambos religiosos. Lamentablemente, no tenía más certezas que aquellas con las que había huido de Caesaraugusta un año y medio atrás.

—El país se desmorona, señor. Cuando nosotros lo abandonamos, las hordas enemigas campaban a sus anchas en la mayor parte del territorio. Todo ha sido una sucesión de desgracias desde aquella funesta jornada en la Betica.

—Desgracias que nos han sumido en la oscuridad, y que lo harán en el olvido —apostilló Sinderedo enérgicamente. Su ímpetu sobresaltó a Hermigio—. ¿Estuvisteis allí?, ¿en la batalla en la que perdió la vida Roderico? —preguntó con interés.

—Allí estuve, su excelencia. Y ese es uno de los motivos por los que hoy estoy aquí, frente a vos.

—Explicaos, joven.

—Estuve en la batalla acompañando a Bonifacio, el clérigo.

Sinderedo dio un respingo al escuchar el nombre de su antiguo amigo y se puso en pie.

—Puedes dejarnos —indicó al religioso que había acompañado a Hermigio.

Este lo miró con sorpresa pero se apresuró a obedecer, dedicándole una inclinación de cabeza antes de desaparecer tras la puerta. Hermigio aguardó expectante.

—¿Os apetece un refrigerio? —dijo Sinderedo, cortés, una vez estuvieron a solas.

—Agua, señoría, si no es molestia —respondió Hermigio.

—Agua para vos..., vino para mí —exclamó el metropolitano, rellenando sendas copas y acercándose hasta donde aguardaba el joven—. Continuad, pero antes decidme: ¿qué ha sido de Bonifacio? ¿Aún vive? —preguntó, tratando de que su voz no dejara traslucir su ansiedad.

—Lamento deciros que no, mi señor. Es por eso por lo que he venido. Bonifacio me aseguró que erais merecedor de su total confianza, y me instó a dirigirme a vos si él faltaba.

—Que Dios misericordioso lo tenga en su seno —susurró Sinderedo, procurando contener la emoción.

Hermigio acarició la tela del paquete que continuaba en su regazo, impresionado por la reacción del metropolitano. Luego procedió a retirarla con cuidado hasta dejar a la vista la fabulosa reliquia.

—Esto es lo que nos ha traído hasta vos, mi señor.

Sinderedo se quedó boquiabierto, pero las palabras no acudieron en su auxilio. Se limitó a tomar entre sus manos la dorada pieza y acariciarla como si se tratara del más frágil y hermoso animal que hubiera tenido nunca en sus brazos, mientras dedicaba al muchacho una mirada interrogativa.

—Como sabéis, es la pata de la mesa del rey Salomón. Debo explicaros la razón de que esté aquí, cercenada de esta manera.

Estuvieron largo rato hablando, casi como en una confesión. Hermigio sentía que la tensión acumulada en su interior se liberaba a medida que le iba narrando su historia a aquel anciano amable y comprensivo, que en nada recordaba al agrio Bonifacio. Sin embargo, los dos hombres se habían tenido en alta estima.

Horas más tarde, uno de los miembros del séquito de Sinderedo se atrevió a entrar en la estancia, asustado por el mucho rato que llevaba su señor encerrado con el desconocido.

—Mi señor, ¿necesitáis algo? —preguntó, acercándose aun a riesgo de resultar indiscreto—. Su santidad quiere veros en menos de una hora, y creí conveniente recordároslo.

Sinderedo se palmeó los muslos, sorprendido por el largo tiempo transcurrido.

—Joven Hermigio, para mí sois como un ángel llegado del cielo —dijo, tomando entre sus manos arrugadas las firmes manos del joven—. Me gustaría veros de nuevo, pues si Bonifacio os distinguió con su confianza, creo entender el porqué. Yo mismo estoy en deuda con vos, y me agradaría poder seguir hablando sobre nuestra tierra y sobre vuestro complicado camino hasta encontrarnos. Venid otro día, por favor.

Hermigio asintió. Él también había pasado una mañana muy agradable. Tras tantas vicisitudes, por unas pocas horas había creído sentir cierta paz. Había olvidado las penalidades, la responsabilidad que había asumido en los últimos tiempos e incluso, por un breve instante, el recuerdo de Ademar. A quien no había conseguido olvidar era a Elvia. Cuando cerraba los ojos veía su melena roja frente a él. Cercana, pero a la vez tan lejana... Tenía que poner distancia entre ellos, por mucho que le pesara esa decisión.

—Será un honor atender a vuestra llamada, ilustrísima.

—El domingo venid a misa conmigo. Será el propio papa quien la oficie, aquí, en la basílica. Venid a la hora tercia, así tendremos tiempo para hablar antes.

Hermigio asintió, y justo en el instante en el que se retiraba recordó que todavía le faltaba algo por entregar.

—Excelencia, esto también es para vos —dijo, extrayendo la carta que le había dado Ulbar—. Es de Fredegario, *comes* de Nemausus. Os presenta sus respetos.

El rostro del metropolitano se iluminó brevemente. Fredegario, uno de sus más distinguidos pupilos cuando se encontraba en Toletum y era aún un hombre en la plenitud de la vida.

—Doblemente dichoso me has hecho hoy, Hermigio. Gracias.

El joven hizo una pequeña reverencia y cruzó el marco de la puerta con una sonrisa en los labios. Apenas podía creer que alguien como él hubiera conseguido llegar hasta Roma, y no solo eso: iba a asistir a una celebración oficiada por el mismísimo papa. Si su madre levantara la cabeza...

El ambiente en la posada era de lo más animado. Estaban en primavera, y en los hombres se había instalado una cierta euforia tras saber que la reliquia había quedado a cargo del antiguo metropolitano de Toletum. Podrían regresar y rehacer sus vidas. Al menos, en parte.

Cuando Argimiro entró en el comedor, los hombres lo vitorearon, tras tantos días sin verlo. Estaba el grupo al completo: Elvia, Witerico, Haroldo, Walamer, Ulbar y el resto de los guerreros, salvo los seis que habían perdido la vida en las catacumbas.

—Aquí termina nuestra misión —comenzó a decir Hermigio, poniéndose en pie, a la vez que hacía una seña a Argimiro para que tomara asiento—. Ahora es el obispo Sinderedo el custodio de la reliquia, por lo que nosotros quedamos liberados de nuestro juramento.

Los hombres de Argimiro jalearon sus palabras, pero no todos los guerreros parecían compartir un ánimo similar. Witerico carraspeó. No eran días fáciles para él. Había recuperado a Elvia, pero había perdido a un buen amigo, Alberico. Quizá, de haber podido acabar con la vida de Ragnarico, la venganza lo habría ayudado a mitigar en parte ese dolor.

—Hay algo que todavía me preocupa —intervino con voz queda—: no he visto el cadáver de Ragnarico.

Hermigio se temía aquella respuesta. Él estaba seguro de que el medio hermano de Ademar llevaría semanas muerto, asesinado en cualquier esquina de la ciudad, pero no todos los demás lo tenían tan claro. Habían hablado de la cuestión y Witerico estaba de acuerdo en que era lo más probable, aun así, no parecía capaz de dar por zanjado el asunto sin haber visto el cadáver de aquella alimaña con sus propios ojos.

—Ragnarico está muerto —aseguró Argimiro con firmeza—. Nada conseguirás quedándote aquí a esperarlo, pues no aparecerá.

Witerico se removió en su sitial, incómodo, hasta que Elvia le pasó la palma de la mano por el antebrazo.

—Habría preferido ver su cuerpo pudrirse sobre la tierra.

—No lo verás —interrumpió Argimiro—. A estas alturas apenas será ya más que un montón de huesos recubiertos de carne putrefacta. Nada de lo que vinimos a hacer nos retiene ya aquí. Ha llegado el momento de regresar a Carcassona. Partiré en una semana. Quiero llegar a mis nuevas tierras antes de que comience el verano.

La caricia de Elvia se convirtió en un apretón. Witerico, sorprendido, la miró a los ojos. En ellos advirtió su súplica muda: necesitaba irse de Roma. Nunca se había encontrado cómoda en la ciudad, y menos desde que aquellos hombres la habían capturado. Se sentía atrapada, agobiada, atenazada por la pena. Él la conocía, la había visto ser feliz en Caesaraugusta y apagarse poco a poco después. Así que tomó una decisión.

—De acuerdo, regresaremos a Carcassona.

Hermigio, sentado al otro lado de la mesa, no lograba apartar su mirada de la muchacha. Al escuchar la respuesta de Witerico, los ojos de Elvia se iluminaron de felicidad, y la belleza que irradiaba el rostro de la mujer se volvió insoportable para el más joven del grupo. Nunca sería suya, nunca brillaría por él. Debía alejarse de ella, y de todos. Empezar un nuevo camino.

Para entonces, todos los hombres reían y lanzaban chanzas, felices de regresar, así que la declaración de Hermigio los dejó estupefactos.

—Yo me quedaré —fue cuanto acertó a decir.

Argimiro tomó la palabra.

—¿Y qué harás tú aquí? Regresa con nosotros, comienza de nuevo en Carcassona a nuestro lado. No pasará mucho tiempo hasta que Ardo tenga que convocarnos para el combate.

Hermigio meneó la cabeza, se frotó los párpados cerrados con los dedos y, al abrir de nuevo los ojos, reparó en que Elvia lo miraba fijamente. Le pareció que el corazón le estallaba en mil pedazos otra vez. Una parte de su ser anhelaba continuar a su lado, ver su rostro una mañana tras otra al despertar. Al mismo tiempo, sabía que esperar que algún día fuera suya era una esperanza vana, inalcanzable como las mismas estrellas. Así que tragó saliva y retomó la palabra.

—El metropolitano me ha pedido que me quede con él aquí, en Roma.

—¿Vas a tomar los hábitos? —preguntó Witerico sorprendido.

Hermigio dudó; realmente, no había pensado en tal posibilidad. Tan solo se había reunido con Sinderedo en un par de ocasiones más, en una de las cuales había conocido al papa Gregorio. Lo que el metropolitano quería de él —o lo que le había dicho que pretendía— era que le relatara todo lo vivido junto a Bonifacio durante su periplo. Asimismo, le había confesado que necesitaba encontrar un pupilo digno de recibir el legado de toda una vida dedicada al estudio, y le había insinuado que podría tratarse de él. Hermigio dudó. ¿Estaría dispuesto a convertirse en sacerdote? ¿Se lo pedirían? Los ojos de Elvia prendidos de los suyos fueron los que lo empujaron a decidirse.

—Si fuera necesario, quizá estaría dispuesto, aunque no creo que se me exija. Permaneceré aquí. Nada me ata ya a Hispania ni a la Septimania.

Nadie respondió. Un incómodo silencio se apoderó del comedor.

—Eres un guerrero, Hermigio. No creo que este sea un buen lugar para ti —dijo Argimiro—, pero si es lo que quieres, no trataré de disuadirte.

—Es lo que quiero —aseguró él con voz estrangulada.

Argimiro se le acercó para estrecharle la mano y terminó cediendo al impulso de abrazarlo. Uno a uno, el resto fueron despidiéndose también de él, deseándole la mejor de las suertes. Hasta Witerico, visiblemente emocionado, lo apretó con fuerza contra su corpachón. Elvia también permaneció a su lado, contemplando la escena con una leve sonrisa.

—Muchacho, tú no eres un cura —dijo el astigitano en cuanto los pasos de los demás alejándose se fueron apagando—. Argimiro tiene razón: eres un guerrero. Nunca creí que llegaría a decirlo cuando te conocí, pero eres un guerrero como yo, o como lo fueron Alberico y Ademar.

Hermigio sonrió por el cumplido, y a Witerico se le humedecieron los ojos al recordar a sus antiguos compañeros.

—Te lo agradezco, amigo. No, no soy un cura, y espero no serlo, pero necesito pasar un tiempo aquí para olvidar las penalidades que hemos sufrido durante todo este tiempo. Las palabras de Sinderedo actúan en mí como un elixir reparador.

El rostro de Witerico, poco a poco, fue contrayéndose en una mueca, hasta que terminó por explotar en una sonora carcajada.

—No caigas en sus redes, muchacho. No serías el primer novicio que termina descubriendo lo que ocultan sus superiores entre los ropajes.

El circunspecto rostro de Elvia terminó también por contagiarse de las risas de su amado, y exhaló un suspiro divertido.

—No digas sandeces —protestó Hermigio—; no me refiero a eso. Necesito estar aquí, al menos por una temporada. Si después de un tiempo echo de menos mi vida anterior, ya veré lo que hago. De momento me hace falta quedarme hasta que se cierren mis heridas. Es lo que me pide el corazón.

Witerico asintió y le tendió la mano a Elvia, pero ella le indicó con un gesto que lo seguiría más tarde, cuando se hubiera despedido de Hermigio. El joven miró a su alrededor, pero no encontró escapatoria. Tragó saliva cuando la chica se acercó.

—Nunca me habría imaginado que nos abandonarías en este momento —dijo muy seria.

Él se aclaró la garganta, incómodo. De habérselo propuesto en ese instante, le habría prometido seguirla hasta el fin del mundo.

—Yo, si debo serte sincero, tampoco, pero las cosas han cambiado desde que conocí a Sinderedo. —«Y desde que me convencí de que nunca podré estar a tu lado como querría», añadió para sí.

—¿Estás seguro de que quieres convertir esta ciudad en tu hogar? —insistió Elvia.

Hermigio negó con la cabeza.

—No. Mi hogar está muy lejos, al oeste de Toletum.

La mujer se acercó y lo abrazó. Lo estrechó cuan fuertemente pudo, mientras el joven enterraba la nariz en aquel cabello con el que había soñado infinidad de veces. Podría haber pasado así el resto de su vida, pese a que las lágrimas amenazaban con arrasarle las mejillas.

XXXIII

Al-Hurr ibn Abd al-Rahman al-Thakafi desembarcó en las costas hispanas en el mes de junio, poco después de la muerte de Abd al-Aziz ibn Musa. Con él llegaban más de cuatrocientos notables árabes con los que esperaba reorganizar la administración de la recién anexionada provincia. Llevaba meses recibiendo noticias del desastre en el que el difunto hijo de Musa ibn Nusayr había sumido a Hispania con su desacertada política de permisividad respecto a los vencidos, la misma que había provocado su final en la Isbiliya que había pretendido encumbrar.

Aquella antigua familia, la de los Nusayr, estaba maldita, pensó Al-Hurr. El patriarca, Musa, había sido ajusticiado en Damasco poco tiempo atrás. Suleiman ibn Abd al-Malik había ordenado su muerte tras reprobar su actuación en aquel rincón del mundo. Poco después, los mismos esbirros de Suleiman habían ejercido también de verdugos de su hijo al otro lado del mar interior.

—Mi señor —oyó que lo llamaba uno de sus hombres—, ¿nos dirigiremos a Isbiliya?

—No. Nada de lo que hicieron los Nusayr aquí debe perdurar. Iremos hacia el este. Dicen que allí hay una antigua ciudad a la que llaman Corduba. Una vez asentados en ella, pondremos en orden esta tierra.

El guerrero asintió antes de dirigirse a la vanguardia de su partida e indicar que comenzaran la marcha.

—Las reliquias son los objetos más poderosos que nos han sido legados.

Sinderedo estaba apoyado en la ventana, dejándose acariciar por los rayos del sol de finales de octubre. En breve llegaría nuevamente el invierno, y entonces tendría que volver a encerrarse en su casa hasta que regresara el buen tiempo. Otro invierno, pensaba, esperando que no fuera el último ahora que había encontrado a Hermigio.

—Pero nosotros llevamos una al campo de batalla de Tariq, y el resultado del combate nos fue adverso —protestó Hermigio.

—Una trompa de oro conservada en el Templo de Jerusalem. Muchas veces discutí con Bonifacio si sería una de aquellas que sirvió para derribar los inexpugnables muros de Jericó, y al final ni él ni yo pudimos afirmarlo. De todas maneras, ya hemos hablado de eso: el instrumento ni llegó a tiempo ni fue utilizado por Roderico, como le indiqué a Bonifacio que debía hacerse.

—Aun así...

—No, Hermigio. Está bien que cuestiones, pero no dudes —le recriminó el metropolitano, girándose hacia él—. Has llegado hasta aquí por un motivo: tú mismo fuiste capaz de sentirlo. Hemos discutido esta cuestión infinidad de veces.

Sí, llevaban meses debatiendo, pero por mucho que quisiera creerlo y por mucho que disfrutara de la compañía del anciano obispo, no terminaba de comprender el fondo del asunto.

—Lo siento, señor; estoy cansado, solo es eso.

Sinderedo dulcificó su expresión. Entendía la fatiga del joven tras largos meses de intenso aprendizaje. Un aprendizaje que, en condiciones normales, le habría llevado años de trabajo duro. El problema era que el metropolitano no disponía de tanto tiempo, por desgracia. Era un anciano de salud frágil y temía que la muerte lo sorprendiera antes de cumplir su cometido. Al verse solo tuvo miedo de que tanto conocimiento acabara por perderse, pero su viejo y querido amigo había tenido a bien enviarle un nuevo regalo que había avivado su esperanza y azuzado su voluntad: el muchacho.

A lo largo de aquellos meses habían compartido incontables horas de estudio en aquellos aposentos. Para entonces, Hermigio ya reconocía cada una de las reliquias que conservaba Sinderedo y, lo más importante, conocía la historia de cada una. Hermigio aún se maravillaba del saber que atesoraba aquel anciano de frágil aspecto. Todo aquello para Sinderedo tenía un único fin: inmortalizar un conocimiento que representaba su cultura y la de su pueblo. Un pueblo que corría el riesgo de desaparecer para siempre, como les había ocurrido a tantos otros, como al mismo pueblo romano.

El metropolitano no tenía capacidad para oponerse a ello: no era un guerrero, ni tenía huestes bajo su mando. Ahora bien, tampoco estaba dispuesto a consentir que el rico patrimonio que los suyos habían custodiado durante tantas generaciones pereciera con ellos. Si Roma continuaba siendo grande no solo era por él y por otros obispos como él, sino también por todos los saberes que habían sido salvados por diferentes generaciones de romanos desde que el bendito Teodosio declarara el cristianismo como religión oficial del imperio.

La historia de los santos, de sus milagros, de sus martirios, había sido salvaguardada con no poco sacrificio. Godos como él, los vándalos de Genserico, los hérulos de Odoacro, Teodorico el Grande, todos ellos habían profanado aquellos santos lugares, y aun así Roma había sobrevivido. No la grandiosa urbe que asombrara al mundo, pero sí su esencia.

Sin embargo, Tariq ibn Ziyab no se asemejaba a ninguno de los anteriores caudillos bárbaros. Era diferente, igual que los árabes que habían sumido a los imperiales en su mayor crisis desde hacía siglos. Aquellos hombres no solo no se convertirían a su fe, como habían hecho Alarico, Teodorico u Odoacro antes o después, sino que apartarían de ella a los que la profesaban y condenarían al olvido cuanto Sinderedo amaba. Sobre sus hombros recaía la tarea de mantener vivo el recuerdo de su Hispania.

—Ve a descansar. Mañana continuaremos —indicó al joven.

Una vez Hermigio hubo abandonado la estancia, Sinderedo se alejó de la ventana y se acercó a su escritorio. Abrió la caja con mucho cuidado y desenvolvió de la tela la pata de la mesa del rey Salomón. Se deleitó pasando los dedos huesudos por la fría superficie, deteniéndose en cada una de las brillantes gemas que destellaban a la luz de los hachones que iluminaban la habitación. Podía sentir su poder, o eso creía. Un poder incompleto, aullando por la pérdida de su esencia original. Nada valía la reliquia incompleta, salvo en el aspecto material: el fino trabajo en oro, plata y gemas representaba una auténtica fortuna, que sin embargo no era nada en comparación con su potencial.

Sinderedo, aunque le había costado aceptar que la mutilación había sido necesaria, entendía que el proceder había sido correcto, por más que le doliera contemplar aquel fragmento cercenado. La reliquia más poderosa que el mundo conocía había sido destruida, pero su sacrificio había privado a los extranjeros de poseer un arma definitiva con la que sojuzgar a todos los pueblos.

Su tarea a partir de entonces sería custodiarla y preparar a Hermigio para que tomara el testigo cuando él faltara. Quería creer que en Roma estaría a salvo, al menos mientras la amenaza extranjera no sobrepasara los Pirineos. Tenía que alertar al papa para asegurarse de que eso no ocurriera.

El crepitar del hogar lo distrajo, y levantó la mirada hacia las llamas, recordando lo que llevaba semanas pensando: todos los reyezuelos cristianos eran unos estúpidos, como finalmente había demostrado ser Roderico. Era preciso que todos se unieran: francos, lombardos, godos, aquitanos, incluso aquellos pocos sajones convertidos. Juntos debían proteger Roma del fin, que sería también el fin de su civilización. Si la Ciudad Eterna caía de nuevo, la cristiandad entera caería con ella. La herencia de Roma moriría, ya que, para Sinderedo, Constantinopla suponía también el olvido de una cultura milenaria. El emperador y sus se-

guidores eran casi igual de peligrosos que los árabes, pues llevaban siglos enfrentados a hombres como él por asuntos de fe.

Una ráfaga de viento hizo vacilar las llamas del hogar, sumien-
do la estancia por un instante en la oscuridad. Sinderedo miró
hacia la ventana, ya cerrada, e imaginó que habría movimiento
fuera de sus aposentos. Ya era hora de descansar, pensó antes de
agitar su pequeña campana para que acudiera uno de sus sirvientes y lo ayudara a prepararse para dormir.

Ragnarico miraba hacia el techo sin ver nada, como tantas
otras noches, o días, ya ni lo sabía. No era capaz de calcular
cuánto tiempo llevaba en aquella mazmorra, pudriéndose lentamente. Una eternidad, sin duda.

Le parecía que hacía mucho desde la última visita de sus carceleros, pero no sabía si aquello era una buena o una mala señal.
Había aprendido a racionar el agua y los alimentos, pues nunca
sabía cuánto tardarían en volver.

Por un lado se alegraba de que las brutales palizas se hubieran espaciado. Por otro, pasadas unas semanas, había descubierto nuevos miedos: miedo a la soledad que lo envolvía, miedo a
volverse loco, a despedirse definitivamente de una cordura que
tantas veces le había resultado esquiva durante su vida. Llegó
a desear la compañía de aquellos hombres que solo lo molían a
golpes; al menos, el dolor le recordaba que no había abandonado este mundo aún.

Habría preferido mil veces tener un final como el de Zuhayr
en lugar de estar allí, condenado a ver como su vida se apagaba
lentamente. Porque estaba convencido de que aquella prisión
sería el escenario de su muerte. Un final que imaginaba cercano,
consciente de que su salud se estaba resintiendo en aquel agujero y no soportaría durante mucho más tiempo esas penalidades.
Apenas comía más que pan mohoso, el agua era escasa y salo-
bre, y tan debilitado como se encontraba había terminado por
olvidar el asco que inicialmente le provocaran sus peludos com-

pañeros de cautiverio. Por último, estaba aquella tos que hacía que su pecho resonara como si una hoguera crepitara en su interior. Con todo, nada era comparable a la desazón que lo embargaba, al pavor que le causaban la oscuridad, la soledad, la locura en la que se sentía caer poco a poco.

Mientras divagaba acerca de cuánto tiempo le quedaba de vida, y lo dulce que se le antojaba recibir la muda visita de la muerte cuanto antes, oyó como los goznes giraban y la puerta se abría.

Ragnarico se revolvió en el suelo, donde se encontraba hecho un ovillo, tratando de no perder el poco calor que él mismo emitía. Siempre se tendía con el rostro mirando hacia la puerta, por lo que no le quedó más remedio que desviar la vista hacia el suelo, pues sendas antorchas habían sido prendidas y se mantenían suspendidas a pocos pasos de donde se encontraba. Enterró la cabeza entre las piernas, recordando los salvajes golpes que le habían propinado la última vez que había entrado alguien en la celda, con el corazón retumbando en el pecho.

—¿Dormías, Ragnarico? —preguntó Clodoveo antes de que uno de sus acompañantes dejara en el suelo el taburete en el que se solía sentar.

El religioso escrutó el contorno del cuerpo del prisionero, allí tumbado. El godo, por su parte, no sabía si contestar. No dormía, por supuesto que no. Aunque lo habría deseado, pues le permitía liberar su mente atormentada. Era lo más cercano a la muerte que podía conseguir, y si por él fuera, ya se habría entregado al descanso eterno.

—¿Sientes a los ángeles a tu lado, velando tu sueño? —continuó el franco.

—¿Debería? —preguntó Ragnarico por fin, sorprendiéndose una vez más de lo ronca que sonaba su propia voz tras tanto tiempo de silencio.

El guardaespaldas pareció preguntar sin palabras a Clodoveo si había llegado el momento de emplear sus puños y pies con el prisionero, como tantas veces había hecho, pero este le indicó que no. Por fin percibía en el rostro de Ragnarico las huellas de la derrota definitiva, de la rendición total. Ojeroso y lívido, el brillo de animal acorralado que animaba sus ojos la primera vez que lo había visto se había desvanecido por completo. Su cuerpo no estaba muerto, pero su alma sí. Y aquello lo dejaba ya casi totalmente a su merced.

—No, porque has ofendido a Dios.

Ragnarico no respondió, se limitó a abrazarse aún más fuerte las rodillas mientras el frío se apoderaba de su cuerpo.

—Pero el Señor Todopoderoso está lleno de misericordia y nunca deja de lado a sus hijos, por mucho que estos renieguen de Él —continuó Clodoveo su discurso, atento a la reacción que esperaba observar en su prisionero.

Tal y como había pensado que ocurriría, Ragnarico cambió de postura y lo observó con atención, apoyado sobre el codo derecho. El religioso se sorprendió de lo huesudo que lucía el rostro del godo tras meses de encierro y privaciones. Solo lo habían golpeado lo justo y necesario para intimidarlo, para doblegar la altivez propia de un noble, pero su voluntad había sido anulada sin derramar sangre, sin aplicar tormento, hierro ni látigo.

Aunque nunca había estado presente durante aquellas sesiones, Clodoveo sabía que sus esbirros se entregaban a la tarea con devoción. Las prohibiciones estaban claras: no debían acabar con su vida ni provocarle fracturas; lo demás lo dejaba a su elección. Clodoveo confiaba en su trabajo, a pesar de que tampoco es que fueran muy imaginativos. Por otro lado, lo más importante desde su punto de vista no eran las palizas, sino el uso del hambre, la sed, la soledad, la angustia y la incertidumbre. Esas sensaciones combinadas eran las verdaderas encargadas de vencer la voluntad de un hombre hasta convertirlo en un despojo sin alma.

—¿Ni siquiera a alguien como yo? —preguntó Ragnarico, esperanzado a su pesar, antes de que la persistente tos lo hiciera atragantarse e inclinarse sobre el suelo para escupir.

—Ni siquiera a vos. Todavía estáis a tiempo de salvar vuestra alma condenada.

Ragnarico escuchó, pero no pudo incorporarse como hubiera querido, todavía sacudido por la tos. Llevaba no sabía cuánto tiempo aguardando a que su verdugo traspasara la puerta y pusiera fin a su existencia; pero entonces...

—¿Y por qué el Señor debería perdonar a un pecador como yo?

—Porque si os arrepentís y os comprometéis a no volver a abandonar jamás su senda, aún podéis enmendar parte del daño que habéis hecho.

El godo consiguió enderezarse muy lentamente. Primero apoyando ambos brazos en el hediondo suelo, después cruzando las piernas, aunque aquello le provocara no poco dolor en las entumecidas articulaciones.

¿Se arrepentía?, pensó. Por supuesto que sí. De cualquier cosa, de lo que le pidieran, de lo que hiciera falta. Quería acabar con todo, con aquella vida que no le había aportado satisfacción alguna, ni tan siquiera cuando terminó con su odiado hermano. La frustración que siguió a su muerte había sido la lección más dolorosa recibida hasta entonces, la que hizo que su mundo se tambaleara a su alrededor. O al menos eso creía hasta que fue encerrado en aquella mazmorra.

—Me arrepiento, me arrepiento de hasta el último de mis actos que haya sido deleznable a ojos del Altísimo.

Clodoveo observó el rostro del prisionero con interés. Había visto otros como aquel, en cuyos ojos suplicantes y hundidos en las cuencas se reflejaba una intensa ansiedad. Costaba mucho verlos así: meses, incluso años de arduo trabajo, de una dedicación minuciosa planeando hasta el más pequeño sorbo de agua que bebían, cada visita, cada golpe que iban a recibir. Una concienzuda previsión para llegar a aquel momento, el instante en el que eran suyos.

—El Señor Todopoderoso os otorgará una oportunidad, pero si lo defraudáis, cualquier cristiano piadoso os podrá arrebatar el alma allí donde os encuentre. Yo me encargaré de ello.

—Enmendaré mis errores. Haré lo que digáis. Lo que digáis, lo prometo por mi vida.

—Y os va la vida en ello. La vida que el Señor, en su bondad, se ofrece a devolveros.

Ragnarico trató de luchar por mantener la calma, controlar las emociones que lo invadían, pero le resultó imposible. Notó como las lágrimas surcaban sus mejillas, recorriendo la piel castigada hasta perderse en las comisuras de sus labios. Lloró, en silencio primero, gimoteando después.

—Ese objeto, esa reliquia de la que nos hablasteis, la que perseguía el árabe... ¿Aseguráis que alguien se propone, o se proponía, entregarla al metropolitano Sinderedo, al godo?

Ragnarico respondió entre sollozos.

—Así es. Desconozco si el metropolitano tendrá ya la reliquia en su poder.

—Sinderedo no es un hombre que le resulte grato al Señor, y no merece el honor de poseer un tesoro así. Si lo tiene en su poder, se lo arrebataréis y me lo haréis llegar. Si no lo tiene, deberéis encontrarlo donde sea que esté.

Un instante de duda arrugó la frente del godo, que no se atrevió a expresar su incertidumbre en voz alta. Nunca había estado tan cerca de acabar con su sufrimiento. Diría que sí a todo lo que aquel hombre quisiera. A todo.

—Encontraréis esa reliquia y me la entregaréis, sin importar lo que debáis hacer para conseguirlo. El Señor así lo quiere, pues es suya y de nadie más.

—¿Sin importar... lo que haga?

—Tendréis la potestad para matar a quien se interponga entre vos y vuestro sagrado cometido, si eso es lo que estáis preguntando.

Ragnarico notó un breve temblor en el párpado izquierdo. Matar: aquel hombre que aparentaba ser el más piadoso de los que habitaba la Tierra le hablaba de matar como quien propone ir a echar un trago en una taberna. Igual que lo había hecho él en el pasado. ¿No había estado equivocado, entonces? ¿Lo había preparado su vida justamente para ese momento?

En su cabeza los pensamientos giraban formando un torbellino. Lo mareaban. Su destino estaba firmemente unido a aquella reliquia —la pata dorada que había perseguido por medio mundo— que le había permitido acabar con Ademar, pero que todavía le pedía más. Había llegado a creer que aquel hombre era su amo, pues era quien decidía si comía o ayunaba, si bebía o pasaba sed, si era golpeado o podía descansar, pero ahora comprendía a quién pertenecía: era a la reliquia. Todos los hombres eran esclavos de su poder. Todos la deseaban. Y todos veían en él el sagrado instrumento con el que lograrla.

Clodoveo, de alguna manera, intuyó ese cambio en sus ojos, la revelación que acababa de recibir, y no le gustó lo que presagiaba. Quizá aún faltaba un poco para doblegarlo definitivamente.

No podían permitirse fallar: era preciso arrancar la reliquia de las manos de Sinderedo antes de que Gregorio decidiera entregarla a aquel salvaje de Liutprando. No era este quien debía poseerla. Su señor Clotario, en cambio, la enviaría a Austrasia. Allí, Karl, el heredero, haría buen uso de ella. La esgrimiría para demostrar que contaba con el beneplácito del Altísimo en su justa reclamación del trono, como paso previo a liberarlos a ellos mismos de la molesta presencia de imperiales y lombardos. La ciudad de los curas florecería bajo el reinado de Karl, y la palabra del Señor recorrería todos los rincones del viejo mundo romano, mientras sus hombres santos se amparaban bajo los escudos y espadas de los guerreros francos. Ese era el destino por el que su señor Clotario rezaba día y noche, un destino que le llevaría a sentarse en la santa silla de Pedro. Pero no podía adelantarse y arriesgarse a que el medio que pretendía usar para conseguir su objetivo, aquel godo, lo echara todo a perder.

—Cumpliréis los designios del Altísimo, y nada de lo que hagáis durante su mandato os será echado en cara. Estad tranquilo. Sin embargo, me temo que aún no estáis preparado, Ragnarico; hacéis demasiadas preguntas. Se trata de obedecer, no de pensar. —Se levantó del asiento e hizo una seña a su guardaespaldas para que abriera la puerta—. Tendréis una nueva oportunidad más adelante, la última. Espero que la aprovechéis, porque en caso contrario permaneceréis aquí encerrado hasta que muráis de viejo. Y no fantaseéis creyendo que la muerte acudirá pronto en vuestro auxilio. No, yo mismo haré venir a un físico si considero que con eso puedo prolongar durante más tiempo vuestro sufrimiento.

Clodoveo salió de la estancia, y poco después fue su guardaespaldas quien lo hizo, tras haberse entregado a fondo con su divertimento favorito. Cuando quedó nuevamente a solas, Ragnarico gimió desesperado sobre la fría piedra. No por el dolor que recorría cada parte de su cuerpo, sino por la amenaza proferida por Clodoveo de prolongar su agonía hasta que fuera anciano.

Las jornadas en Carcassona se sucedían sin grandes sobresaltos. Hacía más de un año que Argimiro y los demás habían regresado para establecerse allí, unos pocos en la ciudad y el resto en los pueblos de los alrededores.

La llegada de la primavera del año 718 no supuso cambio alguno para los godos de la Septimania, aún temerosos de lo que sucedía al sur de su frontera. Ardo continuaba en Narbona, acuñando monedas con su efigie, aunque sin decidirse a tomar cartas en los acontecimientos. Según Argimiro, habían perdido mucho tiempo, pues ni tan siquiera se habían firmado alianzas sólidas con sus vecinos para defenderse mutuamente si las tropas árabes y bereberes atravesaban los Pirineos. Cosa que no había ocurrido. Habían trabajado las tierras, afilado sus armas y temido por la llegada de los extranjeros, nada más.

—¡Argimiro! —oyó que lo llamaban desde el patio.

Se abrochó la camisola y salió. Se sorprendió al encontrar a Witerico bajando de su caballo. Se habían despedido en el mes de octubre del año anterior, cuando el antiguo hombre de Ademar y el resto de los suyos habían partido hacia sus nuevas tierras al norte de la ciudad, y apenas se habían visto desde entonces.

—Vaya, vaya, Witerico. ¡Veo que el invierno del norte no ha podido con un sureño como tú! —lo saludó, divertido, al recordar las quejas que el hombretón solía proferir en cuanto los primeros copos de nieve inundaban el aire.

—No voy a acabar mis días por culpa de un maldito resfriado. Merezco morir en combate, y eso es lo que haré, si Ardo no continúa escondido tras sus murallas.

Argimiro asintió y le hizo una seña para que lo acompañara al interior del edificio. Al poco de regresar de Roma, él y su familia dejaron su pequeña casa y se instalaron allí, en una casa familiar que les cedió Oppila y que le recordaba en gran medida a las antiguas casonas romanas de Calagurris. Alrededor de un patio casi negro por la abundancia de moho se disponían las habitaciones. Se dirigieron a la cocina y ambos tomaron asiento.

—¿Cómo os va en el norte?

Witerico apuró de un trago la copa que su compañero le tendía antes de responder.

—Bien. Es una buena tierra, fértil, ideal para el que sepa apreciarla. Eso al menos dice Elvia, pero yo..., yo necesito luchar.

—No necesitas luchar. Lo que necesitas es paz para disfrutar de esa tierra fértil y de esa bella mujer.

Witerico protestó con voz de trueno.

—Me hace falta tranquilidad para poder disfrutar de ambas cosas, de acuerdo. ¡El caso es que no la tengo! Vivo temiendo que esos extranjeros aparezcan cualquier día y nos arrebaten cuanto poseemos.

Argimiro suspiró. Comprendía la angustia; él tampoco sabía a qué esperaba Ardo.

—Hemos recibido visitas —anunció de repente Witerico, bajando la voz como quien comparte una confidencia.

—¿Visitas? ¿De quién? —preguntó Argimiro sorprendido.

—Hombres del norte. Francos.

Argimiro se puso en guardia sin quererlo.

—¿Se lo has contado a alguien más?

—No; por eso he venido. Tú, aparte de los míos, eres mi único amigo a este lado de los Pireneos. Y Hermigio, esté donde esté... —añadió, recordando al joven.

—Explícate bien.

—Han venido a vernos unos hombres de un *dux* franco llamado Eudes.

—El viejo zorro... —interrumpió Argimiro.

—Nos ha ofrecido protección si acudimos con él a Tolosa. Protección frente a los árabes y frente a vosotros si pretendéis castigarnos.

Argimiro jugueteó con la copa de latón entre sus manos.

—¿Y qué les has dicho?

—Los he enviado de vuelta a Tolosa asegurándoles que si luchan contra los extranjeros yo mismo me pondré a su lado en los combates.

Argimiro golpeó la mesa.

—¡Eso es lo que quieren! ¡Dividirnos!

—¡Ya estamos divididos! —respondió Witerico con la misma vehemencia—. ¿No te das cuenta? Estamos divididos y a merced de esos malnacidos. Ese Eudes, o como se llame, habla abiertamente de combatir, no como Ardo.

—Si os aliáis con ellos, tendréis que abandonar vuestras tierras. Prométeme que lo harás, porque en caso contrario seré yo el enviado a reclamarlas en nombre de Ardo y del *comes* Frederico.

Dejando la copa sobre la mesa, Witerico se acercó a su compañero y le rodeó los hombros con el brazo.

—No te traicionaré. Lo habéis dado todo por nosotros. Tú y la señora Ingunda. Lo que quiero es que sepas qué se cuece en el norte. Y que si esos malditos árabes atraviesan las montañas, iré personalmente a Tolosa a suplicarle a Eudes que entre en combate a nuestro lado.

Argimiro estudió el rostro de su interlocutor. Ancho, velludo y de mandíbula cuadrada, varias arrugas profundas le surcaban la frente y se marcaban junto a los ojos. Aun así, Witerico no parecía un anciano. Apenas había envejecido, no como él; o eso creía.

Realmente, no podía reprocharle nada. Él mismo compartía su inquietud: aquella relativa calma lo sacaba de quicio. Creía que estaban perdiendo un tiempo valioso, mientras los árabes y los bereberes ampliaban y afianzaban sus conquistas sin que nadie los importunara. Cuando hubieran conseguido someterlo todo, volverían los ojos hacia allí, y para entonces cualquier iniciativa resultaría insuficiente.

—Espero que tengas más suerte que yo con Ardo.

—Nadie puede tener suerte con Ardo: le faltan arrestos y le sobran curas.

Ambos tomaron las copas y bebieron en silencio.

Ragnarico se sintió extrañamente indefenso cuando sus pies hollaron nuevamente las calles de Roma. El ruido provocado por los transeúntes, las voces de los comerciantes que vendían sus mercancías a pie de calle, el mugido de los animales de tiro; todo le parecía nuevo. Tan ajeno a la caverna en la que había permanecido encerrado durante tanto tiempo, donde lo único que había escuchado, además de su propia voz desgarrada y la de Gabriel en sus contadas visitas, eran los chillidos de sus peludas compañeras de celda.

Un hombre pasó a su lado y lo golpeó con el hombro, apartándolo sin miramientos para continuar su camino. El godo agachó la cabeza y, lejos de buscar pendencia, como habría hecho en el pasado, se alejó todo lo rápido que pudo para tratar de encontrar una esquina en la que refugiarse.

Gabriel había sido generoso con él, pensó con fervor. Había tenido infinita paciencia para ayudarlo a dejar atrás su ira, su soberbia, todas las imperfecciones de su alma pecadora. Había exorcizado sus demonios, le había mostrado el camino de la luz, lo había ayudado a recuperar la fe. Había tenido su infecta vida en sus manos, pero no se la había arrebatado: una vez renacido, lo había liberado, colmándolo de dicha. Por él se dirigía lentamente hacia la ciudad de los curas, luchando por superar el pánico que le producía verse en aquellos espacios abiertos, ruidosos, llenos de gente, con la luz cegadora del sol hiriendo sus ojos. Y no lo dejaría en la estacada. No podía decepcionarlo: su misión era sagrada, y haría honor a la confianza que habían depositado en él.

XXXIV

El caballo de Eudes hacía tiempo que había disminuido el ritmo de su cabalgada. No era para menos: hacía ya un buen rato que se habían visto obligados a abandonar el campo de batalla y buscar refugio hacia el oeste, hacia su hogar.

La campaña había sido un desastre. La tensa relación entre Ragenfrido y Chilperico tendría que haberle dado una idea de que aquel ejército estaba condenado. Ninguno de ellos había tomado en serio a Karl, el bastardo de Austrasia: habían asumido que se trataba de un ser débil, sojuzgado por su propia madre. En cambio, Eudes siempre había desconfiado de aquel joven, y el tiempo, por desgracia, le había dado la razón.

La campaña se había iniciado con los mejores augurios. Tras unas cuantas victorias, Chilperico había conseguido llevar sus tropas hasta el corazón de Austrasia, donde habían tomado posesión de Colonia, una de las mayores ciudades del territorio. Todo indicaba que se harían con una gran victoria y que ambos reinos francos se unirían bajo el mandato de Chilperico, pero entonces había sobrevenido el contraataque de Karl.

Sin embargo, no todo estaba perdido. O al menos no para él, que apenas había participado en la batalla, aunque sí para Neustria, que había sufrido la casi total destrucción de su ejército. Eudes, en cambio, había logrado poner a salvo a los suyos y dirigirlos a marchas forzadas hacia su ducado. Un ducado que aspiraba a continuar manteniendo su independencia, como había hecho durante los últimos años. Para ello, debía mostrar a Karl su fortaleza y convencerlo de que intentar sojuzgarlo por las armas conllevaría una pérdida de vidas que no podía permitirse.

Hermigio entró en la basílica, como tantos otros días, cruzando el gran patio porticado. Más allá del patio estaban las verdaderas joyas que atesoraba el enorme complejo: el gran pórtico cuadrado llamado del Paraíso, que disponía de una descomunal fuente de bronce, y, tras este, otro patio porticado soportado por columnas traídas seis siglos atrás por Tito desde Jerusalem, en el que se encontraba el sepulcro de san Pedro. La primera vez que estuvo allí, Hermigio se maravilló, no solo por la magnificencia que irradiaba el lugar, sino también al reparar en que había sido el mismo Tito, hijo del emperador Flavio Vespasiano, quien también había hecho llegar a Roma la mesa del rey Salomón. Tantas coincidencias no podían ser casuales.

No dirigió sus pasos hacia los tesoros, sino al oeste, hacia las estancias de Sinderedo. Como siempre, dos guardias custodiaban el portalón de acceso al edificio, y Hermigio sabía que habría otros dos en el piso superior, en las mismas dependencias del metropolitano. Mientras se acercaba le pareció que una sombra se extendía a su espalda y se giró con aprensión, sintiendo un escalofrío. Un individuo encapuchado, imaginó que un monje errante, se alejaba cubriéndose bien con su sayo, pese a la elevada temperatura de aquel día de principios de otoño.

—Vaya tipo más extraño —gruñó uno de los guardias, un oriental llamado Nicomedes con quien el hispano había trabado amistad—. Lo he visto merodear por aquí desde la hora segunda, pero no se ha acercado en busca de comida ni de dinero.

—¿De quién hablas, Nicomedes? —preguntó Hermigio al llegar a su lado mientras los dos centinelas se apartaban para franquearle el paso.

—De ese mendigo, el que sale ahora hacia el exterior.

Hermigio asintió, y observó de nuevo al hombre que poco a poco iba quedando fuera del alcance de su visión. Lo había tomado por un monje, pues los mendigos no eran muy habituales allí dentro, al menos no tanto como en los alrededores de la basílica, donde los menesterosos se hacinaban desde primera hora en espera de recibir las limosnas de los religiosos.

—A mí tampoco me ha gustado su aspecto —reconoció Hermigio—. Nadie en su sano juicio iría tan tapado con este calor.

—Hay gente para todo, muchacho —le respondió el guardia cuando ya se perdía escaleras arriba.

—Buenos días, Hermigio —lo recibió Sinderedo de muy buen humor, apartándose y señalando tras él como quien revela una agradable sorpresa—. Creo que conoces a nuestro visitante.

—¡Ulbar! —exclamó Hermigio tan sorprendido como feliz—. ¿Qué haces aquí?

El menudo individuo se limitó a esbozar una leve sonrisa, y el metropolitano respondió por él.

—Ulbar ha llegado esta mañana desde Nemausus. Mi amigo Fredegario me ha hecho llegar un mensaje por medio de su hombre más discreto y efectivo.

—Me alegro de verte de nuevo, cazador —saludó Hermigio, sentándose a su lado con una cálida sonrisa.

—Pasará unos días con nosotros, mientras preparo mi respuesta para su señor. Según Fredegario, deberíamos interceder desde aquí para detener la guerra que azota a los reinos francos.

—¿Por qué? —preguntó Hermigio extrañado.

—Porque una vez que los extranjeros atraviesen las montañas, todas las espadas y escudos que les opongamos serán pocos. Y no hablo ya de los rezos, pues he visto que por sí solos no resultan suficientes.

—Pero los francos son una amenaza para nosotros, los godos de Septimania —puntualizó Hermigio.

—Los francos nos amenazan, pero a la vez pueden ser útiles para la obra de Cristo. Bueno, no os quiero cansar con mis temores de anciano. Marchaos y charlad sobre los viejos tiempos. Yo tengo que informar al papa de este asunto y buscar su consejo.

A una señal de Sinderedo, ambos se pusieron en pie y fueron hacia la puerta, que uno de los guardias se apresuró a abrir.

—Ulbar, ¿dónde pasarás la noche? —se interesó Hermigio mientras descendían por la escalera.

—El obispo me ha dicho que puedo alojarme aquí hasta que obtenga su respuesta.

—¡Estupendo! Compartiremos habitación, si te parece bien. ¿Sabes algo de los demás?

—Nada desde que abandonaron Nemausus, pero entiendo que estarán confortablemente instalados en Carcassona.

—¿Cuánto hace que nos separamos? —Hermigio frunció el ceño, esforzándose en calcular.

—Casi cuatro años —respondió Ulbar.

—Cuatro años... El tiempo parece detenerse entre estas sagradas paredes. Amigo, antes de descansar entre ellas deberíamos celebrar el reencuentro. Apuremos cuanto vino y cerveza seamos capaces de tomar y ya regresaremos luego a la vida de contemplación.

Ragnarico aguardó hasta que los *milite* dispersaron a los últimos pedigüeños que pululaban por los alrededores de la basílica. Hacían lo mismo cada noche, antes de apostarse en las puertas y custodiarlas hasta el día siguiente. Afrontaban la labor sin demasiado ánimo: para aquellos hombres llegados desde Oriente, los curas a los que custodiaban no eran más que una panda de herejes con ínfulas.

Era una noche demasiado calurosa para el mes en que se encontraban. Ragnarico lamentaba tener que cubrirse con las ropas de las que lo proveyó Gabriel, pero no podía hacer otra cosa, aunque sudara como un puerco. Pero por fin había llegado el momento tan esperado. Estaba nervioso, pero a la par esperanzado.

Gabriel le había asegurado que la reliquia continuaba en poder de Sinderedo, que sus hombres habían mantenido bajo vigilancia al metropolitano desde que supieron de su existencia gracias a él. De eso hacía ya mucho tiempo, durante el cual la reliquia no se había manifestado, como tampoco lo había hecho durante los largos meses en los que Ragnarico había ido estrechando el cerco. Tanto Clodoveo como su señor daban por hecho que el obispo hispano quería la reliquia para él, y que la usaría para comprar la influencia de sus semejantes con el fin de ser nombrado papa cuando llegara el momento.

Y tras tanto tiempo sin sobresaltos, Sinderedo se habría confiado y ni imaginaría siquiera que alguien pudiera conocer su secreto. De eso Ragnarico estaba seguro.

Esa noche había conseguido burlar a los guardas y esconderse en uno de los edificios que conformaban la entrada a la gran basílica. Allí oculto, se dispuso a esperar hasta que los *milite* hubieran cumplido la mitad de su turno de guardia. Llevaba meses estudiándolos, investigando los movimientos de cada uno, sus rutinas, sus costumbres, quién solía ir a mear más veces durante la noche. Sabía todo lo que necesitaba.

Tres horas más tarde se puso en marcha. Sin hacer ruido avanzó por entre las columnatas manteniendo en su campo de visión las figuras de los escasos *milite* que, aburridos, continuaban en los alrededores. Sin mayor contratiempo llegó hasta la puerta de entrada del edificio en el que se encontraban los aposentos privados de Sinderedo. Allí únicamente dormían él y su ayuda de cámara. El resto de su servicio descansaba en el mismo edificio, pero en unas dependencias a las que se accedía por otra de las puertas que había bajo los soportales.

Ningún *milite* custodiaba el edificio; tan solo lo hacían durante el día. Por la noche protegían los aposentos del metropolitano los godos que habían llegado con él a Italia años atrás. Hacían turnos por parejas. Y a ellos era a los únicos que debía temer.

Miró hacia atrás y comprobó que todo estaba en calma. Sacó de entre sus ropajes la llave de la puerta, que Gabriel había conseguido hacía unas semanas. Maldijo por lo bajo el leve chirrido que hizo aquella al abrirse, pero no se acobardó y continuó adelante. Dio dos pasos y alcanzó la escalera; aquel edificio era exactamente igual al que se encontraba al otro lado del enorme patio, y conocía cada uno de los pasillos que lo recorrían como la palma de su mano.

Ascendió sin que ningún sonido lo alertara de que su presencia no había pasado desapercibida. La balaustrada estaba helada al tacto, o quizá fueran sus nervios, que lo traicionaban. Accedió al piso superior sin encontrar rastro del guerrero que debía custodiar el lugar. El que hacía el turno aquella noche era el mayor de los cinco que habían escoltado a Sinderedo desde Hispania, y su vejiga parecía protestar demasiado a menudo. La letrina se encontraba en ese mismo piso, pero muy alejada de las dependencias de Sinderedo. Feliz por su previsión, y por su buena fortuna, aceleró el paso hacia el despacho del metropolitano. Sabía que la alcoba se encontraba a escasa distancia de su lugar de trabajo, por eso se movía con mucho sigilo. Llevaba meses preparándose para ello.

Entró en la habitación a oscuras. Apenas se filtraban los resquicios del reflejo de la luna por las ventanas, pero para él era más que suficiente, tras tanto tiempo encerrado en aquella mazmorra a la que había terminado por considerar su hogar.

Rápidamente localizó el escritorio. Un escritorio enorme, de madera de la mejor calidad. Se dirigió hacia allí y comenzó por examinar en primer lugar las formas que se disponían sobre la superficie: legajos y útiles para escribir. No, allí no encontraría lo que buscaba. Ragnarico había visto el tamaño que tenía la mesa y sabía que la pieza que buscaba era mucho más grande que cualquiera de los objetos que palpaba. Localizó los cajones y abrió el primero con las manos temblorosas. No había nada. Continuó, hasta que sus dedos tocaron una tela que envolvía algo voluminoso. La emoción lo invadió, tanto que no se dio cuenta de que unos pasos regresaban desde el final del pasillo.

—¿Monseñor? —preguntó el escolta de Sinderedo al oír ruido.

Al otro lado del tabique, el metropolitano oyó la voz de su servidor. Tenía el sueño ligero, siempre había sido así, y creía que aún sufría más por ello desde que abandonara Toletum. En su ánimo algo se rompió cuando se vio forzado a huir de la capital, y no solo su paz durante las horas nocturnas. Tanteó con las manos junto a la cama y encontró lo que necesitaba. Vistió la capa antes de ponerse en pie.

—¿Señor, os habéis levantado? —insistió el guardián, ya junto a la puerta del despacho.

No sería la primera vez que el anciano obispo se despabilaba en plena noche e iba a sentarse a su escritorio, pero cuando lo hacía llevaba consigo un candil para iluminarse, no como entonces.

El guardia abrió la puerta con precaución y entró en la estancia. Había dado solo dos pasos cuando el afilado puñal de Ragnarico, esgrimido con mano firme, le seccionó la garganta, lo que hizo que la sangre manara a borbotones y su voz se perdiera para siempre. El astigitano sostuvo el corpachón del guerrero y lo depositó en el suelo, tratando de no hacer ruido.

Con el puñal en la diestra y la bolsa con el tesoro en la siniestra salió de la habitación sin tardanza, dispuesto a abandonar el lugar antes de que el obispo diera la voz de alarma. Un obispo que ya se encontraba muy cerca. Sorprendido, Ragnarico lo arrolló al huir y lo tiró de un empujón, que al mismo tiempo lo hizo trastabillar y verse tendido en el suelo cuan largo era. Blasfemó, pues la hoja de su propio puñal le había rasgado el hombro izquierdo al caer.

Miró hacia su lado, presto para evitar que el anciano diera la voz de alarma. Vio que no se movía: se había golpeado la cabeza contra el suelo de piedra y había quedado inconsciente. Ragnarico sostuvo el puñal, dudando si degollar al religioso como había hecho con su servidor, pero en el último momento se contuvo. Su sagrada misión era entregar aquello que sostenía con su siniestra al hombre santo que lo había enviado, no acabar con más vidas de las necesarias. Tiempo atrás no hubiera vacilado, pero ahora era una persona diferente, que buscaba la redención de su alma pecadora, no su placer. Lo habría matado si le hubiera impedido cumplir su misión, pero ya tenía cuanto quería.

—Ulbar, no sabes cómo he disfrutado de esta noche. Vivo rodeado de buena gente, pero demasiado piadosa. Una parte de mí echaba en falta un poco de diversión.

El cazador asintió, aunque no malgastó palabras en responder. Pocas veces lo hacía. Es más, durante casi toda la velada, el único que había hablado había sido Hermigio, lo cual no parecía importarle. Ulbar llegó a la conclusión de que el joven necesitaba desahogarse: demasiado tiempo entre curas.

—La puerta está abierta —exclamó de repente al reparar en que la puerta de acceso al edificio de Sinderedo se encontraba ligeramente entornada.

Hermigio recordó cuán aguda era la vista del cazador.

—¿Estás seguro? —preguntó, forzando la suya.

Ragnarico alcanzó las escaleras en pocos pasos. Sus pies danzaron en los escalones con premura, en busca de la salida del edificio, pero cuando llegaba al primer piso la puerta se abrió y lo golpeó sin remedio, pues fue incapaz de frenar su propia inercia.

Los hombres que habían abierto cayeron con él, en un confuso amasijo de brazos y piernas. Asustado por lo que imaginaba que le harían en el caso de atraparlo, se obligó a ponerse en pie con premura y saltó sobre sus cuerpos, hasta que su carrera se vio frenada en seco cuando unas manos lo agarraron de la pierna. Pataleó y tiró con fuerza para deshacerse de ellas, pero pronto las del otro individuo sumaron sus esfuerzos a las del primero, aferrando el saco que guardaba la reliquia. Para empeorar aún más su situación, una voz se elevó pidiendo auxilio, y en un instante la hasta entonces tranquila y silenciosa noche se llenó de ruidos.

Ragnarico, desesperado, buscó su puñal, pero este descansaba en la escalera, allí donde había caído. Siguió luchando por liberarse, tirando del saco para recuperar su posesión, cuya tela no resistió y se rasgó. La reliquia cayó al suelo y rebotó contra el mármol con un inconfundible sonido metálico. Los ojos de Ragnarico siguieron su recorrido con desconsuelo, pero los ruidos que evidenciaban que se aproximaban otros hombres a toda velocidad le hicieron ver que la situación era desesperada. Haciendo un último esfuerzo se zafó del agarre de aquellos dedos, se levantó y echó a correr tan aprisa como pudo. Si sobrevivía podría intentarlo otro día, mientras que si se dejaba prender sería ajusticiado sin haber completado su misión. Y, entonces, su alma pecadora pasaría el resto de la eternidad sometida a los mayores tormentos imaginables y a atrocidades que harían parecer un juego de niños lo que había vivido los últimos años. Así se lo había revelado Gabriel, preocupado. Y Ragnarico lo creía a pies juntillas.

Salió de la basílica oyendo que las voces de los guardias se intensificaban a su espalda, y no se detuvo hasta que se creyó a salvo. A salvo pero condenado nuevamente, pues no había sido capaz de hacerse con el tesoro que serviría para limpiar su alma y evitarle la condena eterna.

—¡Señor obispo, despertad! —exclamó Hermigio preocupado, golpeándole suavemente las mejillas.

Mientras tanto, Ulbar se había encargado de reconocer el edificio y ya había descubierto el cuerpo sin vida del guardián.

Poco a poco, el rostro de Sinderedo se contrajo en una mueca de dolor, pero sus ojos terminaron por abrirse.

—¿La reliquia? —preguntó en un susurro.

—Está aquí —respondió Hermigio, acercándosela.

Las manos de Sinderedo no intentaron alcanzarla. Pese a todos los esfuerzos del religioso, continuaron inmóviles. Su mirada, en cambio, reflejó el miedo que lo invadió al no poder controlar sus miembros.

—Quédatela tú —indicó el anciano, tratando de sobreponerse al pánico—. Hay que ponerla a salvo, pues el mismo diablo la ha descubierto. Ahora he comprendido que no me fuiste enviado para entregármela, sino para protegerla en momentos como este. He pecado de soberbia al pensar que yo era el elegido, pero lo que acaba de suceder me ha abierto los ojos a la humildad.

Hermigio lo miró con horror. ¿Protegerla? ¿Otra vez? No, ya había hecho aquel peligroso camino una vez, y tras entregar la reliquia había dado por concluida su tarea. ¿Qué más quería la reliquia de él? ¿Podía un objeto encadenar la voluntad de los hombres?

—El santo pontífice, mi señor; entregádsela a él —imploró Hermigio—. Apartad de mí este cáliz...

Sinderedo trató con todas sus fuerzas de incorporarse, de moverse, un esfuerzo que fue inútil. Sintió como las lágrimas de desesperación querían arrasar sus ojos, pero se contuvo. El resto de los guardias ya habían llegado a su lado, y uno se inclinó para auxiliarlo.

—Vete a buscarlo, Hermigio, y tráelo aquí. Él, en su sabiduría, nos iluminará en este trance.

El muchacho se incorporó e hizo una seña a uno de los recién llegados para que lo acompañara. «Otra vez no», pensó mientras abandonaba el edificio.

Ragnarico se encontraba nuevamente en su celda. Su único consuelo era que, al menos, no estaba encadenado. Solo lo habían encerrado para que reflexionara acerca de sus actos.

Se tiró del cabello, exasperado. Gabriel se había disgustado al conocer el resultado de su intentona: «Has fracasado», le había dicho, y oír esas palabras de sus labios y ver su mirada decepcionada había herido a Ragnarico más que la peor paliza que le hubieran podido propinar.

Después de escapar de la basílica, donde tan cerca había estado de hacerse con el objeto maldito que parecía perseguirlo para luego mofarse de él, corrió cuanto sus piernas le permitieron. No se detuvo hasta que fue consciente de que se encontraba más allá de la ciudad de los curas y que vagaba como el alma de un condenado en aquella suerte de limbo que se extendía entre la basílica y la antigua y desvencijada muralla. Allí se quedó, hecho un ovillo entre las paredes de uno de los edificios medio en ruinas, hasta que los primeros rayos de sol iluminaron el horizonte de un gris mortecino. Durante aquellas horas, que se le hicieron interminables, permaneció ajeno a cualquier otra circunstancia que no fuera el miedo que lo atenazaba.

Pensó en escapar, atormentado por el fracaso y por las consecuencias que entendía que su traspié le acarrearía, pero al final tuvo que rendirse a la evidencia de que no tenía valor para hacerlo. Su cabeza le pedía ponerse en pie y alejarse de Roma, emprender camino hacia cualquier lugar, lejos de Gabriel y de aquella reliquia cuyo recuerdo lo atormentaba; sin embargo, el cuerpo no le respondía, anhelaba su salvación, la salvación que él le había negado a lo largo de su existencia.

Cuando cerraba los ojos creía ver el brillo de las gemas de la reliquia, como si fueran cientos de bocas que sonreían, burlándose de él. En cambio, a pesar de que su voluntad lo instaba a ponerse en movimiento, sus piernas se limitaban a temblar, negándose a obedecerle. Cuando por fin le permitieron echar a andar, aunque con lentitud y casi arrastrando la suela de las botas, Ragnarico se sabía derrotado. Dejó el capote en el rincón donde había pasado la noche, para evitar que alguien pudiera vincularlo con el asalto a Sinderedo, y regresó al hogar de sus amos.

Por su cuenta y sin hablar con nadie se dirigió a la mazmorra en cuanto uno de los servidores de Gabriel le abrió la puerta. Se dejó caer con la espalda contra la pared, pero con la reja de la estancia abierta. Más tarde llegó Gabriel y, en el mismo taburete que había usado tantas veces, se sentó frente a él.

No dijo ni una palabra más alta que la otra, no le hizo falta. En cuanto el religioso se hubo marchado, dejando la puerta igualmente abierta, la espalda de Ragnarico resbaló por la rocosa pared hasta que quedó sentado en el suelo de la celda, sollozando.

Semanas después, Gabriel volvió a visitarlo. Para entonces las ratas, las viejas amigas de Ragnarico, habían regresado, bulliciosas, como si lo hubieran extrañado cuando se ausentó. Gabriel le dio nuevas esperanzas, asegurándole que su salvación todavía era posible, que el Señor misericordioso le ofrecía una última oportunidad.

Una pequeña comitiva había abandonado la basílica el día anterior, poco después de la triste muerte de Sinderedo. Se trataba de un grupo de hombres que enviaba el papa Gregorio hacia la ciudad de Tolosa, portadores de regalos para Eudes, el *dux* aquitano. Nadie sabía qué transportaba la comitiva, pero Clodoveo creía posible que Gregorio tratara de enviar fuera de la ciudad la reliquia que ansiaba, ahora que el papa sabía que alguien la buscaba, alguien que no dudaría en matar a quien la tuviera para conseguirla. Por ese motivo había alentado a Ragnarico a partir tras la embajada, y a acabar con todos los hombres en caso necesario, para hacerse con la pata si es que realmente estaba en su poder. Si, por el contrario, la reliquia había quedado en Roma, él mismo buscaría la manera de dar con ella, visto que el visigodo ya le había fallado una vez.

—¿Estamos cerca de tu ciudad? —preguntó Hermigio, al que los últimos meses del viaje le pesaban como si fueran años.

Ulbar levantó la nariz y pareció olisquear el aire, pero no respondió inmediatamente. Habían abandonado Roma al día siguiente de la muerte de Sinderedo. El antiguo metropolitano de Toletum no había terminado de recuperarse de las heridas recibidas durante el ataque a su casa, que lo habían dejado incapaz de moverse.

Había pasado semanas recostado en su camastro, con la luz de sus ojos apagándose poco a poco y la voz cada vez más débil, hasta que al fin se consumió; además de su servicio personal, casi solo el papa y Hermigio habían estado a su lado. Semejante pérdida había afectado profundamente al joven hispano; otra más, pensaba con desconsuelo. Su vida parecía consistir en un sinfín de amargas despedidas: había dejado atrás a su familia, había visto caer a Bonifacio y después a Ademar, y había renunciado a Elvia. El final de Sinderedo fue como una gota que vino a caer en un cántaro demasiado lleno.

Sin embargo, prácticamente tanto como lo apenaba la muerte del que había sido su maestro durante los últimos años lo aterrorizaba el destino que de nuevo parecía esperarlo. Había pasado por aquello con Bonifacio y con Ademar; y su nuevo mentor había vuelto a cargar a sus espaldas la misma pesada losa. Cada uno de ellos, en su hora postrera, le habían señalado un camino parecido. Empezaba a sentirse encadenado a aquella reliquia, unido irremediablemente a ella, pese a desearlo tan poco.

Él solo era un muchacho insignificante: no era poderoso, no mandaba sobre hombre alguno, no destacaba como guerrero y tampoco tenía madera de erudito, a pesar de que el metropolitano lo hubiera escogido para legarle tanta sabiduría acumulada. Si grandes hombres como Sinderedo o Ademar no habían conseguido su propósito, ¿por qué iba a triunfar él donde habían fracasado los mejores? Ni el más noble guerrero que había conocido ni el último metropolitano de Hispania habían sido capaces de superar aquella prueba. Sin duda estaba loco quien creyera que podría hacerlo él, que años atrás hubiera dado por seguro que pasaría el resto de sus días pastoreando en los alrededores de su aldea.

Poco antes de morir, Sinderedo había querido asegurarse de que la reliquia fuera puesta a salvo y le había arrancado la promesa de que la acompañaría al lugar elegido para esconderla. Hermigio y Ulbar no habían tenido más remedio que abandonar la ciudad junto con seis hombres de confianza del sumo pontífice. Portaban una misiva firmada y sellada por el mismo papa que les había permitido recorrer el país sin temor a ser detenidos en cualquier momento por las patrullas imperiales o lombardas que recorrían las calzadas.

Al llegar a Frankia, por mucho que contaran con el beneplácito del papa, las cosas habían cambiado. Hermigio calculaba que todo el tiempo que habían ganado atravesando Italia lo habían perdido, y con creces, al llegar a Austrasia. El motivo no era otro que la guerra que se había apoderado de aquellas tierras, haciendo perder cualquier atisbo de razón a sus habitantes.

Además de los ejércitos en liza, grandes grupos de descontentos campaban a sus anchas por el territorio. Aunque en ocasiones maldijera a Ulbar por haber escogido rutas tan largas y difíciles, amén de hacerlos aguardar durante interminables jornadas en lugares recónditos, Hermigio, en el fondo, sabía que si habían sobrevivido hasta entonces era por mérito del cazador. Durante su peregrinar habían podido vislumbrar las cicatrices que la guerra dejaba en aquella tierra. Nuevamente acudieron a su mente las imágenes del pueblo en el que habían socorrido a Elvia cerca de Toletum: calcinado hasta los cimientos, en sus calles los cuervos se daban un banquete con los restos de los caídos durante el ataque de Ragnarico. En el territorio que cruzaban no estaban ni el godo ni sus aliados árabes y bereberes, sino que los ejecutores de las masacres eran los francos, pero también las víctimas lo eran. Neustria contra Austrasia; Austrasia contra Neustria. Ninguno de los dos nombres le decía nada a Hermigio, pero sí las imágenes que a diario lo asaltaban en su camino, y que al caer la noche se repetían en sus pesadillas. Aldeas saqueadas y destruidas, mieses pisoteadas, bestias sacrificadas cuyos cuerpos emponzoñaban fuentes y cursos de agua.

Habían avanzado siempre teniendo en cuenta su destino final: Tolosa, la capital de Eudes, que se encontraba al oeste, relativamente cerca de Carcassona. Hermigio sabía que en Carcassona estaban sus viejos amigos: Witerico, Haroldo, Argimiro y también Elvia. Los añoraba a todos, pero a la vez temía el reencuentro. Cuando pensaba en ello, la paz interior que creía haber conseguido durante los últimos años junto a Sinderedo parecía escaparse de su alma como lo haría el agua a través de sus dedos.

No sabía qué le depararía el futuro, solo sabía que debía reunirse con aquel *dux* franco para entregarle lo que custodiaba, incluida la sagrada reliquia a la que entonces había dedicado casi media vida. Una vez lo hiciera, sería libre de regresar a Roma, donde en realidad nadie lo esperaría. Con el antiguo metropolitano muerto, nada lo reclamaba a la Ciudad Eterna. Quizá la ciudad no fuera su lugar, se dijo, recordando las palabras que tanto Witerico como Argimiro le habían dedicado, pero ¿dónde estaba su lugar?

En ese entonces, Hermigio afirmó que su hogar siempre estaría en Toletum, en la aldea donde nació, aunque estaba al corriente de que nunca podría regresar allí. Desde la pérdida de Sinderedo no dejaba de pensar en ello. En el fondo sabía que había un sitio para él en Carcassona, donde sería bien recibido. Suspiró al pensar en Elvia. ¿Quería verla?, ¿hablarle? Por supuesto, claro que sí. Probablemente había pocas cosas en el mundo que deseara más hacer, aunque a la vez era consciente de que su corazón volvería a desgarrarse. Quizá Elvia lo abrazaría como lo harían los hombres tras años de ausencia. Cuando pensaba en ello hasta sentía su contacto, y apretaba los dientes, como si una lengua de fuego le acariciara la piel, abrasándola.

—Dos días —respondió súbitamente Ulbar, sacándolo de su ensimismamiento.

Hermigio asintió. ¿Qué eran dos jornadas comparado con los tres meses que llevaban en camino? Nada. Además, se dijo al recordar la sensación que lo había embargado al imaginar su reencuentro con Elvia, no había prisa. Tal vez lo mejor era llegar lo más tarde posible.

Al día siguiente atravesaron la campiña recorrida por el viejo y descomunal acueducto que se mantenía en pie cerca de Ucetia, y Ulbar decidió adentrarse en el villorrio, ante la sorpresa de Hermigio, pues hasta entonces habían evitado las ciudades y la mayoría de las villas que encontraban a su paso.

Ucetia parecía un pueblo cualquiera, similar a tantos, pensó Hermigio mientras caminaban por sus calles desiertas. Era media tarde y pronto el sol se ocultaría tras el horizonte. Unas pocas casas de piedra destacaban en el lugar: la iglesia y otras dos grandes construcciones centrales que Hermigio imaginó que se remontarían a tiempos de Roma. Las dejaron atrás, y Ulbar lo guio por entre las callejuelas estrechas hasta salir del burgo. Poco más adelante, a unos cincuenta pasos, junto a unos árboles achaparrados, se levantaba una solitaria casucha de madera. Divisaron la tenue columna de humo que se elevaba hacia el cielo desde el interior. Solo por eso, Hermigio entendió que se trataba de una vivienda y no de un establo.

—¿Cómo se llama este pueblo, Ulbar? —se atrevió a preguntar, consciente de lo extraño de la situación tras tantos meses conviviendo con el cazador.

Ulbar no se giró; parecía buscar algo, o a alguien, casi con urgencia. Continuaron avanzando, y cuando se encontraban a escasos diez pasos de la edificación, una pequeña figura salió de detrás de la vegetación. Antes de que echara a correr como una centella hacia la puerta entornada, Ulbar dejó caer su hatillo al suelo y la interceptó, elevándola en volandas. Hasta entonces no reparó Hermigio en que se trataba de un niño. Un niño pequeño, que a su entender debía de tener unos seis años, quizá menos.

—¡Mamá, papá está aquí! —gritó el pequeño con una vocecilla aguda como el canto de un pájaro.

Ulbar alborotó el pelo del niño, negro y rebelde como el suyo, y continuó caminando hacia la casa con él en brazos. Pronto una figura femenina emergió bajo el dintel y se fundió en un abrazo con ambos.

Hermigio quedó rezagado, a media docena de pasos de la escena, maravillado. Nunca se había parado a pensar en que un tipo como Ulbar pudiera tener familia; ni tan siquiera lo había creído capaz de manifestar sentimiento alguno de cariño hacia otra persona. Siempre huraño, distante, esquivo, alejándose de cualquier sitio habitado; únicamente parecía estar en paz cuando se encontraba en lo más profundo del bosque, alejado del más mínimo contacto con sus congéneres, como si solo estuviera a salvo anteponiendo una inmensa y salvaje soledad a cualquier sentimiento humano. Era un individuo extraño, pero viéndolo abrazar con ternura al niño y a la mujer, Hermigio entendió que no eran tan diferentes. O sí, porque hasta Ulbar amaba y era correspondido, no como él. Aquella idea, por supuesto, no lo hizo sentirse mejor.

XXXV

La inminencia de la nueva campaña había acompañado a Al-Samh ibn Malik al-Jawlani desde que abandonara Qurtuba, la antigua Corduba, la ciudad que, al igual que hiciera su predecesor Al- Hurr, había dispuesto como su capital. Finalizando el mes de marzo, a medida que ascendía hacia el norte, lamentaba haber adelantado tanto su expedición. Otros habrían esperado al menos al inicio de la primavera; sin embargo, él no era como los demás. Él se proponía llegar mucho más lejos que cualquiera de sus predecesores.

Se encontraba a una jornada de la que los nativos llamaban Barcinona, donde había establecido el lugar de reunión para las tropas que lo acompañarían hacia el norte desde los diferentes puntos de Hispania. Tan cerca ya de su objetivo, salvo por los escalofríos que de cuando en cuando sacudían su cuerpo, podría haber dicho que se encontraba complacido, e incluso ilusionado. Él, que apenas acababa de cumplir los cuarenta años, había sido nombrado por el califa Suleiman valí de la región más occidental del Imperio omeya. Ninguno de sus antecesores en aquel rincón del mundo había disfrutado de tal reconocimiento ni de tal poder. Hasta entonces, aquel territorio había dependido del gobernador de la vecina Ifriquiya. En cambio, Al-Samh no tendría que rendir cuentas a nadie más que al propio califa. Había llegado el momento de situar su nombre y el de su estirpe por encima del de aquellos Nusayr que habían hollado por primera vez las tierras de Hispania.

Hacía medio año que había sometido los últimos territorios

que se resistían en lo que los hispanos llamaban Tarraconense, y desde entonces sus hombres habían establecido bases seguras más al norte de las espigadas montañas que separaban Hispania del resto del continente. Se habían atrevido, incluso, a hostigar a algunas de las ciudades de la costa. Luego, vista la escasa resistencia encontrada, Al-Samh hizo llamar a nuevas tropas que vendrían de Ifriquiya para poner en liza un enorme ejército de treinta mil combatientes, que entonces aguardaba su llegada. Secundado por tal fuerza, estaría en disposición de someter unas tierras nunca antes pisadas por los seguidores del Profeta.

Una vez superadas las montañas se dirigirían a la ciudad de Narbona siguiendo la misma calzada por la que habían llegado allí desde Hispania. Narbona era la capital del último rey visigodo, para Al-Samh, un estúpido como lo habían sido Roderico y Agila, ambos muertos en combate. Un estúpido, pero también un cobarde, pues ni siquiera combatía, por mucho que varios grupos de bereberes hubieran tomado posiciones más allá de los Pireneos hasta alcanzar sus propias murallas. Tan solo esperaba que tal circunstancia no restara mérito a su próxima hazaña. Confiaba en que a Suleiman ibn Abd al-Malik no le llegaran las noticias acerca de la cobardía de Ardo.

Mientras pensaba en el glorioso recibimiento que le dispensarían en Damasco tras haber extendido el islam hasta donde no lo había llevado nadie, su secretario lo abordó con cautela.

—Mi señor, ha regresado el jefe de las patrullas de exploradores en territorio enemigo. Lo traigo a vuestra presencia, como habíais ordenado.

Al-Samh volvió en sí, sin poder evitar que en su ceño se dibujara el disgusto por haber sido interrumpido en sus cavilaciones. Malhumorado, miró al individuo que se encontraba a pocos pasos de él, a la entrada de su tienda de campaña.

Era un bereber, como resultaba evidente al reparar en su aspecto.

—¿Cómo te llamas? —preguntó Al-Samh sin levantarse.

—Yussuf ibn Tabbit, de la tribu de los nafza.

Al-Samh permaneció un rato en silencio, pues aquel nombre nada le decía. Poco tardó su secretario en hablar por él.

—Este hombre nos ha prestado un gran servicio, mi señor. Conoce las tierras de los extranjeros mejor que nadie, pues las recorrió hace ya unos años. Por tal motivo comanda a los bereberes allí instalados.

«Bereberes», pensó Al-Samh. Poco le importaban. Si Ardo no hubiera sido tan rematadamente cobarde y se hubiera lanzado contra ellos, no habría lamentado su pérdida, pero reconocía que le prestaban un gran servicio. Podría atravesar las montañas sin temer una emboscada por parte de los godos; Ardo había resultado ser terriblemente estúpido, además de cobarde.

—¿Están tus hombres dispuestos, bereber? —le preguntó a Yussuf, poniéndose en pie.

—Lo están, mi señor. Nadie interferirá en vuestro paso por los Pireneos.

Al-Samh sonrió satisfecho. Su nombre sería recordado eternamente por encima del de quienes lo habían precedido: los traidores Nusayr, aquel bereber ambicioso llamado Tariq, Al-Hurr, más preocupado por gravar impuestos y organizar un intrincado sistema administrativo que por extender los dominios del islam... Definitivamente, ninguno haría sombra a sus conquistas, porque él sería el instrumento mediante el cual la palabra del Profeta se extendería por grandes territorios. No se detendría en la Septimania; había oído decir que al norte y al este había reinos poderosos: francos, lombardos... Se haría con ellos, les ofrecería la *yizya* o los reduciría por medio de la espada, hasta presentarse en las puertas de la misma Roma.

—Bien, pues regresa con los tuyos y tenlo todo dispuesto para dentro de una semana. En esa fecha llegaremos a esa Septimania que tan bien conoces.

Tres semanas más tarde, amparados en la extraña paz que dominaba los caminos orientales de la Septimania, Hermigio y su grupo alcanzaron por fin su destino. Nunca había estado en Tolosa, ciudad que le recordó vagamente a Toletum. De indudable pasado romano, se encontraba protegida por una recia muralla, similar a la de Carcassona, pero que protegía una superficie mucho mayor, más parecida a la de la capital del reino visigodo.

Hermigio se sentía agotado. Al salir de Ucetia se habían dirigido a Nemausus, donde se habían detenido unas semanas atendiendo a los ruegos de Fredegario. Hermigio le había entregado el presente que Sinderedo le dio para su discípulo, además de una misiva transcrita por él pocos días antes de su muerte. La vieja espada que rescatara Bonifacio de la gruta de los tesoros pasó a manos del *comes* de Nemausus. Ante la sorpresa de ambos, quien la recibía y quien la entregaba, las palabras de Sinderedo aseguraban que se trataba de la espada de los macabeos. Aquel nombre poco significado tenía para Hermigio, pero sí para Fredegario, que enseguida hizo llamar a uno de sus religiosos para que le relatara la historia de aquella antigua familia judía.

Ulbar se quedó allí, y Hermigio no tuvo más remedio que reemprender el viaje cuando empezó a correr el rumor de que varias partidas bereberes campaban a sus anchas más allá de los Pirineos. Desde entonces, Hermigio había hecho avanzar a los hombres del papa durante largas horas cada día. Descansando no más de cuatro horas, habían cubierto las últimas etapas en muy pocas jornadas, espoleados por la certeza de encontrarse tan cerca de su objetivo.

Sus esperanzas de asearse y reposar en cuanto entraran en la ciudad no fueron satisfechas. Ni tan siquiera pudo mudar su hedionda vestimenta por aquella otra que guardaba en las alforjas de su montura, preparada para impresionar al *dux* franco cuando lo recibiera. Eudes, al enterarse de la presencia de los representantes de Gregorio, poco había tardado en hacerlo llamar ante él.

Hermigio solo tuvo tiempo de tomar el hatillo en el que guardaba los presentes que Gregorio, papa de Roma, le enviaba a su hijo aquitano. Mientras avanzaba penosamente por los pasillos estrechos que desembocarían en la estancia donde lo esperaba el *dux*, la cabeza de Hermigio daba vueltas a los motivos por los que se encontraba allí y no, por ejemplo, en el palacio de Karl, *maior domus* de Austrasia y vencedor de la guerra entre los reinos francos. Por lo que Sinteredo le había revelado, Gregorio no era partidario de Karl, pero tampoco de Chilperico, su homólogo de Neustria. Muchos de los religiosos de Roma, enfrentados a las autoridades imperiales, abogaban por acercarse a los reinos francos para sacudirse el yugo de estos últimos, pues eran Estados fuertes y longevos, además de partidarios de la misma fe que profesaba la curia romana.

Sin embargo, Sinteredo no era uno de ellos, ni, visto lo visto, Gregorio. Para este último, la mayor ayuda con la que contaban para conseguir una Roma libre de la injerencia imperial eran los lombardos y su rey Liutprando. Los lombardos dominaban toda Italia, a excepción del Exarcado de Ravena. Según Gregorio, era mucho más factible que Liutprando expulsara a los orientales que lo hiciera cualquiera de los reyes francos. Porque eso era lo que pretendía Gregorio: librarse para siempre del emperador y de sus gobernadores. ¿Y dónde entraba entonces Eudes? ¿Por qué había de ser él el custodio de aquella reliquia? Pues, probablemente, pensaba Hermigio, el azar había tenido mucho que ver. El propio Gregorio, complacido con la actitud del *dux* desde hacía años, que había evitado en lo posible combatir contra otras potencias cristianas, había preparado el envío de tres esponjas bautismales para agasajarlo. Junto a aquellas viajaba la pata de la mesa del rey Salomón, pero nadie lo sabía, salvo el propio Hermigio y Gregorio, una vez muerto Sinteredo. Se la entregaría a Eudes para que la pusiera a salvo, para que la guardara en Tolosa o en los alrededores, enterrada si era necesario, igual que había sucedido en Toletum hasta la desgraciada llegada de Tariq ibn Ziyab.

Aunque en un primer momento la intención de Gregorio fue enviar la reliquia a Liutprando, finalmente Sinteredo, aún moribundo, lo había disuadido de hacerlo así. El antiguo metropolitano consideraba al rey lombardo un buen aliado, pero creía que la codicia y la ambición se encontraban muy enraizadas en su corazón. Sinderedo había sembrado la duda en Gregorio, asegurando que en poco tiempo Liutprando alardearía de su amistad con el pontífice para rivalizar con sus tradicionales rivales francos. Entonces Gregorio tendría frente a sí un verdadero problema, con hombres como Karl o Chilperico en su contra.

Con Eudes, en cambio, no ocurriría lo mismo, o eso era lo que afirmaba Sinderedo. Eudes era un hombre de armas, como los demás, pero también era sumamente inteligente. Así lo demostraba el hecho de que llevara décadas vadeando entre los dos reinos continuamente enfrentados —Neustria y Austrasia—, manteniendo su ducado casi independiente o al menos lo bastante alejado de la órbita de cualquiera de los dos. Un hombre cabal, austero y agradecido que, además, había amparado dentro de sus fronteras a muchos de los hispanos huidos desde la llegada de los musulmanes. Solo por eso, por haber acogido a sus hermanos en aquellas horas oscuras, debería ser recompensado, había esgrimido Sinderedo, aunque en su fuero interno creyera que la tarea encomendada sería más una carga que una recompensa. Finalmente, ese había sido el argumento que a Hermigio le pareció que había terminado por convencer al sumo pontífice.

—El emisario del papa Gregorio —oyó Hermigio que lo anunciaba el religioso que lo precedía.

Se detuvo de pronto, y los dos hombres de armas que iban detrás casi chocaron con él, lo que hizo que el lugar se llenara de los sonidos metálicos de las armas al golpear contra las armaduras.

Hermigio estudió la escena que tenía delante. A pocos pasos se encontraba un hombre maduro, de cabello grisáceo, largo y rebelde, con la frente surcada por profundas arrugas. Bajo estas, unos ojos verdes lo analizaban con curiosidad. Entonces Hermigio reparó en el lugar donde se encontraban: no era la sala de recepciones que habría sido de esperar, sino una suerte de *scriptorium* donde varios monjes se afanaban con el cálamo y la tinta.

—Lamento haberos traído a mi presencia sin dejaros descansar, mi señor. Espero vuestra indulgencia, pero una visita de alguien cercano al divino Gregorio es algo demasiado importante para retrasarlo.

Eudes le indicó con cortesía que tomara asiento en uno de los bancos vacíos.

—Ciertamente estoy cansado, pero soy yo quien debo disculparme por mi aspecto, señor.

Eudes agitó la mano como queriendo restarle importancia.

—Lo importante es el interior, ¿no es lo que dicen algunos monjes, Eufrosio? —preguntó el *dux* al fraile que se encontraba más cercano a él.

—Cuidaos de los sepulcros blanqueados que nada albergan en su interior —contestó el tal Eufrosio, críptico.

—¿Y bien?, ¿qué nos envía el bendito Gregorio?

Hermigio deslizó el asa del hatillo y lo tomó en sus manos. Retiró una basta tela de saco que guardó para sí y entregó el resto del contenido al *dux*.

—Mi señor Eudes, *dux* de Aquitania —comenzó, con voz algo titubeante—. El papa Gregorio os manda sus respetos y su gratitud. Se encuentra muy complacido con vos por cuanto habéis hecho para acoger a nuestros hermanos hispanos, que escapan de las garras de los impíos.

En cuanto finalizó sus palabras, los cinco monjes que se encontraban en la sala se persignaron. Hermigio tragó saliva antes de continuar.

—Por tal motivo quiere mostraros su aprobación entregándoos estas sagradas esponjas bautismales, con las que os distingue por vuestros méritos ante Dios Todopoderoso.

Eudes tomó la bolsa y la abrió. Alzó entre sus manos las reliquias con devoción. Algunos de los escribas no pudieron evitar girar la cabeza para contemplarlas, extasiados.

—Os estamos sumamente agradecidos, señor —respondió Eudes—. Por cierto, ¿cuál es vuestro nombre?

—Hermigio.

—Os doy las gracias, Hermigio, por haber realizado un viaje tan largo para entregarme estos sagrados objetos. No habrá sido fácil, atravesando Austrasia en estos días.

El mismo religioso que lo había acompañado hasta allí, intuyendo el fin de la entrevista, se dispuso a mostrarle al hispano el camino de vuelta, pero Hermigio no se movió de donde estaba.

—Mi señor, si me lo permitís, tengo otro asunto que hablar con vos. En privado.

Un murmullo de sorpresa se elevó entre los hombres que hasta entonces trabajaban; aun así, salvo el religioso que se encontraba frente a él, ninguno se atrevió a mostrar su desacuerdo.

—Mi señor Hermigio, aseaos y descansad. Más adelante podréis retomar vuestra entrevista con el *dux* —insistió el individuo.

Hermigio sostuvo la mirada al religioso sin moverse un ápice de donde estaba.

Eudes, divertido ante aquel inesperado giro en la audiencia, se acarició la barba con una mano. Nunca habría esperado tal falta de respeto de alguien cercano al papa, y por eso mismo estaba intrigado.

—Ya habéis oído. Marchaos —indicó, dando una fuerte palmada.

Una queja murió en los labios del religioso sin llegar a ser expresada. Enseguida los oscuros hábitos de los escribas se dirigieron hacia la puerta dejando allí dentro únicamente al *dux* y al hispano.

Ambos permanecieron un instante escrutándose, y fue por fin Eudes el primero en hablar.

—¿Y bien, Hermigio? He de deciros que sois un legado papal fuera de lo común. No vestís hábito, sois insultantemente joven y además pedís que un dignatario como yo os reciba en privado. Si fuera un pusilánime como Chilperico pensaría, quizá, que pretendéis matarme.

Hermigio miró a su espalda, temiendo ver de reojo que los guardias entraban y lo apresaban, pero las puertas continuaban cerradas.

—No penséis que lo conseguiríais, joven. Aunque sea anciano, sé defenderme —aseguró Eudes—. En fin, ¿qué es eso que queréis decirme y que no puede ser escuchado por nadie más?

—Mi señor Eudes, no os deseo ningún mal, como tampoco el papa Gregorio.

—Os creo. Son muchos los que se alegrarían si me sucediera una desgracia, pero entre ellos no cuento a Gregorio; al menos todavía.

Hermigio tomó en las manos el saco que había mantenido junto a sí y desenvolvió su contenido sin desviar la vista del franco. No le pasó inadvertida la expresión de asombro que se dibujó en el rostro de Eudes, maravillado al reparar en el oro, la plata y las gemas que brillaban a la luz de los hachones.

—Esto también es para vos —anunció con gravedad—. El papa Gregorio quiere que esté en vuestro poder, y que nadie más lo sepa. Por eso he querido hablar con vos a solas.

Los ojos de Eudes continuaban posados en aquello que sujetaba Hermigio. Sin poder remediarlo, hizo una muda súplica a su interlocutor para que le dejara tocarlo, y Hermigio se lo tendió. Los dedos de Eudes, temblorosos, recorrieron la brillante superficie. Se detuvieron, ávidos, en cada gema, en cada filigrana, y se quedó sin respiración al pensar en el incalculable valor de aquella pieza. Junto al banco, ignoradas, descansaban las esponjas ofrecidas por Gregorio.

—¿Qué es esta maravilla? —acertó a decir, sin mirar a los ojos a Hermigio.

—Esta es una de las cuatro patas de la mesa del rey Salomón. El papa Gregorio, en su sabiduría, la pone bajo vuestra custodia con la esperanza de que esté a salvo de sus enemigos. Únicamente debéis saber que el resto de la sagrada reliquia está en poder de los sarracenos, que harán cualquier cosa con tal de poseer la pieza que la completa. Yo mismo doy fe de que han invertido largos años en su búsqueda, pero hoy está aquí, con vos, y por ese motivo nadie debe saberlo. La mejor forma de protegerla es manteniéndola en el más estricto secreto. Es una tarea muy importante la que os encomienda el sumo pontífice, una misión crucial para la cristiandad. Ahora mismo sois el custodio de una poderosa reliquia, y con ello os habéis convertido en la única esperanza de los cristianos. —Al terminar de pronunciar aquellas palabras, Hermigio sintió un profundo alivio. «Apartad de mí este cáliz», le había dicho a Sinderedo, y ahora acababa de hacerlo. Por fin la reliquia estaba de nuevo en unas manos más dignas que las suyas.

—Gloria a Dios Misericordioso —exclamó Eudes sin levantar la vista hacia el hispano—. No habríais podido llegar en mejor momento: esta es la señal que esperaba.

Hermigio frunció el ceño, sorprendido por aquella reacción. No entendía qué estaba pasando por la mente del *dux*.

—¿A qué os referís?

Por primera vez desde que apareciera la reliquia en escena, los ojos de Eudes se encontraron con los de Hermigio.

—Esos sarracenos que decís han llegado a las puertas de nuestras tierras. A estas alturas poco les faltará para presentarse frente a los muros de Narbona. Lo que sucedió en Hispania amenaza con repetirse aquí, pero con este presente, Gregorio, y el mismo Señor de los cielos, me envían una señal.

Un inesperado escalofrío recorrió el cuerpo de Hermigio. Los extranjeros se acercaban, todo estaba perdido otra vez... ¿Qué se propondría aquel *dux* franco?

—¿Qué queréis decir?

—Hermigio, ¿sois natural de Italia?

—Nací en Hispania.

—En Hispania. Otra señal, estoy seguro. Decidme entonces, Hermigio: ¿sois combatiente? ¿A dónde os llevan ahora vuestros pasos?

—Fui guerrero en otro tiempo, si es lo que queréis saber. En cuanto al lugar a donde me dirijo, todavía no lo sé. Me gustaría descansar una temporada en vuestra ciudad, si no tenéis inconveniente, antes de tomar una decisión.

—¿No regresaréis a Roma cuanto antes?

—Aún no lo sé —musitó Hermigio.

Eudes se adelantó, y en su rostro ajado, surcado por las arrugas propias de la edad, Hermigio intuyó la determinación propia de alguien más joven, vigoroso y decidido.

—Venid conmigo, Hermigio.

Yussuf ibn Tabbit caminaba arrastrando los pies por una desierta callejuela de Narbona. Tras haberse entregado al saqueo de la otrora capital de Ardo durante horas, las tropas árabes y bereberes hacía rato que descansaban, si bien quienes aún tenían ganas seguían divirtiéndose.

El humo de las piras y los incendios que se habían propagado en diferentes barrios de la ciudad inundaba el aire. Aquel día de principios de mayo, el cielo debería haber lucido azul, limpio y claro, no como lo hacía entonces —gris, oscuro y opresivo—, enturbiado por decenas o centenares de incendios.

—Bereber estúpido, aparta —oyó, demasiado tarde, que alguien le espetaba.

Cuando se dio cuenta se encontraba tirado en el hediondo suelo. Escupió y se incorporó con rapidez, amenazando con desenvainar su espada.

Entonces descubrió las figuras de tres árabes que estaban de pie frente a él. El último de ellos arrastraba tras de sí el cuerpo de una mujer que no dejaba de sollozar.

—Eres un estúpido, ¿no ves por dónde vas? Los tipos como tú sois peores que animales —le soltó el que se encontraba más cerca de los tres.

Yussuf afianzó los dedos alrededor de la empuñadura de su espada, pero ninguno de los árabes hizo amago de responder a la provocación. Un ruidoso grupo de bereberes apareció al final de la calle formando un terrible escándalo. Todos los guerreros estaban ebrios, pensó Yussuf, todos menos él. Ebrios de botín, de satisfacción, de lujuria. Habían tomado la capital visigoda, la última de tal nombre, tras una enconada lucha en la que al principio incluso habían sido rechazados. Luego la humillación había sido olvidada: las heridas propias habían sido borradas con la sangre de los enemigos.

Los árabes se apartaron al paso de los bereberes y continuaron su marcha sin mediar más palabras, tirando de la mujer, cuyos pies iban dejando un triste rastro sobre la tierra.

Yussuf continuó avanzando y llegó al que había sido el centro de la ciudad: el foro. Si hasta entonces las calles por las que había estado deambulando se encontraban casi desiertas, allí se congregaba una enorme multitud. Árabes y bereberes como él, pero también cristianos. Muchos muertos, ajusticiados a sangre fría. Allí, para divertimento de la tropa, se habían dispuesto un sinnúmero de troncos donde los prisioneros apoyaban la cabeza antes de que los verdugos la separaran de los cuerpos que entonces se amontonaban en diferentes rincones del enorme espacio abierto. Allí habían perdido la vida los hombres que sobrevivieron a los cruentos combates que habían visto las murallas de la ciudad, calle a calle, casa a casa. También los ancianos habían sido ajusticiados en la plaza, donde se hacinaban macabros montículos de cabezas cercenadas y cuerpos decapitados. Era una visión horrible, y la súbita llegada de una bandada de cuervos no contribuyó a mejorarla, pese a que los guerreros musulmanes allí reunidos, evidentemente excitados, jalearan el concienzudo trabajo de los carroñeros.

Yussuf desvió la mirada. En el otro extremo de la plaza, todas las mujeres y niños encontrados dentro de los muros eran encadenados y puestos a disposición de los esclavistas que seguían al ejército: ellos compensarían, en parte, la enorme fortuna que la campaña le estaba costando al valí.

—Yussuf, el valí te busca. —Oyó la llamada de su amigo

Yahya casi como en un sueño, sobreponiéndose al incesante graznido de los córvidos—. El muy malnacido nos insta ahora a partir, justo cuando la cosa se animaba.

Yussuf asintió a la vez que giraba el cuello hacia el centro del foro, donde se encontraba el gobernador. Allí destacaba una enorme pira sobre la que los restos carbonizados de un hombre se elevaban varios codos por encima de quienes lo rodeaban. Era el cadáver de Ardo, el último rey visigodo. Había sido empalado en la misma pira, ante el delirio de los guerreros, y cuando la ciudad ya había sido saqueada a conciencia, Al-Samh había ordenado que le prendieran fuego a la pira y pusieran fin a su martirio, si es que no había muerto ya.

Como el propio Ardo, Narbona había sido pasada a sangre y fuego por las tropas de Al-Samh. No hubo piedad para con el vencido.

Para cuando el mes de mayo comenzaba, Ragnarico había recorrido una enorme distancia desde Roma. Pensando que nada debía temer de los godos, había seguido la vía Domitia con el objetivo de llegar hasta la ciudad de Carcassona. Desde allí ascendería hacia Tolosa, a donde el papa Gregorio había enviado a sus emisarios tras la muerte de Sinderedo. Ragnarico no lamentaba haber provocado la muerte del metropolitano, solo sentía no haber conseguido hacerse con aquel objeto que lo atormentaba. Por su parte, Clodoveo, pese a la frialdad con la que había castigado su fracaso, pareció recibir con agrado las noticias de la muerte del obispo hispano.

Perdió el rastro de los hombres a los que perseguía una vez se adentraron en Austrasia. A partir de entonces, tras varias semanas tratando inútilmente de dar con ellos, se vio forzado a continuar avanzando hacia el oeste, con la esperanza de que los enviados de Gregorio cumplieran con su cometido. Entonces, cuando creía que en menos de dos semanas llegaría a Tolosa, se encontró frente a aquella inesperada escena. Desde la distancia, a unas pocas millas de la ciudad, presenció atónito como una riada de supervivientes abandonaba Narbona con la esperanza de llegar a Nemausus. Gracias a algunos de ellos se enteró de lo sucedido, aunque para alguien acostumbrado a la guerra como Ragnarico no eran necesarias coloridas descripciones. La ciudad había sufrido asedio por parte de las tropas musulmanas llegadas desde Hispania, y entonces, vencida la resistencia, era saqueada a placer. El reino visigodo desaparecía, ahora sí, para siempre.

Los hombres y las mujeres con los que se tropezó apenas se detenían; continuaban en loca carrera, mientras él permanecía allí, embelesado con la idea de la matanza que, según imaginaba, se extendería por las otrora elegantes calles de Narbona, aunque lo único que podía ver desde allí eran las columnas de humo que se elevaban hacia el cielo, transportando el agobiante olor a varias millas a la redonda.

Una mujer joven pasó a su lado tirando como podía de un niño pequeño mientras en el otro brazo cargaba un bebé. Ragnarico supo rápidamente que no llegaría muy lejos, aunque, por una vez, no era de él de quien debía cuidarse.

Mientras la observaba alejarse pensó en su madre. Casi la había olvidado tras el largo tiempo pasado en Roma. Solo era capaz de pensar en ella como si fuera una desconocida, casi tanto como aquella mujer que trataba de poner a salvo a sus hijos, incluso a costa de su propia vida.

—Tolosa aún no ha sido incendiada, y lo que busco debe de encontrarse allí —dijo en voz alta, pese a que no tenía nadie con quien hablar.

Pasó la mano enguantada por los ollares de su caballo, tratando de tranquilizarlo, pues el olor a humo había comenzado a resultar insoportable, y lo condujo de nuevo hacia la espesura, todo lo lejos que pudiera de la vía Domitia.

XXXVI

No cabía un alma más dentro de las murallas de Carcassona. Desde hacía semanas, multitud de campesinos habían llegado a la ciudad con la esperanza de ponerse a salvo tras sus fuertes muros. Una esperanza vana, pensaba Argimiro, oteando el horizonte hacia el sur, el lugar por donde sabían que sus enemigos campaban libremente.

—Gracias por no haber ido con Eudes, aunque creo que lo lamentarás toda la vida —dijo al reconocer a su espalda los pesados pasos de Witerico.

—En efecto, lo lamento..., pero Ademar me enseñó a ser un hombre de honor.

Argimiro asintió agradecido.

—De ser cierto que Narbona ha caído, nosotros seremos el siguiente objetivo en el camino de esos perros.

—Un hombre de honor, que no un estúpido. Debo reconocer que pensé que eso no sucedería tan pronto; si lo hubiera imaginado, tal vez habría acudido a Eudes.

La enorme sonrisa que se dibujó en el curtido rostro de Witerico hizo comprender a Argimiro que no hablaba en serio.

—Es igual. Gracias de todas formas.

—No hay nada que agradecer. O sí; en realidad, nosotros sí tenemos mucho que agradecerte, Argimiro. Por eso mismo estamos hoy aquí. En cualquier caso, ese Ardo se lo tenía merecido. Siempre fue un cobarde, y no sé por qué me extraño de que haya terminado mal.

Argimiro asintió. Ardo había sido un estúpido. Ese era el mejor calificativo que se le ocurría. No se le podía llamar cobarde porque, de ser ciertas las habladurías, había combatido durante el asedio de la capital. Estúpido sí, porque nada había hecho para tratar de evitar aquella situación mientras podía.

—Ya no tenemos rey, y quizá sea mejor así. Ni rey ni lugar al que escapar. La pesadilla que llevamos años sufriendo llega a su fin. Casi lo prefiero.

Witerico encajó aquellas palabras como si la afilada hoja de una daga le hubiera penetrado en el estómago. Aunque entendía la desesperación de Argimiro, él prefería no pensar en ello. Era tan feliz con Elvia... No, tendrían que buscar la manera de sobrevivir.

—He hablado con los hombres de Frederico. La ciudad alberga ahora mismo a más de siete mil personas. No hay espacio para más, ni siquiera en las calles.

Argimiro evaluó aquellos datos. A lo sumo contarían con dos mil guerreros. Y, según se decía, aquellos árabes, además de decenas de miles de combatientes, traían consigo máquinas de asedio.

—¿Y los víveres? ¿Cómo andamos de comida?

—Con suerte tendremos alimentos para un mes, si cerramos hoy mismo las puertas y enviamos a los rezagados al norte.

Argimiro se dio la vuelta, dispuesto a otear nuevamente el horizonte. Era inútil, no llegarían aún, pero no se le ocurría nada mejor que hacer salvo, quizá, rezar.

—Así se hará.

Las casas donde antes vivían unas pocas personas habían duplicado, cuando menos, su número de habitantes original. Sin embargo, a pesar de la presencia de tanta gente, el silencio parecía haberse extendido en la ciudad, como preludio del cementerio en el que Argimiro estaba convencido de que se convertiría.

Elvia y Witerico, así como la familia del difunto Alberico, habían encontrado acomodo en el hogar de Ingunda y Argimiro. Aunque en un primer momento la alegría del reencuentro hizo que las dos mujeres se abrazaran y compartieran confidencias acerca de lo sucedido desde que se habían separado por última vez, pasado ese instante ambas se habían dejado contagiar por el ambiente pesimista que dominaba la ciudad.

Aquella mañana, sentadas una frente a la otra en el patio de la casa familiar, Elvia estaba particularmente silenciosa. Un doloroso pensamiento no dejaba de atormentarla: ella en realidad no deseaba estar allí, pero no le había quedado más remedio que seguir a Witerico.

En cuanto se enteraron de que las tropas musulmanas atravesaban los Pirineos, Elvia le había suplicado que abandonaran la aldea en la que se habían instalado pocos años atrás y que huyeran más al norte, hacia los bosques. Le pedía, ni más ni menos, lo que ya habían hecho en otras ocasiones, así que no encajó bien la negativa que recibió por respuesta. Furiosa como estaba, le gritó, algo que casi nunca hacía. De aquello hacía cinco días, pero todavía le duraba el enfado.

Cuando Witerico la miraba a los ojos con la tranquilidad reflejada en el rostro, más se enfurecía. Se enfurecía porque, pese a su terquedad, le resultaba imposible odiar a aquel hombretón. Un hombretón al que, en el fondo, no podía recriminarle que quisiera dejar de escapar. Su vida había sido una constante huida desde el momento en el que cruzó por primera vez su espada con los hombres de Tariq, aquel tuerto maldito. De aquello hacía diez años. Ella escaparía durante otros veinte si fuera necesario para continuar a su lado, pero él había dicho basta. Lucharía y pagaría así su deuda con Argimiro por tantos favores como les había concedido desde que llegaran a aquella tierra.

Ingunda, por su parte, tejía maquinalmente, como siempre había hecho desde que era adolescente. Mientras tanto, su cabeza no hacía más que darle vueltas a la delicada situación en la que se encontraban. Sin la concentración debida, la aguja terminó por equivocar su recorrido y acertar de lleno en la yema de su dedo índice. Sorprendida, soltó un reniego, para acto seguido llevarse el dedo herido a los labios y sorber delicadamente la sangre que manaba de la herida.

—¿Estás bien? —preguntó la astur, levantándose del murete en el que descansaba y acercándose a ella.

—No es nada —respondió Ingunda, pero cuando se percató de que su compañera regresaba al murete comprendió que necesitaba hablar con alguien de lo que la angustiaba. Era imposible desahogarse con Argimiro, siempre atareado y fuera de casa, y ella enloquecería si no podía compartir su zozobra con alguien.

—Elvia, ¿tú has visto a esos extranjeros?

La astur asintió, pero antes de que pudiera responder oyeron a las hijas de Ingunda, que se acercaban al patio con un inusitado escándalo. Atravesaron el jardín, alejándose de ellas entre cuchicheos, al parecer ajenas al temor que había calado dentro de los fuertes muros de la ciudad, demasiado jóvenes para captar el alcance de lo que se les venía encima. Baddo acababa de cumplir doce años, por catorce que tenía ya Adela. Para desconsuelo de su madre —que había perdido otro niño muchos años atrás—, Sisebuto, el único hijo varón vivo del matrimonio, en ese instante debía de estar junto a su padre recorriendo la muralla.

Al mirar a las niñas, por primera vez en bastante tiempo, Elvia reparó en que era un alivio no haber tenido hijos. Llevaba años lamentándose por no quedar encinta. Habría querido dar un hijo, o varios, a Witerico, pero aquello no había sucedido. Y aunque nunca habían hablado al respecto, entendía que al guerrero también le habría agradado. Lo único que sabía de su vida sentimental anterior a su encuentro era lo poco que una vez le dijo Haroldo en confidencia: Witerico había quedado viudo cuando ni tan siquiera había cumplido los veinticinco años. Su mujer y los dos pequeños que tenían habían muerto en medio de una epidemia de peste en Astigi. El guerrero nunca le había hablado de ellos: eran su secreto, su dolor privado, y ella no le pedía que lo hiciera. Al pensar en lo cerca que estaban del final de su camino, ese día Elvia comprendió que lo mejor era no tener más ataduras, más amores. Lo sentía por Ingunda.

—Llevo días sintiéndome culpable por cómo he tratado a mi marido durante todos estos años. Siempre que hablaba de los extranjeros, yo le decía que nunca llegarían tan al norte, que la pesadilla había terminado, que era el momento de olvidarlos. Y hoy están frente a nuestras puertas. Yo...

Ingunda agachó la cabeza y la enterró entre sus manos, apesadumbrada. Elvia miró hacia las muchachas, que se perdían nuevamente dentro del edificio. Cuando volvieron a estar a solas se sentó junto a Ingunda y tomó sus manos con las suyas.

—No te aflijas, Ingunda.

Elvia se dio cuenta de que, por primera vez, la esposa de Argimiro parecía ser la mujer madura que era. Tenía los párpados hinchados a causa del llanto y las tenues arrugas que adornaban las comisuras de sus labios y de sus ojos parecían más marcadas. Soltando una de sus manos, le pasó el brazo por los hombros y la acunó para reconfortarla.

Los sollozos de Ingunda fueron remitiendo poco a poco, pero sus labios permanecieron cerrados.

—Es humano arrepentirse, todos erramos —comenzó Elvia—. Tú, yo, Argimiro, Witerico... Si le hiciera caso a Witerico, debería creer que solo ha existido un hombre infalible: su añorado Ademar. Pero este murió; murió precisamente por su propia concepción de la vida. Fiel a sí mismo hasta el último instante. En cambio, yo... Yo anhelo vivir. Anhelo vivir ahora que sé que vale la pena, cosa que hace muchos años no creía que fuera así. Haría cualquier cosa con tal de escapar de aquí, de tener una oportunidad de continuar mi vida con Witerico en otro lugar, aunque eso implicara traicionarme a mí misma o a la memoria de los míos. Vivir para seguir disfrutando de quienes queremos, o para seguir honrando a quienes ya se han ido.

Ingunda se quedó meditabunda, pero no respondió. Elvia hizo una larga pausa para ordenar sus ideas antes de continuar hablando.

—La cuestión es que hoy estamos aquí, y no tenemos otra salida que superar este trance si queremos seguir junto a los hombres a los que hemos unido nuestras vidas. —Su voz era tenue, pero no temblaba—. Argimiro nunca te echaría en cara tus dudas; creo que ni siquiera él mismo pensaba que nos veríamos en esta situación cuando lo conocí, en los alrededores de Toletum. En ese momento lo único que quería era volver a sus tierras, abrazarte y besar a sus hijos, sin mirar atrás, esperando continuar su vida tal como había sido hasta entonces. Sin embargo, después cambió. No sabría decirte cuándo, quizá tras la caída de Caesaraugusta. Creo que en aquel momento se dio cuenta de que sus esperanzas eran vanas, de que, al contrario de lo que deseaba, nunca regresaría a su casa para convertir lo vivido en un simple mal recuerdo. Nuestros actos tienen consecuencias que pocas veces podemos imaginar, y me parece que eso ha atormentado a Argimiro desde entonces. —Ingunda la escuchaba con una intensa mirada clavada en ella—. Es un gran hombre, Ingunda, y te quiere. Vete a hablar con él y abrázalo. No sabemos cuándo podremos volver a hacerlo.

El mes de mayo apenas concluía, pero ese año todo el cereal se había segado antes de tiempo y se encontraba almacenado en la ciudad. A pesar de que el grano no había tenido tiempo de madurar lo suficiente, la cosecha igualmente debía durarles lo que durase el asedio, si es que lo terminaban con vida.

Argimiro hacía el primer turno de guardia en la muralla. Se había ofrecido sin dudarlo a estar allí cuantas horas fuera preciso, convencido de que no lo vencería el agotamiento, por mucho que llevara noches sin dormir. Aunque hubiera estado tumbado en su catre, dudaba de que el sueño acudiera en su rescate. En cuanto cerraba los ojos, un raudal de recuerdos de las vivencias acumuladas desde que uniera su mesnada a la de Roderico lo asaltaba sin piedad: el único y diabólico ojo de Tariq ibn Ziyab; la batalla de Astigi, en la que él mismo ayudó a prender a Ademar; o aquella otra visión que le desagradaba profundamente, la del cadavérico rostro del oriental que murió en las tierras de su padre cuando él era solo un mocoso. Era imposible dormir así. El miedo, la ansiedad, la culpa, la vana esperanza, todas esas emociones se entremezclaban y lo hacían sentirse acorralado. Y sin duda estaban acorralados, quizá por última vez.

—¡Padre, padre! —lo llamó su hijo Sisebuto en voz baja y urgente—. Han llegado. ¡Walamer ha visto una inmensa hilera de fuego que se acerca desde el sur!

Argimiro se incorporó y miró a su retoño con gravedad. Sisebuto tenía dieciséis años. El cabello largo le caía hasta los hombros, pero no era suficiente para disimular sus rasgos juveniles. «No debería tener que afrontar esto», pensó, un mar de fuego que lo calcinaba todo a su paso

—Está bien. Vete a casa y avisa a tu madre. Que todos permanezcan dentro hasta que yo diga lo contrario. ¿Me has entendido?

—Sí, padre.

—Bien. Pues entiende esto también, que no tengo ganas de repetirlo ni de reprenderte. Pasa esta noche en casa. Aséate, abraza a tu madre y a tus hermanas y duerme, pues no se sabe cuándo podrás volver a hacerlo.

Sisebuto asintió y partió raudo hacia el interior de la ciudad. Argimiro se quedó allí, en pie, viéndolo alejarse. Era un buen hijo, el mejor que podía desear un padre, y él estaba condenado a perderlo cuando todavía no era un hombre.

Sería su escudero durante la batalla que se avecinaba. Tal decisión le había reportado no pocas discusiones con Ingunda. Comprendía que ella, como madre, habría preferido retrasar su participación en el combate mucho más, al menos hasta una ocasión en la que las perspectivas fueran más favorables, pero el destino mandaba.

En Carcassona no había sitio para la esperanza. Estaban solos frente a una multitud de enemigos, y las antiguas murallas no podrían obrar un milagro. Así que se había enfrentado a Ingunda y había entregado a su hijo una espada, un escudo y un viejo yelmo. Sisebuto lucharía a su lado por primera y última vez. Dejaría que muriera sintiéndose un hombre de armas, como lo había sido él.

Al-Samh llegó frente a las murallas de Carcassona dos días después de que lo hiciera la avanzadilla conformada por los bereberes de Yussuf ibn Tabbit. Otros dos días más tardaron en llegar los ingenios de asedio con los que había terminado venciendo la resistencia de Narbona.

Sin embargo, tras una semana de ataques infructuosos, al valí no le quedó más remedio que aceptar que aquellos enormes artilugios no resultarían allí tan letales como lo habían sido en la ciudad de Ardo. Comprendió que había subestimado la resistencia de aquella ciudad, ciertamente más pequeña y menos poblada que la gran capital de la costa, pero de defensas mucho más imponentes y sólidas. La muralla tenía un diámetro menor, pero ninguno de sus lienzos se encontraba en peor estado que los demás. Llegado el séptimo día, el primero de junio, tuvo que admitir que su campaña relámpago había sufrido un inesperado contratiempo. En aquellas condiciones no podía tomar Carcassona con rapidez, pero tampoco podía continuar avanzando hacia el norte y el oeste arriesgándose a dejar tras de sí a la guarnición de la ciudad dispuesta a boicotear su ya de por sí delicada línea de abastecimiento.

Observando a lo lejos la hasta entonces insalvable pared granítica, aguardaba a que sus hombres le trajeran al cabecilla bereber, Yussuf ibn Tabbit, que tan bien le había servido en las misiones encomendadas.

El individuo se presentó en su tienda con prontitud. No vestía protección alguna, ni tampoco armas. Las segundas le habrían sido requisadas por sus hombres; las primeras probablemente hacía días que no las usaba, envuelto como todos en aquella tediosa espera.

—Mi señor —dijo el bereber, inclinándose.

—¿Están listos tus hombres?

Yussuf vaciló. Las suyas eran tropas ligeramente armadas, ineficaces cuando se trataba de tomar murallas al asalto. Esperaba que no estuviera pensando en lanzar un nuevo ataque usándolos como avanzadilla. Ya habían intentado abordar las murallas en una ocasión y el resultado no había sido el esperado. Sin embargo, se obligó a responder.

—Sí, mi señor.

—Está bien. Levantad vuestro campamento y poneos en marcha sin tardanza.

Yussuf parpadeó, sorprendido por aquella orden.

—¿Hacia dónde, mi señor?

Al-Samh sonrió. Nadie estaba al tanto de sus planes tras la toma de Narbona. Por supuesto, tampoco aquel insignificante bereber.

A última hora de la tarde, la avanzadilla de Yussuf se puso en marcha. Al día siguiente, poco más de veinte mil infantes y dos mil jinetes levantaron el campamento y se adentraron en unas tierras que nunca habían pisado los hijos del islam, como era la ambición de Al-Samh.

Frente a los asombrados habitantes de Carcassona quedaron seis millares de hombres cerrando la tenaza que los invasores habían dispuesto alrededor de la ciudad días atrás, con la esperanza de rendirla por hambre. No eran suficientes para volver a asaltar los muros, pero sí para mantener aislados a los habitantes del exterior.

Al atravesar la puerta llamada de las Ovejas, Ragnarico dio gracias a Dios pronunciando las palabras que le había enseñado Gabriel hacía tiempo. Había llegado a su destino —Tolosa— de una pieza, un logro por el que no hubiera apostado demasiado cuando descubrió que la Septimania era presa de los musulmanes.

Le había sorprendido encontrar a los invasores tan al norte, no en vano había pasado aquellos años en Italia ajeno a lo que sucedía no solo más allá de las fronteras del Exarcado de Ravena, sino incluso tras las lúgubres paredes de su prisión. El mundo había cambiado, y lo sobrecogió pensar que había sido uno de los muchos hombres que habían abierto la puerta a los extranjeros que se desparramaban como el agua al rebasar una presa vencida, extendiendo la sombra del desierto al otro lado de los Pireneos.

Nunca lo habría imaginado. Durante aquellos días recordó a menudo a Oppas, el difunto obispo de Hispalis, al que en ocasiones había considerado su benefactor. El hermano de Witiza siempre pensó que los bereberes, a los que él mismo había llamado, regresarían a sus tierras cruzando el mar después de haber descalabrado a Roderico de su sitial. Entonces Oppas, o sus sobrinos, habrían reinado. Sin embargo, los acontecimientos habían sido muy distintos, y en aquellos días del año 721 los extranjeros aún se encontraban allí, campando a sus anchas por los reductos más septentrionales del antiguo dominio godo. Tras Oppas, siempre se le aparecía en sus pensamientos la imagen de Tariq. Recordando la conducta del bereber le resultaba sencillo entender que aquellos salvajes se hubieran adueñado de todo cuanto conocía: aquel tuerto malnacido era el mismo demonio. Años atrás nunca habría utilizado esa expresión, pero las lecciones de Gabriel habían hecho mella en él.

Con todo, los hechos del pasado ya no le incumbían. Su madre había muerto, su medio hermano había caído bajo el filo de su espada y la ciudad de Astigi debía obediencia a los extranjeros. No, nada de aquello le importaba. Tan solo continuaba viviendo para encontrar la reliquia y entregarla a Gabriel. Esa pieza representaba su salvación, la llave que le abriría las puertas a un paraíso que, hasta entonces, él mismo había hecho todo lo posible para que le fuera vedado. Gabriel había conseguido retirarle la venda que tenía en los ojos, haciéndole entender lo que nunca antes le había importado: lo único valioso era la salvación del alma, pues de ello dependía la eternidad.

Sintiéndose optimista pese a no tener claro cuál sería su siguiente paso, deambuló por la ciudad hasta personarse en los alrededores del palacio desde el que Eudes gobernaba cuando estaba en Tolosa. Una vez allí decidió hacer una pausa para descansar y refrescarse. Luego su cabeza discurriría mucho mejor, pensó.

Entró en uno de los garitos de la zona, una taberna cochambrosa y oscura. Pidió algo de beber y permaneció junto al mostrador mientras el calvo tabernero se dirigía adondequiera que guardara sus vituallas. En cuanto regresó, se dispuso a abordarlo para intentar obtener un poco de información.

—Un buen sitio este para tener una taberna.

—Sí, lo es —respondió el individuo sin cambiar su gesto avinagrado.

—Imagino que todos los que vengan a solicitar audiencia al *dux* pasarán por aquí, ¿no? Estaréis podrido de plata.

El tabernero lo miró con renovado interés, intentando dilucidar si aquella observación escondía problemas o si el cliente era un simple idiota. Bajo la barra de madera de fresno guardaba un enorme cuchillo. Nunca se sabía cuándo podían torcerse las cosas, solía decir.

—No tanto como me gustaría. Además, ahora que el *dux* se ha ido nadie viene por aquí. ¿No os habéis percatado de que no tengo más clientela?

La sonrisa que Ragnarico mostraba se borró de un plumazo.

—¿Qué queréis decir?

—Que el *dux* no está aquí y, por tanto, nadie viene a verlo.

El ceño de Ragnarico se frunció en una mueca de fastidio.

—¿A dónde ha ido? ¿Cuándo regresa?

—Amigo, ¿de verdad creéis que un miserable como yo sabe eso? Si queréis enteraros, preguntad en palacio. Lo único que puedo deciros es que partió hace unas semanas. Y solo Dios sabe cuándo volverá.

Ragnarico apretó los dedos contra la madera, haciendo que la sangre escapara de sus yemas. Estaba realmente furioso, tanto que no se percató de que alguien entraba al local.

—¡Eulogio, Eulogio!

El tabernero dejó la cerveza sobre la barra y se volvió hacia el recién llegado.

—¿Qué es lo que pasa, Sebastián?

—¡Los sarracenos, los sarracenos vienen hacia aquí! Acaban de decirlo los soldados. Una hueste inmensa como la arena de una playa, que no se puede contar. ¡Como la arena de un desierto!

—¡Qué dices, estúpido! —gritó el tabernero, acercándose al hombre empuñando el paño como si se tratara de un arma—. ¿Has vuelto a beber desde temprano y estás borracho?

—No, no, ¡te lo juro! Es la verdad, tienes que creerme. Ahora mismo se están cerrando las puertas de la ciudad. Vete a comprobarlo, si quieres.

Involuntariamente, el puño derecho de Ragnarico se estampó contra la barra, sobresaltando a los dos lugareños. Depositó una moneda en la tabla y apuró el contenido del vaso de un trago.

Sin más palabras salió por la puerta, hecho una furia. ¿Cómo había podido torcerse su suerte tanto en tan poco tiempo?

XXXVII

Recién comenzado el mes de junio, hacía varias jornadas que nada importante había sucedido al caer la noche. Todos los días parecían iguales. Tras las fallidas intentonas de tomar las murallas de Carcassona al asalto, los invasores se habían contentado con mantener sus posiciones y tratar de rendir por hambre a los sitiados.

En aquellos ataques apenas habían perdido la vida medio centenar de defensores, y unas pocas decenas de heridos habían sido dispensados de su concurso en las murallas. Pero si las bajas no resultaban preocupantes, sí lo era la agobiante sensación de saberse a merced de las tropas musulmanas. Sin nada más que hacer, los sitiados comprobaban cómo menguaban las provisiones día a día, lo que los acercaba irremisiblemente al momento en el que el hambre comenzaría a dejarse sentir entre la población.

Aun así, la vigilancia no cesaba ni de día ni de noche. Varios grupos de hombres deambulaban por lo alto de la muralla levantada siglos atrás por los ingenieros de Roma, que había demostrado ser una protección mucho más fiable que la de la cercana Narbona. Entre ellos, tanto Argimiro como Witerico pasaban buena parte de cada jornada en el camino de ronda. Poco había tardado el *comes* Frederico en comprobar la valía de aquellos *hispanii*.

—¿Estás seguro de que no hemos empezado ya a repartir medias raciones? —preguntó Witerico, removiendo con su cuchara de madera el magro contenido de la escudilla.

Sisebuto rio con su voz juvenil, aún poco modulada. El muchacho, por su parte, hacía días que trataba de contener como podía los rugidos de su estómago. Tomaban una única comida al día, contundente, pero solo una.

Argimiro desvió la mirada del horizonte, que no dejaba de vigilar aunque no esperase nada. Entendía a Witerico, con aquel corpachón enorme que mantener. Sin embargo, todavía no estaban racionando los víveres con tanta austeridad como hacían ya con el agua. Era cuestión de días que comenzaran a escasear. Cuando se acabaran las provisiones de los almacenes matarían a los caballos y otros animales. Después, no quería ni pensarlo.

—He oído decir que el ayuno aclara la mente. Los más grandes estrategas de la Antigüedad ayunaban por decisión propia.

—Claro, pero ellos no se enfrentaban a los enemigos en el campo de batalla, espada contra espada. Se quedaban en su tienda moviendo estúpidas figuritas sobre un pellejo de vaca. Menuda estupidez, así yo también ayunaría. Lo que ocurre es que los hombres necesitan comer para poder luchar.

Sisebuto rio otra vez. Había congeniado rápidamente con Witerico. Como decía Elvia, era difícil no quererlo. Podía ser simple, en ocasiones malhablado, pero tras esa apariencia despreocupada se ocultaba un corazón noble.

—Chico —le indicó al hijo de Argimiro—, vete donde ese desagradecido de Haroldo y dile que traiga algo más de comer aquí arriba. Si esos cabrones tratan de subir la muralla me harán falta fuerzas para poder blandir la espada.

Aunque todos los del grupo sabían cuál sería la respuesta, Sisebuto partió raudo a cumplir su cometido. Mientras descendía los escalones, Witerico abordó nuevamente a Argimiro, esta vez a solas.

—¿No hay manera de que las mujeres y los niños puedan escapar? Tu hijo es un buen muchacho, y no merece morir aquí. Quizá si realizáramos una salida les daríamos tiempo a las mujeres y los niños para que se marcharan por la puerta contraria. Con un ataque lo suficientemente peligroso para esos malnacidos, conseguiríamos concentrarlos a todos frente a nuestra muralla y que despejaran el resto.

Argimiro tardó un instante en contestar. Ya había pensado en ello, y no veía otra posibilidad. Estaban al corriente de lo ocurrido en Narbona. Si eran derrotados, todos los hombres serían decapitados, mientras que las mujeres y los niños serían vendidos como esclavos. A él no le importaba morir, pero le preocupaban Ingunda, las niñas y, aunque no quisiera reconocerlo, también Sisebuto.

—No hay escapatoria posible. Estoy de acuerdo contigo: lo que propones es la única opción, aunque tampoco tiene el éxito asegurado. Pueden morir al mismo tiempo que nosotros.

—Sí, pero al menos les daremos una oportunidad. Aquí dentro no dispondrán de ninguna.

Argimiro sostuvo la mirada de Witerico. En sus ojos se reflejaba una muda súplica.

—Esperemos unos días más.

—¿Esperar? ¿A qué demonios debemos esperar?

Argimiro asintió. Su compañero se quejaba con razón, pero él sabía que tal medida, por lo desesperada que era, no sería fácilmente respaldada por Frederico ni por el resto de los hombres. Solo accederían a ponerla en práctica cuando la situación llegara al límite. Y no tendrían que esperar mucho para que eso sucediera.

—Escúchame, Witerico: cuando las provisiones se vayan a acabar, prepararemos un banquete, el último. Comeremos y beberemos hasta dejar vacíos los almacenes. Entonces abriremos la puerta de la muralla a la que llaman de Narbona y lucharemos en el llano. Si Dios y nuestras armas quieren, infligiremos a esos hijos de perra tantas bajas que no tendrán más remedio que retirar sus tropas de las demás puertas. Lo que ocurra entonces ya no dependerá de nosotros, por desgracia. Es cuanto podemos hacer.

Al igual que Carcassona, Tolosa estaba siendo sitiada por las huestes de Al-Samh. Mucho más numerosas que las apostadas en la ciudad visigoda, habían tomado posiciones alrededor del perímetro de la muralla. Ni un alma podía salir de la ciudad, ni tampoco entrar, para alivio de los defensores. Como en Carcassona, las máquinas de asedio de Al-Samh nada habían conseguido hasta la fecha. Aquella era la única buena noticia que podían contar los habitantes de la urbe, pues en ella apenas quedaban dos millares de hombres en condiciones de defender los muros. El *dux* Eudes había partido semanas antes de la llegada de los invasores. Nadie sabía dónde se encontraba, pero eran muchas las voces que aseguraban que, en cuanto había temido por la cercanía de los extranjeros, había regresado a su feudo aquitano para levantar en armas a los suyos. Era la única esperanza que les quedaba, que aquello fuera cierto y que, en caso de regresar a su capital, su tropa resultara suficiente para obligar al enemigo a levantar el asedio.

Entre quienes caminaban por el adarve de la muralla, atentos a lo que ocurría en el campo enemigo, estaba Ragnarico. Habría preferido no encontrarse allí, pues no era su guerra la que se libraba y su único objetivo nada tenía que ver con todo aquello. Sin embargo, en cuanto la ciudad hubo entrado en estado de alerta, todos los hombres de entre quince y cincuenta años que se hallaban dentro de los muros fueron obligados a tomar las armas.

Así, Ragnarico había vuelto a vestir, tras varios años, una protección de metal. Era de calidad mediocre, además de pequeña para alguien como él; un agotado herrero se había limitado a abrirla lo suficiente para que pudiera enfundársela. Pese a todo, si tenía que combatir, agradecería contar con ella. Porque a medida que pasaban los días, más evidente se le hacía que aquellas decenas de miles de árabes y bereberes terminarían por vencer el obstáculo que representaba la muralla. Entonces, si no podía evitarlo, lucharía para conservar la vida y trataría de encontrar la forma de escapar para continuar con su búsqueda.

El día 5 de junio se hizo evidente que las reservas de comida que quedaban en la ciudad estaban a punto de acabarse. Las mujeres y los niños comenzaban a dar muestras de debilidad: cuencas hundidas, tez macilenta, aletargamiento. Los hombres estaban un poco mejor, pero no mucho más. Ingerían porciones de alimento algo mayores, pues los ataques habían vuelto a recrudecerse en cuanto los invasores repararon en la desesperación de los defensores.

Argimiro llevaba días discutiendo con el *comes* Frederico y el obispo Nantila el plan trazado por Witerico. Discutiendo solo, porque hasta entonces era lo único que habían hecho. Lo habían tachado de loco, de suicida, de insensato, pero no por ello Argimiro había dejado de acudir una jornada tras otra a las dependencias del *comes*. Ese día, a la hora tercia, lo intentó de nuevo. Se sorprendió al ver que, pese a que era tan temprano, el obispo ya se encontraba allí. Se saludaron amigablemente, charlaron sobre el resultado de los últimos ataques rechazados y, como resultaba inevitable, terminaron refiriéndose al asunto de los víveres.

Argimiro tardó en darse cuenta de que en esa ocasión ambos hombres parecían estar de acuerdo con él. Continuó exponiendo la necesidad de realizar aquella intentona sin reparar en que las reticencias habían desaparecido. Cuando lo hizo, la habitación quedó en silencio.

—Argimiro, hijo —dijo Nantila—, aunque nunca hubiéramos querido llegar a este extremo, no tenemos más remedio que coincidir contigo. Lo que propones es la única opción que tienen los nuestros.

Argimiro abrió los ojos, asombrado de que se hubiera ablandado su resistencia. Entonces fue Frederico quien tomó la palabra.

—Lo haremos hoy mismo. Los hombres se lanzarán contra los sitiadores cuando queden dos horas para la puesta del sol, tiempo suficiente para intentar que los civiles ganen la espesura antes de la caída de la noche. De este modo, al anochecer podrán aprovechar la oscuridad para esconderse. Saldremos en tres oleadas. Tú, Argimiro, dirigirás la primera. Yo saldré en segundo lugar, y el señor obispo comandará la última.

Cuando abandonó el palacio, Argimiro dirigió sus pasos hacia su casa, que hacía varios días que no visitaba. Aunque había conseguido lo que quería, se encontraba desasosegado: la angustia anidaba en su interior. Debería estar contento, pues habían accedido a su propuesta; además, la estrategia expuesta por Frederico en aquella situación desesperada era tan válida como cualquier otra. Pero ¿a qué se debía tan repentino cambio de parecer? ¿Y si no lo seguían en su acometida? ¿Y si lo único que pretendían era sacar provecho de su predisposición a hacer una salida para deshacerse de unos cuantos cientos de bocas que alimentar? Al llegar a su casa no le quedó más remedio que pensar que entonces sus problemas habrían acabado, y que como contrapartida les habría dado una oportunidad a Ingunda y a los niños.

Encontró a las tres mujeres de su familia tejiendo. Ingunda adoraba hacerlo, o eso creía. Sus hijas, hacía unos pocos años, también habían aprendido. No podían haber tenido mejor maestra.

—Padre —exclamó Baddo alborozada, dejando a un lado los hilos y lanzándose a sus brazos.

Argimiro la abrazó. Era su hija pequeña, su favorita. Sin pretenderlo, sus brazos apretaron más fuerte de lo normal. No sabía si volvería a tenerla así, refugiada en su pecho; quería recordar esa sensación durante las pocas horas de vida que intuía que le quedaban por delante.

A Ingunda no le pasó inadvertida la mirada grave de su marido. Recogió sus útiles y, una vez Adela hubo abrazado también a su padre, despidió a ambas muchachas con premura. Cuando se encontraron a solas lo tomó del brazo y lo guio a través del jardín. Hacía calor incluso allí; el sol reinaba en el cielo y faltaban pocos días para que comenzara el verano, para que el humo de las hogueras del día de San Juan marcara el cambio de estación.

No esperó que su mujer dijera nada. Sobrepasado por la responsabilidad que él mismo se había impuesto, Argimiro se detuvo y se obligó a hablar.

—Ingunda, amor mío —empezó, tomándole las manos entre las suyas—, debes prepararte. Tú y las niñas, pero también Sisebuto y todos los civiles de la ciudad, tendréis hoy la oportunidad de huir de aquí.

La mujer lo miró con extrañeza. ¿Huir? ¿Cómo, si estaban sitiados? Quiso hablar, pero se contuvo al ver que su esposo se acercaba hasta que su rostro quedó apenas a un palmo de distancia del suyo.

—Sé que te sorprende, pero no es tan imposible como te puede parecer. Esta tarde los hombres de armas haremos una salida y atacaremos el campamento enemigo. En ese momento os pondréis en marcha, aprovechando la distracción. Vestid ropa cómoda y buen calzado. Eso es cuanto necesitaréis. Olvidad todo lo demás, pues la rapidez y la agilidad serán vuestros únicos aliados. Os concentraréis en la puerta del río. Llegado el momento, se abrirá para que podáis escapar. Dirigíos al puente y cruzad al otro lado sin mirar atrás.

Ingunda tardó un instante en asimilar aquellas palabras. Entendía lo que decía su marido: los civiles saldrían al llano y quizá pudieran avanzar unas pocas millas antes de que la caballería ligera bereber partiera en su busca. Había escuchado muchas veces a Argimiro hablar sobre cómo combatían aquellos hombres embozados en amplios ropajes. Sin embargo, no había nada que discutir, se daba cuenta de que estaba todo decidido.

—Imagino que tomarás parte en la salida —afirmó con calma, luchando por que su rostro escondiera la emoción que la embargaba.

Desvió la mirada hacia el suelo al sentir que, irremediablemente, se le humedecían los ojos. Sabía que él lo prefería así, sin una protesta ni una queja. La salvaría a ella, a las niñas, a Sisebuto, y entregaría su vida para conseguirlo. No le importaba su parecer, no le interesaba su opinión. Aunque pensando en su bien, decidía por ella y no se paraba a preguntarle qué prefería, si aventurarse a ser prendida por los bereberes y convertirse en su juguete junto con sus hijas o acabar los días allí encerrados.

Ella nunca había luchado, pero sabía que aquella era una causa perdida. Había casi cuatro enemigos por cada combatiente. Tarde o temprano estos caerían bajo el filo de las espadas extranjeras, y entonces ella, igual que los demás, en el mejor de los casos, estarían indefensos más allá de las murallas.

—Sí. Yo mismo lo he propuesto, pero si lo he hecho ha sido para daros a vosotros una oportunidad de escapar. En unas horas enviaré a Sisebuto aquí, y le ordenaré que os proteja. Tenías razón: es un niño. Es demasiado pronto para él.

Ingunda sintió como las primeras lágrimas le resbalaban por las mejillas. Ni un reproche en su despedida. No lo merecía. A su manera, era un buen hombre, el mejor de los que había conocido. Pronto dejarían de existir hombres como él, y como aquel Ademar del que Elvia le había hablado. Aunque quizá para entonces los demás habrían dejado de existir también. Con el corazón hecho pedazos, se abrazó fuertemente a la cintura de su esposo y lloró con el mayor desconsuelo que había sentido jamás. Él la rodeó con los brazos y luego se entretuvo en acariciarle el cabello sin prisa, dejándola desahogarse. Cuando los sollozos remitieron se separó para mirarla y la besó en los labios. Un beso dulce, salado y amargo. Una despedida.

A media tarde, mientras todos los no combatientes se preparaban para partir llegado el momento, sobre la muralla se sirvió lo que a muchos, tras las penurias sufridas, les pareció un auténtico banquete. Los hombres comieron y bebieron prácticamente en silencio. Ni siquiera los más satisfechos de poder llenar el estómago sentían que tuvieran nada que celebrar.

Al terminar, cada uno de los guerreros se vistió con sus mejores galas antes de ir en busca de sus oficiales. Bajo el camino de ronda del lienzo de la muralla de la puerta de Narbona, los hombres se fueron arremolinando alrededor de la figura de Argimiro, quien comandaría el primer ataque al frente de quinientos guerreros. El antiguo señor de Calagurris se encontraba ya dispuesto para la batalla. Sobresalía sobre todos los demás: con el yelmo descansando en su mano, apoyado en el costado, lucía la cota de mallas que Sisebuto había pasado buena parte de la tarde frotando para que estuviera lo más brillante posible. Calzaba botas altas negras, capa del mismo color pese al calor del día y dos espadas colgaban de su cinto. A la derecha, su *scramasax*; a la izquierda, aquella de casi tres codos que era su más preciado bien.

Miró en derredor. Poco a poco, el espacio libre se iba llenando de los guerreros que lo seguirían al combate. A su lado se encontraba Walamer, como siempre. Le sonrió a su lugarteniente. Entonces, un murmullo se elevó desde las apretadas filas mientras una enorme figura se iba abriendo paso entre el abigarrado grupo hasta colocarse junto a él. Argimiro inclinó la cabeza a modo de saludo. Era Witerico. Hacía algunas horas que se habían separado. Cuando Argimiro regresó a la muralla para informarlo de que se había tomado la decisión, el astigitano emprendió el camino contrario dispuesto a despedirse de Elvia.

Argimiro llevaba largo rato pensando en aquel instante, desde que había comido sin apenas ganas. En su cabeza había ido hilvanando una sentida arenga para quienes iban a luchar ese día con él. Les recordaría que de ellos dependía la vida de sus familiares, que eran su última esperanza... A medida que pensaba en las palabras que utilizaría, sin embargo, se daba cuenta de que sería un discurso innecesario, vacío. No haría falta animarlos a resistir, pues no tenían otra posibilidad.

Hispania entera, si hacían caso a lo que se decía, pertenecía a los mismos hombres que los cercaban. Narbona había caído y con ella, el último rey de su pueblo. A su vez, algunas de las ciudades cercanas a la capital también habían terminado por sucumbir ante el empuje musulmán. Estaban solos, y él no era Ademar: no se sentía capaz de enardecer a los suyos como había hecho el hispano en Astigi. No, no les daría palabras, sino únicamente su ejemplo para tratar de transmitir a quienes lo rodeaban que merecía la pena dejar la vida en aquel desesperado intento si con ello ofrecían la salvación a sus seres queridos. Y eso es lo que haría.

Cuando llegó la hora de dirigirse a los suyos no pudo hacerlo. No era solo un impedimento emocional, sino incluso físico. Sentía como su voz se resistía a salir. Carraspeó, y los hombres se removieron, inquietos, llenando el ambiente de repiqueteos metálicos. En el rostro de todos ellos se reflejaban el nerviosismo y el temor.

Como si acudieran en su ayuda, en ese instante se oyó el tañido de las campanas de la ciudad. En pocos minutos hizo su aparición el obispo Nantila. Con gran boato, el prelado procedió a bendecir en voz alta a los hombres mientras sus acólitos esparcían el contenido de sus hisopos sobre ellos.

Argimiro, sin saber muy bien el motivo, se inclinó, rodilla en tierra, circunstancia que fue imitada enseguida por Walamer y por Witerico antes de que lo hicieran los demás.

Al llegar a su lado, sin dejar de hablar en voz alta, Nantila posó la mano derecha en la cabeza de Argimiro, instándolo a levantarse. Al incorporarse, el guerrero miró a los ojos por un instante al religioso, que rápidamente desvió la vista hacia la concurrencia.

—Que vuestro sacrificio sea una bendición para quienes os aman, al igual que lo fue el de nuestro señor Jesucristo —exclamó, alejándose de allí a la vez que hacía la señal acordada para que comenzaran a desatrancar la puerta.

En pocos minutos la enorme extensión de la campiña quedó ante ellos. Era una visión extraña para Argimiro, no por la escena en sí, sino por el lugar desde el que la contemplaba, a ras de suelo.

Apoyó el escudo en la tierra, se caló el yelmo, desenvainó la espada y la elevó al cielo, gesto que fue repetido por Witerico a la vez que prorrumpía en un salvaje grito. Poco a poco los hombres unieron sus voces al grito de Witerico, tratando de alejar su temor al menos por unos segundos. Atravesaron la muralla y se dispusieron tal como Argimiro había ordenado. Formaron a la carrera componiendo una especie de punta de flecha, como si fueran a emprender una carga de caballería pero ejecutada por infantes. Con Argimiro, Walamer y Witerico al frente, tratarían de penetrar en las primeras filas de enemigos que se les opusieran, pues esperaban disponer de un valioso tiempo antes de que los invasores se organizaran e hicieran valer su arrolladora superioridad, y tenían que asegurarse de aprovecharlo el máximo posible.

Avanzaron al paso, trotando después, recorriendo la distancia que los separaba de los asombrados centinelas, para acelerar la marcha solo cuando el choque fuera inevitable. La voz de Argimiro se oyó incluso sobre el estruendo de los mil pies golpeando el suelo cuando se encontraban a una cincuentena de pasos de los primeros bereberes. El comandante sintió una liberación, la misma que había experimentado su voz. Olvidó el miedo. Venció las ganas de mirar atrás, de comprobar que las puertas continuaban abiertas y que Frederico se preparaba para lanzarse a la carga tras ellos. Lo olvidó y solo tuvo ojos para el bereber que estiraba el brazo hacia atrás dispuesto a lanzar su venablo. Elevó el escudo y la punta de la lanza rebotó en él, yendo a caer a su espalda, sin fuerza. Apretó los dientes y estampó el escudo contra el cuerpo de su contrincante, y sintió como la madera revestida de metal le destrozaba la quijada antes de retirarlo y arremeter con su espada, dispuesto a iniciar la matanza.

Ingunda se encontraba junto a la puerta del Atax. Rodeaba con un brazo a cada una de sus hijas, tratando de tranquilizarlas y mantenerlas alejadas, mientras pudiera, del nerviosismo y el miedo que traslucían los gestos de quienes se hallaban a su lado. No lo estaba consiguiendo.

Todavía no se había dado la señal para abrir la puerta. Había enviado a Sisebuto al otro extremo de la ciudad, confiando en que sus largas piernas y su inagotable vigor le permitieran atravesar Carcassona con rapidez. Esperaba que una vez allí, en la puerta de Narbona, el joven pudiera ver con sus propios ojos lo que sucedía para transmitírselo a ella de viva voz. Aún no había regresado, y sufría en silencio por ello. ¿Qué pasaría si las puertas se abrían antes de que llegara su hijo? ¿Se quedaría atrapado en la ciudad?

Miró hacia los pocos hombres de armas que habían quedado con la muchedumbre, apenas una veintena. Ya habían retirado las trancas de la puerta, pero aún no se atrevían a abrirla. Unos pocos continuaban en lo alto de la muralla oteando el horizonte, aguardando el instante en el que los enemigos desaparecieran de su vista.

—¡Mamá, mamá! —escuchó a su espalda, y exhaló un suspiro de alivio. Allí estaba Sisebuto.

El joven llegó a la carrera, jadeando, y tomó a su madre de las manos mientras hablaba de forma entrecortada.

—¡Mamá, no han salido!

Ingunda lo abrazó, feliz de verlo. Hasta que no transcurrieron unos segundos no reparó en el significado de aquellas palabras.

—¿Cómo que no han salido? —preguntó, dando por supuesto que el ataque se había abortado.

—Sí, han salido, pero no todos. Ni el obispo ni el *comes* han sacado a sus hombres de la ciudad. Padre se bate en solitario.

Una furia desconocida hasta entonces poseyó a Ingunda. Sin mediar más palabras dejó a sus hijas allí a cargo de Edelmira, pese a sus protestas, y comenzó a caminar hacia la puerta de Narbona. Sus pasos rápidamente se convirtieron en largas zancadas. Ni siquiera a Sisebuto, que había ido con ella, le resultaba fácil mantener su ritmo.

Corrieron cuanto pudieron, y cuando se encontraban muy cerca de donde se arremolinaba la multitud de hombres armados junto a la puerta cerrada, la mujer comenzó a gritar el nombre de su hermano y el de su amigo Frederico. Los guerreros, nerviosos ya de por sí frente a lo que se avecinaba, la miraron horrorizados, pues tras el esfuerzo realizado su voz más bien parecía un graznido desesperado.

Oppila emergió de la multitud y se aproximó. Le costó reconocer a su hermano, pues pocas veces lo había visto equipado para la batalla. Casi era como si ella misma vistiera armadura y empuñara espada.

—¡Ingunda, Ingunda, tranquilízate! —le dijo, tomándola por los hombros.

Sisebuto, molesto con su tío por su actitud respecto a su padre, enseguida se interpuso entre él y su madre y lo obligó a soltarla. Y ella volvió a gritar.

—¿Que me tranquilice? ¿Qué hace mi marido ahí fuera mientras vosotros estáis todavía aquí?

Oppila dejó de intentar acercarse a ella. Su sobrino continuaba entre ambos, además, conocía muy bien el genio de su hermana, del que ella le había dado sobradas muestras cuando eran niños. Enfadada como estaba, la creía capaz de abofetearlo allí mismo, frente a sus hombres.

—Ingunda, por la memoria de nuestro padre, cálmate. Ven conmigo y te lo explicaré —dijo, y la miró suplicante.

—¡No iré contigo a ningún lado, salvo si vas junto a mi marido! —gritó ella fuera de sí.

—Ingunda, eso trato de explicarte. No hemos salido porque ha sido imposible. Ha aparecido un nuevo contingente enemigo que viene ahora mismo hacia aquí. Miles de hombres a caballo. ¡Sube conmigo a la muralla y los verás con tus propios ojos!

La mujer no respondió. Una protesta murió en sus labios, y en ellos sintió el amargo sabor de la derrota. Su marido moriría inútilmente, despedazado por aquella jauría de perros impíos, y ella no podría hacer otra cosa más que asistir desde la lejanía a su final. Tampoco habría oportunidad para los civiles, ni para sus hijos: para nadie.

Sisebuto reaccionó primero. Apartó a su tío y, sacando fuerzas de donde no las tenía, subió la escalera que llevaba a las almenas.

—Ingunda, hermana mía, yo quiero a Argimiro como a mi propio hermano, pero nada podemos hacer ya por él. ¡Tienes que entenderlo, tienes que entendernos! —exclamó por último, señalando a la multitud que los rodeaba.

La mujer no podía reaccionar. Se sentía como si estuviera presa en una pesadilla, embotada, abatida, incluso mareada. Sin ser consciente de ello, claudicó, y por primera vez no trató de rechazar los avances de su hermano, sino que lo dejó acunarla en su pecho mientras sollozaba desconsolada.

Quienes los rodeaban permanecieron en silencio, presenciando la cruel escena, hasta que la voz juvenil de Sisebuto resonó con fuerza desde la muralla.

—¡Mamá, mamá, son de los nuestros! —gritó alborozado—. ¡No son enemigos! ¡Son de los nuestros!

La avanzadilla de Eudes había apretado el paso en cuanto sus exploradores informaron al *dux* de las condiciones del asedio bajo el que se encontraba Carcassona. Desconocía dónde estaba el resto del ejército enemigo, pero el número de los invasores que sitiaban la antigua ciudad resultaba muy adecuado a sus planes. Por fin llevaría a cabo su sueño, aunque no como siempre había imaginado, luchando contra los moradores de la ciudad, sino combatiendo contra los extranjeros y mostrándose así ante los habitantes de la Septimania como su único salvador.

El grueso de sus fuerzas, poco más de doce mil infantes, se encontraba a dos días de marcha al oeste. Allí, frente a Carcassona, únicamente lo acompañaban sus caballeros, en número de dos mil. Habían azuzado con vehemencia a sus monturas durante el camino, pero todavía les quedaron fuerzas para lanzarse a la carga sobre las confiadas tropas musulmanas. La fortuna estaba de su parte; la fortuna o Dios Todopoderoso, pensó Eudes, recordando al joven hispano que se lanzaba al combate junto a los suyos con aquella valiosa reliquia de la que el papa Gregorio lo hiciera custodio. A su entender, su poder había propiciado que muchos de sus enemigos se encontraran concentrados frente a la muralla sur, ajenos a lo que sucedía a su espalda, lo que facilitaría su ataque. El resto de las tropas musulmanas, desperdigadas por la llanura, trataron de advertir a sus compañeros cuando avistaron a la caballería, pero estos, enfrascados en el combate, no se percataron a tiempo. Comprendiendo que estaban condenados, muchos abandonaron los campamentos y se dispersaron en todas direcciones. Justo lo que no pudieron hacer aquellos casi dos mil hombres que sufrieron la carga de su caballería.

Argimiro apenas era capaz de levantar el brazo por encima del hombro. Estaba agotado, aun así no había dejado de golpear una y otra vez. También había recibido lo suyo. Además de varios golpes en el cuerpo que no tendría que lamentar demasiado gracias a la protección que le brindaba la cota, había recibido un tremendo impacto en el rostro que había llegado a doblar el metal de su casco y le impedía abrir el ojo derecho.

Aunque casi no podía ver a los enemigos, continuaba peleando. Lo único que esperaba era no arremeter contra alguno de los suyos, porque para ese entonces ni siquiera era capaz de distinguir a los guerreros.

Pasado el primer momento de sorpresa, cuando habían logrado hacer caer a decenas de enemigos sin apenas lucha, más y más musulmanes habían acudido al combate. Con eso el espacio entre los combatientes se había estrechado, y los mandobles ya no resultaban tan efectivos como al principio. Constreñidos, no habían podido más que trabar los escudos y defenderse de los ataques, que provenían de todos los flancos.

A medida que el número de enemigos aumentaba, la presión que ejercían provocaba que los hombres lucharan más juntos. Argimiro creyó asfixiarse. Sin apenas espacio donde moverse, su escudo permanecía inmóvil, enganchado en el de Witerico, y su espada resultaba tan inútil como pesada. Hasta que súbitamente la presión del frente enemigo pareció disminuir. Ya no sentía aquel agobio de cuerpos, aquellos empellones provocados al verse aislados entre la marabunta que poco a poco había conseguido cercarlos.

Le pareció oír vítores y gritos de alegría en una jornada que hasta entonces no invitaba al optimismo, y miró a su alrededor, extrañado. El primer pensamiento sensato que consiguió colarse en su mente lo advirtió de que entendía lo que decían las voces, así que eran los suyos los que celebraban algo. Una mano se posó en su espalda sin violencia.

—Se acabó —le dijo alguien.

—¿Ya estoy muerto? —preguntó, todavía confuso, y su interlocutor tuvo que contener la risa.

—No será esta vez —fue la respuesta.

La presión continuó sobre su hombro y, ante la ausencia de nuevos ataques, se atrevió a bajar la guardia. Dejó caer el escudo en el lodo y trató de quitarse el yelmo. Enseguida se arrepintió, pues sintió que el metal tiraba de su carne y le provocaba un agudo dolor en toda la cabeza. Apretó los dientes a la vez que palpaba la zona inflamada tras el golpe. Suspiró aliviado al comprobar que, al parecer, el ojo continuaba en su sitio, aunque la hinchazón no le permitiera abrirlo.

Con el ojo sano vio que era Witerico quien estaba junto a él. Tras ellos, otros guerreros también parecían observar con incredulidad lo que ocurría alrededor. Una multitud de hombres a caballo daba caza a los guerreros árabes y bereberes que hasta entonces los habían estado hostigando. Argimiro miró alternativamente a Witerico y a los jinetes, sin entender nada.

En ese instante un árabe emergió a pocos pasos de ellos, corriendo para salvar la vida, pero antes de que pudiera hacerlo uno de los jinetes lo alanceó por la espalda. El arma quedó clavada en su cuerpo y el tipo se derrumbó como un fardo. El caballero refrenó a su montura, que se resistió y se encabritó, y lo obligó a emplearse con firmeza para recuperar el control.

Argimiro estudió la estampa que ofrecía el jinete. Sin duda era uno de los suyos, pues su panoplia en nada recordaba a la de un árabe o un bereber. Cuando por fin logró que el caballo se calmara, el jinete desmontó, enterrando sus botas en el hediondo limo que no había hecho más que extenderse frente a las murallas desde la aparición de aquella misteriosa hueste de caballería.

El individuo se acercó a ellos y se quitó el casco para revelar ante sus sorprendidos ojos un rostro tan inesperado como conocido: el de Hermigio. A su espalda portaba la reliquia, alojada en una suerte de aljaba.

—Nunca esperé veros de nuevo en estas circunstancias, amigos, pero no se me ocurre una forma mejor de reencontrarnos.

XXXVIII

La puerta de Narbona volvió a abrirse cuando sus defensores comprobaron con alivio que los extranjeros corrían en todas direcciones para salvar la vida. Todos los habitantes de la ciudad se concentraban en la misma muralla, y hombres y mujeres vitorearon a sus guerreros al pasar, pero también a los hombres de Eudes.

El *dux* fue el primero en atravesar la muralla y, junto a él, Hermigio y el hombre que comandaba la tropa que tan buen momento había elegido para atraer sobre ellos la atención de sus enemigos. Su buen hacer y el exceso de confianza de los musulmanes, que no apostaron centinelas a su espalda, habían hecho posible la aplastante e incruenta victoria. Eudes únicamente debía lamentar la pérdida de unas pocas decenas de jinetes, mientras que sus enemigos habían dejado en el campo de batalla a varios centenares. Los demás huían bien lejos, azuzados por sus exploradores.

Cuando el obispo Nantila y el *comes* Frederico, como autoridades de la ciudad, se adelantaron para recibir a sus salvadores, el público congregado guardó silencio.

Eudes los reconoció al instante. Asimismo, ellos tardaron poco tiempo en hacer lo propio con él. Si el primero no se sorprendió, pues imaginaba quiénes seguían gobernando en la ciudad, a sus interlocutores les ocurrió todo lo contrario. Una mezcla de agradecimiento y desconfianza se reflejó en sus expresiones.

El primero en recomponer el gesto y hablar para que lo escuchara la muchedumbre fue Nantila.

—*Dux* Eudes, habéis venido atendiendo nuestras súplicas al Señor. Él os ha guiado hoy hasta nosotros —exclamó el obispo mientras el aquitano sonreía. Quienes pocos meses atrás antes eran sus enemigos ahora lo recibían como a su salvador, se dijo el *dux*.

Antes de que Frederico sumara su agradecimiento al del religioso, Eudes tomó la palabra.

—Ciudadanos de Carcassona —gritó, todavía sobre su montura, ignorando abiertamente al obispo y al *comes* para dirigirse al gentío—. Ya lo habéis oído. Yo, Eudes, *dux* de Aquitania, estoy aquí para defenderos de la barbarie. Narbona ha caído en poder de los impíos extranjeros, y el cuerpo de Ardo hace semanas que conoció el descanso eterno. Sois un pueblo sin rey, y un pueblo sin gobernante está condenado a desaparecer... —Desvió la mirada hacia Frederico, que, con expresión furibunda, se mantenía a sus pies—. Vosotros, sin embargo, nada debéis de temer, pues yo os gobernaré, y gracias a mí, como ha sucedido hoy, conseguiréis mantener alejada de vuestros hogares y familias a esa lacra que se ha extendido por Hispania como la ponzoña.

Nadie respondía. Todo el mundo continuaba con la mirada prendida en la imponente estampa que componía el veterano *dux* sobre su caballo de batalla, menos una mujer que, a la carrera, apartó al obispo y al *comes* y se dirigió hacia donde aquel se encontraba. Rápidamente, uno de los acompañantes del *dux* desmontó y se fundió en un abrazo con ella. Eudes sonrió sorprendido, y comprobó que se trataba del guerrero al que Hermigio había auxiliado en el combate, y que el joven le había presentado como uno de los mejores hombres a los que había conocido en su vida.

Quizá conmovida por esa visión, la muchedumbre comenzó a lanzar loas a su salvador, a la vez que se felicitaban por haber escapado al cruel destino que creían les había sido reservado. La alegría se desbordó entre aquellas murallas que un instante antes amenazaban con convertirse en su sepultura.

Aprovechando el alboroto general, Eudes se inclinó hacia Nantila y Frederico y les habló en voz baja.

—Vuestro pueblo ya ha aprobado a su nuevo gobernante. Ahora os toca decidir a vosotros, señores, lo que queréis hacer.

Sin más discurso, Eudes hizo avanzar a su caballo hacia el centro de la ciudad para que toda la gente allí reunida pudiera ver como tomaba posesión de ella.

—¡Hermigio! —exclamó Elvia, lanzándose hacia el joven y apretándolo contra sí cuanto pudo.

Cerró los ojos, emocionada no solo por aquel reencuentro, sino también por haber recuperado a Witerico a su lado.

Hermigio venció su aprensión y correspondió a aquella muestra de cariño abandonándose al abrazo de la astur. Cerró los ojos, y no le hizo falta recordar el motivo por el que durante tantos años había temido el instante en el que volvieran a encontrarse. Witerico se encontraba a pocos pasos de ellos, hablando en voz alta, alardeando de cuántos árabes había matado en combate. Al regresar a la ciudad, primero había besado a Elvia apasionadamente, habían reído, ella había llorado e incluso lo había golpeado en el pecho. Tras aquella escena, Witerico había regresado a por Hermigio, que estaba saludando animadamente a Haroldo y a algunos otros de los hombres de Astigi, lo había rodeado con el brazo y le había señalado a la mujer.

—Elvia te aprecia y lleva mucho tiempo esperando la ocasión de volverte a ver —le indicó—. Así que pórtate bien y sé amable con ella.

Hermigio lo miró azorado, comprendiendo que el guerrero y quizá también Elvia podían haber interpretado sus reticencias como desagrado hacia la muchacha. Nada más lejos de la realidad.

Mientras la abrazaba sintió como si una lengua de fuego lo consumiera. El calor, agradable al principio, llegó a volverse abrasador. Perdió toda su entereza, su voluntad se quebró y comenzó a llorar quedamente, sin saber si sus lágrimas eran producto de la alegría o del dolor.

Esa noche tampoco durmió casi nadie en Carcassona, pero no por el mismo motivo que las noches precedentes. La tensión y el miedo se habían disipado igual que el ejército enemigo tras la llegada de Eudes. Los ciudadanos habían festejado, comido y bebido, no en cantidad, pero sí lo suficiente para alejar por unas horas el hambre. El *dux* repartió con generosidad las vituallas que su tropa cargaba, convencido de que tal gesto reforzaría aún más la confianza y el agradecimiento de sus nuevos súbditos.

Lo tenía todo bien planificado: en dos días a más tardar estarían frente a las murallas el resto de sus hombres, así como las pesadas carretas repletas de alimentos y agua que los acompañaban desde Burdigala. Había sido muy puntilloso con aquello: había levantado una hueste numerosa, pero quería que su avance resultara lo más ágil posible, por lo que había optado por ir bien aprovisionado para que la búsqueda del sustento no la retrasara. En cualquier caso, pasaría más tiempo alejado de Tolosa del que hubiera deseado, si bien aquello ya no importaba: había salvado Carcassona, lo cual le aseguraba la lealtad de sus habitantes.

Sin embargo, no todo podían ser buenas noticias para Eudes; demasiadas había tenido ya para lo que acostumbraba, siempre a la expectativa, sobreviviendo entre poderosos reinos dispuestos a engullirlo. Uno de los pocos exploradores que se habían quedado con la tropa de a pie llegó a Carcassona esa misma jornada, pasada la madrugada. Extenuado y preocupado, relató a su señor las nuevas que la tropa principal había recibido hacía poco más de un día, cuando algunos hombres de Tolosa habían tropezado con ellos en su camino a Burdigala. Tolosa se encontraba cercada por tropas musulmanas, pero no por unos pocos miles como había sucedido en Carcassona, sino por la totalidad de su ejército, de más de veinte mil hombres.

Eudes, al conocer aquella noticia, sufrió un arrebato de cólera. Había ganado Carcassona, pero no por ello estaba dispuesto a perder la que era la mayor de las ciudades que gobernaba. Valoró la idea de poner en pie a los suyos sin atender a lo intempestivo de la hora, pero pasado el primer impulso comprendió que nada podría hacer lanzándose contra el enemigo únicamente con la caballería. No tenía más remedio que aguardar al grueso de su ejército y plantar batalla entonces.

Disponía de unos doce mil hombres de a pie y dos mil a caballo, un número de guerreros sensiblemente inferior al de los de su adversario, pero podría incrementarlo un poco con los que había visto combatiendo en Carcassona a su llegada. Un millar, quizá dos, de hombres que, si luchaban como había hecho Argimiro frente a la puerta de Narbona, bien podían resultar decisivos.

Sin tiempo que perder, hizo llamar a Hermigio, pues conocía bien a aquellos cuyo concurso quería asegurarse en la nueva batalla que se avecinaba. Cuando sus hombres fueron en busca del joven hispano no lo encontraron junto a sus amigos, que todavía celebraban la inesperada victoria. Hermigio, cabizbajo, había aprovechado el instante en el que Witerico había comenzado a cantar, visiblemente borracho, para perderse en la oscuridad y escapar de esa inmensa alegría que tanta melancolía despertaba en su corazón.

Cuando abandonó el edificio en el que Eudes se había instalado, todavía faltaban unas pocas horas para el amanecer, así que se dispuso a dar un largo y tranquilo paseo antes de que el sol marcara el inicio del nuevo día. Callejeó por la ciudad sin rumbo fijo, buscando solo aire y silencio. La algarabía prácticamente había cesado para entonces. Hombres y mujeres dormían al raso, ebrios y felices, amparados en la agradable noche, por fin tranquilos tras ver alejarse lo que durante semanas los había mantenido en vilo.

Aunque resultara extraño, se sentía despejado, sin asomo de cansancio. Avanzó por la ciudad sin apenas hacer ruido, absorto en sus pensamientos, hasta que una figura menuda se situó a poca distancia de donde él estaba. La muralla quedaba a cien pasos, así que imaginó que sería uno de los muchos vecinos que habían pasado la noche bajo las estrellas, dispuesto a regresar a su hogar una vez que su cabeza se había vaciado de los vapores etílicos.

—Creí que te irías otra vez —dijo la figura, acercándose a él—. Por eso te seguí.

Hermigio reconoció enseguida aquella voz, suave como el canturreo de un pájaro, pero peligrosa como el más afilado acero para su corazón.

—¿Elvia? Te imaginaba descansando.

La mujer avanzó y se colocó frente a él. Elevó la vista para mirarlo a los ojos y se deshizo de la capucha que le cubría la cabeza. La respiración de Hermigio se aceleró. El joven notó que las manos le temblaban, por lo que decidió esconderlas detrás de la espalda.

—¿Descansar? Esto no ha terminado aún... Tú lo sabes, y yo también.

—Todos lo sabemos, pero los demás duermen, y tú deberías hacer lo mismo —apostilló, tratando de localizar la figura de Witerico o de alguno de los hombres de Astigi en las cercanías.

—Los guerreros descansan rendidos por el agotamiento, en cambio, yo no estoy cansada. No he hecho nada para estarlo.

Hermigio asintió, aunque no entendía el motivo del deje de amargura que impregnaba la voz de la mujer. Continuó caminando, y ella fue tras él.

—¿Qué es lo que quieres, Elvia? —preguntó sin mirarla, con la garganta seca y el pulso acelerado, sintiéndose tan idiota como culpable por su reacción al pensar en Witerico.

—Quiero que me digas qué va a suceder ahora. Te he visto ir con los hombres del *dux*, de Eudes. Así que no me respondas que no sabes lo que ocurrirá.

Hermigio tragó saliva y mantuvo la mirada perdida en el suelo. Hacía años que no la veía. Cuando se quedó solo en Roma, durante los primeros meses se había sorprendido esforzándose en recordar su rostro una y otra vez. Aquellos dientes diminutos, la tez blanquecina punteada de pecas y los enormes ojos que ahora lo contemplaban como si quisieran atravesarle el alma. Luego intentó olvidarlo, inútilmente: cuando no pensaba en él se le aparecía en sueños. Y ahora lo tenía de nuevo enfrente, solo que incluso más bello de como lo recordara.

—Iremos a Tolosa a levantar el asedio al que ahora mismo está sometida. El *dux* acaba de ser avisado, y los hombres de Carcassona deberán partir con él en breve. Así que, como bien dices, esto está lejos de acabar, aunque hoy hayamos vencido.

Al terminar la frase soltó el aire que le quedaba e inspiró profundamente. Era solo eso, pensó. Lo que buscaba eran noticias, sabiendo que él se las podía proporcionar.

Elvia, por su parte, no perdía detalle de los ojos del hombre. No recordaba que cuando lo conoció, años atrás, fueran tan esquivos. Esa noche no descansaban más de un instante en el mismo lugar, ni que decir tiene cuando se posaban en ella. Se preguntó qué se esforzaba tanto en ocultarle, y si ella lo conseguiría averiguar.

—Tú irás, y Witerico y Argimiro también, así que yo iré con vosotros —afirmó con seguridad.

Por primera vez, Hermigio la miró directamente a los ojos, asombrado.

—¿Te has vuelto loca? ¡Vamos a la guerra!

—¡Estamos en guerra! —exclamó ella, elevando el tono—. ¿Crees acaso que estaría más segura aquí que con vosotros? Piénsalo, Hermigio. ¿Qué ocurrirá si morís frente a los muros de Tolosa? ¿Qué sucederá aquí? Yo te lo diré: moriremos todos. Vosotros allí, y nosotras aquí. Es lo que habría pasado ayer si tu *dux* no hubiera aparecido. Witerico y Argimiro creían que nosotras nos salvaríamos gracias a su sacrificio... ¡Estúpidos! —Sus ojos se empañaron mientras apretaba los dientes con rabia—. Los hombres empuñan sus armas y mueren en batalla como héroes, o al menos pensando que su sacrificio vale para algo. Nosotras esperamos y rezamos y nos desesperamos, y sabemos que si todo se tuerce seremos vejadas, torturadas y asesinadas, meros juguetes en manos del enemigo. Yo no tengo hijos que proteger. Esta vez iré con vosotros.

—La batalla no es lugar para ti, Elvia —murmuró él. No era lugar para nadie, añadió para sí.

—Tu señor Ademar insistió en que aprendiera a luchar; tú mismo me instruiste. Sé pelear y lo haré con vosotros. ¿Me ayudarás, Hermigio? ¿Intercederás por mí ante Eudes?

—¿Yo? ¿Y por qué no hablas con Witerico o con Argimiro?

—Porque ellos no apoyan mi decisión, y me parece que tú sí puedes entenderme.

—¿Entenderte? Pero ¿qué crees que ganarías presentándote en un campo de batalla? ¿Por qué quieres ir allí? Yo mismo, si tuviera elección, correría en sentido contrario.

—¿Acaso Sinderedo te convirtió en cura? —Elvia enarcó las cejas y habló casi con desprecio, provocando en el pecho de Hermigio una honda desazón.

—No soy cura —replicó él con rabia.

—¿Y qué eres? ¿Un simple cobarde? No lo creo. Aunque no te agrada la batalla, estás aquí. Cumples con tu obligación y no huyes.

—Pero no soy como Witerico, que anhela cruzar sus armas, o como Argimiro, que tiene un motivo para luchar. Lo único que ocurre es que no tengo nada por lo que merezca la pena vivir, algo que me impulse a escapar y continuar adelante aun avergonzándome de mi proceder. Si lo tuviera, quizá huiría, pero estoy vacío, Elvia, vacío por dentro, y no tengo nada ni nadie que me espere. —Hizo una pausa y se llevó la mano izquierda a la espalda, donde colgaba la aljaba con la reliquia—. Solo tengo esto, y mi única ambición es perderla de vista.

Elvia permaneció en silencio un instante, examinando el rostro del joven. Apenas había cambiado en aquellos años. Seguía pareciendo un muchacho, por mucho que su barba se hubiera hecho más recia y sus rasgos, más serenos y angulosos. Un muchacho al que apenas conocía, se dijo tras escuchar aquellas palabras.

Por primera vez en muchos años lo vio como un extraño. Nunca se había preocupado por ahondar en su interior, conocer lo que pensaba y cómo era... Le había bastado con saber que era un joven amable y servicial, siempre dispuesto a ayudar a quienes tenía alrededor en aquellos tiempos de zozobra: nada más. Y ahora lo que confesaba era tan similar a lo que ella misma sentía pero no era capaz de expresar... Exhaló un largo suspiro.

—Te entiendo, Hermigio. —Alargó la mano y tomó la del joven, que la miró con fijeza—. Y por eso sé que tú también podrás entenderme a mí. Me limité a sobrevivir durante muchos años, y ahora, por fin, tengo algo en mi vida que no deseo perder. Así que lucharé a su lado incluso si él no lo aprueba, porque si lo pierdo, yo también querré morir. No quiero continuar este camino sola.

Hermigio asintió con un nudo en la garganta. Su mano parecía arder entre las de Elvia, e imaginó que ella lo soltaría al notar su tacto abrasador. Sin embargo, lo apretó con más fuerza.

—Eres el único a quien puedo recurrir, Hermigio. Eres mi única esperanza —le rogó con voz suave.

Él tardó en responder. En sus sueños la veía bella como un ángel. Ahora, tan cerca, su hermosura lo dejaba sin respiración. Lo que le pedía seguía pareciéndole una locura, pero fue incapaz de decirle que no. Cerró los ojos y asintió.

—Hablaré con el *dux*. Ahora ve a descansar —dijo, haciendo un ademán en dirección hacia donde imaginaba que estaría Witerico, roncando ajeno a lo que sucedía.

Elvia se abrazó a su cintura y permaneció así unos segundos, agradecida, antes de despedirse y partir rauda hacia la muralla.

Hermigio observó cómo se alejaba, sintiendo el corazón a punto de estallar.

Ragnarico había tenido que volver a matar. Primero se había sentido extraño, como si no fuera él quien movía aquel cuerpo que en la lucha se desenvolvía con notable soltura. Luego había vuelto a quedar prendado de aquella placentera sensación con la que tanto disfrutara en lo que le parecía su otra vida. Acabar con la vida de dos árabes y de tres bereberes que a punto habían estado de ganar la muralla le hizo recordar otras escenas de su pasado: los rostros de Zuhayr y de Yussuf ibn Tabbit. Al primero lo sabía muerto; se había alegrado cuando llegó a sus oídos lo sucedido, y se seguía alegrando entonces. Del segundo no había tenido noticias desde que la reliquia había aparecido en su camino. Lo imaginaba cerca de aquel tuerto lunático de Tariq, que esperaba por su bien que no comandara la imponente tropa a la que se enfrentaban, ya que entonces, más tarde o más temprano, estarían perdidos.

Había transcurrido un mes desde el inicio del asedio. Al-Samh comenzaba a impacientarse, pues las dos últimas fases de su plan no terminaban de desarrollarse como él tenía previsto. Carcassona había conseguido sacudirse el cerco de la tropa que había dejado guardándola, pues así se lo habían asegurado algunos centenares de hombres llegados desde el sureste hacía unos días. Por otra parte, llevaba un mes allí, frente a las murallas de Tolosa, sin conseguir apenas ningún avance.

Salió de su tienda, como cada mañana, dispuesto a comprobar el aspecto de las murallas. Una vez fuera lo sorprendió el revuelo que parecía dominar el campamento. Sus lugartenientes y el bereber que dirigía a sus exploradores estaban frente a su tienda, al parecer con intención de entrar. Cuando lo vieron aparecer, uno de sus hombres de confianza empujó ligeramente al bereber para instarlo a hablar.

—Mi señor Al-Samh. —El bereber carraspeó y echó la vista atrás, pero todos los árabes que lo acompañaban tenían los ojos fijos en el suelo. No querían ser ellos quienes sufrieran la cólera de su señor, por eso lo colocaban a él en la incómoda situación de transmitir las malas nuevas.

—Habla —le espetó Al-Samh, atravesándolo con la mirada.

—El enemigo ha llegado. Ese al que llaman Eudes ha levantado un ejército de infieles que se encuentra a poca distancia de nosotros.

—¿Eudes? ¿No estamos sitiando su ciudad? ¿Cómo es que no está dentro de los muros, cagado de miedo, como aquel cobarde de Ardo?

—Lo ignoramos, mi señor, pero sus tropas se están desplegando para el combate.

Al-Samh no reaccionó como esperaban sus hombres. Ni rastro del enfado que suponían. Al contrario, tomó la imprevista circunstancia como una oportunidad a su favor. Aquel Eudes ponía a su alcance la posibilidad de enderezar su campaña con un solo golpe de mano. Barrería a su ejército y conseguiría que la ciudad capitulara, sabiendo perdida toda esperanza. Entonces podría continuar avanzando en un territorio indefenso, como campa un lobo entre ovejas cuando el perro pastor ha sido envenenado.

—¿Y qué hacéis aquí? ¡A formar, estúpidos! —gritó, haciendo una seña a su escudero para que lo siguiera nuevamente al interior de su tienda.

XXXIX

Las tropas de Eudes, formadas por trece mil quinientos infantes y dos millares de caballeros, se desplegaron frente a los casi veinticuatro mil hombres de a pie y otros dos millares de jinetes que componían la hueste de Al-Samh. Detrás de los aquitanos quedaban los muros de Tolosa, sobre los que se apostaban no solo los guerreros que allí habían quedado para defenderla, sino también casi la totalidad de la población.

El *dux* de Aquitania, desterrando su primera intención, había optado por dejar descansar a los suyos cuando llegaron a Carcassona. Después había ordenado a la tropa emprender el camino hacia su capital, pero sin forzar en ningún momento ni a hombres ni a animales. De nada le serviría llegar con un ejército cansado y sin brío, sabiendo que se encontraban además en inferioridad numérica. Las defensas de Tolosa habían demostrado su eficacia manteniendo a raya a los enemigos, por lo que seguiría confiando en que la protección que brindaban a sus habitantes se extendiera por unos pocos días más.

Argimiro, Witerico y el resto de los hispanos habían decidido unirse a una de las alas de caballería. Ninguno había rehusado la propuesta que Hermigio les había hecho de combatir junto a las tropas del *dux*. Estaban en deuda con él, y dispuestos a satisfacerla.

Desde su flanco, Witerico, a lomos de su caballo, no dejaba de lanzar miradas nerviosas hacia el lugar en el que se encontraba el estandarte de Eudes y a su sombra, el propio *dux*.

—Witerico, estará bien, olvídala durante la batalla o lo lamentarás. De todas formas, si me lo aceptas, te daré un consejo: aprende a tratar a esa mujer de ahora en adelante —le dijo Argimiro, adivinando el motivo de la desazón que invadía al guerrero.

—Créeme, es imposible razonar con ella —se defendió el hombretón, huraño.

Argimiro sonrió. Apreciaba a Elvia y disfrutaba de su compañía, pero aquello no era óbice para que fuera consciente de sus faltas. Aún recordaba la fuerte discusión que tuvo con Witerico cuando él la informó de que acompañaría al *dux* a liberar Tolosa. Si Ingunda lo hubiera tratado así... Witerico, por mucho que protestara, parecía entender sus reclamaciones. Ella aseguraba que hasta entonces había reculado en dos ocasiones, y él solo en una; ese había sido su argumento. En Caesaraugusta él se había salido con la suya, así como también en Carcassona, cuando ella accedió a abandonar la ciudad mientras él combatía. Por su parte, ella se había llevado el gato al agua únicamente cuando viajaron a Roma. De modo que con ella en el ejército estaban en paz. La única concesión que había hecho a Witerico fue la de quedarse con los hombres de Eudes, todo lo alejada del combate que se podía.

—Ninguna mujer en su sano juicio debería luchar en una batalla, Witerico. En Carcassona hiciste bien al apartarla del combate dejándola junto a Ingunda.

—El caso es que Elvia sabe luchar. Ha entrenado duro y nunca ha cejado en su empeño —protestó el grandullón, repitiendo parte de lo que ella misma argüía.

Argimiro no pudo evitar sonreírse, aunque para nada se encontraba complacido. Conocía a aquellos dos desde hacía diez años, pero no terminaba de acostumbrarse al evidente poder que ejercía la mujer sobre Witerico.

—Y tú también, aunque si no eres capaz de concentrarte no sobrevivirás a esta batalla.

—Necesitaré algo más que concentración... Hay dos de esos cabrones por cada uno de nosotros.

Argimiro tanteó la empuñadura de su espada. Deslizó el dedo anular alrededor de aquella, forrada en cuero. Era todo cuanto poseía desde que perdió sus tierras de Calagurris.

—Aun así, estoy convencido de que hoy estamos más cerca que nunca de vencer a esos bastardos. En Carcassona decidí dejar de huir, y no hay mejor ocasión que esta para demostrarlo. Witerico, una vez más. Solo una, pero, por el amor de Dios, deja de pensar en Elvia y céntrate en luchar. No quiero perderte en la batalla.

Hermigio, al igual que en Carcassona, se encontraba entre la guardia personal del *dux*, que quería tenerlo a su lado. O, mejor dicho, quería tener junto a sí la sagrada reliquia que Gregorio le había enviado.

El centenar de jinetes escogidos que constituían la escolta de Eudes formaba tras la amplia columna de infantería, de filas de seis en fondo. El ejército no había tenido más remedio que extender su frente hasta igualar el de sus enemigos, por lo que su profundidad se había reducido sensiblemente, aunque no tanto que no pudiera resultar sólida. Los hombres que se encargaban de proteger a Eudes rara vez entraban en combate, tan solo en situaciones decisivas o desesperadas; Eudes no era ningún estúpido, y a su edad sabía que no podía lanzarse a lo más crudo de la batalla como había hecho innumerables veces en su juventud.

Hermigio sentía el peso de la aljaba que portaba cruzada en la espalda. Eudes la había hecho confeccionar con las mejores telas que tenía a su disposición, e incluso con auténtico hilo de oro. Las más diestras tejedoras de Burdigala se habían encargado de elaborarla, y el resultado fue una pieza de bellísima factura. Al principio, Hermigio protestó por tanta ostentación, pero luego tuvo que ceder al capricho de Eudes, que quería honrar de aquella manera la reliquia que le había mostrado el camino que debía seguir. Al menos quedaba bien oculta y la aljaba era cómoda de llevar, se consoló el joven.

El escudo del hispano colgaba de la silla y su espada continuaba envainada. Tenía ambas manos ocupadas en las bridas de su montura, con las que no dejaba de juguetear, nervioso. Tras él, en medio del grupo de guerreros, sabía que se hallaba Elvia. La mujer había acudido a él en Carcassona portando únicamente su espada, más corta y ligera que la mayoría, con la que Hermigio sabía que se desenvolvía con soltura, pero no podía evitar dudar de si sería suficiente para afrontar una batalla como la que se avecinaba. Una batalla en la que ni siquiera Argimiro había accedido que tomara parte su hijo, al que dejó con su madre y sus hermanas con la misión de velar por ellas.

A Hermigio no se le escapaba que la oposición de Witerico no era el único obstáculo que la astur había tenido que superar para encontrarse allí en ese momento. Muchos guerreros se habrían negado a luchar junto a una mujer, como afirmó Eudes cuando le solicitaron que la acogiera en su tropa. Así, había tenido que enfundarse en una amplia capa granate que ocultaba su figura y ponerse un yelmo, que había tenido que ser adaptado horadando nuevos orificios en la correa de cuero para que se ajustara a su pequeño tamaño. Con todo, pese a los esfuerzos por enmascararla, la fina figura destacaba entre las sólidas estampas que presentaban los guerreros aquitanos. Ninguno había protestado, suponiendo sin duda que era un muchacho, y no una mujer, quien iba temblando a lomos de un lustroso alazán.

La imaginaba así, tiritando de miedo, pues no se había atrevido a mirarla. Le había indicado que permaneciera entre aquellos cinco hombres, el lugar más seguro que podría encontrar durante la batalla, porque si algo le sucediera, Witerico le arrancaría la piel a tiras. Ella había reído cuando Hermigio se lo advirtió poco antes de formar, pero no por ello él dejó de insistir. La mantendría a buen recaudo pasara lo que pasara, aunque eso significara que su único cometido durante la batalla fuera luchar por que Elvia conservara la vida.

El enorme frente musulmán comenzó a avanzar. Más de dos mil hombres en línea con diez filas de profundidad, sus pasos repiqueteando sobre la tierra con un estruendo inusitado. Tras ellos, una fina columna de polvo ascendía hacia el cielo, con la misma tenacidad con que su propia confianza se elevaba tras tantas victorias cosechadas durante las últimas décadas, no solo en Oriente, sino también allí, en Occidente.

Al-Samh, en lugar de furioso —como habían pensado sus allegados que estaría por aquel imprevisto— se encontraba sumamente excitado. Había llegado el día que tanto había esperado, aunque en su imaginación no lo hubiera previsto así. Creía que iría tomando las ciudades norteñas una tras otra, sin tener que enfrentarse en batalla campal a aquellos asustadizos guerreros del norte.

Ardo había sido un cobarde y lo había privado de conseguir renombre en el campo de batalla, pero ahora disfrutaría por fin de una merecida fama: los ecos de su victoria resonarían hasta en Damasco. Barrería de un plumazo cualquier tipo de resistencia organizada en el sur de las tierras de los francos. Al igual que había logrado Tariq tras su victoria contra Roderico, él haría que aquel enorme territorio cayera como fruta madura a su paso, sin apenas tener que luchar. Su gloria sería completa.

Azuzadas por sus respectivos oficiales, ambas tropas de infantería se lanzaron al combate. Poco tardaron en chocar las líneas, y la vibración provocada por los miles de golpes en cadena se expandió hasta estremecer a quienes observaban la lucha desde la muralla.

Entre ellos estaba Ragnarico, preparado para la batalla. No temía por la suerte de la ciudad, ni siquiera por la suya; únicamente temía por el hombre que comandaba las fuerzas aquitanas y que destacaba bajo su estandarte tras los infantes, pues él, si no estaba equivocado, era el actual depositario de la reliquia.

Ignoraba si la llevaría con él o si la tendría a buen recaudo en algún rincón de la ciudad. Fuera como fuera, tenía que encontrar la forma de dar con ella. Solo por eso deseaba que Eudes no pereciera en el transcurso de la batalla, pues si aquello llegara a suceder nunca sabría dónde se guardaba el objeto por el que había viajado hasta allí.

En caso de que Eudes resultara vencedor, Ragnarico se mantendría a su lado en cuanto cruzara las puertas de la ciudad como su libertador, atento a cada paso. En caso contrario, si el signo de la batalla resultaba adverso, Ragnarico lucharía junto al millar y medio de hombres que en ese momento se hacinaban en las calles cercanas a la puerta, dispuestos a realizar una salida para apoyar a su señor en cuanto se diera la señal. Era la última oportunidad que tenía de encontrar la reliquia que llevaba años atormentándolo, y haría todo lo posible para recuperarla, incluso luchar por alguien a quien detestaba.

Poco antes de que los miles de hombres que componían la infantería entablaran combate, los jinetes de ambos bandos comenzaron su peculiar enfrentamiento. A la consabida descarga de venablos por parte de los bereberes le siguieron las primeras escaramuzas entre árabes y aquitanos. En poco tiempo se pudo comprobar que, en las distancias cortas, las tropas montadas de Eudes eran mucho más poderosas que sus homólogas árabes, pero nada conseguirían si la infantería no resistía el imparable avance de los hombres de Al-Samh.

Se sucedieron los primeros golpes entre los hombres de a pie, grupos de siete contra otros de una decena. Todos empujaron, pero solo quienes ocupaban los primeros lugares además cortaron y pincharon. Aun así, estos recibieron más empujones que heridas, pues sendas formaciones eran muy densas, y las escasas bajas producidas en uno y otro bando resultaban rápidamente cubiertas por quienes se encontraban en la retaguardia.

Hermigio y Elvia, amparados entre la guardia de Eudes, permanecieron durante lo que les pareció una eternidad contemplando como la campiña frente a Tolosa iba quedando sembrada de cadáveres como lo hiciera otrora de cereal. Si las monturas de batalla, acostumbradas al escándalo y al hedor propios de una situación como aquella, conseguían permanecer tranquilas, no podía decirse lo mismo de los hispanos.

Elvia no podía dejar de lanzar miradas nerviosas al flanco izquierdo de su ejército, donde Witerico y los demás se batían contra la caballería enemiga. Sobresaltada por cada relincho, por cada grito, por cada movimiento, rezó en silencio a todos los dioses que conocía, sin importarle su origen. Rezó al de su padre, al que había ignorado durante casi toda su vida, pero también a los de su madre, más cercanos a ella aunque hiciera años que creía haberlos olvidado. Hubiera rezado a cualquiera que le ofreciera la más mínima posibilidad de que Witerico sobreviviera al combate.

Alejada del lugar donde los hombres golpeaban, resistían o morían, las arcadas eran por el momento su peor enemigo. El hedor le resultaba insoportable, incluso desde allí, emanado por una mezcla de cuantos fluidos conocía, no solo sangre, como habría imaginado, sino también otros bastante menos nobles. En medio de los impasibles hombres de armas, había tenido que realizar no pocos esfuerzos para no vomitar, segura de que si lo hacía, quienes la rodeaban intuirían su secreto en su debilidad.

Si hubiera podido hablar con Hermigio antes de la batalla, este le habría contado que él mismo había cedido a las arcadas en varias ocasiones el día que conoció a Ademar, por lo que no debía temer en ese sentido. Sin embargo, el chico había ignorado sus intentos de situarse a su lado, manteniendo las distancias. No parecía en absoluto contento de que ella estuviera allí, por mucho que eso fuera gracias a él.

Al frente de su tropa, Eudes notaba como las manos le sudaban con profusión dentro de los guantes de cuero, tanto que al apretar los dedos podía oír el desagradable gorgoteo de la humedad.

Nunca había imaginado que afrontaría una batalla como aquella. Jamás había logrado convocar a semejante ejército bajo su estandarte, pero tampoco había tenido que vérselas contra un adversario tan numeroso como aquel. Era la batalla más importante en la que había combatido, no solo por la cantidad de efectivos de uno y otro bando, sino también por lo decisivo que sería el resultado al encontrarse en sus propias tierras.

Sintió por un instante el vértigo propio de una situación tan desesperada. La posibilidad de morir en combate no lo atemorizaba, como no lo había hecho cuando era joven. Si moría, todos sus males morirían con él, aunque también desaparecería aquello por lo que había valido la pena vivir. Aun así, no era esa pérdida lo que más temía. Si lo derrotaban pero salvaba la vida, ¿qué sería de él? ¿A dónde iría?, ¿a Burdigala? Sabía cómo habían actuado aquellos extranjeros en Hispania: tomando una región tras otra en un avance constante. En caso de salir vencido, estaría acabado, como lo estuvo, contra todo pronóstico, Roderico. Jamás se darían las condiciones para que pudiera levantar otro ejército como aquel. Sería acorralado por los musulmanes en las montañas vasconas, destinado a pasar el resto de sus días como un vulgar montaraz, o quizá, en el mejor de los casos, se vería obligado a postrarse ante el *maior domus* de Austrasia para que acudiera en su ayuda. Aquello representaría el fin de su ducado, de sus aspiraciones, de sus sueños de una Aquitania libre y fuerte, independiente de los reyes francos. Pero ¿qué sería mejor?, ¿eso o una existencia miserable en las montañas? Por primera vez desde que el combate había comenzado, su confianza flaqueó. Necesitaba algo para mitigar la congoja que lo embargaba y levantar la cabeza otra vez.

—Hermigio, acércate —llamó, haciendo una señal con la mano derecha.

Los hombres que rodeaban al *dux* abrieron la formación, de manera que el caballo del hispano sorteó los veinte pasos que lo separaban de Eudes hasta situarse a su lado.

—Déjame tocarla una vez más. La última vez —rogó el aquitano.

Los golpes arreciaron a lo largo de la enorme extensión del campo de batalla. Si el signo del combate no parecía decantarse a favor de nadie en el choque entre las infanterías, pasada la primera hora de lucha los jinetes de Eudes consiguieron desarbolar a las tropas de Al-Samh. Quienes habían sobrevivido hasta entonces, conscientes de la derrota, espolearon a sus caballos hacia el sur, lejos de Tolosa, y abandonaron a sus compañeros. Los jinetes aquitanos, entre ellos Witerico y Argimiro, junto con sus guerreros, persiguieron a los fugitivos musulmanes varias millas, hasta que el campo de batalla se perdió de vista. Entonces los oficiales comenzaron a reorganizar a la mayor parte de las centenas, instándolas a regresar frente a las murallas de Tolosa, donde sus compañeros de a pie continuaban sufriendo el terrible acoso de las nutridas filas enemigas.

A juicio de Al-Samh, situado en retaguardia, el combate no resultaba ostensiblemente desfavorable, pero aquello no impedía que lo contrariase el modo como se había desarrollado hasta entonces. Le constaba que Tariq ibn Ziyab había sufrido apenas unos centenares de bajas en su gran victoria contra Roderico, mientras que aquel día en Tolosa las bajas de cada ejército eran similares. Casi dos mil hombres habían caído ya en uno y otro bando, pero saber que contaba con un mayor número de efectivos le hacía ser optimista respecto al desenlace. Quizá tuviera que solicitar refuerzos a Hispania una vez hubiera tomado aquella ciudad y decidiera continuar adelante con su campaña, pero de ello se preocuparía cuando llegara la ocasión.

—Señor Al-Samh —oyó que lo llamaba Yussuf ibn Tabbit, que comandaba una reserva de dos centenares de jinetes bereberes.

Apartó la mirada de donde los hombres se batían y la dirigió hacia aquel bereber por el que sentía cierto aprecio. Quizá no fuera aprecio exactamente, pero el tipo había resultado ser eficiente en cuanto hasta entonces le había encomendado.

—Dime, Yussuf.

—Nuestra caballería y la enemiga han desaparecido en el

flanco derecho. Tal vez debería acercarme con mis jinetes para comprobar lo que sucede y apoyarlos en caso de dificultad.

Al-Samh miró hacia el lugar del que hablaba Yussuf y comprobó que, efectivamente, allí no había rastro de hombres ni animales, sino solo una densa nube de polvo a lo lejos. No le importó. Había asumido que aquel combate lo decidiría la infantería, donde su fuerza era sensiblemente superior, de modo que, sin el concurso de la que según se decía era la mejor baza de aquellos pueblos norteños, entendió que había llegado el momento que tanto había ansiado.

—Yussuf, toma a tus jinetes y apoya al centro de nuestra infantería. Hay que quebrar su resistencia cuanto antes. Dividiremos a su ejército en dos, y en ese instante la suerte de esta batalla estará decidida a nuestro favor. Sus hermanos de la ciudad serán espectadores privilegiados de cómo exterminamos a quienes intentaron liberarlos. Al anochecer, ellos mismos abrirán las puertas pidiendo clemencia mientras se arrastran ante nosotros.

Una protesta murió en los labios del bereber sin haber llegado a escucharse. La expresión de Al-Samh no ofrecía lugar a réplica, pero tampoco convenció a Yussuf. Entendía la estrategia del árabe y le parecía acertada, pero lo inquietaba la ausencia de la caballería. Aquel detalle podía decidir el signo de la batalla tanto como el hecho de que su centro atravesara el del ejército aquitano. Si significaba que los suyos habían vencido y estaban persiguiendo al enemigo en desbandada, en nada cambiaría el guion de lo establecido por Al-Samh. Si, por el contrario, eran los jinetes de Eudes quienes habían resultado victoriosos, aquello podía alterar el curso de la batalla.

Aún dubitativo, el bereber regresó a donde lo esperaban sus hombres y dio la orden de avanzar. No eran jinetes como los árabes, sino una tropa ligera, que apoyaría a los infantes lanzando sus venablos mientras pudiera, pero sin capacidad para cargar contra los bien protegidos infantes aquitanos. Una vez que hicieran caer sobre los aquitanos sus pesados venablos, sería el turno de los infantes, que deberían agrandar los huecos que sus proyectiles hubiesen abierto en el muro de escudos enemigo. Llegado el momento, él mismo trataría de introducir su caballo en aquellos huecos para terminar de desintegrar el frente rival.

Sin embargo, para cuando Yussuf consiguió situarse en las últimas filas de la infantería, y los primeros proyectiles bereberes sobrevolaron el cielo y cayeron sobre los hombres de Eudes, centenares de jinetes revestidos de metal y cuero aparecieron por el flanco derecho de los hombres de Al-Samh. Con Argimiro al frente, se abatieron sobre quienes se mantenían trabados en combate, sin apenas avanzar en sus posiciones. Las disciplinadas tropas musulmanas sufrieron tal descalabro que, cuando Al-Samh se percató de aquella maniobra, la cuarta parte de su infantería se encontraba aprisionada entre el avance de los guerreros de a pie y la aparición de los jinetes aquitanos. Rápidamente el temor a la derrota se extendió entre los musulmanes, que olvidaron cualquier orden recibida y trataron de correr a la desesperada. Luchando por salvarse, poco les importó si en su huida arrollaban a quienes aún combatían.

El frente musulmán se deshacía con rapidez, como las nubes tras la tormenta cuando el sol vuelve a ocupar su lugar en lo alto del cielo. Eudes, superviviente de muchos combates, comprendió que tenía la victoria a su alcance y azuzó al combate a los suyos, que se lanzaron en apoyo del centro de su infantería, donde las tropas de Yussuf estaban provocando un serio quebranto, ajenos a la descomposición que sufría buena parte de su ejército.

A la señal convenida, Hermigio espoleó a su caballo y siguió a una decena de compañeros de armas del *dux* hasta donde las últimas filas de hombres comenzaban a redistribuirse en el frente, duramente castigado. Allí no podía luchar, sino solo mantener a los infantes en su posición, sin poder retroceder a causa del obstáculo que sus monturas representaban, a modo de dique con el que contener la crecida del mar. Justo cuando pensaba con alivio que allí se encontrarían a salvo, el jinete más menudo de su partida se adelantó e intentó hacer avanzar a su montura entre la multitud.

Al-Samh se desgañitaba a la vez que centenares, millares de los suyos abandonaban el campo de batalla. Los maldijo, los llamó cobardes y perros impíos, y juró vengarse de ellos y de sus familias por arrebatarle la gloria que merecía. Porque a él, incluso tras la sorpresiva carga de la caballería enemiga, aún le parecía posible alzarse con la victoria. Contaba con casi diez mil hombres más que Eudes al inicio del combate y, por si esto fuera poco, el ejército del Profeta no había conocido la derrota desde que se internó en Hispania diez años atrás. Eran invencibles, así lo habían demostrado, y él no podía perder donde no habían perdido sus predecesores.

Sin embargo, mientras los oficiales más cercanos a Al-Samh comenzaban a golpear a los suyos para que regresaran al combate, sucedió algo que terminó por dar al traste con sus últimas esperanzas de victoria. Pues ese fue el instante en el que más de un millar y medio de hombres salieron en tromba de la ciudad y, sin dejar de gritar, se lanzaron contra la sorprendida retaguardia musulmana.

Ragnarico se situó tras la primera línea de combatientes salidos desde Tolosa. Dejó que aquellos golpearan con sus escudos a los aterrorizados musulmanes, deleitándose con las muecas de pavor que se dibujaron en sus caras al verse sorprendidos también por la espalda. A medio centenar de pasos, detrás de varias filas de cabezas coronadas por yelmos, distinguió a los hombres que portaban el estandarte de Eudes. Su objetivo era llegar hasta ellos, aunque no tenía prisa. No sería él quien abatiera a todos los musulmanes que lo separaban del *dux*. Dejó que quienes lo acompañaban se ensañaran con los enemigos, hincando sus espadas, cortando con sus hachas, golpeando con cuanto tenían a su alcance. Tras tantas semanas sufriendo los rigores del asedio, aquellos hombres, algunos poco más que muchachos, dieron rienda suelta a sus ansias de venganza haciendo pagar allí mismo a sus enemigos por lo que habían sufrido.

Los guerreros árabes y bereberes trataron de escapar, lo que en medio de la pinza formada entre los dos cuerpos de infantería no resultaba tarea fácil. Algunos fueron pisoteados; otros, únicamente heridos para que no pudieran darse a la fuga. Al-Samh, horrorizado por la carnicería que se desarrollaba frente a él, indicó con una seña a su escolta que abandonara la escena, pero para entonces la caballería aquitana del flanco izquierdo regresaba victoriosa. Los escoltas del valí vendieron cara su derrota, pero a pocas millas de la ciudad todos y cada uno de ellos perdieron la vida entre un enjambre de enemigos. Igual suerte tuvo Al-Samh, cuyo cuerpo fue mutilado sobre la tierra para alegría de sus enemigos.

Mientras los jinetes árabes morían a cierta distancia de la ciudad, frente a la muralla, la matanza continuaba entre los infantes. Ragnarico fue esquivando hombres de uno y otro bando, dispuesto a acercarse al estandarte de Eudes sin entablar combate. Cuando le faltaban unos cuarenta pasos para alcanzarlo, una cabalgadura se situó frente a él y lanzó a su jinete a poca distancia de donde se encontraba. Enseguida a aquel primer caballo lo siguió un segundo. En el jinete que lo montaba, Ragnarico reconoció las holgadas ropas que solían vestir los bereberes como Tariq ibn Ziyab o Yussuf ibn Tabbit. Recordó por un instante los años pasados junto a aquellos hombres y se estremeció. Esa parte de su vida quedaría atrás cuando encontrara la sagrada reliquia y la depositara en las santas manos de Gabriel, su guardián, quien intercedería por él en el momento del juicio final. Mas para conseguirlo debía sobrevivir y dar con ella, por lo que balanceó su escudo dispuesto a hacer frente al posible ataque del bereber, que se había detenido a una decena de pasos de él.

Confiaba en que desde aquella distancia el caballo no pudiera tomar suficiente velocidad, pero mientras adoptaba una posición defensiva en espera del choque, un nuevo jinete apareció en escena y arremetió contra el bereber. Los dos rodaron por el suelo cubierto de los cadáveres de los caídos de ambos bandos.

Ragnarico, como hipnotizado, siguió el movimiento de ambos —un bereber y un aquitano—, mientras continuaban forcejeando con las manos. Tras una serie de golpes, el primero descargó el puño contra la mandíbula del segundo con toda la violencia que fue capaz de ejercer. Aunque el aquitano pareció encajar el impacto y trató de levantarse, recibió una nueva lluvia de golpes y al poco rato quedó tendido boca abajo sobre el macabro manto que tapizaba la llanura.

El bereber se puso en pie con esfuerzo y tomó la primera espada que localizó en el suelo. Se encontró entonces con los ojos de Ragnarico, que lo escrutaban. El musulmán dio dos pasos para situarse frente a su nuevo enemigo, a la vez que se alejaba de los cuerpos de los caídos para no tropezarse durante el nuevo combate. Sin perder de vista al hispano por temor a que se lanzara sobre él, tropezó con la aljaba que transportaba a su espalda el guerrero al que había noqueado. La correa que la sujetaba se rompió a la vez que el bereber trastabillaba y rasgaba la tela que la conformaba. El bereber renegó en voz alta, pero la súbita expresión de sorpresa de Ragnarico nada tuvo que ver con su reniego. Tras el musulmán destacaban el brillo del oro y de la plata, así como el de las gemas más preciosas que un hombre pudiera contemplar.

Yussuf ibn Tabbit continuó estudiando al guerrero que tenía frente a sí. No alcanzaba a verle el rostro, pero por su pose entendía que se trataba de todo un veterano. Pensó que, aunque acabara con él, no tenía manera de escapar de allí. Eran varios los guerreros a los que había enviado al otro mundo desde que se había unido a los hombres de infantería, pero ni siquiera así había conseguido alcanzar su objetivo, que era abandonar aquel enorme osario. Además, había perdido su montura, por lo que estaba a merced de sus enemigos.

Ragnarico pareció reaccionar y avanzó a paso rápido hacia Yussuf, por lo que este interpuso su espada en su camino. El metal de Ragnarico la desvió con premura, pero en lugar de continuar con su duelo, el visigodo parecía querer seguir caminando más allá del bereber. Esperanzado y sorprendido, Yussuf dio dos pasos hacia su izquierda. Ragnarico, sin dejar de apuntar con su espada al bereber, se agachó junto al hombre al que aquel había dejado inconsciente. Entonces Yussuf alcanzó a ver lo que tanto le había llamado la atención a su oponente. Igual que Ragnarico instantes antes, abrió unos ojos como platos al descubrir el fragmento perdido de la mesa del rey Salomón.

Cuando Ragnarico quiso tomarlo y salir corriendo de allí, Hermigio ya intentaba ponerse en pie. Al notar que alguien manoseaba su espalda, agarró el brazo del astigitano y, girándose, lo golpeó con su puño libre en la cara, sin importarle lo dolorida que le quedó la mano tras el impacto con el metal del casco. Aprovechando la sorpresa de su enemigo, que lo esperaba muerto o inconsciente, Hermigio lanzó dos nuevos puñetazos. Aunque los nudillos volvieron a crujirle contra el yelmo, no cejó en su empeño, y con un golpe más la celada de Ragnarico terminó por caer al suelo a la vez que este intentaba contraatacar con la espada. Hermigio, que detectó el movimiento del arma, acertó a rodar por el suelo en el último momento, justo cuando la hoja del astigitano se clavaba en el cuerpo del guerrero árabe sobre el que había estado tumbado hasta hacía un instante.

Ragnarico consiguió ponerse finalmente en pie con su trofeo bien asido, y profirió un grito de triunfo elevando la pieza dorada hacia el cielo, victorioso. Se sintió como si hubiese acabado con la vida de Ademar una vez más, muchas veces, con una plenitud jamás experimentada. Hubiera llorado de puro gozo, con una satisfacción incluso mayor que la que le produjo descargar un tajo tras otro en el cuerpo de su hermano.

Hermigio, aún aturdido, consiguió incorporarse al tiempo que se hacía con la espada de uno de los caídos. Observó a distancia el rostro del guerrero que le había arrebatado la reliquia, y se quedó petrificado en el mismo instante en que recordó dónde había visto a aquel hombre por última vez.

Si para Yussuf la aparición de la reliquia había supuesto una inesperada revelación, mayor había sido la sorpresa al descubrir a Ragnarico. Su rostro era inconfundible, con la oreja cercenada y la gruesa cicatriz recorriendo el perfil izquierdo del visigodo.

El bereber contempló a ambos guerreros, dos cristianos enfrentados entre sí, y pensó en aprovechar aquel instante para escapar, para tratar de desaparecer del campo de batalla y salvar la vida, aunque en el fondo sabía que le resultaría imposible. Rodeado de miles de aquitanos, había perdido su caballo y estaba muy lejos de cualquier territorio amigo. Se había establecido una pequeña guarnición en Narbona, o en lo que quedaba de la ciudad, pero estaba a muchos días de camino y a pie no llegaría muy lejos. Sería presa de los jinetes aquitanos en cuanto corriera a campo través. Por otro lado, tenía enfrente al hombre que había hecho caer en desgracia al mejor señor que hubiera podido desear: Tariq ibn Ziyab. Quizá podría morir con una sonrisa en los labios tras consumar su venganza.

XL

Elvia volvió poco a poco en sí. Su caballo la había lanzado al suelo, pero los cuerpos sobre los que aterrizó amortiguaron el golpe. Al incorporarse buscó su espada, perdida para siempre en aquel mar de cadáveres y armas. Alejando el asco que le invadía, tomó una de las que encontró entre los muertos y la blandió con decisión. Era sensiblemente más pesada que la suya, lo que haría sus movimientos más torpes y predecibles, pero no tenía otro remedio que adaptarse pronto a ella si quería salir de allí con vida.

Recordó al jinete bereber que la había embestido y se volvió, temiendo encontrarlo detrás de ella. Asombrada, vio que estaba a unos quince pasos, tranquilo, casi ajeno a lo que sucedía a su alrededor, observando embelesado como dos hombres luchaban entre sí. La astur evaluó la situación: las tropas no mantenían ninguna clase de orden, las filas se habían roto y la mayoría de los musulmanes huían perseguidos por una muchedumbre. Cuerpos sin vida, caballos sin jinete deambulando por el campo de batalla, hombres en desbandada, y solo tres individuos parecían poseer el temple suficiente para no escapar corriendo y escenificar una especie de guerra privada en medio del combate general.

Lo primero que le sorprendió fue que el bereber no hubiera huido en cuanto pudo. Sus compatriotas lo habían hecho, y los aquitanos que los perseguían parecían ignorarlo también. Lo examinó bien. Había perdido el casco y tenía la ropa pegada al cuerpo por culpa de la sangre y la porquería que embadurnaban la tela. Entendió entonces que les pasara inadvertido a los hombres que, enfebrecidos, únicamente parecían tener ojos para quienes huían a la desesperada. Tras detener su mirada en el bereber, sus ojos se posaron en los hombres que luchaban a pocos pasos del extranjero. Aquella fue la segunda sorpresa: ambos parecían hombres de Eudes. Uno de ellos incluso vestía la panoplia propia de los escoltas del *dux*. El otro, en cambio, tenía el aspecto de un anónimo guerrero de infantería. Se preguntó qué estaría sucediendo para que dos hombres como aquellos se hubieran enfrascado en combate singular, ante la mirada absorta de un bereber.

Se puso en marcha y dio dos pasos hacia delante, esquivando como pudo los cuerpos de los caídos. Cuando se hubo acercado a los guerreros, la intensidad del combate había aumentado, pero el bereber oyó sus pasos. Se volvió hacia ella e hizo amago de ponerse en guardia. La astur aferró el pomo de su espada con fuerza y se lanzó hacia delante, pese a la extraña expresión que se dibujó en la cara del musulmán. El guerrero bereber parecía conformarse con desviar la hoja de su oponente una y otra vez, sin apenas responder, lo que hizo enfurecer a Elvia. Aceleró el ritmo de sus embestidas, cosa que pronto lamentó, pues el peso del arma le tironeaba del brazo a cada golpe.

—¡Elvia, apártate! —oyó de pronto.

Giró la cabeza para encontrarse súbitamente con la mirada de Hermigio, un descubrimiento que la dejó estupefacta. Pero si el rostro de Hermigio provocó no poca inquietud en ella, peor fue reparar en quién era el adversario de su compañero. Vio un rostro desagradable que tiempo atrás tal vez hubiera sido atractivo, antes de que aquella blanquecina y gruesa cicatriz lo atravesara desde el cuero cabelludo hasta la mandíbula, cercenándole de paso la oreja izquierda.

Sintió miedo, un miedo atroz que la impelía a echar a correr y huir sin mirar atrás. Quiso pedir ayuda, pero cuando abrió la boca de pronto sintió la garganta seca y no pudo articular palabra. De todas formas, no había nadie alrededor para auxiliarla:

estaba sola en un mar de hombres que escapaban mientras otros los perseguían. Más y más jinetes aquitanos acudían en ayuda de su infantería, sembrando el miedo y la muerte entre sus enemigos.

Miró a Yussuf, que se mantenía en guardia sin atacarla, y comprendió que el bereber no estaba dispuesto a luchar a menos que lo obligaran. Sus ojos volvieron a los hombres que combatían a su lado, y pese a que hubiera podido alejarse y regresar a donde el estandarte de Eudes se mantenía elevado, rápidamente descartó tal posibilidad. Aunque estaba aterrada, tenía que ayudar a Hermigio. Mientras se convencía de ello, sus pies parecieron quedar anclados al suelo, como si los muertos tiraran de ella hacia el inframundo. Con gran esfuerzo adelantó el pie izquierdo, a la vez que Yussuf se alejaba de ella, pero cuando fue el turno del derecho, se detuvo a la vez que se paraba el tiempo a su alrededor. Hermigio, más pendiente de la suerte de Elvia que de su adversario, no reparó en el movimiento de Ragnarico, que consiguió burlar su guardia y golpearlo con la punta de la espada en el costado.

Aquello pareció por fin impulsar a Elvia y sacarla de su aletargamiento. Gritó y se arrojó hacia delante, olvidando el temor que la atenazaba. Opuso su espada a la del astigitano, dando un tiempo valiosísimo a Hermigio para que se apartara. La mujer olvidó también el agobiante peso de la espada y hostigó a su enemigo, que, sorprendido, reculó unos pocos pasos.

Hermigio vio que el combate se alejaba de donde él estaba. Sintió un leve mareo, pero apoyó la espada en el suelo para mantenerse en pie. Se tanteó la herida con la mano izquierda y su guante quedó rápidamente manchado del líquido carmesí que manaba con lentitud. Respiró despacio a la vez que presionaba el lugar por donde había penetrado la espada de Ragnarico, y sintió un intenso dolor que lo hizo apretar los dientes. Retiró la mano con sumo cuidado, y comprobó que la herida era más profunda de lo que en un primer momento había pensado. Ragnarico había acertado a golpearlo en las últimas anillas de su cota, las más frágiles, cuya resistencia venció aplicando toda la fuerza sobre la punta del arma. Hermigio lo había oído decir muchas veces: una espada apenas podía penetrar en una buena cota de malla si trataba de cortarla; en cambio, si la embestía de punta era muy probable que la protección del enemigo no fuera suficiente para detener el golpe. Acababa de comprobarlo en sus carnes.

Venciendo el mareo, intentó concentrar su mirada en Elvia, y en ese instante reparó en la silenciosa figura que permanecía en pie a su izquierda. Vio al bereber al que había desmontado, que continuaba allí observando el combate sin hacer amago por atacarlo. Ignoraba qué pasaría por la mente del individuo, pero él tenía un único objetivo: salvar a Elvia antes de que se le acabara el tiempo.

Ragnarico, superada la sorpresa del primer ataque, se adueñó rápidamente de la situación y fue acosando a su contrincante, acorralándola. La velocidad de su espada se multiplicaba alimentada por la euforia de saberse tan cerca de cumplir su misión, mientras que la de su oponente parecía declinar a medida que el acero se volvía más pesado en su brazo. En el último momento, salvada la distancia que lo separaba de su adversaria, se abalanzó sobre ella tratando de inmovilizar su acero a la vez que golpeaba su casco con el pomo del suyo. El tañido del metal inundó los oídos de Elvia, pero aquello no fue nada en comparación con la punzada de dolor que le recorrió la cabeza.

Trastabilló y cayó, y quedó tendida a los pies de Ragnarico, completamente a su merced. Aunque sus ojos pugnaban por cerrarse para mitigar el dolor, los mantuvo abiertos, fijos en los de su enemigo, esperando el golpe que pusiera fin a su vida. Sin embargo el golpe no llegó. Hermigio, sin dejar de gritar, se lanzó sobre Ragnarico con todas las fuerzas que fue capaz de reunir y ambas figuras rodaron por el suelo, forcejeando. Elvia aulló, sin saber lo que sucedía. Los hombres se golpeaban, pero en la confusión de sus cuerpos revolviéndose con los de los caídos no lograba discernir quién se estaba llevando la peor parte.

Cuando trató de incorporarse, solo pudo ponerse de rodillas antes de que uno de los hombres se alzara victorioso. Era Ragnarico. Se apoyó en el cuerpo de Hermigio y, con la desesperación dibujada en el rostro, buscó la reliquia, que se le había escurrido de las manos durante el combate.

La silenciosa figura de Yussuf se alzó entonces junto a él. Ragnarico había perdido la espada durante la lucha con Hermigio, así que estaba desarmado. El bereber, por el contrario, lo apuntaba con su hoja mientras con la otra mano sostenía la reliquia, tan cubierta de sangre y mugre que su brillo apenas resultaba perceptible.

—¿Es esto lo que buscas, Ragnarico? —preguntó el bereber, que dejó pasmada a la astur al hablar en su mismo idioma.

El astigitano permaneció inclinado, con los ojos desorbitados por la ansiedad. Aunque hubiera querido, su mirada no se habría desviado un ápice de la reliquia, que la atraía irremisiblemente. Había sido suya, había llenado todo su ser, había sido capaz de sentir su fuerza, su pureza, su profetizada salvación, y ahora se encontraba en manos de un sucio bereber que, además, lo apuntaba con su espada pese a que él estaba desarmado. Con las manos tanteó el suelo por si encontraba cualquier objeto que pudiera ayudarlo en ese trance, pero Yussuf estiró el brazo de manera que la punta de su hoja se apoyó en su garganta.

—¿No me recuerdas, Ragnarico? —insistió el bereber, aunque el astigitano ni siquiera lo oía. Todos sus sentidos estaban prendidos de aquel pálido reflejo dorado, atenuado por la sangre y las miserias de tantos caídos—. Soy Yussuf ibn Tabbit, de la tribu de los nafza, hombre de Tariq ibn Ziyab.

Ante la mención de aquel último nombre, Ragnarico pareció reaccionar. Estudió el rostro del bereber con curiosidad, mientras una parte de él pugnaba por volver a contemplar una vez más la reliquia. A la vista de aquella tez morena y aquella nariz aguileña, enmarcada por un semblante más curtido de como lo recordara, reconoció al hombre con el que había compartido andanzas a la llegada del tuerto a Hispania.

—¡Yussuf ibn Tabbit! —exclamó—. Entrégamela, y yo te ayudaré a escapar de aquí con vida. Te lo prometo por la memoria de mi madre —añadió, haciendo acopio de toda la tranquilidad que le fue posible. Sus labios se estremecieron al imaginar el momento en el que sus dedos volvieran nuevamente a aferrar aquella maravilla, la que le ofrecería un lugar en el cielo cuando sus días hubieran terminado.

Ante la sorpresa de ambos, una voz grave como la tormenta retumbó a espaldas del bereber.

—Tú no estás en condiciones de prometer la salvación a nadie, hijo de una perra tullida.

Yussuf, sin apartar su acero de la garganta de Ragnarico, se giró un poco. Frente a él, a media docena de pasos, había un grupo de cuatro hombres. Otro más había quedado ligeramente rezagado, mientras sujetaba las riendas de las monturas de todos ellos.

Desconcertado, Yussuf se preguntó dónde había visto antes a aquel enorme y calvo guerrero que se acercaba. Un guerrero para quien él era el enemigo, pues era el único musulmán en liza. Era el enemigo de todos los que entonces ocupaban el campo de batalla, se llamaran Ragnarico o de cualquier otra manera.

—Tú, la reliquia —espetó el mismo guerrero sin apenas dignarse a mirarlo.

Entonces un fugaz recuerdo pasó por la mente de Yussuf. Vio la imagen de un hombre al que su señor salvó la vida al poco de su llegada a Hispania: el señor de Astigi, si su memoria no lo engañaba. Lo capturaron durante una terrible batalla en la que el propio Yussuf temió perder la vida, hasta que, tras la intervención de Tariq ibn Ziyab, el ejército visigodo fue derrotado y muchos de sus integrantes, capturados. Esa misma noche él se encargó de llevar ante Tariq a aquel *comes* visigodo, pero para poder sacarlo del lugar donde estaba los suyos tuvieron que reducir primero a un descomunal guerrero de cabeza rapada: aquel. Recordó con qué fortaleza el tipo, sin posibilidad de defenderse, resistió cada uno de los golpes hasta que cayó inconsciente al suelo. Y que cuando compareció con el prisionero ante Tariq, también se encontraba presente Ragnarico. Le vino a la mente que aquellos visigodos eran hermanos, pero no había rastro de amor fraternal en ellos. Todo lo contrario: se habrían matado allí mismo si Tariq los hubiera dejado.

—Después de matar a este hombre —respondió Yussuf, tratando de usar el odio que se tenían Ragnarico y aquel Ademar en su propio beneficio—. Solo entonces te daré la reliquia.

Los guerreros que aparecieron con Witerico se adelantaron y se situaron en círculo alrededor del bereber y de Ragnarico.

Witerico no rio ante aquella propuesta. Aunque las palabras del bereber le agradaron, no estaba de humor.

—Ese hombre merece morir, pero no bajo tu espada, bereber. Entrégame la reliquia y apártate. Quizá esa sea la única manera de que salves la vida hoy.

Yussuf, nervioso, desvió la mirada de Witerico y volvió a escrutar a Ragnarico. El rostro del visigodo había perdido el color y Yussuf habría asegurado que le suplicaba con la mirada que lo atravesara allí mismo antes de entregarlo al recién llegado. El bereber sonrió. Si el guerrero rapado despertaba tal temor en Ragnarico, era justo que fuera él quien acabara con su vida. Además, se había ofrecido a perdonarle la suya. A esas alturas del combate, mientras los suyos eran masacrados sin piedad a lo largo de muchas millas al sur de las murallas de Tolosa, no creía que tuviera posibilidades de sobrevivir, así que la oferta de aquel guerrero era sin duda su mejor opción.

Separó la hoja lentamente del cuerpo de su enemigo y se hizo a un lado, envainó su acero y entregó la reliquia al guerrero más cercano. A una indicación de aquel permaneció inmóvil, mientras el cerco se estrechaba alrededor el traidor.

Witerico gruñó, mostrando su conformidad, y se acercó a tres pasos de donde Ragnarico continuaba postrado de rodillas. A su espalda, otros dos hombres de Astigi mantenían sus armas apuntando al medio hermano de su difunto señor.

—Eres un engendro del infierno, siempre lo has sido, Ragnarico —dijo mientras se deleitaba observando a su odiado enemigo en aquella situación.

—Y tú siempre fuiste un perro estúpido, Witerico. Siempre esperando una caricia del blando de mi hermano. ¿Dónde está ahora ese al que llamabas tu señor?

Witerico, con gran agilidad, escondió su hoja en la vaina y, sin dar tiempo a reaccionar a Ragnarico, lo abofeteó con fuerza y lo tumbó. A los golpes le siguieron varias patadas, y Ragnarico se hizo un ovillo a sus pies.

—Has sido como una mala hierba desde el día en el que naciste —prosiguió hablando despacio—. Alguien tenía que haberte arrancado de la tierra hace mucho tiempo, antes de que pudieras esparcir tu ponzoña. Tu propio padre lo habría hecho si hubiera sabido la serpiente ruin y miserable que eras. Por supuesto que lo habría hecho, pues manchaste tus manos con su propia sangre, la de tu hermano; no se me ocurre un crimen peor. Siempre me pregunté cómo era posible que ambos fuerais hijos del mismo hombre. Y lo peor de todo es que tu hermano, en parte, te perdonaba. Yo no lo hubiera hecho. —Meneó la cabeza con tristeza—. Él te perdonaba porque quería comprenderte, quería ponerse en tu lugar, saber por qué lo odiabas para tratar así de enmendar los errores que hubiera podido cometer. Lo llamas blando, pero siempre fue más noble de lo que tu podrido corazón podría entender. Eso sí, yo te hubiera matado mucho antes. Cuánto mal has hecho, y cuántas desgracias hubiéramos evitado si te hubiera retorcido el pescuezo cuando no eras más que un mocoso llorón y pedante. El caso es que no lo hicimos, ni tu hermano ni yo. Y por fin hoy, aunque tarde, ha llegado tu día. Ahora no tienes a ningún hermano que sienta lástima por ti, tampoco está tu desgraciado padre, ni la arpía de tu madre, ni siquiera esos malnacidos de Favila y de Alvar, a los que yo mismo maté... Nadie va a venir a salvarte, Ragnarico. ¿Y sabes por qué? Porque eres tan detestable y tu alma está tan enferma que estás solo; tan solo como mereces.

Ragnarico trató de replicar, pero la bota de Witerico le impactó en la boca y convirtió sus palabras en un sanguinolento esputo. Witerico echó mano de su espada y apuntó con ella al pecho de su enemigo.

—No mereces una muerte rápida —sentenció.

Según terminaba la frase deslizó la punta de la espada hacia el vientre de su adversario y se apoyó en la empuñadura con fuerza. La punta hendió el metal de la burda protección de Ragnarico y continuó su camino rasgando la tela, la piel y la carne. Una vez allí, Witerico removió con esfuerzo la hoja, de manera que hurgara en el abdomen de Ragnarico, segando cuanto encontraba a su alrededor. A medida que el acero avanzaba, más se elevaba el lastimero quejido del herido al sentir como destrozaba sus entrañas.

Entonces, Witerico extrajo el arma lentamente y quedó frente a su odiado enemigo, a la vez que contemplaba como sus vísceras se desparramaban fuera de su vientre, escapando entre sus manos.

—Esperaba que tu sangre fuera tan negra como tu alma —le espetó, antes de mirar hacia donde el bereber aguardaba en pie, con una sonrisa en los labios—. En cuanto a ti, bereber, no te puedo dejar marchar.

Un gesto de decepción se dibujó en el rostro de Yussuf, aunque en el fondo esperase cualquier contratiempo. Aquella había sido la mayor batalla en la que había participado desde que llegó de Ifriquiya, y por primera vez habían sido derrotados. Sus días acabarían allí. Agachó la cabeza, dispuesto a afrontarlo.

—Si te dejara ir, ten por seguro que no llegarías muy lejos —aclaró Witerico al ver su gesto—. Y yo soy un hombre de palabra. Permanecerás con nosotros hasta el final de la jornada, cuando puedas partir sin que tu vida corra peligro por los caminos, o al menos no más que cualquier otro día. Ahora bien, quiero que me digas si conoces este objeto —preguntó, apuntando hacia la reliquia que en ese momento sostenía Haroldo.

—Pasé años buscándolo —le respondió Yussuf a un sorprendido Witerico.

—¿Cómo es eso posible?

Yussuf vaciló un instante. No sabía cómo reaccionarían aquellos hombres si les revelaba quién era.

Witerico olvidó un instante al bereber y contempló de nuevo a Ragnarico. Sus manos, temblorosas, trataban de contener sus tripas, pero estaba sentenciado.

—Mauri —dijo, recordando el nombre con el que llamaban a las tribus del desierto tiempo atrás, antes de que comenzara aquella pesadilla que no parecía terminar—, responde.

Yussuf miró a los ojos a Witerico. ¿Y si después de prometerle respetar su vida decidía matarlo por aquello?

Witerico insistió una última vez.

—O respondes, mauri, o te espera lo mismo que a este engendro —apuntó, señalando al moribundo Ragnarico.

No hizo falta repetir la amenaza. Yussuf tomó aire y habló.

—Mi señor, Tariq ibn Ziyab, poseía el resto de la mesa. La descubrimos en los alrededores de Toletum, y cuando la encontramos ese hombre estaba con nosotros.

Witerico trató de ocultar su sorpresa.

—Así que eras su amigo y su aliado —afirmó Witerico, haciendo un gesto hacia Ragnarico.

—No, en absoluto. Lo habría matado antes si hubiera tenido ocasión. Cuando llegó Musa ibn Nusayr, ese hombre se puso a su servicio, dando la espalda a Tariq, de manera que continuó buscando esa reliquia mientras yo hacía lo propio por orden de mi señor.

Witerico lo escuchaba con la incredulidad dibujada en el rostro. ¿Aquel hombre había ido tras la reliquia durante todos aquellos años? ¿Por eso había aparecido también Ragnarico, cuando hacía tanto tiempo que lo daban por muerto? No había perecido en Roma, como creían, pero no se había vuelto a mostrar hasta que aquella pata apareció otra vez. Recordó el instante en el que su hacha venció la resistencia de la mesa. Si hubiera sabido lo que sufrirían en adelante por ella...

—¿Y cómo sé que no discutíais para ver quién se hacía con la reliquia?

—No tienes manera de saberlo, pues solo puedes preguntarme a mí. Él ni está en disposición de hablar ni diría nada, si pudiera salir algo de sus labios, digno de tu credibilidad —dijo, mirando hacia donde Ragnarico se retorcía de dolor.

Witerico ahogó una carcajada al escuchar tal razonamiento.

—¿Querías matarlo para arrebatarle esa pieza?

—Me da igual la reliquia. Hace años que dejé de buscarla, desde el instante en el que me enteré de que mi señor Tariq había sido ajusticiado en Damasco. Con él muerto, ya no tenía sentido continuar la búsqueda, pues yo únicamente la quería para entregarla a mi señor. Si lo hubiera conseguido, quizá Tariq no habría muerto y yo seguiría a su lado, pero ese hombre nunca nos reveló dónde estaba. Siempre he pensado que, en el fondo, él es el culpable de la muerte de Tariq. Por eso luchábamos. Puedes preguntar a los tuyos —dijo, señalando a Elvia, que estaba incorporándose—. He tratado de evitar luchar contra ellos, pues era solo a él a quien quería matar.

Witerico recordó las palabras de Ademar: «La aparición de mi hermano explica casi cualquier mal que se me pueda ocurrir». Tal máxima parecía ser válida incluso entre gentes tan ajenas a ellos como aquellos bereberes. Ragnarico en sí mismo era el mal, y ese día por fin agonizaba a sus pies.

Desvió la mirada hacia el lugar que le indicaba el bereber. Sobrecogido, descubrió que alguien trataba de ponerse en pie, como si un muerto se levantara de su sepultura.

Elvia había conseguido incorporarse. Olvidando el lacerante dolor que le latía en la cabeza, fue hasta el lugar donde yacía Hermigio y volteó su cuerpo para dejar su rostro frente al de ella. Se dejó caer a su lado, extenuada por el esfuerzo, pero esperanzada porque el joven respiraba y la seguía con la mirada.

—Ragnar... —empezó a preguntar Hermigio, pero Elvia le pasó los dedos por los labios para hacerlo callar.

—No hables. Guarda fuerzas. Te pondrás bien. Ese demonio está muerto y ya no puede hacernos ningún mal.

Mientras lo decía se dio cuenta de que hablaba por ella misma. Aquel engendro no volvería a mancillar sus sueños nunca más.

Hermigio parpadeó confuso, a la vez que trataba de respirar pequeñas bocanadas de aire para intentar mitigar el agudo dolor que le ascendía desde el vientre. Su mano izquierda pareció responderle y, lentamente, se la llevó hasta el costado.

La mujer miró hacia el lugar al que las temblorosas manos de Hermigio pugnaban por llegar. Vio la carne desgarrada, de la que no dejaba de brotar una sangre muy oscura que se mezclaba con las anillas de metal. Sollozó, sobrecogida, con un fuerte nudo atenazándole el estómago. No entendía demasiado de heridas de guerra, pero se daba cuenta de que si la infligida inicialmente por la hoja de Ragnarico no había sido definitiva, la había agravado el esfuerzo posterior. Era tan grande que podría haber metido el puño hasta las entrañas de su compañero.

Invadida por una mezcla de rabia y repulsión, no pudo evitar que las lágrimas afloraran. Pasó de nuevo los dedos por el rostro de Hermigio, bañado en sudor, y con la otra mano le acarició el cabello. Lo acunó en silencio llorando desconsolada, mientras las lágrimas le emborronaban la vista del campo de batalla. Casi mejor, no quería seguir viéndolo, pensó.

—No llores —susurró Hermigio con voz ronca, contemplándola por última vez.

Si Elvia había asegurado que el demonio de Ragnarico nunca volvería a molestarlos, él, por su parte, nunca más volvería a admirar aquel rostro de ángel en sus sueños. Sabía que su hora había llegado. Vería de nuevo a su madre, a Ademar, a Sarus, a Sinderedo, a Bonifacio incluso. A todos aquellos a los que había perdido durante el transcurso de su vida. Quizá su padre también estuviera entre ellos, no lo sabía. No importaba: lo esperaría allí a donde se dirigiera, y cuando se reencontraran, ambos estarían en paz. Una paz que llevaba tanto tiempo resultándole esquiva.

Sintió que las fuerzas lo abandonaban. Primero dejó de ser consciente de sus manos, y pronto lo invadió la misma sensación en las piernas. Inmóvil, solo era capaz de sentir las cálidas lágrimas de Elvia que resbalaban por su frente. Un súbito calor se extendió por su cuerpo, la sensación más placentera que había experimentado hasta entonces. Imaginó que así sería la vida que lo aguardaba en el cielo, donde Sinderedo le había asegurado que sería reclamado. Casi tan plena como lo era en ese instante, cuando su piel por fin estaba en contacto con la de la mujer a la que amaba, y cuando había sentido sus lágrimas desconsoladas por verlo partir.

EPÍLOGO

En breve cumpliría los setenta años, pero Eudes nunca había disfrutado tanto de una festividad de San Juan como lo hizo el 23 de junio del año 721, ni siquiera cuando era joven y fuerte. A punto estuvo de demostrarlo acercándose hasta la campiña donde las hogueras y las voces de quienes allí celebraban se elevaban hacia el cielo, dispuesto a saltar sobre el fuego como antaño. Los hombres y las mujeres que se habían reunido compartían la felicidad de su señor, y no era para menos: acababan de ser testigos de cómo su ciudad era liberada del cerco al que la había sometido el nutrido ejército llegado del otro lado del mar. Unas tropas hasta entonces siempre vencedoras, que habían barrido al poderoso vecino visigodo en unos pocos años.

Al día siguiente de aquella victoria, Eudes había encargado a sus religiosos y a sus hombres de letras que recabaran cuanta información fueran capaces de hallar acerca de los hombres del desierto. No solo sobre sus múltiples triunfos, sino también de sus fracasos, si es que había habido alguno. No sabía si los imperiales habían conseguido derrotarlos en alguna batalla en Oriente, aunque, vistos los hechos, suponía que no. Desde luego, en Occidente no habían probado la amarga hiel de la derrota hasta entonces, en Tolosa. Y no era una derrota cualquiera, sino un revés incontestable que Eudes esperaba que fuera suficiente para que no se atrevieran a regresar a sus tierras jamás.

Tendidos en el campo de batalla, e incluso en muchas millas hacia el sur, hasta donde sus jinetes los habían perseguido sin piedad, habían quedado casi veinte mil cadáveres de bereberes y de árabes, y unos cientos de enemigos habían sido capturados. Los jinetes aquitanos proclamaban que sus armas habían segado tantas vidas que al final de la batalla ni siquiera eran capaces de levantar los brazos para esgrimirlas. Al quedar tras ellos las murallas de Carcassona habían detenido al fin a sus monturas y habían regresado exultantes a Tolosa. En el transcurso de la persecución, había caído hasta el comandante de la expedición musulmana, al que llamaban Al-Samh. Así, se habían impuesto de forma absoluta: el ejército enemigo había sido desmembrado y descabezado de un solo tajo.

Habían pasado ya varios días desde la batalla y todas las campanas de las tierras sobre las que gobernaba Eudes continuaban tañendo alegres notas en recuerdo de la memorable victoria, la primera conseguida por las huestes cristianas sobre los invasores de Ifriquiya. Por tal motivo, en Tolosa, en Burdigala y en Carcassona, así como en cualquier villorrio que contara con campanario, los badajos golpeaban recordando a su campeón. Porque así era como se sentía Eudes: como un campeón para los suyos, pero también para quienes compartían su credo, pues el mismo papa Gregorio lo había bendecido poco tiempo antes con sus presentes.

Esa mañana, Eudes acudió muy temprano al palacio del obispo de Tolosa. Tenía pendiente algo que no debía ni quería demorar más. Al entrar en el edificio fue conducido a la estancia donde ahora se encontraba. Sus hombres habían quedado al otro lado de la puerta, custodiándola, pero dentro estaba él solo, apoyado en el alféizar de la ventana que daba al patio arbolado, con los pupitres donde los copistas solían trabajar a su espalda. Ni rastro del rítmico sonido de los cálamos arañando el pergamino.

Pensó que su felicidad, por una vez en mucho tiempo, era completa. Su hijo Hunaldo cumpliría dentro de pocos meses los dieciséis años, y su otro hijo, Hatto, ya tenía trece. Los había engendrado siendo ya un viejo, casi a la edad en la que su abuelo lo había visto nacer a él. Los dos habían sobrevivido hasta entonces, no como aquellos que los habían precedido. Había perdido la cuenta de los hijos e hijas que había visto morir en el transcurso de su larga vida; era la desventaja de la longevidad. Ese día, en cambio, todo eran buenas noticias: su ducado se mantenía en pie, y además había conseguido anexionarse fértiles tierras al sur, hasta la misma ciudad de Carcassona; sus hijos crecían fuertes y sanos, al amparo de las fuertes murallas que habían contenido el furibundo ataque de miles de hombres; y el papa, el divino Gregorio, lo había bendecido con aquellas esponjas bautismales y aquella maravilla alada.

Pensó en la reliquia del rey Salomón y por primera vez su sonrisa se esfumó. ¿Dónde estaría aquella pata cuajada de filigranas de oro y plata y de las más nobles piedras preciosas? Hermigio, al que había tomado sincero cariño, había encontrado la muerte durante el combate y el tesoro que portaba había desaparecido. Lamentaba de forma sincera la pérdida del hispano, pero en la intimidad de sus aposentos había llorado por la ausencia de aquella reliquia que durante unos meses le había permitido imaginarse como el más grande paladín de la cristiandad.

Un rítmico golpeteo en la puerta interrumpió sus cavilaciones.

—Mi señor Eudes, ha llegado el escriba, tal y como ordenasteis —anunció la voz del obispo.

El *dux* se acercó a la puerta y él mismo la abrió. Se encontró frente a un monje muy joven, cargado con infinidad de bártulos de escritura. Sería quien transcribiría sus palabras en la carta que remitiría al papa en los próximos días para transmitirle las nuevas acerca de su victoria sobre los musulmanes, para mayor gloria de Dios.

—El santo padre oficiará una sagrada eucaristía en Roma en recuerdo de la gloriosa victoria que Eudes, *dux* de la cristiandad, ha conseguido sobre los impíos —dijo el obispo con una amplia sonrisa, asomándose tras el escriba—. Vuestras tropas, como arcángeles divinos guiados por la fe, provocaron la mayor derrota sufrida por los infieles hasta la fecha. Los campos quedaron anegados con su sangre, sus huesos hubieran sido suficientes para levantar una montaña que igualara a la más alta cordillera, sus...

Eudes se vio obligado a interrumpir al obispo, abrumado por su vehemencia.

—Querido obispo, esperad, que el muchacho aún no ha dispuesto sus útiles —dijo, señalando al escriba, que pugnaba por abrir un estuche de cuero.

Ambos hombres se sonrieron, mientras el escriba deploraba la torpeza con la que se desenvolvían sus manos. Una mirada admonitoria del obispo fue suficiente para terminar de intimidar al joven, que, nervioso, derramó parte de la tinta sobre el primero de los legajos y lo dejó inservible.

—Parece que tendremos que aguardar un poco —apuntó Eudes mientras observaba como el escriba presionaba un paño sobre el pergamino, tratando de secarlo—. Mi señor obispo, ¿con la vida de cuántos de esos despreciables sarracenos creéis que el santo padre se dará por satisfecho? ¿Veinte mil? —aventuró, tratando de recordar las cifras recogidas en todos los informes que le habían entregado en los días anteriores. Había sido una tarea difícil contabilizar las víctimas, pues la persecución se había extendido durante muchas millas.

El escriba no pudo evitar desviar la mirada del escritorio al *dux*, sorprendido por el elevado número de enemigos abatidos, pero enseguida fue el obispo quien reclamó toda su atención.

—Mi señor *dux*, no es mi intención corregiros, pero diría que fueron muchos más los impíos que cayeron bajo el acero de los justos. El santo padre debe saber que tiene en vos un gran valedor de la fe verdadera, el único que ha demostrado su valía —apuntó el obispo con firmeza.

Eudes sonrió, halagado por aquellas palabras.

—Entonces, ¿qué cantidad de herejes diríais vos, mi señor obispo, que sería pertinente registrar que ajusticiaron las huestes de Cristo?

—Trescientos mil sarracenos —respondió este mostrando una enorme sonrisa, a la que Eudes no pudo responder más que con una espontánea carcajada.

—Sé que la vanidad es pecado, mi señor obispo, pero creo que trescientos setenta y cinco mil sarracenos abatidos suena incluso mejor.

Sisebuto deambulaba por las calles atestadas tratando de encontrar entre la multitud a la muchacha a la que conoció la primera noche que estuvo saltando las enormes hogueras que se habían encendido en los alrededores de la ciudad. Había creído verla poco antes, cuando se dirigía a la residencia que ocupaba su familia en la ciudad, pero entre el gentío había vuelto a perderla.

—Sisebuto, muchacho —oyó que lo llamaba su padre.

Argimiro sonrió a su hijo. Aquel simple acto habría resultado difícil de contemplar tiempo atrás. Desde que regresó a su hogar, en las tierras de Calagurris, tras lo ocurrido en la Betica, las preocupaciones y la culpa lo habían martirizado sin cesar. En cambio, después de la batalla frente a las mismas murallas que ahora veía a lo lejos, por fin se sentía a salvo de los guerreros que habían destrozado a su paso todo lo que él conocía, extendiendo la sombra del desierto hasta ocultar la luz del sol.

Afortunadamente, allí, en Tolosa, habían sido detenidos, pues la derrota ignominiosa que les infligieron debería obligarlos a detener su avance y regresar a Hispania, pensaba Argimiro. Imaginar que no tendría que volver a huir, como llevaba años haciendo, había conseguido que su alma atribulada encontrara el tan añorado sosiego. Tal era la paz de la que disfrutaba que incluso, desde hacía unas pocas noches, había dejado de visitarlo durante sus sueños el rostro consumido por las fiebres de aquel monje imperial. Una etapa de su vida, la más oscura que recordaba, había llegado a su fin. Eso al menos era lo que quería creer, pues por primera vez desde que acordó con Oppas traicionar a Roderico las circunstancias resultaban propicias para ello.

—Padre..., iba hacia casa, pero me he perdido. Esta ciudad es muy grande.

Argimiro dio un pequeño coscorrón a su hijo y lo atrajo hacia sí.

—Demasiado; pero hasta un adolescente atolondrado como tú debería tener más sentido de la orientación. Ya hace largo rato que tu madre nos espera para comer. Ha venido tu tío Oppila a presentarnos sus respetos.

Sisebuto no pudo evitar que un mohín de disgusto se reflejara en su rostro al escuchar el nombre de su tío.

—No quiero verlo —respondió airado, pues todavía no le había perdonado que no hubiera acudido con premura en auxilio de su progenitor durante el asedio de Carcassona.

Argimiro comenzó a caminar tirando del muchacho. A medida que avanzaba, iba intercambiando saludos con quienes se cruzaban en su camino. En la capital de Eudes, todo el mundo parecía encontrarse de un excelente humor.

—¿Y crees que a mí me apetece compartir mesa con él? Pero es tu tío, y tu madre lo quiere.

—¡Mi madre también lo odia! Te iba a dejar morir...

—Las cosas no son siempre o blancas o negras, Sisebuto. Es algo que, a tu edad, resulta difícil de comprender, pero con el tiempo deberás aprenderlo. —Se inclinó hacia su hijo para apostrofar en voz baja—: ¿Por qué crees que nos hemos venido a Tolosa? ¿Solo porque Eudes me lo pidió? No, también porque yo tampoco he perdonado del todo a tu tío, y menos a Frederico y a Nantila. Aun así, nadie, salvo tú y tu madre, me escuchará decirlo. Anda, espabila o llegaremos todavía más tarde.

Padre e hijo recorrieron las festivas calles de la ciudad hasta llegar al antiguo palacete romano en el que se habían alojado. El propio Eudes se lo había entregado a Argimiro como muestra de su generosidad. Era tan solo una parte de lo que le ofreció para atraerlo a su lado. Había podido comprobar la valentía y el arrojo del hispano en el combate, y los había alabado, pero más aún le había complacido el modo como había dirigido la carga de su ala de caballería, que había conducido a su ejército a alzarse con la victoria. Eudes sabía que, al igual que en Roma recibiría loas por su hazaña, en otros lugares sus méritos serían menospreciados, cuando no tomados como verdaderos insultos. Aunque hubiera sido el único en poner fin al fulgurante avance musulmán, algunos de sus vecinos, lejos de agradecérselo, lo envidiarían por ello.

Quien más le preocupaba era Karl, el *maior domus* de Austrasia. El joven no se detendría hasta poner a todos los señores francos a sus pies, y ahora Eudes, que había destacado sobre los demás, llamaría sin duda su atención. Cuando se enfrentara a él, hecho que consideraba prácticamente inevitable, necesitaría contar con cuantos hombres fieles y sensatos, como el propio Argimiro, pudiera reunir a su lado.

—¡Argimiro, hermano mío! —exclamó Oppila en cuanto lo vio entrar en el patio. Se acercó a estrecharlo en un abrazo que fue correspondido sin vacilación—. Eres un héroe, hermano. Hasta Carcassona llegaron noticias de tu grandiosa carga de caballería. Tu nombre es aclamado en muchos lugares.

Argimiro sonrió. Dio una suave palmada en el hombro a su cuñado y se apartó un poco de él.

—Tan solo hice lo que debía, Oppila, pero gracias por el cumplido. Es bueno comprobar que la familia permanece unida y, por primera vez en mucho tiempo, a salvo.

Oppila inclinó la cabeza mostrando su conformidad con aquellas palabras. Tras él emergió la figura de Ingunda, que, olvidando cualquier decoro, corrió hasta su marido y lo abrazó con cariño.

—La comida está lista —anunció sin separarse de su esposo.

Argimiro hizo una seña a Sisebuto para que saludara a su tío y lo acompañara hasta el lugar en el que su madre y el servicio habían dispuesto el ágape. Aunque a disgusto, al muchacho no le quedó más remedio que obedecer.

Cuando se hubieron quedado a solas, Argimiro respondió de nuevo al abrazo de su esposa, besándola apasionadamente.

—¿No será Tolosa demasiado grande para ti, querido? —preguntó ella con sorna.

Habían caminado durante muchas jornadas, recorriendo incontables millas, pero, tras tantos años de sinsabores, lo habían hecho sin sufrir contratiempo alguno, como si se tratara de una larga excursión que los había llevado a atravesar las tierras de Eudes a ambos lados de los Pirineos: Aquitania y las tierras vasconas del sur.

Después de la batalla, el *dux* había tratado por todos los medios de retenerlos junto a él. Los colmó de bienes, e incluso les ofreció prerrogativas, pero nada de lo que estaba en su mano otorgar a Witerico y a los demás parecía satisfacer a Elvia.

Mientras los demás hombres y mujeres parecían renacer tras tanto tiempo de incertidumbre y sinsabores, ella se apagaba sin remedio. Witerico lo achacó en un primer momento a la pérdida de Hermigio, que parecía haber impresionado profundamente a la mujer, y había callado y aguardado, respetando sus silencios y limitándose a estar a su lado cuando lo necesitaba, recordando cómo lo había ayudado ella a sobrellevar su duelo por Ademar. Hasta que Elvia, cuando se sintió preparada, le confesó sus anhelos por fin.

Por aquellos se encontraban entonces allí. Habían regresado a Hispania, pero a una Hispania que Witerico nunca había pisado. Una Hispania verde, boscosa, indómita y, lo que más le maravillaba, con montañas tan altas que parecían llegar hasta el mismo cielo, desde las que era posible observar un mar embravecido golpeando continuamente las rocas de la costa. Hacía muchos años que Witerico no contemplaba el mar, tan alejado de su Astigi natal, pero jamás había visto uno como aquel, rugiente y oscuro, del color de la tormenta.

Elvia había querido regresar a la tierra de sus padres y él, solícito, no se lo había negado. Según se decía, allí a donde iban los extranjeros no habían osado adentrarse; era el único rincón de Hispania que vivía ajeno a aquella plaga. Las noticias no consolaban demasiado a Witerico, porque lo cierto era que abandonaban una tierra en paz para instalarse en un lugar en el que reinaba la incertidumbre; aun así, habría hecho cualquier cosa por ver a la astur feliz, y tampoco había nada que lo retuviera en Tolosa, ni tan siquiera en Carcassona, por más que hubieran vivido algunos años dichosos cerca de la ciudad.

Pero la mayor dicha de su vida era tener a Elvia al lado, así que, tras algunas protestas, claudicó y aceptó partir con ella. Realmente no le importaba a dónde lo llevaran sus pasos, siempre que permanecieran juntos.

Lo que había comenzado siendo un viaje solo para ellos dos, un regreso a los orígenes de Elvia, había terminado por convertirse en una pequeña peregrinación, pues varios de sus compañeros habían decidido seguirlos. Aunque la mayoría de los hispanos se quedaron en Aquitania, felizmente establecidos junto a Argimiro y los suyos, el resto, unos quince caminantes en total, entre los que se encontraban Edelmira y sus hijos, además del siempre silencioso Haroldo, habían decidido unir su destino al de la pareja.

Las millas se sucedieron sin novedad. Atravesaron Aquitania, dejaron atrás las tierras de los vascones, y ante ellos aparecieron las enormes montañas astures. Witerico temía a pocas cosas más que al invierno, pese a haber abandonado la soleada Astigi hacía ya una década, y en cuanto reparó en la magnitud de aquellos paredones comenzó a preocuparle el momento en el que el frío y la nieve se hicieran dueños del lugar.

Había sido duro cruzar las montañas para adentrarse en los valles astures: dos días en los que habían ascendido sin pausa, en fila de a uno, concentrados en mirar dónde pisaban, evitando como podían que sus ojos quedaran prendidos en el acantilado que cuanto más avanzaban más profundo parecía.

La segunda noche se detuvieron casi en la misma cima. Encontraron una gruta al abrigo del viento, que daba la impresión de azotar continuamente aquellas altitudes, y decidieron pasar la noche allí para comenzar al día siguiente el esperado descenso.

Conscientes de que la etapa más dura había terminado y de que a partir de ese momento el camino resultaría más benévolo, hicieron un fuego junto a cuyas ascuas charlaron animadamente, felices por encontrarse tan cerca del final del viaje.

Cuando el último de ellos se hubo ido a dormir, Witerico quedó a cargo del primer turno de guardia. Aquella sería, posiblemente, una de las vigilias más tranquilas que realizaría en su vida: tan solo debía preocuparse por remover las brasas para que no se apagaran y añadir nuevos maderos cuando fuera necesario.

Mientras hurgaba entre los troncos con una fina vara, pensaba en el largo trayecto que habían recorrido y, sobre todo, en lo que les depararía el futuro. Habían llegado, sí, pero ¿a dónde? ¿Quién habitaba esa tierra? ¿Qué harían a partir de entonces? No era capaz de responder a ni una sola de esas preguntas. Apenas sabía nada de aquel lugar, salvo lo poco que Elvia recordaba de su infancia.

Elvia, como si hubiera escuchado su nombre resonar en la mente del guerrero, se incorporó de donde se encontraba tendida y se sentó a su lado. Le ofreció parte de su manta y se apoyó en su hombro.

—Gracias, Witerico —dijo mientras trataba inútilmente de estirar la tela para abarcar las anchas espaldas del guerrero.

—No tienes por qué darlas —susurró él, abrazándola para disfrutar del calor de su cuerpo.

—No, pero quiero hacerlo. Has venido por mí, renunciando a la seguridad que habíamos ganado. Te aseguro que no te arrepentirás —dijo, acariciándole la mejilla y terminando en la barba—. Quiero que sepas que haré cuanto sea necesario para que nunca lamentes tu decisión.

Witerico tomó su mano y la besó con delicadeza. Sabía que podía confiar en ella, pero ¿podría hacerlo en las gentes que habitaran aquellas montañas? ¿Y qué pasaría con la codicia de los sarracenos? Suspiró. A pesar de la incertidumbre, aquellas cuestiones apenas le importaban. Estaban juntos, y eso era cuanto necesitaba.

—Sé que no me arrepentiré, Elvia. No puedo explicar el porqué, pero lo sé. De todos modos, antes de adentrarnos en las tierras de los tuyos, me queda algo por hacer.

Apartándose ligeramente de la mujer, rebuscó en el saco que siempre llevaba colgando de su montura y que entonces descansaba frente a la fogata. Elvia, curiosa, trató de ver por encima de su hombro qué intentaba sacar. Tarea inútil, pues la anchura de las espaldas de Witerico hacía imposible que quien estuviera tras ellas pudiera ver lo que tenía delante.

Cuando se giró hacia ella, en sus manos se encontraba la valiosísima reliquia alada que la mujer creía desaparecida. El propio Witerico le había asegurado al *dux* de Aquitania que, al igual que la vida de Hermigio, el precioso tesoro que portaba se había perdido para siempre.

—Pero ¿qué hace eso aquí? —preguntó, apartándose de un salto y alzando la voz sin ser consciente de ello.

—¡Chsss! —chistó él, temeroso de que alguien se despertara.

—¡Pensé que se la habías entregado al bereber!

Witerico miró a la mujer, asombrado. ¿De verdad lo creía capaz de hacer algo así? Finalizada la batalla, los hispanos habían convenido en que era el momento de hacer desaparecer la reliquia para siempre. Bonifacio, Ademar, Alberico, Sinderedo, Hermigio, incluso aquel demonio de Tariq ibn Ziyab, según les dijo aquel bereber... Muchos hombres habían muerto en su afán por poseerla, o por protegerla, como si aquella pieza de la mesa del rey Salomón encerrara algún tipo de poderosa maldición. Witerico no estaba dispuesto a ser el siguiente, como tampoco lo estaba ninguno de sus compañeros; no obstante, la idea de entregársela al bereber no tenía ningún sentido.

—¿Estás loca? Nos comprometimos a hacerla desaparecer,

pero nunca se me habría ocurrido dársela a ese Yussuf, aunque creo que él tampoco la habría aceptado. Por mucho que la deteste, no dejo de recordar lo que dijo Bonifacio: quien posea la mesa poseerá el mundo. ¿Entiendes lo que eso significa? ¡Nadie debe poseerla, y mucho menos esos extranjeros!

—¿Y qué haces con ella? ¿Por qué la has traído aquí? —Sin pretenderlo, su tono fue cortante. Se encontraba súbitamente furiosa, como si aquella pieza malhadada fuera capaz con su mera presencia de mancillar la pureza de los valles en los que tantas esperanzas había depositado.

—Creo que este es tan buen lugar como cualquier otro para hacerla desaparecer. Mejor desde luego que frente a las narices de Eudes, que poco hubiera tardado en enterarse de lo que me proponía. Lo que aún no he decidido es si debo enterrarla, fundirla o machacarla hasta que no quede de ella sino el recuerdo.

A medida que Witerico hablaba, Elvia sintió como su enfado disminuía. Por último, incluso rio divertida.

—En esta tierra hay lagos profundos, además de angostas cuevas que, de ser cierto lo que mi madre contaba, llegan hasta las entrañas del mundo.

Witerico la atrajo hacia sí y, cerrando los ojos, le dio un largo beso en la cabeza. Cuando los volvió a abrir, vio en su regazo la pata alada de la mesa del rey Salomón. En su superficie se reflejaban las llamas, dibujando caprichosas figuras por doquier. Entrecerró los ojos, seguro de que su imaginación le estaba jugando una mala pasada, pero continuó viendo aquel rosario de imágenes desplegándose ante él: hombres luchando, muriendo, avanzando en formación cerrada mientras dejaban un reguero de caídos tras ellos; gruesos muros que se desmoronaban ante el sonido ensordecedor de unas trompas gigantescas; antiguos carros de batalla barridos por la súbita aparición de una ola inmensa; guerreros uniformados, todos iguales, reduciendo a escombros una ciudadela enorme, avanzando entre las antiguas piedras como un voraz ejército de disciplinados insectos en un trigal, arramblando con todo a su paso. Tembló sin quererlo, y Elvia respondió apretándose más contra su cuerpo. Witerico la estrechó con fuerza y se frotó los ojos para intentar conjurar aquellas mágicas visiones.

Quien posea la mesa dominará el mundo. Lo que había asegurado Bonifacio en la cueva de los tesoros, y que él acababa de recordar, resonó en su mente. De repente ya no sentía frío, sino una agradable calidez, como si una llama poderosa le inflamara el pecho. Eudes, gracias a la presencia de la reliquia, había logrado vencer a quien nadie había derrotado. Su ejército, superado ampliamente en número por el de los extranjeros, se había alzado como ganador del combate. ¿Qué sucedería si la utilizaba él? Si consiguiera reunir bajo su mando un ejército, por pequeño que fuera, quizá conseguiría devolver a aquellos árabes y bereberes a la otra orilla del mar. Liberaría de su yugo cada una de las ciudades de Hispania: Toletum, Hispalis, Astigi... En su mente tomó forma un silencioso ejército que descendía al paso una empinada ladera acaudillado por él.

—Te quiero, Witerico —murmuró Elvia, adormilada contra su pecho.

El hombre abrió de golpe los ojos y volvió a contemplar la superficie dorada, esta vez con un temor reverencial. Una nueva visión se formó frente a él: en ella, dos figuras diminutas se disponían a descargar las hachas con que iban armadas sobre la mesa para separar una de sus patas. Eran Sarus y él.

Exhaló de golpe todo el aire que había estado conteniendo sin apenas darse cuenta, acarició el cabello de Elvia y se puso en pie. Había llegado el momento de terminar lo que había comenzado en la gruta diez años atrás y consumar la destrucción de un objeto que había demostrado ser demasiado poderoso para que los hombres lo pudieran dominar sin que acabara por convertirse en su perdición. Lo haría en memoria de Sarus, de Hermigio, de Ademar. Tomó su hacha y se alejó sujetando el trozo de metal dorado con decisión. La reduciría a un brillante polvo dorado y dejaría que el viento lo dispersara a su antojo.

NOTA HISTÓRICA

Tan solo aventurarme a titular este apartado como «Nota histórica» ya tiene su atrevimiento, pues, como dice uno de los historiadores más versados en la conquista islámica del año 711 de nuestro país, Alejandro García Sanjuán, este episodio es uno de los más importantes y a la vez más controvertidos y tergiversados de la historia de España.

Si pretendemos recurrir a las fuentes escritas para comprender qué sucedió en aquel entonces, pronto comprobaremos que casi todas las existentes son posteriores a los hechos, con los inconvenientes que esto provoca. Podemos indagar entre fuentes árabes o cristianas, como la archiconocida *Crónica mozárabe*, que el resultado será el mismo en ambos casos.

Tal es la dificultad de encontrar un camino en este mar de crónicas y leyendas que en la actualidad los expertos todavía no se ponen de acuerdo sobre lo que sucedió a la llegada de los musulmanes a la península ibérica. Incluso los hay que aseguran que tal llegada y la subsiguiente conquista nunca se produjeron.

Partiendo del difícil escenario descrito, voy a tratar de explicar la «versión de los hechos» en la que se fundamenta buena parte de la novela que, cabe recordar, es una obra de ficción. Además, hay que tener en cuenta que las diferentes fuentes resultan, muchas veces, parciales e interesadas, pero de ellas he ido extrayendo y conjuntando los retales que me han permitido hilar la trama de la novela.

Como en la mayor parte de las novelas del género, en las páginas anteriores coexisten personajes reales con otros ficticios. Entre los primeros podemos mencionar a Roderico, el último rey visigodo, conocido como Rodrigo; también a quien lo derrotó en batalla, Tariq ibn Ziyab, y al superior de este, el gobernador de Ifriquiya, Musa ibn Nusayr y su hijo Abd al-Aziz. Asimismo, son personajes reales el prelado Sinderedo, metropolitano de la ciudad de Toledo en el momento de la llegada de los musulmanes y que, como en la novela, huyó de Hispania para refugiarse en la ciudad de Roma, donde su pista se pierde alrededor del año 720; otros reyes visigodos, como Agila o Ardo, y también Eudes (llamado igualmente Odón o Eudón), *dux* de Aquitania, y Gregorio, el segundo papa de ese nombre. En cuanto a los personajes ficticios, son mayoría en la novela. Ademar, Argimiro, Hermigio, Bonifacio, Elvia, Witerico, Ragnarico o Yussuf ibn Tabbit son solo los más relevantes.

Antes de entrar en materia quiero aclarar una idea que he intentado plasmar de alguna forma en la novela: determinados historiadores, principalmente tiempo atrás, establecían que el reino visigodo se encontraba en plena descomposición en el momento de la llegada musulmana. En cambio otros, como Chris Wickham, argumentan justo lo contrario. En los albores del siglo VIII, salvo por las luchas de poder entre las distintas facciones, el reino visigodo de Toledo constituía, probablemente, el más maduro y avanzado de los estados posteriores al mundo romano en Occidente. Se trataba de un territorio vasto, rico, sin enemigos externos salvo la tradicional presión de los francos en la Septimania, con una administración fuertemente arraigada y un estamento religioso presente en todas las facetas de la vida pública. Yo he optado por esta última visión, pues me parece bastante más lógica que la primera. Por dicho motivo, las descripciones de algunas ciudades hispanas no arrojan imágenes decadentes y crepusculares; aunque desde luego no fueran las mismas que en época romana, poco a poco habrían tendido a estabilizarse a lo largo de los siglos. En cambio, en algunas zonas de la Italia central y septentrional, castigadas con guerras casi continuas desde el siglo V hasta el siglo VIII (por rugios, ostrogodos, imperiales, bizantinos, lombardos, francos y cualquiera que pasara por allí), sí reinaba un estado de devastación que he querido ir mostrando a medida que nuestros protagonistas pasaban por ellas.

Pero ya está bien de preámbulos. Empecemos por la base que sustenta la novela, y es que yo sí creo que en el año 711 se produjo la invasión árabe-bereber de la península ibérica. Con la llegada de tropas bereberes primero y árabes poco después, comienza la conquista de la Hispania visigoda, que provocará que la herencia germano-romana del territorio, con casi un millar de años de tradición (en algunas zonas), sufra un vuelco importante que quedará reflejado en buena parte de España durante muchos siglos. A partir de ese momento, la sociedad será muy distinta de la que habitó nuestro territorio durante los setecientos primeros años de nuestra era. Como todas, ni mejor ni peor, sino diferente, marcada por una mezcla de las tradiciones y los saberes de las múltiples culturas que pasaron por nuestro suelo, como tantas otras veces sucedió.

Es inevitable arrancar con la llegada de Tariq ibn Ziyab a la península ibérica en 711. Según las fuentes, quienes cruzaron el mar fueron una partida de bereberes bajo el mandato del gobernador de Ifriquiya, que constituirían una cabeza de puente para la futura invasión árabe planeada por dicho gobernador, Musa ibn Nusayr. Es necesario apuntar que tradicionalmente se ha aceptado que Tariq ibn Ziyab poseía origen bereber, y aunque en los últimos años se ha llegado a elucubrar con que pudiera tener ascendencia árabe o persa, en la novela me he decantado por la primera de las posibilidades.

En la tradición cristiana, principalmente, se alude a que la llegada de estos hombres del desierto fue propiciada por la traición de uno de los condes visigodos de la época, en este caso, el conocido como Julián, señor de Septem, la Ceuta actual, que en ese entonces se encontraba bajo dominio visigodo, como anteriormente lo estuvo bajo el bizantino. De esta manera, algunos autores cristianos de los siglos posteriores a los hechos quisieron explicar que este Julián, enemistado con Rodrigo (Roderico en la novela, pues he querido respetar en lo posible los nombres de la época, más germánicos que castellanos) por haber forzado este a su hija, permitió el paso de los bereberes a través del Estrecho, poniendo a disposición de Tariq los barcos necesarios para semejante empresa. Es preciso apuntar que desde la ocupación bizantina de Septem, en tiempos del emperador Justiniano (dos siglos antes), esta ciudad se convirtió en un importante puerto militar, en el que encontraban refugio la mayoría de los navíos imperiales en Occidente.

De forma intencionada he soslayado esta parte de la «historia», que nunca sabremos si fue real, pues desde mi punto de vista no es importante para el desarrollo de la trama. Por otro lado, algunas crónicas árabes reflejan que Tariq ibn Ziyab, al desembarcar en las costas de Tafira, incendió sus naves para mostrar a los suyos que no había huida posible, tan solo podían combatir y avanzar. Entonces, ¿quemaría Tariq las naves de su aliado Julián encontrándose en una situación tan precaria? Tratando de pensar como alguien del siglo VIII, me parece que en estas circunstancias no habría sido razonable hacerlo, aunque los hechos no están contrastados, sino que solo son un apunte en algunas de las crónicas árabes posteriores.

Si la de Julián fue la primera traición, la segunda que recoge la tradición cristiana (asturiana) es la de los herederos del difunto rey Witiza. Un suceso que forma parte del folclore propio de la conquista musulmana de Hispania, y que tampoco puede tomarse al pie de la letra, pues no existen evidencias reales de este. Aun así, lo he plasmado en la novela porque lo considero plausible en un reino que, a esas alturas, se encontraba corroído por las luchas de poder entre familias. No solo los descendientes del difunto rey parecían no asumir de buen grado que Rodrigo hubiera ocupado el trono en lugar de los hijos de Witiza, sino que, además, ese mismo año uno de los nobles de las provincias orientales (Septimania y Tarraconense) se autoproclamó rey y escindió por algún tiempo el reino en dos. Este sí es un hecho históricamente contrastado, pues se han encontrado monedas de los años posteriores con los motivos de Agila y de su sucesor, Ardo.

Lo que pasó con ese «reino» lo trataré más adelante. Por lo que a Rodrigo respecta, poco antes de la invasión musulmana se encontraba luchando en el norte de la península, en tierras vasconas, donde fueron habituales las escaramuzas durante casi toda la existencia del reino visigodo de Toledo, incluso después de Leovigildo. Fue entonces cuando Tariq atravesó el Estrecho y se plantó en la Betica, con lo que Rodrigo no tuvo más remedio que dar por finalizada antes de tiempo su campaña contra los vascones y azuzar a los suyos para presentarse en el sur sin tardanza.

Me he decantado claramente por la versión de aquellos historiadores que proponen que Rodrigo no entendió la dimensión real del conflicto que se le venía encima, sino que dio por hecho que se trataba de una simple incursión de saqueo. En este punto no quiero dejar de mencionar que este episodio siempre me ha recordado mucho a lo sucedido en Inglaterra trescientos cincuenta y cinco años después, cuando el último rey sajón, Harold Godwinson, tuvo que hacer frente a la aparición de un poderoso ejército vikingo para a continuación verse forzado a regresar al sur y combatir contra los normandos del duque Guillermo en la batalla de Hastings. En Inglaterra el desenlace del conflicto fue idéntico que en el caso de Rodrigo: ambos reyes fueron finalmente derrotados y sus reinos, ocupados por tropas extranjeras.

En las páginas de la novela, la batalla que supone el inicio del fin de la Hispania visigoda es la de Guadalete. Esta tuvo lugar, probablemente, durante el mes de julio del año 711. El número de combatientes al que he hecho mención en la novela atiende a las cifras más conservadoras (y plausibles desde mi punto de vista) que se pueden encontrar en la bibliografía, pues he tratado de huir de aquellas que la propaganda de uno y otro bando promulgaron en los siglos posteriores. Durante el transcurso de la lucha, según algunas fuentes, y como se refleja en la novela, la caballería visigoda, dispuesta en las alas del ejército visigodo bajo las órdenes de los hermanos del difunto rey Witiza, abandonó el campo sin luchar. De esta manera, el ejército de Rodrigo quedó en clara desventaja frente a su adversario, un Tariq que consiguió alzarse con una importantísima victoria. Buena parte de los nobles que desertaron del campo de batalla, como los hermanos del difunto Witiza —Oppas y Sisberto—, asumieron en poco tiempo el dominio musulmán y continuaron disfrutando de tierras y privilegios dentro de la administración árabe o bereber.

El final del rey Rodrigo tampoco está claro: pudo morir durante la batalla de Guadalete, o pudo sobrevivir y escapar hacia el oeste. En este sentido, algunas fuentes consideran que no solo sobrevivió, sino que volvió a luchar, en este caso contra Musa ibn Nusayr en la batalla de Segoyuela, en la actual provincia de Salamanca. Si tuviera que inclinarme por alguna de las dos opciones, lo haría por la primera. De todas formas, en la novela he querido dejar abierta cualquiera de las posibilidades, pues según mi entender lo relevante no es el fin de la figura del rey, sino el fin del reino del que él era la cabeza visible.

Tras el descalabro visigodo, la mayoría de las fuentes coinciden en que Tariq ibn Ziyab no perdió el tiempo. Aunque la suya era una fuerza expedicionaria previa a la invasión planificada por su gobernador, visto la favorable situación que se le presentaba, se dirigió a la ciudad de Écija, la antigua Astigi, pues desde allí sus tropas podían poner rumbo a las importantes ciudades de Hispalis y Corduba tomando las calzadas romanas. Y en Astigi tuvo lugar la segunda gran batalla acaecida durante la invasión musulmana de la península ibérica. En ella, con Rodrigo muerto o huido, participaron buena parte de las tropas visigodas supervivientes de la batalla de Guadalete, que se reagruparon en la ciudad e hicieron frente a la aparición de los bereberes. En el transcurso de esta, las bajas sufridas por el ejército de Tariq (que no lo he mencionado aún, pero sí, parece ser que era tuerto) pudieron haber sido importantes, quizá mayores que en

Guadalete según algunas fuentes. Según otras, más cercanas a la leyenda, el comandante bereber, impresionado ante el arrojo demostrado por el conde de la ciudad durante la lucha, decidió perdonarle la vida tras capturarlo en los alrededores de una fuente cercana. No ha trascendido el nombre de este personaje ni lo que sucedió después con él, por lo que el resto de lo narrado en la novela acerca del destino de Ademar es puramente ficticio, pero he aprovechado este dato para trazar el inicio de su recorrido.

Tras esta segunda victoria, y con la red de calzadas romanas a su alcance, Tariq continuó adentrándose en el territorio, entonces desguarnecido. Mientras que sendas columnas bereberes partieron hacia Hispalis y Corduba, su comandante se dirigió a Toletum, a donde llegó en poco tiempo. Cuando alcanzó la ciudad, muchos de sus habitantes la habían abandonado. ¿Por qué? ¿Nadie se ofrecía a plantar cara al bereber? Nunca lo sabremos. Solo nos consta que la mayoría de los nobles escaparon hacia otras provincias que todavía no hubieran sufrido el asedio bereber. Unos pocos, como el obispo metropolitano Sinderedo, decidieron exiliarse fuera del reino, en su caso concreto con destino a Italia.

Es en este pasaje cuando en la ficción comienza a ser relevante el asunto de la mesa del rey Salomón, que merece un aparte. Por supuesto se trata de una leyenda, que mencionan tanto los cronistas árabes como los cristianos. En ambos casos, los relatos aluden a la mesa del hijo del rey David, que habría sido robada en su momento por Tito, el segundo emperador de la dinastía Flavia, durante el saqueo al que sometió a la ciudad de Jerusalem tras tomarla. Posteriormente serían las tropas de Alarico, el visigodo, quienes se apoderarían de ella durante el saqueo de Roma a principios del siglo V d. C. Un objeto que formaría parte del *thesaurus* godo, y que desde el asentamiento de estos en Toletum se guardaría en una gruta cercana.

A este respecto hay otra leyenda, en la que no he querido entrar, y es aquella que achaca a la curiosidad de Rodrigo las desgracias de su reino. Explica que Rodrigo, en esta gruta, en la que en cada estancia descubría riquezas mayores que en la anterior, al encontrarse frente a la última puerta, llevado por su codicia, decidió romper el candado que la cerraba pese a que en la puerta había una inscripción que rezaba que quien la abriera vería su reino caer. No la he considerado interesante para la trama de la novela, pero sí me lo ha parecido que algunos autores árabes posteriores mencionen esta mesa como parte del botín conseguido por Tariq ibn Ziyab. Un botín mutilado pues, según las fuentes orientales, cuando el bereber presentó la mesa a su señor Musa, le faltaba una pata. Ahora dejemos la mesa aquí, retomaremos este tema un poco más adelante.

Poco después de que Tariq se asentara en Toletum y sus alrededores, Musa atravesó el Estrecho al frente de veinte mil guerreros árabes, según las fuentes. Tras el desembarco, decidió no reunirse con el bereber, sino que inició su propia campaña tomando distintos territorios del sur peninsular. De esta manera, capturó definitivamente Hispalis, puso bajo sitio la ciudad de Emerita Augusta y, aunque no se trate de un hecho confirmado por todas las fuentes, podría ser que venciera a un ejército godo al norte de esta ciudad en la batalla de Segoyuela. Poco después, Musa fue al encuentro de su subordinado, tal y como ocurre en la novela. Atendiendo a las crónicas árabes, la reunión no transcurrió, precisamente, de forma amistosa. La tensión entre bereberes y árabes, que generaría infinitos conflictos en los siglos posteriores en suelo hispánico, parece que comenzó a hacerse patente desde este primer momento. Aunque no hay unanimidad sobre la veracidad del acontecimiento, algunos autores musulmanes afirman que Musa llegó a golpear con un látigo al bereber, furioso por el éxito cosechado por este durante los meses que había pasado en la península.

En la novela, poco después de que Musa y Tariq se reunieran en Toletum, aparece en escena nuevamente el obispo Oppas. Si la mayor parte de las fuentes cristianas (como la *Crónica rotense*) aseguran que el hermano de Witiza fue llevado por los extranjeros hasta la misma batalla de Covadonga (once años más tarde), una fuente musulmana posterior recoge que Musa ibn Nusayr ordenó la decapitación del prelado hispalense al poco de su llegada a la antigua capital visigoda. Para el desarrollo de la trama, he preferido quedarme con esta segunda opción.

El año siguiente, el árabe y el bereber iniciaron una campaña conjunta que los llevó en primer lugar a Caesaraugusta, adentrándose por primera vez en la Tarraconense y, por tanto, en tierras del que ya conocimos como autoproclamado rey de las provincias orientales: Agila. Un Agila que murió ese mismo año, dejando su territorio al borde del colapso. Se desconoce las circunstancias en las que perdió la vida, pero algunos autores apuntan a que pudo deberse a algún hecho de armas, como la toma de Caesaraugusta. Por tanto, la forma en que sucede la batalla, e incluso la batalla misma, son hechos propios de la ficción, pues no ha trascendido cómo cayó la ciudad aragonesa en manos musulmanas en el 713.

He querido hacer un guiño en este punto a una figura fascinante y a la vez terriblemente desconocida (como casi toda esta época, por desgracia): el conde Casio. En definitiva, un noble visigodo que durante los primeros años de la invasión musulmana decidió negociar con los extranjeros para continuar gobernando sus tierras en nombre de los recién llegados, en lugar de en nombre del rey, como lo había hecho hasta entonces. De esta manera siguió ejerciendo el poder en algún lugar de las actuales provincias de Aragón o Huesca, en lo que durante años se conoció como la Marca Superior de Al Ándalus. A lo largo de generaciones enteras, sus descendientes continuaron rigiendo los destinos de la zona, porque Casio, a diferencia de otros cabecillas visigodos que establecieron tratados de convivencia con árabes y bereberes, al parecer se convirtió al islam desde el primer momento, lo cual favoreció el auge de su propia dinastía.

Tras la toma de Zaragoza, ambos líderes musulmanes continuaron internándose en la Tarraconense, como se muestra en la novela, aunque en ella desde luego el motivo por el que lo hacen es ficticio. De igual manera que sucede en la ficción, ambos se detuvieron en la ciudad de Ilerda, a donde regresó el mensajero que Musa envió al califa de Damasco dando cuentas de su desempeño en Hispania hasta la fecha. Este hecho parece ser crucial en el papel que tuvieron Musa y Tariq en la península. Pese a que el califa ordenó al gobernador que regresara a Oriente para informar en persona de lo sucedido, lo cierto es que tanto el árabe como el bereber hicieron oídos sordos y continuaron saqueando diferentes regiones del territorio durante los meses siguientes, tal y como se refleja en la novela.

Fue en la recién sometida ciudad de Lugo donde volvió a aparecer un emisario del califa, que exigió a Musa, y en este caso también a Tariq, presentarse en Oriente sin mayor retraso, requerimiento al que ninguno de los dos, llegado este punto, pudo ya negarse. Si atendemos a alguna de las leyendas árabes de los siglos posteriores, ambos hombres llevaron la mesa del rey Salomón a Oriente entre otros presentes para el califa. Allí, el califa descubrió que una de las patas (¿cuántas tenía?, porque algunas crónicas árabes dicen que cuatro; otra, que trescientas sesenta y cinco; otra, que no tenía patas...) era falsa y castigó a Musa por ello. En otras de esas leyendas se asegura que en ese instante Tariq ibn Ziyab mostró la pata faltante, confirmando así al califa que había sido él quien había sometido Hispania, y no Musa. Nunca sabremos con certeza qué ocurrió en realidad, pues de la mesa, si existía y si llegó a Damasco, nunca más se supo. Lo único que resulta indudable es que para una historia de ficción esta circunstancia es gloria bendita.

Un aspecto que se suele resaltar de la conquista musulmana de la península ibérica es que su éxito se basó en dos tipos de actuaciones: por un lado, el uso de las armas, como pudo ser en Emerita Augusta o Lucus; por el otro, la firma de tratados, la denominada *yizya* en las crónicas árabes. Respecto a lo segundo, tenemos el ejemplo de Casio, pero también el de Teodomiro en la antigua Oróspeda, que pasó a llamarse para los musulmanes Tudmir. Y quien concertó el acuerdo que reconocía las tierras de Tudmir fue el tercer hijo de Musa ibn Nusayr, Abd al-Aziz. Este, que quedó a cargo de Hispania tras la partida de su padre hacia Oriente, llegó a casarse con la viuda de Rodrigo, Egilona, y a concebir una hija. Esta circunstancia, unida a la permisividad que demostró hacia algunos señores visigodos, hizo que muchos de los suyos dejaran de verlo con buenos ojos.

Este es un buen momento para retomar la historia de Musa ibn Nusayr. Desde que llegó a Damasco y fue reprendido por el califa, nada más se sabe acerca de su destino, como tampoco del de Tariq ibn Ziyab. Se sobreentiende que murió allí, en Oriente, en un instante sin determinar. Por eso, como el asesinato de su hijo sí constituye un hecho histórico, pues aconteció en el año 716, he creído adecuado incluir en la novela el detalle de la muerte de su padre en un tiempo anterior. Desde mi punto de vista resultaría poco inteligente por parte del califa eliminar al hijo de uno de sus gobernadores sin haber acabado antes con este.

Mientras todo esto sucedía en Hispania, en Septimania, Ardo, el nuevo soberano visigodo aupado al poder tras la muerte de Agila, no parecía decidirse a tomar la iniciativa y se conformaba con gobernar sobre aquella pequeña provincia.

Continuando con las vicisitudes de nuestros protagonistas, no se puede obviar que la Roma del siglo VIII es una gran desconocida. Sabemos mucho de los casi mil quinientos años anteriores, así como de los siglos a partir del Renacimiento, mientras que la Roma de la Alta Edad Media resulta, en buena parte, un misterio. Una ciudad que, tras albergar un millón de almas durante el máximo apogeo del imperio, en esa época, según algunos trabajos, apenas tendría unos veinte o treinta mil vecinos. Por ese motivo he descrito la ciudad de la manera en que lo he hecho, con solo dos zonas donde se congregaba la población en medio de una vasta extensión de ruinas. Siguiendo las aportaciones de Chris Wickham, una de estas se situaría en los alrededores del antiguo foro romano, y la otra, en la orilla opuesta del río, junto a la basílica de San Pedro. Dicha basílica tendría la magnificencia retratada en la novela; no en vano había sido el grandioso edificio levantado por Constantino trescientos años antes: la basílica Constantiniana.

La vida en la que en la novela se ha llamado «ciudad de los curas» no debía de resultar sencilla. El papa y el clero residente en ella se encontraban en una situación muy delicada. Efectivamente, Roma quedaba dentro de los límites del Exarcado de Ravena, la provincia más occidental del Imperio bizantino. Esto suponía que la autoridad militar y administrativa del lugar recaía en un *dux* oriental, y la religiosa, en el papa, pero las diferencias entre los credos propugnados en Roma y en Bizancio eran habituales, por lo que los problemas de convivencia entre ambas autoridades estaban a la orden del día. De hecho, poco después de la fecha en la que termina la novela, Liutprando, el rey lombardo, puso fin a la presencia bizantina en Italia, haciéndose con el exarcado y dando plena libertad de poderes al papado. De esta manera dio comienzo a lo que en el contexto de la Edad Media se conoce como Estados Pontificios.

Una curiosidad, llegado este momento: existen referencias según las cuales el año 720 el papa Gregorio II envió tres esponjas bautismales al duque de Aquitania, Eudes.

Con casi toda Hispania bajo poder omeya, fue Al-Samh, valí de Al Ándalus, quien dirigió a las tropas musulmanas más allá de los Pirineos. Tras tomar la capital de Ardo, Narbona, según algunas crónicas (cristianas) de forma especialmente violenta, matando a todos los hombres y esclavizando a mujeres y niños, Al-Samh marchó hacia la ciudad de Carcassona dispuesto a tomarla antes de continuar su camino hacia Tolosa. Ante la enconada resistencia que ofrecieron los visigodos allí, decidió dejar un ejército frente a las murallas y seguir con su idea inicial, de modo que se presentó en Tolosa poco después.

Sin embargo, mientras Al-Samh sitiaba la capital de Eudes, este se encontraba en sus tierras occidentales levantando en armas a los suyos. A continuación, Eudes marchó a Carcassona, cuyo cerco rompió haciendo huir a la mayor parte de la tropa musulmana. Seguidamente puso rumbo a Tolosa, donde presentó batalla a campo abierto. Esta fue la primera vez en la historia en que un ejército de una nación cristiana derrotó a otro musulmán. Tal circunstancia sucedió un año antes de Covadonga y once antes de la batalla de Poitiers. Una victoria, la obtenida por Eudes, que Carlos (Karl en la novela) Martel (o Martillo, sobrenombre ganado justamente en la batalla de Poitiers por su gran triunfo sobre los sarracenos) se encargó de silenciar cuanto pudo durante los años siguientes. ¿El motivo? Pues que Eudes era un simple duque, un *dux*, rebelde además, que en ese entonces era el único mandatario franco que podía hacerle frente, pues ya había vencido a Chilperico de Neustria pocos años atrás.

En la carta que dirigió al papa Gregorio tras la batalla, Eudes aseguraba que durante esta los suyos acabaron con la vida de 375.000 enemigos, mientras que tuvieron que lamentar únicamente 1.500 bajas entre sus filas. Por supuesto, al igual que las registradas por las fuentes musulmanas en relación con el número de bajas visigodas en Guadalete, tales cifras son un disparate que no me he planteado siquiera registrar en la novela, salvo a modo de guiño en el epílogo. Lo único cierto es que ese año 721, Eudes se reveló ante el papa de Roma como el gran defensor que requería la cristiandad en un momento en el que las tropas musulmanas amenazaban con hacer en Europa lo mismo que habían hecho ya en Oriente

Y aunque se encuentra fuera del espacio temporal de la novela, no quiero terminar sin apuntar un último dato que me resulta interesante. Poco después de la batalla de Tolosa, Eudes entregó a su hija en matrimonio al gobernador bereber que se estableció en Narbona, de manera que ambos se aliaron en caso de ataque por parte de Carlos Martel o del valí de Al Ándalus (otra muestra de la desconfianza entre árabes y bereberes). Finalmente, los dos resultan derrotados, y a Eudes no le quedó otra salida que reconocer a Carlos como su señor y rendirle vasallaje. Después de aquello, en el año 732, el octogenario Eudes tomó parte de forma decisiva en la importantísima batalla de Poitiers, conocida como el punto de inflexión de la conquista musulmana en Europa, pues en ella se detuvo de forma definitiva el fulgurante avance que habían conseguido las tropas sarracenas desde la llegada de Tariq ibn Ziyab. Pero esa ya es otra historia...

TOPÓNIMOS

Ciudades/localizaciones

Amaya: macizo de Amaya (Burgos)
Aquisgranum: Aquisgrán / Aachen (Alemania)
Arelate: Arlés (Francia)
Asidonia: Medina Sidonia
Astigi: Écija
Asturica Augusta: Astorga
Atax: río Aude (Francia)
Barcinona: Barcelona
Bracara Augusta: Braga (Portugal)
Caesaraugusta (Saraqusta): Zaragoza
Calagurris: Calahorra
Campus Vogladensis: localización de la conocida como batalla de Vouillé (Francia)
Carcassona: Carcasona (Francia)
Carteia: enclave arqueológico de Carteia (Cádiz)
Colonia: Colonia (Alemania)
Complutum: Alcalá de Henares
Constantinopla: Estambul (Turquía)
Corduba: Córdoba
Damasco: Damasco (Siria)
Emerita Augusta: Mérida
Genua: Genova (Italia)
Hispalis (Isbiliya): Sevilla
Iber: río Ebro

Ilerda: Lérida/Lleida
Jerusalem: Jerusalén (Israel)
Legio: León
Lucus Augusti: Lugo
Lugdunum: Lyon (Francia)
Luna: Lucca (Italia)
Narbona: Narbona (Francia)
Nemausus: Nimes (Francia)
Olca: río Huerva
Olissipo: Lisboa (Portugal)
Osca: Huesca
Pampilona: Pamplona
Pireneos: montes Pirineos
Quayrawan: Kairuán (Túnez)
Roma: Roma (Italia)
Rhode: Rosas
San Martín de Turieno: monasterio de Santo Toribio de Liébana
Scallabis: Santarem (Portugal)
Segobriga: enclave arqueológico de Segóbriga
Septem: Ceuta
Taggus: río Tajo
Tarraco: Tarragona
Ticinum: Pavía (Italia)
Tolosa: Toulouse (Francia)
Toletum: Toledo
Turiaso: Tarazona
Ucetia: Uzes (Francia)
Valentia: Valencia
Verona: Verona (Italia)
Victoriacum: ciudad fundada por el rey visigodo Leovigildo en algún lugar del actual País Vasco. Suele identificarse con Vitoria.

Reinos/regiones

Africa (Ifriquiya): antigua provincia romana de África (denominación árabe)

Anatolia: península de Asia Menor

Aquitania: ducado franco nominalmente dependiente de Neustria

Austrasia: reino franco-oriental

Betica: provincia visigoda del reino de Toledo

Cantabria: provincia visigoda del reino de Toledo

Carthaginense: provincia visigoda del reino de Toledo

Cirene: antigua provincia romana correspondiente, *grosso modo*, con la actual Libia

Exarcado de Ravena: provincia bizantina del centro de Italia

Frankia: país de los francos

Gallaecia: provincia visigoda del reino de Toledo

Lusitania: provincia visigoda del reino de Toledo

Neustria: reino franco occidental

Septimania: provincia visigoda del reino de Toledo en la actual Francia

Tarraconense: provincia visigoda del reino de Toledo

PERSONAJES

Hispanovisigodos

Adalberto: señor rural de los alrededores de Toletum
Ademar: conde de Astigi
Agila II:* autoproclamado rey de las provincias orientales del reino visigodo a la muerte de Witiza
Alberico: hombre de Ademar, astigitano
Alvar: hombre de Ragnarico, astigitano
Ardo:* último rey visigodo
Argimiro: señor rural de los alrededores de Calagurris
Arildo: secretario del obispo Oppas
Armindo: mercenario a sueldo de Ragnarico
Berinhardo: guerrero de Adalwulfo
Bernulfo: gobernador militar de la ciudad de Caesaraugusta
Bonifacio: cura oriundo de Cantabria
Casio:* conde de algún lugar al norte de Caesaraugusta
Eberardo: mercenario a sueldo de Ragnarico
Egilona:* esposa de Roderico y de Abd al-Aziz ibn Musa
Elvia: muchacha astur
Favila: hombre de Ragnarico, astigitano
Fredegario: conde de Nemausus
Frederico: conde de Carcassona
Haroldo: hombre de Ademar, astigitano
Hermigio: joven originario de una aldea cercana a Toletum

* Con asterisco se indican los personajes históricos.

Ingunda: esposa de Argimiro
Matilda: esposa de Ademar
Nantila: obispo de Carcassona
Oppas:* obispo de Hispalis y hermano del rey Witiza
Oppila: hermano de Ingunda
Pedro:* duque visigodo de Cantabria
Ragnarico: medio hermano de Ademar
Roderico (Rodrigo):* rey visigodo
Sarus: hombre de Ademar, astigitano
Sinderedo:* obispo metropolitano de Toletum
Sisebuto, Adela y Baddo: hijos de Argimiro e Ingunda
Ulbar: cazador originario de los alrededores de Nemausus (Nimes)
Walamer: hombre de confianza de Argimiro
Witerico: hombre de confianza de Ademar
Witiza:* rey visigodo anterior a Roderico (Rodrigo)

Bereberes

Tariq ibn Ziyab:* caudillo bereber enviado por Musa ibn Nusayr
    para comenzar la invasión de Hispania
Yussuf ibn Tabbit: hombre de confianza de Tariq
Yahya: compañero de Yussuf

Árabes

Abd al-Aziz ibn Musa:* tercer hijo de Musa ibn Nusayr, al que
    acompaña a Hispania
Al-Hurr ibn Abd al-Rahman:* cuarto valí de Al Ándalus
Al-Samh ibn Malik:* quinto valí de Al Ándalus
Al-Walid ibn Abd al-Malik:* califa omeya
Musa ibn Nusayr:* gobernador de Ifriquiya y primer valí de Al
    Ándalus
Suleiman ibn Abd al-Malik:* hermano de Al-Walid, también ca-
    lifa a la muerte de aquel
Zuhayr: hombre de confianza de Musa ibn Nusayr

Otros

Chilperico:* rey de Neustria
Clodoveo: religioso franco afincado en Roma (Italia)
Eudes:* duque de Aquitania
Gregorio II:* papa de Roma
Karl:* Carlos Martel, *maior domus* del reino franco de Austrasia
Mugith al-Rumi:* lugarteniente de Tariq ibn Ziyab, al que algunos autores atribuyen un origen cristiano

GLOSARIO DE TÉRMINOS

Basileus: título de origen griego con el que se designaba al emperador bizantino

Comes: conde

Dux: duque

Fideles: sinónimo de gardingos, escolta personal del rey visigodo

Gladius: espada corta de infantería en época romana

Hispanii, o *Hispani*: denominación que se dio a aquellos habitantes de la Hispania visigoda que emigraron a la Septimania y a los reinos francos con la llegada musulmana

Impluvium: en una antigua casa romana, estanque en el que se recogían las aguas pluviales

Macabeos: familia bíblica que encabezó la resistencia del pueblo judío frente a los seleúcidas

Maior domus: en los reinos francos, cargo que designaba al más importante servidor del rey

Mauri: nombre con el que durante el Imperio romano se designaba a los habitantes de algunas zonas del África occidental

Scramasax: espada corta típica de los pueblos germánicos, también llamada *sax* o *seax*

Scriptorium: en los antiguos monasterios, sala dedicada a la copia de manuscritos

Spatha: espada de caballería en época romana, la más utilizada por los pueblos germánicos en siglos posteriores al imperio

Tremís: moneda visigoda

Yizya: en la ley islámica, impuesto anual que se exigía a todos aquellos que no practicaban su credo

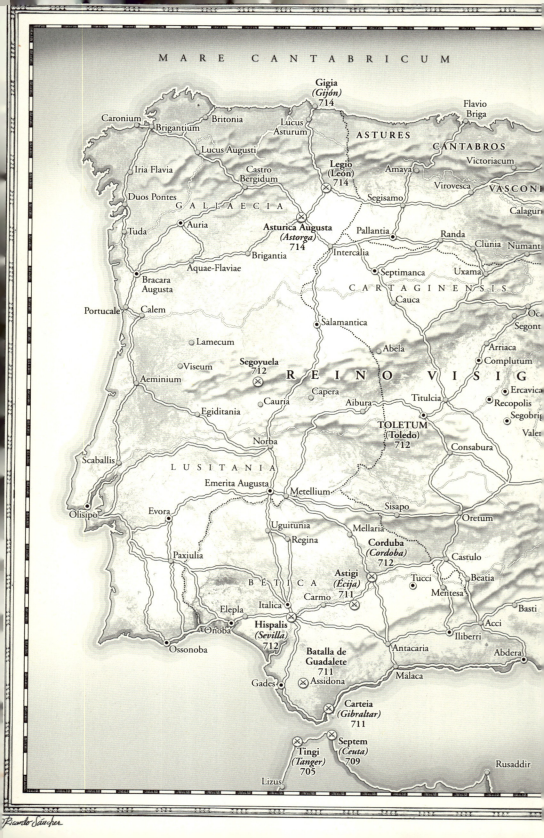

MARE CANTABRICUM

Caronium
Brigantium
Britonia
Lucus Asturum
Gigia
(Gijón)
714
Flavio Briga
ASTURES
CANTABROS
Victoriacum
Lucus Augusti
Amaya
Iria Flavia
Castro Bergidum
Legio
(León)
714
Virovesca
VASCONI
Duos Pontes
G A L L A E C I A
Segisamo
Calagur
Tuda
Auria
Asturica Augusta
(Astorga)
714
Pallantia
Randa
Clunia Numant
Brigantia
Intercalia
Uxama
Aquae-Flaviae
Septimanca
C A R T A G I N E N S I S
Bracara Augusta
Cauca
Portucale
Calem
Salamantica
Oc
Segont
Lamecum
Abela
Arriaca
Complutum
Viseum
Segoyuela
712
⊗
R E I N O   V I S I G
Ercavica
Aeminium
Cauria
Capera
Aibura
Titulcia
Recopolis
Segobri
Egitania
TOLETUM
(Toledo)
712
Valer
Scaballis
Norba
Consabura
L U S I T A N I A
Emerita Augusta
Metellium
Sisapo
Oretum
Olisipo
Evora
Uguitunia
Regina
Mellaria
Corduba
(Córdoba)
712
Castulo
Paxiulia
B É T I C A
Astigi
(Écija)
711
Tucci
Beatia
Elepla
Italica
Carmo
Mentesa
Basti
Ōnoba
Hispalis
(Sevilla)
712
Acci
Iliberri
Ossonoba
Batalla de Guadalete
711
⊗ Assidona
Antacaria
Abdera
Gades
Malaca
Carteia
(Gibraltar)
711
⊗
⊗ **Septem**
(Ceuta)
709
⊗ **Tingi**
(Tanger)
705
Rusaddir
Lizus

Ricardo Sánchez